La temporada ha comenzado este año de 1814 sin que existan razones para confiar en que vayamos a ver algún cambio destacable respecto a la de 1813. Como siempre, los actos de sociedad siguen llenándose de Mamás Ambiciosas cuyo único objetivo es ver a sus Preciosas Hijas casadas con Solteros Convencidos. Las deliberaciones entre las Mamás señalan al vizconde de Bridgerton como su partido más cotizado para este año y, de hecho, si el pobre hombre parece despeinado y su cabello alborotado por el viento se debe a que no puede ir a ningún sitio sin que alguna joven señorita sacuda sus pestañas con tal vigor y celeridad que provoque una brisa de fuerza huracanada. Tal vez la única joven dama que no ha mostrado interés por Bridgerton sea la señorita Katharine Sheffield; su actitud hacia el vizconde en ocasiones roza más bien la hostilidad.

Y éste es el motivo, Querido Lector, de que Esta Autora crea que un emparejamiento entre Bridgerton y la señorita Sheffield sería precisamente lo que animaría una temporada de otro modo vulgar.

REVISTA DE SOCIEDAD DE LADY WHISTLEDOWN,
13 de abril de 1814

EL VIZCONDE QUE ME AMÓ

JULIA QUINN

EL VIZCONDE QUE ME AMÓ

Titania

ARGENTINA - CHILE - COLOMBIA - ESPAÑA
ESTADOS UNIDOS - MÉXICO - URUGUAY - VENEZUELA

Título original: *The Viscount who Loved me*
Editor original: Avon Books
Traducción: Rosa Arruti

Published by arragemenet with Avon, an imprint of HarperCollins Publisher, Inc.

© 2000 *by* Julie Cotler Pottinger
© de la traducción: 2004 *by* Rosa Arruti
© 2004 *by* Ediciones Urano, S. A.
   Aribau, 142, pral. - 08036 Barcelona
   www.titania.org
   atencion@titania.org

ISBN: 84-95752-51-4
Depósito legal: B- 32.992 - 2004

Fotocomposición: Ediciones Urano, S. A.
Impreso por Romanyà Valls, S. A. - Verdaguer, 1 - 08786 Capellades
(Barcelona)

Impreso en España - *Printed in Spain*

*Para Little Goose Twist
que me hizo compañía
durante toda la creación de este libro
¡Me muero de ganas de verte!*

*Y también para Paul,
pese a que no soporta los musicales.*

Estaba decidida a impedir que el archiconocido vizconde sedujera a su hermana. Pero ¿y si la seducía a ella en su lugar?

Prólogo

Anthony Bridgerton siempre supo que moriría joven.

Oh, pero no de niño. El pequeño Anthony nunca había tenido motivos para pensar en su propia mortalidad. Sus primeros años habían sido la envidia de cualquier muchacho de su edad, una existencia perfecta desde el mismo día de su nacimiento.

Cierto que Anthony era el heredero de un antiguo y rico vizcondado, pero lord y lady Bridgerton, a diferencia de la mayoría de parejas aristocráticas, estaban muy enamorados, y el nacimiento de su hijo no fue recibido como la llegada de un heredero sino como la de un hijo.

Por lo tanto no hubo más fiestas ni actos sociales, no hubo más celebraciones que la de una madre y un padre contemplando maravillados a su retoño.

Los Bridgerton eran padres jóvenes pero sensatos —Edmund apenas tenía veinte años y Violet sólo dieciocho— y también eran padres fuertes que querían a su hijo con un fervor e intensidad poco común en su círculo social. Para gran horror de la madre de Violet, ésta insistió en cuidar ella misma del muchacho. Edmund por su parte nunca había aceptado la actitud imperante entre la aristocracia según la cual los padres no debían ver ni oír a sus hijos. Se llevaba al niño a sus largas caminatas por los campos de Kent, le hablaba de filosofía y de poesía incluso antes de que el pequeño entendiera sus palabras, y cada noche le contaba un cuento antes de dormir.

Con una pareja tan joven y tan enamorada, para nadie fue una sorpresa que justo dos años después del nacimiento de Anthony se sumara a éste un hermano más pequeño, a quien llamaron Benedict. Edmund hizo los ajustes necesarios en su rutina diaria para poder llevar a sus dos hijos con él en sus excursiones; se pasó una semana metido en los establos trabajando con su curtidor para idear una mochila especial que sostuviera a Anthony a su espalda y que al mismo tiempo le permitiera llevar en los brazos a su pequeño Benedict.

Caminaban a través de campos y riachuelos y él les hablaba de cosas maravillosas, de flores perfectas y de cielos azules y claros, de caballeros con relucientes armaduras y damiselas afligidas. Violet se echaba a reír cuando los tres regresaban con el pelo despeinado por el viento, bañados por el sol, y Edmund decía:

—¿Veis? Aquí está nuestra damisela afligida. Está claro que tenemos que salvarla.

Y Anthony se arrojaba a los brazos de su madre y le decía entre risas que la protegería del dragón que había visto arrojando fuego por la boca «justo a dos millas de aquí», en el camino del pueblo.

—¿A dos millas de aquí, en el camino del pueblo? —preguntaba Violet bajando la voz, esforzándose porque sus palabras sonaran cargadas de horror—. Dios bendito, ¿qué haría yo sin tres hombres fuertes para protegerme?

—Benedict es un bebé —contestaba Anthony.

—Pero crecerá —le aclaraba siempre ella mientras le alborotaba el cabello— igual que has hecho tú. E igual que continuarás haciendo.

Aunque Edmund siempre trataba a los niños con idéntico afecto y devoción, cuando a última hora de la noche Anthony sostenía contra su pecho el reloj de bolsillo de los Bridgerton (que le había regalado por su octavo cumpleaños su padre, quien a su vez lo había recibido de su padre, también por su octavo cumpleaños), al muchacho le gustaba pensar que su relación era un poco especial. No porque Edmund le quisiera más a él. A aquellas alturas los niños Bridgerton ya eran cuatro (Colin y Daphne habían llegado muy seguidos), y Anthony sabía bien que todos eran muy queridos.

No, a Anthony le gustaba pensar que su relación con su padre era especial porque le conocía desde hacía más tiempo. Así de sencillo. Al fin y al cabo, no importaba cuánto hiciera que Benedict conociera a su padre, Anthony siempre le llevaría dos años de ventaja. Y seis a

Colin. Y en cuanto a Daphne, bien, aparte del hecho de que era una niña (¡qué horror!), conocía a su padre desde hacía ocho años menos que él y siempre sería así, le gustaba recordarse a sí mismo.

Edmund Bridgerton, en pocas palabras, ocupaba el mismísimo centro del mundo de Anthony. Era alto, de hombros anchos y cabalgaba a caballo como si hubiera nacido sobre la silla. Siempre sabía las respuestas a las preguntas de aritmética (incluso las que su tutor desconocía), no ponía pegas a que sus hijos tuvieran una cabaña en los árboles (por eso fue él mismo quien la construyó), y tenía esa clase de risa que calienta un cuerpo desde dentro hacia afuera.

Edmund enseñó a montar a Anthony. Enseñó a Anthony a disparar. Le enseñó a nadar. Le llevó él mismo a Eton, en vez de enviarlo en un carruaje con sirvientes, que fue como llegaron la mayoría de los futuros amigos de Anthony. Y cuando pilló a Anthony observando con mirada nerviosa el colegio que iba a convertirse en su nuevo hogar, mantuvo una charla íntima con su hijo mayor para asegurarle que todo iría bien.

Y así fue. Anthony sabía que no podía ser de otra manera. Al fin y al cabo, su padre nunca mentía.

Anthony adoraba a su madre. Diablos, sin duda sería capaz de arrancarse el brazo a mordiscos si aquello sirviera para verla a salvo. Pero todo lo que el muchacho hacía mientras crecía, todos sus logros, cada sueño, cada una de sus metas y esperanzas... todo era por su padre.

Y luego, de repente, un día, todo cambió. Qué curioso, reflexionó a posteriori, cómo la vida podía alterarse en un instante, cómo en tal minuto las cosas eran de cierto modo y al siguiente sencillamente... no.

Sucedió cuando Anthony tenía dieciocho años, había vuelto a casa para pasar el verano y prepararse para su primer año en Oxford. Iba a entrar en el All Souls College, igual que su padre antes que él, y su existencia era todo lo prometedora y resplandeciente que un joven de dieciocho años tiene derecho a desear. Había descubierto a las mujeres y, algo tal vez más maravilloso, las mujeres le habían descubierto a él. Sus padres seguían reproduciéndose felizmente y habían añadido a la familia a Eloise, Francesca y Gregory. Anthony hacía todo lo posible para no entornar los ojos cada vez que se cruzaba con su madre por el pasillo, ¡embarazada de su octavo hijo! En opinión de

Anthony, todo aquello resultaba bastante impropio —tener hijos a la edad de sus padres— pero se guardaba sus opiniones para sí.

¿Quién era él para poner en duda la prudencia de Edmund? Tal vez él mismo querría también tener más hijos a la madura edad de treinta y ocho.

Cuando Anthony se enteró ya era última hora de la tarde. Regresaba de una larga y dura cabalgada con Benedict y acababa de entrar por la puerta principal de Aubrey Hall, el hogar ancestral de los Bridgerton, cuando vio a su hermana de diez años sentada en el suelo. Benedict estaba aún en los establos pues había perdido una tonta apuesta con Anthony que le exigía cepillar ambos caballos de arriba abajo.

Anthony se paró en seco al ver a Daphne. Era sin duda inusual que su hermana estuviera sentada en medio del suelo en el vestíbulo principal. Era incluso más inusual que estuviera llorando.

Daphne nunca lloraba.

—Daff —le dijo con vacilación, era demasiado joven para saber qué hacer con una fémina llorosa y se preguntaba si alguna vez aprendería—, ¿qué...?

Pero antes de que pudiera acabar la pregunta, Daphne levantó la cabeza y el tremendo sufrimiento en aquellos grandes ojos marrones atravesó a Anthony como un cuchillo. Dio un paso tambaleante hacia atrás pues sabía que algo había pasado, algo terrible.

—Ha muerto —susurró Daphne—. Papá ha muerto.

Durante un momento, Anthony tuvo el convencimiento de que había oído mal. Su padre no podía haber muerto. Otras personas morían jóvenes como el tío Hugo, pero el tío Hugo era pequeño y débil. Bueno, al menos más pequeño y más débil que Edmund.

—Te equivocas —le dijo a Daphne—. Tienes que estar equivocada.

La niña sacudió la cabeza.

—Me lo ha dicho Eloise. Le ha... ha sido una...

Anthony sabía que no debía coger y zarandear a su hermana sollozante, pero no pudo contenerse.

—¿Que ha sido qué, Daphne?

—Una abeja —susurró—. Le ha picado una abeja.

Por un instante, lo único que Anthony pudo hacer fue mirarla con fijeza. Finalmente con voz áspera y apenas reconocible dijo:

—Un hombre no se muere por la picadura de una abeja, Daphne.

La niña no dijo nada, continuó allí, sentada en el suelo. Su garganta se agitaba temblorosa mientras intentaba contener las lágrimas.

—Ya le han picado antes —añadió Anthony elevando el volumen de voz—. Yo estaba con él una vez. Nos picaron a los dos. Nos encontramos un panal. A mí me picó en el hombro. —De forma instintiva, subió la mano para tocarse el punto en que la abeja le había picado tantos años atrás. Y añadió en un susurró—: A él le picó en el brazo.

Daphne le miraba con fijeza y con una inquietante expresión de perplejidad.

—No le pasó nada —insistió Anthony. Podía oír el pánico en su voz y sabía que estaba asustando a su hermana, pero era incapaz de controlarlo—. ¡Un hombre no puede morir por una picadura de abeja!

Daphne sacudió la cabeza, de pronto sus ojos oscuros parecían los de alguien cien años mayor.

—Ha sido una abeja —dijo con voz hueca—. Eloise lo vio. En un momento estaba allí de pie y al siguiente estaba... estaba...

Anthony sintió que algo muy extraño crecía dentro de él, como si sus músculos estuvieran a punto de saltar de su piel.

—Al siguiente estaba ¿qué, Daphne?

—Muerto. —Parecía desconcertada por aquella palabra, tan desconcertada como se sentía él.

Anthony dejó a Daphne sentada en el vestíbulo y subió los peldaños de la escalera de tres en tres para ir al dormitorio de sus padres. Seguro que su padre no estaba muerto. Un hombre no podía morirse de una picadura de abeja. Era imposible. Una completa locura. Edmund Bridgerton era joven, era fuerte. Era alto y de hombros anchos, tenía una musculatura poderosa y, por Dios, ninguna abeja insignificante podía haberle derribado.

Pero cuando Anthony llegó al pasillo del piso superior, pudo detectar por el silencio de la docena más o menos de criados inmóviles que la situación era nefasta.

Y sus rostros de lástima... aquella lástima en sus rostros le obsesionaría el resto de su vida.

Pensó que tendría que empujarles para que le permitieran entrar en la habitación de sus padres, pero los criados se apartaron como si fueran gotas del Mar Rojo, y cuando Anthony abrió la puerta de par en par, supo la verdad.

Su madre estaba sentada sobre el borde la cama, sin llorar, sin tan siquiera emitir un sonido, tan sólo sostenía la mano de su padre mientras se balanceaba hacia delante y atrás.

Su padre estaba inmóvil. Inmóvil como…

Anthony ni siquiera quería pensar en aquella palabra.

—¿Mamá? —llamó con voz entrecortada. No la llamaba así desde hacía años; había sido «madre» desde que marchó a Eton.

Ella se volvió, despacio, como si oyera su voz a través de un largo, largo túnel.

—¿Qué ha sucedido? —preguntó Anthony en un susurro.

Ella sacudió la cabeza, con la mirada por completo distante.

—No sé —contestó. Su labios se quedaron separados unos dos centímetros, como si quisiera decir algo más y luego hubiera olvidado hacerlo.

Anthony se adelantó un paso con movimiento torpe e irregular.

—Ha muerto —susurró finalmente Violet—. Ha muerto y yo… oh, Dios, yo… —Se llevó una mano al vientre, hinchado y redondo por el embarazo—. Se lo dije, oh, Anthony, se lo dije…

Parecía que fuera a hacerse añicos desde dentro hacia fuera. Anthony se tragó las lágrimas que le quemaban los ojos y le escocían la garganta y se fue al lado de su madre.

—Tranquila, mamá —dijo.

Pero sabía que no era así de sencillo.

—Le dije que tenía que ser el último —soltó entre jadeos, sollozando contra el hombro de su hijo—. Le dije que no podía quedarme otra vez embarazada y que tendríamos que tener cuidado y… oh, Dios, Anthony, lo que daría por tenerlo otra vez aquí y darle otro hijo. No lo entiendo. Es que no lo entiendo…

Anthony la abrazó mientras ella lloraba. Sin decir nada. Parecía inútil intentar encontrar alguna palabra que se correspondiera con la devastación en aquel corazón.

Él tampoco lo entendía.

Más tarde aquella misma noche llegaron los médicos, quienes manifestaron su perplejidad. Habían oído hablar de cosas de este tipo, pero en alguien tan joven y fuerte… Él era tan vital, de una naturaleza tan poderosa; nadie podía haberlo imaginado. Era cierto que el hermano menor del vizconde, Hugo, había muerto de forma bastante repentina el año anterior, pero estas cosas no venían necesariamente de familia y, aparte, aunque Hugo también había muerto al aire libre, nadie había advertido que le picara una abeja.

Pero, claro, también era cierto que nadie estaba mirando.

Nadie podía haberlo sabido, repetían los médicos una y otra vez, hasta que Anthony sintió ganas de estrangularlos a todos. Tras un buen rato, consiguió que se fueran de la casa y consiguió acostar a su madre. Tuvieron que llevarla a una habitación desocupada. A Violet le perturbaba la idea de dormir en la cama que había compartido durante tantos años con Edmund. Anthony también consiguió mandar a la cama a sus seis hermanos, diciéndoles que por la mañana tendrían que hablar todos ellos, que todo iba a ir bien y que se ocuparía de ellos como le habría gustado a su padre.

Luego entró en la habitación en la que aún yacía el cuerpo de su padre y se quedó mirándolo. Le miró y le miró, con fijeza, durante horas, sin apenas parpadear.

Y cuando salió de la habitación, lo hizo con una visión nueva de su propia vida, una nueva noción de su propia mortalidad.

Edmund Bridgerton había muerto a los treinta y ocho años de edad. Y Anthony simplemente no podía imaginarse superar a su padre en nada, ni siquiera en años.

Capítulo 1

El tema de los mujeriegos se ha tratado con anterioridad en esta columna, y Esta Autora ha llegado a la conclusión de que hay mujeriegos y Mujeriegos.

Anthony Bridgerton es un Mujeriego.

Un mujeriego (con minúscula) es joven e inmaduro. Hace alarde de sus hazañas, se comporta con suma imbecilidad y se cree peligroso para las mujeres.

Un Mujeriego (con mayúscula) sabe que es peligroso para las mujeres.

No hace alarde de sus hazañas porque no siente ninguna necesidad. Sabe que tanto hombres como mujeres murmurarán sobre él. Sabe quién es y qué ha hecho; los demás cuentos son superfluos.

No se comporta como un idiota por la sencilla razón de que no lo es (no más de lo que debe esperarse de todos los miembros del género masculino). Tiene poca paciencia con las debilidades de la sociedad, y con toda franqueza, la mayoría de las veces Esta Autora no puede decir que le culpe.

Y si eso no describe a la perfección al vizconde de Bridgerton —sin duda el soltero más cotizado de esta temporada—, Esta Autora dejará Su pluma de inmediato. La única pregunta es: ¿será 1814 la temporada en la que por fin sucumba a la exquisita dicha del matrimonio?

Esta Autora piensa…
que no.

REVISTA DE SOCIEDAD DE LADY WHISTLEDOWN,
20 de abril de 1814

—*P*or favor, déjame que lo adivine —dijo Kate Sheffield a toda la habitación—, otra vez ha escrito sobre el vizconde Bridgerton.

Su hermanastra Edwina, a la que llevaba casi cuatro años, alzó la vista desde detrás del diario de una sola hoja.

—¿Cómo lo sabes?

—Porque se te escapa la risa como a una loca.

Edwina soltó una risita que sacudió el sofá de damasco azul en el que las dos estaban sentadas.

—¿Lo ves? —continuó Kate dándole un codazo en el brazo—. Siempre te ríes cuando escribe de algún libertino reprochable. —Pero Kate esbozó una sonrisa. Pocas cosas le gustaban más que tomar el pelo a su hermana. De buenas, por supuesto.

Mary Sheffield, la madre de Edwina y madrastra de Kate desde hacía casi dieciocho años alzó la vista un instante de su bordado y se subió las gafas un poco más por el caballete de la nariz.

—¿De qué os reís vosotras dos?

—A Kate le ha dado un pronto porque lady Confidencia está escribiendo otra vez sobre ese vizconde tarambana —explicó Edwina.

—No me ha dado ningún pronto —dijo Kate, aunque nadie le hizo caso.

—¿Bridgerton? —preguntó Mary con aire distraído.

Edwina asintió.

—Sí.

—Siempre escribe sobre él.

—Creo que la verdad es que le gusta escribir sobre mujeriegos —comentó Edwina.

—Por supuesto que le gusta —replicó Kate—. Si escribiera sobre gente aburrida, nadie compraría su periódico.

—Eso no es cierto —contestó Edwina—. La semana pasada sin ir más lejos escribió sobre nosotras, y Dios sabe que no somos la gente más interesante de Londres.

Kate sonrió ante la ingenuidad de su hermana. Kate y Mary tal vez no fueran las personas más interesantes de Londres, pero Edwina, con su cabello color mantequilla y sus ojos de aquel azul sorprendentemente claro, ya había sido nombrada la Incomparable de 1814. Por otro lado, Kate, con su vulgar pelo marrón y ojos del mismo color, era referida por lo general como «la hermana mayor de la Incomparable».

Suponía que había peores apelativos. Al menos, todavía nadie había empezado a llamarla «la hermana solterona de la Incomparable», algo que se aproximaba a la verdad muchísimo más de lo que cualquiera de los Sheffield quisiera admitir. Con veinte años (casi veintiuno, puestos a ser escrupulosamente sinceros al respecto), Kate ya estaba un poco entradita en años para disfrutar de su primera temporada en Londres.

Pero, en realidad, no había habido otra opción. La familia Sheffield no era rica ni siquiera en vida del padre de Kate, y desde su muerte cinco años atrás se habían visto obligadas a economizar aún más. Si bien era cierto que su situación no era para ingresar en la casa de caridad, tenían que mirar cada penique y cada libra.

Con tales apuros económicos, las Sheffield sólo podrían juntar los fondos para pagar un único viaje a Londres. Alquilar una casa —y un carruaje— y contratar el mínimo necesario de criados para pasar la temporada costaba dinero. Más del que podían permitirse gastar dos veces. Por consiguiente, tuvieron que ahorrar durante cinco años enteritos para poder permitirse este viaje a Londres. Y si las chicas no tenían éxito en el Mercado Matrimonial... bien, nadie iba a encerrarles en la prisión de morosos, pero tendrían que contentarse con una vida discreta de digna escasez en alguna pequeña y encantadora casita en Somerset.

Por lo tanto las dos muchachas se vieron obligadas a hacer su debut el mismo año. Habían decidido que el momento más lógico sería cuando Edwina cumpliera los diecisiete y Kate casi tuviera veintiuno. A Mary le habría gustado esperar hasta que Edwina tuviera dieciocho y fuera un poco más madura, pero entonces Kate tendría casi veintidós, y cielos, ¿quién querría casarse entonces con ella?

Kate sonrió con gesto irónico. Ni siquiera había querido una temporada en Londres. Desde el principio sabía que no era el tipo de chica que atraía la atención de la aristocracia más elitista. No era lo suficientemente guapa como para compensar la falta de dote, y nunca había aprendido a sonreír, a moverse con afectación, caminar con delicadeza y todas esas cosas que otras chicas parecían saber desde la cuna. La propia Edwina sabía de algún modo cómo estar de pie, caminar y suspirar para que los hombres se disputaran a golpes el honor de ayudarla a cruzar la calle, pese a no ser ninguna inválida.

Kate, por otra parte, siempre sobresalía por su altura y hombros erguidos; era incapaz de permanecer sentada quieta aunque su vida dependiera de ello y caminaba siempre como si participara en una carrera. ¿Y por qué no?, se preguntaba. Si una iba a algún sitio, ¿qué sentido tenía no intentar llegar a aquel punto lo más rápido posible?

En cuanto a la actual temporada en Londres, ni siquiera la ciudad le gustaba demasiado. Oh, se lo estaba pasando bastante bien y había conocido a unas cuantas personas agradables, pero todo aquello parecía una horrible pérdida de dinero para una joven que se habría quedado tan contenta permaneciendo en el campo y encontrando allí a algún hombre formal que quisiera casarse con ella.

Pero Mary no quería saber nada de todo eso.

—Cuando me casé con tu padre —decía— juré quererte y criarte con todo el cariño y atención que le daría a mi propia hija.

Kate había conseguido introducir tan sólo un único «Pero...» antes de que Mary siguiera adelante:

—Tengo una responsabilidad también con tu pobre madre, Dios la guarde en paz. Parte de esa responsabilidad es verte felizmente casada y con el futuro asegurado.

—En el campo también podrías verme felizmente casada y con el futuro asegurado —había replicado Kate.

Mary rebatió:

—En Londres hay más hombres entre los que escoger.

Tras lo cual Edwina se había sumado a la conversación y había insistido en que se sentiría del todo desdichada sin ella, y puesto que Kate nunca podía soportar ver a su hermana infeliz, su destino quedó escrito.

De modo que aquí estaba ella, sentada en un salón un poco ajado en una casa alquilada de un sector de Londres casi elegante y...

Miró a su alrededor con aire travieso.

...porque estaba a punto de arrebatarle a su hermana el diario que sostenía en las manos.

—¡Kate! —chilló Edwina. Los ojos se le salían de las órbitas mientras miraba el pequeño triángulo de papel que le había quedado entre el pulgar y el índice de la mano derecha—. ¡Aún no había acabado!

—Llevas una eternidad leyéndolo —dijo Kate con una mueca traviesa—. Aparte, quiero ver qué tiene que decir hoy del vizconde de Bridgerton.

Los ojos de Edwina, que muchas veces eran comparados con los plácidos lagos escoceses, se encendieron con picardía.

—Te interesa muchísimo el vizconde, Kate. ¿Hay alguna cosa que no nos cuentas?

—No seas tonta. Ni siquiera le conozco. Y si le conociera, es probable que saliese corriendo en dirección contraria. Es justo el tipo de hombre que nosotras dos deberíamos evitar a toda costa. Seguro que es capaz de camelar a un iceberg.

—¡Kate! —exclamó Mary.

Kate puso una mueca. Había olvidado que su madrastra estaba escuchando.

—Pues es verdad —añadió—. He oído decir que ha tenido más amantes que yo cumpleaños.

Mary la miró durante unos pocos segundos como si intentara decidir si quería responder o no. Luego dijo por fin:

—No es que éste sea un tema apropiado para tus oídos, pero muchos hombres las tienen.

—Oh. —Kate se sonrojó. Pocas cosas le hacían menos gracia que el hecho de que la contradijeran cuando intentaba hacer una observación importante—. Bien, entonces, él tiene el doble. Sea lo que sea, es mucho más promiscuo que la mayoría de señores, y no es precisamente el tipo de hombre que Edwina debería permitir que la cortejara.

—Tú también estás disfrutando de la temporada —le recordó Mary.

Kate le lanzó a Mary la más sarcástica de las miradas. Todas ellas sabían que si el vizconde decidía cortejar a una Sheffield, no sería a Kate.

—No creo que ese diario diga algo que vaya a alterar tu opinión —comentó Edwina encogiéndose de hombros mientras se inclinaba hacia Kate para poder ver mejor el periódico—. No dice gran cosa sobre él, a decir verdad. Más bien es un tratado sobre el tema de los libertinos.

Los ojos de Kate recorrieron las palabras impresas.

—Mmf —dijo con su expresión favorita de desdén—. Apuesto a que tiene razón. Es probable que no se retire este año.

—Siempre crees que lady Confidencia tiene razón —murmuró Mary con una sonrisa.

—Por lo general es así —contestó Kate—. Tienes que admitir que para ser una columnista de cotilleo, da muestras de una sensatez remarcable. Sin duda, hasta ahora ha acertado en su valoración de todas las personas que he conocido en Londres.

—Deberías formarte tus propias opiniones, Kate —dijo Mary en tono alegre—. No es propio de ti basar tus opiniones en una columna de cotilleo.

Kate sabía que su madrastra tenía razón, pero no quería admitirlo, y por lo tanto soltó otro «mmf» y volvió la atención al diario que tenía en las manos.

Confidencia era sin duda la lectura más interesante de todo Londres. Kate no estaba del todo segura cuándo había empezado la columna de cotilleo, en algún momento del año anterior según había oído. De todos modos, había algo seguro: fuese quién fuese lady Confidencia (y nadie lo sabía en realidad) era un miembro de la aristocracia más selecta y estaba muy bien relacionada. Tenía que ser así. Ningún simple intruso podría destapar todos los chismorreos que imprimía en su columna cada lunes, miércoles y viernes.

Lady Confidencia siempre tenía los últimos *on-dits* y, a diferencia de otros columnistas, no vacilaba en utilizar los nombres completos de las personas. La semana pasada, por ejemplo, tras decidir que a Kate no le quedaba bien el amarillo, escribió con la claridad de la luz del día: «El color amarillo hace que la morena señorita Katharine Sheffield parezca un narciso chamuscado».

Kate no le dio importancia al insulto. Había oído decir en más de una ocasión que uno no podía considerarse «alguien» de la sociedad hasta que lady Confidencia le dedicara un insulto. Incluso Edwina, quien tenía un gran éxito social en opinión de todo el mundo, se había sentido celosa de que Kate hubiera sido objeto del honor del insulto.

Y pese a que Kate seguía sin querer pasar en Londres la temporada, se imaginó que, ya que tenía que participar en el torbellino social, mejor intentar no ser un total fracaso. Si recibir un insulto en una columna de cotilleo iba a ser su único síntoma de éxito, pues entonces bienvenido fuera. Kate conocía sus limitaciones.

Ahora, cada vez que Penelope Featherington se jactaba de que lady Confidencia la había comparado con un cítrico demasiado maduro con su vestido de satén mandarina, Kate podía sacudir el brazo y suspirar con gran dramatismo: «Sí, bueno, yo soy un narciso chamuscado».

—Algún día —anunció Mary de súbito mientras se empujaba los lentes una vez más con el dedo índice— alguien va a descubrir la verdadera identidad de esa mujer, y entonces tendrá un problema serio.

Edwina miró a su madre con interés.

—¿De verdad crees que alguien va a descubrirla? Ha sido capaz de mantener el secreto durante un año.

—Algo así no puede permanecer en secreto eternamente —respondió Mary. Pinchó el bordado con su aguja y tiró de una larga hebra de hilo amarillo a través del tejido—. Tomad nota de mis palabras. Todo se desvelará más tarde o más temprano, y cuando suceda saltará un escándalo de tales dimensiones que jamás antes habréis conocido algo parecido.

—Bien, si yo supiera quién es —anunció Kate al tiempo que pasaba a la página dos del diario de una sola hoja— es probable que la convirtiera en mi mejor amiga. Es endiabladamente divertida. Y digan lo que digan, casi siempre está en lo cierto.

Justo en ese momento, Newton, el corgi de Kate, un poco pasado de peso, entró trotando en la habitación.

—¿No se suponía que ese perro debería quedarse fuera? —preguntó Mary—. ¡Kate! —chilló a continuación cuando el perro se fue directo a sus pies y empezó a jadear como si esperara un beso.

—Newton, ven aquí ahora mismo —ordenó su ama.

El perro miró con anhelo a Mary, luego se fue caminando hasta Kate, se subió al sofá y le puso las patas delanteras sobre el regazo.

—Te está llenando de pelo —dijo Edwina.

Kate se encogió de hombros mientras acariciaba el espeso pelaje color caramelo.

—No me importa.

Edwina suspiró, pero estiró la mano y dio también una rápida palmadita a Newton.

—¿Y qué más cuenta? —preguntó, inclinándose hacia delante con interés—. No he podido llegar ni a la página dos.

Kate le sonrió a su hermana con sarcasmo.

—No gran cosa. Algo sobre el duque y la duquesa de Hastings, quienes por lo visto llegaron a la ciudad a principios de semana; una lista de las viandas en el baile de lady Danbury, que calificó de «sorprendentemente deliciosas»; y una descripción bastante desgraciada del vestido de la señora Featherington el pasado lunes.

Edwina frunció el ceño.

—Parece tomársela bastante con los Featherington.

—Y no es de extrañar —dijo Mary, quien dejó su bordado para levantarse—. Esa mujer no sabría escoger el color del vestido de sus hijas aunque tuviera todo un arco iris a su alrededor.

—¡Madre! —exclamó Edwina.

Kate se tapó la boca con la palma para intentar no reírse. Era raro que Mary se pronunciara de una manera tan dogmática, pero cuando lo hacía siempre salía con afirmaciones maravillosas.

—Bien, es la verdad. Se empeña en vestir a su hija menor de naranja. Cualquiera puede darse cuenta de que esa pobre muchacha necesita un azul o un verde menta.

—Tú me vestiste de amarillo —le recordó Kate.

—Y siento haberlo hecho. Eso me enseñará a no hacer caso de las dependientas. Nunca debí haber dudado de mi propio criterio. Lo que haremos será arreglar ese vestido para Edwina.

Puesto que Edwina le llegaba a su hermana a la altura del hombro y su color de pelo era varios tonos más delicados que los de Kate, esto no sería problema.

—Cuando lo hagáis —dijo Kate volviéndose a su hermana— aseguraos de eliminar el volante de la manga. Es una distracción horrorosa. Y pica. Estuve a punto de arrancarlo allí mismo en el baile de los Ashbourne.

Mary entornó los ojos.

—Estoy sorprendida y al mismo tiempo agradecida de que te dignaras a comedirte.

—Yo estoy sorprendida pero no agradecida —dijo Edwina con una sonrisa maliciosa—. Pensad sólo en el jugo que le habría sacado a eso lady Confidencia.

—Ah, sí —dijo Kate devolviéndole la mueca—. Me lo imagino, «El narciso chamuscado se arranca los pétalos».

—Me voy arriba —anunció Mary sacudiendo la cabeza al oír las gracias de sus hijas—. Intentad no olvidar que tenemos que asistir a una fiesta esta noche. Tal vez queráis, chicas, descansar un poco antes de salir. Estoy segura de que, una noche más, regresaremos bastante tarde a casa.

Kate y Edwina asintieron y murmuraron sus promesas de tener aquello en cuenta mientras Mary recogía el bordado y salía de la habitación. En cuanto se marchó, Edwina se volvió a Kate y le preguntó:

—¿Has decidido qué vas a llevar hoy?

—La gasa verde, creo. Debería ir de blanco, lo sé, pero temo que no me quede bien.

—Si no vas de blanco —dijo Edwina por lealtad—, entonces yo tampoco lo haré. Llevaré la muselina azul.

Kate asintió con aprobación mientras volvía a hojear el diario que tenía en la mano, a la vez que intentaba sostener a Newton, que se había puesto patas arriba, colocado para que le frotaran la barriga.

—Justo la semana pasada, el señor Berbrooke dijo que eras un ángel vestido de azul, por lo bien que le va este color a tus ojos.

Edwina pestañeó llena de sorpresa.

—¿El señor Berbrooke dijo eso? ¿Te lo dijo a ti?

Kate volvió a alzar la vista.

—Por supuesto. Todos tus pretendientes intentan trasmitir sus cumplidos a través de mí.

—¿Ah, sí? ¿Y por qué iban a hacerlo?

Kate sonrió lentamente, con aire de indulgencia.

—Bien, para tu conocimiento, Edwina, podría tener algo que ver con cierta ocasión en la que anunciaste a todo el público presente en la velada musical de los Smythe-Smith que nunca te casarías sin la aprobación de tu hermana.

Las mejillas de Edwina se sonrosaron un poco.

—No fue a todo el público —balbució.

—Pues casi. La noticia se propagó más rápido que el fuego por los tejados. Yo ni siquiera estaba en la sala en ese momento y tardé sólo dos minutos en enterarme.

Edwina cruzó los brazos y soltó un «mmf» que hizo que pareciera su hermana mayor.

—Bien, es la verdad, o sea que no me importa quién lo sepa. Sé que todo el mundo espera de mí que haga una boda grandiosa y esplendorosa, pero no tengo que casarme con alguien que no se porte bien conmigo. Alguien con condiciones para impresionarte a ti sin duda sería satisfactorio.

—¿Así que soy tan difícil de impresionar?

Las dos hermanas se miraron la una a la otra y contestaron al unísono.

—Sí.

Pero mientras Kate se reía junto con Edwina, creció en su interior una preocupante sensación de culpabilidad. Las tres Sheffield sabían que iba a ser Edwina la que conseguiría enganchar a un noble o la que lograría casarse con una fortuna. Sería Edwina quien garantizaría el futuro a su familia, y les permitiera salir de su digna escasez. Edwina era una belleza, mientras Kate era...

Kate era Kate.

A Kate no le importaba. La belleza de Edwina era un hecho de la vida. Hacía tiempo que Kate había acabado por aceptar ciertas verdades. Kate nunca aprendería a bailar el vals sin ser ella la que intentara guiar a su pareja; siempre tendría miedo de las tormentas eléctricas, por mucho que se repitiera que estaba siendo tonta; y se pusiera lo que se pusiera, no importaba cómo se peinara o aunque se pellizcara las mejillas, nunca estaría tan guapa como Edwina.

Por otro lado, Kate no estaba segura de si le gustaría recibir toda la atención de la que Edwina era objeto. Y estaba acabando por comprender que tampoco le deleitaría la responsabilidad de tener que hacer una buena boda para mantener a su madre y a su hermana.

—Edwina —dijo Kate con voz suave y unos ojos que de repente se habían tornado serios—, no tienes que casarte con alguien que no te guste. Eso lo sabes.

Edwina asintió y de repente parecía que fuera a llorar.

—Si decides que no hay un solo caballero en Londres que no sea lo bastante bueno para ti, pues ya está. Regresaremos a Somerset y disfrutaremos de nuestra propia compañía, sin más. De todos modos, no hay nadie con quien yo me lo pase mejor.

—Ni yo —susurró Edwina.

—Y si encuentras a un hombre que te haga perder el sentido, entonces Mary y yo estaremos encantadas. Tampoco tiene que preocuparte dejarnos a nosotras dos. Disfrutaremos la una de la compañía de la otra.

—Es posible que tú también encuentres a alguien con quien casarte —indicó Edwina.

Kate notó que sus labios formaban una pequeña sonrisa.

—Es posible —concedió, aunque sabía que lo más probable era que no fuera así. No quería quedarse soltera para toda la vida, pero dudaba que fuera a encontrar un marido aquí en Londres—. Tal vez uno de tus pretendientes enfermos de amor recurra a mí una vez que se percate de que eres inalcanzable —bromeó.

Edwina intentó darle con el cojín.

—No seas tonta.

—¡Y no lo soy! —protestó Kate. No lo era. Con toda franqueza, aquélla parecía la vía más probable para que ella encontrara un marido en la capital.

—¿Sabes con qué tipo de hombre me gustaría casarme? —preguntó Edwina y de pronto puso ojos soñadores.

Kate sacudió la cabeza.

—Un intelectual.

—¿Un intelectual?

—Un erudito —dijo Edwina con firmeza.

Kate se aclaró la garganta.

—No estoy segura de que vayas a encontrar muchos de estos en la ciudad durante la temporada.

—Lo sé. —Edwina soltó un pequeño suspiro—. Pero lo cierto es que, y tú lo sabes, aunque se supone que no debería soltarlo en público, soy todo un ratón de biblioteca. Preferiría pasarme el día entre libros que dando vueltas por Hyde Park. Creo que disfrutaría de la vida con un hombre que también tuviera aspiraciones intelectuales.

—Cierto. Hummm... —La mente de Kate funcionaba con frenesí. Tampoco era probable que Edwina encontrara a un intelectual en Somerset—. ¿Sabes, Edwina? Podría ser difícil encontrar un verdadero erudito fuera de las ciudades universitarias. Tal vez tengas que contentarte con un hombre al le guste leer y aprender tanto como a ti.

—Eso estaría bien —aceptó feliz Edwina—. Estaría muy contenta con un intelectual *amateur*.

Kate soltó un suspiro de alivio. Sin duda podrían encontrar en Londres a alguien a quien le gustara leer.

—¿Y sabes qué? —añadió Edwina—. Nunca te puedes fiar de las apariencias. Todo tipo de personas son intelectuales en sus ratos libres. Vaya, incluso el vizconde de Bridgerton, del que no deja de hablar lady Confidencia podría ser en el fondo un erudito.

—Cuidado con lo que dices, Edwina. No vas a tener nada que ver con el vizconde de Bridgerton. Todo el mundo sabe que es un mujeriego de la peor clase. De hecho, es el peor de los mujeriegos, y sanseacabó. De todo Londres. ¡De todo el país!

—Lo sé, sólo le estaba poniendo de ejemplo. Aparte, no es probable que escoja esposa este año. Eso dice lady Confidencia, y tú misma has dicho que casi siempre está en lo cierto.

Kate dio una palmadita en el brazo a su hermana.

—No te preocupes. Te encontraremos un marido apropiado. Pero no, desde luego que no, ¡no el vizconde de Bridgerton!

En aquel preciso momento, su tema de conversación se encontraba pasando el rato en White's con dos de sus tres hermanos más jóvenes, disfrutando de una copa por la tarde.

Anthony Bridgerton se recostó en su sillón de cuero y contempló su whisky escocés con expresión pensativa mientras lo hacía girar. Luego anunció:

—Estoy pensando en casarme.

Benedict Bridgerton, quien llevaba un rato entregado a un vicio que su madre detestaba —oscilar tambaleante sobre las dos patas traseras de su silla— se cayó al suelo.

Colin Bridgerton se atragantó.

Por suerte para Colin, Benedict volvió a incorporarse a tiempo para darle una sonora palmada en la espalda y mandar una aceituna verde volando por encima de la mesa.

Por poco alcanza la oreja de Anthony.

Anthony dejó pasar aquella humillación sin comentarios. Era demasiado consciente de que su repentina declaración había provocado un poco de sorpresa.

Bueno, tal vez algo más que un poco. Completa, total y absoluta, eran las palabras que vinieron a su mente.

Anthony sabía que no daba la imagen de un hombre que había sentado la cabeza. Había pasado la última década como un vividor de la peor clase, buscando placer donde podía. Como bien sabía, la vida era corta y sin duda había que disfrutarla. Oh, desde luego que había mantenido un cierto código de honor. Nunca había coqueteado con jovencitas de buena familia. Cualquier muchacha que tuviera algún derecho a exigirle matrimonio quedaba estrictamente relegada a territorio prohibido.

Puesto que tenía cuatro hermanas menores, Anthony mostraba un grado saludable de respeto por la buena reputación de las mujeres de buena cuna. Ya casi se había batido en duelo por una de sus hermanas, y todo por un desaire a su honor. Y en cuanto a las otras tres... tenía que admitir sin reparos que sentía un sudor frío sólo de pensar en que se enredaran con un hombre con una reputación parecida a la suya.

No, era cierto, no iba a aprovecharse de la hermana menor de otro caballero.

Pero en cuanto a otros tipos de mujeres —viudas y actrices, que sabían lo que querían y dónde se estaban metiendo— disfrutaba de su compañía y disfrutaba a tope. Desde el día en que salió de Oxford y partió hacia al oeste, a Londres, nunca le había faltado una amante.

Y en ocasiones, pensó con ironía, no le habían faltado dos.

Podía decirse que había participado en todas las carreras de caballos que la sociedad organizaba, había boxeado en Gentleman Jackson's y había ganado más partidas de cartas de las que podía recordar. (Había perdido unas cuantas también, pero ésas no las consideraba.) La década de los veinte a los treinta había transcurrido en una búsqueda consciente de placer, atenuada sólo por su abrumador sentido de la responsabilidad para con su familia.

La muerte de Edmund Bridgerton había sido repentina e inesperada; no había tenido ocasión de manifestar ninguna petición final a su hijo mayor antes de fallecer. Pero Anthony estaba seguro de que, si lo hubiera hecho, le habría pedido que cuidara de su madre, hermanos y hermanas con la misma diligencia y afecto que Edmund había mostrado.

Por lo tanto, entre las rondas de fiestas y las carreras de caballos de Anthony, había enviado a sus hermanos a Eton y a Oxford, había asistido a una cantidad apabullante de recitales de piano ofrecidos por sus hermanas (toda una proeza, tres de las cuatro carecían de oído para la música), y había seguido de cerca las finanzas familiares. Con siete hermanos y hermanas, consideraba su deber garantizar que hubiera dinero suficiente para asegurar el futuro de todos.

Según se acercaba a los treinta años, se había percatado de que pasaba cada vez más y más tiempo atendiendo su herencia y a su familia y cada vez menos en su antigua búsqueda de decadencia y placer. Y había comprendido que le gustaba de este modo. Aún tenía amantes, pero nunca más de una cada vez, y descubrió que ya no sentía la necesidad de participar en cada carrera de caballos que se organizaba o de quedarse hasta tarde en una fiesta sólo para ganar esa última mano de cartas.

Por supuesto, conservaba la misma reputación que años atrás. Eso era algo que en sí no le importaba. Había ciertas ventajas en que se le considerara el vividor más censurable de toda Inglaterra. Por ejemplo, le temían casi en todas partes.

Todo tenía un lado bueno.

Pero ahora era el momento de casarse. Tenía que sentar cabeza, tener un hijo. Al fin y al cabo, tenía que transmitir a alguien su título. Sintió una penetrante punzada de lástima —y tal vez también un toque de culpabilidad— porque era poco probable que viviera para ver a su hijo convertido en adulto. Pero ¿qué podía hacer? Era el primogénito Bridgerton de un primogénito Bridgerton de un primogénito Bridgerton, hasta ocho veces. Tenía la responsabilidad dinástica de ser fértil y multiplicarse.

Aparte, le producía cierto consuelo saber que dejaba tres hermanos competentes y bondadosos. Ellos se ocuparían de que su hijo fuera criado con el amor y el honor del que todos los Bridgerton habían disfrutado. Sus hermanas mimarían al niño, y su madre tal vez lo malcriaría...

Anthony sonrió un poco mientras pensaba en su numerosa y a veces ruidosa familia. Su hijo no necesitaría un padre para ser querido.

Y tuviera los hijos que tuviera, bien, era probable que no le recordasen una vez faltara. Serían pequeños, aún no formados. No le había pasado por alto que, de todos los niños Bridgerton, a él, el mayor, le había afectado más profundamente la muerte de su padre.

Dio otro trago a su whisky y enderezó los hombros, apartando cavilaciones tan desagradables de su mente. Necesitaba concentrarse en el tema que tenía entre manos, a saber, la búsqueda de una esposa.

Puesto que era un hombre bastante exigente y en cierto modo organizado, había hecho una lista mental de los requisitos para aquel puesto. En primer lugar, ella tenía que ser razonablemente atractiva. No hacía falta que fuera una belleza despampanante (aunque eso sería agradable), pero si tenía que acostarse con ella, imaginaba que un poco de atracción física haría la faena más agradable.

En segundo lugar, no podía ser estúpida. Esto, reflexionó Anthony, tal vez fuera el más difícil de sus requisitos. No le impresionaba demasiado la destreza mental de las debutantes londinenses. La última vez que había cometido el error de entablar conversación con una mocosa recién salida del colegio, ella no había sido capaz de hablar de otra cosa que no fuera de comida (tenía un plato de fresas en aquel momento) y del tiempo (y ni siquiera se aclaró entonces: cuando Anthony le había preguntado si le parecía que iban a tener tiempo inclemente, ella había contestado que no tenía ni idea. «Nunca he estado en Clemente.»)

Tal vez pudiera evitar conversar con una esposa que no fuera del todo lista, pero no quería unos niños estúpidos.

En tercer lugar —y éste era el punto más importante— no podía tratarse de alguien de quien él pudiera enamorarse.

Esta regla no podía quebrantarse bajo circunstancia alguna.

Tampoco era tan cínico: él sabía que el amor verdadero existía. Cualquiera que hubiera estado en la misma habitación que sus padres sabía que existía el amor verdadero.

Pero el amor era una complicación que deseaba evitar. No deseaba que se produjera aquel milagro en concreto en su vida.

Y puesto que Anthony estaba acostumbrado a conseguir lo que quería, no albergaba dudas de que iba a encontrar una mujer atractiva e inteligente de la que nunca se enamoraría. ¿Qué problema había en ello? Eran muchas las posibilidades de que nunca encontrara el amor de su vida pese a buscarlo. De hecho la mayoría de los hombres no lo conseguían.

—Santo cielo, Anthony, ¿por qué frunces el ceño así? No puede ser por la aceituna. He visto con claridad que ni siquiera te ha tocado.

La voz de Benedict le sacó de su ensueño. Anthony pestañeó unas pocas veces antes de contestar.

—No es nada. Nada en absoluto.

Por supuesto, no había compartido con nadie sus ideas sobre su propia mortalidad, ni siquiera con sus hermanos. No era el tipo de cosa que alguien quisiera anunciar por ahí. Diablos, si alguien le hubiera venido a él con una historia así, era más que probable que le hubiera mandado al cuerno entre risas.

Pero nadie más podía entender la profundidad del vínculo que mantenía con su padre. Y sin duda nadie más podía comprender lo que Anthony sentía en sus carnes y lo que sabía con convicción: que simplemente no viviría más de lo que había vivido su padre. Edmund lo había sido todo para él. Siempre había aspirado a ser un hombre tan importante como su padre pese a saber que aquello era improbable; de todos modos lo intentaba. Alcanzar más de lo que había logrado Edmund —en cualquier sentido— era del todo imposible.

El padre de Anthony era, en pocas palabras, el hombre más grande que había conocido nunca, posiblemente el hombre más grande que había vivido jamás. Pensar que podía ser más que eso parecía presuntuoso en extremo.

Algo le había sucedido la noche en que su padre había muerto, cuando permaneció en el dormitorio de sus padres a solas con el cadáver, simplemente sentado allí durante horas, observando a Edmund e intentando con desespero recordar cada momento que habían compartido. Sería tan fácil olvidar las cosas pequeñas: cómo apretaba el brazo de Anthony cuando le hacía falta ánimo o cómo podía recitar entera de memoria la canción «Sigh No More» de Balthazar de *Mucho ruido y pocas nueces*, no porque le pareciera significativa sino porque le gustaba, sin más.

Y cuando por fin Anthony salió de la habitación, con los primeros rayos del amanecer tornando el cielo de rosa, en cierto modo sabía que tenía los días contados, contados del mismo modo que lo habían estado para Edmund.

—Suéltalo —dijo Benedict, interrumpiendo una vez más sus pensamientos—. No voy a ofrecer nada por saber lo que piensas, ya que sé que es imposible que tus pensamientos valgan algo, pero ¿en qué diantres estás pensando?

De repente Anthony se sentó más erguido, decidido a volver su atención al tema que tenían entre manos. Al fin y al cabo, tenía que elegir esposa, y sin duda eso constituía un asunto serio.

—¿A quién se considera el diamante de esta temporada? —preguntó.

Sus hermanos se pararon a pensar un momento en esto y enseguida Colin dijo:

—Edwina Sheffield. Sin duda la has visto. Bastante menuda, con el pelo rubio y ojos azules. Puedes distinguirla por el rebaño de pretendientes enfermos de amor que van tras ella.

Anthony pasó por alto los intentos de su hermano de resultar sarcástico.

—¿Es inteligente?

Colin pestañeó, como si la pregunta sobre si una mujer era lista fuera una cuestión que nunca se le hubiera pasado a él por la cabeza.

—Sí, creo que sí. En una ocasión la oí discutir de mitología con Middlethorpe, y sonaba cómo si supiera de lo que hablaba.

—Bien —dijo Anthony mientras dejaba su copa de whisky sobre la mesa con un sonido seco—. Pues entonces me casaré con ella.

Capítulo 2

En el baile de los Heartside el miércoles por la noche, se pudo ver al vizconde Bridgerton bailando con más de una joven soltera. Esta conducta sólo puede calificarse de «sorprendente», ya que normalmente Bridgerton evita a las jovencitas recatadas con una perseverancia que sería admirable si no resultara tan frustrante para todas las mamás con intenciones matrimoniales.

¿Es posible que el vizconde haya leído la columna más reciente de Esta Autora y que, haciendo gala de esa actitud perversa que todos los varones parecen compartir, haya decidido demostrar a Esta Autora que se equivocaba?

Podría dar la impresión de que Esta Autora se atribuye más importancia de la que de hecho ejerce, pero está claro que los hombres han tomado decisiones basándose en mucho, mucho menos.

REVISTA DE SOCIEDAD DE LADY WHISTLEDOWN,
22 de abril de 1814

*P*ara las once de la noche, todos los temores de Kate se habían materializado.

Anthony Bridgerton le había pedido un baile a Edwina.

Y aún peor, Edwina había aceptado.

Y mucho peor todavía, Mary estaba contemplando a la pareja como si quisiera reservar la iglesia en aquel mismo minuto.

—¿Vas a dejarlo? —le dijo Kate entre dientes, al tiempo que propinaba a su madrastra un codazo en las costillas.

—¿Dejar qué?

—¡De mirarles de ese modo!

Mary pestañeó.

—¿De qué modo?

—Como si estuvieras planeando el menú de la boda.

—Oh. —A Mary se le sonrojaron las mejillas con el tipo de rubor que denotaba culpabilidad.

—¡Mary!

—Bien, es posible que lo haya hecho —admitió la mujer—. ¿Y qué tiene de malo, me gustaría preguntar? Sería un partido inmejorable para Edwina.

—¿No nos has escuchado esta tarde en el salón? Ya es bastante malo que Edwina tenga tal cantidad de vividores y mujeriegos pisándole los talones. No puedes imaginarte la de tiempo que me ha llevado separar a los buenos pretendientes de los malos. ¡Pero Bridgerton! —Kate se encogió de hombros—. Es muy posible que sea el peor mujeriego de todo Londres. No puedes querer que se case con un hombre como él.

—No se te ocurra decirme qué puedo y qué no puedo hacer, Katharine Grace Sheffield —respondió Mary cortante e irguió la espalda hasta enderezarse en toda su altura, que de todos modos era una cabeza más baja que Kate—. Sigo siendo tu madre. Bien, tu madrastra. Y eso cuenta para algo.

Kate se sintió de inmediato como un gusano.

Mary era la única madre que había conocido y nunca, ni una sola vez, le había hecho sentirse menos hija que Edwina. La había arropado por las noches, le había contado cuentos, la había besado y abrazado, y le había ayudado durante esos años difíciles entre la infancia y la edad adulta. Lo único que no había hecho era pedir a Kate que la llamara «madre».

—Sí cuenta —dijo Kate con voz suave, bajando avergonzada la mirada a los pies—. Cuenta mucho. Eres mi madre, en todos los sentidos y en todo lo que importa.

Mary se la quedó mirando durante un largo momento, luego empezó a pestañear de forma bastante frenética.

—Oh, cielos —dijo con voz entrecortada mientras buscaba en su cartera un pañuelo—. Ahora ya me has dejado hecha una regadera.

—Lo siento —murmuró Kate—. Mira, ven aquí, vuélvete para que nadie te vea. Así, así...

Mary sacó un pañuelo blanco de lino y se secó los ojos, del mismo azul que los de Edwina.

—Te quiero, Kate. Lo sabes, ¿verdad?

—¡Por supuesto! —exclamó Kate, asombrada incluso de que Mary lo preguntara—. Y tú sabes... tú sabes que...

—Lo sé. —Mary le dio unos golpecitos en el brazo—. Por supuesto que lo sé. Es sólo que cuando te comprometes a ser la madre de una criatura a la que no has dado a luz, tu responsabilidad es el doble de grande. Debes trabajar incluso más para garantizar la felicidad y el bienestar del niño.

—Oh, Mary, te quiero. Y quiero a Edwina.

Nada más mencionar el nombre de Edwina, las dos se volvieron y miraron al otro lado del salón de baile, para verla mientras bailaba con suma gracia con el vizconde. Como era habitual, Edwina era una pura imagen de belleza menuda. Su cabello rubio estaba recogido en lo alto de su cabeza, con unos pocos rizos sueltos que enmarcaban su rostro, y su forma era la gracia personificada mientras iba ejecutando los pasos del baile.

El vizconde, advirtió Kate con irritación, era de un guapo deslumbrante. Vestido de negro y blanco rigurosos, evitaba los colores chillones que se habían hecho populares entre los miembros más coquetos de la elite aristocrática. Era alto, estirado y orgulloso, y tenía un espeso cabello castaño que tendía a caer hacia delante sobre su frente.

Al menos a primera vista, era todo lo que se suponía que un hombre tenía que ser.

—Forman una pareja muy guapa, ¿verdad? —murmuró Mary.

Kate se mordió la lengua. Y se hizo daño de veras.

—Es un pelín alto para ella, pero no lo veo como un obstáculo insuperable, ¿no crees?

Kate se agarró las manos y se clavó las uñas en la piel. Decía mucho sobre la fuerza de su agarre el hecho de que pudiera sentirlas incluso a través de los guantes de cabritilla.

Mary sonrió. Una sonrisa bastante taimada, pensó Kate. Lanzó una mirada desconfiada a su madrastra.

—¿Él baila bien, no te parece? —preguntó Mary.

—¡No va a casarse con Edwina! —estalló Kate.

La sonrisa de Mary se estiró hasta formar una mueca.

—Me estaba preguntando cuánto tardarías en romper tu silencio.

—Mucho más de lo que es mi tendencia natural —replicó Kate, prácticamente mordiendo con cada palabra.

—Sí, eso está claro.

—Mary, sabes que no es el tipo de hombre que queremos para Edwina.

Mary inclinó ligeramente la cabeza a un lado y alzó las cejas.

—Creo que el planteamiento tendría que ser si es el tipo de hombre que Edwina quiere para Edwina.

—¡Tampoco lo es! —repuso Kate con vehemencia—. Esta misma tarde me dijo que quería casarse con un intelectual. ¡Un intelectual! —Sacudió la cabeza en dirección al cretino moreno que estaba bailando con su hermana—. ¿A ti te parece un intelectual?

—No, pero te digo lo mismo, tú no tienes precisamente aspecto de ser una diestra acuarelista, y no obstante yo sé que lo eres. —Mary puso una sonrisita de suficiencia, lo cual acabó por sacar de quicio a Kate. Esperó su respuesta.

—Admitiré —dijo Kate entre dientes— que no hay que juzgar a una persona sólo por su aspecto externo, pero sin duda estarás de acuerdo conmigo en que, por todo lo que hemos oído decir de él, no parece el tipo de hombre que vaya a pasar las tardes inclinado sobre libros antiguos en una biblioteca.

—Tal vez no —dijo Mary en tono meditativo— pero he tenido una conversación encantadora con su madre esta noche, más temprano.

—¿Su madre? —Kate se forzó por seguir la conversación—. ¿Qué tiene que ver eso ahora?

Mary se encogió de hombros.

—Me cuesta creer que una dama tan cortés e inteligente haya criado a un hijo que no sea el más perfecto de los caballeros, a pesar de su reputación.

—Pero, Mary...

—Cuando seas madre —dijo con altivez— entenderás a lo que me refiero.

—Pero...

—¿Te he dicho ya —interrumpió de pronto Mary con un tono

de voz intencionado que indicaba que quería cambiar de tema— lo guapa que estás con la gasa verde? Estoy contentísima de que la escogiéramos.

Kate se quedó mirando su vestido sin palabras mientras se preguntaba por qué diablos Mary había cambiado de tema de forma tan repentina.

—Este color te sienta muy bien. ¡Lady Confidencia no te comparará con ninguna brizna chamuscada en su columna del viernes!

Kate se quedó mirando a Mary llena de consternación. Tal vez su madre estaba demasiado acalorada. El salón de baile se encontraba abarrotado y el ambiente estaba cada vez más cargado.

Entonces sintió el dedo de Mary clavándosele justo debajo de su omoplato izquierdo, y supo que el motivo era otra cosa por completo diferente.

—¡Señor Bridgerton! —exclamó de pronto Mary, sonando tan llena de júbilo como una jovencita.

Kate, horrorizada, volvió la cabeza con brusquedad para ver a un hombre asombrosamente guapo que se acercaba hacia ellas. Un hombre asombrosamente guapo que guardaba un parecido también asombroso con el vizconde que en aquellos instantes estaba bailando con su hermana.

Tragó saliva. O eso o se quedaba boquiabierta del todo.

—¡Señor Bridgerton! —repitió Mary—. Qué placer verle. Ésta es mi hija Katharine.

El joven tomó la mano inerte y enguantada de Kate y rozó sus nudillos con un beso tan etéreo que Kate sospechó que no la había besado en absoluto.

—Señorita Sheffield —murmuró él.

—Kate —continuó Mary—, te presento al señor Colin Bridgerton. Le he conocido antes mientras hablaba con su madre, lady Bridgerton, esta misma noche. —Se volvió a Colin con sonrisa radiante—. Qué dama tan encantadora.

Él le devolvió la sonrisa.

—Eso creemos nosotros.

Mary soltó una risita ahogada. ¡Una risita ahogada! Kate sintió una arcada.

—Kate —repitió Mary—, el señor Bridgerton es el hermano del vizconde. El que baila con Edwina —añadió sin que fuera necesario.

—Eso he deducido —respondió Kate.

Colin Bridgerton le lanzó una mirada de soslayo, y ella supo al instante que no le había pasado por alto el vago sarcasmo en su tono de voz.

—Es un placer conocerla, señorita Sheffield —dijo con amabilidad—. Espero que esta noche me haga el honor de concederme uno de sus bailes.

—Yo... por supuesto. —Se aclaró la garganta—. Será un honor.

—Kate —dijo Mary dándole levemente con el codo—, enséñale tu tarjeta de baile.

—¡Oh! Sí, por supuesto. —Kate buscó a tientas su tarjeta, que llevaba atada con pulcritud a su muñeca con una cinta verde. Que tuviera que buscar a tientas algo que de hecho llevaba atado a su cuerpo era un poco alarmante, pero Kate decidió atribuir su falta de compostura a la aparición repentina e inesperada de un hermano Bridgerton desconocido hasta entonces.

Eso y el desgraciado hecho de que incluso en las mejores circunstancias nunca había sido la chica con más gracia de un baile.

Colin escribió su nombre para una de las piezas durante aquella velada, luego le preguntó si le apetecía ir con él hasta la mesa de la limonada.

—Ve, ve —dijo Mary antes de que Kate pudiera contestar—. No te preocupes por mí. Estaré muy bien aunque te vayas.

—Puedo traerte un vaso —se ofreció Kate al tiempo que intentaba imaginarse si era posible fulminar con la mirada a su madrastra sin que el señor Bridgerton lo advirtiera.

—No es necesario. La verdad es que debería regresar a mi sitio con todas las acompañantes y madres. —Mary volvió con frenesí la cabeza de un lado a otro hasta que detectó un rostro conocido—. Oh, mira, ahí está la señora Featherington. Tengo que marcharme. ¡Portia! ¡Portia!

Kate observó durante un momento la forma de su madrastra que se retiraba a toda prisa, luego se volvió de nuevo al señor Bridgerton.

—Creo —dijo con sequedad— que no quiere limonada.

Una chispa de humor destelló en los ojos verde esmeralda de él.

—O eso o es que planea ir corriendo hasta España a recoger ella misma los limones.

A su pesar, Kate se rió. Prefería que el señor Colin Bridgerton no le cayera bien. No tenía demasiadas ganas de que nadie de la familia Bridgerton le gustara después de todo lo que había leído sobre el vizconde en el diario. Pero tuvo que admitir que no parecía justo juzgar a un hombre por las fechorías de su hermano, de modo que se obligó a sí misma a relajarse un poco.

—¿Y usted tiene sed —le preguntó Kate— o se limitaba a ser amable?

—Siempre soy amable —dijo con una sonrisa maliciosa, pero también tengo sed.

Kate echó una rápida ojeada a esa sonrisa que combinada con aquellos devastadores ojos verdes conseguía un efecto letal, y casi suelta un gemido.

—Usted también es un seductor —dijo con un suspiro.

Colin se atragantó. Con qué, ella no lo sabía, pero de todos modos se atragantó.

—Perdón, ¿cómo ha dicho?

El rostro de Kate se sonrojó al percatarse con horror de que había hablado en voz alta.

—No, soy yo quien le pide perdón. Por favor, discúlpeme. Mi descortesía es imperdonable.

—No, no —se apresuró a decir él, con aspecto de estar terriblemente interesado y también bastante divertido—, por favor, continúe.

Kate tragó saliva. No había manera de salir ahora de esto.

—Simplemente... —se aclaró la garganta—, si quiere que le sea franca...

Él asintió con una sonrisa astuta que le decía que no podía imaginársela de otra manera que siendo franca.

Kate se aclaró la garganta una vez más. La verdad, esto se estaba volviendo ridículo. Empezaba a sonar como si se hubiera tragado un sapo.

—Se me había ocurrido que guardaba cierto parecido con su hermano, eso es todo.

—¿Mi hermano?

—El vizconde —dijo ella, pues pensaba que era obvio.

—Tengo tres hermanos —explicó él.

—Oh. —Entonces se sintió estúpida—. Lo siento.

—Yo también lo siento —dijo él, como si de verdad lo lamentara—. La mayoría de las veces son un fastidio atroz.

Kate tuvo que toser para disimular un pequeño resuello de sorpresa.

—Pero al menos no me ha comparado con Gregory —dijo él con un suspiro dramático de alivio. En ese momento lanzó a Kate una pícara mirada de soslayo—. Tiene trece años.

Kate captó la sonrisa dibujada en sus ojos y comprendió que había estado bromeando con ella todo el tiempo. En absoluto se trataba de un hombre que deseara perder de vista a sus hermanos.

—Siente bastante devoción por su familia, ¿verdad que sí? —le preguntó.

Los ojos de él, risueño a lo largo de toda la conversación se volvieron serios por completo sin tan siquiera pestañear.

—Total.

—Igual que yo —dijo Kate lanzando una indirecta.

—¿Y eso quiere decir...?

—Quiere decir —contestó ella consciente de que debía contener la lengua pero de todas formas explicarse— que no permitiré que nadie rompa el corazón de mi hermana.

Colin se quedó callado durante un momento y volvió la cabeza con lentitud para observar a su hermano y a Edwina, quienes en ese mismo momento concluían el baile.

—Ya veo —murmuró.

—¿Ah sí?

—Oh, desde luego. —Llegaron a la mesa de la limonada y él estiró el brazo para coger dos vasos, uno de los cuales se lo tendió a ella. Ya había bebido tres vasos de limonada aquella noche, un hecho del que estaba segura que Mary era consciente antes de insistir en que Kate bebiera más. Pero hacía calor en el salón de baile —en los salones de baile siempre hacía calor— y volvía a tener sed.

Colin dio un sorbo pausado y la observó por encima del borde del vaso, luego dijo:

—Mi hermano tiene en mente formar una familia este año.

Era un juego para dos, pensó Kate. Dio un sorbo a la limonada —lentamente— antes de hablar:

—¿Eso es cierto?

—Desde luego estoy en posición de saberlo.

—Tiene la reputación de ser todo un mujeriego.

Colin la miró intentando formarse un juicio.

—Eso es cierto.

Es difícil imaginarse a un tunante de tan mala reputación formalizándose con una esposa y encontrando la felicidad en el matrimonio.

—Parece haber pensado mucho en esta perspectiva, señorita Sheffield.

Le apuntó con una mirada franca y directa a su rostro.

—Su hermano no es el primer hombre de carácter cuestionable que le ha hecho la corte a mi hermana, señor Bridgerton. Y le aseguro que no me tomo la felicidad de mi hermana a la ligera.

—Lo cierto es que cualquier chica encontraría la felicidad en un matrimonio con un caballero acaudalado y con título. ¿No consiste justo en eso una temporada en Londres?

—Tal vez —admitió Kate—, pero me temo que esa línea de pensamiento no aborda el verdadero problema que nos ocupa.

—¿Que es?

—Que un marido puede romper el corazón con una intensidad muy superior a la de un mero pretendiente. —Sonrió con una clase de sonrisa leve y sabedora. Luego añadió—: ¿No le parece?

—Puesto que nunca me he casado, está claro que no estoy en situación de hacer conjeturas.

—Lástima, lástima, señor Bridgerton. Ésa ha sido la peor evasiva que podía ocurrírsele.

—¿De veras? Más bien pensaba que podría ser la mejor. Está claro que estoy perdiendo habilidades.

—Eso, me temo, nunca será algo de lo que preocuparse. —Kate acabó lo que le quedaba de limonada. Era un vaso pequeño; lady Hartside, la anfitriona, era conocida por su tacañería.

—Es demasiado generosa —replicó él.

Kate sonrió, esta vez con una sonrisa de verdad.

—Rara vez me acusan de eso, señor Bridgerton.

Él se rió. Con una sonora carcajada en medio del salón de baile. Kate se percató con incomodidad de que de pronto eran objeto de numerosas miradas curiosas.

—Tiene que conocer —continuó él, sonando divertido por completo— a mi hermano.

—¿El vizconde? —preguntó ella con incredulidad.

—Bien, podría disfrutar también de la compañía de Gregory —admitió—, pero como ya le he dicho, sólo tiene trece años y es probable que le ponga una rana en la silla.

—¿Y el vizconde?

—No es probable que le ponga una rana en la silla —respondió él con una expresión absolutamente seria.

Kate nunca sabría cómo consiguió no echarse a reír. Con los labios muy rectos y serios, contestó:

—Ya veo. Tiene muchos consejos que dar a su hermano pequeño entonces.

Colin puso una mueca.

—No es tan malo.

—Qué alivio saberlo. Creo que voy a empezar a planear el banquete nupcial de inmediato.

Colin se quedó boquiabierto.

—No me refería... No debería... Es decir, una medida así sería prematura.

Kate sintió lástima por él y dijo:

—Estaba bromeando.

El rostro de él se sonrojó levemente.

—Por supuesto.

—Bien, si me disculpa, tengo que despedirme.

Colin alzó una ceja.

—¿No irá a irse tan pronto, señorita Sheffield?

—En absoluto. —Pero no iba a decirle que tenía que ir al escusado. Cuatro vasos de limonada tendían a provocar esa reacción corporal—. He prometido a una amiga reunirme un momento con ella.

—Ha sido un placer. —Ejecutó una inclinación precisa—. ¿Puedo acompañarla a su destino?

—No, gracias. Seré capaz de llegar yo sola. —Y con una sonrisa por encima del hombro, inició su retirada del salón de baile.

Colin Bridgerton la observó marchar con expresión pensativa, luego se encaminó hacia su hermano mayor quien estaba apoyado contra la pared con los brazos cruzados en actitud casi beligerante.

—¡Anthony! —le llamó y dio una palmada a su hermano en la espalda—. ¿Cómo ha ido tu baile con la encantadora señorita Sheffield?

—Servirá. —Fue la escueta respuesta de Anthony. Ambos sabían qué quería decir eso.

—¿De veras? —Los labios de Colin esbozaron un sonrisa muy leve—. Entonces tendrías que conocer a su hermana.

—¿Disculpa?

—Su hermana —repitió Colin, y empezó a reírse—. Simplemente tienes que conocer a su hermana.

Veinte minutos más tarde, Anthony estaba convencido de haber comprendido toda la historia que Colin le explicó sobre Edwina Sheffield. Y por lo visto, la vía para alcanzar el corazón de Edwina y su mano en matrimonio pasaba directamente por su hermana.

Al parecer, Edwina Sheffield no iba a casarse sin la aprobación de su hermana mayor. Según Colin esto era *vox populi*, o al menos lo era desde la semana anterior ya que Edwina así lo había manifestado en la velada musical anual de los Smythe-Smith. Todos los hermanos Bridgerton se habían perdido esta declaración de capital importancia ya que evitaban las veladas musicales de los Smythe-Smith como si fueran la plaga, igual que hacía cualquiera con un poco de aprecio por Bach, Mozart o la música en general.

La hermana mayor de Edwina, una tal Katharine Sheffield, más conocida como Kate, también hacía su debut este año, pese a que era sabido que al menos tenía veintiún años. Esta coincidencia llevó a Anthony a la conclusión de que las Sheffield debían encontrarse entre las categorías inferiores de la aristocracia, un hecho que a él le iba bien. No necesitaba una novia con una gran dote, y una novia sin dote podría necesitarle más a él.

Anthony creía en aprovechar todas las ventajas.

A diferencia de Edwina, la mayor de las señoritas Sheffield no había causado una sensación inmediata entre la sociedad. Según Colin, en general caía bien, pero carecía de la belleza deslumbrante de Edwina. Era alta mientras Edwina era menuda, y morena mientras Edwina era rubia. A su vez, carecía de la gracia resplandeciente de Edwina. También en este caso según Colin (quien, pese a haber llegado hacía bien poco a Londres para pasar la temporada, era una verdadera fuente de conocimiento y cotilleo), más de un caballero había comunicado haber recibido pisotones tras un baile con Katharine Sheffield.

A Anthony le resultaba toda la situación un poco absurda. Al fin y al cabo, ¿quién había oído alguna vez que una muchacha precisara la aprobación de su hermana para su futuro marido? Un padre, sí, un hermano, o incluso una madre... pero ¿una hermana? Era inconcebible. Y aún más, resultaba peculiar que Edwina buscara consejo en Katharine cuando estaba claro que la propia Katharine no sabía a qué atenerse en asuntos relacionados con la *ton*.

Pero Anthony no tenía especial interés en buscar otra candidata adecuada a la que cortejar, de modo que decidió convenientemente que aquello sólo quería decir que la familia era importante para Edwina. Y puesto que la familia era lo más importante para él, esto era un indicio más de que sería una opción excelente como esposa.

De modo que daba la impresión de que lo único que tendría que hacer sería cautivar a la hermana. ¿Y cómo iba a ser eso algo difícil?

—No tendrás problemas en conquistarla —predijo Colin con una sonrisa de seguridad iluminando su rostro—. Ningún problema en absoluto. ¿Una solterona tímida y anticuada? Es probable que nunca haya recibido las atenciones de un hombre como tú. Nunca sabrá qué le habrá sucedido.

—No quiero que se enamore de mí —replicó Anthony—. Sólo quiero que me recomiende a su hermana.

—No puedes fallar —continuó Colin—. Así de sencillo: no puedes fallar. Confía en mí, he pasado unos minutos conversando con ella antes esta misma noche y no podía hablar mejor de ti.

—Bien. —Anthony se incorporó de la pared y lanzó una ojeada con aire decidido—. Y bien, ¿dónde está? Necesito que nos presentes.

Colin inspeccionó la sala durante un minuto más o menos y luego dijo:

—Ah, ahí está. Mira, viene en esta dirección. Qué coincidencia tan maravillosa.

Anthony había llegado a la conclusión hacía tiempo de que nada que se acercara a cinco metros de su hermano era una coincidencia, pero siguió de todos modos su mirada.

—¿Cuál de ellas es?

—La de verde —contestó Colin haciendo una indicación en su dirección con un movimiento de barbilla apenas perceptible.

No era en absoluto lo que había esperado, se percató Anthony mientras la observaba andar con mucho cuidado entre la multitud. En realidad no era una amazona solterona; sólo si se la comparaba con Edwina, quien apenas pasaba el metro cincuenta, parecía demasiado alta. En sí, la señorita Katharine Sheffield tenía un aspecto de veras agradable, con espeso cabello marrón castaño y ojos oscuros. Tenía el cutis claro, labios rosados y se comportaba con un aire de seguridad que él no pudo evitar encontrar atractivo.

Era cierto que nunca se la podría considerar un diamante del más alto grado de pureza, como su hermana, pero Anthony no entendía por qué no era capaz de encontrar un marido para ella. Tal vez cuando él se casara con Edwina pudiera proporcionar una dote para la hermana. Parecía lo menos que un hombre podía hacer.

A su lado, Colin se adelantó un poco para abrirse camino entre la multitud.

—¡Señorita Sheffield! ¡Señorita Sheffield!

Anthony no quiso quedarse detrás de Colin y se preparó mentalmente para encandilar a la hermana mayor de Edwina. Una solterona no valorada como era debido, eso era. La tendría comiéndole de la mano en un visto y no visto.

—Señorita Sheffield —estaba diciendo Colin—, qué placer volver a verla.

Ella se mostró un poco perpleja, pero Anthony no la culpó. Colin hacía que sonara como si se hubieran topado el uno con el otro por accidente, cuando todos sabían que al menos había atropellado a media docena de personas para llegar a su lado.

—Y es encantador volver a verle también a usted, señor —respondió con ironía—. Y de un modo tan inesperadamente rápido después de nuestro último encuentro.

Anthony sonrió para sus adentros. Tenía un ingenio más agudo de lo que le habían incitado a pensar.

Colin puso una mueca encantadora, y entonces Anthony tuvo la impresión clara y turbadora de que su hermano andaba detrás de algo.

—No puedo explicar por qué —dijo Colin a la señorita Sheffield—, pero de pronto me parece imperioso presentarle a mi hermano.

Kate volvió de forma abrupta la vista a la derecha de Colin y se enderezó cuando su mirada recayó sobre Anthony. Más bien dio la impresión de que acabara de tomarse una medicamento desagradable.

Anthony pensó que aquello era extraño.

—Qué amable de su parte —murmuró la señorita Sheffield... entre dientes.

—Señorita Sheffield —continuó alegre Colin, mientras hacía una indicación a Anthony—, mi hermano Anthony, vizconde de Bridgerton. Anthony, la señorita Katharine Sheffield. Creo que ya has conocido a su hermana antes esta noche.

—Desde luego —dijo Anthony, consciente para entonces de un abrumador deseo, no necesidad, de estrangular a su hermano.

La señorita Sheffield hizo una rápida y torpe inclinación.

—Lord Bridgerton —dijo— es un honor conocerle.

Colin profirió un sonido demasiado parecido a un resoplido. O tal vez una risa. O tal vez ambas cosas.

Y entonces Anthony lo supo de repente. Una sola mirada al rostro de su hermano debería habérselo revelado. No se trataba de una solterona tímida, retraída, no valorada como era debido. Fuera lo que fuera que le hubiera dicho ella a Colin aquella misma noche, no incluía ningún cumplido para con Anthony.

El fratricidio era legal en Inglaterra, ¿o no? Si no lo era, pronto debería serlo, qué carajo.

Anthony comprendió con retraso que la señorita Sheffield le había tendido la mano, como era lo educado. La tomó y rozó con un leve beso sus nudillos enguantados.

—Señorita Sheffield —murmuró sin pensar—, es tan encantadora como su hermana.

Si hasta antes había parecido estar incómoda, su actitud entonces se volvió abiertamente hostil. Y Anthony se dio cuenta con una bofetada mental que había dicho exactamente lo incorrecto. Por supuesto que no debería haberla comparado con su hermana. Era el cumplido que ella jamás creería.

—Y usted, lord Bridgerton —respondió en un tono que podría haber helado el champán— es casi tan apuesto como su hermano.

Colin volvió a soltar un resoplido, sólo que esta vez sonaba como si le estuvieran estrangulando.

—¿Se encuentra bien? —preguntó la señorita Sheffield.

—Está bien —ladró Anthony.

Ella no le hizo caso y mantuvo la atención en Colin.

—¿Está seguro?

Colin asintió con furia.

—Un cosquilleo en la garganta.

—¿O tal vez la conciencia intranquila? —sugirió Anthony.

Colin dio la espalda de forma deliberada a su hermano y se volvió a Kate.

—Creo que necesito otro vaso de limonada —dijo con voz entrecortada.

—O tal vez —continuó Anthony— algo más fuerte. ¿Cicuta, tal vez?

La señorita Sheffield se cubrió con la mano la boca, presumiblemente para reprimir un acceso de risa horrorizada.

—La limonada servirá —contestó Colin con docilidad.

—¿Quiere que le vaya a buscar un vaso? —preguntó Kate. Anthony advirtió que ya había dado un paso, como si fuera la excusa para salir huyendo.

Colin negó con la cabeza.

—No, no, puedo ir yo sin problemas. Pero creo que he reservado este siguiente baile con usted, señorita Sheffield.

—No le exigiré que lo cumpla —dijo con un ademán.

—Oh, pero no podría soportar dejarla aquí sola —repuso él.

Anthony podía ver que a la señorita Sheffield le preocupaba cada vez más el brillo malicioso en los ojos de Colin. Encontró un placer poco caritativo en esto. Anthony sabía que su reacción era un pelín desproporcionada, pero algo en esta señorita Katharine Sheffield encendía su ánimo al tiempo que le provocaba unas ganas terribles de presentarle batalla.

Y ganar. Eso no hacía falta decirlo.

—Anthony —dijo Colin con un tono tan condenadamente inocente y ansioso que Anthony lo tuvo difícil para no matarle allí mismo—, no estás comprometido para este baile, ¿verdad que no?

Anthony no dijo nada, sencillamente le fulminó con la mirada.

—Bien. Entonces bailarás con la señorita Sheffield.

—Estoy segura de que eso no será necesario —soltó la dama en cuestión.

Anthony lanzó otra mirada iracunda a su hermano, luego, por si acaso, a la señorita Sheffield, quien le observaba a él como si acabara de violar a diez vírgenes en su presencia.

—Oh, pero sí que lo. es —dijo Colin con gran dramatismo, haciendo caso omiso de las dagas ópticas que se intercambiaban en ese momento entre su pequeño trío—. Ni soñaría con dejar abandonada a una joven dama en su hora de necesidad. Qué poco caballeroso —dijo estremeciéndose—.

Anthony calibró muy en serio la posibilidad de poner en práctica algún comportamiento poco caballeroso. Tal vez algo como plantar su puño en el rostro de Colin.

—Le aseguro —se apresuró a decir la señorita Sheffield— que verme abandonada a mis propios recursos sería muy preferible a bail...

Suficiente, pensó Anthony con gran fiereza, era suficiente de veras. Su propio hermano ya le había tomado por tonto, no iba a quedarse ahí sin hacer nada mientras le insultaba la hermana de Edwina, aquella solterona de lengua afilada. Puso una mano con decisión en el brazo de la señorita Sheffield y dijo:

—Permítame evitar que cometa un grave error, señorita Sheffield.

Ella se puso tensa. Él no sabía cómo, pero la espalda de Kate ya estaba tiesa como una vara.

—Perdón, ¿cómo ha dicho? —preguntó.

—Creo —le dijo él en tono suave— que estaba a punto de decir algo que no tardaría en lamentar.

—No —dijo ella y sonó intencionadamente pensativa—. Creo que no tenía previsto lamentar nada.

—Seguro que acabará por hacerlo —dijo él en tono ominoso. Y entonces le cogió el brazo y se diría que la llevó a rastras hasta la mismísima pista de baile.

Capítulo 3

Al vizconde de Bridgerton se le vio bailando también con la señorita Katharine Sheffield, la hermana mayor de la rubia Edwina. Esto sólo puede significar una cosa, ya que a Esta Autora no le ha pasado por alto que la mayor de las Sheffield ha estado muy solicitada en la pista de baile desde que la hermana pequeña hizo su singular anuncio sin precedentes en la velada musical de los Smythe-Smith de la semana pasada.

¿Quién ha oído que una chica necesitara el permiso de su hermana para escoger marido?

Y otra cuestión que tal vez sea más importante, ¿quién ha decidido que las palabras «Smythe-Smith» y «velada musical» puedan usarse en la misma frase? Esta autora asistió a una de estas reuniones en el pasado y no oyó nada que pudiera calificarse con rigor como «música».

REVISTA DE SOCIEDAD DE LADY WHISTLEDOWN,
22 de abril de 1814

*E*n realidad no podía hacer nada, comprendió Kate con consternación. Él era un vizconde, ella una mera desconocida de Somerset, y ambos estaban en medio de un salón de baile abarrotado de gente. No importaba el hecho de que él le hubiera disgustado a primera vista. Tenía que bailar con él.

—No hace falta que me arrastre —le dijo entre dientes.

Él aflojó el asimiento con gran ostentación.

Kate apretó los dientes y se juró a sí misma que este hombre nunca convertiría a su hermana en su esposa. Su actitud era demasiado fría, demasiado superior. También era demasiado guapo, pensó de un modo algo injusto, con aterciopelados ojos marrones que combinaban a la perfección con su pelo. Era alto, sin duda superaba el metro ochenta, aunque probablemente sólo un par de centímetros, y sus labios, aunque eran hermosos desde el punto de vista clásico (Kate había estudiado arte suficiente tiempo como para considerarse cualificada al emitir tal opinión) estaban tensos en las comisuras, como si no supiera sonreír.

—Y bien —dijo él una vez que los pies empezaron a moverse siguiendo los pasos—, pongamos que me cuenta por qué me odia.

Kate le pisó un pie. Dios, era un hombre directo.

—Perdón, ¿cómo ha dicho?

—No hace falta que me deje lisiado, señorita Sheffield.

—Ha sido un accidente, se lo aseguro. —Y lo era, aunque en realidad no le importaba este ejemplo concreto de su falta de gracia.

—¿Por qué —dijo en tono meditativo— me resulta difícil creerla?

La franqueza, decidió Kate con rapidez, sería su mejor estrategia. Si él podía ser directo, pues adelante, ella también.

—Puede ser —respondió con sonrisa maliciosa— porque sabe que si se me hubiera ocurrido pisarle el pie a propósito, lo habría hecho.

Él arrojó la cabeza hacia atrás y se rió. No era la reacción que ella había esperado ni en la que había confiado. Aunque, si lo pensaba mejor, no tenía ni idea del tipo de reacción que había esperado, pero desde luego que no era eso.

—¿Puede dejarlo, milord? —susurró con apremio—. La gente empieza a mirar.

—La gente ha empezado a mirar hace dos minutos —le contestó—. No es frecuente que un hombre como yo baile como una mujer como usted.

Como intercambio de pullas, ésta había sido lanzada con puntería, pero para desgracia de él, también era incorrecta.

—No es cierto —contestó Kate con desenfado—. En verdad, usted no es el primero de los idiotas locos por mi hermana que intentan congraciarse con ella a través de mí.

Él puso una mueca.

—¿No pretendientes sino idiotas?

Kate encontró su mirada y se quedó sorprendida al ver auténtico regocijo ahí.

—Sin duda no va a ofrecerme un anzuelo tan delicioso como ése, ¿verdad, milord?

—Y no obstante no ha caído en la trampa —contestó él en tono meditativo.

Kate bajó la vista para ver si había alguna manera de pisarle otra vez de forma discreta.

—Llevo unas botas muy gruesas, señorita Sheffield —le dijo él.

Ella alzó la cabeza con un rápido movimiento.

Un extremo de la boca del vizconde se curvó formando una sonrisa fingida.

—Y también tengo una vista de lince.

—Eso parece. Tendré que tener cuidado dónde piso mientras esté cerca de usted, eso seguro.

—Santo cielo —dijo él arrastrando las palabras—, ¿no habrá sido eso un cumplido? Podría morirme de la impresión.

—Si quiere considerarlo un cumplido, le dejo hacerlo —dijo con ironía—. No hay muchas probabilidades de que reciba más.

—Me hiere, señorita Sheffield.

—¿Quiere eso decir que su piel no es tan resistente como sus botas?

—Oh, ni mucho menos.

Kate notó su propia risa antes incluso de caer en la cuenta de cuánto se estaba divirtiendo.

—Eso es algo que me cuesta creer.

Él esperó a que la sonrisa de ella desapareciera para decir.

—No ha contestado a mi pregunta. ¿Por qué me odia?

Una ráfaga de aire salió entre los labios de Kate. No había contado con que él repitiera la pregunta. O al menos confiaba en que no lo hiciera.

—No le odio, milord —contestó escogiendo las palabras con sumo cuidado—. Ni siquiera le conozco.

—Conocer a alguien no es un requisito esencial para odiar —dijo él en tono suave, y sus ojos se fijaron en ella con una persistencia letal—. Vamos, señorita Sheffield, no me parece una cobarde. Responda a mi pregunta.

Kate permaneció callada durante todo un minuto. Era cierto, no estaba predispuesta a que este hombre le cayera bien. Desde luego no iba a dar su bendición para que cortejara a Edwina. No creía ni por un momento que los mujeriegos reformados fueran luego los mejores maridos. Para empezar, ni siquiera estaba segura de que un mujeriego pudiera reformarse.

Pero él podría haber sido capaz de vencer las ideas preconcebidas de Kate. Él podría haber sido encantador y sincero y directo y ser capaz de convencerle de que las historias que aparecían en *Confidencia* eran una exageración, que no era el mayor golfo que había conocido Londres desde principios de siglo. Podría haberle convencido de que seguía un código de honor, que era un hombre honrado y de principios...

Si no se le hubiera ocurrido compararla con Edwina.

Porque no podía haber una mentira más obvia. Kate sabía que ella no era insoportable; su rostro y su forma eran bastante agradables. Pero de ninguna manera podía comparársela con Edwina de este modo y quedar como su igual. Edwina era de verdad un diamante de la mejor calidad, ella nunca superaría la media, ni llamaría la atención.

Y si este hombre decía lo contrario, entonces era que tenía algún motivo oculto, porque era obvio que no estaba ciego.

Podría haberle hecho algún otro cumplido vacuo y ella lo habría aceptado como la conversación amable de un caballero. Incluso se habría sentido halagada si sus palabras se hubieran acercado un tanto a la verdad. Pero compararla con Edwina...

Kate adoraba a su hermana. De veras, lo hacía. Y sabía mejor que nadie que el corazón de Edwina era tan hermoso y radiante como su rostro. No es que se considerara una persona celosa, pero aún así... la comparación de alguna forma la hería en lo más profundo.

—No le odio —contestó por fin. Tenía los ojos fijos en la barbilla de él pero, puesto que no toleraba la cobardía y menos en ella misma, se obligó a encontrar su mirada para añadir—: Pero encuentro que no puede caerme bien.

Algo en la mirada de él le dijo que apreciaba su sinceridad directa.

—¿Y por qué? —preguntó con voz tranquila.

—¿Puedo ser franca?

Los labios de Anthony se estiraron.

—Por favor.

—Está bailando ahora mismo conmigo porque quiere cortejar a mi hermana. Eso no me importa —se apresuró a asegurarle—. Estoy muy acostumbrada a recibir atenciones de los pretendientes de Edwina.

Estaba claro que no tenía la mente en los pasos de baile. Anthony apartó el pie antes de que sus pies volvieran a lastimarle. Advirtió con interés que volvía a referirse a ellos como pretendientes en vez de cómo idiotas.

—Por favor, continúe —murmuró.

—No es el tipo de hombre con el que querría que se casara mi hermana —dijo lisa y llanamente. Su actitud era directa y sus inteligentes ojos marrones no se apartaron de los de él en ningún momento—. Usted es un mujeriego. Es un vividor. En realidad es famoso por ambas cosas. No permitiría que mi hermana se acercara a tres metros de usted.

—Y no obstante —le dijo él con una sonrisita maliciosa—. He bailado el vals con ella esta noche.

—Un acto que no volverá a repetirse, se lo aseguro.

—¿Y le corresponde a usted decidir el destino de Edwina?

—Edwina confía en mi opinión —contestó remilgada.

—Ya veo —dijo él con lo que esperaba que fuera su actitud más misteriosa—. Eso es muy interesante. Pensaba que Edwina ya era mayor.

—¡Edwina sólo tiene diecisiete años!

—Y usted es tan mayor, ¿cuántos años, veinte tal vez?

—Veintiuno —soltó con brusquedad.

—Ah, eso la convierte en una verdadera experta en hombres y en especial en maridos. Sobre todo teniendo en cuenta que estará casada, ¿verdad?

—Sabe muy bien que no lo estoy —dijo apretando los dientes.

Anthony reprimió las ganas de sonreír. Santo Dios, sí que era divertido hacer picar el anzuelo a la mayor de las Sheffield.

—Creo que... —dijo entonces pronunciando las palabras de forma lenta e intencionada— le ha resultado relativamente fácil controlar a la mayoría de hombres que han llamado a la puerta de su hermana. ¿Es eso cierto?

Kate guardó un silencio sepulcral.

—¿Es así?

Finalmente ella consintió un leve gesto de asentimiento.

—Eso pensaba —murmuró—. Parece de ese tipo.

Ella le fulminó con una mirada tan feroz que a él le costó aguantar la risa. Si no estuvieran bailando, lo más probable es que se hubiera acariciado la barbilla, fingiendo una profunda reflexión. Pero, puesto que tenía las manos ocupadas en otra cosa, tuvo que contentarse con torcer de forma lenta y pesada la cabeza, algo que combinó con un gesto altivo de sus cejas.

—Pero también creo —añadió— que comete un grave error al pensar que podrá controlarme a mí.

Los labios de Kate formaban un línea grave y recta, pero consiguió decir:

—No intento controlarle, lord Bridgerton. Sólo intento mantenerle alejado de mi hermana.

—Lo cual demuestra, señorita Sheffield, lo poco que sabe de los hombres. Al menos de la variedad mujeriega y vividora. —Se inclinó un poco hacia ella y dejó que su aliento caliente le rozara la mejilla.

Kate se estremeció. Él sabía que iba a estremecerse.

Sonrió con malicia.

—Hay poco que nos deleite más que un desafío.

La música concluyó entonces y les dejó de pie en medio de la pista de baile, uno de cara al otro. Anthony la cogió del brazo, pero antes de llevarla otra vez al perímetro de la sala, acercó mucho los labios al oído de Kate y susurró:

—Y usted, señorita Sheffield, me ha retado al más delicioso de los desafíos.

Kate le pisó un pie. Con fuerza. Lo suficiente para que él soltara un pequeño chillido, sin duda poco mujeriego y poco libertino.

No obstante, cuando el vizconde le lanzó una mirada hostil, ella se limitó a encogerse de hombros y a decir:

—Era mi única defensa.

La mirada de él se oscureció.

—Usted, señorita Sheffield, es una amenaza.

El vizconde le sujetó el brazo con más fuerza.

—Antes de que regrese a su santuario de acompañantes y solteronas, hay una cosa que tenemos que aclarar.

Kate contuvo la respiración. No le gustaba el tono duro que detectaba en su voz.

—Voy a cortejar a su hermana. Y si decido que podría ser una lady Bridgerton idónea, la convertiré en mi esposa.

Kate alzó con brusquedad la cabeza para encararse a él con fuego en los ojos.

—Entonces supongo que piensa que le corresponde a usted decidir el destino de Edwina. No lo olvide, milord: aunque usted decida que va a ser una lady Bridgerton —y pronunció con desdén la palabra— *idónea*, tal vez ella escoja a otra persona.

Él la miró con la seguridad del varón al que nunca contrarían.

—Si me decido a pedírselo a Edwina, no dirá que no.

—¿Intenta decirme que ninguna mujer ha sido capaz de resistírsele?

No contestó, sólo alzó una ceja altanera para que ella misma dedujera sus propias conclusiones.

Kate consiguió soltar su brazo y se fue hacia su madrastra a buen paso, temblando de furia, resentimiento y un poco de miedo incluso.

Porque tenía la horrorosa sensación de que él no mentía. Y si de verdad resultaba ser irresistible...

Kate se estremeció. Ella y Edwina iban a tener graves, graves problemas.

La tarde siguiente fue como cualquier tarde tras un gran baile. El salón de casa de la familia Sheffield se llenó a reventar de ramos de flores, cada uno acompañado de una escueta tarjeta blanca con el nombre «Edwina Sheffield».

Un simple «Señorita Sheffield» habría sido suficiente, pensó Kate con una mueca, pero supuso que en realidad no se podía culpar a los pretendientes de Edwina por querer asegurarse de que las flores llegaban a la señorita Sheffield correcta.

No es que fuera probable que alguien fuera a cometer el error de equivocarse. Las flores eran por regla general para Edwina. Y realmente, de regla general no había nada ya que todos los ramos que habían llegado a la residencia Sheffield durante el último mes eran para Edwina. Todos.

A Kate le gustaba pensar que, de todos modos, ella se reía la última. La mayoría de las flores le provocaban estornudos a Edwina, así que los ramos solían acabar en el dormitorio de Kate.

—Oh, preciosidad —dijo mientras rozaba con ternura una hermosa orquídea—. Creo que tu sitio está sobre la cabecera de mi cama.

Y vosotras —se inclinó hacia delante y olisqueó un ramo de perfectas rosas blancas—, vosotras estaréis imponentes sobre mi tocador.

—¿Siempre le habla a las flores?

Kate se giró en redondo al oír el sonido de una profunda voz masculina. Santo cielo, era lord Bridgerton con un aspecto pecaminosamente apuesto con su chaqué azul de mañana. ¿Qué diantres estaba haciendo aquí?

No tenía sentido quedarse callada sin hacer preguntas.

—¿Qué dian... —Se contuvo justo a tiempo. No permitiría que este hombre la rebajara a maldecir en voz alta, por mucho que lo hiciera para sus adentros—. ¿Qué hace aquí?

El vizconde alzó una ceja mientras retocaba el gran ramo que llevaba debajo del brazo. Rosas rosas, advirtió ella. Eran preciosas. Sencillas y elegantes. Exactamente el tipo de cosa que elegiría para sí misma.

—Creo que la costumbre es que los pretendientes visiten a las jovencitas, ¿no es cierto? —murmuró—. ¿O he confundido el libro de protocolo?

—Quería decir —masculló Kate—, ¿cómo ha entrado? Nadie me ha avisado de su llegada.

Indicó el vestíbulo con una inclinación de cabeza.

—El sistema habitual. He llamado a la puerta.

La mirada de irritación de Kate al advertir su sarcasmo no impidió que él continuara:

—Aunque parezca asombroso, su mayordomo contestó. Luego le di mi tarjeta, le dio una mirada y me acompañó hasta el salón. Aunque me encantaría reivindicar algún tipo de taimado y turbio subterfugio —continuó sin dejar un tono extraordinariamente altanero—, lo cierto es que ha sido del todo sencillo, sin tapujos.

—Mayordomo infernal —farfulló Kate—. Se supone que tiene que cerciorarse de que «estamos en casa» antes de dejar pasar a alguien.

—Tal vez tenga instrucciones previas de que «estarán en casa» para mí bajo cualquier circunstancia.

Kate se irritó.

—Yo no le he dado instrucciones de ese tipo.

—No —respondió lord Bridgerton con una risita—, nunca lo habría pensado.

—Y sé que Edwina no lo la hecho.

Él sonrió.

—¿Tal vez su madre?

Por supuesto.

—Mary —gruñó ella, un mundo de acusaciones en aquella única palabra.

—¿La llama por su nombre de pila? —preguntó él con amabilidad.

Kate asintió.

—En realidad es mi madrastra. Aunque es la única madre que he conocido. Se casó con mi padre cuando yo sólo tenía tres años. No sé por qué sigo llamándola Mary. —Sacudió un poco la cabeza al tiempo que alzaba los hombros y los encogía con gesto de perplejidad—. Pero lo hago.

Los ojos marrones del vizconde continuaban fijos en el rostro de ella. Kate cayó de pronto en la cuenta: acababa de permitir que este hombre —su Némesis, en realidad— accediera a un pequeño rincón de su vida. Notó que las palabras «lo siento» borbotaban en su lengua; un reflejo, pensó, por haber hablado más de la cuenta. Pero no quería pedir disculpas a este hombre por nada, así que dijo:

—Me temo que Edwina ha salido, de modo que su visita ha sido para nada.

—Oh, no lo creo —contestó. Cogió el ramo de flores que había mantenido bajo el brazo derecho con la otra mano y, cuando lo sacó, Kate vio que no se trataba de un ramo enorme sino de tres más pequeños.

—Éste —dijo, mientras dejaba uno sobre una mesita auxiliar— es para Edwina. Y éste —hizo lo mismo con el segundo— es para su madre.

Le quedaba un solo ramo. Kate se quedó paralizada de impresión, incapaz de apartar los ojos de los perfectos capullos rosas. Sabía qué se traía él entre manos, que el motivo de incluirla en aquel detalle era impresionar a Edwina, pero, maldición, nadie le había traído flores antes, y hasta ese momento preciso no se había dado cuenta de cuánto deseaba que alguien lo hiciera.

—Éstas —finalizó él mientras sostenía el último arreglo floral de rosas— son para usted.

—Gracias —dijo con vacilación cogiéndolas entre sus brazos—. Son preciosas. —Se inclinó hacia delante para olerlas y suspiró de placer con su intenso aroma. Cuando volvió a alzar la vista añadió—: Ha sido muy considerado de su parte pensar en Mary y en mí.

Él hizo una gentil inclinación con la cabeza.

—Ha sido un placer para mí. Tengo que confesar que, en una ocasión, un pretendiente de mi hermana hizo lo mismo con mi madre, y creo que nunca la he visto tan encantada.

—¿A su madre o a su hermana?

Él sonrió con su descarada pregunta.

—A las dos.

—¿Y qué sucedió con el pretendiente? —preguntó Kate.

La mueca de Anthony se volvió maliciosa en extremo.

—Se casó con mi hermana.

—Mmmf. No piense en la probabilidad de que la historia se repita. Pero... —Kate tosió pues no tenía especial interés en ser franca con aquel hombre, aunque se sentía por completo incapaz de hacer otra cosa—. Pero las flores son de verdad preciosas, y... y ha sido un detalle encantador por su parte. —Tragó saliva. Esto no le resultaba fácil—. Y se lo agradezco.

Él hizo una ligera inclinación hacia delante. Sus ojos marrones estaban claramente conmovidos.

—Una frase muy amable —dijo pensativo—. Y más teniendo en cuenta que iba dirigida a mí. Vaya, no ha sido tan difícil, ¿verdad que no?

En un instante, Kate pasó de estar inclinada con gesto encantador sobre las flores a adoptar una rigidez incómoda.

—Parece tener una habilidad especial para decir exactamente lo indebido.

—Sólo cuando tiene que ver con usted, mi querida señorita Sheffield. Le aseguro que otras mujeres confían en cada una de mis palabras.

—Eso he leído —musitó ella.

Los ojos de él se iluminaron.

—¿Es de ahí de donde ha sacado sus opiniones sobre mí? ¡Por supuesto! La estimable lady Confidencia. Debería haberlo sabido. Caray, me encantaría estrangular a esa mujer.

—A mí me parece bastante inteligente y muy acertada —replicó Kate de modo escueto.

—Cómo no —respondió él.

—Lord Bridgerton —dijo Kate entre dientes—. Estoy segura de que no ha venido de visita para insultarme. ¿Quiere que deje un mensaje para Edwina de su parte?

—Creo que no. No tengo mucha confianza en que llegue a sus manos sin manipular.

Eso ya era demasiado.

—Nunca osaría interferir en la correspondencia de otra persona —consiguió decir Kate. Todo su cuerpo temblaba de rabia, y si hubiera sido una mujer menos controlada sin duda se habría lanzado a su cuello—. ¿Cómo se atreve a insinuar lo contrario?

—Si he de ser sincero, señorita Sheffield —dijo con una calma fastidiosa—, la verdad es que no la conozco demasiado bien. La única certeza es su ferviente declaración de que nunca me encontraré a tres metros de la presencia angelical de su hermana. Dígame usted, ¿si fuera yo, dejaría una nota con tranquilidad?

—Si intenta obtener la aceptación de mi hermana a través de mí —contestó Kate en tono gélido— no lo está haciendo demasiado bien.

—Soy consciente de ello —dijo él—. Desde luego que no debería provocarla. No está bien por mi parte, ¿verdad que no? Pero me temo que no puedo evitarlo. —Puso una mueca desvergonzada y estiró las manos con gesto de impotencia—. ¿Qué puedo decir? Usted tiene ese efecto sobre mí, señorita Sheffield.

Kate tuvo que reconocer con consternación que aquella sonrisa era una verdadera fuerza a tener en cuenta. De pronto sintió que le flaqueaban las fuerzas. Un asiento, sí, lo que le hacía falta era sentarse.

—Por favor, siéntese —dijo Kate indicando con un ademán el sofá de damasco azul mientras ella cruzaba con dificultad la habitación para ocupar una silla. No es que deseara especialmente que él se entretuviera por aquí, pero resultaría complicado sentarse ella sin ofrecer asiento a su vez, y notaba que las piernas le temblaban de un modo atroz.

Tal vez al vizconde le pareciera peculiar aquel repentino acceso de amabilidad, pero no dijo nada. En vez de ello, retiró un largo estuche negro que se encontraba sobre el sofá y lo colocó encima de la mesa; luego ocupó su asiento.

—¿Es esto un instrumento musical? —preguntó indicando el estuche.

Kate asintió con la cabeza.

—Una flauta.

—¿Toca?

Ella negó con la cabeza, pero luego la ladeó un poco y asintió.

—Intento aprender. He empezado este mismo año.

El vizconde hizo un gesto afirmativo como respuesta. Parecía que aquello ponía fin al tema ya que luego preguntó con amabilidad:

—¿Cuándo espera que regrese Edwina?

—Al menos tardará una hora, creo yo. El señor Berbrooke la ha llevado a dar un paseo en su carrocín.

—¿Nigel Berbrooke? —Casi se le atraganta aquel nombre.

—Sí, ¿por qué?

—Ese hombre sólo tiene pelo en la cabeza.

—Y eso que se está quedando calvo. —Kate no pudo evitar el comentario.

Él puso una mueca divertida.

—Pues si eso no apoya mi tesis, ya no sé que decir.

Kate había llegado a la misma conclusión sobre la inteligencia del señor Berbrooke, o más bien su carencia, pero preguntó.

—¿No se considera maleducado insultar a los pretendientes rivales?

Anthony dejó ir un pequeño resoplido.

—No ha sido un insulto. Es la verdad. El año pasado cortejó a mi hermana. O lo intentó. Daphne hizo todo lo que pudo para disuadirle. Es bastante buen tipo, lo reconozco, pero no me gustaría que me construyera un barco si estuviera perdido en una isla desierta.

Kate tuvo una extraña e inoportuna visión del vizconde perdido en una isla desierta, con la ropa echa jirones, la piel bañada por el sol. Le dejó una sensación incómoda de calor.

Anthony ladeó la cabeza y la observó con mirada socarrona.

—Perdone, señorita Sheffield, ¿se encuentra bien?

—¡Muy bien! —Su respuesta fue casi un ladrido—. Nunca me había encontrado mejor. ¿Qué estaba diciendo?

—Parece un poco acalorada. —Se inclinó para mirarla de cerca. La verdad, no tenía buen aspecto.

Kate se abanicó.

—Aquí hace un poco de calor, ¿no le parece?

Anthony sacudió la cabeza con parsimonia.

—En absoluto.

Kate miró con anhelo la puerta abierta.

—Me pregunto dónde está Mary.

—¿La espera?

—No es habitual en ella dejarme sin acompañante durante tanto tiempo —explicó.

¿Sin acompañante? Las ramificaciones de aquel comentario eran alarmantes. Anthony de pronto tuvo la visión de verse obligado a casarse con la mayor de las señoritas Sheffield, lo cual le provocó un inmediato sudor frío. Kate era tan diferente a cualquier debutante que él hubiera conocido que había olvidado por completo que incluso necesitaban una acompañante.

—Tal vez no esté enterada de que me encuentro aquí —se apresuró a comentar.

—Sí, seguro que se trata de eso. —Kate se puso en pie como movida por un resorte y cruzó la habitación hasta el tirador de la campanilla. Con un fuerte tirón, dijo:

—Llamaré para que alguien la avise. Estoy segura de que no quiere dejar de saludarle.

—Bien. Tal vez pueda hacernos compañía mientras esperamos a que regrese su hermana —comentó él.

Kate se paralizó cuando aún se encontraba a medio camino de la silla.

—¿Tiene planeado esperar a Edwina?

Él se encogió de hombros y disfrutó del desasosiego de ella.

—No tengo más planes para esta tarde.

—¡Pero puede tardar horas!

—Como mucho una hora, estoy seguro, y aparte... —Se detuvo al advertir la llegada de una doncella al umbral de la puerta.

—¿Ha llamado, señorita? —preguntó la doncella.

—Sí, gracias, Annie —contestó Kate—. ¿Harás el favor de informar a la señora Sheffield de que tenemos un invitado?

La doncella hizo una inclinación y se marchó.

—Estoy segura de que Mary bajará en cualquier momento —dijo Kate, totalmente incapaz de dejar de dar golpecitos con el pie—. En cualquier momento, estoy segura.

Él sonrió de aquel modo tan fastidioso, con aire terriblemente relajado y muy cómodo en el sofá.

Se hizo un silencio embarazoso en la habitación. Kate le dedicó una sonrisa tensa. Él se limitó a alzar una ceja como respuesta.

—Estoy segura de que vendrá...

—En cualquier minuto —concluyó él, quien parecía disfrutar de lo lindo.

Kate se hundió en su asiento e intentó no hacer una mueca. No lo consiguió.

Justo en ese instante, se armó un pequeño revuelo en el vestíbulo. Unos cuantos ladridos caninos decididos, a los que siguieron un agudo chillido:

—¡Newton! ¡Newton! ¡Para ahora mismo!

—¿Newton? —inquirió el vizconde.

—Mi perro —explicó Kate con un suspiro al tiempo que se ponía en pie—. No se...

—¡NEWTON!

—...no se lleva demasiado bien con Mary, me temo. —Kate se fue hasta la puerta—. ¿Mary? ¿Mary?

Anthony se levantó detrás de Kate y dio un respingo cuando el perro soltó tres estridentes ladridos más a los que de inmediato siguió otro chillido aterrorizado de Mary.

—¿Qué es? —masculló él—. ¿Un mastín? —Tenía que ser un mastín. La mayor de las Sheffield parecía justo el tipo de persona que tiene un mastín devorador de humanos a su entera disposición.

—No —respondió Kate mientras se apresuraba a salir al vestíbulo mientras Mary soltaba otro chillido—. Es un...

Pero Anthony no escuchó sus palabras. De cualquier modo, no importaba demasiado, ya que un segundo después entró trotando el corgi de aspecto más benigno que había visto en su vida, con un espeso pelaje color caramelo y una barriga que casi arrastraba por el suelo.

Anthony se quedó paralizado a causa de la sorpresa. ¿Ésta era la temible criatura del vestíbulo?

—Buenos días, perro —dijo con firmeza.

El perro se detuvo en seco, se sentó y...

¿sonrió?

Capítulo 4

Lamentablemente, Esta Autora ha sido incapaz de determinar todos los detalles, pero el pasado jueves hubo un considerable revuelo cerca de The Serpentine en Hyde Park en el que estuvieron implicados el vizconde de Bridgerton, el señor Nigel Berbrooke, las dos señoritas Sheffield y un perro no identificado de raza indeterminada.

Esta Autora no fue testigo presencial, pero todas las versiones parecen apuntar a que el perro no identificado se alzó como vencedor.

REVISTA DE SOCIEDAD DE LADY WHISTLEDOWN,
25 de abril de 1814

*K*ate regresó a trompicones al salón cogida del brazo de Mary, ambas se apretujaron a través de la puerta al mismo tiempo. Newton estaba feliz, sentado en medio de la sala, echando pelo sobre la alfombra azul y blanca mientras sonreía al vizconde.

—Creo que le cae bien —dijo Mary con un tono en cierto modo acusador.

—Tú también le caes bien, Mary —explicó Kate—. El problema es que él no te cae bien a ti.

—Me caería mejor si no intentara importunarme cada vez que cruzo el vestíbulo.

—Pensaba que había dicho que la señora Sheffield y el perro no se llevaban bien —comentó lord Bridgerton.

—Así es —respondió Kate—. Bueno, sí se llevan bien. Bueno, no y sí...

—Eso aclara las cosas infinitamente —murmuró Bridgerton.

Kate hizo caso omiso de su tranquilo sarcasmo.

—Newton adora a Mary —explicó—, pero Mary no adora a Newton.

—Yo le adoraría un poco más —interrumpió Mary— si él me adorara un poco menos.

—De modo que —continuó Kate con decisión— el pobre Newton considera a Mary una especie de rival. Por eso cada vez que la ve... —Se encogió de hombros con gesto de impotencia—. Bien, me temo que simplemente la adora más.

Como si le hubieran dado pie, el perro se quedó mirando a Mary y se fue directo a colocarse a sus pies.

—¡Kate! —exclamó la buena mujer.

Kate se apresuró a ponerse al lado de su madrastra, justo cuando Newton se incorporaba sobre las patas traseras y plantaba las delanteras sobre las rodillas de Mary.

—¡Newton, abajo! —le reprendió—. Perro malo. Perro malo.

El perro se sentó otra vez con un pequeño gemido.

—Kate —dijo Mary con voz extremadamente firme—, hay que sacar a este perro a pasear. Ahora.

—Es lo que planeaba hacer cuando llegó el vizconde —replicó Kate al tiempo que hacía una indicación al hombre que se encontraba al otro lado de la habitación. La verdad, era extraordinario el número de cosas de las que podía culpar a ese hombre insufrible si se paraba a pensar.

—¡Oh! —dijo Mary con un grito—. Le ruego me disculpe, milord. Qué descortés por mi parte no haberle saludado.

—No se preocupe —dijo con tranquilidad—. Estaba un poco absorta al llegar.

—Sí —rezongó Mary—, esa bestia de perro... Oh, pero ¿qué modales son estos? ¿Puedo ofrecerle un té? ¿Algo de comer? Qué amable que haya venido a visitarnos.

—No, gracias. He estado disfrutando de la estimulante compañía de su hija mientras espero la llegada de la señorita Edwina.

—Ah, sí —respondió Mary—. Edwina ha salido con el señor Berbrooke, creo. ¿No es así, Kate?

Kate asintió con gesto impávido, no estaba segura de si le gustaba que la llamaran «estimulante».

—¿Conoce al señor Berbrooke, lord Bridgerton? —preguntó Mary.

—Ah, sí —contestó él con lo que a Kate le pareció una reticencia bastante sorprendente—. Sí que le conozco.

—No estaba segura de si debía permitir que Edwina saliera con él a dar un paseo. Esos carrocines son terriblemente difíciles de manejar, ¿no es cierto?

—Creo que el señor Berbrooke tiene mano firme para los caballos —contestó Anthony.

—Oh, bien —respondió Mary, y dejó ir un suspiro de gran alivio—. Sin duda me deja más tranquila.

Newton soltó un ladrido entrecortado, más bien para recordar su presencia a todo el mundo.

—Mejor busco su correa y lo llevo a andar un poco —se apresuró a decir Kate. Sin duda le sentaría bien un poco de aire fresco. Y también se alegraría de escapar por fin de la endiablada compañía del vizconde.

—Si me disculpan...

—¡Pero, Kate, espera! —llamó su madre—. No puedes dejar a lord Bridgerton aquí conmigo. Estoy segura de que se morirá de aburrimiento.

Kate se volvió muy despacio, temerosa de oír las siguientes palabras de Mary.

—Usted nunca podría aburrirme —dijo el vizconde como el mujeriego desenvuelto que era.

—Oh, sí que puedo —le aseguró Mary—. Nunca se ha visto atrapado en una conversación conmigo durante una hora. Que es lo que Edwina tardará en regresar.

Kate se quedó mirando a su madrastra, del todo boquiabierta a causa del asombro. ¿Qué diablos estaba haciendo?

—¿Por qué no va con Kate a sacar a Newton a pasear? —sugirió Mary.

—Oh, pero nunca podría pedir a lord Bridgerton que me acompañe a cumplir con una de mis tareas —dijo Kate enseguida—. Sería muy descortés y, al fin y al cabo, es un estimado invitado.

—No seas tonta —respondió Mary antes de que el vizconde tan siquiera pudiera mediar palabra—. Estoy segura de que no se lo tomará como una tarea. ¿O sí, milord?

—Por supuesto que no —murmuró con aspecto por completo sincero. Pero, la verdad, ¿que otra cosa podía decir?

—Ya está. Esto lo deja claro —dijo Mary, quien sonaba demasiado complacida consigo misma—. ¿Quién sabe? Es posible que se topen con Edwina durante el paseo. ¿No estaría bien?

—Desde luego —dijo Kate en voz baja. Sería fantástico librarse del vizconde, pero lo último que quería era dejar que su hermana cayera en sus garras. Ella aún era joven e impresionable. ¿Y si no era capaz de resistirse a sus sonrisas? ¿O a su palabrería?

Incluso Kate estaba dispuesta a admitir que lord Bridgerton destilaba un encanto considerable, ¡y eso que a ella le caía mal! Edwina, con su naturaleza menos recelosa, sin duda se sentiría abrumada por él.

Se volvió al vizconde.

—No debe sentirse obligado a acompañarme a sacar a Newton de paseo, milord.

—Será un placer —repuso él con sonrisa maligna, y Kate tuvo la clara impresión de que él accedía a acompañarla con el único propósito de sacarla de quicio—. Aparte —continuó—, como ha dicho su madre, podríamos ver a Edwina, ¿y no sería una coincidencia deliciosa?

—Deliciosa —contestó Kate con tono cansino—. Sencillamente deliciosa.

—¡Excelente! —dijo Mary dando unas palmadas de alegría—. Veo la correa de Newton encima de la mesa del vestíbulo. Un momento, yo te la traigo.

Anthony observó salir a Mary y luego se volvió a Kate para decirle:

—Eso le ha quedado muy bien.

—Ya ve usted... —masculló Kate.

—¿Cree —susurró él inclinándose hacia Kate— que intenta emparejarme con Edwina o con usted?

—¿Conmigo? —replicó Kate casi con un graznido—. Seguro que está de broma.

Anthony se frotó el mentón con aire pensativo mientras observaba la puerta por la que Mary acababa de salir.

—No estoy seguro —dijo con tono meditabundo—, pero... —Cerró la boca al oír las pisadas de Mary acercándose de nuevo.

—Aquí tienes —dijo la madrastra al tiempo que le tendía la correa a Kate. Newton ladró con entusiasmo y retrocedió como si se preparara para embestir contra Mary, sin duda para colmarla de todo tipo de muestras de su amor difícil de aceptar, pero Kate lo sujetó con firmeza por el collar.

—Aquí tiene —corrigió Mary con rapidez, y tendió la correa a Anthony en vez de a Kate—. ¿Por qué no le da esto a Kate? Yo mejor no me acerco mucho.

Newton ladró y miró con anhelo a Mary quien se apartaba cuanto podía.

—Vamos a ver —dijo con contundencia Anthony al perro—. Siéntate y estáte quieto.

Para gran sorpresa de Kate, Newton obedeció y posó su trasero regordete sobre la alfombra con una presteza casi cómica.

—Así —dijo Anthony, quien sonaba bastante complacido consigo mismo. Le tendió la correa a Kate.

—¿Hace los honores o me encargo yo?

—Oh, prosiga —contestó ella—. Parece tener afinidad con los canes.

—Es evidente —replicó cortante, aunque mantuvo el tono bajo para que Mary no pudiera oírle— que no se diferencian tanto de las mujeres. Ambas razas confían en todo lo que digo.

Kate le pisó la mano cuando él se arrodilló para ajustar la correa al collar del perro.

—¡Ay! —dijo ella con poca sinceridad—. Cuánto lo siento.

—Su tierna preocupación me amedrenta de veras —le contestó mientras volvía a levantarse—. Podría echarme a llorar.

Mary desplazaba la mirada de Kate a Anthony. No podía oír lo que decían pero era evidente que estaba fascinada.

—¿Sucede algo? —preguntó.

—No, en absoluto —contestó Anthony al mismo tiempo que Kate pronunciaba un firme «No».

—Bien —dijo Mary con energía—. Entonces les acompañaré a la puerta. —Y ante el ladrido entusiasta de Newton, añadió—: Pues, igual que antes, tal vez mejor que no. No quiero acercarme a tres metros de ese perro. Pero me despediré desde aquí.

—¿Qué haría yo —le dijo Kate a Mary al pasar a su lado— si te tuviera a ti para despedirme?

Mary sonrió con gesto astuto.

—Sin duda, yo no lo sé, Kate, sin duda no lo sé.

Lo cual dejó a Kate con una sensación revuelta en el estómago y la vaga sospecha de que tal vez lord Bridgerton tuviera razón. Quizá Mary esta vez estuviera haciendo de casamentera con alguien más que con Edwina.

Era una idea horripilante.

Con Mary de pie en el vestíbulo, Kate y Anthony salieron por la puerta de entrada y se encaminaron en dirección oeste por Milner Street.

—Normalmente me quedo por las calles pequeñas y voy paseando hacia Brompton Road —explicó Kate, pensando que tal vez él no estuviera familiarizado con esta zona de la ciudad—, luego sigo la calle hasta Hyde Park. Pero podemos caminar directamente por Sloane Street, si lo prefiere.

—Decida lo que decida —no quiso poner reparos—, yo seguiré en esa dirección.

—Muy bien —contestó Kate y marchó con decisión por Milner Street en dirección a Lenox Gardens. Tal vez si mantenía la vista al frente y se movía a paso vigoroso, él desistiría de conversar. Se suponía que los paseos diarios con Newton eran su tiempo de reflexión personal. No le hacía gracia tener que llevarle a él.

Su estrategia funcionó bastante bien durante varios minutos. Caminaron en silencio durante todo el trayecto hasta la esquina de Hans Crescent y Brompton Road, y luego, sin más preámbulos, él dijo:

—Mi hermano nos tomó el pelo ayer por la noche.

Aquello hizo que Kate se detuviera en seco.

—Perdón, ¿cómo ha dicho?

—¿Sabe qué me había estado contando antes de que nos presentara?

Kate dio un traspiés antes de negar con la cabeza. No, Newton no se había parado, por supuesto, y tiraba de la correa como un loco.

—Me dijo que usted y él habían mantenido algunas palabras sobre mí.

—Bueeeeno —exclamó Kate, conteniéndose—. Por decirlo con cierta educación, eso no es del todo cierto.

—Mi hermano quiso dar a entender que usted sólo tenía buenas palabras para conmigo.

Kate no debería haber sonreído.

—Eso no es cierto.

Probablemente él tampoco debería haber sonreído, pero Kate se alegró.

—Yo no pensé eso —contestó él.

Tomaron Brompton Road en dirección a Knightsbridge y Hyde Park, y Kate preguntó:

—¿Por qué iba a hacer su hermano algo así?

Anthony le dedicó una mirada de soslayo.

—¿No tiene ningún hermano, verdad?

—No, sólo Edwina, me temo, y ella es decididamente femenina.

—Mi hermano lo hizo —continuó él— con el único objetivo de torturarme.

—Un objetivo noble —dijo Kate bajando la voz.

—La he oído.

—Esperaba que lo hiciera —añadió ella.

—Y también supongo que quería torturarla a usted.

—¿A mí? —exclamó— ¿Y por qué? ¿Qué podría haberle hecho yo a él?

—Podría haberle provocado en cierto sentido al denigrar a su querido hermano —sugirió.

Arqueó las cejas.

—¿Querido?

—¿Admirado? —intentó él.

Kate sacudió la cabeza.

—Tampoco cuela.

Anthony puso una mueca. La mayor de las señoritas Sheffield, pese a sus molestos hábitos mandones, tenía un ingenio admirable. Habían llegado a Knightsbridge, de modo que él la cogió del brazo para cruzar la carretera y tomar uno de los pequeños senderos que llevaban al paseo de South Carriage Road, ya dentro de Hyde Park. Newton, que era en el fondo un perro de campo, aceleró el paso de forma considerable nada más entraron en un entorno más verde, aunque era difícil imaginarse al corpulento can moviéndose a un paso al que calificar como rápido sin incurrir en error.

De todos modos, el perro parecía bastante alegre y estaba claro que se interesaba por cada flor, animalillo o transeúnte que se cruzaba en su camino. El aire primaveral era fresco, pero el sol calentaba y el cielo era de un sorprendente azul claro después de tantos días de lluvia típicamente londinense. Y aunque la mujer que llevaba Anthony del brazo no era con la que tenía planeado casarse —en realidad era una mujer con la que no tenía nada planeado—, Anthony notó que le invadía una grata sensación de satisfacción.

—¿Le parece que crucemos hasta Rotten Row? —le preguntó a Kate.

—¿Humm? —Fue su respuesta distraída. Tenía el rostro inclinado hacia arriba, al sol, y disfrutaba de su calor. Y durante un momento de extremo desconcierto, Anthony sintió una penetrante punzada de... algo.

¿Algo? Sacudió un poco la cabeza. No era posible que fuera deseo. No por esa mujer.

—¿Ha dicho algo? —murmuró ella.

Se aclaró la garganta y respiró hondo con la esperanza de aclarar su cabeza. En vez de ello, lo que percibió fue el olorcillo embriagador de su aroma, que era una combinación peculiar de lirios exóticos y práctico jabón.

—Parece que está disfrutando del sol —comentó Anthony.

Ella sonrió y se volvió hacia él con la mirada clara.

—Sé que no es eso lo que ha dicho, pero sí, disfruto. Ha hecho un tiempo tan lluvioso últimamente...

—Pensaba que las damas jóvenes no debían permitir que el sol les diera en el rostro —bromeó él.

Ella se encogió de hombros, sin el menor indicio de vergüenza al responder.

—Pues no. Es decir, se supone que no debemos permitirlo, pero es una delicia. —Dejó ir un pequeño suspiro, y su rostro reflejó un gesto de anhelo tan intenso que Anthony suspiró por ella—. Ojalá pudiera quitarme el sombrero —comentó anhelante.

Anthony hizo un gesto de asentimiento pues él tenía ganas de hacer algo parecido con su sombrero.

—Creo que podría empujarlo un poquito hacia atrás sin que nadie se dé cuenta —sugirió.

—¿Cree que sí? —Todo su rostro se iluminó ante aquella perspectiva. Aquella extraña punzada de *algo* perforó de nuevo las entrañas de Anthony.

—Por supuesto —murmuró y alzó una mano para ajustarle el ala del sombrero. Era uno de esos extraños tocados que parecían gustar a las mujeres, todo cintas y encajes, atados de tal manera que ningún hombre razonable podría encontrarle algún sentido.

—Así, permanezca quieta un momento. Lo ajustaré.

Kate no se movió, tal y como él le había ordenado con amabilidad, pero cuando le rozó la piel de la sien sin querer, ella incluso dejó de respirar. Estaba tan cerca, había algo peculiar en aquello. Kate podía sentir el calor de su cuerpo, el aroma limpio, enjabonado de Anthony.

Y aquella sensación propagó de inmediato por todo su cuerpo un hormigueo que la puso alerta.

Le odiaba, o al menos le provocaba un profundo desagrado y reprobación. No obstante, sintió una absurda disposición a inclinarse un poco hacia delante, hasta que el espacio entre sus cuerpos se vio comprimido a nada y…

Tragó saliva con fuerza y se obligó a sí misma a retrasarse. Santo cielo, ¿qué se había apoderado de ella?

—Aguante un momento —le dijo él—, aún no he acabado.

Kate alzó también las manos para ajustarse el sombrero.

—Estoy segura de que está bien. No tiene que… que molestarse.

—¿Puede disfrutar del sol un poco mejor? —preguntó él.

Ella asintió, pese a que estaba tan trastornada que ni tan siquiera estaba segura de que fuera cierto.

—Sí, gracias. Qué detalle. Yo… ¡oh!

Newton soltó una sonora sucesión de ladridos y tiró de la correa. Con fuerza.

—¡Newton! —llamó Kate mientras la correa la propulsaba hacia delante. Pero el perro ya tenía algo en su mira. Ella no tenía ni idea del qué, y avanzaba con entusiasmo tirando de Kate, quien se encontró dando un traspiés con el cuerpo impelido en una línea diagonal, los hombros claramente por delante del resto del cuerpo—. ¡Newton! —volvió a llamarle con impotencia—. ¡Newton! ¡Para!

Anthony observó divertido que el perro salía disparado como un bólido, moviéndose hacia delante con más velocidad de la que hubiera imaginado que podrían permitirle sus cortas y rechonchas patas. Kate procuraba con valentía mantener agarrada la correa, pero Newton ahora ladraba como un loco y corría con igual vigor.

—Señorita Sheffield, permítame coger la correa —se ofreció él con voz de trueno al tiempo que se adelantaba para ayudarla. No era la manera más seductora de hacer de héroe, pero cualquier cosa servía cuando uno intentaba impresionar a la hermana de su futura esposa.

Pero justo cuando Anthony llegó a su altura, Newton dio un fiero tirón de la correa, que se escapó del asimiento de Kate y salió volando por los aires. Con un chillido, su dueña se lanzó hacia delante, pero el perro ya se había ido corriendo con la correa saltando sobre la hierba tras él.

Anthony no sabía si reírse o gruñir. Estaba claro que Newton no tenía ninguna intención de dejarse atrapar.

Kate se quedó paralizada durante un instante, tapándose la boca con la mano. Luego encontró la mirada de Anthony, y él tuvo una intuición clara de que sabía lo que pretendía...

—Señorita Sheffield —dijo a toda prisa—. Estoy seguro de que...

Pero ella ya había salido corriendo y chillando «¡Newton!» con indiscutible falta de decoro. Anthony dejó ir un suspiro cansino y empezó a correr tras ella. No podía dejarla perseguir sola al perro y pretender a la vez seguir llamándose caballero.

Pero Kate llevaba de todos modos un poco de ventaja, y cuando Anthony la alcanzó al doblar un recodo ya se había detenido. Respiraba con dificultad e inspeccionaba los alrededores con los brazos en jarras.

—¿A dónde habrá ido? —preguntó Anthony intentando olvidar que había algo bastante excitante en una mujer jadeante.

—No lo sé. —Se detuvo para coger aliento—. Supongo que estará cazando algún conejo.

—Oh, vaya, pues bien, así será fácil atraparlo —dijo— puesto que los conejos se mantienen siempre cerca de los caminos más transitados.

Kate frunció el ceño al oír su sarcasmo.

—¿Qué podemos hacer?

Su mente no estaba lo bastante clara como para responder en ese momento. «Volver a casa y agenciarse un perro de verdad», pensó, pero ella tenía un aspecto tan preocupado que se mordió la lengua. En sí, observándola mejor, tenía un aspecto más irritado que preocupado, pero estaba claro que había un poco de preocupación en la mezcla.

De modo que optó por decir:

—Propongo que esperemos hasta que oigamos chillar a alguien. En cualquier momento tiene que meterse corriendo entre los pies de alguna damisela y darle un susto de muerte.

—¿Eso cree? —no parecía convencida—. Porque no es un perro que dé mucho miedo. Él se lo cree, y en realidad es un cielo, pero la verdad es que...

—¡Iiiiiiieeeeeak!

—Creo que tenemos la respuesta —dijo Anthony secamente, y entonces salió corriendo en dirección al grito de la dama anónima.

Kate se apresuró tras él, atajando a través del césped en dirección a Rotten Row. El vizconde corría delante, y lo único en lo que Kate pudo pensar fue en que él debía de desear de veras casarse con Edwina: pese a quedar claro que era un atleta espléndido, no daba una imagen demasiado digna corriendo a lo loco por el parque tras un corgi rechoncho. Aún peor, iban a tener que correr justo por en medio de Rotten Row, la vía favorita de la aristocracia para cabalgar y pasear en carruaje por Hyde Park.

Todo el mundo iba a verles. Un hombre menos decidido se habría rendido hacía rato.

Kate continuó corriendo tras ellos, pero cada vez le sacaban más ventaja. No es que hubiera vestido pantalones muchas veces, pero con toda certeza era más fácil correr con esa prenda que con faldas. En especial cuando te encontrabas en público y no podías levantártelas por encima de los tobillos.

Atravesó Rotten Row a toda velocidad, negándose a mirar a los ojos de ninguna dama o caballero elegante de los que se encontraban allí paseando con sus caballos. Siempre existía la posibilidad de que no la identificaran con la muchacha marimacho que corría por el parque como si alguien le pisara los talones. Sólo era una posibilidad remota, pero estaba ahí.

Cuando volvió a entrar en el césped, tropezó por un instante y tuvo que detenerse para tomar aliento un par de veces. Entonces comprendió con horror que estaban casi a la altura del estanque Serpentine.

Oh, no.

Había pocas cosas que a Newton le gustaran más que saltar al interior de un lago. Y el sol calentaba lo bastante como para que pudiera apetecer, y más si daba la casualidad de que eras un animal cubierto de espeso y pesado pelaje, un animal que llevaba cinco minutos corriendo a una velocidad vertiginosa. Bueno, vertiginosa para un corgi con exceso de peso

Pero suficiente, advirtió Kate con cierto interés, como para mantener a raya a un vizconde de metro ochenta y pico.

Kate se levantó las faldas una pulgada más o menos —al cuerno los mirones, no podía andarse ahora con remilgos— y echó a correr otra vez. No había manera de alcanzar a Newton, pero tal vez pudiera alcanzar a lord Bridgerton antes de que matara al perro.

Porque él tenía que tener en mente matarlo, aquel hombre tenía que ser un santo si no quisiera asesinar a Newton.

Y si sólo el uno por ciento de lo que se decía de él en *Confidencia* era cierto, desde luego no era un santo.

Kate tragó saliva.

—¡Lord Bridgerton! —llamó en un intento de pedirle que detuviera la persecución. Esperaría sencillamente a que el perro se agotara. Con sus patas de diez centímetros, eso tenía que suceder más tarde o más temprano—. ¡Lord Bridgerton! Podemos...

Kate se detuvo en seco. ¿No era ésa Edwina, allí al lado del Serpentine? Miró entrecerrando los ojos. Era Edwina, de pie con suma gracia con las manos entrelazadas delante del cuerpo. Y parecía que un desventurado señor Berbrooke estaba realizando algún tipo de reparación en su carrocín.

Newton se detuvo en seco durante un momento y descubrió a Edwina en el mismo momento que Kate, y cambió de repente su trayectoria, ladrando con alegría mientras corría en dirección a su querida ama.

—¡Lord Bridgerton! —gritó Kate otra vez—. ¡Mire, mire! Ahí está...

Anthony se dio media vuelta al oír su voz, luego siguió su dedo con la mirada en dirección a Edwina. De modo que por eso se había girado el maldito perro y había cambiado su trayectoria en noventa grados. Anthony estuvo a punto de resbalar con el barro y caer sobre su trasero en el intento de maniobrar después de aquel giro tan cerrado.

Iba a matar a ese perro.

No, iba a matar a Kate Sheffield.

No, tal vez...

Los alegres pensamientos de venganza de Anthony se interrumpieron con el repentino chillido de Edwina.

—¡Newton!

A Anthony le gustaba pensar en sí mismo como un hombre de acción decidida, pero cuando vio que el perro se lanzaba en el aire y se precipitaba hacia Edwina, simplemente se quedó helado de conmoción. Ni el propio Shakespeare podría haber ideado un final más apropiado para esta farsa, y todo estaba representándose ante los ojos de Anthony como si se sucediera a cámara lenta.

Y no había nada que pudiera hacer.

El perro iba a chocar directamente contra el pecho de Edwina, que iba a perder el equilibrio, cayendo hacia atrás.

Directamente al Serpentine.

—¡Nooooooo! —gritó abalanzándose hacia delante pese a que sabía que todos los intentos heroicos por su parte eran del todo inútiles...

¡Splash!

—¡Santo cielo! —exclamó Berbrooke—. ¡Está toda mojada!

—Pues no se quede ahí parado —soltó Anthony aproximándose a la escena del accidente y abalanzándose dentro del agua—. ¡Haga algo para ayudar!

Estaba claro que Berbrooke no entendía del todo qué quería decir eso ya que se quedó allí, de pie, con los ojos saliéndose de sus órbitas mientras Anthony se agachaba, cogía a Edwina de la mano y tiraba de ella para levantarla.

—¿Está bien? —preguntó con brusquedad.

Ella asintió. Balbuceaba y estornudaba con demasiada fuerza como para responder.

—Señorita Sheffield —bramó Bridgerton al ver que Kate se detenía de golpe en la orilla—. No, usted no —añadió cuando sintió que Edwina pegaba una sacudida a su lado—, su hermana.

—¿Kate? —preguntó Edwina pestañeando para expulsar la asquerosa agua de sus ojos—. ¿Dónde está Kate?

—Del todo seca en la orilla —masculló él, y a continuación pegó un grito en su dirección—: ¡Sujete la correa de su maldito perro!

Newton había salido alegre del Serpentine entre salpicones y ahora estaba sentado con la lengua fuera con gesto de felicidad. Kate se fue disparada a su lado y agarró la correa. Anthony advirtió que no ofreció ni una sucinta respuesta a su orden dada a gritos. Bien, pensó con malicia. No había pensado que aquella maldita mujer fuera tan sensata como para mantener la boca cerrada.

Se volvió de nuevo a Edwina, quien, por sorprendente que fuera, se las arreglaba para estar encantadora aunque chorreara agua de un estanque.

—Permítame que la saque de aquí —dijo con brusquedad, y antes de que ella tuviera ocasión de reaccionar la cogió en sus brazos y la llevó a tierra firme.

—Nunca había visto algo así —dijo Berbrooke sacudiendo la cabeza.

Anthony no respondió. No pensaba que fuera capaz de decir algo sin arrojar a aquel idiota al agua. ¿Qué estaría pensando, de pie ahí mientras Edwina acababa sumergida por culpa de aquella cosa que no merecía ni llamarse perro?

—¿Edwina? —preguntó Kate adelantándose todo lo que le permitía la correa de Newton—. ¿Estás bien?

—Creo que ya ha hecho bastante —ladró Anthony, quien avanzó hacia ella hasta que se encontraron apenas a treinta centímetros.

—¿Yo? —preguntó boquiabierta.

—Mírela —respondió él con brusquedad, indicando con el dedo en dirección a Edwina pese a tener toda la atención centrada en Kate—. ¡No tiene más que mirarla!

—¡Pero ha sido un accidente!

—¡De verdad, estoy bien! —dijo Edwina alzando la voz, y sonó un poco asustada por el nivel de enfado que hervía entre su hermana y el vizconde—. ¡Tengo frío, pero estoy bien!

—¿Lo ve? —replicó Kate y tragó saliva repetidamente mientras se fijaba en el aspecto despeinado de su hermana—. Ha sido un accidente.

Anthony se limitó a cruzarse de brazos y arquear una ceja.

—No me cree —dijo Kate entre dientes—. No puedo creer que no me crea.

El vizconde no dijo nada. Era inconcebible para él que Kate Sheffield, pese a todo su ingenio e inteligencia, no estuviera celosa de su hermana. Y aunque no pudiera haber hecho nada para evitar este percance, sin duda debería de encontrar un poco de placer en el hecho de que ella estuviera seca y cómoda mientras Edwina parecía una rata empapada. Una rata atractiva, eso sí, pero empapada de todas formas.

Estaba claro que Kate no había dado por concluida la conversación.

—Aparte del hecho de que —dijo con desprecio— nunca jamás haría algo para perjudicar a Edwina… ¿cómo explica que consiguiera esta extraordinaria proeza? —Se dio en la mejilla con la mano que le quedaba libre, fingiendo con expresión burlona caer entonces en la cuenta—. Oh, sí, conozco el idioma secreto de los corgis. Ordené al perro que tirara de la correa hasta soltarse y luego, puesto que tengo el don de la clarividencia, sabía que Edwina estaba justo aquí al lado del Serpentine, de modo que le dije al perro, gracias a nuestra comunicación mental, ya que a estas alturas estaba demasiado lejos para oír mi voz, le dije que cambiara de dirección, que se fuera hacia Edwina y la derribara para que cayera dentro del lago.

—El sarcasmo no le sienta nada bien, señorita Sheffield.

—A usted nada le sienta bien, lord Bridgerton.

Anthony se inclinó hacia delante, su mandíbula sobresalía con gesto amenazador.

—Las mujeres no deberían llevar animales si no son capaces de controlarlos.

—Y los hombres no deberían llevar a pasear por el parque a mujeres con animales si tampoco son capaces de controlarlas —replicó con furia.

Anthony notó que de hecho se le estaban poniendo coloradas las puntas de las orejas a causa de la ira difícil de contener.

—Usted, señora, es una amenaza para la sociedad.

Kate abrió la boca como si fuera a devolverle el insulto, pero en su lugar le dedicó simplemente una sonrisa maliciosa casi aterrorizadora. Se volvió al perro y dijo:

—Sacúdete, Newton.

Newton miró el dedo de Kate que indicaba directamente a Anthony y trotó obediente unos pocos pasos para acercarse a él antes de permitirse una sacudida corporal que roció agua del estanque por todas partes.

Anthony se lanzó a por su garganta.

—Voy… voy a… ¡a matarla! —rugió.

Kate se apartó con agilidad y se colocó con rapidez al lado de Edwina.

—Vaya, vaya, lord Bridgerton —bromeó buscando seguridad detrás de la figura empapada de su hermana—. No le ayudará perder los nervios delante de la buena Edwina.

—¿Kate? —susurró Edwina en tono apremiante—. ¿Qué sucede? ¿Por qué estás siendo tan cruel con él?

—¿Por qué está siendo él tan cruel conmigo? —Kate le devolvió el susurro.

—Pues bien —dijo de pronto el señor Berbrooke—, ese perro me ha mojado.

—Nos ha mojado a todos —respondió Kate. Incluida ella. Pero había merecido la pena. Oh, había merecido mucho la pena por ver la mirada de sorpresa y rabia en el rostro de aquel pomposo aristócrata.

—¡Usted! —dijo a gritos Anthony, apuntando con un dedo furioso a Kate—. Mejor se está calladita.

Kate guardó silencio. No era tan necia como para provocarle más. Parecía que a él la cabeza le fuera a explotar en cualquier momento. Lo cierto era que Anthony había perdido toda la dignidad que tenía al comenzar el día. Su manga derecha goteaba agua de cuando había sacado a Edwina del estanque, sus botas parecían estropeadas para siempre y el resto de él estaba salpicado de agua, gracias a la experta destreza de Newton para secarse.

—Les diré lo que tenemos que hacer —continuó en voz baja y muy grave.

—Lo que tengo que hacer —dijo el señor Berbrooke con jovialidad, sin ser consciente de que era probable que lord Bridgerton asesinara a la primera persona que abriera la boca— es acabar de arreglar el carrocín. Luego puedo llevar a casa a la señorita Sheffield. —Indicó a Edwina por si acaso alguien no entendía a qué señorita Sheffield se refería.

—Señor Berbrooke —dijo Anthony entre dientes—, ¿sabe cómo arreglar un carrocín?

El señor Berbrooke pestañeó unas pocas veces.

—¿Sabe siquiera qué problema tiene su carrocín?

Berbrooke abrió y cerró la boca unas veces más y luego dijo:

—Tengo algunas ideas. No me llevará tanto rato deducir cuál es el problema concreto.

Kate miró a Anthony con fijeza, fascinada por la vena que sobresalía en su garganta. Nunca antes había visto a un hombre tan claramente al límite de su paciencia. Puesto que sentía un poco de inquietud por la inminente explosión, dio un prudente medio paso para situarse detrás de Edwina.

No le gustaba considerarse una cobarde, pero el instinto de supervivencia era algo por completo diferente.

El vizconde consiguió controlarse de todos modos, su voz sonó con un tono regular aterrador cuando dijo:

—Esto es lo que vamos a hacer.

Tres pares de ojos se abrieron llenos de expectación.

—Voy a caminar hasta ahí —señaló a una dama y un caballero situados a unos veinte metros, quienes intentaban sin éxito no mirarles fijamente— y preguntaré a Montrose si puedo tomar prestado su carruaje durante unos minutos.

—Pero, vaya —dijo Berbrooke estirando el cuello—, ¿es ése Geoffrey Montrose? Hace siglos que no le veo.

Una segunda vena empezó a saltar esta vez en la sien de Anthony. Kate cogió a Edwina de la mano en busca de apoyo moral y se agarró con fuerza.

Pero Bridgerton, hay que reconocérselo, pasó por alto los comentarios excesivamente inapropiados de Berbrooke y continuó:

—Puesto que dirá que sí...

—¿Está seguro? —soltó Kate.

De alguna manera, los ojos marrones del vizconde parecieron carámbanos.

—¿Que si estoy seguro de qué? —respondió con desagrado.

—Nada —musitó ella, reprendiéndose por haber abierto la boca—. Por favor, continúe.

—Como decía, puesto que, como amigo y caballero —fulminó con la mirada a Kate—, dirá que sí, llevaré a la señorita Sheffield a su casa, luego regresaré a la mía y haré que uno de mis hombres devuelva el carruaje a Montrose.

Nadie se molestó en preguntar a qué señorita Sheffield se refería.

—¿Y qué hay de Kate? —preguntó Edwina. Al fin y al cabo, el carruaje sólo tenía dos asientos.

Kate le apretó la mano. Querida y dulce Edwina.

Anthony miró a Edwina de frente.

—El señor Bebrooke acompañará a su hermana a casa.

—Pero no puedo —dijo Berbrooke—. Tengo que acabar de arreglar el carrocín, bien lo sabe.

—¿Dónde vive? —preguntó con rudeza Anthony.

Berbrooke pestañeó con sorpresa pero le dio su dirección.

—Pararé en su casa y les enviaré a un sirviente para que espere aquí junto a su vehículo mientras usted acompaña a la señorita Sheffield a su casa. ¿Está claro? —Se detuvo y miró a todo el mundo, incluido al perro, con expresión bastante dura. Excepto a Edwina, por supuesto, quien era la única persona presente que no había provocado su mal genio.

—¿Está claro? —repitió.

Todo el mundo asintió, y su plan se puso en marcha. Minutos después, Kate se encontró observando a lord Bridgerton y a su hermana partir hacia el horizonte, justo las dos personas que se había jurado que nunca deberían estar juntas ni tan siquiera en la misma habitación.

Aún peor, la dejaron a solas con el señor Berbrooke y Newton.

Y tan sólo hicieron falta dos minutos para discernir que de los dos, Newton era el mejor conversador.

Capítulo 5

A Esta Autora le han llegado informaciones de que la señorita Katharine Sheffield se ofendió por la descripción de su querido animal de compañía como «un perro no identificado de raza indeterminada».

Esta Autora, desde luego, está postrada de vergüenza por el grave y atroz error y les pide a ustedes, Queridos Lectores, que acepten esta disculpa abyecta y que presten atención a la primera corrección en la historia de esta columna.

El perro de la señorita Katharine Sheffield es un corgi. Se llama Newton, aunque cuesta imaginar que el inventor y físico más importante de Inglaterra hubiera apreciado quedar inmortalizado en forma de un can pequeño, gordo y con malos modales.

REVISTA DE SOCIEDAD DE LADY WHISTLEDOWN,
27 de abril de 1814

Aquella misma noche quedó patente que Edwina no había salido indemne de su terrible aunque breve experiencia. Se le puso la nariz roja, los ojos le empezaron a lagrimear y era evidente para cualquiera que mirara durante tan sólo un segundo su rostro hinchado que, aunque no estaba seriamente enferma, había cogido un fuerte resfriado.

Pero aunque Edwina estaba bien arropada bajo las mantas con

una bolsa de agua caliente entre los pies y una pócima curativa preparada por el cocinero en una taza sobre la mesilla de noche, Kate estaba decidida a mantener una conversación con ella.

—¿Qué te dijo en el trayecto de vuelta a casa? —quiso saber Kate, colocándose sobre el borde de la cama de Edwina.

—¿Quién? —contestó ésta, mientras olisqueaba con recelo el remedio—. Mira esto —dijo sosteniéndoselo a Kate—. Despide gases.

—El vizconde —dijo Kate entre dientes—. ¿Quién más puede haber hablado contigo en el trayecto de regreso a casa? Y no seas tontaina: no despide gases, no es más que vaho.

—Oh. —Edwina olisqueó un poco más y puso una mueca—. Pues no huele a vaho.

—Es vaho. —Repitió Kate entre dientes, agarrándose al colchón hasta que le dolieron los nudillos—. ¿Qué te dijo?

—¿Lord Bridgerton? —preguntó Edwina con aire despreocupado—. Oh, las cosas habituales. Ya sabes a qué me refiero. Frases de cortesía y todo eso.

—¿Te ha dicho frases de cortesía mientras estabas chorreando agua? —preguntó Kate con tono desconfiado.

Edwina dio un sorbo vacilante, luego casi hace una arcada.

—¿Qué hay aquí?

Kate se inclinó y olisqueó el contenido.

—Huele un poco a regaliz. Y creo que veo una pasa en el fondo. —Pero mientras olía pensó que le parecía oír lluvia contra el vidrio de la ventana y volvió a incorporarse—. ¿Está lloviendo?

—No lo sé —contestó Edwina—. Podría ser. Estaba bastante nublado antes cuando se ha puesto el sol. —Echó una mirada más de desconfianza a la taza, luego volvió a dejarla en la mesa—. Si me bebo esto, sé que voy a ponerme más enferma —manifestó.

—Pero ¿qué más te dijo? —insistió Kate mientras se levantaba a mirar por la ventana. Corrió a un lado el visillo y escudriñó el exterior. Estaba lloviendo, pero sólo un poco, y era demasiado temprano para decir si la precipitación vendría acompañada de truenos o electricidad.

—¿Quién, el vizconde?

Kate pensó que era una santa por no sacudir a su hermana hasta dejarla sin sentido.

—Sí, el vizconde.

Edwina se encogió de hombros, pues era evidente que no estaba tan interesada en la conversación como Kate.

—No demasiado. Se interesó por mi bienestar, por supuesto. Lo cual es razonable teniendo en cuenta que acababa de sumergirme en el Serpentine. Cosa que, si puedo añadir, ha sido en extremo espantosa. El agua, aparte de estar fría, estaba hecha una completa porquería.

Kate se aclaró la garganta y volvió a sentarse, preparándose para hacer una pregunta sumamente escandalosa, pero que, en su opinión, tenía que plantear. Intentando que su voz no denotara la fascinación completa y total que corría por sus venas, preguntó:

—¿Te hizo alguna proposición más atrevida?

Edwina dio una sacudida hacia atrás con los ojos abiertos como platos a causa de la indignación.

—¡Por supuesto que no! —exclamó—. Ha sido un perfecto caballero. La verdad, no entiendo por qué andas tan excitada. No ha sido una conversación muy interesante. Ni siquiera recuerdo la mitad de lo dicho.

Kate se quedó mirando a su hermana, incapaz de entender que Edwina hubiera mantenido una conversación con ese odioso mujeriego durante más de diez minutos y no le quedara una impresión imborrable. Para su propia consternación eterna, cada una de las espantosas palabras que él le había dicho habían quedado grabadas en su cerebro de forma permanente.

—Por cierto —añadió Edwina—, ¿cómo te ha ido a ti con el señor Berbrooke? Has tardado casi una hora en regresar.

Kate se estremeció a ojos vista.

—¿Tan mal?

—Estoy segura de que será un buen marido para alguna mujer —explicó Kate—, pero no para cualquier joven con una pizca de inteligencia.

Edwina soltó una risita.

—Oh, Kate, eres un espanto.

Kate suspiró.

—Lo sé, lo sé. Eso ha sido de lo más cruel por mi parte. El pobre hombre no tiene un gramo de maldad en su cuerpo. Sólo que...

—No tiene un gramo de inteligencia tampoco —concluyó Edwina.

Kate alzó las cejas. No era propio de Edwina hacer un comentario tan categórico.

—Lo sé —dijo Edwina con mirada avergonzada—. Ahora yo soy la mala. No debería haber dicho eso, cierto, pero la verdad es que pensaba que iba a morirme durante nuestro paseo en carrocín.

Kate se enderezó con cierta preocupación.

—¿Es un conductor peligroso?

—En absoluto. Era su conversación.

—¿Aburrida?

Edwina asintió con expresión de ligera perplejidad en sus ojos azules.

—Era tan difícil seguirle que casi resultaba fascinante intentar adivinar cómo funciona su mente. —Soltó una sucesión de toses y luego añadió—: pero al final me dolía el cerebro.

—¿De modo que no es tu perfecto esposo intelectual? —dijo Kate con sonrisa indulgente.

Edwina tosió un poco más.

—Me temo que no.

—Tal vez debieras intentar beber un poco más de ese brebaje —sugirió Kate con un gesto para indicar la taza solitaria que reposaba sobre la mesilla de noche de Edwina—. El cocinero tiene una fe ciega en él.

Edwina sacudió la cabeza con violencia.

—Sabe a demonios.

Kate esperó unos breves momentos, luego tuvo que preguntar:

—¿Te dijo el vizconde algo sobre mí?

—¿Sobre ti?

—No, sobre… —replicó Kate con bastante brusquedad—. Por supuesto que sobre mí. ¿A cuántas personas más me refiero como a mí?

—No hace falta que te pongas así.

—No me pongo tan así…

—Pues la verdad es que no, no te mencionó.

De pronto Kate se sintió molesta.

—Sin embargo tenía mucho que decir sobre Newton.

Los labios de Kate se separaron a causa de la tribulación que la inundó. Nunca resultaba halagador verse superada por un perro.

—Le aseguré que Newton era de verdad un animal perfecto, y que yo no estaba para nada enfadada con él. Pero, por lo visto, el vizconde se había molestado e inquietado bastante por mí, qué encantador.

—Qué encantador —masculló Kate.

Edwina cogió un pañuelo y se sonó la nariz.

—Me parece, Kate, que te interesa bastante el vizconde.

—Pasé prácticamente toda la tarde obligada a conversar con él —replicó Kate como si eso lo explicara todo.

—Bien. Entonces habrás tenido ocasión de comprobar lo amable y encantador que puede ser. Es muy rico, además. —Edwina soltó un sonoro estornudo y luego se volvió para coger otro pañuelo—. Y pese a que opino que no hay que escoger marido en función sólo de sus finanzas, dada nuestra falta de fondos, no pasaría por alto considerar ese aspecto, ¿no crees?

—Bien... —Kate trató de salirse por la tangente pues sabía que Edwina tenía toda la razón, pero no deseaba decir nada que pudiera interpretarse como una aprobación de lord Bridgerton.

Edwina se llevó el pañuelo a la cara y se sonó la nariz de un modo poco femenino.

—Creo que deberíamos añadirle a nuestra lista —dijo mientras se secaba la nariz.

—Nuestra lista —repitió Kate con voz entrecortada.

—Sí, de posibles candidatos. Creo que él y yo nos entenderíamos bien.

—Pero pensaba que querías un erudito...

—Cierto. Así es. Pero tú misma me hiciste ver las pocas probabilidades que tengo de encontrar un verdadero erudito. Lord Bridgerton parece bastante inteligente. Sólo tendré que idear una manera de enterarme si le gusta leer.

—Me sorprendería que ese grosero supiera leer —masculló Kate.

—¡Kate Sheffield! —exclamó Edwina con una risa—. ¿Acabas de decir lo creo que has dicho?

—No —dijo Kate lisa y llanamente. Era evidente que el vizconde sabía leer, pero era de veras espantoso en todo lo demás.

—Lo has dicho —acusó Edwina—. Eres la peor, Kate. —Sonrió—. Pero me haces reír.

El estruendo profundo de unos truenos distantes reverberó en la noche, y Kate se obligó a sí misma a esbozar una sonrisa en un intento de no estremecerse. Por lo general los soportaba bien, siempre que los truenos y los relámpagos sonaran lejos. Sólo cuando se sucedían uno tras otro, y en apariencia encima de su cabeza, sentía que iba a perder los nervios.

—Edwina. —Kate siguió la conversación con su hermana. Necesitaba aclarar aquello, pero además le hacía falta decir algo que apartara su mente de aquella tormenta que les amenazaba—, debes quitarte al vizconde de la cabeza. No es el tipo de hombre que vaya a hacerte feliz, en absoluto. Aparte del hecho de ser el peor de los mujeriegos y que es harto probable que hiciera ostentación de una docena de amantes delante de tus narices...

Al ver el ceño fruncido de Edwina, Kate dejó el resto de la frase y decidió ahondar en esta cuestión.

—¡Claro que sí! —dijo con gran dramatismo—. ¿No has estado leyendo *Confidencia*? ¿O no prestas atención a lo que tienen que decir algunas de las mamás de las otras jóvenes? Las que llevan varios años en el circuito social y saben quién es quién. Todas ellas dicen que es un mujeriego terrible. Y lo único que le salva es la manera admirable en que trata a su familia.

—Bien, eso sería un punto a su favor —indicó Edwina—. Puesto que su esposa formaría parte de la familia, ¿cierto?

Kate casi suelta un gruñido.

—Una esposa no es familia carnal. Hay hombres que ni soñarían con pronunciar una palabra malsonante delante de sus madres y luego pisotean los sentimientos de sus esposas a diario.

—¿Y cómo sabes eso? —preguntó Edwina.

Kate se quedó boquiabierta. No recordaba cuándo antes Edwina había puesto en duda sus opiniones sobre un asunto importante, y por desgracia la única respuesta que se le ocurrió de un modo rápido fue:

—Sencillamente lo sé.

Lo cual, tuvo que admitir ella misma, no colaba.

—Edwina —dijo con voz apaciguadora, decidida a llevar el tema en otra dirección— aparte de todo eso, creo que ni tan siquiera te gustaría el vizconde si llegaras a conocerle.

—Parecía bastante agradable cuando me acompañó a casa.

—¡Pero se estaba comportando lo mejor que podía! —insistió Kate—. Claro que parecía agradable. Quiere que te enamores de él.

Edwina pestañeó.

—O sea que crees que era una actuación.

—¡Eso mismo! —exclamó Kate aprovechando el concepto—. Edwina, entre la noche de ayer y esta tarde he pasado varias horas en su compañía y puedo asegurarte que conmigo no intentaba comportarse bien.

Edwina soltó un resuello cargado de horror y tal vez un poco de excitación.

—¿Te besó? —preguntó en voz baja.

—¡No! —aulló Kate—. ¡Por supuesto que no! ¿De dónde demonios has sacado esa idea?

—Dijiste que no se comportaba bien.

—Me refería a que —explicó Kate entre dientes— no fue nada amable. Tampoco fue agradable. De hecho fue de un arrogante insufrible y terriblemente grosero y ofensivo.

—Qué interesante —murmuró Edwina

—No tiene nada de interesante. ¡Fue horrible!

—No, no me refería a eso —continuó Edwina mientras se rascaba la barbilla sin disimulo—. Es muy curioso que se comportara de forma tan ruda contigo. Tiene que haber oído que pediré tu opinión cuando escoja marido. Una imaginaría que el vizconde haría todo lo que estuviera en su mano para ser amable contigo. ¿Por qué —se preguntó reflexiva— iba a actuar como un patán?

El rostro de Kate adquirió un tono rojo uniforme que por suerte pasaba desapercibido a la luz de la vela. Entonces masculló:

—Dijo que no podía evitarlo.

Edwina se quedó boquiabierta, y durante un segundo permaneció paralizada por completo, como si el tiempo se hubiera detenido. Luego se echó hacia atrás sobre las almohadas desternillándose de risa.

—¡Oh, Kate! —dijo con un resuello—. ¡Qué genial! Oh, vaya enredo. ¡Me encanta!

Kate la fulminó con la mirada.

—No tiene gracia.

Edwina se secó los ojos.

—Pues es lo más gracioso que he oído en todo el mes. ¡En todo el año! Oh, santo cielo. —Soltó unas cuantas toses, provocadas por el ataque de risa—. Ay, Kate… creo que has conseguido limpiar del todo mi nariz.

—Edwina, no seas desagradable.

Edwina se llevó el pañuelo a la cara para sonarse.

—Pues es verdad —dijo triunfante.

—No te hagas ilusiones —masculló Kate—. Por la mañana vas a tener un resfriado terrible.

—Tienes toda la razón —admitió Edwina—, pero qué divertido. ¿Te dijo que no podía evitarlo? Oh, Kate, es muy gracioso.

—No hace falta que hagas tanto hincapié en ello —refunfuñó Kate.

—¿Sabes? Es posible que sea el primer caballero de los que hemos conocido en toda la temporada al que no has sido capaz de controlar.

Los labios de Kate formaron una mueca torcida. El vizconde había usado la misma palabra, y ambos tenían razón. Y era cierto que había pasado la temporada controlando hombres: controlándolos para Edwina. Y de pronto no estuvo tan segura de que le gustara aquel papel de madraza en el que se había visto metida.

O tal vez ella misma se había metido.

Edwina vio el juego de emociones sobre el rostro de su hermana y de inmediato adoptó un tono de disculpa.

—Oh, querida —murmuró—, lo siento, Kate. No era mi intención burlarme.

Kate alzó una ceja.

—Vale, muy bien, mi intención era burlarme, pero en realidad no quería herir tus sentimientos. No tenía idea de que lord Bridgerton te hubiera molestado.

—Edwina, ese hombre no me cae bien. Y creo que ni siquiera deberías considerar casarte con él. No me importa con qué fervor o insistencia lo intente. No será un buen marido.

Edwina permaneció callada durante un momento, sus espléndidos ojos se quedaron serios por completo. Luego dijo:

—Bien, si tú lo dices, tiene que ser cierto. Está claro que nunca me has orientado mal con tus consejos. Y, como has dicho, has pasado más tiempo en su compañía que yo, de modo que tú sabrás.

Kate soltó un largo suspiro de alivio mal disimulado.

—Bien —dijo con firmeza—, y cuando te recuperes un poco, podremos mirar entre los actuales pretendientes en busca de un candidato mejor.

—Y tal vez tú también puedas buscar un marido —sugirió Edwina.

—Por supuesto siempre estoy buscando —insistió Kate—. ¿Qué sentido tendría una temporada en Londres si no buscara?

Edwina dio muestras de tener ciertas reservas.

—No creo que estés mirando, Kate. Pienso que lo único que haces es estudiar las posibilidades para mí. Y no hay motivo para no encontrar marido tú misma. Necesitas tu propia familia. En realidad, no se me ocurre ninguna otra persona más capacitada para ser madre que tú.

Kate se mordió el labio, no quería responder directamente a la cuestión planteada por Edwina. Tras esos preciosos ojos azules y ese rostro perfecto, su hermana era sin duda la persona más perspicaz que conocía. Y Edwina tenía razón, Kate no había estado buscando marido. Pero ¿por qué iba a hacerlo? Por otro lado, tampoco nadie la consideraba candidata al matrimonio.

Suspiró y echó una mirada a la ventana. La tormenta parecía haber pasado sin castigar la zona de Londres en la que se encontraban. Supuso que debía sentirse agradecida por cualquier cuestión favorable, por pequeña que fuera.

—¿Por qué no nos ocupamos de ti primero? —dijo finalmente Kate—. Me parece que las dos estábamos conformes en que era más probable que tú recibieras proposiciones antes que yo. Luego ya pensaremos en mis posibilidades.

Edwina se encogió de hombros, y Kate sabía que su silencio intencionado quería decir que no estaba de acuerdo.

—Muy bien —dijo Kate al tiempo que se ponía en pie—. Te dejaré descansar. Estoy segura de que te hace falta.

Edwina tosió como respuesta.

—¡Y bébete esa pócima! —concluyó Kate con una risa mientras se encaminaba a la puerta.

Y mientras la cerraba tras ella, oyó mascullar a Edwina:

—Antes me muero.

Cuatro días después, Edwina estaba bebiendo diligentemente la pócima del cocinero, aunque no sin refunfuñar y quejarse. Su estado había mejorado, aunque sólo podía decirse que estaba un poco mejor. Aún estaba en cama, seguía tosiendo y estaba muy, muy irritable.

Mary había manifestado que Edwina no asistiría a ningún acto social hasta el martes como muy pronto. Kate había dado por entendido que todas ellas disfrutarían de un respiro porque, la verdad, ¿qué sentido tenía asistir a un baile sin Edwina? Pero tras pasar un bendito fin de semana sin otra cosa que hacer que leer y sacar a Newton de paseo, Mary declaró de pronto que las dos asistirían a la velada musical de lady Bridgerton el lunes por la noche y...

(En este momento Kate intentó argumentar con vehemencia por qué tal cosa no era una buena idea.)

...y no había más que hablar sobre el asunto.

Kate cedió con relativa rapidez. En realidad no tenía mucho sentido seguir discutiendo ya que Mary había dado media vuelta y se había ido andando nada más pronunciar la última palabra.

Kate tenía ciertas normas y entre ellas se incluía la de no discutir con puertas cerradas.

Y por consiguiente, el lunes por la noche se encontró vestida con una seda color azul grisáceo y el abanico en la mano, atravesando junto a Mary las calles de Londres en su barato carruaje, camino de la mansión Bridgerton en Grosvenor Square.

—A todo el mundo le sorprenderá vernos sin Edwina —comentó Kate mientras toqueteaba con la mano izquierda la gasa negra de su capa.

—Tú también buscas marido —replicó Mary.

Kate permaneció un momento callada. Era difícil rebatir aquello ya que, al fin y al cabo, se suponía que era cierto.

—Y deja de sobar la capa —añadió la mujer—. Estará arrugada toda la noche.

La mano de Kate se detuvo. Luego, durante unos segundos, estuvo tamborileando rítmicamente sobre el asiento con la mano derecha, hasta que Mary al final espetó:

—Santo cielo, Kate, ¿no puedes estarte quieta sentada?

—Ya sabes que no —contestó Kate.

Mary se limitó a suspirar.

Tras otro largo silencio, interrumpido sólo por los golpecitos de Kate con el pie, ésta añadió:

—Edwina se sentirá sola sin nosotras.

Mary ni siquiera se molestó en mirarla mientras contestaba:

—Edwina tiene una novela para leer. La última de esa tal Austen. Ni siquiera se enterará de que nos hemos marchado.

Eso era del todo cierto. Mientras leía un libro, Edwina no se enteraría ni de que la cama estaba ardiendo.

Kate dijo:

—Seguramente la música será horrorosa. Después de lo de Smythe-Smith...

—Las intérpretes en aquella velada musical eran las propias hijas de los Smythe-Smith —contestó Mary, y su voz empezaba a denotar un matiz de impaciencia—. Lady Bridgerton ha contratado a una cantante de ópera profesional procedente de Italia que se encuentra unos días en Londres. El mero hecho de haber recibido una invitación ya es un honor.

Kate no ponía en duda que la invitación era para Edwina; ella y Mary estaban incluidas sólo por cortesía. Pero Mary estaba empezando a apretar los dientes, de modo que Kate juró morderse la lengua durante el resto del trayecto.

Lo cual no era tan difícil ya que en fin de cuentas en aquel preciso momento llegaban rodando a la entrada de la residencia Bridgerton.

Kate se quedó boquiabierta mientras miraba por la ventana.

—Es enorme —dijo estupefacta.

—¿Verdad que sí? —contestó Mary cogiendo sus cosas—. Por lo que sé, lord Bridgerton no vive aquí. Aunque le pertenece, aún permanece en su residencia de soltero para que su madre y hermanos puedan disfrutar de la mansión Bridgerton. ¿No es considerado por su parte?

Considerado y *lord Bridgerton* eran dos expresiones que Kate nunca hubiera pensado emplear en la misma frase, pero de todos modos asintió, demasiado impresionada por el tamaño y armonía del edificio de piedra como para hacer algún comentario inteligente.

El carruaje se detuvo, y Mary y Kate bajaron con la ayuda de uno de los lacayos de la mansión Bridgerton que se apresuró a abrirles la puerta. Un mayordomo cogió la invitación y les franqueó la entrada, tomó sus capas y les indicó la sala de música, justo al final del pasillo.

Kate había estado en el interior de bastantes mansiones de Londres como para no quedarse boquiabierta en público ante la obvia riqueza y belleza del mobiliario, pero incluso ella estaba impresionada por la decoración interior, la elegancia y contención del estilo Adam. Hasta los techos eran obras de arte, realizados en suaves tonos salvia y azul, colores separados por revocados de yeso tan intrincados que parecían casi una forma más sólida de encaje.

La sala de música era igual de encantadora, con muros pintados de un amable tono amarillo limón. Se habían dispuesto hileras de sillas para los asistentes, y Kate se apresuró a dirigir a su madre hacia la parte de atrás. La verdad, no había ningún motivo para desear situarse en una posición visible. Sin duda lord Bridgerton asistiría al acto —si eran ciertas todas las leyendas sobre su devoción familiar—, y si tenía suerte, tal vez no advirtiera su presencia.

Contrariamente a su opinión, Anthony supo con exactitud en qué momento Kate salió del carruaje y entró en casa de su familia. Había estado en su estudio tomando una copa en solitario antes de encaminarse hacia la velada musical que organizaba su madre anualmente. En un intento de mantener su privacidad había optado por no vivir en la mansión Bridgerton estando todavía soltero, pero aún conservaba ahí su estudio. Su posición como cabeza de la familia Bridgerton acarreaba responsabilidades serias, y Anthony por lo general encontraba más fácil ocuparse de tales responsabilidades desde la proximidad al resto de la familia.

No obstante, las ventanas del estudio daban a Grosvenor Square, y por consiguiente se había divertido un rato observando la llegada de los carruajes y los invitados que descendían de ellos. Cuando bajó Kate Sheffield, alzó la mirada a la fachada de la mansión e inclinó la cabeza con un gesto muy similar al que hizo al disfrutar del calor del sol en Hyde Park. La luz de los apliques ubicados a ambos lados de la entrada principal se había filtrado a través de su piel y la bañaban de un relumbre titilante.

Y Anthony se quedó sin aliento.

Su vaso de cristal aterrizó sobre el amplio alféizar de la ventana con un golpe pesado. Esto empezaba a ser ridículo. No era capaz de engañarse a sí mismo tanto como para confundir la tensión en sus músculos con otra cosa que no fuera deseo.

Puñetas. Ni siquiera le gustaba aquella mujer. Era demasiado mandona, demasiado dogmática, se precipitaba a sacar conclusiones. Ni siquiera era hermosa; bien, no si la comparaba con unas cuantas de las damas que revoloteaban por Londres durante la temporada, especialmente su hermana.

El rostro de Kate era demasiado largo, su barbilla un pelín demasiado saliente, sus ojos una pizca demasiado grandes. Todo en ella era *demasiado* algo. Incluso su boca, que le irritaba al límite con su interminable sarta de insultos y opiniones, era demasiado voluminosa. Era raro que la tuviera cerrada y le concediera un momento de bendito silencio, pero si la casualidad quería que la mirara en esa fracción de segundo (porque, desde luego, ella no podía estar callada más que eso) lo único que veía era sus labios, carnosos, fruncidos y, contando con que estuvieran cerrados y por supuesto no hablaran, eminentemente besuqueables.

¿Besuqueables?

Anthony se estremeció. La idea de besar a Kate Sheffield era escalofriante. En realidad, el mero hecho de haber pensado en ello debería ser suficiente como para que le encerraran en un manicomio.

Y no obstante...

Anthony se dejó caer en un sillón.

Y no obstante había soñado con ella.

Había sucedido después del fiasco del Serpentine. Estaba tan furioso que casi no podía hablar. Fue un milagro que consiguiera decirle algo a Edwina durante el corto trayecto de regreso a su casa. Frases corteses fue todo lo que consiguió pronunciar: palabras sin sentido tan familiares que saltaban de su lengua como si las supiera de memoria.

Una suerte, de cualquier modo, puesto que, definitivamente, su mente no estaba donde debería: en Edwina, su futura esposa.

Oh, ella no había accedido aún. Ni siquiera se lo había pedido todavía. Pero reunía todos los requisitos para convertirse en su esposa; ya había decidido que sería ella a quien finalmente propondría en matrimonio. Era hermosa, inteligente y su talante era sereno. Atractiva, pero sin que le acelerara el pulso. Pasarían unos años deleitables juntos, pero nunca se enamoraría de ella.

Era justo lo que necesitaba.

Y no obstante...

Anthony alcanzó su copa y se bebió de un trago el resto del contenido.

Y no obstante, había soñado con su hermana.

Intentó no recordarlo. Intentó no recordar los detalles del sueño, el ardor y el sudor, pero como era la primera copa de la noche, ciertamente ésta no era suficiente para empañar su memoria. Aunque no tenía intención de beber más, ahora el concepto de perderse en un olvido inconsciente empezaba a sonar apetecible.

Cualquier cosa sería apetecible si significaba no recordar.

Pero no tenía ganas de beber. Hacía años que se moderaba con la bebida, le parecía un juego de jóvenes, que dejaba de ser sugerente cuando uno se acercaba a los treinta. Aparte, aunque decidiera buscar la amnesia temporal en la botella, el efecto no sería lo suficientemente rápido como para que el recuerdo de ella desapareciera.

¿Recuerdo? Ja. Ni siquiera era un recuerdo real. Sólo era un sueño, se repitió. Sólo un sueño.

Se había quedado dormido enseguida después de volver a casa aquella tarde. Se había desnudado y se había sumergido en un baño caliente durante casi una hora, en un intento de sacarse el frío de los huesos. Aunque no se había metido del todo en el Serpentine como Edwina, su piernas se habían empapado, igual que una de sus mangas, y la sacudida estratégica de Newton había garantizado que ni un solo centímetro de su cuerpo mantuviera el calor durante el sinuoso recorrido de vuelta a casa en aquel carruaje prestado.

Después del baño se metió en la cama, sin importarle demasiado que aún fuera de día en el exterior; aún quedaba una hora de luz más o menos. Estaba agotado y su única intención era sumirse en un letargo profundo, sin sueños, del que no despertaría hasta que los primeros rayos de sol vetearan la mañana.

Pero en algún momento de la noche su cuerpo se sintió inquieto y hambriento, una sensación que fue en aumento. Y su mente traicionera se llenó de la más espantosa de las imágenes. Observaba la imagen como si estuviera flotando cerca del techo, pero no obstante lo sentía todo: su cuerpo desnudo se movía sobre la forma esbelta de una mujer, sus manos acariciaban y apretaban la carne caliente. El delicioso enredo de brazos y piernas, el aroma almizcleño de dos cuerpos que se atraen... todo estaba ahí, ardiente e intenso en su mente.

Y entonces él se desplazó. Sólo un poco, tal vez para besar la oreja de la mujer sin rostro. Sólo que cuando se movió a un lado, ya no era una mujer sin rostro. Primero apareció un espeso mechón de pelo marrón oscuro, que se rizaba suavemente y le hacía cosquillas en el hombro. Luego se desplazó un poco más y...

Y la vio.

Kate Sheffield.

Se despertó al instante, quedándose sentado completamente derecho en la cama, temblando de horror. Había sido el sueño erótico más vívido que había experimentado en su vida.

Y su peor pesadilla.

Palpó frenético entre las sábanas con una de sus manos, aterrorizado de encontrar la prueba de su pasión. Que Dios le ayudara si en efecto había eyaculado mientras soñaba con la mujer sin duda más espantosa que había conocido.

Gracias al cielo, las sábanas estaban limpias, por lo tanto volvió a recostarse contra las almohadas con el corazón acelerado y la respiración entrecortada. Sus movimientos eran lentos y cuidadosos, como si aquello impidiera que se repitiera el sueño.

Durante horas estuvo mirando el techo, primero conjugando verbos latinos, luego contando hasta mil, todo en un intento de mantener el cerebro ocupado con cualquier cosa que no fuera Kate Sheffield.

Y, de forma asombrosa, había exorcizado la imagen de su cerebro y se había quedado dormido.

Pero ahora ella había regresado. Estaba aquí. En su casa.

La idea le espantaba.

¿Y dónde diablos estaba Edwina? ¿Por qué no había acompañado a su madre y hermana?

Las primeras notas de un cuarteto de cuerda se introdujeron por debajo de la puerta, discordantes y embrolladas, sin duda ya se estaban preparando los músicos que su madre había contratado para acompañar a Maria Rosso, la última soprano que había cautivado al público londinense.

Desde luego que Anthony no se lo había contado a su madre, pero él y Maria habían disfrutado de un agradable interludio la última vez que la soprano había estado en la ciudad. Tal vez debiera considerar reanudar su amistad. Si la sensual belleza italiana no curaba sus males, nada conseguiría hacerlo.

Anthony se levantó y enderezó los hombros, consciente de que más bien parecía prepararse para la batalla. Diablos, así era como se sentía. Tal vez con un poco de suerte fuera capaz de evitar por completo a Kate Sheffield. No podía imaginarse que ella hiciera algún intento de entablar conversación con él. Había dejado del todo claro que le tenía la misma estima que él a ella.

Sí, eso era exactamente lo que haría. Evitarla. ¿Resultaría muy difícil?

Capítulo 6

La velada musical de lady Bridgerton resultó ser una reunión indiscutiblemente artística, lo cual no siempre es la norma en este tipo de veladas. Esta Autora se lo puede asegurar. La intérprete invitada no era otra que Maria Rosso, la soprano italiana que tuvo su debut en Londres hace dos años y que ha regresado tras un breve periodo en los escenarios vieneses.

Con su espeso cabello azabache y centelleantes ojos oscuros, la señorita Rosso demostró tener tanto encanto en su voz como en su figura. Y más de uno (de hecho, más de una docena) de los denominados caballeros de la sociedad encontraron dificultades para apartar la mirada de su persona, incluso después de que hubiera concluido la actuación.

REVISTA DE SOCIEDAD DE LADY WHISTLEDOWN,
27 de abril de 1814

*K*ate supo en qué minuto preciso entró él en la sala.

Intentó convencerse de que aquello no quería decir que ella estuviera cada vez más pendiente de aquel hombre. Él era terriblemente apuesto; de hecho, no era una opinión, era la realidad. No podía imaginarse que el resto de mujeres presentes no se hubieran fijado en él.

Llegó tarde. No mucho, la soprano no podía llevar más de doce compases de su pieza. Pero lo bastante tarde como para que intentara no hacer ruido mientras ocupaba una silla hacia la parte delantera, cerca de su familia. Kate continuó inmóvil en su asiento en la parte posterior, bastante segura de que él no la había visto mientras se acomodaba para la actuación. No miró en su dirección, y aparte, habían apagado varias velas, o sea, que la habitación estaba bañada por un resplandor tenue y romántico. Sin duda las sombras oscurecían su rostro.

Kate intentó mantener la vista fija en la señorita Rosso a lo largo de su actuación. De todos modos, el ánimo de Kate no mejoró demasiado ya que la cantante no apartaba los ojos de lord Bridgerton. Al principio Kate pensó que debía de estar imaginándose la fascinación de la señorita Rosso por el vizconde, pero hacia la mitad de la actuación, no había ninguna duda. Maria Rosso lanzaba públicamente con la mirada invitaciones sensuales al vizconde.

¿Y por qué eso le molestaba tanto a ella? No lo sabía. Al fin y al cabo era una prueba más de que era exactamente el mujeriego depravado que siempre había pensado. Tendría que estar satisfecha de tener la confirmación. Tendría que pensar que aquello le daba la razón.

En vez de ello, lo único que sentía era decepción. Era una sensación pesada, incómoda, que envolvía su corazón y la dejaba un poco hundida en su asiento.

Cuando acabó la interpretación, no pudo evitar advertir que la soprano, tras aceptar graciosamente los aplausos, se dirigió con el mayor descaro hacia el vizconde y le ofreció una de esas sonrisas seductoras, el tipo de sonrisa que Kate nunca aprendería a esbozar aunque una docena de cantantes de ópera intentaran enseñárselo. Aquella sonrisa no dejaba dudas sobre las intenciones de la cantante.

Dios bendito, aquel hombre ni siquiera necesitaba perseguir a las mujeres, casi se rendían a sus pies.

Era asqueroso. De verdad, muy asqueroso.

Y aun así, Kate no podía dejar de mirar.

Lord Bridgerton ofreció por su parte una misteriosa media sonrisa a la cantante de ópera. Luego estiró el brazo y le recogió tras la oreja un mechón suelto de su pelo azabache.

Kate sintió un escalofrío.

El vizconde ahora se había inclinado hacia delante para susurrarle algo al oído. Kate se descubrió aguzando el oído en aquella dirección, aunque era obvio que resultaba imposible oír algo desde tan lejos.

Pero de cualquier modo, ¿acaso era un crimen morirse de curiosidad? Y...

Santo cielo, ¿no acababa de besarle en el cuello? Seguro que no se atrevía a hacer eso en casa de su propia madre. Bueno, se suponía que la residencia Bridgerton técnicamente era *su* casa, pero su madre vivía ahí, igual que muchos de sus hermanos. La verdad, este hombre debería saberlo mejor que nadie. Un poco de decoro en presencia de su familia no estaría de más.

—¿Kate? ¿Kate?

Tal vez fuera un besito de nada, sólo un leve roce con los labios sobre la piel de la cantante de ópera, pero no dejaba de ser un beso.

—¡Kate!

—¡Bien! ¿Sí? —Kate casi se pone de pie al volverse a mirar a Mary, quien la observaba con expresión sin duda irritada.

—Deja de mirar al vizconde —dijo entre dientes.

—No estaba... bueno, de acuerdo, miraba, pero ¿no le has visto? —dijo Kate en un susurro apremiante—. No tiene vergüenza.

Volvió a mirarle. Continuaba coqueteando con Maria Rosso y era obvio que a Bridgerton no le importaba lo más mínimo quién les viera.

Mary frunció los labios formando una línea apretada antes de decir:

—Estoy segura de que su conducta no es de nuestra incumbencia.

—Por supuesto que es de nuestra incumbencia. Quiere casarse con Edwina.

—Eso aún no podemos asegurarlo.

Kate recordó algunas conversaciones con lord Bridgerton.

—Creo que no andamos tan desencaminadas.

—Bien, deja de mirarle. Estoy segura de que no quiere nada contigo después del fiasco de Hyde Park. Y aparte, aquí hay unos cuantos buenos partidos. Harías bien en dejar de pensar todo el tiempo en Edwina y empezar a buscar algo para ti.

Kate notó cómo se hundían sus hombros. La mera idea de intentar atraer a algún pretendiente era agotadora. A fin de cuentas, todos se interesaban por Edwina. Y aunque ella misma no quería tener nada con el vizconde, le dolía que Mary dijera con tal seguridad que él no quería tener nada con ella.

Mary la cogió del brazo con una firmeza que no admitía protestas.

—Vamos ya, Kate —dijo con voz tranquila—. Acerquémonos a saludar a nuestra anfitriona.

Kate tragó saliva. ¿Lady Bridgerton? ¿Tenía que conocer a lady Bridgerton? ¿La madre del vizconde? Era bastante difícil creer que una criatura como él tuviera una madre.

Pero los modales eran los modales. Por mucho que Kate hubiera preferido escabullirse por el pasillo y marcharse, sabía que debía dar las gracias a su anfitriona por organizar una actuación tan maravillosa.

Y en efecto había sido maravillosa. Por mucho que le costara a Kate reconocerlo, especialmente si se tenía en cuenta que la soprano en cuestión estaba insinuándose al vizconde, Maria Rosso poseía una voz angelical.

Con el brazo de Mary como guía, Kate llegó hasta la parte delantera de la sala y esperó su turno para conocer a la vizcondesa. Parecía una mujer encantadora, con pelo rubio y ojos claros, y bastante menuda para haber tenido tal cantidad de hijos. El difunto vizconde debía de haber sido un hombre alto, decidió Kate.

Finalmente llegaron al frente del pequeño gentío, y la vizcondesa cogió la mano de Mary.

—Señora Sheffield —saludó con afecto—, qué placer volver a verla. Disfruté tanto de nuestro encuentro la semana pasada en el baile de los Hartside... Estoy muy contenta de que haya decidido aceptar mi invitación.

—No se nos habría ocurrido pasar la velada en ningún otro lugar —contestó Mary—. ¿Me permite que le presente a mi hija? —Hizo un gesto hacia Kate, quien dio un paso hacia delante e hizo la conveniente reverencia.

—Es un placer conocerla, señorita Sheffield —dijo lady Bridgerton.

—Para mí es también un honor —repuso Kate.

Lady Bridgerton indicó a una joven situada a su lado.

—Y ésta es mi hija, Eloise.

Kate sonrió con afecto a la muchacha, quien parecía tener la misma edad que Edwina. Eloise Bridgerton tenía el mismo color de pelo que sus hermanos mayores y un rostro iluminado por una amplia y simpática sonrisa. A Kate le cayó bien al instante.

—¿Qué tal está, señorita Bridgerton? —dijo Kate—. ¿Es su primera temporada?

Eloise asintió.

—Oficialmente no me toca hasta el año que viene, pero mi madre me ha permitido asistir a las funciones celebradas aquí en la residencia Bridgerton.

—Qué suerte ha tenido —replicó Kate—. Me habría encantado haber asistido a alguna fiesta el año pasado. Al llegar a Londres esta primavera, todo me resultaba tan nuevo. Una se queda aturdida sólo de intentar recordar el nombre de cada una de las personas.

Eloise sonrió ampliamente.

—De hecho, mi hermana Daphne fue presentada hace dos años y siempre me describe todo y a todo el mundo con gran detalle, o sea, que me parece que conozco a casi todo el mundo.

—¿Daphne es su hija mayor? —preguntó Mary a lady Bridgerton. La vizcondesa asintió.

—Se casó con el duque de Hastings el año pasado.

Mary sonrió.

—Como madre, tuvo que sentirse encantada.

—Desde luego. Es un duque, pero, lo más importante, es que es un buen hombre y quiere a mi hija. Lo único que espero es que el resto de mis hijos hagan bodas tan excelentes. —Lady Bridgerton ladeó levemente la cabeza y se volvió a Kate.

—Parece ser, señorita Sheffield, que su hermana no ha podido venir esta noche.

Kate contuvo un gruñido. Lady Bridgerton estaba ya emparejando a Anthony con Edwina, ya les veía en el altar.

—Me temo que la semana pasada cogió un terrible resfriado.

—Espero que no sea nada serio. —La vizcondesa expresó su interés a Mary, en un tono de madre a madre.

—No, nada serio —contestó Mary—. De hecho, ya casi ha recuperado su buena forma. Pero me ha parecido que necesitaba un día más de convalescencia antes de animarse a salir. No le convendría sufrir una recaída.

—No, por supuesto que no. —Lady Bridgerton hizo una pausa, luego sonrió—. Pero es una pena. Me hacía mucha ilusión conocerla. Edwina se llama, ¿verdad?

Kate y Mary asintieron al unísono.

—He oído decir que es preciosa. —Pese a estar hablando en aquel momento, lady Bridgerton lanzó una ojeada a su hijo, quien coqueteaba como un loco con la cantante de ópera italiana, y frunció el ceño.

Kate sintió una gran agitación en su estómago. De acuerdo con las recientes ediciones de *Confidencia*, lady Bridgerton se había propuesto la misión de casar a su hijo. Y aunque el vizconde no parecía ser el tipo de hombre que se somete a la voluntad de una madre (ni a la de nadie, para el caso), Kate tuvo la impresión de que lady Bridgerton podía ser capaz de ejercer cierta presión si así lo decidía.

Tras unos momentos más de charla cortés, Mary y Kate dejaron que lady Bridgerton saludara al resto de invitados. Enseguida se les aproximó la señora Featherington; como madre de tres jovencitas solteras siempre tenía mucho que contar a Mary sobre temas diversos. Pero en aquella ocasión la rechoncha mujer, mientras se encaminaba hacia ellas, tenía la mirada fija en Kate.

Kate empezó de inmediato a considerar posibles rutas de escapatoria.

—¡Kate! —saludó la mujer con voz resonante. Hacía tiempo que había decidido tutear a las Sheffield—. Qué sorpresa verte aquí.

—¿Y por qué tanta sorpresa, señora Featherington? —preguntó Kate perpleja.

—Seguro que has leído *Confidencia* esta mañana.

Kate sonrió un poco. O sonreía o ponía una mueca desagradable.

—Oh, ¿se refiere al pequeño incidente relacionado con mi perro?

La señora Featherington alzó las cejas más de un centímetro.

—Por lo que he oído, fue más que un «pequeño incidente».

—No tuvo mayor importancia —dijo Kate con firmeza, aunque para hacer honor a la verdad, le resultó difícil no soltar un gruñido a la entrometida mujer—. Aunque debo decir que me ha molestado que lady Confidencia se haya referido a Newton como a un perro de raza indefinida. Quiero que sepan que es un corgi de pura raza.

—Es cierto que no tuvo mayor importancia —dijo Mary, saliendo en defensa de Kate—. Me sorprende incluso que mereciera una mención en su columna.

Kate dedicó a la señora Featherington la más insulsa de las sonrisas, muy consciente de que tanto ella como Mary mentían con descaro. Sumergir a Edwina (y casi a lord Bridgerton) en el Serpentine no era un incidente «sin mayor importancia», pero si lady Confidencia no había creído conveniente ofrecer todos los detalles, Kate desde luego no iba a dar explicaciones.

La señora Featherington abrió la boca y respiró hondo, lo cual comunicó a Kate que se estaba preparando para lanzar uno de sus prolongados monólogos sobre el tema de la importancia del buen comportamiento (o los buenos modales o la buena cuna o cualquier cosa buena que fuera el tema del día), de manera que Kate se apresuró a decir de forma un tanto brusca:

—¿Quieren que vaya a buscar un poco de limonada?

Las dos matronas dijeron que sí y dieron las gracias a Kate, quien se escabulló al instante. Sin embargo, en cuanto regresó, sonrió con gesto inocente y dijo:

—Sólo tengo dos manos, o sea que ahora tengo que regresar a por un vaso para mí.

Y tras decir eso, se marchó una vez más.

Se detuvo un instante junto a la mesa de la limonada, por si acaso Mary estaba mirando, luego salió disparada de la sala al pasillo, donde se hundió en un mullido banco situado a unos diez metros de la sala de música, ansiosa por conseguir un poco de aire. Lady Bridgerton había dejado abiertas las cristaleras de la sala de música que daban al pequeño jardín de la parte posterior de la casa, pero había tal concurrencia que el ambiente era sofocante en el salón, pese a la leve brisa que llegaba del exterior.

Kate se quedó allí sentada durante varios minutos, más que contenta de que los demás invitados no hubieran decidido desperdigarse por el pasillo. Pero luego oyó una voz que se elevaba por encima del estruendo grave de la multitud, seguida de una risa sin duda musical, y Kate se percató con horror de que lord Bridgerton y su supuesta querida salían de la sala de música y entraban en el pasillo.

—Oh, no —gimió, intentando hablar para sus adentros. Lo último que quería era que el vizconde se topara con ella allí sentada a solas en el pasillo. Sabía que estaba a solas porque a ella le venía en gana, pero él probablemente pensaría que había huido de la concurrencia porque era un fracaso social y toda la aristocracia compartía la opinión que tenía de ella: que era una amenaza impertinente y poco atractiva para la sociedad.

¿Amenaza para la sociedad? Kate apretó los dientes. Le llevaría mucho, mucho tiempo perdonarle tal insulto.

Pero, de todos modos, estaba cansada y no tenía ganas de enfrentarse a él justo en ese momento, de modo que se levantó las faldas varios centímetros para no tropezarse y se metió por la primera puerta que encontró junto al banco. Con un poco de suerte, él y su amada pasarían de largo y ella podría regresar pitando a la sala de música sin que nadie se percatara.

Kate echó una rápida mirada a su alrededor nada más cerrar la puerta. Había una lámpara encendida encima del escritorio y, mientras sus ojos se acostumbraban a la oscuridad, comprendió que se encontraba en algún tipo de despacho. Las paredes estaban llenas de libros, aunque la habitación, dominada por un monumental escritorio de roble, no era tan grande como para ser la biblioteca de los Bridgerton. Encima del escritorio había papeles ordenados en pilas y una pluma con un tintero se hallaba sobre el cartapacio.

Estaba claro que no era un despacho para darse tono: aquí trabajaba alguien.

Kate deambuló hasta el escritorio, la curiosidad la estaba dominando, y pasó los dedos distraídamente por el borde de madera. Había un ligero olor a tinta en el aire, tal vez incluso se detectaba un leve resto de humo de pipa.

En conjunto, decidió, era una habitación preciosa. Cómoda y práctica. Una persona podía pasar horas aquí ensimismado en perezosas reflexiones.

Pero mientras Kate se recostaba contra el escritorio, saboreando la tranquila soledad, oyó un sonido espantoso.

El chasquido del pomo de una puerta.

Con un resuello frenético, se lanzó debajo del escritorio, apretujándose en el cubo de espacio vacío y agradeciendo al cielo que el escritorio fuera tan sólido, en vez de esa clase de mesa que descansa sobre cuatro patas largas y delgadas.

Sin apenas respirar, escuchó.

—Pero he oído que éste va a ser el año en que por fin veamos al famoso lord Bridgerton caer en la trampa del párroco —llegó una cantarina voz femenina.

Kate se mordió el labio. Era una cantarina voz femenina con acento italiano.

—¿Y dónde ha oído eso? —se oyó la voz inconfundible del vizconde, seguida por otro chasquido del pomo.

Kate cerró los ojos con gran agonía. Estaba atrapada en aquel despacho con una pareja de amantes. Sencillamente, la vida no le podía ir peor.

Bueno, podían descubrirla. Aquello sí que sería peor. De todos modos, era curioso que aquello no consiguiera animarla. Su situación era francamente difícil.

—Lo dicen por toda la ciudad, milord —contestó Maria—. Todo el mundo dice que ha decidido sentar cabeza y buscar esposa.

Hubo un silencio, pero Kate habría jurado oírle a él encogerse de hombros.

Algunas pisadas. Los amantes se acercaron a la mesa un poco más. Luego Bridgerton murmuró:

—Probablemente ya era hora.

—Me rompe el corazón, ¿lo sabe?

Kate pensó que iba a darle una arcada.

—Vamos, vamos, mi dulce *signorina* —sonido de labios sobre la piel— ambos sabemos que su corazón es inmune a cualquiera de mis maquinaciones.

A continuación se oyó un roce de sedas, que Kate interpretó como el sonido de Maria apartándose con timidez, tras lo cual se oyó:

—Pero no soy aficionada a los escarceos, milord. No es que busque el matrimonio, por supuesto, pero la próxima vez que busque un protector digamos que será a largo plazo.

Pisadas. ¿Tal vez Bridgerton cruzaba de nuevo la distancia que les separaba?

Su voz sonó grave y ronca cuando dijo:

—No consigo entender cuál es el problema. —Bridgerton soltó una risita—. El único motivo para renunciar a la querida de uno puede surgir cuando uno ama a su esposa. Y puesto que no tengo intención de escoger una esposa de la que pueda enamorarme, no veo el motivo de negarme los placeres de una mujer preciosa como usted.

¿Y quiere casarse con Edwina? A Kate le costó no ponerse a chillar. La verdad, si no estuviera allí agazapada como una rana sujetándose los tobillos con las manos, lo más probable fuera que saliera como una furia a intentar matar a aquel hombre.

Luego se sucedieron unos pocos sonidos ininteligibles, que Kate rogó no fueran el preludio de algo considerablemente más íntimo. No obstante, tras un momento, la voz del vizconde surgió con claridad.

—¿Le apetece algo de beber?

Maria murmuró una respuesta afirmativa y las zancadas enérgicas de Bridgerton reverberaron por el suelo, se acercaron más y más hasta que...

Oh, no.

Kate inspeccionó la licorera, que descansaba sobre la repisa de la ventana, directamente enfrente de su escondite debajo del escritorio. Si él continuaba de cara a la ventana mientras servía, Kate podría escapar sin ser detectada, pero si se volvía tan sólo noventa grados...

Se quedó paralizada. Paralizada por completo. Dejó de respirar del todo.

Con los ojos muy abiertos, sin pestañear (¿podían producir algún sonido los ojos?), observó con completo horror que Bridgerton aparecía ante su vista y su silueta atlética quedaba destacada de modo sorprendente desde aquel puesto aventajado en el suelo.

Los vasos entrechocaron un instante cuando él los dispuso para servir, luego retiró el tapón de la licorera y sirvió dos dedos de líquido ámbar en cada copa.

No te vuelvas. No te vuelvas.

—¿Todo bien? —llamó Maria.

—Perfecto —respondió Bridgerton aunque sonaba algo distraído. Alzó las copas y canturreó algo para sí mismo mientras su cuerpo empezaba a volverse con parsimonia.

Continúa andando. Continúa andando. Si se apartaba de ella mientras se daba la vuelta, volvería al lado de Maria y ella estaría a salvo. Pero si se daba la vuelta y luego caminaba, podía darse por muerta.

Sin duda él la mataría. Con toda franqueza, aún le sorprendía que no lo hubiera intentado la semana anterior en el Serpentine.

Anthony se volvió despacio. Y se volvió un poco más. Y no caminó.

Y Kate intentó adivinar cuál era el motivo de que no le pareciera de pronto algo tan malo morir a los veintiún años.

Anthony sabía muy bien cuál era el motivo de haber traído a Maria Rosso a su estudio. Estaba claro que ningún hombre de sangre caliente podía quedar inmune a sus encantos. Tenía un cuerpo exuberante, una voz embriagadora y sabía por experiencia que el contacto con ella era igualmente potente.

Pero aun cuando tomaba un mechón de sedoso cabello azabache y aquellos labios carnosos que formaban un puchero, aun cuando sus músculos entraban en tensión con el recuerdo de otras partes carnosas, estrechas, de su cuerpo, sabía que la estaba utilizando.

No se sentía culpable por utilizarla para su propio placer. A ese respecto, ella le estaba utilizando también a él. Y al menos ella se vería compensada por ello, mientras que a él le costaría varias joyas, una asignación trimestral y el alquiler de una casa elegante en una parte bastante elegante de la ciudad, aunque tampoco demasiado.

No, el motivo de que se sintiera inquieto, de que se sintiera frustrado, de que tuviera ganas de atravesar con el puño un muro de ladrillo, era que estaba utilizando a Maria para sacarse de la cabeza aquella pesadilla que era Kate Sheffield. No quería volver a despertarse torturado, con una erección, sabiendo que Kate Sheffield era la causa. Quería hundirse en otra mujer hasta que todo recuerdo de aquel sueño se disolviera y se desvaneciera en la nada.

Porque Dios sabía que nunca iba a tomar parte activa en esa fantasía erótica particular. Ni siquiera le gustaba Kate Sheffield. La idea de acostarse con ella le provocaba un sudor frío, aunque extendiera una oleada de deseo por sus entrañas.

No, la única manera de que el sueño se hiciera realidad era que Anthony estuviera delirando de fiebre... y ella tal vez tendría que estar delirando también... y quizá los dos tendrían que haberse perdido en una isla desierta o estar sentenciados a muerte a la mañana siguiente o...

Sintió un estremecimiento. Aquello, sencillamente, no iba a suceder.

Pero, qué diantres, aquella mujer tenía que haberle hechizado. No había otra explicación para aquel sueño, no, mejor dicho, aquella pesadilla. Y aparte de eso, incluso en aquel preciso instante podía olerla. Era aquella mezcla enloquecedora de lirios y jabón, aquel aroma cautivador que se había apoderado de él mientras estaban en Hyde Park la semana pasada.

Aquí estaba él, sirviendo una copa del mejor whisky a Maria Rosso, una de las pocas mujeres que sabía apreciar ambas cosas, un buen whisky y la embriaguez diabólica que venía a continuación, y lo único que podía oler era el maldito aroma de Kate Sheffield. Sabía que estaba en la casa —y estaba medio dispuesto a matar a su madre por aquello—, pero esto era ridículo.

—¿Todo bien? —llamó Maria.

—Perfecto —fue la respuesta de Anthony, pero su voz sonó tensa incluso a sus propios oídos. Empezó a canturrear, algo que siempre hacía para relajarse.

Se dio media vuelta y se dispuso a dar un paso adelante. Al fin y al cabo, Maria le esperaba.

Pero otra vez notó aquel maldito perfume. Lirios. Podría jurar que eran lirios. Y jabón. Los lirios eran intrigantes, pero el jabón era comprensible. Un mujer práctica como Kate Sheffield se frotaría con jabón hasta quedarse bien limpia.

Su pie vaciló en el aire y su primer paso resultó ser corto en vez de la habitual zancada larga. No podía escapar a aquel olor, o sea, que continuó dándose la vuelta, su olfato le hizo torcer instintivamente la vista hacia donde sabía que no podía haber lirios, y sin embargo su aroma estaba allí, por imposible que pareciera.

Y entonces la vio.

Debajo de su escritorio.

Era imposible.

Sin duda esto era una pesadilla. Sin duda si cerraba los ojos y volvía a abrirlos, ella habría desaparecido.

Pestañeó. Ella continuaba allí.

Kate Sheffield, la mujer más exasperante, irritante y diabólica de toda Inglaterra, estaba agazapada, en cuclillas como una rana, debajo de su escritorio.

Fue un milagro que no dejara caer el whisky.

Sus miradas se encontraron, vio sus ojos muy abiertos a causa del pánico y el temor. Bien, pensó con furia. Merecía pasar miedo. Iba a curtirla a palos hasta que estuviera escarmentada.

¿Qué diablos estaba haciendo aquí? ¿Empaparle de la inmunda agua del Serpentine no era suficiente para su espíritu sanguinario? ¿No estaba satisfecha con sus intentos de frustrar el cortejo de su hermana? ¿Además tenía que espiarle?

—Maria —dijo con suavidad mientras avanzaba hacia el escritorio hasta pisar la mano de Kate. No pisó con fuerza pero la oyó chillar. Esto le produjo a Anthony una terrible satisfacción.

—Maria —repitió—. De pronto he recordado un asunto urgente de negocios del que debo ocuparme de inmediato.

—¿Esta misma noche? —preguntó. Sonaba poco convencida.

—Eso me temo. ¡Uy!

Maria pestañeó.

—¿Acaba de gemir?

—No —mintió Anthony e intentó no atragantarse con aquella palabra. Kate se había quitado el guante y había agarrado la rodilla de Anthony con la mano para clavarle las uñas directamente hasta la piel a través de los pantalones. Con fuerza.

Anthony confió al menos en que fueran sus uñas. Podrían haber sido sus dientes.

—¿Está seguro de que no pasa nada? —preguntó Maria.

—Nada... en... —fuera cual fuera la parte del cuerpo que Kate clavaba en su pierna, se hundió un poco más— ¡absoluto! —La última palabra surgió más bien como un aullido y entonces sacudió la pierna hacia delante, dando contra algo que tuvo la leve sospecha de que era el estómago de Kate.

En circunstancias normales, Anthony hubiera preferido morir antes que pegar a una mujer, pero esto parecía un caso de veras excepcional. En realidad se regodeó un poco al propinarle una patada mientras ella permanecía allí agazapada.

Al fin y al cabo, ella le estaba mordiendo la pierna.

—Permítame que la acompañe hasta la puerta —le dijo a Maria mientras se sacudía a Kate del tobillo.

Pero la mirada de Maria mostró curiosidad. La cantante se adelantó unos pocos pasos.

—Milord, ¿hay un animal debajo de la mesa?

Anthony soltó una risotada.

—Así podría decirse.

Kate le dio con el puño en el pie.

—¿Es un perro?

Anthony consideró en serio ofrecer una respuesta afirmativa, pero ni siquiera él podía ser tan cruel. Por lo visto, Kate apreció su tacto poco característico ya que le soltó la pierna.

Anthony aprovechó entonces ese momento para apartarse con rapidez de detrás del escritorio.

—¿Encontraría imperdonable mi rudeza —preguntó mientras avanzaba hasta Maria, cogiéndola luego por el brazo— si la acompañara sólo hasta la puerta en vez de llevarla hasta la sala de música?

Ella se rió, con un sonido grave y sensual que debería haberle seducido a él.

—Soy una mujer hecha y derecha, milord. Creo que puedo arreglármelas en esta distancia tan corta.

—¿Me perdona?

Maria se fue hasta el umbral de la puerta que él mantenía abierta para ella.

—Sospecho que no hay ninguna mujer viva que pueda negarse a perdonarle con esa sonrisa.

—Es una mujer excepcional, Maria Rosso.

Ella se rió.

—Pero, por lo visto, no lo bastante.

Salió flotando y Anthony cerró la puerta con un chasquido decidido. Luego, seguramente un demoniejo sobre su hombro le pinchó y decidió dar una vuelta a la llave en la cerradura y metérsela en el bolsillo.

—Usted —dijo con un bramido mientras salvaba la distancia hasta el escritorio en cuatro largas zancadas—. Salga de ahí.

Al ver que Kate no se daba suficiente prisa, se agachó, le puso la mano en la parte superior del brazo y la sacó a rastras para ponerla de pie.

—Explíquese —ordenó entre dientes.

A Kate casi se le doblan las piernas mientras la sangre volvía precipitadamente a sus rodillas que habían estado dobladas durante casi un cuarto de hora.

—Ha sido un accidente —dijo, y se agarró al borde del escritorio en busca de apoyo.

—Es curioso con qué sorprendente frecuencia surgen esas palabras de su boca.

—¡Es verdad! —protestó—. Estaba sentada en el pasillo y... —tragó saliva. Él se había adelantado y ahora estaba muy, muy cerca—. Estaba sentada en el pasillo —dijo otra vez, la voz le sonaba insegura y ronca— y le oí venir. Simplemente intentaba evitarle.

—¿Y por eso invadió mi despacho privado?

—No sabía que era su despacho. Yo... —Kate tomó aliento. Él incluso se había acercado más, sus amplias y planchadas solapas ahora estaban a tan sólo centímetros del corpiño de su vestido. Sabía que aquella proximidad era intencionada, que él pretendía intimidarla más que seducirla, pero aquello no sirvió para contener los frenéticos latidos de su corazón.

—Pienso que tal vez estaba informada de que éste era mi despacho —murmuró él y se permitió recorrer con el dedo índice el lado de su mejilla—. Tal vez no pretendía evitarme en absoluto.

Kate tragó saliva repetidamente, ya había dejado de tener sentido intentar mantener la compostura.

—¿Humm? —Deslizó el dedo por la línea de la barbilla—. ¿Qué dice a eso?

Los labios de Kate se separaron, pero era incapaz de pronunciar una palabra aunque su vida dependiera de ello. Él no llevaba guantes —se los habría quitado durante su encuentro con Maria— y el contacto de su piel era tan poderoso que parecía controlar todo su cuerpo. Respiraba cuando él se detenía, dejaba de hacerlo cuando él se movía. No cabía duda de que su corazón latía al compás del puso de él.

—Tal vez —susurró él, tan cerca ahora que su aliento besó sus labios— deseaba en realidad alguna cosa más.

Kate intentó sacudir la cabeza pero sus músculos se negaban a obedecer.

—¿Está segura?

En esta ocasión, su cabeza la traicionó y dio una pequeña sacudida.

Anthony sonrió y ambos supieron que él había ganado.

Capítulo 7

También presentes en la velada musical de lady Bridgerton: la señora Featherington y sus tres hijas mayores (Prudence, Philippa y Penelope, ninguna de las cuales vestía con colores que favorecieran sus cutis); el señor Nigel Berbrooke (quien, como es habitual, tenía mucho que contar, aunque nadie salvo Philippa Featherington parecía interesada); y, por supuesto, la señora Sheffield y la señorita Katharine Sheffield.

Esta Autora supone que la invitación a las Sheffield incluía también a la señorita Edwina Sheffield, pero no se encontraba presente. Lord Bridgerton parecía de buen humor pese a la ausencia de la joven señorita Sheffield, pero, ay, su madre no podía disimular su decepción.

Pero, claro está, la tendencia de lady Bridgerton a hacer parejas es ya legendaria y sin duda no puede estar inactiva ahora que su hija ya está casada con el duque de Hastings.

REVISTA DE SOCIEDAD DE LADY WHISTLEDOWN,
27 de abril de 1814

*A*nthony sabía que tenía que estar loco.

No podía haber otra explicación. Su intención era asustarla, aterrorizarla, hacerle entender que nunca podría pretender inmiscuirse en sus asuntos y salir indemne, y no obstante...

La besó.

Su intención había sido intimidarla, y por eso se había acercado cada vez más, hasta que ella, una inocente, no tuviera otro remedio que sentirse acobardada ante su presencia. Ella desconocía lo que era estar tan cerca de un hombre como para que el calor de su cuerpo se filtrara a través de sus ropas, tan cerca como para no saber distinguir dónde finalizaba su aliento y dónde empezaba el de ella.

No sabría reconocer el primer ardor del deseo, ni sabría entender aquel calor lento que se extendía en espiral desde el núcleo de su ser.

Y aquel remolino de calor estaba ahí. Podía verlo.

Pero ella, una completa inocente, nunca entendería lo que él veía con tan sólo un vistazo de sus experimentados ojos. Lo único que ella sabía era que él se alzaba sobre ella, más fuerte, más poderoso, y que había cometido un espantoso error al invadir su santuario privado.

Iba a dejarlo justo entonces, iba a dejarla preocupada y sin aliento. Pero cuando les separaban menos de tres centímetros, la atracción se hizo más fuerte. El aroma de Kate era demasiado cautivador, el sonido de su respiración demasiado excitante. La comezón del deseo que él había pretendido desatar en ella de pronto se encendió en su interior y extendió una cálida garra de necesidad hasta la punta de sus pies. Y el dedo que acababa de pasar por su mejilla —sólo para torturarla, se dijo— de pronto se convirtió en una mano que la sujetó por la nuca mientras sus labios la tomaban en una explosión de rabia y deseo.

Ella jadeó contra su boca, y entonces él aprovecho la separación de sus labios para deslizar la lengua entre ellos. Aunque Kate estaba rígida entre sus brazos, daba la impresión de que aquello tenía más que ver con la sorpresa que con cualquier otra cosa, por lo que Anthony se apretó un poco más y permitió que una de sus manos se deslizara por detrás y sujetara la suave curva de su trasero.

—Esto es una locura —susurró él contra su oído. Pero no hizo ningún movimiento para soltarla.

La respuesta de Kate fue un gemido incoherente y confuso. Su cuerpo se volvió un poco más maleable entre sus brazos, permitió que lo amoldara al suyo, con más proximidad. Él sabía que debía detenerse, sabía que desde luego no tenía que haber empezado, pero su sangre se aceleraba a causa de la necesidad, y ella sabía tan... tan...

Tan bien.

Anthony soltó un gemido, apartó los labios de su boca para saborear un instante la piel salada del cuello. Había algo en ella que se adaptaba a él, como ninguna mujer había conseguido antes. Parecía que el cuerpo de Anthony hubiera descubierto algo que su mente se negaba por completo a considerar.

Algo en ella resultaba tan... perfecto.

Olía bien. Sabía bien. Daba gusto tocarla. Y sabía que si le quitara toda la ropa y la tumbara allí sobre la alfombra de su estudio, ella se adaptaría bajo él, se adaptaría alrededor de él... a la perfección.

A Anthony se le ocurrió pensar que cuando no discutía con él, Kate Sheffield bien podría ser la mejor mujer de Inglaterra, qué caray.

Sus brazos, que habían quedado atrapados entre los suyos, se dirigieron poco a poco hacia arriba, hasta que sus manos descansaron lentamente en su espalda. Y luego sus labios se movieron. Era algo mínimo, en sí fue un movimiento que apenas sintió sobre la fina piel de su frente, pero era indiscutible que ella le estaba devolviendo el beso.

Un gemido grave y triunfante surgió de la boca de Anthony mientras desplazaba la boca otra vez hasta los labios de ella y la besaba con ardor, desafiándola a que continuara lo que había empezado.

—Oh, Kate —se quejó, empujándola con suavidad hasta que ella se quedó apoyada contra el borde del escritorio—. Dios, qué bien sabe.

—¿Bridgerton? —Su voz sonó trémula, aquella palabra era más una pregunta que cualquier otra cosa.

—No diga nada —susurró él—. Haga lo que haga, no diga nada.

—Pero...

—Ni una palabra —interrumpió él, y le puso un dedo sobre los labios. Lo último que quería era que ella arruinara este momento tan perfecto abriendo su boca e iniciando una discusión.

—Pero yo... —Apoyó las manos en el pecho de Anthony y se zafó de un estirón, dejándole a él tambaleante y sin aliento.

Anthony soltó una maldición, y no era leve.

Kate se escabulló rápidamente, no hasta el otro extremo de la habitación, pero sí hasta un alto sillón con orejas, lo bastante lejos como para no estar al alcance de sus brazos. Se agarró al rígido respaldo del sillón, luego se parapetó tras él, pensando que podría ser una buena idea tener un mueble sólido entre ellos.

El vizconde no dio muestras de estar de buen humor.

—¿Por qué ha hecho eso? —preguntó ella en voz tan baja que casi era un susurro.

Él se encogió de hombros, de pronto pareció un poco menos furioso y un poco más indiferente.

—Porque quería.

Kate soltó un resuello y le miró boquiabierta durante un momento, incapaz de creer que pudiera tener una respuesta tan simple para lo que era una pregunta tan complicada, pese a la simple formulación. Finalmente soltó con brusquedad:

—Pero no es posible que haya querido.

Él sonrió.

—Pues sí.

—¡Pero yo no le gusto!

—Cierto —admitió él.

—Y usted no me gusta a mí.

—Eso me ha estado diciendo —contestó con voz suave—. Tendré que creer en su palabra, puesto que hace unos segundos esto no era tan aparente.

Kate sintió que sus mejillas se sonrojaban de vergüenza. Había respondido a su desvergonzado beso, y se odiaba por ello, casi tanto como le odiaba a él por iniciar aquellas intimidades.

Pero no hacía falta que se burlara de ella. Había sido el acto de un canalla. Se agarró al respaldo del sillón hasta que sus nudillos se pusieron blancos, ya no estaba segura de si lo utilizaba como defensa contra Bridgerton o como medio para contenerse y no abalanzarse sobre él para estrangularlo.

—No voy a permitir que se case con Edwina —le dijo en voz baja.

—No —murmuró él y se movió con lentitud hasta situarse al otro lado del sillón—. No pensaba que fuera a hacerlo.

Kate elevó la barbilla de forma casi imperceptible.

—Y tengo la certeza de que yo no voy a casarme con usted.

Anthony plantó sus manos sobre los reposabrazos y se inclinó hacia delante, hasta dejar su rostro a tan sólo unos centímetros del de ella.

—No recuerdo habérselo pedido. —dijo él.

Kate se retiró hacia atrás con brusquedad.

—¡Pero si acaba de besarme!

Él se rió.

—Si me ofreciera en matrimonio a cada mujer a la que he besado, me habrían metido en la cárcel por bígamo hace mucho tiempo.

Kate notó que empezaba a temblar y se agarró al respaldo del sillón en busca de apoyo.

—Usted, señor —casi le escupe—, no tiene honor.

Los ojos de él centellearon y una mano saltó disparada para coger la barbilla de Kate. La sostuvo así durante varios segundos, obligándola a mirarle a los ojos.

—Eso —dijo con voz escalofriante— no es verdad, y si fuera un hombre la desafiaría por ello.

Kate se quedó quieta durante lo que pareció demasiado rato, con la mirada fija en la de él, la piel le ardía donde sus poderosos dedos la mantenían inmóvil. Finalmente hizo lo que había jurado que nunca haría con este hombre.

Le rogó.

—Por favor —susurró—, suélteme.

Así lo hizo, la mano la soltó con sorprendente brusquedad.

—Mis disculpas —dijo, y sonaba una pizca... ¿sorprendido?

No, eso era imposible. Nada podía sorprender a este hombre.

—No era mi intención hacerle daño —añadió en tono suave.

—¿Ah, no?

Él sacudió un poco la cabeza.

—No. Tal vez asustarla. Pero no quería hacerle daño.

Kate retrocedió con piernas temblorosas.

—No es más que un mujeriego —dijo mientras deseaba que su voz surgiera con un poco más de desdén y un poco menos de temblor.

—Lo sé —dijo encogiéndose de hombros. El intenso fuego en sus ojos pareció apagarse hasta denotar una leve diversión—. Va con mi manera de ser.

Kate dio otro paso hacia atrás. No le quedaban energías para enfrentarse a los abruptos cambios de humor de él.

—Me voy ahora mismo.

—Váyase —dijo él en tono afable, y le hizo una indicación hacia la puerta.

—No puede detenerme.

Él sonrió.

—Ni lo soñaría.

Kate empezó a apartarse, retrocedió con lentitud, temerosa de que si le quitaba la vista de encima durante un segundo, él tal vez se abalanzara sobre ella.

—Me voy —repitió de modo innecesario.

Pero cuando tenía la mano a un centímetro del pomo de la puerta, él dijo:

—Supongo que la veré la próxima vez que vaya a visitar a Edwina.

Kate se puso pálida. No es que pudiera verse a sí misma, por supuesto, pero por primera vez en su vida, de hecho había notado que su piel perdía la sangre.

—Ha dicho que iba a dejarla en paz —dijo en tono acusador.

—No —replicó él mientras se apoyaba con postura bastante insolente en un lado del sillón—. He dicho que no pensaba que fuera a permitir que me casara con ella. Lo cual no quiere decir lo mismo, y desde luego no tengo planes de permitir que controle mi vida.

Kate de pronto se sintió como si tuviera una bala de cañón alojada en su garganta.

—Pero es imposible que quiera casarse con ella después de que usted... después de que yo...

Anthony dio unos pasos hacia ella con movimientos lentos y elegantes como los de un gato.

—¿Después de que me besara?

—Yo no... —Pero las palabras le quemaron la parte posterior de la laringe pues era obvio que eran mentira. Ella no había iniciado aquel beso pero al final sí había participado en él.

—Oh, vamos, señorita Sheffield —dijo estirándose y cruzándose de brazos—. No sigamos por ahí. No nos gustamos, hasta ahí es verdad, pero la respeto de un modo peculiar, pervertido, y sé que usted no es una mentirosa.

Kate no dijo nada. La verdad, ¿qué podía decir? ¿Qué podía responder a una afirmación que contenía las palabras «respeto» y «pervertido»?

—Me devolvió el beso —dijo con una leve sonrisa de satisfacción—. No con gran entusiasmo, lo admito, pero eso sería cuestión de tiempo.

Ella sacudió la cabeza, incapaz de dar crédito a lo que oía.

—¿Cómo puede hablar de ese tipo de cosas tan sólo un minuto después de haber declarado su intención de casarse con mi hermana?

—Esto no obstaculiza lo más mínimo mis planes, es la verdad —comentó con voz reflexiva pero despreocupada, como si considerara la compra de un nuevo caballo o decidiera qué pañuelo ponerse en el cuello.

Quizá fuera su postura desenfadada, quizá la manera en que se frotaba el mentón como si fingiera estar pensándose un poco aquella cuestión, pero algo encendió una mecha en el interior de Kate. Sin tan siquiera pensar, se lanzó hacia delante, todas las furias del mundo reunidas en su alma mientras se arrojaba contra él y le golpeaba el pecho con los puños.

—¡Nunca se casará con ella! —chilló—. ¡Nunca! ¿Me oye?

Él levantó un brazo para parar un golpe contra su cara.

—Haré oídos sordos a sus afirmaciones. —Luego atrapó con habilidad sus muñecas y se las inmovilizó mientras su cuerpo temblaba de rabia.

—No permitiré que la haga una desdichada. No permitiré que arruine su vida —continuó, aunque las palabras se le atragantaban—. Ella representa todo lo bueno, honrado y puro. Y se merece algo mejor que usted.

Anthony la observó de cerca, recorrió su rostro con la mirada, en cierto modo se había puesto muy hermosa con la fuerza de su ira. Tenía las mejillas sonrosadas, los ojos le brillaban con las lágrimas que se esforzaba por contener. Él empezaba a sentir que podía ser el peor canalla del mundo.

—Vaya, señorita Sheffield —dijo en tono suave—. Me da la impresión de que quiere de verdad a su hermana.

—¡Por supuesto que la quiero! —soltó—. ¿Por qué cree que he empleado tantos esfuerzos para mantenerla alejada de usted? ¿Cree que lo he hecho por diversión? Porque, le aseguro, milord, que se me ocurren cosas mucho más divertidas que estar retenida en su estudio.

Él le soltó las muñecas de forma brusca. Kate se frotó la carne enrojecida y maltratada mientras continuaba hablando:

—Pensaba que al menos mi amor por Edwina era una faceta que usted podía entender con perfecta claridad —dijo gimoteando—. Usted, quien supuestamente siente tal devoción por su familia.

Anthony no dijo nada, se limitó a observarla y preguntarse si tal vez esta mujer escondía mucho más de lo que en un principio había estimado.

—Si usted fuera hermano de Edwina —dijo Kate con escalofriante precisión—, ¿permitiría que se casara con un hombre como usted?

Él se quedó callado durante un largo instante, lo bastante largo como para que el silencio resonara con incomodidad en sus oídos. Por fin dijo:

—Esto no viene a cuento.

En favor de Kate había que decir que no sonrió. No alardeó, no se mofó. Cuando volvió a hablar sus palabras sonaron tranquilas y francas.

—Creo que ya me ha contestado. —Luego se giró sobre sus talones y empezó a alejarse.

—Mi hermana —dijo entonces él, con voz lo bastante alta como para que Kate detuviera su avance hacia la puerta— se ha casado con el duque de Hastings. ¿Está familiarizada con su reputación?

Kate se detuvo, pero no se volvió.

—Es conocido por su evidente devoción a su esposa.

Anthony soltó una risita.

—Entonces no está familiarizada con su reputación. Al menos no con la que tenía antes de casarse.

Kate se volvió poco a poco.

—Si intenta convencerme de que los mujeriegos reformados se transforman en los mejores esposos, no va a conseguirlo. Ha sido en esta misma habitación, ni siquiera hace quince minutos, donde ha dicho a la señorita Rosso que no veía motivos para renunciar a una querida por una esposa.

—Creo que especifiqué que en el caso de que uno no ame a su esposa.

Un sonido peculiar salió de la nariz de Kate: no era en sí un refunfuño, más bien una respiración, pero dejaba muy claro, al menos en este momento, que no sentía ningún respeto hacia él. Con una expresión de profunda diversión en los ojos, Kate preguntó:

—¿Y ama a mi hermana, lord Bridgerton?

—Por supuesto que no —contestó—. Y nunca se me ocurriría insultar a su inteligencia diciendo lo contrario. Pero —añadió alzando la voz, para frustrar la interrupción que estaba seguro se iba a producir— tan sólo hace una semana que conozco a su hermana. No hay motivo para creer que no pueda enamorarme de ella si pasáramos muchos años unidos en santo matrimonio.

Kate se cruzó de brazos.

—¿Por qué será que no puedo creerme ni una palabra de lo que sale de su boca?

Él se encogió de hombros.

—Desde luego que no lo sé. —Pero sí lo sabía. Precisamente el motivo por el que había elegido a Edwina para esposa era saber que nunca se enamoraría de ella. Le gustaba, la respetaba y estaba seguro de que sería una madre excelente para sus herederos, pero nunca la amaría. Aquella chispa no se había encendido entre ellos.

Kate sacudió la cabeza con decepción en la mirada. Una decepción que en cierto modo a él le hizo sentirse menos hombre.

—Tampoco pensaba que fuera un mentiroso —dijo en voz baja—. Un mujeriego y un vividor sí, y tal vez un montón de cosas más, pero no un mentiroso.

Anthony sintió sus palabras como puñetazos. Algo desagradable estrujó su corazón, algo que le dio ganas de arremeter contra ella, de hacerle daño o al menos mostrarle que no tenía el poder de herirle.

—Oh, señorita Sheffield —su voz se arrastraba con cierta crueldad— no irá muy lejos sin esto.

Antes de que ella pudiera reaccionar, metió la mano en el bolsillo, sacó la llave de la puerta de su estudio y la tiró en su dirección, apuntando de forma intencionada a sus pies. La cogió desprevenida, sus reflejos no estaban preparados, y cuando ella se estiró para cogerla, erró por completo. Cuando sus manos se juntaron, sonaron con una palmada hueca, seguida del ruido sordo de la llave al caer sobre la alfombra.

Kate permaneció allí de pie durante un momento contemplando la llave. Anthony se percató del instante en que ella comprendió que no era su intención que la atrapara. Se quedó del todo quieta y luego alzó la mirada para mirarle directamente a los ojos. Los ojos de Kate centelleaban de odio y algo peor.

Desdén.

Anthony sintió que le daban un puñetazo en las tripas. Sintió el más ridículo impulso de saltar hacia delante, coger la llave de la alfombra, hincarse sobre una rodilla y tendérsela a ella, para disculparse por su conducta y rogarle perdón.

Pero no hizo nada de esto. No quería enmendar esa falta, no quería ganarse una opinión favorable.

Porque aquella chispa tan esquiva, cuya ausencia era tan patente con su hermana, con quien se había propuesto casarse, refulgía con tal fuerza que la habitación parecía estar iluminada como si fuera de día. Y nada podía aterrorizarle más.

Kate continuó inmóvil durante más tiempo del que él hubiera pensado, obviamente resistiéndose a arrodillarse delante de él aunque sólo fuera para recoger la llave que le permitiría la huida que tanto deseaba.

Anthony forzó una sonrisa entonces, bajó la mirada al suelo y luego volvió a su rostro:

—¿No quiere marcharse, señorita Sheffield? —dijo con demasiada suavidad.

Continuó observando a Kate mientras le temblaba la barbilla y tragaba saliva con nerviosismo. Y también, cuando de forma abrupta se agachó y cogió la llave.

—Nunca se casará con mi hermana —juró con una voz grave e intensa que le provocó un escalofrío en los mismísimos huesos—. Nunca.

Y luego, con un chasquido decisivo en la cerradura, ya se había marchado.

Dos días después, Kate aún continuaba furiosa. También ayudó el hecho de que la tarde siguiente a la velada llegara un gran ramo de flores para Edwina, cuya tarjeta decía: «Con mis deseos de una rápida recuperación. La velada de anoche estuvo muy apagada sin su rutilante presencia. Bridgerton».

Mary había soltado un montón de exclamaciones extasiadas al leer la nota; tan poética, suspiró, tan encantadora, sin duda las palabras de un hombre locamente enamorado. Pero Kate sabía la verdad. La nota era más un insulto dirigido a ella que un cumplido a Edwina.

Y tanto que apagada, pensó echando chispas mientras contemplaba la tarjeta —ahora expuesta encima de una mesa del salón—, y se preguntaba cómo podría arreglárselas para que apareciera de algún modo rota en pedazos y pareciera un accidente. Tal vez no supiera mucho de temas del corazón y asuntos de hombres y mujeres, pero habría apostado cualquier cosa a que, sintiera lo que sintiera el vizconde la noche anterior en el estudio, no había sido aburrimiento.

No obstante, no había venido de visita. Kate no podía imaginarse por qué, ya que sacar a pasear a Edwina iba a ser una bofetada aún más ofensiva que la nota. En sus momentos más fantasiosos, le gustaba pensar ufana que él no se había dejado ver porque tenía miedo de enfrentarse a ella. Pero sabía que aquello no era verdad, estaba claro.

Aquel hombre no tenía miedo a nadie. Y mucho menos a una vulgar solterona entrada en años a la que probablemente había besado por una mezcla de curiosidad, rabia y lástima.

Kate cruzó la habitación hasta la ventana y se quedó mirando Milner Street. No era la vista más pintoresca de Londres, pero al menos así conseguía no mirar la nota. Era la lástima lo que de verdad la consumía. Rogó para que, fuera cual fuera el motivo de aquel beso, la curiosidad y la rabia superaran la lástima.

Pensó que no podría soportar que él sintiera lástima de ella.

Pero Kate no tuvo mucho tiempo para obsesionarse con el beso y su posible significado, porque aquella tarde —la tarde siguiente a las flores— llegó una invitación mucho más inquietante que cualquier cosa que el propio lord Bridgerton pudiera haber enviado. Al parecer se requería la presencia de las Sheffield en una reunión campestre que organizaba lady Bridgerton de forma bastante espontánea en su casa solariega.

La madre del mismísimo diablo.

Y no había manera de que Kate pudiera escabullirse y no acudir. A no ser que se produjera un terremoto combinado con un huracán, combinado con un tornado; cosas que difícilmente podrían suceder en Gran Bretaña, aunque ella seguía abrigando alguna esperanza en cuanto al huracán, siempre que no hubiera truenos o relámpagos de por medio. Nada impediría que Mary se presentara en la bucólica entrada de la residencia de los Bridgerton con Edwina a la zaga. Y desde luego, Mary no iba a permitir que Kate se quedara sola en Londres, sin nadie cerca.

El vizconde no tenía escrúpulos. Lo más probable era que besara a Edwina igual que la había besado a ella, y Kate no podía imaginar que su hermana tuviera la fortaleza para resistirse a una insinuación así. Seguro que le parecería lo más romántico del mundo y se enamoraría de él allí mismo.

Incluso Kate había encontrado dificultades para mantener la mente clara cuando él puso sus labios en su boca… Durante un momento de dicha lo había olvidado todo. No existía otra cosa que la experiencia exquisita de sentirse acariciada y querida; no, necesitada. Había sido algo de veras embriagador. Casi tanto como para que una dama olvidara que el hombre que la estaba besando eran un canalla indigno.

Casi... pero no del todo.

Capítulo 8

Como bien sabe cualquier lector habitual de esta columna, hay dos sectas en Londres que siempre se mantendrán en la más extrema oposición: las Mamás Ambiciosas y los Solteros Convencidos.

Las Mamás Ambiciosas tienen hijas en edad casadera. El Soltero Convencido no quiere una esposa. La esencia del conflicto debería resultar obvia para cualquiera con un poco de cerebro o, en otras palabras, aproximadamente el cincuenta por ciento de los lectores de Esta Autora.

Esta Autora aún no ha visto la lista de invitados a la reunión social que va a celebrarse en la casa solariega de lady Bridgerton, pero fuentes informadas indican que esta próxima semana se reunirán en Kent casi todas la jóvenes candidatas en edad de casarse.

Esto no es una sorpresa para nadie. Lady Bridgerton nunca ha ocultado su deseo de ver a sus hijos bien casados. Este parecer la ha convertido en una presencia favorita entre las Mamás Ambiciosas, quienes consideran con desesperación a los hermanos Bridgerton los peores Solteros Convencidos.

Si tuviéramos que confiar en las libretas de apuestas, al menos uno de los hermanos Bridgerton debería oír campanas de boda antes de que acabe este año.

Por mucho que le duela a Esta Autora mostrar su conformidad con las libretas de apuestas (están escritas por hombres,

*y por consiguiente contienen errores intrínsecos), tiene que
coincidir con esta predicción.*

*Lady Bridgerton tendrá pronto una nuera. Pero quién será
ella —y con qué hermano se encontrará casada—, ay, Amable
Lector, eso, quién lo sabe.*

REVISTA DE SOCIEDAD DE LADY WHISTLEDOWN,
29 de abril de 1814

*U*na semana más tarde, Anthony se encontraba en Kent, en concreto en el conjunto de habitaciones que ocupaba su despacho privado, esperado el comienzo de la fiesta campestre organizada por su madre.

Había visto la lista de invitados. No cabía duda de que su madre había decidido organizar esta fiesta con un único motivo: casar a uno de sus hijos, a poder ser él mismo. Aubrey Hall, la residencia ancestral de los Bridgerton, se llenaría hasta los topes de jóvenes candidatas, cada cual más encantadora y más cabeza hueca que la otra. Para mantener las cosas compensadas, lady Bridgerton había tenido que invitar también a una buena cantidad de caballeros, cierto, pero ninguno era tan rico o tan influyente como sus propios hijos, a excepción de unos pocos que ya estaban casados.

Su madre, pensó Anthony atribulado, no era famosa por su sutileza. Al menos no en lo referente al bienestar (su definición de bienestar, por supuesto) de sus hijos.

No le había sorprendido ver que también se había cursado invitación a las señoritas Sheffield. Su madre había mencionado —varias veces— lo bien que le caía la señora Sheffield. Y se había visto obligado a escuchar demasiadas veces la teoría de que «los buenos padres dan buenos hijos» como para no saber qué quería decir con eso.

De hecho sintió una especie de satisfacción resignada al ver el nombre de Edwina en la lista. Estaba ansioso por proponerle matrimonio y acabar con todo aquello. Sentía cierta inquietud por lo que había sucedido con Kate, pero daba la impresión de que ahora poco podía hacer a menos que quisiera pasar por las molestias de encontrar otra posible novia.

Algo que no deseaba. Una vez que había tomado una decisión

—en este caso casarse por fin— no veía motivo en demorarse con noviazgos y devaneos. La falta de decisión era para quienes tenían más tiempo para vivir la vida. Era cierto que Anthony había evitado la trampa del párroco durante casi una década, pero ahora, habiendo decidido que ya era hora de buscarse una esposa, parecía tener poco sentido entretenerse.

Casarse, procrear y morir. Ésa era la vida del noble inglés, incluso para quienes no tenían un padre y un tío que habían caído muertos de manera inesperada a la edad de treinta y ocho y treinta y cuatro años, respectivamente.

Estaba claro que lo único que él podía hacer a estas alturas era evitar a Kate Sheffield. Probablemente también fuera apropiada alguna disculpa. No sería fácil, ya que lo último que quería era humillarse ante aquella mujer, pero los susurros de su conciencia se habían transformado en un estruendo amortiguado. Sabía que ella merecía oír las palabras, «lo siento».

De buen seguro se merecía algo más, pero Anthony no tenía deseos de considerar el qué.

Por no mencionar que, a menos que fuese a hablar con ella, lo más probable era que bloqueara una unión entre él y Edwina con todo su empeño.

Estaba claro que había llegado el momento de pasar a la acción. Si existía un sitio romántico para una petición de mano, ése era Aubrey Hall. Construido a principios del siglo XVIII con una cálida piedra amarillenta, estaba cómodamente ubicado sobre un gran pasto verde, rodeado de sesenta acres de parque, de los cuales diez eran jardines floridos. A lo largo del verano, el jardín se llenaría de rosas, pero ahora los terrenos estaban alfombrados de jacintos y brillantes tulipanes que su madre había mandado importar de Holanda.

Anthony miró por la ventana desde el otro lado de la habitación. Los viejos olmos se alzaban majestuosos en torno a la casa y daban sombra a la calzada. Y le gustaba pensar que con ellos la casa solariega parecía integrarse en la naturaleza, en vez de asemejarse a las típicas residencias campestres de la aristocracia: monumentos artificiales a la riqueza, la posición y el poder. Había varios estanques, un arroyo e incontables colinas y depresiones, cada una de ellas con sus recuerdos especiales de la infancia.

Y su padre.

Anthony cerró los ojos y espiró. Le encantaba venir a Aubrey Hall, pero las vistas e imágenes familiares le devolvían a su padre con una claridad tan vívida que resultaba casi dolorosa. Todavía ahora, casi doce años después de la muerte de Edmund Bridgerton, Anthony continuaba esperando verle doblar la esquina, con el más pequeño de los Bridgerton chillando de deleite, montado sobre los hombros de su padre.

La imagen provocó una amplia sonrisa en los labios de Anthony. La criatura subida a sus hombros podría ser un niño o una niña; Edmund nunca había mostrado diferencias entre sus hijos a la hora de montarles a caballito. Pero fuera quien fuera el que ocupara el lugar privilegiado en lo alto del mundo, sin duda sería perseguido por una niñera que insistía en detener de inmediato aquella tontería, y en que el lugar de un niño estaba en el cuarto de juego, no a hombros de su padre, desde luego.

—Oh, padre —susurró Anthony alzando la mirada para mirar el retrato de Edmund colgado encima de la chimenea—, ¿cómo diantres conseguiré lo que tú lograste?

Y sin duda aquel fue el mayor logro de Edmund Bridgerton: presidir una familia llena de amor y risa y todo lo que se echaba a faltar con tanta frecuencia en la vida aristocrática.

Anthony se apartó del retrato de su progenitor para cruzar la habitación hasta la ventana. Durante toda la tarde no habían dejado de llegar invitados, cada vehículo parecía traer otra dama de rostro lozano, con ojos iluminados por la felicidad de haber recibido el regalo de una invitación a la reunión social en la casa solariega de los Bridgerton.

No sucedía con frecuencia que su madre se decidiera a llenar su casa de campo de invitados. Cuando lo hacía, siempre era el acontecimiento de la temporada.

Aunque, en honor a la verdad, ninguno de los Bridgerton pasaba ya demasiado tiempo en Aubrey Hall. Anthony sospechaba que su madre padecía la misma enfermedad que él: recuerdos de Edmund por cada rincón. Los hijos menores tenían pocos recuerdos del lugar, puesto que habían sido criados sobre todo en Londres. Lo cierto era que no recordaban las largas excursiones por los campos, las jornadas de pesca o la casa en el árbol.

A Hyacinth, quien sólo tenía once años, su padre ni siquiera había llegado a sostenerla en brazos. Anthony había intentado llenar ese vacío lo mejor posible, pero sabía que era una comparación muy pobre.

Con un suspiro cansino, se apoyó pesadamente en el ventanal, en un intento de decidir si quería o no servirse algo de beber. Miraba fuera, al césped, sin enfocar la mirada en nada concreto, cuando llegó un carruaje decididamente más gastado que el resto de los que aparecían por la calzada de llegada. No es que fuera de mala calidad, estaba bien hecho y era sólido. Pero carecía de los emblemas dorados que adornaban los demás carruajes, y parecía dar más sacudidas que los otros, como si no estuviera tan bien mantenido como para viajar con comodidad.

Serían las Sheffield, cayó en la cuenta. El resto de invitados incluidos en la lista poseían fortunas respetables. Sólo las Sheffield tendrían que alquilar un carruaje para la temporada en Londres.

Como confirmación, cuando uno de los lacayos de la residencia, vestido con una elegante librea azul pastel, saltó hacia delante para abrir la puerta, Edwina Sheffield salió por ella como una verdadera visión, con un vestido de viaje amarillo claro y sombrero a juego. Anthony no estaba tan cerca como para poder ver su rostro con claridad, pero era bastante fácil de imaginar. Tenía mejillas sonrosadas y delicadas, y sus exquisitos ojos reflejaban el cielo despejado.

La siguiente en salir fue la señora Sheffield. Sólo cuando ocupó su lugar al lado de Edwina se percató de cuánto se parecían la una a la otra. Ambas eran encantadoras en sus formas graciosas y menudas, y mientras hablaban pudo ver que adoptaban la misma postura. La inclinación de la cabeza era idéntica, al igual que su actitud y compostura.

Edwina no perdería su belleza. Sin duda, éste sería un buen atributo para una esposa, aunque —lanzó una mirada compungida al retrato de su padre— no era probable que Anthony estuviera presente para verla envejecer.

Finalmente descendió Kate.

Y Anthony fue consciente de que contuvo la respiración.

No se movía como las otras dos Sheffield. Ellas habían descendido con delicadeza, apoyándose en el lacayo, reposando su mano en la de éste con un gracioso arqueo de la muñeca.

Kate, por otro lado, casi había saltado del carruaje. Aceptó el brazo que le brindaba el lacayo, pero en realidad parecía no necesitar su ayuda. En cuanto sus pies tocaron el suelo se estiró en toda su altura y alzó el rostro para observar la fachada de Aubrey Hall. Todo en ella era directo y franco. Anthony no dudó ni un momento que si hubiera estado lo bastante cerca como para mirarla a los ojos, habría encontrado su mirada de frente.

No obstante, en cuanto ella le viera, aquellos ojos se llenarían de desdén y tal vez de un poco de odio. Que en realidad era lo único que se merecía. Un caballero no podía tratar a una dama como él había tratado a Kate Sheffield y esperar seguir gozando de su favor.

Kate se volvió hacia su madre y hermana y dijo algo que provocó la risa de Edwina mientras Mary sonreía con gesto indulgente. Anthony se percató de que no había tenido demasiadas oportunidades de ver a las tres relacionándose entre sí.

Había algunos vínculos, acabó por comprender, que eran más fuertes que los de la sangre. Él no dejaba espacio para esos vínculos en su vida.

Era éste el motivo de que, cuando se casara, el rostro bajo el velo de la novia debería ser el de Edwina Sheffield.

Kate había esperado que Aubrey Hall la impresionara. Lo que no había esperado era quedarse encantada.

La casa era más pequeña de lo que creía. Oh, de cualquier modo era mucho, mucho más grande que cualquier cosa a la que ella hubiera tenido el honor de llamar casa, pero esta casa solariega no era una mole monumental elevándose sobre el paisaje como un castillo medieval fuera de lugar.

Más bien, Aubrey Hall parecía casi acogedora. Quizás era una palabra peculiar para describir una casa con cincuenta habitaciones, como poco, pero sus caprichosas torretas y almenas parecían casi salidas de un cuento de hadas, en especial con el sol del atardecer que proporcionaba un relumbre casi rojizo a la piedra amarilla. No había nada austero o sobrecogedor en Aubrey Hall, y a Kate le gustó de inmediato.

—¿No es preciosa? —susurró Edwina.

Kate asintió.

—Lo bastante preciosa como para hacer casi soportable una semana en compañía de un hombre espantoso.

Edwina se rió y Mary la regañó, pero ni siquiera ella pudo contener una sonrisa indulgente. De todos modos, mientras echaba una ojeada al lacayo que se fue a la parte posterior del coche para descargar el equipaje, le reprendió:

—No deberías decir esas cosas, Kate. Nunca sabes quién está escuchando y es muy poco decoroso hablar de ese modo de nuestro anfitrión.

—No temas, no me ha oído —contestó Kate—. Y aparte, pensaba que lady Bridgerton era nuestra anfitriona. Fue ella quien mandó la invitación.

—El vizconde es el propietario de la casa —respondió Mary.

—Muy bien —admitió Kate y señaló Aubrey Hall con un dramático movimiento de brazo—. En cuanto entre en esa morada sagrada, seré toda dulzura y luz.

Edwina soltó un resoplido.

—Será algo digno de ver.

Mary lanzó a Kate la mirada de una madre que conoce bien a su hija:

—Dulzura y luz son términos que también se aplican en jardinería.

Kate se limitó a sonreír.

—Cierto, Mary, me voy a portar mejor que nunca. Lo prometo.

—Limítate a evitar en lo posible al vizconde.

—Así será —prometió Kate. *Mientras él haga todo lo posible para evitar a Edwina.*

Un lacayo apareció a su lado e indicó el vestíbulo con un espléndido movimiento arqueado de su brazo.

—Si tienen la amabilidad de entrar —dijo—. Lady Bridgerton está ansiosa por saludar a sus invitados.

Las tres Sheffield se volvieron de inmediato y se encaminaron hacia la entrada principal. Sin embargo, mientras ascendían por los escalones de poca altura, Edwina se volvió a Kate con una sonrisa maliciosa y susurró:

—La dulzura y la luz empiezan a partir de aquí, hermana mía.

—Si no estuviéramos en un lugar público —respondió Kate con voz igualmente acallada—, creo que tendría que pegarte.

Lady Bridgerton se encontraba en el vestíbulo principal cuando entraron en el interior de la mansión. Kate alcanzó a ver los dobladillos ribeteados de unos vestidos en movimiento que desaparecían por lo alto de las escaleras mientras las ocupantes del carruaje anterior se dirigían a sus habitaciones.

—¡Señora Sheffield! —saludó lady Bridgerton al tiempo que cruzaba el vestíbulo hacia ellas—. Qué alegría verla. Y la señorita Sheffield —añadió volviéndose a Kate—, cuánto me alegra que hayan podido venir a vernos.

—Ha sido muy amable al invitarnos —respondió Kate—. Y de veras es un placer escaparse de la ciudad durante una semana.

Lady Bridgerton sonrió.

—¿Así que en el fondo es una chica de campo?

—Eso me temo. Londres es excitante, y siempre merece la pena una visita, pero prefiero los verdes campos y el aire fresco.

—A mi hijo le pasa lo mismo —dijo lady Bridgerton—. Oh, pasa el tiempo en la ciudad, pero una madre sabe lo que le gusta de verdad.

—¿El vizconde? —preguntó Kate sin convicción. Parecía un mujeriego consumado, y todo el mundo sabía que el hábitat natural del mujeriego era la ciudad.

—Sí, Anthony. Cuando era niño vivíamos casi siempre aquí. Íbamos a Londres durante la temporada, por supuesto, ya que a mí me encanta asistir a fiestas y bailes, pero nunca pasábamos más de unas pocas semanas. Sólo tras la muerte de mi esposo, trasladamos nuestra primera residencia a la ciudad.

—Lamento mucho su defunción —murmuró Kate.

La vizcondesa se volvió hacia ella con una expresión nostálgica en sus ojos azules.

—Es muy tierno por su parte. Hace ya muchos años que sucedió, pero aún le echo de menos, cada día.

Kate notó que un nudo se formaba en su garganta. Recordó cuánto se querían Mary y su padre, y supo que se encontraba en presencia de otra mujer que había experimentado el amor verdadero. Y de pronto se sintió terriblemente triste. Porque Mary hubiera perdido a su esposo y la vizcondesa al suyo también, y...

Y tal vez, más que nada, porque ella nunca iba a conocer la dicha del amor verdadero.

—Pero nos estamos poniendo sensibleras —dijo de pronto lady Bridgerton esbozando una sonrisa tal vez demasiado alegre. Se volvió de nuevo a Mary— y aún no he conocido a su otra hija.

—¿Aún no? —preguntó Mary frunciendo el ceño—. Supongo que tiene razón. Edwina no pudo asistir a la velada musical en su casa.

—Por supuesto la he visto de lejos con anterioridad —le dijo lady Bridgerton a Edwina mientras le dedicaba una sonrisa deslumbrante.

Mary hizo las presentaciones, y Kate no pudo evitar advertir la manera en que lady Bridgerton evaluaba a Edwina. No había ninguna duda. Había decidido que Edwina constituiría una excelente incorporación a la familia.

Tras unos momentos más de cháchara, lady Bridgerton les ofreció un té mientras sus maletas eran trasladadas a sus habitaciones, pero ellas declinaron el ofrecimiento ya que Mary estaba cansada y quería estirarse un rato.

—Como deseen —dijo lady Bridgerton e indicó a una doncella—. Mandaré a Rose para que les enseñe sus habitaciones. La cena es a las ocho. ¿Hay alguna cosa que pueda ofrecerles antes de que se retiren?

Mary y Edwina negaron con la cabeza, y Kate iba a seguir su ejemplo, pero en el último momento dijo:

—De hecho, me gustaría hacerle una pregunta.

Lady Bridgerton sonrió con afecto.

—Por supuesto.

—He advertido al llegar que tiene unos amplísimos jardines de flores. ¿Podría inspeccionarlos?

—¿Así que usted también es jardinera? —inquirió lady Bridgerton.

—No muy buena —admitió Kate—, pero sí admiro el trabajo de un experto.

La vizcondesa se ruborizó.

—Será un honor que recorra los jardines. Son mi orgullo y alegría. No es que les dedique demasiado tiempo ahora, pero cuando Edmund viv... —Se detuvo para aclararse la garganta—. Es decir, cuando yo pasaba más tiempo por aquí, estaba todo el día con las manos llenas de tierra. Volvía loca del todo a mi madre.

—Y también al jardinero, me imagino —dijo Kate.

La sonrisa de lady Bridgerton se transformó en una risa.

—¡Ay, desde luego que sí! Era un hombre terrible. Siempre repetía que lo único que las mujeres sabían de flores era aceptarlas como regalo. Pero era el mejor conocedor de las plantas que una pueda imaginar, de modo que aprendí a aguantarle.

—¿Y él aprendió a aguantarla a usted?

Lady Bridgerton sonrió con aire travieso.

—No, nunca, es la verdad. Pero no permití que eso me detuviera.

Kate esbozó una amplia sonrisa, la mujer le inspiraba simpatía de forma instintiva.

—Pero no dejen que las entretenga tanto —dijo lady Bridgerton—. Que Rose las lleve arriba para que puedan instalarse. Y, señorita Sheffield —le dijo a Kate—, estaré encantada de darle una vuelta por los jardines un día de esta semana, si quiere. Me temo que ahora mismo estoy demasiado atareada recibiendo invitados, pero será un placer encontrar tiempo para usted uno de estos días.

—Me encantaría, muchas gracias —dijo Kate, y luego ella, Mary y Edwina siguieron a la doncella escaleras arriba.

Anthony salió de su reducto, de detrás de la puerta ligeramente entreabierta de su despacho, y bajó al vestíbulo para ir al encuentro de su madre.

—¿Eran las Sheffield este grupo al que saludabas? —preguntó pese a saber a la perfección que así era. Pero su despacho estaba demasiado apartado en el pasillo como para haber oído algo de lo que el cuarteto de mujeres había dicho, de modo que decidió que precisaba un breve interrogatorio.

—Cierto, eran ellas —respondió Violet—. Qué familia más encantadora, ¿no crees?

Anthony se limitó a soltar un gruñido.

—Me alegro mucho de haberlas invitado.

Anthony no dijo nada, aunque consideró responder con otro gruñido.

—Las añadí en el último minuto a la lista de invitados.

—No me había fijado —murmuró él.

Violet asintió con la cabeza.

—Tuve que conseguir otros tres caballeros del pueblo para igualar las cosas.

—¿O sea que podemos esperar al párroco a cenar esta noche?

—Y su hermano, que está pasando unos días, y su hijo.

—Creo recordar que el joven John apenas tiene dieciséis años, ¿no es cierto?

Violet se encogió de hombros.

—Estaba desesperada.

Anthony consideró esto. Su madre tenía que estar de veras desesperada para tener a las Sheffield de invitadas en su casa, si eso significaba invitar a cenar a un quinceañero con granos. No es que ella nunca hubiera invitado a un muchacho así a una comida familiar; si no se trataba de actos formales, los Bridgerton rompían las costumbres establecidas y permitían que los menores comieran también en el comedor, sin tener en cuenta la edad. Por eso, la primera vez que Anthony fue a visitar a un amigo, se quedó consternado al comprobar que todo el mundo contaba con que él comería en las habitaciones infantiles.

Pero, de cualquier modo, una reunión social en el campo era una reunión social, y ni Violet Bridgerton permitía que los niños se sentaran a la mesa.

—Creo que ya conoces a las dos señoritas Sheffield —dijo Violet.

Anthony asintió.

—Las dos me parecen encantadoras —continuó su madre—. No se puede decir que dispongan de una fortuna, pero siempre he mantenido que a la hora de buscar esposa la fortuna no es tan importante como el carácter, siempre que el interesado no tenga apuros financieros, por supuesto.

—Que, desde luego, no es —añadió Anthony arrastrando las palabras—, como estoy seguro de que vas a indicar, mi caso.

Violet resopló y le lanzó una mirada altiva.

—No deberías burlarte de mí con tanta ligereza, hijo mío. Sólo estoy comentando la realidad. Deberías postrarte de rodillas a diario y agradecer a tu Creador no tener que casarte con una rica heredera. La mayoría de hombres no gozan del lujo del libre albedrío a la hora de contraer matrimonio, ¿sabes?

Anthony se limitó a sonreír.

—¿Debería agradecer a mi Creador o a mi madre?

—Eres un bruto.

Le cogió la barbilla con ternura.

—Un bruto que tú criaste.

—Y no fue una tarea fácil —masculló—. Te lo puedo asegurar.

Se inclinó hacia delante y le dio un beso en la mejilla.

—Que te diviertas recibiendo a tus invitados, madre.

Violet le puso un ceño, pero estaba claro que su corazón no participaba en aquel gesto.

—¿A dónde vas? —preguntó mientras él empezaba a alejarse.

—A caminar un poco.

—¿Ah sí?

Anthony se dio media vuelta, un poco desconcertado por su interés.

—Pues sí. ¿Algún problema?

—No, en absoluto —contestó su madre—. Es sólo que hace siglos que no vas a andar... por el mero placer de andar...

—Hace siglos que no vengo al campo —comentó él.

—Cierto —concedió la vizcondesa—. En tal caso, tienes que ir antes que nada a mis jardines. Están empezando a florecer las primeras especies, es sencillamente espectacular. No hay nada comparable en Londres.

Anthony hizo un ademán con la cabeza.

—Te veré a la hora de cenar.

Violet sonrió y le despidió con la mano. Observó cómo desaparecía por el interior de sus oficinas, que ocupaban la esquina de Aubrey Hall y tenían ventanales que daban al césped lateral.

El interés de su hijo mayor por las Sheffield era muy intrigante. Ay, si al menos pudiera adivinar por qué Sheffield estaba interesado.

Un cuarto de hora más tarde Anthony había salido a pasear por los jardines de flores de su madre. Estaba disfrutando de la contradicción del cálido sol y la fresca brisa cuando oyó el leve sonido de las pisadas de una segunda persona por un sendero cercano. Aquello le picó la curiosidad. Los invitados estaban todos instalándose en sus habitaciones y el jardinero tenía fiesta. Con franqueza, había contado con estar a solas.

Se volvió en dirección a las pisadas y avanzó en silencio hasta que llegó al extremo del sendero. Miró a la derecha, luego a la izquierda y entonces vio a...

Ella.

¿Por qué, se preguntó, le sorprendía aquello?

Kate Sheffield, vestida con un vestido azul lavanda claro que conjuntaba de un modo encantador con los iris y jacintos, estaba de pie al lado de un arco decorativo de madera que dentro de poco quedaría cubierto de rosas blancas y rosadas.

La observó durante un momento mientras ella acariciaba con los dedos alguna planta vellosa cuyo nombre nunca recordaba, luego se inclinó para olisquear un tulipán holandés.

—No huelen —dijo en voz alta mientras se acercaba despacio hacia ella.

Kate se enderezó al instante, todo su cuerpo reaccionó antes de volverse a mirarle. Anthony se dio cuenta de que le había reconocido la voz, lo cual hizo que sintiera una satisfacción peculiar.

Mientras se aproximaba, indicó con un gesto la brillante floración roja y dijo:

—Son preciosos y bastante raros de ver en un jardín inglés, pero, ay, no tienen perfume.

Kate se demoró en contestar más tiempo de lo que él esperaba, luego dijo:

—Nunca antes había visto un tulipán.

Algo en aquella frase le hizo sonreír a él.

—¿Nunca?

—Bueno, nunca plantado en la tierra —explicó—. Edwina ha recibido muchos ramos: las flores bulbosas crean sensación este último año. Pero en realidad nunca había visto crecer ninguno.

—Son las flores favoritas de mi madre —dijo Anthony mientras estiraba el brazo para coger uno—. Y los jacintos, por supuesto.

Ella sonrió con curiosidad.

—¿Por supuesto? —repitió ella.

—Mi hermana pequeña se llama Hyacinth —dijo él tendiéndole la flor—. Oh, ¿no lo sabía?

Negó con la cabeza.

—No.

—Ya veo —murmuró él—. Nuestros nombres siguen ordenadamente las letras del alfabeto, desde Anthony hasta Hyacinth. Es un detalle bastante conocido. Pero, claro, tal vez yo sé mucho más de su vida que usted de la mía.

Los ojos de Kate se agrandaron de sorpresa ante aquella frase enigmática, pero lo único que dijo fue:

—Tal vez sea así.

Anthony alzó una ceja.

—Estoy consternado, señorita Sheffield. Me he puesto toda mi armadura y esperaba que me contestara, «ya sé suficiente».

Kate intentó no poner una mueca al oír la imitación de su voz, pero su expresión se torció para decir:

—Le he prometido a Mary que mi comportamiento iba a ser impecable.

Anthony dejó ir una risotada.

—Qué extraño —masculló Kate—. Edwina ha tenido la misma reacción.

Anthony apoyó una mano en el arco, con cuidado de evitar las espinas de la enredadera de rosas trepadoras.

—Siento una curiosidad desmedida por saber qué entiende por comportamiento impecable.

Se encogió de hombros y jugueteó con el tulipán que tenía en la mano.

—Espero poder adivinarlo sobre la marcha.

—Pero se supone que no debe discutir con su anfitrión, ¿correcto?

Kate le miró arqueando las cejas.

—Hemos mantenido cierto debate sobre si podemos considerarle nuestro anfitrión. Al fin y al cabo, la invitación fue cursada por su madre.

—Cierto —admitió— pero yo soy el propietario de la casa.

—Sí —masculló ella—, Mary ha dicho lo mismo.

Él sonrió con una mueca.

—¿Esto la está matando, verdad que sí?

—¿Ser amable con usted?

Anthony asintió.

—No es que me resulte la cosa más fácil del mundo.

La expresión de él cambió un tanto, tal vez como si ya se hubiera cansado de bromear con ella. Como si tuviera algo por completo diferente en la cabeza.

—Pero tampoco es lo más difícil, ¿cierto? —murmuró.

—No me cae bien, milord —soltó ella.

—No —dijo él con sonrisa divertida—. Eso pensaba.

Kate empezó a sentir algo muy extraño, parecido a la sensación experimentada en su estudio, justo antes de que él la besara. De repente notó una opresión en la garganta y las palmas de las manos se le calentaron. Y sus entrañas… bien, no tenía palabras para describir la sensación de tensión, como un picor, que le comprimía el abdomen.

De forma instintiva, tal vez como un impulso de supervivencia, dio un paso atrás.

Él parecía divertido, como si supiera con exactitud qué estaba pensando.

Kate jugueteó un poco más con la flor, luego manifestó de forma brusca:

—No la debería haber cortado.

—Debe tener un tulipán —dijo él como si tal cosa—. No es justo que Edwina reciba todas las flores.

El estómago de Kate, con la tensión y hormigueo que ya sentía, se revolvió un poco.

—De todos modos —consiguió decir—, no hay duda de que su jardinero no apreciará la mutilación de su obra.

Él sonrió con expresión maliciosa.

—Culpará a uno de mis hermanos pequeños.

Kate no pudo evitar sonreír.

—Pues aún tendré peor opinión de usted por recurrir a tretas de este tipo —manifestó ella.

—¿No la tiene ya?

Kate sacudió la cabeza.

—Ya le digo, no creo que mi opinión de usted pueda hundirse mucho más.

—¡Oh! —Anthony agitó un dedo en su dirección—. Pensaba que su comportamiento iba a ser impecable.

Kate miró a su alrededor.

—No cuenta si no hay nadie cerca que pueda oírme, ¿no cree?

—Yo puedo oírla.

—Usted sí que no cuenta, de eso tengo la certeza.

Él inclinó la cabeza un poco más en dirección a Kate.

—Y yo que pensaba que era el único que contaba.

Kate no dijo nada, ni siquiera quería mirarle a los ojos. Cada vez que se permitía una mirada a esas profundidades aterciopeladas, su estómago se revolvía de nuevo.

—¿Señorita Sheffield?

Ella alzó la vista. Gran error. El estómago otra vez.

—¿Por qué me va detrás? —preguntó ella.

Anthony se apartó del poste de madera y se irguió.

—Lo cierto es que no era mi intención. A mí me ha sorprendido tanto encontrarla como a usted encontrarme a mí. —Aunque, pensó con mordacidad, no debería de haberle sorprendido. Tendría que haberse percatado de que su madre andaba detrás de algo desde el momento en que sugirió por dónde debería ir a pasear.

Pero ¿era posible que su madre le dirigiera hacia la otra señorita Sheffield? Sin duda ella no prefería a Kate antes que a Edwina como futura nuera.

—Pero ahora que la he encontrado —dijo—, hay algo que quiero decirle.

—¿Algo que aún no me ha dicho? —preguntó en broma—. No puedo imaginármelo.

Él paso por alto aquella pulla.

—Quería disculparme.

Eso acaparó toda la atención de Kate.

—Disculpe, ¿cómo ha dicho? —preguntó. A Anthony le pareció que su voz había sonado como un graznido.

—Le debo una disculpa por mi conducta de la otra noche —dijo él—. La traté con suma rudeza.

—¿Se disculpa por el beso? —preguntó ella, quien aún parecía bastante perpleja.

¿El beso? Ni siquiera había considerado disculparse por el beso. Nunca se había disculpado por un beso, nunca antes había besado a alguien con quien fuera necesario disculparse por eso. De hecho, había estado pensando más bien en las cosas desagradables que le había dicho después del beso.

—Err... sí —mintió—. El beso. Y también por lo que dije.

—Ya veo —murmuró ella—. Creía que los mujeriegos no se disculpaban.

Anthony dobló la mano y luego formó un puño. Era francamente incordiante esta maldita costumbre de ella: siempre llegando a conclusiones sobre él.

—Pues este mujeriego sí lo hace —dijo en tono cortante.

Kate respiró hondo, luego soltó una exhalación lenta y prolongada.

—Entonces acepto la disculpa.

—Excelente —respondió él y le dedicó una sonrisa victoriosa—. ¿Me permite que la acompañe de regreso a la casa?

Ella asintió.

—Pero no crea que eso quiere decir que voy a cambiar de opinión en lo que respecta a usted y Edwina.

—Jamás se me ocurriría pensar que sea tan fácil de convencer —dijo él, y hablaba con sinceridad.

Kate se volvió con una mirada sorprendentemente directa, incluso en ella.

—Los hechos siguen siendo que me besó a mí —dijo sin rodeos.

—Y usted a mí —no pudo resistirse a responder.

Las mejillas de Kate adquirieron un matiz sonrosado delicioso.

—Los hechos siguen siendo —repitió ella con decisión— que sucedió. Y si se casara con Edwina, a pesar de su reputación, que no me parece algo intranscendente...

—No —murmuró él interrumpiéndola con un suave tono aterciopelado—, no pensaba que le pareciera...

Ella le fulminó con la mirada.

—A pesar de su reputación, el incidente perduraría entre nosotros. Una vez que ha sucedido algo, no se puede borrar.

El demoniejo que Anthony llevaba dentro le instó a preguntar arrastrando las sílabas «¿algo?» para que ella repitiera, «el beso», pero al final sintió lástima de ella y lo dejó pasar. Además, Kate tenía razón. El beso siempre quedaría entre ellos. Incluso en este instante, en que ella tenía las mejillas sonrojadas por el azoramiento y los labios apretados por la irritación, no pudo evitar preguntarse qué se sentiría al estrecharla en sus brazos, cómo sabría ella si bordeaba el contorno de sus labios con su lengua.

¿Olería como el jardín? ¿O conservaría en su piel esa fragancia enloquecedora a lirio y jabón? ¿Se fundiría ella en su abrazo? ¿O le apartaría para salir corriendo hacia la casa?

Sólo había una manera de enterarse, una manera que acabaría para siempre con sus opciones de conseguir la mano de Edwina.

Pero, como había comentado Kate, casarse con Edwina tal vez le acarreara demasiadas complicaciones. Al fin y al cabo no tenía que ser demasiado cómodo estar deseando siempre a la cuñada de uno.

Tal vez había llegado el momento de besar de nuevo a Kate Sheffield, aquí, entre la belleza perfecta de los jardines de Aubrey Hall, con las flores rozándoles las piernas y el olor a lilas suspendido en el aire.

Tal vez...

Tal vez...

Capítulo 9

Los hombres son criaturas con espíritu de contradicción, sus cabezas y sus corazones nunca guardan concordancia. Y como bien saben todas las mujeres, sus actos normalmente están regidos por otro aspecto completamente diferente.

REVISTA DE SOCIEDAD DE LADY WHISTLEDOWN,
29 de abril de 1814

O tal vez no.

Justo cuando Anthony empezaba a trazar la mejor trayectoria hasta los labios de Kate, oyó un sonido del todo espantoso: la voz de su hermano pequeño.

—¡Anthony! —gritó Colin—. Ahí estás.

La señorita Sheffield, muy tranquila, sin darse cuenta de lo cerca que había estado de ser besada hasta perder el sentido, se volvió para observar a Colin que se acercaba hacia ellos.

—Un día de estos —masculló Anthony— tendré que matarle.

Kate se volvió otra vez al vizconde.

—¿Ha dicho algo, milord?

Anthony no le hizo caso. Sin duda era la mejor opción, ya que *hacerle* caso tendía a provocarle un deseo desesperado por ella. Y, como bien sabía, aquello era un rápido camino hacia el desastre más absoluto.

Para ser sinceros, quizá debería estarle agradecido a Colin por su inoportuna interrupción. Unos pocos segundos más y habría besado a Kate Sheffield, y eso habría sido el mayor error de su vida.

Un beso con Kate tal vez fuera excusable, sobre todo si se tenía en cuenta la manera en que ella le había provocado la otra noche en su estudio. Pero dos... bien, dos, para cualquier hombre honorable, significaría dejar de cortejar a Edwina Sheffield.

Y Anthony aún no estaba del todo preparado para renunciar al concepto del honor.

No podía creer lo cerca que había estado de echar por la borda su plan de casarse con Edwina. ¿En qué estaba pensando? Era la novia perfecta para sus propósitos. Lo único que sucedía era que su cerebro se confundía cada vez que aparecía la entrometida de su hermana.

—Anthony —repitió Colin cuando estuvo más cerca—, ¡y la señorita Sheffield! —Les miró con curiosidad; estaba al corriente de que no se llevaban bien—. Qué sorpresa.

—Estaba recorriendo los jardines de su madre —dijo Kate— y me topé con su hermano.

Anthony se limitó a hacer un gesto de asentimiento.

—Daphne y Simon han llegado —dijo Colin.

Anthony se volvió hacia Kate y le explicó.

—Mi hermana y su marido.

—¿El duque? —inquirió ella con cortesía.

—En persona —refunfuñó él.

Colin se rió del despecho de su hermano.

—Era contrario a ese matrimonio —le explicó a Kate—. Detesta que sean felices.

—Oh, por el amor de... —dijo el vizconde con brusquedad—. Estoy muy contento de que mi hermana sea feliz —añadió entre dientes, no sonaba especialmente feliz—. Simplemente creo que tendría que haber tenido más oportunidades de molerle a palos a ese hij... sinvergüenza antes de que se embarcaran en su «vivieron felices y comieron perdices».

Kate se atragantó de la risa.

—Ya veo —dijo ella, segura de que no había logrado poner la expresión seria que pretendía.

Colin le lanzó una mueca antes de volverse a su hermano.

—Daff ha sugerido una partida de palamallo. ¿Qué te parece?

Hace siglos que no jugamos. Y, si empezamos pronto, podremos escapar de las señoritas melindrosas que mamá ha invitado para nosotros. —Se volvió de nuevo a Kate con el tipo de sonrisa que podía conseguir que le perdonaran cualquier cosa—. Excluida la compañía presente, por supuesto.

—Por supuesto —murmuró ella.

Colin se inclinó hacia delante, sus ojos verdes centelleaban de malicia.

—Nadie cometería el error de llamarla a usted señorita melindrosa —añadió.

—¿Es un cumplido? —preguntó ella con mordacidad.

—Sin ninguna duda.

—Entonces debería aceptarlo con cortesía y de buena gana.

Colin se rió y le dijo a Anthony:

—Me cae bien.

A Anthony no pareció divertirle.

—¿Ha jugado alguna vez al palamallo, señorita Sheffield? —preguntó Colin.

—Me temo que no. Creo que ni siquiera estoy segura de lo que es.

—Es un juego de jardín. La mejor diversión. En Francia es más popular que aquí, aunque lo llaman *Paille Maille*.

—¿Y cómo se juega? —preguntó Kate.

—Se colocan aros en un recorrido —explicó Colin—, luego se lanzan a través de ellos unas pelotas de madera que se golpean con un mazo.

—Parece bastante simple —respondió con aire meditativo.

—No —añadió él— si se juega con los Bridgerton.

—¿Y eso qué quiere decir?

—Quiere decir —interrumpió Anthony— que nunca hemos considerado necesario establecer un recorrido reglamentario. Colin, por ejemplo, coloca los aros sobre raíces de árboles...

—Y tú pones los tuyos en pendientes que descienden al lago —añadió Colin—. Nunca hemos vuelto a encontrar la bola roja después de que Daphne la hundiera.

Kate sabía que no debía comprometerse a pasar una tarde en compañía del vizconde de Bridgerton, pero, qué diantres, el palamallo parecía muy divertido.

—¿Hay sitio para un jugador más? —preguntó—. Puesto que ya me han excluido del grupo de las melindrosas...

—¡Por supuesto! —dijo Colin—. Sospecho que se amoldará bien al resto de nosotros, tramposos e intrigantes.

—Viniendo de usted —dijo Kate con una risa—, sé que eso ha sido un cumplido.

—Oh, por supuesto. El honor y la honestidad tienen su momento, pero no en una partida de palamallo.

Anthony les interrumpió con expresión petulante en el rostro:

—Y tendremos que invitar también a su hermana.

—¿Edwina? —Kate se atragantó. Caray. Había picado el anzuelo. Después de hacer todo lo posible para mantenerles separados, ahora prácticamente les había organizado la tarde. No había manera de excluir a Edwina después de haberse autoinvitado prácticamente a la partida.

—¿Tiene alguna otra hermana? —preguntó él con amabilidad.

Kate le frunció el ceño.

—Tal vez no tenga ganas de jugar. Creo que estaba descansando en su habitación.

—Daré instrucciones a la doncella de que llame a su puerta con mucha suavidad —dijo Anthony, aunque era obvio que mentía.

—¡Excelente! —exclamó alegre Colin—. Estaremos igualados entonces. Tres hombres y tres mujeres.

—¿Se juega en equipo? —preguntó Kate.

—No —contestó él—, pero mi madre siempre insiste sobremanera en que hay que estar emparejados en todas las cosas. Le disgustaría bastante que no fuera así.

Kate no podía imaginar que a la encantadora y graciosa mujer con la que había charlado apenas una hora antes le preocupara una partida de palamallo, pero se imaginó que ella no era quién para hacer comentarios.

—Me ocuparé de que vayan a buscar a la señorita Sheffield —murmuró Anthony, quien tenía un aspecto muy complacido—. Colin, ¿por qué no acompañas a esta señorita Sheffield hasta el campo de juego y nos reunimos allí dentro de media hora?

Kate abrió la boca para protestar por aquellos arreglos que iban a dejar a Edwina a solas en compañía del vizconde, aunque fuera sólo durante el breve tiempo que llevaba caminar hasta el campo, pero al final se quedó callada. No había ninguna excusa razonable para impedir aquello, y lo sabía.

Anthony captó sus resoplidos y torció la comisura de su boca del modo más odioso para decir:

—Me complace ver que está de acuerdo conmigo, señorita Sheffield.

Ella se limitó a gruñir. Si hubiera articulado algunas palabras, no habrían sido amables.

—Excelente —repitió Colin—. Entonces nos vemos dentro de un rato.

Luego entrelazó su brazo con el de Kate y así se alejaron, dejando a Anthony sonriéndo tras ellos.

Colin y Kate caminaron durante unos ochocientos metros desde la casa hasta una especie de claro desigual delimitado a un lado por un lago.

—El hogar de la roja pelota pródiga, supongo —comentó Kate mientras indicaba el agua.

Colin se rió y asintió.

—Es una lástima porque contábamos con equipo suficiente para ocho jugadores; nuestra madre insistió en que compráramos un juego que pudiera servirnos a los ocho hermanos.

Kate no estaba segura de si sonreír o fruncir el ceño.

—Su familia está muy unida, ¿verdad?

—Más que ninguna —respondió Colin con convencimiento mientras se acercaba a un cobertizo próximo.

Kate siguió sus pasos dándose golpecitos en el muslo de forma distraída.

—¿Sabe qué hora es? —preguntó en voz alta.

Él se detuvo, sacó el reloj de bolsillo y lo abrió con un golpecito.

—Tres y diez.

—Gracias —contestó Kate, tomando nota mentalmente.

Habían dejado a las tres menos cinco a Anthony, quien había prometido traer a Edwina al campo de palamallo en cuestión de media hora, de modo que llegarían a eso de las tres y veinticinco.

Como muy tarde a las tres y media. Kate estaba dispuesta a ser generosa y permitir ciertos retrasos inevitables. Si el vizconde traía a Edwina a las tres y media, no pondría pegas.

Colin continuó su recorrido hasta el cobertizo y Kate observó con interés cómo abría la puerta con cierto esfuerzo.

—Parece oxidada —comentó ella.

—Hace ya un tiempo que no venimos a jugar —explicó.

—¿De veras? Si yo tuviera una casa como Aubrey Hall, nunca iría a Londres.

Colin se volvió hacia ella con la mano aún en la puerta medio abierta del cobertizo.

—Se parece mucho a Anthony, ¿lo sabe?

Kate soltó un resuello.

—Sin duda bromea.

Él sacudió la cabeza con una extraña sonrisa en los labios.

—Tal vez sea porque son los hermanos mayores. Dios sabe que cada día doy gracias por no haber estado en el lugar de Anthony...

—¿Qué quiere decir?

Colin se encogió de hombros.

—Pues que no me gustaría cargar con sus responsabilidades, eso es todo. El título, la familia, la fortuna, es demasiada carga para los hombros de una sola persona.

Kate no es que deseara especialmente oír lo bien que el vizconde había asumido las responsabilidades del título; no quería oír nada que pudiera cambiar su opinión de él, aunque tenía que confesar que le había impresionado la aparente sinceridad de su disculpa aquella misma tarde.

—¿Y qué tiene que ver eso con Aubrey Hall? —preguntó.

Colin la miró sin comprender por un momento, como si hubiera olvidado que la conversación había comenzado con su inocente comentario sobre lo preciosa que era la casa solariega.

—Nada, supongo —dijo finalmente—. Y también todo. A Anthony le encanta esto.

—Pero pasa todo el tiempo en Londres —dijo Kate—. ¿No es cierto?

—Lo sé. —Colin se encogió de hombros—. Qué extraño, ¿no?

Kate no tenía ninguna respuesta, de modo que se quedó mirando mientras él tiraba de la puerta del cobertizo hasta que consiguió abrirla.

—Ya está. —Del interior sacó una carretilla con ruedas que se había construido especialmente para llevar ocho mazos y otras tantas bolas de madera—. Un poco descuidado, pero tampoco está tan mal.

—Excepto por la bola roja perdida —dijo Kate con una sonrisa.

—Toda la culpa es de Daphne —contestó Colin—. Culpo de todo a Daphne y así mi vida es mucho más fácil.

—¡Te he oído!

Kate se volvió y vio a una atractiva y joven pareja que se acercaba a ellos. El hombre era terriblemente guapo, con pelo oscuro, y ojos oscuros y alegres. La mujer sólo podía ser una Bridgerton, con el mismo cabello castaño que Anthony y Colin. Por no mencionar la misma estructura ósea y aquella misma sonrisa. Kate había oído decir que todos los Bridgerton se parecían bastante, pero nunca hasta entonces se lo había acabado de creer.

—¡Daff! —exclamó Colin—. Llegas justo a tiempo para ayudarnos a sacar los mazos.

La joven le dedicó una amplia sonrisa.

—¿No pensarás que iba a dejarte trazar otra vez el recorrido, eh? —Se volvió a su marido—. Prefiero no perderle de vista.

—No le preste atención —le dijo Colin a Kate—. Es muy fuerte, y apuesto a que es muy capaz de tirarme al lago sin problemas.

Daphne entornó los ojos y se volvió a Kate.

—Puesto que estoy segura de que el miserable de mi hermano no va hacer los honores, me presentaré. Soy Daphne, duquesa de Hastings, y éste es mi esposo Simon.

Kate hizo una rápida reverencia.

—Excelencia —murmuró, luego se volvió al duque y dijo otra vez—, Excelencia.

Colin hizo un ademán en dirección a Kate mientras se inclinaba para sacar los mazos de la carretilla de palamallo.

—Os presento a la señorita Sheffield.

Daphne pareció confundida.

—Acabo de cruzarme con Anthony en casa. Creo que me ha dicho que iba a buscar a la señorita Sheffield.

—Mi hermana —explicó Kate—. Edwina. Yo soy Katharine. Kate para los amigos.

—Bien, si es lo bastante valiente como para jugar al palamallo con los Bridgerton, sin duda me gustaría incluirla entre mis amigas —dijo Daphne con una amplia sonrisa—. Por lo tanto, tiene que llamarme Daphne. Y a mi esposo, Simon. ¿Simon?

—Oh, por supuesto —respondió él, y Kate tuvo la clara impresión de que diría lo mismo si Daphne declarara que el cielo se había vuelto naranja. No porque él no le prestara atención, sino porque era evidente que estaba loco por ella.

Esto, pensó Kate, era lo que quería para Edwina.

—Déjame coger la mitad —dijo Daphne estirando el brazo para coger los aros que su hermano ya tenía en la mano—. La señorita Sheffield y yo... es decir, Kate y yo —dedicó a Kate una amplia sonrisa llena de afecto— colocaremos tres de éstos, y tú y Simon podéis colocar el resto.

Antes de que Kate se atreviera a opinar, Daphne ya la había cogido por el brazo y se la llevaba hacia el lago.

—Tenemos que asegurarnos del todo de que la bola de Anthony acaba en el agua —masculló Daphne—. Nunca le he perdonado lo de la última vez. Creí que Benedict y Colin iban a morirse de la risa. Y Anthony fue el peor. Estaba allí sonriéndose. ¡Sonriéndose! —Se volvió a Kate con la más atribulada de las expresiones—. Nadie se sonríe como mi hermano mayor.

—Lo sé —dijo Kate en voz baja.

Por suerte, la duquesa no la había oído.

—Si hubiera podido matarlo en ese momento, juro que lo habría hecho.

—¿Y qué sucede una vez que todas las bolas acaban en el agua? —Kate no pudo resistirse a preguntar—. Aún no he jugado con la familia al completo, pero todos parecen bastante competitivos, y me da la impresión...

—... que será inevitable —concluyó Daphne por ella. Puso una mueca—. Probablemente tenga razón. No tenemos espíritu deportivo en lo que al palamallo se refiere. Cuando un Bridgerton coge el mazo, nos convertimos en los peores tramposos y mentirosos. De veras, el juego no tiene tanto que ver con ganar sino con asegurarse de que el otro jugador pierde.

Kate buscó las palabras.

—Suena un poco...

—¿Horrible? —preguntó Daphne sonriente—. No lo es. Nunca se habrá divertido tanto, se lo garantizo. Pero al paso que vamos, todas las bolas van a acabar en el lago dentro de poco. Supongo que pediremos a Francia otro juego. —Metió un aro en la tierra—. Parecerá un derroche, lo sé, pero merece la pena con tal de humillar a mis hermanos.

Kate intentó no reírse, pero no lo consiguió.

—¿Tiene algún hermano, señorita Sheffield? —inquirió Daphne.

Puesto que la duquesa había olvidado llamarla por su nombre de pila, Kate consideró mejor volver a las maneras formales.

—No, Excelencia —contestó—. Edwina es mi única hermana.

Daphne se protegió los ojos con la mano e inspeccionó la zona en busca de alguna ubicación alevosa. Cuando avistó una —situada justo encima de la raíz de un árbol— se fue para allá sin dejarle otra opción a Kate que seguirla.

—Cuatro hermanos —dijo Daphne, metiendo otro aro en la tierra— te dan una educación maravillosa.

—La de cosas que habrá aprendido —dijo Kate bastante impresionada—. ¿Sabe dejarle un ojo morado a un hombre? ¿Tumbarle en el suelo de un puñetazo?

Daphne puso una mueca maliciosa.

—Pregúntele a mi esposo.

—¿Que me pregunte el qué? —gritó el duque desde el lado opuesto del árbol, donde él y Colin se encontraban colocando un aro sobre una raíz.

—Nada —contestó la duquesa en tono inocente—. También he aprendido —le susurró a Kate— que es mejor tener la boca cerrada. Es mucho más fácil manejar a los hombres una vez que entiendes los puntos básicos de su naturaleza.

—¿Que son? —le pinchó Kate.

Daphne se inclinó hacia delante y le susurró cubriéndose la boca:

—No son tan listos como nosotras, no son tan intuitivos como nosotras y desde luego es mejor que no se enteren del cincuenta por ciento de lo que hacemos. —Miró a su alrededor—. ¿Él no me ha oído, verdad?

Simon salió de detrás del árbol.

—Cada palabra.

Kate se atragantó de la risa al ver a Daphne dar un brinco.

—Pero es cierto —dijo con arrogancia.

Simon se cruzó de brazos.

—Piensa lo que quieras, querida. —Se volvió a Kate—. Con los años he aprendido un par o tres de cosas sobre las mujeres.

—¿De veras? —preguntó Kate fascinada.

Él asintió y se inclinó, como si fuera a desvelar un serio secreto de Estado.

—Es mucho más fácil manejarlas si se creen que son más listas y más intuitivas que los hombres. Y —añadió con mirada de superioridad a su esposa— nuestras vidas transcurren con mucha más tranquilidad si fingimos que sólo nos enteramos del cincuenta por ciento de lo que hacen.

Colin se acercó balanceando un mazo.

—¿Están discutiendo? —le preguntó a Kate.

—Sólo deliberamos —corrigió Daphne.

—Que Dios me libre de tales deliberaciones —masculló Colin—. Escojamos los colores.

Kate le siguió de regreso junto a la carretilla de palamallo, tamborileando sobre el muslo con los dedos.

—¿Tiene hora? —le preguntó.

Colin sacó su reloj de bolsillo.

—Pasa un poco de las tres y media, ¿por qué?

—Pensaba que Edwina y el vizconde deberían estar ya por aquí, eso es todo —respondió, intentando no parecer demasiado preocupada.

Colin se encogió de hombros.

—Estarán en camino. —Luego, inconsciente de la inquietud de ella, indicó la carretilla de palamallo—. Pues bien. Usted es la invitada. Es la primera en escoger. ¿Qué color quiere?

Sin pensar mucho, Kate estiró el brazo y cogió un mazo. Cuando lo tuvo en la mano se percató de que era negro.

—El mazo de la muerte —dijo Colin con gesto de aprobación—. Sabía que sería una buena jugadora.

—Dejemos el mazo rosa para Anthony —dijo Daphne sacando el mazo verde.

El duque cogió el mazo naranja y, volviéndose a Kate, dijo:

—Es testigo de que no tengo nada que ver con el mazo rosa de Bridgerton, ¿de acuerdo?

Kate sonrió con picardía.

—He advertido que no ha escogido el mazo rosa.

—Por supuesto que no —contestó con una mueca aún más traviesa que la de ella—. Mi esposa ya lo ha escogido por él. No podía llevarle la contraria, ¿no cree?

—Para mí el amarillo —dijo Colin—, y el azul para la señorita Edwina, ¿no le parece?

—Oh, sí —replicó Kate—. A Edwina le encanta el azul.

Los cuatro se quedaron mirando los dos mazos restantes: el rosa y el púrpura.

—No le va a gustar ninguno de los dos —dijo Daphne.

Colin asintió.

—Pero el rosa aún menos. —Y con aquello, cogió el mazo púrpura y lo arrojó dentro del cobertizo, luego se agachó y tiró la bola púrpura tras él.

—Y digo yo —empezó el duque—, ¿dónde está Anthony?

—Ésa es una buena pregunta —masculló Kate, tamborileando otra vez con los dedos sobre la falda.

—Supongo que querrá saber qué hora es —apuntó Colin con astucia.

Kate se sonrojó. Ya le había pedido dos veces que mirara la hora.

—No hace falta —contestó sin encontrar una respuesta más ingeniosa.

—Muy bien, sólo que he tomado nota de que cada vez que empieza a mover la mano...

Kate detuvo la mano.

—...está a punto de preguntarme qué hora es.

—Ha tomado nota de muchas cosas sobre mí en la última hora —respondió Kate con sequedad.

Él puso una mueca.

—Soy un tipo observador.

—Es evidente —masculló ella.

—Pero, en caso de que le interese, son las cuatro menos cuarto.

—Tenían que haber llegado hace rato —dijo Kate.

Colin se inclinó hacia delante y susurró.

—Dudo mucho que mi hermano esté violando a su hermana.

Kate retrocedió con brusquedad.

—¡Señor Bridgerton!

—¿De qué habláis? —preguntó Daphne.

Colin esbozó una amplia sonrisa.

—La señorita Sheffield está preocupada por que Anthony esté poniendo en una situación comprometida a la otra señorita Sheffield.

—¡Colin! —exclamó Daphne—. Eso no tiene la menor gracia.

—Y desde luego no es cierto —protestó Kate. Bien, casi no era cierto. No pensaba que el vizconde estuviera poniendo a Edwina en una situación comprometida, pero era más que probable que se estuviera esforzando todo lo posible para aturdirla con sus encantos. Y eso en sí mismo ya era peligroso.

Kate sostuvo el mazo en la mano para comprobar su peso e intentó imaginar la manera de usarlo sobre la cabeza del vizconde y hacer que pasara por un accidente.

El mazo de la muerte, desde luego que sí.

Anthony miró la hora en el reloj de la repisa de su estudio. Casi las tres y media. Iban a llegar tarde.

Puso una mueca. Oh, bien, no podía hacer nada.

Normalmente insistía mucho en la puntualidad, pero si el retraso tenía como resultado la tortura de Kate Sheffield, no le importaba demasiado llegar tarde.

Y Kate Sheffield sin duda se estaría retorciendo de agonía para entonces, horrorizada sólo con la idea de que su preciosa hermana pequeña estuviera en sus malignas garras.

Anthony bajó la vista a sus malignas garras —sus manos, se recordó a sí mismo— y esbozó otra amplia sonrisa. Hacía siglos que no se había divertido tanto, y lo único que hacía era perder el tiempo en su despacho, imaginándose a Kate Sheffield con la mandíbula apretada mientras le salía humo por las orejas.

Era una imagen de lo más graciosa.

Por supuesto, aquello no era culpa suya. Él habría salido con puntualidad de no haber tenido que esperar a Edwina. La joven había mandado aviso con la doncella de que se reuniría con él en diez minutos. De eso hacía veinte minutos. Él no podía hacer nada si ella se retrasaba.

Anthony tuvo una visión repentina de cómo transcurriría el resto de su vida: esperando a Edwina. ¿Era el tipo de mujer que se retrasaba por sistema? Aquello podía acabar resultando irritante al cabo de un tiempo.

Como si le hubiera dado pie, oyó unas pisadas en el vestíbulo y cuando alzó a vista, la forma exquisita de Edwina quedó enmarcada en el umbral.

Era una visión, pensó de manera desapasionada. Era absolutamente encantadora en todos los sentidos. Su rostro era la perfección, su postura la personificación de la gracia, y tenía unos ojos del azul más radiante, tan intensos que uno no podía evitar sorprenderse de aquella tonalidad cada vez que parpadeaba.

Anthony esperó a que se produjera algún tipo de reacción dentro de él. No cabía duda de que ningún hombre permanecería inmune a su belleza.

Nada. Ni siquiera la menor necesidad de besarla. Casi parecía un crimen contra la naturaleza.

Pero tal vez era algo bueno. Al fin y al cabo no quería una esposa de la que pudiera enamorarse. El deseo era algo agradable, pero el deseo podía ser peligroso. Con certeza, el deseo podía transformarse en amor con más facilidad que el desinterés.

—Siento enormemente llegar tarde milord —dijo Edwina con su encanto particular.

—No es ningún problema, en absoluto —contestó él. Se sintió un poco animado por las recientes racionalizaciones de la espera. Nada había cambiado, ella sería una buena esposa. No hacía falta buscar más—. Pero tenemos que salir ya. Los otros ya habrán preparado el recorrido de la partida.

La cogió por el brazo y salieron caminando de la casa. Él hizo un comentario sobre el tiempo. Ella hizo un comentario sobre el tiempo. Él hizo un comentario sobre el tiempo del día anterior. Ella estuvo conforme en todo lo que él dijo (ni siquiera recordaba el qué un minuto después).

Tras agotar todos los temas relacionados con la climatología, se quedaron callados, y luego, tras tres minutos sin que ninguno de los dos tuviera algo que decir, Edwina soltó:

—¿Qué estudió en la universidad?

Anthony la miró con extrañeza. No recordaba que ninguna jovencita le hubiera hecho antes esta pregunta.

—Oh, lo habitual —respondió.

—Pero —insistió ella, con un aspecto impaciente poco característico—, ¿qué es lo habitual?

—Historia, sobre todo. Un poco de literatura.

—Oh. —Consideró eso durante un momento—. Me encanta leer.

—¿Ah, sí? —La miró con renovado interés. Nunca se le habría ocurrido tomarla por una estudiosa—. ¿Qué le gusta leer?

Pareció relajarse mientras contestaba a la pregunta.

—Novelas si me siento imaginativa. Filosofía si busco el desarrollo personal.

—Filosofía ¿eh? —inquirió Anthony—. Nunca la he digerido demasiado bien.

Edwina soltó una de sus encantadoras risas musicales.

—Kate es igual. Siempre me está diciendo que es muy capaz de vivir su vida y que no le hace falta que un hombre ya muerto le dé instrucciones.

Anthony pensó en sus experiencias cuando leía a Aristóteles, Bentham y Descartes en la universidad. Luego pensó en sus experiencias intentando no leer a Aristóteles, Bentham y Descartes en la universidad.

—Creo —murmuró— que tendré que mostrar mi conformidad con su hermana.

Edwina esbozó una amplia sonrisa.

—¿Usted conforme con mi hermana? Creo que tendría que buscar una libreta para apuntar este momento. Sin duda es la primera vez.

Él le lanzó una mirada de soslayo para poder evaluarla mejor.

—Es más impertinente de lo que deja entrever, ¿verdad que sí?

—Pero ni la mitad que Kate.

—Eso nunca lo he dudado.

Anthony le oyó una risita pero, cuando la miró de reojo, parecía que ella intentaba con gran esfuerzo mantener el rostro serio. Doblaron el último recodo antes del campo de juego, y cuando llegaron a lo alto de la elevación, encontraron al resto del grupo de jugadores de palamallo esperándoles, balanceando distraídamente sus mazos mientras aguardaban.

—Oh, maldita sea —juró Anthony, olvidando por completo que se encontraba en compañía de la mujer a la que planeaba convertir en su esposa—. Tiene el mazo de la muerte.

Capítulo 10

Las reuniones campestres son acontecimientos muy peligrosos.
Las personas casadas a menudo se encuentran disfrutando
junto a invitados que no son sus cónyuges, y las personas solte-
ras regresan a menudo a la ciudad como personas comprometi-
das en matrimonio con cierto apresuramiento.
De hecho, los compromisos más sorprendentes se anuncian
inmediatamente después de estas jornadas de vida rústica.

REVISTA DE SOCIEDAD DE LADY WHISTLEDOWN,
2 de mayo de 1814

—Sí que se lo han tomado con calma —comentó Colin en cuanto
Anthony y Edwina alcanzaron al grupo—. Bueno, ya estamos listos
para empezar. Edwina, usted juega con el azul. —Le tendió el mazo—.
Anthony, eres el rosa.

—¿Yo soy rosa y ella —indicó con un dedo a Kate— se queda con
el mazo de la muerte?

—Le dejé escoger la primera —dijo Colin—. Al fin y al cabo es
nuestra invitada.

—Anthony suele jugar con el negro —explicó Daphne—. De hecho, él dio el nombre al mazo.

—No debería jugar con el rosa —le dijo Edwina a Anthony—.
No le pega lo más mínimo. Tenga. —Le tendió el mazo—. ¿Por qué
no cambiamos?

—No sea tonta —interrumpió Colin—. Todos estuvimos conformes con que usted jugara con el azul. Hace juego con sus ojos.

A Kate le pareció oír gruñir a Anthony.

—Seré el rosa —anunció Anthony mientras cogía el ofensivo mazo con bastante energía de la mano de Colin— y ganaré de todos modos. Empecemos, ¿de acuerdo?

En cuanto se hicieron las presentaciones necesarias entre el duque, la duquesa y Edwina, todos dejaron caer sus pesadas bolas de madera cerca del punto de salida y se prepararon para jugar.

—¿Cómo jugamos? ¿Empieza el más joven? —sugirió Colin con una galante inclinación en dirección a Edwina.

Ella negó con la cabeza.

—Yo preferiría ser la última, para así tener la posibilidad de observar el juego de quienes tienen más experiencia que yo.

—Una mujer sabia —murmuró Colin—. Entonces empieza el mayor. Anthony creo que eres el más anciano entre nosotros.

—Lo siento, querido hermano, pero Hastings me lleva unos pocos meses.

—¿Por qué tengo la sensación —le susurró Edwina a Kate— de que me estoy metiendo en una pelea familiar?

—Creo que los Bridgerton se toman el palamallo muy en serio —le explicó Kate al oído. Los tres hermanos Bridgerton habían adoptado expresiones de bulldogs y todos ellos parecían bastante resueltos a ganar.

—¡Eh, eh, eh! —les regañó Colin agitando un dedo en su dirección—. No se permite ninguna connivencia.

—Ni siquiera sabemos qué pactar —comentó Kate— ya que aún nadie se ha dignado a explicarnos las reglas del juego.

—Aprenderán sobre la marcha —dijo Daphne con energía—. Se lo imaginarán a medida que avancemos.

—Creo —susurró Kate a Edwina— que el objeto es hundir las bolas de los oponentes en el lago.

—¿De veras?

—No. Pero creo que así es como lo ven los Bridgerton.

—¡No dejan de susurrarse! —les gritó Colin sin tan siquiera dedicarles una mirada. Luego se volvió al duque—. Hastings, golpea la maldita bola. No tenemos todo el día.

—Colin —interrumpió Daphne—, no hace falta que maldigas. Hay damas presentes.

—Tú no cuentas.

—Pero hay damas presentes aparte de mí —replicó entre dientes.

Colin pestañeó, luego se volvió a las hermanas Sheffield.

—¿Les importa?

—En absoluto —respondió Kate completamente fascinada. Edwina se limitó a sacudir la cabeza.

—Bien. —Colin se volvió otra vez al duque—. Hastings, empecemos ya.

El duque colocó su bola un poco por delante de las del resto.

—¿Se dan cuenta —dijo a nadie en particular— de que nunca antes he jugado al palamallo?

—Limítate a darle un buen batacazo a la bola en esa dirección, cariño —le explicó Daphne al tiempo que indicaba el primer aro.

—¿No es ése el último aro? —preguntó Anthony.

—Es el primero.

—Tendría que ser el último.

Daphne alzó la barbilla.

—Yo he preparado el recorrido, es el primero.

—Creo que aquí va a haber sangre —le susurró Edwina a Kate.

El duque se volvió a Anthony y le dedicó una sonrisa falsa.

—Creo que creeré en la palabra de Daphne en esta cuestión.

—Es ella la que preparó el recorrido —comentó Kate.

Anthony, Colin, Simon y Daphne la miraron con consternación, como si no pudieran creer del todo que tuviera el valor de meterse en la conversación.

—Bien, así fue —añadió Kate.

Daphne entrelazó su brazo con el de ella.

—Creo que la adoro, Kate Sheffield —manifestó.

—Dios me ayude —masculló Anthony.

Hastings echó hacia atrás el mazo, golpeó y la bola naranja se precipitó enseguida por el césped.

—¡Bien hecho, Simon! —gritó Daphne.

Colin se volvió y miró a su hermana con desdén.

—En el juego del palamallo nunca se ovaciona a los contrincantes —le dijo con arrogancia.

—Nunca antes ha jugado —respondió—. No es probable que gane.

—No importa.

Daphne se volvió hacia Kate y Edwina y les explicó:

—Me temo que la falta de deportividad es un requisito en el palamallo Bridgerton.

—Eso había deducido —dijo Kate con sequedad.

—Me toca —ladró Anthony. Echó una mirada desdeñosa a la bola rosa y luego le arreó un buen porrazo. Surcó de forma espléndida la hierba, pero dio contra un árbol y se detuvo como una piedra sobre el suelo.

—¡Fantástico! —exclamó Colin, quien empezó a prepararse para su turno.

Anthony balbuceó unas cuantas cosas en voz baja, ninguna de ellas apropiada para oídos delicados.

Colin envió la bola amarilla en dirección al primer aro y a continuación se colocó a un lado para dejar que Kate lo intentara.

—¿Puedo hacer una tirada de prueba? —preguntó.

—No. —Fue un «no» bastante sonoro, ya que eran tres las bocas que lo pronunciaron.

—Muy bien —dijo entre dientes—. Retrocedan todos. No seré responsable si lesiono a alguien la primera vez. —Echó hacia atrás el mazo con todas sus fuerzas y sacudió la bola. Salió volando por el aire formando un arco bastante impresionante, luego chocó contra el mismo árbol que había frustrado la tirada de Anthony y cayó pesadamente al suelo, al lado de la bola rosa.

—Oh, cielos —dijo Daphne mientras se disponía a apuntar. Echó hacia atrás el brazo varias veces antes de darle a la bola.

—¿Por qué ese «cielos»? —preguntó Kate con preocupación. La débil sonrisa de lástima de la duquesa no la tranquilizó.

—Ya verá. —Daphne tiró y luego se fue siguiendo la dirección que había trazado su bola.

Kate miró a Anthony. Parecía muy, muy complacido con la situación actual de las cosas.

—¿Qué me va a hacer? —preguntó ella.

El vizconde se inclinó hacia delante con aire muy malicioso.

—Una pregunta más apropiada sería qué no voy a hacerle.

—Creo que me toca —dijo Edwina y se adelantó hasta el punto de inicio. Dio a su bola un golpe anémico y luego gimió al ver que no había avanzado ni la tercera parte que los demás.

—Aplique un poco más de fuerza la próxima vez —dijo Anthony antes de irse hacia su bola.

—De acuerdo —masculló Edwina a su espalda—. Nunca me lo habría imaginado.

—¡Hastings! —aulló Anthony—. Es tu turno.

Mientras el duque daba un golpecito a la bola para acercarla al siguiente aro, Anthony se apoyó en el árbol con los brazos cruzados y su ridículo mazo rosa colgándole de una mano. Esperó a Kate.

—Oh, señorita Sheffield —dijo finalmente en voz alta—. ¡Las normas del juego establecen que cada uno siga su propia bola!

La observó acercarse poco a poco a su lado.

—Ya está —refunfuñó—. ¿Y ahora qué?

—Debería de tratarme con más respeto —continuó él mientras le dedicaba una sonrisa perezosa y astuta.

—¿Después de que se entretuviera con Edwina? —le respondió con brusquedad—. Lo que tendría que hacer es descuartizarle.

—Qué mozuela tan sanguinaria —reflexionó él—. Le irá bien en el palamallo... finalmente.

El vizconde observó muy divertido que a Kate se le ponía el rostro primero muy rojo, y luego blanco.

—¿Qué quiere decir? —preguntó ella.

—Por el amor de Dios, Anthony —gritó Colin—. Tira de una vez.

Anthony miró hacia donde se hallaban las dos bolas pegadas sobre la hierba, la negra de ella y la de él, de un rosa terrible.

—De acuerdo —murmuró—. No quiero hacer esperar al querido y dulce Colin. —Y con eso, puso un pie sobre su bola y echó el mazo hacia atrás...

—¿Qué está haciendo? —chilló Kate.

...y lo lanzó. La bola de Anthony permaneció firme en su sitio, debajo de su bota. La de Kate salió colina abajo recorriendo lo que parecían millas.

—Desalmado —rezongó.

—Todo vale en el amor y en la guerra —bromeó.

—Voy a matarle.

—Puede intentarlo —le tomó el pelo— pero tendrá que alcanzarme primero.

Kate sopesó el mazo de la muerte, luego observó el pie de él.

—Ni se le ocurra —advirtió el vizconde.

—Es una tentación —dijo entre dientes.

Él se inclinó con gesto amenazador hacia ella.

—Tenemos testigos.

—Y eso es lo único que le salva la vida en este momento.

Él se limitó a sonreír.

—Creo que su bola se ha ido colina abajo, señorita Sheffield. Estoy convencido de que volveremos a verla dentro de una media hora cuando consiga alcanzarnos.

Justo entonces Daphne pasó junto a ellos a buen paso, siguiendo su bola que les había adelantado sin que se dieran cuenta.

—Por eso dije «Oh, cielos» —comentó sin que fuera necesario, en opinión de Kate, dar más explicaciones.

—Pagará por esto —prometió Kate entre dientes.

La sonrisita de él decía más que cualquier palabra.

Y entonces ella se fue colina abajo. Soltó una sonora maldición, decididamente poco femenina, cuando se percató de que su bola se había quedado alojada debajo de un seto.

Media hora después, Kate aún iba dos aros por detrás del penúltimo jugador. Anthony iba ganando, lo cual le fastidiaba muchísimo. La única cosa favorable era que estaba tan rezagada que no tenía que ver su rostro de regodeo.

Luego, mientras esperaba su turno haciendo girar los pulgares (poco más podía hacer, ya que ningún otro jugador quedaba ni remotamente cerca de ella), oyó que Anthony soltaba un grito ofendido.

Esto atrajo de inmediato su atención.

Sonriendo ante la expectativa de que hubiera sucedido alguna desgracia, miró a su alrededor con ansia hasta que avistó la bola rosa volando sobre la hierba directamente hacia ella.

—¡Uh! —gorjeó Kate. Dio un salto y se apartó con rapidez a un lado para no perder un dedo del pie.

Cuando volvió a alzar la vista, vio a Colin brincando en el aire y su mazo elevándose hacia arriba mientras gritaba exultante:

—¡Yuhu!

Anthony puso cara de querer destripar a su hermano allí mismo.

Kate también habría ejecutado la danza de la victoria. Ya que no podía ganar, lo mejor era saber que Anthony tampoco podría vencer, sólo que ahora él volvía a quedarse retrasado junto a ella durante varios turnos. Y aunque su soledad no era la cosa más entretenida del mundo, era mejor que tener que conversar con él.

De todos modos fue difícil no mostrar un poco de petulancia cuando Anthony se acercó hacia ella pisoteando la hierba, con el ceño fruncido como si una nube de tormenta acabara de instalarse en su cerebro.

—Ha sido mala suerte, milord —murmuró Kate.

La fulminó con la mirada.

Ella suspiró, sólo para dar efecto, por supuesto.

—Estoy segura de que aún conseguirá situarse en segundo o tercer lugar.

Él se inclinó hacia delante con gesto amenazador y profirió un sonido que se parecía demasiado a un bufido.

—¡Señorita Sheffield! —El chillido impaciente de Colin llegó desde lo alto de la colina—. ¡Es su turno!

—Sí, claro —dijo mientras analizaba los posibles disparos. Podía apuntar al siguiente aro o podía intentar a su vez sabotear a Anthony. Por desgracia, la bola de él no tocaba la suya, de modo que no podía intentar la maniobra de pisar la bola, empleada antes por Anthony con ella. Era mejor para ella, con la suerte que tenía, acabaría fallando del todo y en vez de dar a la bola se rompería el pie o algo así.

—Decisiones, decisiones —murmuró Kate.

El vizconde se cruzó de brazos.

—La única manera que tiene de arruinarme la partida es arruinar la suya también.

—Cierto —admitió ella. Si quería enviar la bola de él al quinto pino, tenía que renunciar también a la suya, pues no le quedaba otro remedio que golpear primero la suya con todas sus fuerzas para conseguir que la de Anthony se moviera. Sólo el cielo sabía dónde acabaría.

—Pero —alzó la vista para mirarle y sonrió con gesto inocente— de cualquier modo, en realidad no tengo ninguna posibilidad de ganar esta partida.

—Podría acabar segunda o tercera —intentó él.

Kate sacudió la cabeza.

—Poco probable, ¿no le parece? Estoy tan retrasada, de hecho, y ya casi nos acercamos al final...

—No querrá hacer eso, señorita Sheffield —le advirtió.

—Oh —dijo con gran sentimiento—. Sí quiero, de verdad, lo quiero. —Y en ese momento, con la sonrisa más maligna que habían esbozado sus labios en la vida, echó hacia atrás el mazo y propinó un porrazo a su bola con cada gramo de emoción que había dentro de ella. Ésta dio a la bola de Anthony con una fuerza sorprendente y la mandó volando colina abajo.

Y más abajo...

Y más...

Directamente dentro del lago.

Boquiabierta de deleite, Kate se quedó mirando durante un momento cómo se hundía la bola rosa en el lago. Luego algo se propagó por su interior, una emoción extraña y primitiva, y antes de que supiera qué le sucedía, estaba saltando como una loca al tiempo que gritaba:

—¡Sí! ¡Sí! ¡He ganado!

—No ha ganado —soltó Anthony con brusquedad.

—Oh, pero es como si ganara —se regodeó ella.

Colin y Daphne, que habían bajado corriendo por la colina, se detuvieron en seco delante de ellos.

—¡Bien hecho, señorita Sheffield! —exclamó Colin—. Sabía que se merecía el mazo de la muerte.

—¡Genial! —reconoció Daphne—. Totalmente genial.

A Anthony, por supuesto, no le quedó otra opción que cruzarse de brazos y fruncir el ceño con furia.

Colin le dio a Kate una palmada simpática en la espalda.

—¿Está segura de que no es una Bridgerton disfrazada? Ha estado de verdad a la altura del espíritu del juego.

—No podría haberlo hecho sin su ayuda —le dijo Kate muy cortés—. Si no hubiera enviado su bola colina abajo...

—Tenía la esperanza de que recogiera las riendas de su destrucción —explicó Colin.

El duque finalmente se aproximó acompañado de Edwina.

—Un final de partida realmente asombroso —comentó.

—Aún no ha acabado —recalcó Daphne.

Su marido le dedicó una mirada divertida.

—Seguir jugando parece ahora bastante decepcionante, ¿no creen?

Por sorprendente que fuera, incluso Colin se mostró conforme.

—Desde luego no puedo imaginar nada que lo supere.

Kate sonrió radiante.

El duque echó una mirada al cielo y comentó:

—Es más, está empezando a taparse. Quiero llevar a Daphne de vuelta a la casa antes de que empiece a llover. En su estado delicado, ya saben.

Kate miró llena de sorpresa a Daphne, quien había empezado a sonrojarse. No presentaba síntomas de estar embarazada.

—Muy bien —dijo Colin—. Propongo que pongamos fin a la partida y declaremos vencedora a la señorita Sheffield.

—Iba dos aros por detrás de todos los demás —objetó Kate.

—De cualquier modo —añadió Colin—, cualquier verdadero aficionado al palamallo Bridgerton entiende que enviar al lago la bola de Anthony es mucho más importante que meter la bola a través de los aros. Lo cual la convierte en nuestra campeona, señorita Sheffield. —Miró a su alrededor y luego directamente a Anthony—. ¿Alguien discrepa?

Nadie lo hizo, aunque Anthony parecía estar a punto de recurrir a la violencia.

—Excelente —dijo Colin—. En tal caso, la señorita Sheffield es nuestra ganadora, y Anthony, tú eres el perdedor.

Un extraño sonido amortiguado surgió de la boca de Kate, medio risa medio atragantamiento.

—Bien, alguien tenía que perder —dijo Colin con una mueca—. Es la tradición.

—Cierto —aprobó Daphne—. Somos una familia sanguinaria, pero nos gusta seguir la tradición.

—Estáis todos locos de remate, eso es lo que pasa —dijo en tono afable el duque—. Y dicho esto, Daphne y yo debemos despedirnos. Quiero que regrese antes de que empiece a llover. Confío en que a nadie le importará que nos vayamos sin ayudar a recoger las cosas.

Por supuesto, a nadie le importaba, y pronto el duque y la duquesa emprendieron el regreso en dirección a Aubrey Hall.

Edwina, que había permanecido callada durante la conversación (aunque observaba a los diversos Bridgerton como si hubieran escapado directamente de un manicomio) de pronto se aclaró la garganta.

—¿Creen que debemos intentar recuperar la bola? —preguntó mirando colina abajo con ojos entrecerrados.

El resto del grupo contempló las aguas calmadas como si nunca hubieran considerado aquella noción tan singular.

—No parece que haya aterrizado en medio del lago —añadió—. Bajó rodando, nada más. Es probable que se halle junto a la orilla.

Colin se rascó la cabeza. Anthony continuó con el ceño fruncido.

—Sin duda no querrán perder otra bola —insistió Edwina. Al ver que nadie se dignaba a responder, arrojó su mazo y levantó los brazos al aire diciendo—: ¡De acuerdo! Iré yo a buscar la estúpida bola.

Aquello por fin sacó a los hombres de su estupor, y los dos saltaron en su ayuda.

—No sea tonta señorita Sheffield —dijo Colin cortés, al tiempo que empezaba a caminar colina abajo—. Yo la cogeré.

—Por el amor de Dios —masculló Anthony—. Yo sacaré la maldita bola. —Se puso a descender la colina a zancadas y alcanzó enseguida a su hermano. Pese a toda su ira, en realidad no podía culpar a Kate de su acción. Él habría hecho lo mismo, aunque habría golpeado la bola con suficiente fuerza para hundirla directamente en medio del lago.

De todos modos, era de lo más humillante que le venciera una mujer, y en especial ella.

Llegó al borde del lago y lo inspeccionó. La bola rosa era tan chillona que tenía que verse a través del agua, contando con que hubiera caído en un fondo no demasiado profundo.

—¿La ves? —preguntó Colin, quien se detuvo entonces a su lado. Anthony sacudió la cabeza.

—Es un color estúpido de todos modos. Nadie quiere jugar nunca con el rosa.

Colin expresó su conformidad con un ademán afirmativo.

—Incluso el púrpura era mejor —continuó Anthony mientras se desplazaba unos pasos hacia la derecha para inspeccionar otra franja de la orilla. De pronto alzó la vista y fulminó con la mirada a su hermano—. Y, veamos, ¿qué diantres ha sucedido con el mazo púrpura?

Colin se encogió de hombros.

—Y yo qué sé.

—Lo que yo sí sé —masculló Anthony— es que reaparecerá de forma milagrosa mañana por la noche entre los demás mazos de palamallo.

—Es probable que tengas razón —respondió Colin animado. Se

movió un poco más allá de Anthony sin dejar de mirar al agua todo el rato—. Tal vez incluso esta tarde, si tenemos suerte.

—Un día de estos —dijo Anthony como si tal cosa— voy a matarte.

—De eso no tengo duda. —Colin inspeccionó el agua, luego de pronto indicó con su dedo índice—. ¡Mira! Ahí está.

En efecto, la bola rosa se había quedado dentro del agua poco profunda, a poco más de medio metro del borde del lago. Parecía no haber más de unos treinta centímetros de profundidad. Anthony maldijo en voz baja. Tendría que sacarse las botas y meterse en el agua. Daba la impresión de que Kate Sheffield siempre le obligaba a sacarse las botas y adentrarse en alguna masa de agua.

No, pensó cansinamente, cuando irrumpió en el Serpentine para salvar a Edwina, no tuvo tiempo de sacarse las botas. La piel se había quedado hecha una ruina. Su asistente casi se desmaya de horror al verlas.

Con un gemido se sentó en una roca y se sacó el calzado. Supuso que salvar a Edwina bien merecía un par de buenas botas. Salvar una estúpida bola rosa de palamallo... con franqueza, aquello ni siquiera merecía mojarse los pies.

—Parece que ya la tienes controlada —dijo Colin— de modo que me voy a ayudar a la señorita Sheffield a sacar los aros.

Anthony se limitó a sacudir la cabeza con resignación y se adentró en el agua.

—¿Está fría? —Oyó una voz femenina.

Santo Dios, era ella. Se dio media vuelta. Kate Sheffield estaba de pie en la orilla.

—Pensaba que estaba recogiendo los aros —dijo con cierta irritación.

—Ésa es Edwina.

—Demasiadas señoritas Sheffield, desde luego —masculló en voz baja. Tenía que existir una ley que prohibiera que las hermanas se presentaran en sociedad durante una misma temporada.

—Perdón, ¿cómo ha dicho? —preguntó ella inclinado la cabeza a un lado.

—He dicho que está helada —mintió él.

—Oh, cuánto lo siento.

Eso atrajo la atención del vizconde.

—No, no lo siente —afirmó finalmente.

—Bueno, no —admitió—. No que haya perdido, eso no. Pero no era mi intención que se le helaran las puntas de los pies.

De repente Anthony se sintió dominado por el deseo más demencial de ver las puntas de los pies de ella. Era un pensamiento horrible. No tenía ningún sentido desear a esa mujer. Ni siquiera le gustaba.

Suspiró. No era cierto. Supuso que le gustaba de alguna forma peculiar, paradójica. Y pensó, por extraño que pareciera, que tal vez él también le estuviera empezando a gustar de un modo paradójico.

—Habría hecho lo mismo en mi caso —continuó Kate.

Anthony no dijo nada, se limitó a seguir avanzando con cuidado.

—¡Lo habría hecho! —insistió ella.

Él se inclinó hacia abajo y sacó la bola, mojándose también la manga. Maldición.

—Lo sé —contestó entonces.

—Oh —dijo Kate. Sonaba sorprendida, como si no esperara que él lo admitiera.

Anthony retrocedió por el agua para salir, agradecido de que la tierra de la orilla estuviera firme y apretada, y por lo tanto no se pegara a sus pies.

—Aquí tiene —dijo Kate mientras le tendía lo que parecía una manta—. Estaba en el cobertizo. Me paré a cogerla al bajar. Pensé que tal vez le hiciera falta algo para secarse los pies.

Anthony abrió la boca pero, por extraño que pareciera, no surgió ningún sonido. Por fin consiguió decir:

—Gracias. —Y cogió la manta de sus manos.

—No soy una persona tan terrible, ¿sabe? —le dijo Kate con una sonrisa.

—Yo tampoco.

—Tal vez —reconoció ella—, pero no debería haberse entretenido tanto con Edwina. Sé que lo hizo sólo para sacarme de quicio.

Él alzó una ceja mientras se sentaba en la roca para secarse los pies. Dejó la bola en el suelo a su lado.

—¿No ha pensado que mi retraso tuviera algo que ver con mi deseo de pasar un rato con la mujer a la que estoy considerando convertir en mi esposa?

Kate se ruborizó un poco, pero luego masculló:

—Tal vez sea lo más ególatra que he dicho en mi vida pero, no, creo que sólo quería irritarme a mí.

Tenía razón, por supuesto, pero él no iba a decírselo.

—Pues da la casualidad —explicó él— que fue Edwina quien se retrasó. Por qué, no lo sé. Consideré poco educado ir a buscarla a su habitación y exigirle que se diera prisa, de modo que esperé en mi despacho hasta que estuvo lista.

Se produjo un largo momento de silencio, luego Kate dijo:

—Gracias por explicármelo.

Él sonrió con gesto irónico.

—No soy una persona tan terrible, ¿sabe?

Ella suspiró.

—Lo sé.

Algo en su expresión de resignación hizo que Anthony sonriera.

—Pero ¿tal vez un poco terrible? —bromeó.

Ella se animó, era obvio que volver a las frivolidades hacía que le resultara más cómodo conversar con él.

—Oh, desde luego.

—Bien. Detesto ser aburrido.

Kate sonrió y le observó mientras se ponía los calcetines y las medias. Se acercó y cogió la bola rosa.

—Mejor llevo esto al cobertizo.

—¿Por si acaso siento una necesidad incontrolable de arrojarla de nuevo al lago?

Ella asintió.

—Algo así.

—Muy bien. —Se levantó—. Entonces yo llevaré la manta.

—Un trato justo. —Se volvió para ascender por la ladera y entonces atisbó a Colin y Edwina desapareciendo en la distancia—. ¡Oh!

Anthony también se volvió con celeridad.

—¿Qué pasa? Oh, ya veo. Parece que su hermana y mi hermano han decidido regresar sin nosotros.

Kate miró con un ceño a los hermanos errantes, luego encogió los hombros con resignación mientras empezaban a ascender con esfuerzo por la colina.

—Supongo que puedo tolerar su compañía durante unos minutos más si usted puede tolerar la mía.

Anthony no dijo nada y aquello sorprendió a Kate. Parecía el tipo de comentario para el que tendría una contestación ingeniosa y tal vez incluso mordaz. Le miró y luego apartó la vista con una leve sorpresa. Él la miraba del modo más extraño…

—¿Todo… está todo bien, milord? —preguntó con vacilación.

Él asintió.

—Bien. —Pero sonaba bastante distraído.

El resto del trayecto hasta el cobertizo lo cubrieron en silencio. Kate dejó la bola rosa en su lugar en la carretilla de palamallo y advirtió que Colin y Edwina habían retirado todos los aros del recorrido y lo habían recogido todo, incluido el mazo púrpura y la bola a juego. Echó una mirada furtiva a Anthony y tuvo que sonreír. Era obvio por su ceño atribulado que él también se había dado cuenta.

—La manta va aquí, milord —le dijo con una mueca mal disimulada y se apartó de su camino.

Anthony se encogió de hombros.

—La llevaré a la casa. Hace falta lavarla bien.

Ella expresó su conformidad, cerraron la puerta y se fueron.

Capítulo 11

No hay nada como una situación de competición para sacar lo
peor de un hombre... o lo mejor de una mujer.

REVISTA DE SOCIEDAD DE LADY WHISTLEDOWN,
4 de mayo de 1814

*A*nthony iba silbando mientras caminaban sin ninguna prisa en dirección a la casa, observando de forma furtiva a Kate cuando ésta no miraba. Sin duda era también una mujer verdaderamente atractiva. No entendía por qué siempre le sorprendía esto, pero era así. Cada vez que la recordaba, su imagen no estaba a la altura de la realidad cautivadora de su rostro. Siempre estaba en movimiento, siempre sonriendo, frunciendo el ceño o los labios. Nunca conseguía mantener la expresión plácida y serena a la que debían aspirar las damas jóvenes.

Anthony había caído en la misma trampa que el resto de la sociedad: pensar en ella sólo en función de su hermana pequeña. Y Edwina tenía una belleza tan asombrosa y sorprendente, tan prodigiosa, que cualquiera que se encontrara cerca de ella no podía evitar quedarse en segundo plano. Era difícil, admitió Anthony, mirar a otra persona cuando Edwina estaba presente.

Y no obstante...

Frunció el ceño. Y no obstante, en la práctica no había dedicado ni un vistazo a Edwina durante toda la partida de palamallo. Esto tal vez fuera comprensible porque se trataba del palamallo Bridgerton, modalidad que sacaba lo peor de cualquiera con ese apellido. Diablos, seguramente no habría dedicado ni una mirada al príncipe regente si se hubiera dignado a jugar con ellos.

Pero aquella explicación no colaba, pues su mente estaba repleta de otras imágenes. Kate doblándose sobre el mazo con el rostro tenso de concentración. Kate riéndose cuando alguien fallaba un disparo. Kate vitoreando a Edwina cuando su bola atravesaba rodando el aro; un rasgo muy Bridgerton aquel. Y, por supuesto, Kate sonriendo con malicia en aquel último segundo antes de enviar la bola volando hasta el lago.

Estaba claro que, aunque no hubiera dedicado ni un vistazo a Edwina, había observado mucho a Kate.

Aquello debería alarmarle.

Volvió a echar una ojeada en su dirección. Esta vez su rostro estaba algo inclinado hacia el cielo, que miraba con ceño fruncido.

—¿Ocurre algo? —preguntó con cortesía.

Ella sacudió la cabeza.

—Sólo me preguntaba si va a llover.

Él también alzó la vista.

—De momento, no, imagino.

Kate asintió despacio con conformidad.

—Detesto la lluvia.

Algo en la expresión de su rostro, que le recordó un poco a una niña frustrada de tres años, provocó una risa en Anthony.

—Pues vive en el país equivocado señorita Sheffield.

Se volvió a él con mirada avergonzada.

—No me importa que caiga una lluvia suave. Sólo me disgusta cuando se vuelve violenta.

—Yo siempre he disfrutado bastante con las tormentas eléctricas.

Kate le lanzó una mirada sorprendida, pero no dijo nada, luego volvió a bajar la mirada a los guijarros del camino. Iba dando patadas a un guijarro mientras andaba, de vez en cuando rompía el paso o se apartaba a un lado para poder darle otra patada y mantener la piedra por delante de ella. Había algo encantador y hasta dulce en aquello, la manera en que su pie enfundado en una bota aparecía por debajo del dobladillo del vestido a intervalos regulares y alcanzaba el guijarro.

Anthony la miró con curiosidad, olvidándose de apartar la mirada cuando ella se volvió.

—¿Cree que...? ¿Por qué me mira así? —preguntó.

—¿Que si creo qué? —respondió él, pasando por alto aposta la segunda parte de la pregunta.

Ella formó un línea malhumorada con los labios. Anthony sintió que los suyos le temblaban de ganas de sonreír.

—¿Se está riendo de mí? —preguntó ella con desconfianza.

Él negó con la cabeza.

Los pies de Kate se detuvieron.

—Yo creo que sí.

—Le aseguro —contestó él, aunque a él también le sonó como si quisiera reírse— que no me río de usted.

—Miente.

—No... —Tuvo que pararse. Si seguía hablando, sabía que estallaría en carcajadas. Y lo más extraño era que... no tenía ningún indicio del motivo.

—Oh, por el amor de Dios —balbuceó—. ¿Cuál es el problema?

Anthony se hundió contra el tronco de un olmo próximo, todo su cuerpo temblaba con su alborozo apenas contenido.

Kate plantó las manos en las caderas, la expresión en su rostro era en parte curiosidad, en parte furia.

—¿Qué es tan gracioso?

Por fin él cedió a las carcajadas y apenas consiguió encoger los hombros.

—No sé —dijo entre jadeos—. La expresión de su rostro... es...

Él advirtió que ella sonreía. Le encantó que ella sonriera.

—Pues la expresión de su rostro no es que sea demasiado seria, milord —comentó ella.

—Oh, estoy convencido. —Respiró profundamente unas cuantas veces y entonces, cuando estuvo seguro de que había recuperado el control, se enderezó. Volvió a echar una rápida ojeada al rostro de Kate, todavía con un vago gesto de desconfianza, y de pronto comprendió que necesitaba saber qué pensaba ella de él.

No podía esperar al día siguiente. No podía esperar hasta la noche.

No estaba seguro de cómo había llegado a esta situación, pero su buena opinión significaba mucho para él. Por supuesto necesitaba su aprobación para el cortejo de Edwina —que tan abandonado tenía— pero había más en todo aquello. Ella le había insultado, casi le había hundido en el Serpentine, le había humillado al palamallo, y de todos modos ansiaba su buena opinión.

Anthony no podía recordar la última vez en que la consideración de alguien había significado tanto para él y, con franqueza, era humillante.

—Creo que me debe un favor —dijo, y se apartó del árbol para incorporarse. La mente le zumbaba. Tenía que ser inteligente en esto. Tenía que conseguir enterarse qué pensaba ella. Y, de todos modos, no quería que supiera cuánto significaba para él. No hasta que Anthony mismo entendiera por qué significaba tanto para él.

—Disculpe, ¿cómo ha dicho?

—Una prenda. Por la partida de palamallo.

Kate soltó un resoplido femenino mientras se apoyaba en el árbol y se cruzaba de brazos.

—Si alguien debe aquí una prenda a otra persona, es usted a mí. Yo gané al fin y al cabo.

—Ah, pero yo he sido el humillado.

—Cierto —accedió.

—No sería propio de usted —le dijo él con voz extremadamente seca— haberse resistido a reconocer la verdad.

Kate le dedicó una mirada recatada:

—Una dama debe ser sincera en todo.

Cuando Kate alzó de nuevo la vista para mirarle, un extremo de la boca de Anthony formaba una sonrisa de complicidad.

—Confiaba en que dijera algo parecido.

—¿Y eso por qué?

—Porque mi prenda, señorita Sheffield es hacerle una pregunta, la pregunta que yo escoja. Y debe ser sincera en su respuesta. —El vizconde plantó una mano en el tronco del árbol, bastante cerca del rostro de Kate, y se inclinó hacia delante. De pronto ella se sintió atrapada, pese a que sería bastante fácil alejarse corriendo.

Con cierta consternación, y temblando de excitación, Kate se percató de que la tenía atrapada con sus ojos, que se clavaban oscuros y ardientes en los de ella.

—¿Cree que podrá hacerlo, señorita Sheffield? —murmuró.

—¿C-cuál es la pregunta? —inquirió, sin darse cuenta de que

estaba susurrando hasta que se oyó la voz, entrecortada y crepitante como el viento.

Él ladeó la cabeza un poco más.

—Ahora, recuerde, tiene que contestar con franqueza.

Ella asintió. En honor a la verdad, no estaba del todo convencida de que fuera capaz de moverse.

Anthony se inclinó hacia delante, no tanto como para notar su aliento pero lo bastante cerca como para que ella tiritara.

—Ésta, señorita Sheffield, es mi pregunta.

Los labios de Kate se separaron.

—¿Aún —se acercó un poco más— me —y otro centímetro más— odia?

Kate tragó saliva con nerviosismo. Fuera cuál fuera la pregunta que ella esperara, no era ésa. Se lamió los labios preparándose para contestar, pese a no tener ni idea de lo que iba a decir, pero no surgió ningún sonido de su garganta.

Los labios del vizconde se curvaron formando una sonrisa lenta, masculina.

—Me tomaré eso como un no.

Y entonces, con una brusquedad que dejó a Kate aturdida, se apartó con ímpetu del árbol y dijo con aire enérgico:

—Bien, entonces creo que ya es hora de que volvamos adentro y nos preparemos para la velada de esta noche, ¿no le parece?

Kate se hundió contra el árbol, totalmente vacía de energía.

—¿Prefiere permanecer afuera un momento más? —Anthony se plantó las manos en las caderas y alzó la vista al cielo con actitud pragmática y eficiente, completamente diferente del seductor lento, perezoso, de hacía diez segundos—. Como quiera. No parece que vaya a llover después de todo. Al menos no durante las próximas horas.

Ella se le quedó mirando. O bien él había perdido la cabeza o a ella se le había olvidado hablar. O ambas cosas.

—Muy bien. Siempre he admirado a las mujeres que saben apreciar un poco de aire fresco. ¿La veo en la cena entonces?

Kate hizo un gesto de asentimiento. Le sorprendió incluso haber conseguido hacer ese leve movimiento.

—Excelente. —Estiró el brazo y, tomando la mano de Kate, depositó un beso abrasador en el interior de su muñeca, sobre la única franja de carne desnuda que asomaba entre el guante y el dobladillo de la manga.

—Hasta esta noche, señorita Sheffield.

Y luego se fue a buen paso, y la dejó con una peculiar sensación, como si acabara de suceder algo bastante importante.

Pero podría jurar por su propia vida que no tenía ni idea de qué.

Aquella noche a las siete y media, Kate consideró ponerse horriblemente enferma. A las ocho menos cuarto había definido mejor cuál sería su indisposición, decidiendo sufrir un ataque. Pero cuando faltaban cinco minutos para la hora y sonó la campanilla que avisaba a los invitados del momento de reunirse en el salón, levantó los hombros y salió de su dormitorio al pasillo para reunirse con Mary.

Se negaba a ser una cobarde.

No era una cobarde.

Y sería capaz de superar aquella noche. Aparte, se dijo a sí misma, era imposible que se sentara en algún lugar próximo a lord Bridgerton. Era un vizconde y el cabeza de familia, por consiguiente se sentaría en la cabecera de la mesa. Como hija del segundo hijo de un barón, su rango era mínimo en comparación al de otros invitados, sin duda la sentarían tan lejos que ni tan siquiera tendría posibilidades de verle sin coger tortícolis.

Edwina, que compartía habitación con Kate, ya había salido. Estaba en la habitación de Mary para ayudarle a escoger un collar, por lo tanto Kate se encontró sola al salir al pasillo. Suponía que podía entrar en la habitación de Mary y esperar allí con las dos, pero no sentía demasiadas ganas de conversar, y Edwina ya había advertido antes el extraño humor reflexivo de Mary. Lo último que Kate necesitaba era una tanda de «¿Qué será lo que le pasa?».

Y la verdad era que Kate ni siquiera sabía qué le pasaba. Lo único que sabía era que aquella tarde algo había cambiado entre ella y el vizconde. Algo era diferente y no tenía reparos en admitir (al menos para sí misma) que estaba asustada.

Lo cual era normal, ¿verdad? La gente siempre tenía miedo a lo que no entendía.

Y era indiscutible que Kate no entendía al vizconde.

Pero justo cuando empezaba a disfrutar de veras de su soledad, la puerta situada al otro lado del pasillo se abrió y por ella salió otra joven. Kate la reconoció al instante: era Penelope Featherington, la pequeña de las tres afamadas hermanas Featherington, bien, de las tres que se habían presentado en sociedad. Kate había oído que existía una cuarta que aún estaba en la escuela.

Para su desgracia, las hermanas Featherington eran famosas por su poco éxito en el mercado matrimonial. Prudence y Philippa habían sido presentadas hacía ya tres años y no habían conseguido ni una sola proposición entre las dos. Para Penelope ya era su segunda temporada y por lo general se la encontraba en los actos sociales intentando evitar a su madre y hermanas, quienes eran consideradas universalmente unas tontainas.

A Kate siempre le había caído bien Penelope. Se había establecido un vínculo especial entre ellas ya que ambas habían sido acribilladas por lady Confidencia por llevar vestidos de colores que no les favorecían.

Kate advirtió con un suspiro de tristeza que el vestido de seda amarillo limón que Penelope llevaba le daba un aspecto irremediablemente cetrino a la pobre muchacha. Y si aquello no era suficiente, estaba confeccionado con un exceso de volantes y detalles. Penelope no era alta, y estaba claro que aquel vestido la agobiaba.

Era una pena, porque podría ser bastante atractiva si alguien lograra convencer a su madre de que no se acercara a la modista y dejara a Penelope escoger su propia ropa. Su rostro era bastante agradable, con el cutis pálido de las pelirrojas, sólo que su cabello era más caoba que rojo, y puestos a ser precisos, era más castaño cobrizo que caoba.

Se llamara como se llamara aquel tono de pelo, pensó Kate con consternación, no iba con el amarillo limón.

—¡Kate! —saludó Penélope tras cerrar la puerta tras ella—. Qué sorpresa. No estaba enterada de que hubieras venido.

Kate asintió.

—Creo que nos enviaron una invitación de última hora. Coincidimos con lady Bridgerton la semana pasada.

—Bien, sé que acabo de decir que estaba sorprendida, pero la verdad es que no lo estoy. Lord Bridgerton le ha estado prestando mucha atención a tu hermana.

Kate se acaloró.

—Eh... s-sí —contestó tartamudeando de pronto—. Así es.

—Eso es al menos lo que dicen los cotilleos —continuó Penelope—. Pero, claro, una no siempre puede creer esas cosas.

—Que yo sepa, lady Confidencia se ha equivocado pocas veces —dijo Kate.

Penelope se encogió de hombros y luego miró su vestido con disgusto.

—Ciertamente nunca se equivoca conmigo.

—Oh, no seas tonta —se apresuró a decir Kate, pero ambas sabían que sólo estaba siendo amable.

Penelope sacudió la cabeza con aire cansino.

—Mi madre está convencida de que el amarillo es el color de la felicidad y que una chica feliz acabará atrapando marido.

—Oh, cielos —dijo Kate soltando una risita.

—Lo que no entiende —continuó Penelope con ironía— es que ese amarillo de la felicidad a mí me hace parecer bastante infeliz y en realidad repele a los caballeros.

—¿Nunca le has sugerido el verde? —indagó Kate—. Creo que estarías genial de verde.

Penelope negó con la cabeza.

—No le gusta el verde. Dice que es melancólico.

—¿El verde? —exclamó Kate con incredulidad.

—Ya no intento entenderla.

Kate, que iba vestida de verde, sostuvo la manga cerca del rostro de Penelope e intentó tapar el amarillo lo mejor que pudo.

—Todo tu rostro se ilumina —comentó.

—No me digas eso. Sólo servirá para que el amarillo me resulte más penoso.

Kate le dedicó una sonrisa comprensiva.

—Te prestaría uno de los míos, pero me temo que lo arrastrarías por el suelo.

Penelope le hizo un ademán con la mano para declinar su oferta.

—Es muy amable por tu parte, pero me he resignado a aceptar mi destino. Al menos este año es mejor que el pasado.

Kate arqueó una ceja.

—Oh, claro. No estabas el año pasado. —Penelope se estremeció—. Pesaba casi trece quilos más que ahora.

—¿Trece quilos? —repitió Kate. No podía creerlo.

Penelope asintió y puso una mueca.

—La gordita. Supliqué a mamá que no me obligara a presentarme en sociedad hasta cumplir los dieciocho, pero ella pensaba que me iría bien empezar con tiempo.

Kate sólo necesitó una mirada al rostro de Penelope para saber que no le había ido nada bien. Sentía cierta afinidad con la muchacha, pese a que Penelope era casi tres años más joven que ella. Ambas conocían aquella sensación singular de no ser la chica más popular del lugar, conocía la expresión exacta que adquiere tu rostro cuando nadie te pide un baile pero quieres que parezca que no te importa.

—Digo yo —dijo Penelope—, ¿por qué no bajamos nosotras dos juntas a cenar? Perece que tu familia y la mía se retrasan.

Kate no tenía demasiada prisa por llegar al salón y encontrarse en la inevitable compañía de lord Bridgerton, pero esperar a Mary y Edwina retardaría la tortura tan sólo unos minutos, de modo que perfectamente podía bajar con Penelope, pensó.

La dos asomaron las cabezas por las habitaciones de sus respectivas madres y les informaron del cambio de planes; luego se cogieron del brazo y se fueron por el pasillo.

Cuando llegaron al salón, buena parte de la concurrencia ya estaba allí presente, formando corros y charlando mientras esperaban a que bajara el resto de invitados. Kate, que nunca antes había asistido a una de estas reuniones campestres, advirtió con sorpresa que casi todo el mundo parecía más relajado y un poco más animado que en Londres. Debía de ser el aire fresco, pensó con una sonrisa. O tal vez la distancia relajaba las normas estrictas de la capital. Fuera lo que fuera, decidió que prefería este ambiente al de cualquier cena en Londres.

Vio a lord Bridgerton al otro lado de la estancia. O más bien pensó que le había visto. En cuanto le avistó de pie junto a la chimenea, ella mantuvo la mirada escrupulosamente apartada.

Pero de todos modos le notaba. Era consciente de que tenía que estar loca, pero juraría que sabía cuándo ladeaba la cabeza y que le oía cuando hablaba o se reía.

Y desde luego sabía cuándo tenía la mirada puesta en su espalda. Era como si el cuello fuera a encendérsele en llamas.

—No me había percatado de que lady Bridgerton hubiera invitado a tanta gente —dijo Penelope.

Con cuidado de mantener la vista alejada de la chimenea, Kate recorrió la habitación con la mirada para ver quién estaba allí.

—Oh, no —medio susurró, medio gimió Penelope—. Cressida Cowper está aquí.

Kate siguió discretamente la mirada de Penelope. Si Edwina tenía alguna rival al título de belleza reinante de 1814, ésa era Cressida Cowper. Alta, delgada, con pelo color miel y destelleantes ojos verdes, casi nunca se la veía sin su pequeño enjambre de admiradores. Pero si Edwina era amable y generosa, Cressida era, en opinión de Kate, una bruja egoísta de malos modales que se divertía atormentando a los demás.

—Me odia —susurró Penelope.

—Odia a todo el mundo —contestó Kate.

—Ya, pero a mí me odia de verdad.

—¿Y eso por qué? —Kate se volvió a su amiga con ojos curiosos—. ¿Qué podrías haberle hecho?

—Tropecé con ella el año pasado y por mi culpa derramó todo el ponche encima… de ella y del duque de Ashbourne.

—¿Eso es todo?

Penelope entornó los ojos.

—Fue suficiente para Cressida. Está convencida de que el duque le habría propuesto en matrimonio si ella no hubiera parecido tan torpe en aquel momento.

Kate soltó un resoplido que ni siquiera intentó que sonara femenino.

—Ashbourne no es tan fácil de atrapar. Eso lo sabe todo el mundo. Casi es tan calavera como Bridgerton.

—Quien probablemente acabará casándose este año —le recordó Penelope—. Si los chismorreos no fallan.

—Bah —se mofó Kate—. La propia lady Confidencia escribió que no pensaba que fuera a casarse este año.

—Eso fue hace semanas —contestó Penelope con un ademán disuasorio—. Lady Confidencia cambia de opinión todo el rato. Aparte, a todo el mundo le resulta obvio que el vizconde está cortejando a tu hermana.

Kate se mordió la lengua para no mascullar un «no me lo recuerdes».

Pero su gesto de dolor quedó disimulado por el susurro ronco de Penelope:

—Oh, no, viene hacia aquí —refiriéndose a Cressida.

Kate le dio un apretujón tranquilizador.

—No te preocupes por ella. No es mejor que tú.

Penelope le lanzó una mirada llena de sarcasmo.

—Eso ya lo sé. Pero eso no hace que sea menos desagradable. Y siempre se empeña en que yo le haga caso.

—Kate, Penelope —gorjeó Cressida, situándose al lado de ellas, tras lo cual sacudió con afectación su brillante cabelllo.

—Qué sorpresa veros aquí.

—¿Y eso por qué? —preguntó Kate.

Cressida pestañeó, era obvio que le sorprendía incluso que Kate cuestionara su declaración.

—Bien —dijo despacio—, supongo que no es tanta sorpresa verte a ti, ya que tu hermana está muy solicitada y todos sabemos que tienes que ir adonde ella vaya, pero la presencia de Penelope... —Se encogió de hombros con delicadeza—. Bien, ¿quién soy yo para juzgar? Lady Bridgerton es una mujer muy generosa.

Fue un comentario tan descortés que Kate no pudo evitar quedarse boquiabierta. Y mientras miraba escandalizada a Cressida, ésta se dispuso a rematar:

—Qué vestido tan precioso —dijo con una sonrisa tan dulce que Kate hubiera jurado que el aire sabía a azúcar—. Me encanta el amarillo —añadió pasando la mano por su propio vestido amarillo pálido—. Hace falta un cutis especial para poder llevarlo, ¿no crees?

Kate apretó los dientes. Por descontado, Cressida estaba espléndida con su vestido. Cressida estaría fantástica incluso envuelta en arpillera.

Cressida volvió a sonreír, esta vez le recordó a Kate a una serpiente, luego se volvió lentamente para hacer una señal a alguien situado al otro lado de la estancia.

—¡Oh, Grimston, Grimston! ¡Acérquese un momento aquí!

Kate miró por encima del hombro para ver a Basil Grimston que se acercaba a ellas y apenas consiguió contener un gruñido. Grimston era el equivalente masculino a Cressida: maleducado, superficial y engreído. Por qué le habría invitado una dama tan encantadora como la vizcondesa de Bridgerton era algo que nunca sabría. Probablemente para equilibrar el amplio número de señoritas invitadas a su casa.

Grimston acudió hasta allí y estiró un extremo de su boca para esbozar una sonrisa burlona.

—Su servidor —dijo a Cressida después de dedicar a Kate y a Penelope una fugaz mirada de desdén.

—¿No le parece que la querida Penelope está guapísima con ese vestido? —preguntó Cressida—. El amarillo tiene que ser sin duda el color de la temporada.

Grimston llevó a cabo un examen insultante de Penelope, desde lo alto de su cabeza a la punta de los pies y otra vez hasta arriba. Apenas movió la cabeza, nada más dejó que sus ojos recorrieran de arriba abajo su cuerpo. Kate contuvo un acceso de repugnancia que estuvo a punto de provocarle una oleada de náuseas. Más que nada, sintió ganas de rodear con sus brazos a Penelope y estrechar a la pobre muchacha. Pero tanta atención sólo serviría para destacarla como alguien débil y fácil de intimidar.

Cuando Grimston acabó por fin su maleducada inspección, se volvió hacia Cressida y se encogió de hombros, como si no se le ocurriera algo elogioso que decir.

—¿No tiene ningún otro sitio adonde ir? —soltó Kate.

Cressida la miró consternada.

—Caray, señorita Sheffield, me cuesta tolerar su impertinencia. El señor Grimston y yo sólo estábamos admirando el aspecto de Penelope. Ese tono amarillo favorece mucho su cutis. Y es tan encantador ver que tiene tan buen aspecto después de cómo estaba el año pasado.

—Y tanto que sí —corroboró Grimston arrastrando las sílabas. Su tono empalagoso hizo que Kate se sintiera verdaderamente sucia.

Kate notaba a Penelope temblando a su lado. Confió en que fuera de rabia y no de dolor.

—No puedo imaginarme a qué se refiere —dijo Kate con tono gélido.

—Vaya, seguro que lo sabe —intervino Grimston, con ojos centelleantes de deleite. Se inclinó hacia delante y entonces dijo en un susurro más resonante que su tono habitual, lo suficientemente alto como para que mucha gente pudiera oírle—. Estaba gorda.

Kate abrió la boca para soltar una respuesta cáustica, pero antes de que pudiera articular palabra, Cressida añadió:

—Qué lástima tan terrible, porque el año pasado había muchos más hombres en la ciudad. Por supuesto, a muchas de nosotras no nos falta nunca una pareja de baile, pero me da pena la pobre Penelope cuando la veo sentada con las matronas.

—Las matronas —dijo entonces Penelope entre dientes— a menudo son las únicas personas con un atisbo de inteligencia en la sala.

Kate sintió ganas de saltar y vitorearla.

Cressida profirió un entrecortado «Oh», como si tuviera algún derecho a sentirse ofendida.

—De todos modos, una no puede evitar... ¡Oh! ¡Lord Bridgerton!

Kate se apartó a un lado para permitir que el vizconde se agregara al pequeño círculo y advirtió con asco cómo cambiaba la actitud de Cressida. Empezó a agitar los párpados y la boca formó un pequeño arco de cupido.

Era tan atroz que Kate olvidó su cohibición en presencia del vizconde.

Bridgerton dedicó una dura mirada a Cressida pero no le dijo nada. En vez de ello, se volvió de forma bastante intencionada hacia Kate y Penelope y murmuró sus nombres para saludarlas.

Kate casi se queda boquiabierta de regocijo. ¡Vaya corte le había dado a Cressida Cowper!

—Señorita Sheffield —dijo con tono suave—, espero que nos disculpará si acompaño a la señorita Featherington al comedor.

—¡Pero no puede acompañarla a ella! —soltó Cressida de forma abrupta.

Bridgerton le dedicó una mirada gélida.

—Lo siento —dijo con una voz que dejaba claro que menos lamentarlo podía sentir cualquier cosa—. ¿Acaso la he incluido a usted en nuestra conversación?

Cressida retrocedió, era obvio que muy avergonzada por aquel arranque suyo tan impropio instantes antes. De todos modos, lo cierto era que el hecho de que Bridgerton acompañara a Penelope contravenía todas las normas. Como cabeza de familia, su deber era acompañar a la dama de jerarquía más elevada presente en la reunión. Kate no estaba segura de a quién le correspondía tal honor en aquella ocasión, pero desde luego no se trataba de Penelope, cuyo padre no tenía ningún título.

Bridgerton ofreció su brazo a Penelope al tiempo que daba la espalda a Cressida.

—No aguanto a las bravuconas, ¿y usted? —murmuró.

Kate se tapó la boca con las manos, pero no pudo contener una risita. Bridgerton le dedicó una breve mirada de complicidad por encima de la cabeza de Penelope, y en aquel momento Kate tuvo la extraña sensación de entender por completo a este hombre.

Pero aún más extraño le pareció... que de repente no estuviera segura de que el vizconde fuera ese desalmado y censurable mujeriego que con demasiada facilidad había creído que era.

Capítulo 12

Un hombre encantador es algo divertido, y un hombre atractivo, por supuesto, es algo digno de contemplar. Pero un hombre de honor... ay, Querido Lector, tras él deberían ir las damas más jóvenes.

REVISTA DE SOCIEDAD DE LADY WHISTLEDOWN,
2 de mayo de 1814

*M*ás tarde, aquella misma noche, después de que acabara la cena y los hombres se retiraran a tomar sus oportos antes de volver a reunirse con las damas con expresión de superioridad en el rostro, como si acabaran de hablar de cosas más transcendentes que del caballo con más probabilidades de ganar la Royal Ascot; después de que los invitados hubieran jugado unas rondas de charadas a veces tediosas y a veces más animadas; después de que lady Bridgerton se aclarara la garganta y sugiriera con discreción que tal vez fuera hora de retirarse; después de que las damas cogieran las velas y se retiraran a sus camas; después de que los caballeros supuestamente las siguieran...

Kate no podía dormir.

Estaba claro que iba a ser una de esas noches mirando-todas-las-grietas-del-techo. Sólo que no había grietas en el techo en Aubrey Hall. Y la luna ni siquiera había salido, de modo que no entraba luz alguna a través de las cortinas, lo cual significaba que aunque hubiera habido rendijas, no sería capaz de verlas, y...

Kate soltó un gemido mientras retiraba las colchas para levantarse. Uno de esos días iba a tener que aprender alguna manera de obligar a su cerebro a dejar de correr en ocho direcciones diferentes al mismo tiempo. Había estado tumbada en la cama durante casi una hora, mirando la noche oscura, impenetrable, y cerrando los ojos de vez en cuando para intentar disponerse a dormir.

No había funcionado.

No podía dejar de pensar en la expresión del rostro de Penelope Featherington cuando el vizconde había acudido en su rescate. Kate estaba segura de que su propia expresión sería bastante similar: un poco de asombro, un poco de alegría y un mucho de estar a punto de fundirse sobre el suelo en aquel mismo instante.

Bridgerton había estado así de magnífico.

Kate había pasado todo el día observando a los Bridgerton o relacionándose con ellos. Y una cosa había sacado en claro: todo lo que había oído sobre Anthony y su devoción por la familia... era del todo cierto.

Y aunque no estaba demasiado dispuesta a cambiar su opinión de que era un mujeriego y un vividor, estaba empezando a comprender que podía ser todo eso y también algo más.

Algo bueno.

Y, aunque admitía que le costaba mucho ser del todo objetiva en aquel tema, ese algo precisamente no lo descalificaba como potencial marido para Edwina.

Oh, ¿por qué, por qué, por qué tenía que ser agradable? ¿Por qué no podía seguir siendo el libertino meloso pero superficial que tan fácil le había resultado creer que era? Ahora se trataba de otra persona por completo diferente, alguien por quien ella temía sentir de hecho cierto afecto.

Kate sintió que se sonrojaba incluso en la oscuridad. Tenía que dejar de pensar en Anthony Bridgerton. A este paso no iba a poder dormir nada en toda una semana.

Tal vez si tuviera algo para leer... Había visto una biblioteca bastante grande y amplia aquella misma tarde, sin duda los Bridgerton tendrían allí algún tomo con el que quedarse dormida.

Se puso la bata y se fue de puntillas hasta la puerta, con cuidado de no despertar a Edwina. Tampoco es que aquello fuera complicado. Edwina siempre había dormido como un lirón. Según Mary, dormía toda la noche como una criatura desde el día en que nació.

Kate metió los pies en un par de zapatillas y luego salió deprisa al pasillo, con cuidado de mirar a un lado y a otro antes de cerrar la puerta tras ella. Era su primera visita a una reunión campestre, y lo último que quería era toparse con alguien de camino a un dormitorio que no fuese el suyo.

Si alguien tenía algún enredo con otra persona que no fuera su cónyuge, decidió Kate, no quería saber nada al respecto.

Un solo farol iluminaba el pasillo, proporcionando un destello mortecino y vacilante, al oscuro aire de la noche. Kate había cogido una vela al salir, de modo que se acercó y levantó la tapa del farol para encender su mecha. En cuanto la llama ardió con estabilidad, se dirigió hacia la escalera, asegurándose de detenerse en todas las esquinas para comprobar con cautela que no pasaba nadie.

Unos minutos después se encontraba en la biblioteca. No era grande para los patrones de la aristocracia, pero las paredes estaban cubiertas desde el suelo hasta el techo de estantes con libros. Kate empujó la puerta hasta dejarla casi cerrada —si alguien andaba levantado dando vueltas por ahí, no quería alertarle de su presencia con el chasquido de la puerta al cerrarse— y se acercó a la estantería más próxima para inspeccionar los títulos.

—Mmm —murmuró para sí misma mientras sacaba un libro y miraba la portada: «botánica». Le encantaba la jardinería, pero en cierto sentido un libro de texto sobre aquel tema no le parecía demasiado sugerente. ¿Debería buscar una novela, que atrapara su imaginación, o mejor se decidía por un texto árido, con más probabilidades de darle sueño?

Devolvió el libro a su sitio y pasó a la siguiente estantería, dejando la vela sobre una mesita próxima. Parecía la sección de filosofía.

—Decididamente no —farfulló, y deslizó un poco la vela sobre la mesa mientras pasaba a una estantería situada más a la derecha. La botánica podía darle sueño, pero era muy probable que la filosofía la dejase con un estupor que le duraría días.

Movió la vela un poco hacia la derecha y se inclinó hacia delante para examinar la siguiente hilera de libros cuando un relámpago, brillante y por completo inesperado, iluminó la habitación.

De sus pulmones surgió un breve y entrecortado grito, al mismo tiempo que ella daba un brinco hacia atrás y se pegaba de espaldas contra la mesa. Ahora no, suplicó en silencio, aquí no.

Pero mientras su mente formulaba esa última frase, toda la habitación explotó con el estruendo sordo de un trueno.

Y luego se hizo de nuevo la oscuridad, dejando a Kate temblorosa, agarrada con los dedos a la mesa con tal fuerza que las articulaciones se le quedaron trabadas. Detestaba esto. Oh, cuánto lo detestaba. Detestaba el ruido y la luz de los relámpagos, y la tensión chisporroteante en el aire, pero sobre todo detestaba la manera en que se sentía ella.

Tan aterrorizada que al final no pudo sentir nada en absoluto.

Había sido así toda su vida, o al menos desde que tenía memoria. De pequeña, su padre o Mary la consolaban cada vez que había una tormenta. Kate tenía recuerdos de uno de ellos sentado sobre el borde de su cama, sosteniéndole la mano y susurrando palabras tranquilizadoras mientras los truenos y los relámpagos estallaban con estrépito a su alrededor. Pero cuando se hizo mayor consiguió convencer a la gente de que había superado su problema. Oh, todo el mundo sabía que aún detestaba las tormentas, pero conseguía ocultar la medida de su terror.

Parecía una debilidad espantosa, sin causa aparente y, por desgracia, sin cura clara.

No oía lluvia contra las ventanas; tal vez la tormenta no fuera tan mala. Tal vez había empezado lo suficientemente lejana y ahora se alejaba aún más. Tal vez...

Otro destello iluminó la habitación y extrajo un segundo grito de los pulmones de Kate. En este momento los truenos se habían acercado más incluso que los relámpagos, lo cual indicaba que la tormenta se aproximaba.

Kate sintió que se echaba al suelo.

Era tan ruidoso. Demasiado ruidoso, y demasiado brillante y demasiado...

¡Boom!

Kate se metió debajo de la mesa, encogió las piernas y se rodeó las rodillas con los brazos, esperando aterrorizada la siguiente tronada.

Y entonces empezó a llover.

Era un poco más tarde de medianoche, y todos los invitados (por algún motivo seguían los horarios del campo en cierto modo) se habían ido a la cama. Pero Anthony seguía en su estudio, tamborileando con sus dedos sobre el borde de su escritorio al ritmo de la lluvia que golpeaba la ventana. De vez en cuando un relámpago iluminaba la habitación con un destello brillante y cada trueno era tan ruidoso e inesperado que daba un brinco en su silla.

Dios, le encantaban las tormentas...

Era difícil saber por qué. Tal vez sólo era la prueba del poder de la naturaleza sobre el hombre. Tal vez era la energía pura de la luz y el sonido que retumbaba a su alrededor. Fuera lo que fuera, hacía que se sintiera vivo.

No estaba especialmente cansado cuando su madre sugirió que todos se retiraran a descansar, por tanto le pareció una tontería no aprovechar estos pocos momentos de soledad para revisar los libros de Aubrey Hall que su administrador le había dejado. Dios sabía que su madre iba a tenerle al día siguiente ocupado cada minuto con actividades en las que también participarían candidatas al matrimonio.

Pero tras una hora de concienzudas comprobaciones, con golpecitos de la punta seca de la pluma contra cada número del libro de contabilidad mientras él sumaba y restaba, multiplicaba y de vez en cuando dividía, sus párpados empezaron a caerse.

Había sido un día largo, admitió mientras cerraba el libro y dejaba un pedazo de papel para marcar el sitio. Había pasado buena parte de la mañana visitando a arrendatarios e inspeccionando edificios. Una familia necesitaba que le repararan la puerta. Otra tenía problemas para recoger las cosechas y pagar la renta, debido a la pierna rota del padre. Anthony había oído disputas e intentado poner solución, había admirado a bebés recién nacidos e incluso había ayudado a arreglar un techo con goteras. Todo formaba parte de su posición de terrateniente, y a él le gustaba. Pero era cansado.

La partida de palamallo había sido un interludio grato, pero en cuanto regresó a la casa se había visto sumergido en el papel de anfitrión de la fiesta de su madre. Lo cual había sido casi tan agotador como las visitas a los arrendatarios. Eloise apenas tenía diecisiete años y estaba claro que hacía falta que alguien la vigilara un poco, aquella lagarta de la Cowper había estado atormentando a la pobre Penelope Featherington, y alguien tenía que hacer algo al respecto y...

Y luego estaba Kate Sheffield.

La pesadilla de su existencia.

Y el objeto de sus deseos.

Todo al mismo tiempo.

Vaya barullo. Se suponía que estaba cortejando a su hermana, por el amor de Dios, Edwina. La belleza de la temporada. Preciosa sin parangón. Dulce y generosa, e incluso serena.

Y en su lugar no podía dejar de pensar en Kate. Kate por la que, por mucho que le enfureciera, no podía evitar sentir un gran respeto. ¿Cómo podía evitar admirar a alguien que se aferraba tanto a sus convicciones? Y Anthony debía de admitir que el núcleo de sus convicciones —la devoción a su familia— era el principio que ella respetaba por encima de todos.

Con un bostezo, Anthony se levantó de detrás del escritorio y estiró los brazos. Sin duda ya era hora de irse a la cama. Con un poco de suerte se quedaría dormido en el momento en que su cabeza se apoyara en la almohada. Lo último que quería era encontrarse contemplando el techo, pensando en Kate.

Y de todo lo que quería hacerle a Kate.

Anthony cogió una vela y salió al pasillo vacío. Había algo reposado e intrigante en una casa en silencio. Pese a que la lluvia golpeaba contra los muros, podía oír cada chasquido de sus botas sobre el suelo: tacón, punta, tacón, punta. Y a excepción de cuando un relámpago iluminaba el cielo, su vela proporcionaba la única iluminación. Disfrutaba bastante agitando la llama a un lado y a otro, observando el juego de sombras contra los muros y los muebles. Era una sensación bastante peculiar de control, pero...

Alzó una ceja con gesto intrigado. La puerta de la biblioteca estaba abierta unos pocos centímetros y podía distinguir una franja de pálida luz de vela relumbrando desde el interior.

Estaba del todo seguro que no quedaba nadie levantado. Y desde luego no se oía ningún ruido en la biblioteca. Alguien debía de haber entrado a por un libro y había dejado la vela encendida. Anthony frunció el ceño. Aquello era muy irresponsable. Un incendio podía devastar la casa con más rapidez que cualquier otra cosa, incluso en medio de una tormenta, y la biblioteca —llena a reventar de libros— era el lugar ideal para que prendiera una llama.

Abrió la puerta y entró en la estancia. Toda una pared de la biblioteca estaba ocupada por altas ventanas, de modo que el sonido de la lluvia era más intenso aquí que en el pasillo. Un trueno sacudió entonces el suelo y a continuación, prácticamente seguido, un relámpago atravesó la noche.

La electricidad del momento le hizo poner una mueca, y cruzó hasta donde la vela ofensiva se había quedado ardiendo. Se inclinó hacia delante, la sopló y luego...

Oyó algo.

Era el sonido de una respiración. Fatigosa, presa del pánico, con el toque ligero de un quejido.

Anthony miró con atención.

—¿Hay alguien ahí? —llamó. Pero no vio a nadie.

Luego lo volvió a oír. Llegaba desde abajo.

Sostuvo la vela con firmeza y se agachó para mirar debajo de la mesa.

Y se quedó sin gota de aliento.

—Dios mío —exclamó con un resuello—. Kate...

Estaba echa un ovillo, rodeándose las piernas con los brazos con tal fuerza que parecía a punto de partirse. Tenía la cabeza inclinada, las cavidades oculares sobre las rodillas y todo su cuerpo agitado por intensos y rápidos temblores.

A Anthony se le congeló la sangre. Nunca había visto a nadie temblar así.

—¿Kate? —repitió y dejó la vela sobre el suelo para acercase. No distinguía si ella era capaz de oírle. Parecía estar retirada dentro de sí misma, desesperada por huir de algo. ¿Sería la tormenta? Había dicho que detestaba la lluvia, pero esto era algo más profundo. Anthony sabía que a la mayoría de gente no le deleitaban las tormentas eléctricas como a él, pero nunca había oído que alguien se quedara así.

Daba la impresión de que fuera a romperse en millones de fragmentos tan sólo con tocarla.

Un trueno sacudió la habitación, y su cuerpo se agitó con tal tormento que Anthony lo sintió en sus propias entrañas.

—Oh, Kate —susurró. Le rompía el corazón verla de ese modo. Aproximó su mano con cuidado y firmeza para tocarla, aun así no estaba seguro de que ella pudiera advertir su presencia; sorprenderla tal vez fuera igual que despertar a un sonámbulo.

Le puso la mano con delicadeza sobre la parte superior del brazo y le dio un mínimo apretón.

—Aquí estoy, Kate —murmuró—. No va a pasar nada.

Un relámpago rasgó la noche y alumbró la habitación con un pronunciado estallido de luz. Kate se encogió todavía más, si es que era posible apretar aún más el ovillo. Se le ocurrió pensar que ella intentaba sellar sus ojos manteniendo la cara contra las rodillas.

Anthony se acercó un poco más y tomó una de sus manos en la suya. Tenía la piel helada, los dedos rígidos de terror. Era difícil despegarle el brazo de sus piernas, pero logró llevarse la mano hasta su boca y apretó sus labios contra su piel en un intento de calentarla.

—Aquí estoy, Kate —repitió, ni siquiera estaba seguro de qué otra cosa podía decir—. Aquí estoy, no va a pasar nada.

Finalmente consiguió meterse debajo de la mesa para poder sentarse a su lado en el suelo, con un brazo alrededor de sus hombros temblorosos. Ella pareció relajarse algo con su contacto, lo cual le proporcionó una extrañísima sensación: sensación casi de orgullo por ser él quien conseguía ayudarla. Eso y una honda sensación de alivio ya que era insoportable verla sufrir aquel tormento.

Le susurró palabras tranquilizadoras al oído y con suavidad le acarició la espalda en un intento de darle consuelo con su mera presencia. Y poco a poco —muy poco a poco, no tenía ni idea cuántos minutos llevaba sentado debajo de la mesa con ella— sintió que sus agarrotados músculos empezaban a relajarse. Su piel perdió aquel tacto sudoroso y su respiración, aunque continuaba fatigosa, ya no sonaba tan espantada.

Tras un rato, cuando consideró que ella podía estar preparada, le tocó debajo de la barbilla con dos dedos, aplicando la presión más suave imaginable para levantar su rostro y verle los ojos.

—Mírame, Kate —le susurró, con voz amable pero cargada de autoridad—. Sólo con que me mires, sabrás que estás a salvo.

Los pequeños músculos que rodeaban sus ojos temblaron durante unos quince segundos antes de que por fin agitara los párpados. Estaba intentando abrir los ojos, pero éstos se resistían. Anthony tenía poca experiencia en este tipo de terror, pero encontraba cierta lógica en que sus ojos no quisieran abrirse, en que, así de sencillo, no quisieran ver lo que tanto miedo les infundía, fuera lo que fuera.

Tras varios segundos más de parpadeo, Kate consiguió abrir los ojos del todo y encontrar la mirada de él.

Anthony sintió que le daban un puñetazo en las tripas.

Si los ojos eran de verdad las ventanas del alma, algo se había hecho añicos en el interior de Kate Sheffield aquella noche. Parecía angustiada, atormentada, por completo perdida y desconcertada.

—No recuerdo —susurró con voz apenas audible.

Él le cogió la mano, aunque en ningún momento la había soltado, y volvió a acercarla a sus labios. Le dio un beso tierno, casi paternal en la palma.

—¿No recuerdas el qué?

Ella negó con la cabeza.

—No lo sé.

—¿Recuerdas haber venido a la biblioteca?

Ella asintió.

—¿Recuerdas la tormenta?

Kate cerró los ojos durante un momento, como si el esfuerzo de mantenerlos abiertos requiriera más energía de la que poseía.

—Aún hay tormenta.

Anthony asintió. Era cierto. La lluvia aún daba en las ventanas con tanta ferocidad como antes, pero habían pasado varios minutos desde la última racha de truenos y relámpagos.

Le miró con ojos desesperados.

—No puedo... no sé...

Anthony le apretó la mano.

—No tienes que decir nada.

Notó que el cuerpo de Kate se estremecía y luego se relajaba, luego la oyó susurrar:

—Gracias.

—¿Quieres que te hable? —preguntó

Ella cerró los ojos, no con la misma fuerza de antes, y asintió.

Él sonrió, aunque sabía que ella no podía verle. Pero tal vez podía percibirle. Tal vez fuera capaz de oír la sonrisa en su voz.

—Pues bien —caviló—, ¿de qué puedo hablarte?

—De la casa —susurró ella.

—¿De esta casa? —preguntó Anthony con sorpresa.

Ella volvió a hacer una ademán afirmativo.

—Muy bien —continuó él con una sensación absurda de complacencia por que ella se interesara por aquel montón de piedras y argamasa que tanto significaba para él—. Yo crecí aquí, sabes.

—Eso dijo tu madre.

Anthony sintió una chispa de algo cálido y poderoso en el pecho cuando ella habló. Él le había dicho que no tenía que decir nada, y era obvio que ella se había sentido agradecida, pero ahora estaba tomando parte activa en la conversación. Sin duda aquello tenía que significar que se encontraba mejor. Si abriera los ojos, y si no se encontrara debajo de la mesa, podría parecer casi normal.

Y era asombroso cuánto deseaba él ser la persona que le hiciera sentirse mejor.

—¿Te apetece que te explique la vez en que mi hermano ahogó la muñeca favorita de mi hermana? —preguntó.

Ella negó con la cabeza, luego se estremeció cuando el viento cobró fuerza, lo que hizo que la lluvia diera contra las ventanas con ferocidad. Pero ella se armó de valor y dijo:

—Cuéntame algo de ti.

—De acuerdo —dijo Anthony despacio, intentando pasar por alto aquella sensación vaga e incómoda que se extendió por su pecho. Era mucho más fácil contar alguna historia de sus muchos hermanos que hablar de sí mismo.

—Háblame de tu padre.

Se quedó paralizado.

—¿Mi padre?

Ella sonrió, pero la petición le había conmocionado demasiado como para advertirlo.

—Seguro que tuviste uno —dijo.

A Anthony se le hizo un nudo en la garganta. No hablaba a menudo de su padre, ni siquiera con su familia. Se había dicho a sí mismo que era porque había llovido mucho desde entonces; hacía más de diez años que su padre estaba muerto. Pero la verdad era que algunas cosas dolían demasiado.

Y había algunas heridas que no cicatrizaban, ni siquiera en diez años.

—Él... él fue un gran hombre —dijo con voz suave—. Un gran padre. Le quería mucho.

Kate se volvió para mirarle, la primera vez que encontraba su mirada desde que él le había alzado la barbilla con los dedos minutos antes.

—Tu madre habla de él con mucho afecto. Por eso he preguntado.

—Todos le queríamos —dijo sencillamente, y volvió la cabeza para mirar por la habitación. Su vista se centró en la pata de una silla, pero en realidad no la veía. No veía otra cosa que los recuerdos en su mente—. Era el mejor padre que un muchacho puede desear.

—¿Cuándo murió?

—Hace once años. En verano. Cuando yo tenía dieciocho años. Justo antes de que me fuera a Oxford.

—Es una edad difícil para que un hombre pierda a su padre —murmuró ella.

Anthony se volvió de forma repentina hacia ella.

—Cualquier edad es difícil para que un hombre pierda a su padre.

—Por supuesto —se apresuró a corroborar ella—, pero hay veces peores que otras, creo. Y sin duda debe de ser diferente para los chicos y para las chicas. Mi padre falleció hace cinco años y le echo muchísimo de menos, pero no creo que sea lo mismo.

No hizo falta que Anthony formulara su pregunta. Estaba en sus ojos.

—Mi padre era encantador —explicó Kate, cuyos ojos se animaron con el recuerdo—. Amable y bondadoso, pero firme cuando hacía falta. Pero el padre de un muchacho... bien, tiene que enseñarle a su hijo a ser un hombre. Y perder a un padre a los dieciocho años, cuando empiezas a aprender todo lo que significa... —soltó una larga exhalación—. Es probable que sea presuntuoso por mi parte hablar de ello, puesto que no soy un hombre y no es posible que me ponga en su lugar, pero pienso que... —hizo una pausa y frunció los labios como si pensara las palabras—. Bien, pienso sencillamente que sería muy difícil.

—Mis hermanos tenían dieciséis, doce y dos años —dijo Anthony con tono tranquilo.

—Me imagino que para ellos también fue difícil —respondió—, aunque tu hermano pequeño es probable que no lo recuerde.

Anthony negó con la cabeza.

Kate sonrió con añoranza.

—Yo tampoco recuerdo a mi madre. Resulta raro.

—¿Cuántos años tenías cuando murió?

—Había cumplido tres años. Mi padre se casó con Mary sólo unos pocos meses después. No guardó el periodo de luto apropiado, y algunos vecinos se escandalizaron un poco, pero pensó que yo necesitaba una madre y que eso era más importante que seguir las costumbres en estos casos.

Por primera vez, Anthony se preguntó qué habría sucedido si hubiera sido su madre quien hubiera muerto y hubiera dejado a su padre con una casa llena de críos, varios de ellos niños pequeños. Para Edmund no habría resultado fácil. Para ninguno de ellos

Y tampoco había sido fácil para Violet. Pero al menos ella tenía a Anthony, quien había sido capaz de asumir la responsabilidad de intentar hacer el papel de sustituto de su padre con los hermanos pequeños. Si Violet hubiera muerto, los Bridgerton habrían perdido por completo la figura materna. Al fin y al cabo, Daphne —la mayor de las hermanas Bridgerton— sólo tenía diez años cuando Edmund murió. Y Anthony estaba seguro de que su padre no se habría vuelto a casar.

Por mucho que su padre hubiera querido una madre para sus hijos, no habría sido capaz de buscar otra esposa.

—¿De qué murió tu madre? —preguntó Anthony, sorprendido por la profundidad de su curiosidad.

—Gripe. O al menos eso creyeron. Podía haber sido cualquier tipo de dolencia pulmonar. —Apoyó la barbilla en la mano—. Sucedió muy rápido, por lo que me contaron. Mi padre dijo que yo también me puse enferma, aunque mi caso fue muy leve.

Anthony pensó en el hijo que esperaba tener algún día, precisamente el motivo de que hubiera decidido casarse por fin.

—¿Echas de menos a una madre a la que nunca conociste? —preguntó en un susurro.

Kate consideró su pregunta durante un rato. Su voz había sonado con una urgencia ronca que decía que había algo crítico en su respuesta. No podía imaginarse el motivo, pero estaba claro que algo de la infancia de Kate le llegaba a él de forma especial.

—Sí —respondió ella finalmente— pero no de la manera que tú pensarías. En realidad no puedo echarla de menos porque no la conocí, pero de todos modos hay un agujero en tu vida: un gran punto vacío; y sabes a quién le correspondía estar ahí, aunque no puedas recordarla, aunque no sepas cómo era y, por tanto, aunque no sepas cómo habría llenado ese hueco. —Sus labios formaron una especie de sonrisa triste—. ¿Tiene algún sentido lo que digo?

Anthony asintió con la cabeza.

—Tiene mucho sentido.

—Creo que perder a uno de tus padres cuando ya le conoces y le quieres es más duro —añadió Kate—. Y lo sé, porque he perdido a los dos.

—Lo siento —dijo él en voz baja.

—No pasa nada —le tranquilizó—. Ese viejo dicho «el tiempo lo cura todo» es muy cierto.

Él la miro con fijeza, Kate se percató por su expresión de que no estaba conforme con eso.

—La verdad es que es más difícil cuando ya eres mayor. Tienes la suerte de haberles conocido, pero el dolor de la pérdida es mucho más intenso.

—Fue como perder un brazo —susurró Anthony.

Kate asintió con gesto grave, en cierto modo sabía que él no había hablado de su dolor con mucha gente. Se relamió los labios con nerviosismo, los tenía bastante secos. Era extraño lo que sucedía. Afuera podía estar cayendo toda la lluvia del mundo, y ahí estaba ella, requeteseca.

—Tal vez fue mejor para mí —continuó Kate con voz tranquila— perder a mi madre tan joven. Y Mary ha sido maravillosa. Me quiere como a una hija. De hecho... —Se calló en mitad de la frase, sorprendida por sus ojos de repente húmedos. Cuando por fin encontró de nuevo su voz, habló en un susurro emotivo—. De hecho, ni una sola vez ha hecho diferencias con Edwina. No... no creo que hubiera podido querer más a mi propia madre.

Los ojos de Anthony ardían mientras la miraba.

—Me alegro muchísimo —dijo con voz grave e intensa.

Kate tragó saliva.

—A veces resulta extraño. Mary visita la tumba de mi madre, sólo para contarle cómo me va. En realidad es muy tierno. Cuando yo era pequeña, solía ir con ella y le contaba a mi madre cómo lo estaba haciendo Mary.

Anthony sonrió.

—¿Y tu informe era favorable?

—Siempre.

Durante un momento mantuvieron un silencio amigable, ambos miraban la llama de la vela, observaban cómo caía la cera desde la mecha a la palmatoria. Cuando la cuarta gota de cera descendía por la vela, deslizándose por la columna hasta endurecerse, Kate se volvió a Anthony y le dijo:

—Estoy segura de que te sueno de un optimista inaguantable, pero creo que tiene que haber un plan general en la vida.

Él se volvió y arqueó una ceja.

—Al final, todo funciona en realidad —explicó—. Yo perdí a mi madre, pero gané a Mary. Y a una hermana a la que quiero con locura. Y...

Un relámpago iluminó la habitación. Kate se mordió el labio e intentó obligarse a respirar de forma lenta y regular por la nariz. El trueno iba a llegar, pero estaba preparada y...

La habitación se sacudió con el estruendo, pero fue capaz de mantener los ojos abiertos.

Soltó una larga exhalación y se permitió una sonrisa de orgullo. No había sido tan difícil. Desde luego que no había sido divertido, pero tampoco algo imposible. Tal vez fuera la presencia tranquilizadora de Anthony junto a ella o simplemente tenía que ver con que la tormenta se alejaba, pero lo había superado sin que el corazón le saltara del pecho.

—¿Te encuentras bien? —preguntó Anthony.

Kate le miró, y algo en su interior se fundió al ver la mirada de inquietud en su rostro. Fuera lo que fuera lo que él hubiera hecho en el pasado, por mucho que hubieran discutido y se hubieran peleado, en este momento, él de verdad se preocupaba por ella.

—Sí —dijo, y oyó la sorpresa en su voz pese a que no lo pretendía—. Sí, creo que sí.

Él le apretó la mano.

—¿Desde cuándo has estado así?

—¿Esta noche o en mi vida?

—Las dos cosas.

—Esta noche desde el primer trueno. Me pongo bastante nerviosa cuando empieza a llover, pero mientras no haya truenos y relámpagos, lo aguanto bien. En sí no es la lluvia lo que me trastorna, sólo el temor a que vaya a más. —Tragó saliva y se humedeció los labios secos antes de continuar—. En cuanto a la otra pregunta, no recuerdo ninguna época en que las tormentas no me aterrorizaran. Creo que forma parte de mí. Es bastante ridículo, lo sé...

—No es ridículo —interrumpió él.

—Es muy considerado que pienses así —dijo ella sonriendo medio avergonzada—, pero te equivocas. No hay nada más ridículo que tener miedo a algo sin ningún motivo.

—A veces —dijo Anthony con voz titubeante—, a veces nuestros temores responden a motivos que no sabemos explicar. A veces se trata de algo que sentimos en las entrañas, algo que sabemos que es cierto, pero que a cualquier otra persona le parecería ridículo.

Kate le miró fijamente, observó sus ojos oscuros iluminados por la vacilante luz de la vela, y contuvo el aliento al detectar un destello de dolor durante un breve segundo antes de que él apartara la mirada. Supo con cada fibra de su ser que no hablaba de algo intangible. Hablaba de sus propios temores, de algo muy específico que le obsesionaba a cada minuto del día.

Algo sobre lo que no tenía ningún derecho a preguntar. Aunque lo deseaba —oh, cuánto lo deseaba—, deseaba que cuando él estuviera preparado para hacer frente a sus temores, ella pudiera estar ahí para ayudarle.

Pero eso no iba a suceder. Él iba a casarse con otra persona, tal vez la misma Edwina, y sólo su esposa tendría derecho a hablarle de cuestiones tan personales.

—Creo que tal vez ya estoy lista para regresar a mi habitación —dijo. De pronto era demasiado duro encontrarse en su presencia, demasiado doloroso saber que él le pertenecería a alguien más.

Lo labios de Anthony se curvaron formando una sonrisa juvenil.

—¿Quieres decir que por fin puedo salir de debajo de esta mesa?

—¡Oh, cielos! —Se pegó una de las manos a la mejilla con expresión avergonzada—. Lo siento tanto. Me temo que he olvidado hace rato dónde estábamos sentados. Debes de pensar que soy una tonta.

Él negó con la cabeza, pero seguía sonriendo.

—Una tonta, nunca, Kate Sheffield. Ni siquiera cuando pensaba que eras la criatura femenina más insufrible del planeta, tenía dudas acerca de tu inteligencia.

Kate, que había empezado a salir de debajo de la mesa, se quedó quieta.

—Ahora mismo no sé si debo sentirme halagada o insultada por esa afirmación.

—Es probable que las dos cosas —admitió él—, pero en favor de la amistad, decidamos que es un halago.

Kate se volvió a mirarle. Era consciente de que presentaba una imagen peculiar allí a cuatro patas, pero el momento parecía demasiado importante como para demorar aquella pregunta:

—Entonces ¿somos amigos? —preguntó en un susurro.

Él asintió con la cabeza.

—Es difícil de creer, pero me parece que sí.

Kate sonrió y aceptó su mano para levantarse y quedarse de pie.

—Me alegro. En realidad... en realidad no es usted el diablo que yo había pensado.

Anthony alzó una de sus cejas, y de pronto su rostro adoptó una expresión muy maliciosa.

—Bien, tal vez lo sea —corrigió ella pensando que era posible que fuera el mujeriego y vividor que afirmaba el resto de la sociedad—. Pero es posible que también sea una persona bastante agradable.

—Agradable suena demasiado insulso —comentó él con aire meditativo.

—Agradable —dijo ella con énfasis— es agradable. Y teniendo en cuenta mi antigua opinión de ti, deberías estar encantado con el cumplido.

Anthony se rió.

—Hay una cosa de ti, Kate Sheffield, que sí que es cierta: nunca eres aburrida.

—Aburrida suena demasiado insulso —repitió.

Él sonrió con gesto sincero, no la curva irónica que empleaba en las funciones sociales sino algo auténtico. De pronto Kate notó un nudo en la garganta.

—Me temo que no puedo acompañarte de regreso a tu habitación. Si alguien se topara con nosotros a esta hora...

Kate hizo un gesto de asentimiento. Habían forjado un amistad insólita, pero no quería que la obligaran a casarse con él, ¿no era cierto? Y no hacía falta decir que él no quería casarse con ella.

Anthony puso una mueca.

—Especialmente teniendo en cuenta cómo vas vestida...

Kate bajó la vista y soltó un resuello mientras se ajustaba un poco la bata. Había olvidado por completo que no iba vestida de forma apropiada. Era cierto que su ropa de noche no era atrevida ni reveladora, sobre todo su gruesa bata, pero no dejaba de ser ropa de noche.

—¿Te encontrarás bien? —le preguntó con voz suave—. Aún llueve.

Kate se detuvo y escuchó la lluvia, que había amainado y golpeaba con suavidad las ventanas.

—Creo que ya ha pasado la tormenta.

Él hizo un gesto de conformidad y se asomó a mirar al pasillo.

—Vacío —dijo.

—Debo irme.

Anthony se hizo a un lado para dejarla pasar.

Ella se adelantó, pero cuando llegó al umbral, se detuvo para volverse.

—¿Lord Bridgerton?

—Anthony —dijo él—. Llámame Anthony. Creo que yo ya te he llamado Kate.

—¿Ah sí?

—Cuando te encontré. —Hizo un ademán con la mano—. Creo que no oíste nada de lo que dije.

—Probablemente estés en lo cierto, Anthony. —Sonrió con vacilación. Su nombre sonaba extraño en su lengua.

Él se inclinó un poco hacia delante con una luz peculiar, casi maliciosa, en sus ojos.

—Kate —dijo él como respuesta.

—Sólo quería decir gracias —dijo ella—. Por ayudarme esta noche. Yo... —se aclaró la garganta—. Habría sido mucho más difícil sin ti.

—No he hecho nada —dijo con aspereza.

—No, lo has hecho todo. Y entonces, antes de que sintiera la tentación de quedarse, se apresuró por el pasillo y luego continuó por la escalera.

Capítulo *13*

Hay poco de lo que informar en Londres con tanta gente pasando unos días en Kent, en la reunión campestre de los Bridgerton. Esta Autora tan sólo puede imaginarse todos los chismes que pronto llegarán a la ciudad. ¿Habrá un escándalo, verdad? Siempre hay un escándalo en una reunión campestre.

REVISTA DE SOCIEDAD DE LADY WHISTLEDOWN,
4 de mayo de 1814

*L*a mañana siguiente era ese tipo de mañana que por lo común seguía a una tormenta violenta: clara y luminosa, pero con una buena húmeda bruma que se pegaba fría y refrescante a la piel.

Anthony no era consciente del clima pues había pasado la mayor parte de la noche contemplando la oscuridad y viendo tan sólo el rostro de Kate. Al final se había quedado dormido cuando los primeros rayos del amanecer tocaban el cielo. Para cuando se despertó ya era más de mediodía, pero no se sentía descansado. Su cuerpo estaba envuelto por una mezcla de agotamiento y energía nerviosa. Le pesaban los párpados y tenía los ojos inexpresivos en sus cuencas, pero no obstante los dedos no dejaban de tamborilear sobre la cama, se desplazaban hacia el borde como si ellos solos pudieran sacarle de allí y ponerle en pie.

Pero cuando su estómago gimió con tal sonoridad que pudo jurar que el yeso del techo había temblado ante sus ojos, se levantó tambaleante y se puso la bata. Con un fuerte bostezo, abriendo mucho la boca, se acercó hasta la ventana, no porque buscara algo o a alguien en particular, sino porque la vista era preferible a cualquier otra cosa que viera en su cuarto.

Y aún así, un cuarto de segundo antes de mirar abajo y contemplar el terreno, en cierto modo sabía lo que iba a ver.

Kate. Cruzando el césped con lentitud, con mucha más lentitud que en cualquier otra ocasión anterior. Normalmente caminaba como si participara en una carrera.

Estaba demasiado alejada como para que le viera el rostro; sólo distinguía una sección del perfil, la curva de su mejilla. Y aun así, no podía apartar los ojos de ella. Había tanta magia en su forma: una gracia extraña en la manera en que balanceaba el brazo mientras caminaba, un arte en la postura de sus hombros...

Caminaba en dirección al jardín, se percató.

Y supo que tenía que reunirse con ella.

El clima continuó en aquel estado contradictorio durante la mayor parte del día, dividiendo a los invitados a la reunión campestre por la mitad entre los que insistían en que el brillante sol llamaba a participar en actividades al aire libre, y quienes evitaban la hierba mojada y el aire húmedo para buscar el ambiente más cálido y seco del salón.

Kate se situaba claramente entre el primer grupo, aunque no estaba de humor para buscar compañía. El estado de su mente era demasiado reflexivo como para entablar conversaciones corteses con gente que apenas conocía, así que se escabulló una vez más hasta los jardines espectaculares de lady Bridgerton y buscó un lugar tranquilo en un banco próximo a la pérgola de rosas. La piedra estaba fría y todavía un poco húmeda debajo de su trasero, pero como no había dormido lo que se dice bien la noche anterior, se encontraba cansada y aquello era mejor que estar de pie.

Con un suspiro se percató de que se trataba casi del único sitio donde podía estar a solas. Si continuaba dentro de la casa, sin duda se vería arrastrada a unirse al grupo de damas que charlaban en el salón mientras les escribían cartas a sus amigos y familiares, o aún peor, se vería atrapada en el corro de las damas que se habían retirado al invernadero para trabajar en sus bordados.

En cuanto a los entusiastas de las actividades al aire libre, también se habían dividido en dos grupos. Uno se había marchado al pueblo para hacer compras y ver las atracciones que pudieran encontrar allí, y el otro había partido a dar un paseo hasta el lago. Puesto que Kate no tenía ningún interés en comprar (y ya estaba bastante familiarizada con el lago), había evitado también ambas compañías.

De ahí su soledad en el jardín.

Permaneció sentada durante varios minutos, con la mirada perdida en el espacio, los ojos enfocados ciegamente en un capullo cerrado en un rosal próximo. Era agradable encontrarse a solas, sin tener que taparse la boca o disimular los sonoros ruidos soñolientos que hacía cuando bostezaba. Era agradable estar a solas, donde nadie fuera a comentar las ojeras bajo sus ojos o su quietud poco común o su poca conversación.

Agradable era estar a solas allí, poder sentarse e intentar aclarar su lío de pensamientos acerca del vizconde. Era una tarea sobrecogedora, que hubiera preferido posponer, pero a la que tenía que hacer frente.

Aunque en realidad no había mucho que aclarar. Porque todo lo que había sabido en los últimos días dirigía su conciencia en una única y singular dirección. Sabía que ya no podía oponerse al cortejo de Edwina por parte de Bridgerton.

En los días anteriores él había demostrado ser sensible, comprensivo y un hombre de principios. Incluso heroico, pensó con un atisbo de sonrisa mientras se acordaba de la luz en los ojos de Penelope Featherington cuando él la salvó de las garras verbales de Cressida Cowper.

Sentía devoción por su familia.

Había aprovechado su posición social y su poder no para tratar a alguien con prepotencia sino para librar del insulto a otra persona.

La había ayudado a superar uno de sus ataques de pánico con una gentileza y sensibilidad que, analizado ahora con la mente despejada, la dejaba admirada.

Tal vez hubiera sido un mujeriego y un vividor —tal vez aún lo fuera— pero estaba claro que su conducta en ese sentido no era lo único que le caracterizaba. Y la única objeción que tenía Kate para que él no se casara con Edwina era...

Tragó saliva dolorosamente. Tenía un nudo en la garganta del tamaño de una bala de cañón.

Porque en lo más profundo de su corazón, lo quería para ella misma.

Pero eso era egoísta, y Kate se había pasado la vida intentando ser altruista, y sabía que nunca podría pedir a Edwina que no se casara con Anthony por un motivo así. Si Edwina supiera que Kate estaba encaprichada mínimamente del vizconde, pondría fin al cortejo. ¿Y qué objeto tendría aquello? Anthony encontraría alguna otra candidata hermosa a la que seguir. En Londres había de sobras para escoger.

No es que él la fuera a cortejar en vez de a su hermana, así pues, ¿qué ganaba impidiendo un enlace entre él y Edwina?

Nada aparte de la agonía de tener que verle casado con su propia hermana. Y eso se desvanecería con el tiempo, ¿verdad que sí? Tenía que ser así; ella misma había dicho la noche anterior que el tiempo curaba todas las heridas. Aparte, lo más probable era que le doliera lo mismo verle casado con alguna otra dama; la única diferencia sería que ella no tendría que verle durante las festividades, bautizos y cosas por el estilo.

Kate soltó un suspiro. Un suspiro largo, triste, cansino, que le dejó sin aire los pulmones y los hombros hundidos, en una postura cada vez más decaída.

Le dolía el corazón.

Y entonces una voz llenó sus oídos. Su voz, grave y suave, como un cálido remolino en torno a ella.

—Santo cielo, qué aspecto tan serio.

Kate se levantó de forma tan repentina que la parte posterior de sus piernas chocó contra el borde del banco de piedra. Aquello le hizo perder el equilibrio y dar un traspiés.

—Milord —exclamó.

Los labios de Anthony formaron un esbozo de sonrisa.

—Pensé que tal vez te encontraría aquí.

Kate abrió los ojos al darse cuenta de que él la había buscado de forma deliberada. Su corazón también empezó a latir más deprisa, pero al menos aquello era algo que podía disimular.

Anthony echó una rápida ojeada al banco de piedra para indicarle que podía volver a sentarse sin más formalismos.

—A decir verdad, te he visto desde mi ventana. Quería asegurarme de que te sentías mejor —dijo con tranquilidad.

Kate se sentó, la decepción se apoderó de su garganta. Tan sólo quería ser cortés. Por supuesto sólo estaba siendo cortés. Qué tontería por su parte soñar —aunque sólo fuera por un momento— que podría haber algo más. Por fin había acabado por comprender que él era una persona agradable, y cualquier persona agradable querría asegurarse de que ella se encontraba mejor después de lo que había sucedido la noche anterior.

—Así es —contestó—. Mucho mejor. Gracias.

Aunque Bridgerton hubiera reparado en las frases vacilantes y entrecortadas de Kate, no mostró ninguna reacción discernible.

—Me alegro —contestó mientras se sentaba al lado de ella—. He estado preocupado por ti buena parte de la noche.

El corazón de Kate, que ya latía demasiado deprisa, dio entonces un brinco.

—¿Ah sí?

—Por supuesto. ¿Cómo podía no estarlo?

Kate tragó saliva. Allí estaba, otra vez, aquella cortesía infernal. Oh, no ponía en duda que su interés y preocupación fueran reales y sinceros. Lo que le dolía era que respondieran a su amabilidad natural, no a un sentimiento especial por ella.

No es que hubiera esperado algo diferente. Pero de todos modos le resultaba imposible no sentir alguna esperanza.

—Siento haberle molestado a esas horas de la noche —se disculpó con voz suave, sobre todo porque pensaba que debía decírselo. La verdad era que se alegraba desesperadamente de que él hubiera estado allí.

—No seas tonta —dijo él enderezándose un poco y clavando en ella una mirada bastante severa—. No te podía imaginar sola durante toda la tormenta. Estoy contento de haber estado allí para consolarte.

—Normalmente aguanto sola las tormentas —admitió ella.

Anthony frunció el ceño.

—¿Tu familia no te reconforta en esos momentos?

Ella adoptó un aspecto un poco avergonzado para decir:

—No saben que aún me dan miedo.

Bridgerton asintió con la cabeza.

—Ya veo. Hay veces en que... —Anthony hizo una pausa para aclararse la garganta, una táctica para desviar la atención que empleaba con frecuencia cuando no estaba del todo seguro de lo que quería decir—. Creo que te sentirías mejor si buscaras la ayuda de tu madre y tu hermana, pero sé que... —Se aclaró la garganta una vez más. Conocía bien la extraña y singular sensación de querer a tu familia hasta la locura y por otro lado no sentirte capaz de compartir con ellos los temores más profundos e inextricables. Le producía una sensación de aislamiento, de estar muy solo en medio de una multitud ruidosa y cordial—. Sé —repitió intentando mantener la voz firme y contenida— que a veces resulta de lo más difícil compartir los temores de uno con aquellos a quienes amas de un modo más profundo.

Los ojos marrones de Kate, inteligentes, afectuosos e innegablemente perceptivos, se centraron en los de él durante una fracción de segundo, y Anthony tuvo el insólito pensamiento de que, de algún modo, ella lo sabía todo de él, hasta el último detalle: desde el momento de su nacimiento hasta su certidumbre acerca de su muerte prematura. En aquel instante parecía que ella, con su rostro inclinado hacia él y los labios algo separados, le conociera mejor que ninguna otra persona que hubiera caminado alguna vez sobre esta tierra.

Fue emocionante.

Pero más que eso, era aterrador.

—Eres un hombre muy sensato —comentó ella en un susurro.

A Anthony le llevó un momento recordar de qué habían estado hablando. Ah, sí, los miedos. Sabía de miedos. Intentó quitar importancia a su cumplido con una risa.

—La mayor parte del tiempo soy bastante disparatado.

Ella negó con la cabeza.

—No. Creo que, como dice el refrán, has dado justo en el clavo. Por supuesto, no se lo voy a contar a Mary ni a Edwina. No quiero preocuparlas. —Se mordisqueó el labio durante un momento; un movimiento gracioso con los dientes que a él le resultó extrañamente seductor—. Por supuesto —añadió ella—, para ser sincera, tengo que confesar que mis motivos no son del todo desinteresados. Sin duda, parte de mis reparos tienen que ver con mi deseo de no mostrarles mi debilidad.

—No es un pecado tan terrible —murmuró.

—En lo relativo a pecados, supongo que no —dijo Kate con una sonrisa—. Pero me atrevería a adivinar que tú también sufres del mismo defecto.

No dijo nada, sólo expresó con la cabeza su conformidad.

—Todos tenemos nuestro papel en la vida —continuó ella— y el mío siempre ha sido ser fuerte y sensata. Esconderme debajo de la cama durante una tormenta eléctrica no es ninguna de las dos cosas.

—Tu hermana —continuó él con calma— es probable que sea mucho más fuerte de lo que piensas.

Kate volvió la mirada al rostro de él. ¿Intentaba decirle que se había enamorado de Edwina? Ya había halagado la belleza y elegancia de su hermana con anterioridad, pero nunca se había referido a su persona interior.

Kate estudió sus ojos todo lo que pudo, pero no encontró nada que revelara sus verdaderos sentimientos.

—No quería dar a entender que no lo fuera —contestó tras un instante—. Pero soy su hermana mayor. Siempre he tenido que ser fuerte para ella. Mientras que ella sólo ha tenido que ser fuerte para sí misma. —Kate volvió a mirarle a los ojos y descubrió que él la observaba con una atención peculiar, casi como si él pudiera ver por debajo de su piel, hasta el interior de su propia alma—. Tú también eres el hermano mayor —dijo—. Estoy segura de que sabes a qué me refiero.

Él asintió con la cabeza, con ojos que parecían divertidos y resignados a la vez.

—Exactamente.

Kate le dedicó una mirada que sirvió de respuesta, el tipo de mirada que se lanzaban las personas que habían pasado por experiencias y trances similares. Y al tiempo que se sentía cada vez más relajada a su lado, casi como si pudiera hundirse contra él y enterrarse en el calor de su cuerpo, supo que no podía posponer su obligación más tiempo.

Tenía que comunicarle que había retirado su oposición a su relación con Edwina. No era justo que se lo guardara para ella, sólo porque quisiera quedarse con Anthony, aunque sólo fuera durante unos breves momentos perfectos justo ahí en el jardín.

Respiró hondo, enderezó los hombros y se volvió hacia él.

Y él la miró con expectación. Era obvio, al fin y al cabo, que tenía algo que decir.

Los labios de Kate se separaron. Pero nada surgió de su boca.

—¿Sí? —preguntó él con aspecto bastante divertido.

—Milord —soltó ella.

—Anthony —le corrigió con afecto.

—Anthony —repitió mientras se preguntaba por qué el uso de su nombre de pila hacía esto más difícil—. Necesito hablar de algo contigo.

Él sonrió.

—Eso me parecía.

Los ojos de Kate parecieron ensimismarse de forma inexplicable en su pie derecho, que trazaba medialunas en el polvo del sendero.

—Es... mmm... sobre Edwina.

Anthony arqueó las cejas y siguió con la mirada su pie, que había dejado ya las medialunas y ahora dibujaba líneas serpenteantes.

—¿Sucede algo con tu hermana? —se interesó con amabilidad.

Kate negó con la cabeza y volvió a alzar la vista.

—No, en absoluto. Creo que se encuentra en el salón, escribiendo una carta a nuestra prima de Somerset. A las damas les gusta hacer eso, ya sabes.

Él pestañeó.

—¿Hacer qué?

—Escribir cartas. No se me da bien lo de escribir cartas —continuó, sus palabras salían de un modo precipitado y peculiar— ya que rara vez tengo suficiente paciencia como para permanecer quieta sentada delante del escritorio el tiempo necesario para escribir toda una carta. Por no mencionar que mi estilo es desastroso. Pero la mayoría de damas pasan una buena parte del día redactando misivas.

Él intentó no sonreír.

—¿Querías advertirme de que a tu hermana le gusta escribir cartas?

—No, por supuesto que no —farfulló—. Sólo es que me has preguntado si estaba bien, y yo he contestado que, por supuesto, y te he contado dónde estaba, y luego hemos perdido por completo el hilo y...

Anthony puso una mano sobre la suya, y consiguió por fin interrumpirla.

—¿Qué tenías que decirme, Kate?

La observó con interés mientras enderezaba los hombros y apretaba la barbilla. Parecía que se estuviera preparando para una tarea horrible. Luego, con una gran frase apresurada, dijo:

—Sólo quería que supieras que he retirado mis objeciones a tu petición de mano de Edwina.

De pronto, Anthony sintió su pecho un poco hundido.

—Ya... veo —dijo, no porque entendiera, sólo porque tenía que decir algo.

—Admito mis prejuicios contra usted —continuó rápida— pero he podido conocerle desde mi llegada a Aubrey Hall, y con toda conciencia, no puedo permitir que siga pensando que iba a interponerme en su camino. No... no sería justo por mi parte.

Anthony se quedó mirándola, sin palabras. Había algo deprimente, se percató débilmente, en el hecho de que ella aceptara que se casara con su hermana ya que había pasado la mayor parte de los dos últimos días combatiendo una necesidad imperiosa de besarla hasta dejarla sin sentido.

Por otro lado, ¿no era eso lo que él quería? Edwina sería una esposa perfecta.

Kate no.

Edwina cumplía con todos los criterios que él había establecido cuando decidió que por fin ya era hora de casarse.

Kate no.

Y desde luego no podía coquetear con Kate si su intención era casarse con Edwina.

Le estaba brindando lo que él quería, exactamente, se recordó, lo que él quería: Edwina se casaría con él la semana próxima con la bendición de su hermana si así lo deseaban.

Entonces ¿por qué diantres quería cogerla por los hombros y sacudirla y sacudirla y sacudirla hasta que retirara cada una de aquellas fastidiosas palabras?

Era aquella chispa. Aquella maldita chispa que nunca parecía apagarse entre ellos. Aquel espantoso hormigueo de reconocimiento que le consumía cada vez que ella entraba en una habitación o tomaba aliento o movía la punta del pie. Aquella desazón de saber que él sería capaz, si se daba la oportunidad, de amarla.

Que era lo que más miedo le daba del mundo.

Tal vez lo único a lo que tenía un miedo atroz.

Era irónico, pero la muerte no era algo que le asustara. La muerte no asustaba a un hombre que estuviera solo. El más allá no infundía ningún terror cuando alguien había conseguido evitar los vínculos terrenales.

El amor era algo verdaderamente espectacular y sagrado. Anthony lo sabía. Lo había visto cada día de su infancia, cada vez que sus padres se miraban o se tocaban la mano.

Pero el amor era el enemigo de un hombre que iba a morir. Era lo único que podía convertir el resto de años en algo intolerable: saborear la dicha y saber que todo le iba a ser arrebatado. Y era probable que ése fuera el motivo de que, cuando Anthony reaccionó finalmente a las palabras de Kate, no la estrechara en sus brazos y la besara hasta dejarla sin sentido, no apretara sus labios contra su oreja y le quemara la piel con su aliento, para asegurarse de que entendía que estaba loco por ella, no por su hermana.

Nunca por su hermana.

En vez de eso, continuó observándola sin inmutarse, con la mirada mucho más serena que su corazón, y dijo:

—Me tranquiliza. —Pero lo dijo con la extraña sensación de que en realidad no se encontraba allí sino que observaba toda la escena, nada más que una farsa, la verdad, desde fuera de su cuerpo, preguntándose en todo momento qué diantres estaba pasando.

Ella sonrió con debilidad y dijo:

—Pensaba que te tranquilizaría saberlo.

—Kate, yo...

Ella nunca supo qué pretendía decir. Para ser francos, él no estaba en absoluto seguro de lo que iba a decir. Ni siquiera se había percatado de que iba a hablar hasta que su nombre surgió de sus labios.

Pero sus palabras permanecerían para siempre acalladas, porque en aquel momento lo oyó.

Un zumbido grave. Un gemido, en realidad. Era el tipo de sonido que resultaba un tanto molesto a la mayoría de la gente.

Para Anthony nada podía ser más aterrador.

—No te muevas —dijo en un susurro ronco a causa del temor.

Kate entrecerró los ojos y, por supuesto, se movió, intentó volver la cabeza hacia él.

—¿De qué hablas? ¿Qué sucede?

—Que no te muevas —repitió.

Kate desplazó la mirada a la izquierda, luego lo hizo su barbilla, tan sólo medio centímetro.

—¡Oh, sólo es una abeja! —Su rostro esbozó una mueca de alivio, y alzó la mano para espantarla—. Por el amor de Dios, Anthony, no vuelvas a hacer eso. Por un momento me has asustado.

Anthony lanzó su mano para coger la muñeca de Kate con una fuerza dolorosa.

—He dicho que no te muevas —dijo entre dientes.

—Anthony —respondió ella riéndose—, es una abeja.

Él la obligó a quedarse inmóvil, la sujetaba con fuerza, incluso le hacía daño, y sus ojos no se apartaban en ningún momento de la asquerosa criatura, la observaban zumbando resuelta alrededor de la cabeza de Kate. Estaba paralizado de miedo, de furia y de algo más que no podía calificar con exactitud.

No es que no hubiera estado en contacto con abejas en los once años transcurridos desde la muerte de su padre. Al fin y al cabo, no se podía residir en Inglaterra y esperar evitarlas por completo.

Hasta ahora, de hecho, se había obligado a coquetear con ellas de un modo peculiar y fatalista. Siempre había sospechado que estaba condenado a seguir los pasos de su padre en todos los sentidos. Si un humilde insecto tenía que acabar con él, desde luego que él se mantendría firme, sin ceder terreno. Iba a morir más pronto o más... bien, más pronto, pero no iba a escapar corriendo de un maldito bicho. Y por lo tanto, cuando alguna abeja aparecía volando, se reía, se burlaba, maldecía, la espantaba con la mano y la desafiaba a contraatacar.

Y nunca le habían picado.

Pero al ver una volando tan cerca de Kate, rozándole el pelo y posándose sobre las mangas de encaje del vestido... aquello era aterrador, le tenía casi hipnotizado. Su mente se desbocó y se imaginó el diminuto monstruo clavando su aguijón en su blanda piel, la vio a ella con problemas para respirar y cayéndose al suelo.

La vio aquí en Aubrey Hall, tendida en la misma cama que había servido de primer féretro a su padre.

—Continúa quieta —le susurró—. Vamos a levantarnos... despacio. Luego nos alejaremos andando poco a poco.

—Anthony —dijo ella arrugando los ojos por la confusión y la impaciencia—, ¿qué te sucede?

Él le tiró de la mano en un intento de obligarla a levantarse, pero ella se resistió.

—Es una abeja —dijo con voz exasperada—. Deja de comportarte de forma tan extraña. Por el amor de Dios, no va a matarme.

Sus palabras pesaron en el aire, casi como objetos sólidos, listas para estrellarse contra el suelo y hacerse añicos. Luego, finalmente, cuando Anthony notó que su garganta se relajaba lo suficiente como para hablar, dijo con voz grave e intensa:

—Podría hacerlo.

Kate se quedó paralizada, no porque tuviera intención de seguir sus órdenes sino porque algo en su aspecto, algo en sus ojos, la espantó del todo. Parecía cambiado, poseído por algún demonio desconocido.

—Anthony —dijo con un tono de voz que esperaba que sonara firme y autoritario— suéltame la muñeca de inmediato.

Kate tiró, pero él no aflojó, y la abeja continuó zumbando sin pausa a su alrededor.

—¡Anthony! —exclamó—. Para esto ahora...

El resto de la frase se perdió mientras ella conseguía finalmente estirar la mano hasta soltarla de su agobiante asimiento. La repentina liberación hizo que perdiera el equilibrio: sacudió los brazos como aspas y la parte interior del codo propinó un golpe a la abeja, que soltó un sonoro y furioso zumbido cuando la fuerza del batacazo la envió por el espacio, arrojándola sobre la franja de piel desnuda situada sobre el corpiño ribeteado de encaje de su vestido de tarde.

—Oh, por el amor de... ¡Uaaa! —Kate soltó un aullido mientras la abeja, sin duda enfurecida por el maltrato, hundía el aguijón en su carne—. Oh maldición —juró ella, abandonando cualquier pretensión de hablar con propiedad. Sólo era el aguijón de una abeja, por supuesto, nada que no hubiera padecido en el pasado, pero, puñetas, dolía—. Oh, maldita sea —refunfuñó mientras empujaba la barbilla contra el pecho para poder mirar y obtener una vista mejor de la marca roja que empezaba a hincharse junto al ribete del corpiño—. Ahora tendré que ir a la casa a por un ungüento, y acabaré poniéndome perdida. —Con un resoplido de desdén, retiró del vestido la carcasa muerta de la abeja mientras mascullaba—: Bueno, al menos está muerta, la muy incordiante. Probablemente es la única justicia del...

Fue entonces cuando alzó la vista y descubrió el rostro de Anthony. Se había quedado blanco. No pálido, ni siquiera sin color, sino blanco.

—Oh, Dios mío —susurró él, y lo más extraño era que sus labios ni siquiera se movían—. Oh, Dios mío.

—¿Anthony? —preguntó inclinándose hacia delante y olvidando por un instante la dolorosa picadura en su pecho—. Anthony, ¿qué sucede?

Fuera cual fuera el trance en que se encontrara, de pronto reaccionó, y saltó hacia delante, con una mano la cogió con brusquedad por los hombros mientras con la otra forcejeaba con el corpiño del vestido para retirarlo hacia abajo y despejar la zona de la herida.

—¡Milord! —chilló Kate—. ¡Para!

Bridgerton no dijo nada, pero su respiración era entrecortada y rápida mientras la sujetaba contra el respaldo del banco, sosteniendo el vestido hacia abajo, no tanto como para revelar su seno, pero ciertamente más abajo de lo que permitía la decencia.

—¡Anthony! —intentó de nuevo, con la esperanza de que si usaba su nombre de pila tal vez captara su atención. Éste no era el hombre que conocía; no era el que había estado sentado a su lado dos minutos antes. Estaba enloquecido y hacía caso omiso de sus protestas.

—¿Vas a callarte? —dijo entre dientes, sin alzar la vista ni un solo momento. Tenía los ojos fijos en el círculo rojo e hinchado de su pecho y, con manos temblorosas, procedió a arrancar el aguijón de la piel.

—¡Anthony, estoy bien! —insistió—. Que no...

Soltó un jadeo. Había movido levemente una de sus manos mientras empleaba la otra para sacar un pañuelo que tenía en el bolsillo y ahora le cogía todo el seno sin demasiada delicadeza.

—Anthony, ¿qué estás haciendo? —Intentó cogerle la mano para que parara aquello, pero él tenía mucha más fuerza.

Y la sujetó aún con más fuerza contra el respaldo del banco, con la palma apretada contra su pecho.

—¡Estáte quieta! —ladró, luego cogió el pañuelo y empezó a apretar contra la picadura hinchada.

—¿Qué estás haciendo? —preguntó Kate, aún intentando escabullirse.

Él no levantó la vista.

—Extraer el veneno.

—¿Hay veneno?

—Debe de haberlo —masculló—. Tiene que haberlo. Algo te está matando.

Kate se quedó boquiabierta.

—¿Que algo me está matando? ¿Estás loco? ¡Nada me está matando! Es una picadura de abeja.

Pero él no le hizo el menor caso, estaba demasiado concentrado en la tarea autoasignada de curar la herida.

—Anthony —dijo con voz apaciguadora en un intento de razonar con él—. Agradezco tu inquietud, pero me han picado abejas al menos media docena de veces y...

—A él también le habían picado antes —interrumpió.

Algo en su voz le provocó un escalofrío que recorrió toda su columna.

—¿A quién? —preguntó en un susurro.

Él apretó con más firmeza la hinchazón y secó con unos toques el líquido claro que supuraba de la picadura.

—A mi padre —dijo con tono rotundo—. Y murió.

A Kate le costaba creer aquello.

—¿Una abeja?

—Sí, una abeja —respondió con brusquedad—. ¿No me escuchas?

—Anthony, una abeja no puede matar a un hombre.

Él se detuvo de hecho durante un breve instante para dirigirle una rápida mirada. Una mirada dura, obsesiva.

—Te aseguro que puede —dijo con brusquedad.

Kate no podía creer que hablara en serio, pero tampoco pensaba que estuviera mintiendo, por lo tanto permaneció quieta durante un momento. Reconocía que la necesidad que él sentía de tratar la picadura de abeja era muy superior a su necesidad de escabullirse de sus cuidados.

—Sigue hinchada —balbuceó mientras apretaba con más fuerza el pañuelo—. Me parece que no lo he sacado todo.

—Estoy segura de que no me va a pasar nada —dijo con amabilidad, su ira se estaba convirtiendo casi en una preocupación maternal. Él tenía la frente arrugada por la concentración, y sus movimientos aún denotaban una energía frenética. Estaba agarrotado de miedo, se percató Kate, temeroso de que ella se quedara muerta allí mismo en el banco del jardín, derribada por una diminuta abeja.

Parecía incomprensible, pero no obstante era cierto.

Anthony sacudió la cabeza.

—No es suficiente —dijo con voz ronca—. Tengo que sacarlo del todo.

—Anthony, yo... ¿Qué haces?

Le había echado hacia atrás la barbilla, y ahora acercaba su cabeza, reducía la distancia que les separaba casi como si tuviera intención de besarla.

—Voy a tener que succionar el veneno —dijo con aire grave—. Permanece quieta.

—Anthony —chilló ella—. No puedes... —dijo entre jadeos, incapaz por completo de finalizar la frase una vez sintió que sus labios se apoyaban en su piel y aplicaban una presión suave, inexorable, que tiraba de ella hacia su boca. Kate no sabía cómo responder, no sabía si apartarle o atraerle hacia sí.

Pero al final se quedó paralizada. Porque cuando alzó la cabeza y miró por encima del hombro, descubrió a un grupo de tres mujeres que les observaban con la misma expresión escandalizada.

Mary.

Lady Bridgerton.

Y la señora Featherington, posiblemente la mayor chismosa de la aristocracia londinense.

Y Kate supo, sin asomo de duda, que su vida nunca volvería a ser igual.

Capítulo 14

Y si el escándalo salta en la reunión campestre de lady Brid-
gerton, aquellos de nosotros que nos hemos quedado en Lon-
dres podemos estar por completo seguros de que todas y cada
una de las excitantes noticias alcanzarán nuestros tiernos oídos
a la mayor brevedad. Con tantas chismosas reconocidas allí
presentes, todos nosotros tenemos garantizado un informe
completo y detallado.

REVISTA DE SOCIEDAD DE LADY WHISTLEDOWN,
4 de mayo de 1814

*D*urante una fracción de segundo, todo el mundo permaneció paralizado como si aquello fuera un retablo dramático. Kate miró a las
tres matronas llena de consternación. Ellas la miraban a su vez con
absoluto horror.

Y Anthony continuaba empeñado en extraer el veneno de la picadura de abeja de Kate, ajeno por completo al hecho de tener público.

Del quinteto, Kate fue la primera en encontrar la voz, y la fuerza
para hablar. Empujando a Anthony por el hombro con toda su energía, soltó un grito vehemente:

—¡Basta!

Anthony, del todo desprevenido, resultó sorprendentemente fácil
de apartar y aterrizó en el suelo sobre su trasero, con la mirada aún

llameante en su empeño de salvarla de lo que él percibía como un destino mortal.

—¿Anthony? —dijo lady Bridgerton con un jadeo. Pronunció el nombre de su hijo con voz temblorosa, como si le costara creer todo lo que estaba viendo.

Él se volvió.

—¿Madre?

—Anthony, ¿qué estabas haciendo?

—Le ha picado una abeja —dijo con expresión grave.

—Me encuentro bien —insistió Kate, luego tiró de su vestido hacia arriba—. Ya le he dicho que me encontraba bien, pero no quería escucharme.

Los ojos de lady Bridgerton se empañaron pues ella sí comprendía la situación.

—Ya veo —dijo con voz baja y triste, y Anthony supo lo que veía. Tal vez ella fuera la única persona capaz de hacerlo.

—Kate —dijo Mary por fin, encontrando dificultades para articular palabra—, tiene los labios sobre tu... sobre tu...

—Sobre su pecho —concluyó la señora Featherington servicial, con los brazos doblados sobre su amplio seno. Un ceño de desaprobación marcaba su rostro, pero estaba claro que se estaba divirtiendo de lo lindo.

—¡No es eso! —exclamó Kate mientras se esforzaba por levantarse, lo cual no era una tarea fácil puesto que Anthony había aterrizado sobre uno de sus pies cuando ella le apartó del banco—. ¡Me ha picado justo aquí! —Con un gesto impetuoso, señaló con el dedo la señal roja, aún hinchada, sobre la fina piel que cubría su clavícula.

Las tres mujeres mayores miraron con fijeza la picadura, y su piel adquirió también idénticos sonrojos de un débil carmesí.

—¡No está tan cerca de mi pecho, desde luego que no! —protestó Kate, demasiado horrorizada por el cariz de la conversación como para sentirse azorada por emplear aquel lenguaje bastante anatómico.

—No está lejos —indicó la señora Featherington.

—¿Nadie va a callarla? —soltó Anthony.

—¡Vaya! —La señora Featherington se enfurruñó—. ¡Si yo nunca...!

—No —replicó Anthony—. Usted siempre.

—¿Qué quiere decir con eso? —quiso saber la señora Featherington dando un codazo a lady Bridgerton en el brazo. Al ver que la vizcondesa no contestaba se volvió a Mary y repitió la pregunta.

Pero Mary sólo tenía ojos para su hija.

—Kate —ordenó—, ven aquí al instante.

Su hija, diligente, se fue a su lado.

—¿Bien? —preguntó la señora Featherington—. ¿Qué vamos a hacer?

Cuatro pares de ojos se volvieron hacia ella llenos de incredulidad.

—¿Vamos? —preguntó con voz débil Kate.

—No consigo entender qué tiene usted que decir en este asunto —replicó Anthony.

La señora Featherington se limitó a soltar un sonoro resoplido nasal lleno de desdén.

—Tiene que casarse con la muchacha —anunció.

—¿Qué? —La palabra desgarró la garganta de Kate—. Tiene que haberse vuelto loca.

—Debo de ser la única sensata en este jardín, eso creo yo —dijo con tono oficioso la señora Featherington—. Caray, muchacha, tenía su boca en tus pechitos, y todas lo hemos visto.

—¡No es así! —gimió Kate—. Me ha picado una abeja. ¡Una abeja!

—Portia —intervino lady Bridgerton—, no creo que haga falta usar un lenguaje tan gráfico.

—En este momento la delicadeza tiene poco sentido —contestó la señora Featherington—. Lo describamos como lo describamos, va a constituir un bonito chismorreo. El soltero más empedernido de toda la aristocracia, derrocado por una abeja. Tengo que decir, milord, que no me había imaginado nada así.

—No va a haber ningún chismorreo —gruñó Anthony mientras se acercaba a ella con aire amenazador— porque nadie va a decir una sola palabra. No permitiré que se mancille el buen nombre de la señorita Sheffield.

A la señora Featherington se le salieron los ojos de las órbitas, pues no daba crédito a lo que acababa de oír.

—¿Cree que podrá impedir que se hable de esto?

—Yo no voy a decir nada, y dudo bastante que la señorita Sheffield vaya hacerlo —manifestó mientras se plantaba las manos en las caderas y fulminaba a la matrona con la mirada. Era el tipo de mirada con la que conseguía que cualquier hombre hecho y derecho se pusiera de rodillas, pero la señora Featherington o bien era inmune a ella o era estúpida, de modo que Bridgerton tuvo que continuar—. Lo cual nos deja con nuestras respectivas madres, quienes por lógica tienen un interés personal en proteger nuestras reputaciones. Lo cual la deja a usted, señora Featherington, como único miembro de este reducido e íntimo grupo que podría preferir ser una verdulera vocinglera y chismosa.

La señora Featherington se puso roja como un tomate.

—Cualquiera podría haber sido testigo desde la casa —dijo con amargura, resistiéndose sin duda a perder una pieza tan excelente de cotilleo. La agasajarían durante todo un mes por ser la única testigo de un escándalo así. Es decir, la única testigo que podía hablar.

Lady Bridgerton lanzó una rápida mirada a la casa mientras su rostro empalidecía.

—Tiene razón, Anthony —dijo—. Estabais a plena vista del ala de invitados.

—Fue una abeja. —Kate prácticamente gimió—. ¡Nada más que una abeja!

Su arrebato sólo encontró silencio. Desplazó la mirada de Mary a lady Bridgerton; ambas la observaban con expresiones que oscilaban entre la preocupación, la amabilidad y la lástima. Luego miró a Anthony, cuya expresión era dura, callada e ilegible.

Kate cerró los ojos con amargura. No era así como se suponía que tendría que suceder. Aunque le había dicho a Anthony que daba el visto bueno a su boda con su hermana, en secreto lo que deseaba era que fuera para ella, pero no de este modo.

Oh, Dios bendito, de este modo no. No de manera que él se sintiera atrapado. No de manera que él tuviera que pasar el resto de su vida mirándola y deseando que fuera otra persona.

—¿Anthony? —dijo en un susurro. Tal vez si hablaban, tal vez si él la miraba, Kate pudiera deducir lo que estaba pensando.

—Nos casaremos la semana que viene —manifestó. Su voz sonaba firme y clara, pero por otro lado carente de toda emoción.

—¡Oh, bien! —dijo lady Bridgerton con gran alivio y se cogió ambas manos—. La señora Sheffield y yo comenzaremos de inmediato con los preparativos.

—Anthony —volvió a susurrar Kate, esta vez con más apremio—, ¿estás seguro de lo que dices? —Le cogió del brazo e intentó apartarle de las matronas. Sólo ganó unos pocos centímetros, pero al menos ahora no estaban de cara a ellas.

Bridgerton la miró con ojos implacables.

—Nos casaremos —dijo sencillamente, con la voz del aristócrata consumado, sin tolerar ninguna protesta y esperando ser obedecido—. No podemos hacer otra cosa.

—Pero tú no quieres casarte conmigo —repuso ella.

Aquella frase consiguió que Anthony arqueara una ceja.

—¿Y tú quieres casarte conmigo?

Ella no dijo nada. No podía decir nada, no si quería mantener una mínima partícula de orgullo.

—Imagino que nos llevaremos lo suficientemente bien —continuó él, su expresión se suavizó un poco—. Nos hemos hecho amigos en cierto modo, después de todo. Eso es más de lo que la mayoría de hombres y mujeres tienen al iniciar una unión.

—No es posible que quieras esto —insistió ella—. Querías casarte con Edwina. ¿Qué le vas a decir a Edwina?

Se cruzó de brazos.

—Nunca le he hecho ninguna promesa a Edwina. E imagino que le diré que nos hemos enamorado, así de sencillo.

Kate notó que sus ojos se entornaban sin ella pretenderlo.

—Nunca va a creérselo.

Él se encogió de hombros.

—Entonces díle la verdad. Que te ha picado una abeja, y que yo intentaba ayudarte, y que nos atraparon en una postura comprometida. Díle lo que quieras. Es tu hermana.

Kate se dejó caer otra vez sobre el banco de piedra con un suspiro.

—Nadie va a creerse que quieras casarte conmigo —concluyó—. Todo el mundo pensará que te he atrapado. —Anthony lanzó una furiosa mirada significativa a las tres mujeres, quienes continuaban observándoles con sumo interés. Tras un «¿Nos disculpan?», tanto su madre como la de Kate retrocedieron algún metro y se dieron la vuelta para facilitarles cierta intimidad. Al ver que la señora Featherington no seguía su ejemplo de inmediato, Violet se acercó para cogerla del brazo y casi se lo desencaja al hacerlo.

Anthony, tras sentarse al lado de Kate, dijo:

—Poco podemos hacer para impedir que la gente hable, sobre todo con Portia Featherington como testigo. No confío en que esa mujer mantenga la boca cerrada más de lo que tarde en regresar a la casa. —Se reclinó un poco hacia atrás y apoyó el tobillo izquierdo en la rodilla derecha—. O sea, que también podemos intentar que salga lo mejor posible. Tengo que casarme este año...

—¿Por qué?

—¿Por qué, qué?

—¿Por qué tienes que casarte este año?

Él hizo una pausa. En realidad no había una respuesta para esa pregunta. De modo que dijo:

—Porque lo había decidido así, y eso ya es suficiente motivo para mí. En cuanto a ti, tienes que casarte algún día...

Ella le interrumpió otra vez.

—Para ser sincera, ya tenía bastante asumido que no lo haría...

Anthony sintió que sus músculos entraban en tensión, le llevó varios segundos percatarse de que lo que sentía era rabia.

—¿Pensabas vivir como una solterona?

Kate hizo un gesto de asentimiento, con ojos inocentes y francos al mismo tiempo.

—Parecía sin duda una posibilidad, sí.

Anthony permaneció quieto durante varios segundos mientras pensaba que le gustaría asesinar a todos esos hombres y mujeres que la habían comparado con Edwina y habían pensado que no estaba a la altura. En realidad, Kate no tenía ni idea de que podía ser atractiva y deseable por derecho propio.

Cuando la señora Featherington anunció que debían casarse, su reacción inicial había sido la misma que la de Kate: horror absoluto. Por no mencionar que su orgullo se había sentido tocado en cierto sentido. A ningún hombre le gusta verse obligado a casarse, y era en especial mortificante que lo que le obligara fuera una abeja.

Pero mientras permanecía ahí observando a Kate aullando sus protestas (no la más halagadora de las reacciones, pensó), le inundó una sensación de satisfacción.

La deseaba.

La deseaba con desesperación.

Ni en un millón de años se permitiría elegirla a ella como esposa. Era demasiado peligrosa, en exceso, para su paz mental.

Pero el destino había intervenido y ahora parecía que tenía que casarse con ella... bien, tenía la impresión de que no iba a servir de mucho armar un alboroto. Había destinos peores que casarse con una mujer inteligente, entretenida, a quien encima deseaba las veinticuatro horas del día.

Lo único que tenía que hacer era asegurarse de que no se enamoraba de ella. Lo cual no tenía que ser imposible, ¿verdad que no? Dios sabía que le volvía loco la mitad de las veces con sus riñas incesantes. Pero podría tener un matrimonio agradable con Kate. Disfrutaría de su amistad y disfrutaría de su cuerpo, y eso sería todo. No había por qué ir más al fondo.

Y no podía haber soñado con una mujer mejor como madre de sus hijos cuando él faltara. Lo cierto era que debía valorar aquello en su justa medida.

—Funcionará —dijo con gran autoridad—. Ya verás.

Kate le miraba con vacilación, pero hizo un gesto afirmativo. Por supuesto, poco más podía hacer. La peor chismosa de Londres acababa de atraparla con la boca de un hombre sobre su pecho. Si él no hubiera hecho aquel ofrecimiento de matrimonio, habría perdido el buen nombre para siempre.

Y si se negaba a casarse con él… bien, entonces estaría condenada como mujer perdida y como idiota.

Anthony se levantó de forma repentina.

—¡Madre! —ladró y dejó a Kate en el banco mientras se acercaba a lady Bridgerton—. Mi prometida y yo deseamos un poco de intimidad aquí en el jardín.

—Por supuesto —murmuró la vizcondesa.

—¿Le parece eso prudente? —preguntó la señora Featherington.

Anthony se adelantó, acercó mucho la boca al oído de su madre y susurró:

—Si no te la llevas de mi presencia en los siguientes segundos, la asesino aquí mismo.

Lady Bridgerton se atragantó con una risa y asintió con la cabeza. Al final consiguió decir:

—Por supuesto.

En menos de un minuto, Anthony y Kate estaban a solas en el jardín.

Anthony se volvió para mirarla; Kate se había levantado y había dado unos pocos pasos hacia él.

—Creo —murmuró Bridgerton, y enlazó suavemente su brazo con el de ella— que deberíamos considerar retirarnos de la vista de la casa.

Su paso era largo y resuelto, y Kate dio algún traspiés mientras intentaba encontrar el paso y situarse a su altura.

—Milord —preguntó apresurándose a su lado—, ¿te parece de verdad prudente?

—Suena como la señora Featherington —comentó sin aminorar la marcha ni un momento.

—Dios me libre —musitó Kate—, pero mantengo la pregunta.

—Sí, pienso que es del todo prudente —respondió, y la metió en una glorieta. Tenía las paredes parcialmente abiertas para dejar pasar el aire, pero estaba rodeada de lilos que ofrecían una intimidad considerable.

—Pero...

Él sonrió. Una sonrisa lenta.

—¿Sabes que discutes demasiado?

—¿Me has traído aquí para decirme eso?

—No, para eso no —dijo arrastrando las palabras—. Te he traído aquí para hacer esto.

Y entonces, antes de que Kate tuviera ocasión de pronunciar una sola palabra, antes de que tan siquiera tuviera ocasión de coger aliento, su boca descendió y capturó la de ella con un beso hambriento y abrasador. Sus labios eran voraces, tomaban todo lo que tenían que dar y luego pedían aún más. El fuego candente ardió y chisporroteó en el interior de Kate con más ardor que aquella noche en el estudio, diez veces más.

Se estaba fundiendo. Dios santo, se estaba fundiendo y quería mucho más.

—No deberías hacerme esto —susurró pegada a su oído—. No deberías. Todo en ti es totalmente inapropiado. Y no obstante...

Kate soltó un jadeo cuando las manos de Anthony la sorprendieron por la espalda para atraerla con brusquedad contra su erección.

—¿Lo ves? —dijo con voz entrecortada mientras movía sus labios sobre la mejilla de Kate—. ¿Lo sientes? —Se rió con voz ronca, con un extraño sonido burlón—. ¿Ya lo entiendes? —La estrujó sin piedad, luego mordisqueó la tierna piel de su oreja—. Por supuesto que no.

Kate sintió que se escurría contra él. La piel empezaba a arderle, y los brazos traidores de Anthony no dejaban de escabullirse hacia arriba y alrededor de su cuello. Estaba avivando un fuego dentro de ella, algo que ni siquiera sabía cómo controlar. Estaba poseída por una necesidad primitiva, algo abrasador, fundido, que sólo necesitaba el contacto de la piel de Anthony contra la de ella.

Le deseaba. Oh, cuánto le deseaba. No debería desearle, no debería desear a este hombre que se casaba con ella por todas las razones equivocadas.

Y no obstante le deseaba con una desesperación que la dejaba sin aliento.

No estaba bien, no estaba nada bien. Tenía graves dudas acerca de este matrimonio y sabía que debía mantener la cabeza despejada. Continuó recordándoselo a sí misma, pero eso no impidió que sus labios se separaran para permitirle la entrada a él, ni que su propia lengua saliera con timidez para saborear la comisura de su boca.

Y el deseo que se iba acumulando en su vientre —sin duda eso tenía que ser esta sensación extraña, aquel remolino de picor— se hacía cada vez más intenso.

—¿Soy una persona tan terrible? —susurró ella, más para sus propios oídos que para los de él—. ¿Esto significa que estoy perdida?

Pero él la oyó, y la respuesta sonó ardiente y húmeda contra la piel de su mejilla.

—No.

Anthony se desplazó hasta su oreja y la obligó a oír más claramente.

—No.

Luego viajó hasta sus labios y la obligó a tragar aquella palabra.

—No.

Ella sintió que la cabeza se le caía hacia atrás. La voz de él era grave y seductora, hacía que Kate se sintiera casi como si hubiera nacido para este momento.

—Eres perfecta —le susurró al mismo tiempo que movía sus grandes manos con apremio sobre su cuerpo. Dejó una sobre su cintura mientras la otra la subía hacia la suave prominencia de su pecho—. En este preciso lugar, en este preciso momento, aquí y ahora, en este jardín, eres perfecta.

Kate encontró algo perturbador en sus palabras, como si intentara decirle —y tal vez también a sí mismo— que tal vez no fuera tan perfecta mañana, y menos que al día siguiente. Pero sus labios y manos eran convincentes, y Kate expulsó aquellos pensamientos desagradables de su cabeza y optó por deleitarse en la dicha embriagadora del momento.

Se sentía hermosa. Se sentía... perfecta. Y justo ahí, justo entonces no pudo evitar adorar al hombre que la hacía sentirse de esa manera.

Anthony deslizó la mano hasta la parte de atrás de su cintura y la sostuvo mientras con la otra encontraba su pecho y estrujaba su carne a través de la fina muselina del vestido. Los dedos parecían fuera de su control, con movimientos firmes y espasmódicos, se agarraban a ella como si estuviera a punto de caerse por un precipicio y finalmente hubiera conseguido cogerse a algo. El pezón estaba duro y compacto bajo la palma de la mano, incluso con el tejido del vestido encima, y Anthony necesitó hasta el último gramo de autodominio para no irse a la parte posterior del vestido y liberar despacio cada botón de su aprisionamiento.

Podía verlo todo en su mente, incluso mientras sus labios se unían a los de ella en otro beso abrasador. Su vestido se deslizaría desde los hombros hasta dejar los pechos desnudos. Podía imaginárselos también en su mente, y de alguna manera sabía que, también, serían perfectos. Tomaría uno en su mano, levantaría el pezón al sol, y despacio, muy despacio, inclinaría la cabeza hacia ella justo hasta que pudiera tocarlo con la lengua.

Y ella gemiría, y él jugaría un poco más con ella, sosteniéndola con fuerza de tal manera que no pudiera escabullírsele. Y luego, justo cuando echara la cabeza hacia atrás y estuviera jadeante, sustituiría la lengua por sus labios y la chuparía hasta hacerla chillar.

Santo Dios, lo deseaba tanto que pensaba que iba a explotar.

Pero éste no era el momento ni el lugar. No es que sintiera la obligación de esperar a pronunciar los votos matrimoniales. Por lo que a él le concernía, ya había declarado sus intenciones en público, y ella era suya. Pero no iba a tomarla allí en la glorieta del jardín de su madre. Tenía más orgullo que todo eso; y más respeto por ella.

Muy a su pesar, se apartó lentamente y dejó reposar sus manos sobre sus hombros delgados, estirando los brazos para mantenerse lo suficientemente lejos y no verse tentado a continuar donde lo había dejado.

Y la tentación estaba ahí. Cometió el error de mirar su rostro, y en aquel momento habría jurado que Kate Sheffield era sin lugar a dudas tan hermosa como su hermana.

La suya era una clase diferente de atracción. Sus labios eran más carnosos, no seguían tanto los cánones del momento, pero eran infinitamente más besuqueables. Sus pestañas... ¿cómo no había advertido antes lo largas que eran? Cuando pestañeaba parecían descansar sobre sus mejillas como una alfombra. Y su piel, cuando estaba sonrosada por el matiz del deseo, relucía. Anthony sabía que estaba siendo imaginativo, pero al mirar su rostro no pudo evitar pensar en el alba al amanecer, en el momento exacto en que el sol se asoma sobre el horizonte y pinta el cielo con su sutil paleta de albaricoques y rosas.

Permanecieron así durante todo un minuto, los dos conteniendo la respiración, hasta que Anthony por fin dejó caer sus brazos, y ambos dieron un paso atrás. Kate se llevó una mano a la boca, sus dedos índice, corazón y anular apenas le tocaron los labios.

—No deberíamos haber hecho eso —susurró.

Él se apoyó contra una de las columnas de la glorieta, con aspecto de encontrarse verdaderamente satisfecho con su suerte.

—¿Por qué no? Estamos prometidos.

—No lo estamos —admitió ella—. En realidad, no.

Alzó una ceja.

—No se ha formalizado ningún acuerdo aún —explicó Kate apurada—. Ni se ha firmado ningún documento. Y yo no tengo dote. Deberías saber que no tengo dote.

Esto le provocó una sonrisa.

—¿Intentas librarte de mí?

—¡Por supuesto que no! —Se movió levemente, cambió su peso de pie.

Él dio un paso hacia ella.

—Sin duda no intentas darme motivos para que me libre de ti, ¿verdad?

Kate se sonrojó.

—N-no —mintió, pese a que era justo lo que había estado intentando hacer. Por supuesto, era lo más estúpido que se le podía ocurrir. Si se retractaba de este matrimonio, ella habría perdido para siempre su reputación, no sólo en Londres, sino también en el pequeño pueblo de Somerset donde vivían. Las noticias de una mujer perdida se propagaban siempre con rapidez.

Pero resultaba difícil de digerir no ser la escogida por alguien, y una parte de ella casi quería que él confirmara todas sus sospechas: que no la quería como novia, que prefería mucho más a Edwina, que se casaba con ella sólo porque tenía que hacerlo. Le dolería de un modo horroroso, pero si él lo manifestaba, ella ya lo sabría. Y saberlo, aunque fuera amargo, siempre sería mejor que no saberlo.

Al menos entonces calibraría con exactitud dónde se encontraba. Tal y como estaban las cosas, se sentía sobre arenas movedizas.

—Dejemos una cosa clara —dijo Anthony, y captó toda su atención con un tono decidido. Kate encontró su mirada, y los ojos de él ardían con tal intensidad que no pudo apartar la vista—. He dicho que iba a casarme contigo. Soy un hombre de palabra. Cualquier otra especulación sobre el tema sería de lo más insultante.

Kate hizo un gesto de asentimiento. Pero no pudo evitar pensar: Cuidado con lo que deseas... cuidado con lo que deseas.

Acababa de aceptar casarse con el mismo hombre del que temía estar enamorándose, y lo único que se pudo preguntar fue: ¿piensa en Edwina cuando me besa?

Cuidado con lo que deseas, bramó su mente.

Es posible que luego lo consigas.

Capítulo 15

Una vez más, Esta Autora ha demostrado tener razón. Las reuniones en el campo ofrecen como resultado los compromisos más sorprendentes.

Desde luego que sí, Querido Lector, sin duda lo lee aquí por primera vez: el vizconde de Bridgerton va a casarse con la señorita Katharine Sheffield. No con la señorita Edwina, como habían especulado los cotilleos sino con la señorita Katharine.

En cuanto a la manera en que se formalizó el compromiso, la dificultad para obtener detalles al respecto está siendo asombrosa. Esta Autora sabe de buena tinta que la nueva pareja fue atrapada en una postura comprometedora, y que la señora Featherington fue testigo, pero la señora F ha tenido los labios sellados en lo referente a todo este asunto, algo poco común en ella. Dada la propensión al cotilleo de la dama, a Esta Autora no le queda otro remedio que imaginar que el vizconde (quien no destaca precisamente por su debilidad de carácter) ha amenazado con lesionar a la señora F si se atreve a pronunciar una sola sílaba.

REVISTA DE SOCIEDAD DE LADY WHISTLEDOWN,
11 de mayo de 1814

Kate no tardó en comprender que la mala fama no le sentaba bien. Los dos días restantes en Kent habían sido bastante horribles; en cuanto Anthony había anunciado su noviazgo en la cena, tras comprometerse de forma ciertamente tan precipitada, apenas había tenido ocasión de respirar entre todas las felicitaciones, preguntas e insinuaciones que le hacían los invitados de lady Bridgerton.

El único momento en que se sintió de verdad relajada fue cuando, pocas horas después del anuncio, tuvo por fin ocasión de hablar en privado con Edwina quien, tras arrojar los brazos alrededor de su hermana, se declaró «contentísima», «encantada» y «nada sorprendida, ni lo más mínimo».

Kate sí había expresado su sorpresa porque Edwina no estuviera sorprendida, pero ésta se limitó a encogerse de hombros y decir:

—Para mí era obvio que estaba loco por ti. No sé cómo es que nadie más se había dado cuenta.

Lo cual dejó a Kate bastante perpleja, ya que había estado convencida de que Anthony tenía su mira matrimonial puesta en Edwina.

En cuanto Kate regresó a Londres, las especulaciones fueron incluso peores. Por lo visto, cada miembro de la elite aristocrática encontraba obligado detenerse en el pequeño hogar alquilado de las Sheffield en Milner Street para hacer una visita a la futura vizcondesa. La mayoría de ellos conseguían comunicar sus felicitaciones con una dosis sustancial de implicación poco halagadora. Nadie creía posible que el vizconde en realidad quisiera casarse con Kate, y por lo visto nadie se percataba de lo grosero que era decirle eso a la cara.

—Santo cielo, eso sí que es tener suerte —dijo lady Cowper, la madre de la infame Cressida Cowper, quien, por su parte, no le dijo ni una sola palabra a Kate y permaneció enfurruñada en un rincón lanzando miradas asesinas en su dirección.

—No tenía ni idea de que estuviera interesado por ti —insistió efusiva la señorita Gertrude Knight, con una expresión facial que decía a las claras que seguía sin creerlo, y tal vez incluso confiaba en que tal compromiso resultara ser puro teatro, pese a su anuncio en el *London Times*.

Y lady Danbury, quien era conocida por no andarse nunca con rodeos, manifestó:

—No tengo ni idea de cómo le ha atrapado pero tiene que haber sido un truco ingenioso. Hay unas cuantas muchachitas ahí afuera a las que les encantaría que les diera un par de lecciones, hágame caso.

Kate se limitó a sonreír (o eso intentó al menos; sospechaba que sus esfuerzos por conseguir respuestas corteses y amistosas no eran siempre convincentes). Asentía con la cabeza y murmuraba:

—Soy una muchacha afortunada —cada vez que Mary le hincaba el codo en el costado.

En cuanto a Anthony, el afortunado hombre había conseguido evitar el examen riguroso al que ella se había visto sometida. Le dijo a Kate que tenía que quedarse en Aubrey Hall para ocuparse de algunos detalles de la finca antes de la boda, fijada para el siguiente sábado, sólo nueve días después del incidente en el jardín. Mary había expresado su inquietud porque tal premura levantara «comentarios», pero lady Bridgerton había explicado con bastante pragmatismo que habría «comentarios» de cualquier modo y que Kate estaría menos sometida a insinuaciones poco halagadoras una vez que contara con la protección del nombre de Anthony.

Kate sospechaba que la vizcondesa, quien ya era reputada por su firme intención de casar a sus hijos adultos, quería simplemente ver a Anthony delante del obispo antes de que tuviera ocasión de cambiar de idea.

Kate tuvo que mostrarse conforme con lady Bridgerton. Pese a lo nerviosa que estaba por la boda y el matrimonio que vendría a continuación, nunca había sido persona que pospusiera las cosas. Una vez que tomaba una decisión, o como en este caso, una vez que alguien había decidido algo por ella, no veía motivos para demorar las cosas. Y en cuanto a los «comentarios», una boda apresurada podría incrementar las insinuaciones, pero Kate sospechaba que cuanto antes se casaran ella y Anthony antes se apagarían, y antes podría confiar en regresar a la oscuridad habitual de su propia vida.

Por supuesto, su vida no sería sólo suya durante mucho tiempo más. Tenía que acostumbrarse a eso.

Ni siquiera le parecía suya en aquellos momentos. Sus días eran un torbellino de actividad, lady Bridgerton la arrastraba de una tienda a otra, gastando una enorme cantidad del dinero de Anthony en su ajuar. Kate había comprendido deprisa que resistirse no tenía ningún sentido. Cuando lady Bridgerton —o Violet, como le había dado instrucciones de que la llamara— se decidía por algo, que Dios ayudara al necio que se interpusiera en su camino. Mary y Edwina las habían acompañado en algunas salidas, pero se habían apresurado a declararse agotadas por la infatigable energía de Violet, y se habían ido a tomar un sorbete en Gunter.

Al final, tan sólo dos días antes de la boda, Kate recibió una nota de Anthony en la que le pedía que estuviera en casa a las cuatro de la tarde para que pudiera hacerle una visita. Kate estaba un poco nerviosa por verle otra vez; de algún modo todo parecía diferente —más formal— en la ciudad. De todos modos, aprovechó la oportunidad para evitar otra tarde en Oxford Street, en la modista, en el sombrerero o encargando guantes o cualquier otra cosa que a Violet se le ocurriera.

Por lo tanto, mientras Mary y Edwina se habían ido a hacer recados —Kate había olvidado convenientemente mencionar la visita del vizconde—, se sentó en el salón con Newton durmiendo con placidez a sus pies y esperó.

Anthony había pasado la mayor parte de la semana pensando. No era ninguna sorpresa que todos sus pensamientos tuvieran que ver con Kate y su próxima unión.

Le preocupaba que pudiera enamorarse de ella si no se comedía. La clave, por lo visto, era sencillamente no permitírselo a sí mismo. Y cuanto más pensaba en ello, más convencido estaba de que no representaría ningún problema. Era un hombre, al fin al cabo, y sabía controlar a la perfección sus acciones y emociones. No era ningún necio, sabía que existía el amor; pero también creía en el poder de la mente, y, tal vez más importante, el poder de la voluntad. Con franqueza, no veía motivo alguno por el cual el amor tuviera que ser algo involuntario.

Si no quería enamorarse, pues qué puñetas, no iba a hacerlo. Era tan sencillo como eso. Tenía que ser tan sencillo como eso. Si no lo fuera, él no sería tan hombre, ¿o sí?

De todos modos, tendría que hablar con Kate de esta cuestión antes de la boda. Había ciertas cosas acerca del matrimonio que tenían que quedar claras. No eran normas sino más bien… acuerdos. Sí, ése era el término.

Kate necesitaba comprender con exactitud qué podía esperar de él y qué esperaba él a cambio. Su boda no era una unión por amor. Y no iba a convertirse en eso. Simplemente no era una opción. No pensaba que ella se hiciera alguna ilusión al respecto, pero por si acaso quería dejarlo claro ya, antes de que algún malentendido pudiera crecer hasta convertirse en un desastre con todas las de la ley.

Era mejor poner todas las cartas sobre la mesa, como dice el dicho, para que ninguna de las partes se llevara sorpresas desagradables más tarde. Sin duda Kate estaría conforme. Era una chica práctica. Querría saber cómo estaban las cosas. No era el tipo de persona a la que le gusta tener que adivinar lo que pasará.

Exactamente dos minutos antes de las cuatro, Anthony llamó dos veces a la puerta principal de las Sheffield. Intentó hacer caso omiso de la media docena de miembros de la elite aristocrática que por casualidad se paseaban por Milner Street aquella tarde. Se encontraban, pensó con una mueca, un poco lejos de los lugares que tenían por costumbre frecuentar.

Pero no le sorprendió. Aunque acababa de regresar a Londres, era muy consciente de que su compromiso era el actual escándalo *du jour*. *Confidencia* llegaba incluso a Kent, al fin y al cabo.

El mayordomo abrió enseguida la puerta y le hizo pasar, luego le acompañó hasta el salón próximo. Kate estaba esperando en el sofá, tenía el pelo recogido en un primoroso no-sé-qué (Anthony nunca recordaba los nombres de todos esos peinados que parecían gustar tanto a las damas), coronado por una especie de gorrito ridículo que supuso que iba a juego con el ribete blanco del vestido de tarde azul claro.

El gorro, decidió, sería lo primero que tendría que desaparecer cuando estuvieran casados. Tenía un pelo precioso, largo, lustroso y espeso. Sabía que los buenos modales dictaban que se pusiera tocados cuando andaba por ahí, pero, la verdad, parecía un pecado cubrirlo mientras se encontraban en el calor del hogar.

Sin embargo, antes de que pudiera abrir la boca, incluso para saludar, ella indicó un servicio de plata colocado sobre la mesa delante de ella y dijo:

—Me he tomado la libertad de pedir té. Empieza a hacer un poco de fresco y he pensado que te gustaría tomar algo. Si no, estaré encantada de pedir alguna otra cosa.

No había nada de aire fresco, al menos él no lo había detectado, pero dijo de todos modos:

—Esto será perfecto, gracias.

Kate asintió y cogió la tetera para servir. La inclinó algún centímetro y luego la enderezó con el ceño fruncido mientras decía:

—Ni siquiera sé cómo te gusta el té.

Anthony sintió que un extremo de su boca se curvaba levemente hacia arriba.

—Leche. Sin azúcar.

Ella hizo un gesto afirmativo, dejó la tetera para coger la leche.

—Parece algo que una esposa debe saber.

Él se sentó en la silla que se encontraba en el ángulo derecho del sofá.

—Y ahora ya lo sabes.

Kate respiró hondo y luego soltó aire.

—Ahora ya lo sé —murmuró.

Anthony se aclaró la garganta mientras la observaba servir. No llevaba guantes y encontró que le gustaba contemplar sus manos mientras se movían. Sus dedos eran largos y delgados, con una gracia increíble, lo cual le sorprendió, considerando las muchas veces que le había pisado los dedos de los pies mientras bailaban.

Por supuesto que algunos de sus pasos fallidos habían sido intencionados, pero no tantos, sospechaba, como a Kate le hubiera gustado que él pensara.

—Aquí tienes —murmuró sosteniendo el té—. Ten cuidado, está caliente. Nunca he podido con el té frío.

No, pensó él con una sonrisa, seguro que no. Kate no tenía nada que ver con las medias tintas. Era una de las cosas que le gustaba de ella.

—¿Milord? —dijo con amabilidad y movió el té unos centímetros más en su dirección.

Anthony cogió el platillo y permitió que sus dedos enfundados en guantes rozaran los dedos desnudos de ella. Mantuvo la mirada en el rostro de Kate, y advirtió la leve mancha rosada que ruborizó sus mejillas.

Por algún motivo, aquello le complació.

—¿Tienes alguna cosa en concreto que quieras preguntarme, milord? —preguntó, una vez puso su mano a salvo de la de él y rodeó con los dedos el asa de su taza de té.

—Mi nombre es Anthony, como lo recuerdas sin duda, y ¿no puedo hacer una visita a mi prometida tan sólo por el placer de su compañía?

Kate le dedicó una mirada ceñuda por encima del borde de la taza.

—Por supuesto que puedes —contestó—, pero no creo que sea ese el caso.

Él alzó una ceja al oír la impertinencia.

—Pues da la casualidad de que tienes razón.

Kate murmuró algo. Él no lo entendió bien, pero tuvo la leve sospecha de que había dicho «normalmente la tengo».

—He pensado que deberíamos tratar de nuestro matrimonio —empezó.

—Perdón, ¿cómo has dicho?

Anthony se reclinó hacia atrás.

—Ambos somos personas prácticas. Creo que nos sentiremos más cómodos una vez que entendamos qué podemos esperar el uno del otro.

—Por... por supuesto.

—Bien. —Dejó la taza en el platillo y luego éste sobre la mesa que tenía delante—. Me alegra que pienses así.

Kate hizo un lento ademán de asentimiento con la cabeza pero no dijo nada; en vez de ello prefirió mantener la mirada enfocada en su rostro mientras él se aclaraba la garganta. Parecía que se estuviera preparando para un discurso parlamentario.

—No hemos tenido el comienzo más favorable —dijo, y frunció un poco el ceño al ver que ella hacia un gesto afirmativo— pero en mi opinión, y espero que estés de acuerdo, hemos conseguido cierto grado de amistad.

Ella asintió una vez más, pensando que tal vez pudiera aguantar toda la conversación sin hacer otra cosa que menear la cabeza.

—La amistad entre marido y mujer es de vital importancia —continuó—, incluso más importante, desde mi punto de vista, que el amor.

Esta vez ella no asintió.

—Nuestro matrimonio se basará en la amistad y el respeto mutuos —pontificó— y en mi caso yo no podría sentirme más complacido por tal disposición.

—Respeto —repitió Kate, sobre todo porque él la miraba con expectación.

—Haré todo lo posible para ser un buen esposo —siguió—. Y, siempre que no me excluyas de tu cama, te seré fiel tanto a ti como a nuestros votos matrimoniales.

—Eso es ciertamente progresista por tu parte —murmuró ella. Él no decía nada que ella no diera por supuesto, y no obstante le resultaba todo un poco fastidioso.

Bridgerton entrecerró los ojos.

—Confío en que me estés tomando en serio, Kate.

—Oh, desde luego.

—Bien. —Pero Anthony le dedicó una mirada peculiar. Kate no estuvo segura de que él la creyera—. A cambio —añadió— espero que ningún comportamiento tuyo mancille el nombre de mi familia.

Kate sintió que su espalda se ponía rígida.

—Ni soñaría con eso.

—Eso pensaba. Ésa es una de las razones de que esté tan complacido con este matrimonio. Serás una vizcondesa excelente.

Lo dijo como un cumplido, Kate lo sabía, pero de todos modos sonó un poco hueco, tal vez un pelín condescendiente. Hubiera preferido sin duda que le dijera que iba a ser una esposa excelente.

—Tendremos una buena amistad —anunció—, nos tendremos respeto mutuo y tendremos hijos, hijos inteligentes, gracias a Dios, ya que eres sin duda la mujer más inteligente que conozco.

Aquello compensaba su condescendencia, pero Kate apenas tuvo tiempo para sonreír por aquel cumplido ya que él se apresuró a añadir:

—Pero no debes esperar amor. Este matrimonio no tendrá nada que ver con el amor.

A Kate se le formó un nudo espantoso en la garganta, se encontró asintiendo con la cabeza una vez más, sólo que esta vez cada movimiento de cuello le provocaba un incomprensible dolor en el corazón.

—Hay ciertas cosas que no puedo darte —dijo Anthony— y me temo que el amor es una de ellas.

—Entiendo.

—¿Sí?

—Por supuesto —soltó con cierta brusquedad—. No me quedaría más claro si me lo escupiera a la cara.

—Nunca me he propuesto casarme por amor —continuó él.

—No es eso lo que me dijiste cuando cortejabas a Edwina.

—Cuando cortejaba a Edwina —contestó— yo intentaba impresionarte a ti.

Kate entrecerró los ojos.

—No me estás impresionando ahora.

Él soltó una larga exhalación.

—Kate, no he venido aquí a discutir. Sencillamente me parecía mejor que fuéramos sinceros el uno con el otro antes de nuestra boda el sábado por la mañana.

—Por supuesto —suspiró ella, y se obligó a asentir una vez más. No era intención de él insultarla, y ella no debería haber reaccionado de forma exagerada. Le conocía lo suficiente ya como para saber que sólo actuaba así por preocupación. Anthony sabía que nunca la amaría; lo mejor era dejar aquello claro desde el principio.

Pero dolía de todos modos. Kate no sabía si le amaba, pero estaba bastante segura de que podría amarle, y se temía que después de semanas de matrimonio le querría.

Y habría sido tan encantador que él pudiera corresponderle.

—Lo mejor es que nos entendamos bien —repitió él con amabilidad.

Kate no paraba de asentir. Un cuerpo en movimiento tendía a permanecer en movimiento. Se temía que si paraba empezaría a hacer algo estúpido como echarse a llorar.

Bridgerton estiró el brazo por encima de la mesa y le tomó la mano, provocando un estremecimiento en ella.

—No quería que te hicieras falsas ilusiones antes de empezar el matrimonio —dijo— y me pareció que tú tampoco lo querrías.

—Por supuesto que no, milord —dijo ella.

El vizconde puso un ceño.

—Pensaba que ya te había dicho que me llamaras Anthony.

—Es cierto —respondió—, milord.

Él retiró la mano. Kate observó cómo volvía a colocarla sobre su regazo y tuvo la extraña sensación de verse privada de algo.

—Antes de irme, tengo algo para ti. —Sin apartar los ojos de su rostro, se metió la mano en el bolsillo y sacó un pequeño estuche de joyería—. Debo disculparme por tardar tanto en ofrecerte un anillo de compromiso —murmuró mientras se lo tendía.

Kate pasó los dedos sobre la cubierta de terciopelo azul antes de abrir la cajita. Dentro había un anillo de oro bastante sencillo, adornado por un único diamante de talla redonda.

—Es una reliquia Bridgerton —explicó—. Hay varios anillos de compromiso en la colección, pero he pensado que éste te gustaría más. Los otros eran bastante pesados y recargados.

—Es muy hermoso —dijo Kate, incapaz de apartar la mirada de la joya.

Anthony le cogió el estuche.

—¿Puedo? —murmuró mientras sacaba el anillo de su cavidad de terciopelo.

Kate estiró la mano y se maldijo al darse cuenta de que estaba temblando; no mucho, pero seguro que lo bastante para que él lo notara. Sin embargo, Anthony no dijo nada; la calmó con su mano mientras con la otra le deslizaba el anillo por el dedo.

—¿Queda bastante bien, no te parece? —preguntó mientras le sostenía aún las puntas de los dedos.

Kate hizo un gesto afirmativo, incapaz de apartar la mirada del anillo. Nunca había sido muy aficionada a los anillos; éste iba a ser el primero que llevara con regularidad. Le resultaba extraño tenerlo en el dedo, pesado, frío y muy, muy sólido. En cierto modo, hacía que todo lo sucedido durante la última semana pareciera más real. Más definitivo. Se le ocurrió pensar mientras contemplaba el anillo que había medio esperado que un rayo cayera del cielo y detuviera el desarrollo de los eventos antes de que pronunciaran definitivamente sus votos nupciales.

Anthony se acercó un poco más, luego se acercó a los labios los dedos recién adornados.

—¿Tal vez debiéramos sellar el acuerdo con un beso? —murmuró.

—No estoy segura...

Anthony tiro de ella para sentarla sobre su regazo con una mirada traviesa.

—Yo sí.

Pero mientras Kate se caía sobre él, dio sin querer una patada a Newton, que soltó un ladrido sonoro y quejumbroso, era obvio que molesto por que le hubieran interrumpido la siesta de forma tan descortés.

Anthony alzó una ceja y miró a Newton por encima de Kate.

—Ni siquiera le había visto aquí.

—Estaba echando un sueñecito —explicó Kate—. Duerme muy profundamente.

Pero una vez despierto, el perro se negó a quedarse sin tomar parte en la acción, y con un ladrido un poco más despierto, dio un salto sobre la silla y luego aterrizó sobre el regazo de Kate.

—¡Newton! —chilló.

—Oh, por el amor de... —Anthony se vio obligado a parar de refunfuñar al recibir un gran beso baboso de Newton.

—Creo que le caes bien —dijo Kate tan divertida con la expresión de asco de Anthony que se olvidó incluso de sentirse cohibida por su posición sentada encima de él.

—Perro —ordenó Anthony— baja al suelo ahora mismo.

Newton bajó la cabeza y gimió.

—¡Ahora!

Con un gran suspiro, Newton se dio media vuelta y se dejó caer pesadamente en el suelo.

—¡Cielo santo! —exclamó Kate estudiando al perro, que ahora se cobijaba debajo de la mesa, con el morro echado sobre la alfombra con aire lastimero—. Estoy impresionada.

—Todo está en el tono de voz —le dijo Anthony con tono de superioridad mientras le deslizaba un firme brazo por la cintura para que no pudiera levantarse.

Kate miró el brazo, luego le miro a la cara con expresión inquisidora.

—Vaya —dijo en tono reflexivo— ¿por qué tengo la impresión de que ese tono de voz te resulta eficaz también con las mujeres?

Él se encogió de hombros y se inclinó hacia delante sonriendo con los párpados caídos.

—Normalmente funciona —murmuró.

—Pero en este caso no. —Kate plantó las manos en los brazos de la silla e intentó incorporarse.

Pero él era demasiado fuerte.

—Especialmente en éste —dijo mientras su tono de voz descendía hasta un ronroneo que no podía ser más grave. Con la mano que le quedaba libre le tomó la barbilla y le volvió el rostro hacia él. Kate sintió sus labios suaves pero exigentes, que exploraron su boca de un modo tan meticuloso que la dejó sin aliento.

Continuó moviendo la boca por la línea del mentón hasta su cuello donde hizo una pausa sólo para susurrar.

—¿Dónde está tu madre?

—Ha salido —dijo Kate de forma entrecortada.

Los dientes de Anthony tiraban del ribete de su corpiño.

—¿Y cuánto tardará?

—No lo sé. —Soltó un leve chillido cuando la lengua avanzó bajo la muselina y trazó una línea erótica sobre su piel—. Dios bendito, Anthony, ¿qué estás haciendo?

—¿Cuánto rato? —repitió.

—Una hora. Tal vez dos.

Él alzó la vista para asegurarse de que había cerrado la puerta antes al entrar.

—¿Tal vez dos? —murmuró sonriente contra la piel de Kate—. ¿De veras?

—Tal vez sólo una.

Le metió un dedo bajo el borde superior del corpiño, cerca del hombro, asegurándose de sujetar también el extremo de su camisola.

—Una hora —dijo— también me parece espléndido. —Luego, tras detenerse tan sólo para llevar sus labios a la boca de Kate de modo que no pudiera protestar lo más mínimo, le bajó el vestido con un rápido movimiento, llevándose también la camisola.

Anthony notó el jadeo de ella en su boca, pero continuó ahondando en su beso mientras ponía la palma de la mano sobre la plenitud del pecho de Kate. Le parecía perfecta bajo sus dedos, suave y respingada, llenando su mano como si estuviera hecha a su medida.

Cuando notó que su resistencia se desvanecía, pasó a besarle la oreja, mordisqueando con suavidad el lóbulo.

—¿Te gusta esto? —le susurró mientras apretaba suavemente con la mano.

Ella asintió temblorosa.

—Mmm, bien —murmuró Anthony repasando con la lengua su oreja—. Complicaría mucho las cosas que no te gustara.

—¿P-por qué?

Él contuvo el regocijo que le desbordaba la garganta. No era el momento de reírse, pero era tan inocente, caray. Nunca había hecho el amor con una mujer como ella; le estaba sorprendiendo lo delicioso que le parecía.

—Digamos —respondió— que me gusta mucho.

—Oh. —Kate le dedicó la más vacilante de las sonrisas.

—Y hay más, ¿sabes? —le susurró, y dejó que su aliento le acariciara la oreja.

—Estoy segura de que lo habrá —contestó, su voz un mero jadeo.

—¿Ah sí? —le preguntó en tono bromista mientras volvía a estrujarla.

—No estoy tan verde como para pensar que se puede hacer un bebé sólo con lo que estamos haciendo.

—Estaré encantado de enseñarte el resto —murmuró él.

—No... ¡Oh!

Volvió a estrecharla, esta vez permitió que sus dedos le hicieran cosquillas en la piel. Le encantaba que ella no fuera capaz de pensar cuando él le tocaba el pecho.

—¿Qué decías? —se interesó mientras le mordisqueaba el cuello.

—¿Yo... algo?

Él hizo un movimiento afirmativo con la cabeza, la débil barba le rozó la garganta.

—Estoy seguro. Pero, claro, tal vez sea mejor que no te oiga. Había empezado con la palabra «no». Sin duda —añadió pasándole la lengua por la parte inferior de la barbilla— es una palabra que no debe pronunciarse entre nosotros en un momento como éste. Pero —su lengua continuó por la línea de la garganta hasta el hueco de la clavícula— estoy divagando.

—¿Ah... sí?

Anthony asintió.

—Creo que estaba intentando determinar qué es lo que te agrada, como debería hacer todo esposo.

Kate no dijo nada, pero su respiración se aceleró.

Él sonrió contra su piel.

—Por ejemplo, ¿qué me dices de esto? —Extendió la palma de tal manera que ya no tomaba su pecho sino que dejaba que la mano le rozara con sutileza el pezón.

—¡Anthony! —soltó medio asfixiada.

—Bien —aprobó y pasó a su cuello. Empujó con suavidad su barbilla para que le quedara más accesible—. Me alegra que vuelvas a llamarme Anthony. «Milord» es tan formal, ¿no te parece? Demasiado formal para esto.

Y entonces hizo algo con lo que había estado fantaseando hacía semanas. Bajó la cabeza sobre su pecho y se lo metió en la boca, lo saboreó, lo lamió, jugueteó con él y se deleitó con cada jadeo que se le escapaba a ella, con cada espasmo de deseo que sentía que estremecía el cuerpo de Kate.

Le encantaba que reaccionara de esta manera, le emocionaba poder hacerle esto.

—Muy bien —murmuró, el aliento caliente y húmedo contra su piel—. Qué bien sabe.

—Anthony. —La voz de Kate sonaba ronca—. ¿Estás seguro...?

Le puso un dedo en los labios sin tan siquiera levantar la cara para mirarla.

—No tengo ni idea de qué quieres preguntar, pero la respuesta es... —Desplazó la atención al otro pecho—. Estoy seguro.

Kate soltó un sonido gimiente, de esa clase que sale del fondo de la garganta. Todo su cuerpo se arqueaba bajo las atenciones de Anthony, quien jugueteaba con renovado fervor con el pezón, acariciándolo con delicadeza entre sus dientes.

—Oh, cielos... oh, ¡Anthony!

Recorrió con la lengua la aureola. Era perfecta, simplemente perfecta. Le encantaba el sonido de su voz, ronca y quebrada por el deseo. Su cuerpo sintió un cosquilleo de sólo pensar en su noche de bodas, sus gritos de pasión y necesidad. Ella ardería debajo de él, y se deleitó ante la perspectiva de hacerla explotar.

Se apartó para poder verle el rostro. Estaba sonrojada, los ojos aturdidos y dilatados. El pelo empezaba a soltarse de ese horrendo gorrito.

—Y esto... —dijo estirándoselo de la cabeza— tiene que desaparecer.

—¡Milord!

—Prométeme que no volverás a ponértelo.

Kate se retorció en su asiento, de hecho sobre su regazo, lo cual contribuyó bien poco al estado de urgencia de su entrepierna, para mirar por encima de la silla.

—No voy a hacer tal cosa —replicó—. Me gusta mucho ese gorro.

—No es posible —dijo él poniéndose serio.

—Pues sí... ¡Newton!

Anthony siguió su vista y estalló en una sonora carcajada, que provocó que ambos se sacudieran en el asiento. Newton masticaba con gran satisfacción el gorro de Kate.

—¡Buen perro! —exclamó él con una carcajada.

—Te obligaría a comprarme uno —masculló Kate mientras se estiraba el vestido hacia arriba— de no ser por la fortuna que ya has gastado conmigo esta semana.

Esto le divirtió.

—¿Ah sí? —preguntó con leve interés.

Kate hizo un gesto afirmativo.

—He estado de compras con tu madre.

—Ah. Bien. Estoy seguro de que no te ha permitido comprar nada como esto. —Hizo una indicación al gorro ahora destrozado en la boca de Newton.

Cuando volvió a mirarla, Kate había torcido la boca hasta formar una línea contrariada que le sentaba muy bien. No pudo evitar sonreír. Se dejaba leer con tal facilidad. Su madre no le habría dejado comprar un gorro tan poco atractivo, y ahora la consumía no ser capaz de ofrecer una respuesta a esta última frase.

Anthony suspiró con agrado. La vida con Kate no iba a ser aburrida.

Pero se hacía tarde, probablemente ya era hora de marcharse. Kate había dicho que no esperaba a su madre al menos durante una hora, pero Anthony sabía que no había que confiar en la noción del tiempo de las mujeres. Kate podría equivocarse o su madre podría cambiar de idea o cualquier cosa podría haber sucedido, y aunque él y Kate iban a casarse dentro de dos días, no parecía demasiado prudente que les atraparan en el salón en una posición tan comprometedora.

Muy a su pesar, porque estar sentado en la silla con Kate sin hacer otra cosa que abrazarla le producía una satisfacción sorprendente, se puso en pie y la levantó en sus brazos mientras lo hacía, volviendo luego a dejarla en la silla.

—Ha sido un interludio delicioso —murmuró inclinándose para darle un beso en la frente—. Pero me temo que tu madre estará a punto de llegar. Te veré el sábado por la mañana.

Kate parpadeó.

—¿El sábado?

—Es una superstición de mi madre —explicó con sonrisa avergonzada—. Cree que da mala suerte a la novia y al novio verse el día anterior a la boda.

—Oh. —Se puso en pie y se alisó con pudor el vestido y el cabello—. ¿Y tú también lo crees?

—En absoluto —dijo con un resoplido.

Ella asintió.

—Entonces es muy dulce por tu parte satisfacer los caprichos de tu madre.

Anthony se paró un momento, muy consciente de que cualquier hombre con su reputación no quería parecer estar bajo las faldas de su madre. Pero así era Kate, y sabía que ella valoraba la devoción a la familia tanto como él, de modo que dijo finalmente:

—Son pocas cosas las que no haría para tener a mi madre contenta.

Sonrió con timidez.

—Es una de las cosas que más me gusta de ti.

Anthony hizo una especie de gesto como si quisiera cambiar de tema, pero ella lo interrumpió con:

—No, es la verdad. Eres una persona mucho más bondadosa de lo que te gustaría que creyera la gente.

Puesto que no iba a ser capaz de salir victorioso de una discusión con ella, y tenía poco sentido contradecir a una mujer que le estaba haciendo un cumplido, se llevó un dedo a los labios y dijo:

—Shhh. No se lo digas a nadie. —Y entonces, con un último beso en su mano y murmurando un *Adieu*, se encaminó hacia la puerta y salió a la calle.

Una vez sobre su caballo y de regreso a su pequeña casa de la ciudad al otro lado de Londres, se permitió valorar la visita. Había ido bien, pensó. Kate parecía haber entendido los límites que él había establecido al matrimonio y había reaccionado a sus relaciones con un deseo que era tierno e intenso al mismo tiempo.

En conjunto, pensó con una sonrisa de satisfacción, el futuro parecía brillante. Su matrimonio sería un éxito. En cuanto a las inquietudes anteriores... bien, estaba claro que no tenía nada de que preocuparse.

• • •

Kate estaba preocupada. Anthony se había desvivido porque ella entendiera que nunca la querría. Y lo cierto era que parecía no querer que ella le amara.

Luego había empezado a besarla como si el mundo se acabara al día siguiente, como si fuera la mujer más hermosa de la Tierra. Era la primera en admitir que tenía poca experiencia con los hombres y sus deseos, pero estaba claro que él parecía desearla.

¿O simplemente se imaginaba que era otra persona? No la había elegido la primera a ella como esposa. Mejor no olvidaba aquello.

Y aunque ella se enamorara de él… bien, tendría que callárselo, así de sencillo. En realidad no podía hacer otra cosa.

Capítulo 16

Ha sido puesto en conocimiento de Esta Autora que el enlace entre lord Bridgerton y la señorita Sheffield va a ser un acto reducido, íntimo y privado.

En otras palabras. Esta Autora no está invitada.

Pero no tema, Querido Lector. En situaciones como ésta, Esta Autora es una persona de recursos y promete descubrir los detalles de la ceremonia, tanto los interesantes como los banales.

La boda del soltero más cotizado de Londres es sin duda algo de lo que esta humilde columna debe informar, ¿no creen?

REVISTA DE SOCIEDAD DE LADY WHISTLEDOWN,
13 de mayo de 1814

*L*a noche anterior a la boda, Kate estaba sentada en su cama ataviada con su vestido favorito mirando con aturdimiento una multitud de baúles esparcidos por el suelo. Todas sus pertenencias estaban recogidas, dobladas y embaladas con esmero, listas para ser trasladadas a su nuevo hogar.

Incluso Newton estaba preparado para el viaje. Le habían bañado y secado, le habían colocado un nuevo collar en el cuello, y habían metido sus juguetes favoritos en un macuto que ahora se encontraba en el vestíbulo de la entrada, justo al lado del arcón de madera delicadamente tallada que Kate tenía desde que era una niña. La presencia aquí en Londres del arcón, lleno de los juguetes y tesoros de la infancia de Kate, había provocado en ella un alivio tremendo. Parecía sentimental y tonto, pero servía para que encarara con menos miedo la próxima transición. Llevar sus cosas a casa de Anthony, pequeños objetos sin valor alguno para otra persona que no fuera ella, servía para que la nueva casa pareciera también la suya.

Mary, quien siempre parecía entender lo que necesitaba Kate antes mismo de que lo entendiera su hija, había mandado un aviso a sus amigos en Somerset en cuanto Kate se comprometió, y les pidió que enviaran a Londres el arcón a tiempo para la boda.

Kate se levantó y recorrió la habitación. Se detenía y pasaba los dedos por un camisón doblado sobre la mesa, aún a la espera de ser transferido a sus baúles. Era una prenda escogida por lady Bridgerton —Violet, tenía que empezar a pensar en ella como Violet—, de corte recatado pero tejido diáfano. La visita a la tienda de ropa interior había sido un auténtico tormento para Kate. ¡Al fin y al cabo era la madre de su prometido quien estaba seleccionando prendas para la noche de bodas!

Mientras Kate cogía el camisón y lo metía con cuidado en el baúl, oyó unos golpecitos en la puerta. Invitó a entrar a quien llamara y Edwina asomó la cabeza. También ella estaba vestida para irse a dormir, con el pelo claro recogido en un moño flojo en la nuca.

—Pensaba que a lo mejor te apetecía un poco de leche caliente —dijo Edwina.

Kate sonrió agradecida.

—Suena muy apetecible.

Edwina se agachó y cogió la jarra de cerámica que había dejado en el suelo.

—No puedo sostener dos jarras y abrir el pomo al mismo tiempo —explicó con una sonrisa. Una vez dentro cerró la puerta con el pie y le tendió una jarra. Con la mirada fija en Kate, Edwina le preguntó sin más preámbulos—. ¿Estás asustada?

Kate dio un sorbo con cautela para comprobar la temperatura antes de tragar. Estaba muy caliente, aunque no quemaba, algo que de alguna manera le produjo bienestar. Bebía leche caliente desde la infancia, y su sabor y textura siempre le aportaban aquella sensación de calor y bienestar.

—No exactamente asustada —contestó por fin mientras se sentaba sobre el extremo de la cama— pero sí nerviosa. Decididamente nerviosa.

—Bien, no es de extrañar —dijo Edwina mientras sacudía animadamente la mano que le quedaba libre—. Habría que ser idiota para no estar nerviosa. Toda tu vida va a cambiar. ¡Toda! Hasta tu nombre. Serás una mujer casada. Una vizcondesa. Pasado mañana no serás la misma mujer, Kate, y después de mañana por la noche...

—Ya basta, Edwina —interrumpió Kate.

—Pero...

—No es que me estés tranquilizando mucho.

—Oh. —Edwina esbozó una sonrisa avergonzada—. Lo siento.

—Está bien. —Kate le quitó importancia.

Edwina consiguió morderse la lengua durante cuatro segundos antes de preguntar.

—¿Ha venido mamá a hablar contigo?

—Aún no.

—Debería hacerlo, ¿no te parece? Mañana es el día de tu boda y seguro que hay todo tipo de cosas que hace falta saber. —Edwina dio un buen trago a la leche, que dejó un bigote blanco poco apropiado, luego se acomodó sobre el extremo al otro lado de la cama—. Hay todo tipo de cosas que yo no sé y no sé cómo habrías podido aprenderlas tú, a menos que hayas estado metida en cosas raras sin yo saberlo.

Kate se preguntó si sería muy descortés amordazar a su hermana con alguna de las prendas de lencería que había escogido lady Bridgerton. Encontraba cierta justicia poética en una medida de ese tipo.

—¿Kate? —preguntó Edwina pestañeando con curiosidad—. ¿Kate? ¿Por qué me miras de un modo tan extraño?

Kate contemplaba las prendas de lencería con anhelo.

—Seguro que prefieres no saberlo.

—Mmmf. Bien, entonces...

Las murmuraciones de Edwina fueron interrumpidas en seco por un suave golpe en la puerta.

—Seguro que es nuestra madre —dijo Edwina con una mueca maliciosa—. No puedo esperar.

Kate entornó los ojos en dirección a Edwina mientras se levantaba a abrir la puerta. Como había esperado, Mary estaba de pie en el pasillo con dos tazas humeantes.

—Pensé que te apetecería un poco de leche caliente —dijo con una débil sonrisa.

Kate levantó su taza como respuesta.

—Edwina tuvo la misma idea.

—¿Qué está haciendo Edwina aquí? —preguntó Mary al entrar en la habitación.

—¿Desde cuando necesito una razón para hablar con mi hermana? —preguntó Edwina con un resoplido.

Mary le lanzó una mirada malhumorada antes de volver de nuevo su atención a Kate.

—Mmmf. Parece que tenemos exceso de leche caliente.

—Ésta se ha quedado tibia de todos modos —dijo Kate, al tiempo que dejaba la taza sobre uno de los baúles y la cambiaba por la más caliente que le ofrecía Mary—. Edwina puede bajar la otra taza a la cocina cuando salga.

—Perdón, ¿cómo dices? —preguntó Edwina vagamente distraída—. Oh, por supuesto. Estoy encantada de ser de ayuda. —Pero no se levantó. De hecho, ni siquiera se movió, salvo para torcer la cabeza de un lado a otro para mirar a Mary, luego a Kate y otra vez a su madre.

—Tengo que hablar con Kate —dijo Mary.

Edwina meneó la cabeza con entusiasmo.

—A solas.

Edwina parpadeó.

—¿Tengo que marcharme?

Mary hizo un gesto afirmativo y le tendió la taza de leche que se había enfriado.

—¿Ahora?

Mary volvió a mover la cabeza.

Edwina pareció acongojada, luego su expresión se transformó en una sonrisa.

—¿Estás de broma, verdad? Me puedo quedar, ¿eh que sí?

—No —contestó Mary.

Edwina le devolvió una mirada suplicante a Kate.

—A mí no me mires —replicó Kate con una sonrisa mal disimulada—. Ella decide. Es quien va a hablar al fin y al cabo. Yo sólo voy a escuchar.

—Y a hacer preguntas —señaló Edwina—. Y yo también tengo preguntas. —Se volvió a su madre—. Muchas preguntas.

—Estoy segura de que así es —contestó su madre— y estaré encantada de responderlas todas la noche anterior a tu boda.

Edwina se levantó refunfuñando.

—No es justo —masculló al tiempo que le arrebataba la taza.

—La vida no es justa —dijo Mary con una mueca.

—Eso digo yo —rezongó la muchacha mientras cruzaba la habitación arrastrando los pies.

—¡Y nada de escuchar tras la puerta! —le gritó Mary.

—Ni se me ocurriría —respondió Edwina arrastrando las palabras—. A no ser que habléis lo bastante alto como para que yo os oiga.

Mary suspiró mientras Edwina salía al pasillo y cerraba la puerta acompañando sus movimientos de un torrente constante de gruñidos ininteligibles.

—Tendremos que hablar en susurros —le dijo a Kate.

Ésta asintió con la cabeza, pero era tan leal a su hermana como para decir:

—Tal vez no se quede a escuchar a escondidas.

La mirada de Mary reflejaba extrema desconfianza.

—¿Quieres que abramos la puerta para aclararlo?

Kate puso una mueca a su pesar.

—Tú ganas.

Mary se sentó en el lugar que había dejado vacío Edwina y observó a Kate con una mirada bastante directa.

—Estoy segura de que sabes por qué estoy aquí.

Kate respondió con un gesto afirmativo.

Mary dio un trago a la leche y se quedó callada durante un largo momento antes de decir:

—Cuando me casé —por primera vez, no con tu padre— no tenía ni idea de lo que podía esperar en el lecho matrimonial. No se trataba... —Durante un breve instante cerró los ojos y por un momento pareció que sufría—. Mi falta de conocimiento lo hacía todo más complicado —reconoció finalmente, y la forma lenta y cuidadosa en que escogió las palabras reveló a Kate que «complicado» probablemente era un eufemismo.

—Entiendo —murmuró Kate.

Mary alzó la vista de forma abrupta.

—No, creo que no. Y espero que nunca lo entiendas. Pero eso no viene ahora a cuento. Siempre he jurado que ninguna hija mía irá al matrimonio con tal ignorancia sobre lo que ocurre entre marido y mujer.

—Ya estoy al corriente de lo más básico de la operación —admitió Kate.

Con clara expresión de sorpresa, Mary preguntó:

—¿De veras?

Kate hizo un movimiento afirmativo con la cabeza.

—No será muy diferente de los animales, ¿verdad?

Mary negó con la cabeza, y sus labios se fruncieron formando una sonrisa levemente divertida.

—No, no lo es.

Kate consideró la mejor manera de formular su siguiente pregunta. Por lo que había visto en la granja de su vecino de Somerset, el acto de la procreación no parecía demasiado grato. Pero cuando Anthony la besó, ella tuvo la impresión de que perdía la cabeza. Y cuando la volvió a besar por segunda vez, no estaba segura de querer que aquello acabara nunca. Todo su cuerpo reaccionó estimulado, y sospechaba que si sus encuentros recientes se hubiera producido en lugares más convenientes, le habría permitido a él hacer lo que quisiera con ella sin la menor protesta.

Pero también estaba la yegua que aullaba de forma tan espantosa en la granja. Con franqueza, las diversas piezas del rompecabezas no encajaban del todo.

Por fin, tras aclararse mucho la garganta, dijo:

—No parece muy agradable.

Mary volvió a cerrar los ojos, su rostro adoptó la misma expresión que antes, como si recordara algo que prefería mantener guardado en los rincones más oscuros de su mente. Cuando abrió de nuevo los ojos, dijo:

—El disfrute de una mujer depende por completo de su marido.

—¿Y el de un hombre?

—El acto del amor —dijo Mary sonrojándose— puede ser, y debería serlo, una experiencia agradable tanto para el hombre como para la mujer. Pero... —tosió y dio un sorbo a la leche— sería negligente por mi parte no contarte que una mujer no siempre encuentra placer en el acto.

—Pero ¿un hombre sí?

Mary hizo un gesto de asentimiento.

—Eso no parece justo.

La mirada de Mary fue irónica.

—Creo que acabo de decirle a Edwina que la vida no siempre es justa.

Kate frunció el ceño mientras contemplaba la leche en su taza.

—Bien, pero, de verdad, esto no parece justo.

—Aunque no quiere decir —se apresuró a añadir— que la experiencia sea necesariamente desagradable para la mujer. Y estoy segura de que no será desagradable para ti. Supongo que el vizconde te ha besado...

Kate asintió sin levantar la vista.

Cuando Mary habló, Kate pudo oír la sonrisa en su voz.

—Y por tu rubor supongo que te gustó.

Kate volvió a hacer un gesto afirmativo. Le ardían las mejillas.

—Si te gustó el beso —dijo Mary— entonces estoy segura de que no te molestará que él continúe con sus atenciones. Estoy segura de que será delicado y atento contigo.

«Delicado» no era un término que reflejara del todo la esencia de los besos de Anthony, pero Kate pensaba que no había que comentar ese tipo de cosas con la madre de una. La verdad, toda la conversación ya era lo bastante delicada por sí sola.

—Los hombres y las mujeres somos muy diferentes —continuó Mary como si aquello no fuera tan obvio— y un hombre, incluso un hombre fiel a su esposa, como estoy segura de que el vizconde será, puede encontrar placer casi en cualquier mujer.

Esto era alarmante, y no era lo que Kate quería oír.

—¿Y una mujer? —saltó.

—Es diferente para una mujer. He oído que las mujeres disolutas encuentran placer como cualquier hombre, en los brazos de cualquiera que las satisfaga, pero yo no lo creo. Pienso que una mujer tiene que sentir afecto por su esposo para disfrutar en el lecho matrimonial.

Kate se quedó un momento callada.

—¿No amabas a tu primer esposo, verdad?

Mary negó con la cabeza.

—Eso lo cambia todo, cielo mío. Eso y que el marido sea considerado con su esposa. Pero he visto al vizconde en tu compañía. Soy consciente de que vuestro enlace ha sido repentino e inesperado, pero te trata con cariño y respeto. No debes temer nada, estoy segura. El vizconde te tratará bien.

Y con eso, Mary besó a Kate en la frente y le deseó buenas noches. Luego recogió las dos tazas vacías y salió de la habitación. Kate se quedó sentada en la cama, con la vista perdida en la pared de enfrente durante varios minutos.

Mary se equivocaba. Kate estaba segura de ello. Tenía mucho que temer.

Detestaba no ser la primera elección de Anthony como esposa, pero era práctica, pragmática y sabía que ciertas cosas de la vida sencillamente se tenían que aceptar como un hecho. Pero se había consolado con el recuerdo del deseo que había sentido... y pensaba que Anthony también lo había sentido cuando ella estaba en sus brazos.

Ahora parecía que tal deseo ni siquiera tenía que ser obligatoriamente por ella; era más bien una necesidad bastante primitiva que todo hombre sentía por toda mujer.

Y Kate nunca sabría si, cuando Anthony apagara las velas, se la llevara a la cama y cerrara los ojos...

Imaginaría el rostro de otra mujer.

La boda, que iba a celebrarse en el salón de la mansión Bridgerton, fue un acto privado y reducido. Bien, todo lo que podría esperarse de un acto con la familia Bridgerton al completo, desde Anthony hasta la pequeña Hyacinth de once años, quien iba a encargarse de llevar las flores con gran seriedad. Cuando su hermano Gregory, de trece años, intentó inclinar su cesto de pétalos de rosas, la muchacha le soltó un fuerte golpe en el mentón, con lo cual la ceremonia se retrasó unos buenos diez minutos, pero por otro lado agregó una nota muy necesaria de levedad y risas a la reunión.

Bien, para todo el mundo excepto para Gregory, quien se había ofendido bastante con todo el episodio, y desde luego no se reía, pese a haber sido él mismo quien había empezado, como Hyacinth se apresuró a indicar a cualquiera que quisiera escucharla; y su voz era lo bastante chillona como para que alguien tuviera la opción de no escucharla.

Kate lo había visto todo desde su posición estratégica en el vestíbulo, desde donde había estado observando a través de una rendija en la puerta. Aquello le había arrancado una sonrisa, algo que agradeció, puesto que hacía más de una hora que las rodillas no le dejaban de temblar. Sólo podía agradecer que lady Bridgerton no hubiera insistido en organizar una celebración por todo lo alto. Kate, que nunca antes se había considerado una persona nerviosa, era probable que se hubiera desmayado del susto.

De hecho, Violet había mencionado la posibilidad de una gran boda como método para combatir los rumores que circulaban acerca de ella, Anthony y su compromiso tan repentino. La señora Featherington estaba cumpliendo su palabra y mantenía un silencio completo sobre los detalles del asunto, pero ya había dejado ir suficientes insinuaciones referentes a que todo el mundo sabía que el compromiso no había seguido el cauce habitual.

Como resultado, los comentarios no cesaban, y Kate sabía que sólo era cuestión de tiempo que la señora Featherington dejara de contenerse y todo el mundo se enterara de la verdadera historia de su perdición a manos —o más bien, aguijón— de una abeja.

De modo que al final Violet había decidido que un matrimonio rápido era lo mejor, y puesto que no se podía organizar una fiesta esplendorosa en una semana, la lista de invitados se había reducido a la familia. Kate contó con Edwina a su lado y Anthony estuvo acompañado por su hermano Benedict, y tras las formalidades habituales, se convirtieron en marido y mujer.

Era extraño, Kate pensó aquella tarde con la mirada fija en la alianza que ahora adornaba junto al anillo del diamante su mano izquierda, lo rápido que puede cambiar la vida de una. La ceremonia había sido breve, todo se sucedió en un abrir y cerrar de ojos, y no obstante su vida había cambiado para siempre. Edwina tenía razón. Todo era diferente. Ahora era una mujer casada, una vizcondesa.

Lady Bridgerton.

Se mordió el labio inferior. Sonaba como si se tratara de otra persona. ¿Cuánto tiempo necesitaría para que cuando alguien la llamara «lady Bridgerton» pensase que le hablaban a ella y no a la madre de Anthony?

Ahora era una esposa y tenía las responsabilidades de una esposa. Aquello la aterrorizaba.

Ahora que la boda había acabado, Kate reflexionó sobre las palabras de Mary la noche anterior y supo que tenía razón. En muchos aspectos, era la mujer más afortunada del mundo. Anthony la trataría bien. Trataría bien a cualquier mujer. Y ése era el problema.

Ahora se encontraba en un carruaje y recorría la corta distancia entre la mansión Bridgerton, donde se había celebrado la recepción, y la residencia privada de Anthony, a la que se suponía que ya no se podía llamar «residencia de soltero».

Miró de soslayo a su nuevo esposo. Miraba al frente y su rostro tenía una peculiar expresión seria.

—¿Tienes planeado trasladarte a la mansión Bridgerton ahora que estás casado? —le preguntó Kate con calma.

Anthony pareció sorprendido, casi como si hubiera olvidado que ella estaba allí.

—Sí —contestó volviéndose hacia ella— aunque no hasta dentro de unos meses. He pensado que nos iría bien un poco de intimidad al comienzo del matrimonio, ¿no crees?

—Por supuesto —murmuró Kate. Bajó la vista a sus manos, que se retorcían sobre el regazo. Intentó pararlas, pero era imposible. Era sorprendente que no reventara los guantes.

Anthony siguió su mirada y dejó una de sus grandes manos sobre las de ella. Kate se paró al instante.

—¿Estás nerviosa? —preguntó.

—¿Pensabas que no lo estaría? —contestó intentando que su voz sonara seca e irónica.

Él sonrió como respuesta.

—No hay nada que temer.

Kate casi estalla en una risotada nerviosa. Parecía que estaba destinada a oír aquel tópico una y otra vez.

—Tal vez —admitió ella—, pero de todos modos son demasiadas cosas como para no estar nerviosa.

La sonrisa de Anthony se amplió.

—*Touché*, querida esposa.

Kate tragó saliva varias veces. Era extraño ser la esposa de alguien, y extraño en especial ser la esposa de este hombre.

—Y tú, ¿estás nervioso? —replicó ella.

Se inclinó hacia delante, su oscura mirada era intensa, tenía los párpados caídos con la promesa de lo inevitable.

—Oh, en extremo —murmuró. Cubrió la restante distancia que les separaba y sus labios encontraron el hueco sensible de la oreja de Kate—. Mi corazón late con fuerza —le susurró.

El cuerpo de Kate pareció ponerse rígido y fundirse al mismo tiempo. Luego soltó:

—Creo que deberíamos esperar.

Él le mordisqueó la oreja.

—¿Esperar a qué?

Ella intentó escabullirse. Él no entendía. Si lo hubiera entendido estaría furioso, y no parecía especialmente molesto.

Aún.

—Pp-para el matrimonio —tartamudeó ella.

Aquello pareció hacerle gracia. Jugueteó animado con los anillos que descansaban en sus dedos enguantados.

—Es un poco tarde para eso, ¿no te parece?

—Para la noche de bodas —aclaró.

Él retrocedió y sus oscuras cejas formaron un línea recta, tal vez un poco enojada.

—No —dijo sin más, pero no se movió para volver a abrazarla.

Kate intentó encontrar palabras que le ayudaran a él a entender, pero no era fácil; no estaba segura de entenderse a sí misma. Estaba casi convencida de que no la creería si le explicaba que no era su intención haber hecho esta petición; sencillamente había surgido de su interior de forma repentina, producto de un pánico que, hasta aquel momento, ni siquiera sabía que estuviera ahí.

—No lo pido para siempre —explicó. Odiaba el temblor que oyó en sus palabras—. Sólo una semana.

Aquello atrajo la atención de Anthony, quien alzó una de sus cejas con expresión de ironía.

—Y, por favor, explícame, ¿qué esperas conseguir en una semana?

—No lo sé —respondió con toda sinceridad.

Anthony centró la mirada en los ojos de Kate, con dureza, intensidad y sarcasmo.

—Tendrás que ofrecerme algo mejor.

Kate no quería mirarle, no quería la intimidad a la que se veía forzada cuando estaba atrapada por aquella mirada oscura. Era fácil ocultar los sentimientos cuando ella podía mantener el enfoque en su mentón o en su hombro, pero cuando tenía que mirarle directamente a los ojos...

Le daba miedo que pudiera ver el interior de su alma.

—Ha sido una semana de muchísimos cambios en mi vida —empezó, y deseó saber a dónde quería ir a parar con esa afirmación.

—También para mí —comentó él con amabilidad.

—Para ti no tanto —respondió ella—. Las intimidades del matrimonio no son algo nuevo para ti.

Un extremo de su boca formó una mueca algo arrogante.

—Le aseguro, milady, que nunca antes he estado casado.

—No me refiero a eso, y lo sabes.

No la contradijo.

—Es tan sencillo como que me gustaría disponer de un poco más de tiempo para prepararme —explicó Kate, y dobló los brazos sobre el regazo con gesto remilgado. Pero no podía tener los pulgares quietos: giraban con ansiedad, como prueba de su estado de nervios.

Anthony se la quedó mirando durante un buen rato, luego volvió a reclinarse hacia atrás en su asiento y apoyó el tobillo izquierdo con aire informal en su rodilla derecha.

—Muy bien —admitió.

—¿De veras? —Kate se enderezó con sorpresa. No confiaba en que él capitulara con tal facilidad.

—Siempre que... —continuó él.

Kate se hundió. Debería haber sabido que habría algún imprevisto.

—...que me aleccciones en una cuestión.

Ella tragó saliva.

—¿Y de qué se trata, milord?

Él se inclinó hacia delante con ojos de diablo.

—¿Cómo, con exactitud, tienes planeado prepararte?

Kate miró por la ventana, luego soltó un juramento ininteligible al percatarse de que ni siquiera habían entrado todavía en la calle de Anthony. No había manera de escapar a esta pregunta, estaría atrapada en el carruaje al menos durante cinco buenos minutos.

—B-bien —se atascó—, estoy segura de que no he entendido a qué te refieres.

Él soltó una risita.

—Yo tampoco estoy seguro.

Kate le miró con el ceño fruncido. No había nada peor que ser blanco de las bromas de alguien, y parecía especialmente inadecuado cuando eres una novia en el día de tu boda.

—Encima te diviertes conmigo —le acusó.

—No —dijo con algo que podría describirse como sonrisa lasciva—, me gustaría divertirme contigo. Hay ciertas diferencias.

—Me gustaría que no hablaras así —balbuceó ella—. Sabes que no te entiendo.

Él centró la mirada en la boca de Kate mientras sacaba la lengua para humedecerse los labios.

—Entenderías —murmuró Anthony— sólo con que te entregaras a lo inevitable y te olvidaras de tu tonta petición.

—No me gusta que me traten con condescendencia —dijo Kate en un tono tenso.

Los ojos de Anthony centellearon.

—Y a mí no me gusta que me nieguen mis derechos —replicó con voz fría. Su rostro era el duro reflejo del poder aristocrático.

—No estoy negando nada —insistió.

—Oh, ¿de veras? —arrastró las palabras sin nada de humor.

—Sólo pido un aplazamiento. Un aplazamiento breve, temporal, breve —repitió la palabra por si el cerebro de Anthony estuviera demasiado embotado por su resuelto orgullo varonil como para entenderla a la primera—. Sin duda no me negarás una petición tan sencilla.

—De nosotros dos —respondió con voz cortante— no creo que sea yo quien niega algo.

Tenía razón, caray con aquel hombre, y Kate no tenía ni idea de qué más podía decir. Sabía que llevaba todas las de perder con aquella petición imprevista; él tenía todo el derecho del mundo a echarse a su esposa sobre el hombro, arrastrarla hasta la cama y encerrarla en la habitación durante una semana si así le venía en gana.

Actuaba de un modo alocado, prisionera de su propia inseguridad… inseguridad que desconocía hasta que conoció a Anthony.

Durante toda su vida, siempre había sido la segunda: la segunda a la que miraban, la segunda a la que saludaban, la segunda a la que besaban en la mano. Como hija mayor, lo correcto hubiera sido que se dirigieran a ella antes que a su hermana pequeña, pero la belleza de Edwina era tan asombrosa, el azul puro y perfecto de sus ojos era tan impactante, que la gente se olvidaba de todo en su presencia.

Cuando presentaban a Kate a alguien, la respuesta habitual era un apurado «Por supuesto» y un saludo cortés murmurado mientras la mirada se escabullía de nuevo al rostro puro y resplandeciente de Edwina.

A Kate nunca le había importado demasiado. Si Edwina hubiera sido una muchacha consentida o de mal carácter, tal vez habría resultado más difícil. Y para ser sinceros, la mayoría de hombres que conocían eran superficiales y tontos, o sea, que no le había importado que se molestaran en saludarla sólo después de hacerlo con su hermana.

Hasta ahora.

Quería que la mirada de Anthony se iluminara cuando ella entrara en la habitación. Quería que recorriera la multitud hasta encontrar su cara. No hacía falta que la amara —o al menos eso era lo que se repetía a sí misma—, pero quería desesperadamente ser la primera en recibir su afecto, la primera en su deseo.

Y tenía la espantosa impresión de que todo esto significaba que se estaba enamorando.

Enamorarte de tu esposo... ¿quién habría pensado que podía ser un desastre?

—Ya veo que no tienes respuesta —dijo Anthony con calma.

El carruaje acabó por detenerse, a Dios gracias la libró de tener que responder. Pero cuando un lacayo con librea se adelantó con premura e intentó abrir la puerta, Anthony la cerró de nuevo de golpe, sin apartar la mirada de ella ni por un instante.

—¿Cómo, milady? —repitió.

—Como... —repitió Kate. Casi había olvidado qué le preguntaba.

—¿Cómo —repitió una vez más, con una voz gélida como el hielo pero intensa y fervorosa como una llama— planeas prepararte para la noche de bodas?

—No... no lo he considerado aún —fue su respuesta.

—Eso pensaba. —Soltó la manilla de la puerta, y ésta se abrió de par en par. Aparecieron los rostros de dos lacayos que obviamente se esforzaban por no mostrar su curiosidad. Kate permaneció callada mientras Anthony la ayudaba a bajar y la llevaba hasta el interior de la casa.

El personal de la residencia estaba reunido en el pequeño vestíbulo de entrada, y Kate murmuró saludos a cada miembro que le presentó el mayordomo o el ama de llaves. El personal no era excesivo ya que la casa era pequeña según las costumbres de la aristocracia, pero las presentaciones tardaron sus buenos veinte minutos.

Veinte minutos que, por desgracia, sirvieron de poco para aplacar sus nervios. Cuando Anthony apoyó la mano en su cintura para guiarla hacia la escalera, el corazón de Kate latía desbocado. Por primera vez en su vida pensó que podría desmayarse.

No era que temiera el lecho matrimonial.

Ni siquiera temía no complacer a su esposo. Incluso una virgen inocente como ella era capaz de adivinar que las acciones y reacciones de Anthony cuando la besaba eran buena prueba de su deseo. Él le enseñaría lo que debía hacer, de eso no tenía duda.

Lo que la asustaba…

Lo que la asustaba…

Sintió que el nudo en la garganta la asfixiaba, que se atragantaba. Se llevó el puño a la boca, mordió el nudillo para calmar su estómago, como si aquello pudiera aliviar el espantoso malestar en sus tripas.

—Dios mío —susurró Anthony cuando llegaron al rellano—. Estás aterrorizada.

—No —mintió.

Él la cogió por los hombros y le dio media vuelta para tenerla de cara y poder mirarla profundamente a los ojos. Con una maldición, le cogió la mano y la llevó hasta el dormitorio.

—Necesitamos un poco de intimidad.

Al entrar en la alcoba, una habitación masculina con ricos detalles, decorada de forma exquisita en tonos borgoñas y dorados, le puso las manos en las caderas e inquirió:

—¿No te ha hablado tu madre acerca de… ah… de…?

De no haber estado tan nerviosa, Kate se habría reído de sus intentos fallidos.

—Por supuesto —se apresuró a responder—. Mary me lo ha explicado todo.

—Entonces ¿cuál es el problema? —Volvió a maldecir, luego se disculpó—. Te ruego que me perdones —dijo en tono tenso—. Ya sé que no es la manera de conseguir que te relajes.

—No sabría decirlo —susurró mientras bajaba la vista al suelo y fijaba la mirada en el intrincado estampado de la alfombra, hasta que las lágrimas desbordaron sus ojos.

Un horrible y extraño sonido entrecortado salió de la garganta de Anthony.

—¿Kate? —preguntó con voz ronca—. ¿Alguien... algún hombre te ha... te sometió a sus atenciones sin tu consentimiento?

Kate alzó la vista, y la preocupación y el terror que descubrió en su rostro casi le derrite el corazón.

—¡No! —chilló—. No es eso. Oh, no me mires así, no puedo soportarlo.

—Yo tampoco puedo soportarlo —susurró Anthony, y se fue al lado de Kate, tomó su mano y se la llevó a los labios—. Tienes que contármelo —dijo con una voz ahogada que sonaba muy peculiar—. ¿Me tienes miedo? ¿Te repugno?

Kate sacudió la cabeza de un modo frenético, incapaz de creer que pudiera pensar que alguna mujer le encontrara repulsivo.

—Explícame —le susurró y apretó los labios contra su oreja—. Explícame cómo hacerlo bien. Porque no creo que pueda concederte ese aplazamiento. —Amoldó su cuerpo al de ella, sus fuertes brazos la abrazaron mientras gemía—: No puedo esperar una semana, Kate. Así de sencillo, no puedo.

—Yo... —Kate cometió el error de alzar la vista y mirarle a los ojos. Olvidó todo lo que tenía que decir. La estaba mirando con una intensidad ardiente que encendió un fuego en el centro de su ser, la dejó sin aliento, ansiosa, desesperada por algo que no entendía del todo.

Y sabía que no podía hacerle esperar. Si examinaba su propia alma y miraba con sinceridad, sin engañarse, tenía que admitir que ella tampoco quería esperar.

¿Y qué sentido podía tener? Tal vez él nunca llegara a amarla. Tal vez el deseo de Anthony nunca estuviera centrado con tal firmeza en ella como el de Kate en él.

Podía fingir. Y cuando la estrechó en los brazos y apretó los labios contra su piel, le pareció tan, tan fácil fingir.

—Anthony —susurró, su nombre sonaba como una bendición, un ruego y un rezo, todo al mismo tiempo.

—Cualquier cosa —contestó él con voz irregular y se dejó caer de rodillas ante ella, dejando el rastro ardiente de sus labios por toda su piel mientras sus dedos desempeñaban un trabajo frenético para liberarla de su vestido—. Pídeme cualquier cosa —gimió—. Cualquier cosa que esté a mi alcance, te la daré.

Kate sintió que su cabeza se iba hacia atrás, sintió que lo que quedaba de su resistencia se fundía.

—Pues quiéreme —susurró—. Pues quiéreme.

Su única respuesta fue un gruñido grave de necesidad.

Capítulo 17

¡Ya está hecho! La señorita Sheffield es ahora Katharine, vizcondesa de Bridgerton.

Esta Autora expresa sus mejores deseos a la feliz pareja. La gente sensata y honorable escasea sin duda entre nuestra elite aristocrática, por lo cual resulta de lo más gratificante ver unidos en matrimonio a dos ejemplares de esta especie tan poco frecuente.

REVISTA DE SOCIEDAD DE LADY WHISTLEDOWN,
16 de mayo de 1814

*H*asta ese momento, Anthony ni siquiera se había percatado de cuánto necesitaba que ella dijera que sí, que admitiera su necesidad. La abrazó con firmeza, apretó su mejilla contra la suave curva de su vientre. Incluso con su traje de novia olía a lirios y jabón, aquella fragancia que le enloquecía y le obsesionaba desde hacía semanas.

—Te necesito —se quejó, no demasiado seguro de si sus palabras se perdían entre las capas de seda que aún la separaban de él—. Te necesito ahora.

Se puso en pie y la levantó en sus brazos. Fue sorprendente los pocos pasos que necesitó para alcanzar la cama de cuatro postes que dominaba el dormitorio. Nunca antes había llevado a una mujer hasta ahí, siempre había preferido llevar sus relaciones a otro sitio, y de pronto aquello le regocijó de un modo absurdo.

Kate era diferente, especial, su esposa. No quería que otros recuerdos interfirieran en esta noche ni en ninguna otra.

La dejó en el colchón, sus ojos no abandonaron en ningún momento su encantadora forma despeinada mientras se quitaba de forma metódica la ropa. Primero los guantes, uno a uno, luego el chaqué ya arrugado por su ardor.

Encontró la mirada de Kate, ojos oscuros y grandes llenos de admiración, y sonrió, lentamente, con satisfacción.

—¿Nunca antes has visto a un hombre desnudo, verdad? —preguntó en voz baja.

Ella negó con la cabeza.

—Bien. —Se inclinó hacia delante y le quitó una de las pantuflas del pie—. Pues nunca volverás a ver a otro.

Se ocupó de los botones de la camisa, sacando poco a poco cada uno de su ojal, y su deseo se multiplicó por diez al advertir que Kate sacaba la lengua para humedecerse los labios.

Ella le deseaba. Conocía suficientes mujeres que no lo disimulaban. Y para cuando acabara la noche, ella ya no podría vivir sin él.

La posibilidad de que él no pudiera vivir sin ella era algo que se negaba a considerar. Lo que ardía en el dormitorio y lo que susurraba su corazón eran cosas diferentes. Él podía mantenerlas separadas. Lo haría.

Tal vez no quisiera amar a su esposa, pero aquello no significaba que no pudieran disfrutar con plenitud uno del otro en la cama.

Deslizó las manos hasta el botón superior de sus pantalones y lo desabrochó, pero entonces se detuvo. Ella aún estaba completamente vestida, y aún era completamente inocente. Todavía no estaba lista para contemplar la prueba de su deseo.

Se subió a la cama y, como un gato montés, avanzó poco a poco, se aproximó centímetro a centímetro hasta que los codos sobre los que Kate se sostenía flaquearon y ella se quedó tumbada de espaldas, mirándole desde abajo. Su respiración acelerada y superficial salía por sus labios entreabiertos.

No había nada, decidió, más impresionante que el rostro de Kate ruborizado por el deseo. Su cabello oscuro, sedoso y espeso, había empezado a soltarse de las horquillas y ganchos que mantenían en su sitio el elaborado tocado nupcial. Sus labios, un poco demasiado carnosos según los cánones de belleza convencionales, habían adquirido un color rosado oscuro bajo la luz oblicua del atardecer. Y su piel... nunca le había parecido tan perfecta, tan luminiscente. Un pálido rubor teñía sus mejillas, negándole el cutis blanco que las damas que seguían la moda siempre parecían desear. Pero Anthony encontraba su color encantador. Era real, humana y temblaba de deseo. No podía desear nada más.

Con una mano reverente, le acarició la mejilla con el dorso de los dedos, luego los deslizó por su cuello hasta la piel tierna que se asomaba por encima del corpiño. Llevaba el vestido abrochado a la espalda por una fila enloquecedora de botones, pero ya casi había soltado una tercera parte, y ahora estaba lo bastante flojo como para deslizar el tejido sedoso sobre sus pechos.

En todo caso, parecían aún más hermosos que dos días antes. Sus pezones rosados coronaban unos pechos que sabía que se ajustaban a sus manos a la perfección.

—¿Sin camisola? —murmuró en señal de apreciación mientras le pasaba un dedo por la línea prominente de su clavícula.

Negó con la cabeza, su voz sonó entrecortada al contestar:

—El corte del vestido no lo permitía.

Un lado de la boca de Anthony se elevó formando una sonrisa muy varonil.

—Recuérdame que envíe una gratificación a tu modista.

La mano bajó aún más, cogió uno de los pechos y lo apretujó con suavidad. Sintió que un gemido de deseo ascendía dentro de él mientras escuchaba un gimoteo similar que escapaba de los labios de Kate.

—Qué preciosidad —murmuró. Retiró la mano y se dedicó a acariciarla con la mirada. Nunca se le había ocurrido pensar que pudiera producir tanto placer el simple acto de contemplar a una mujer. Hacer el amor siempre había tenido que ver con tocar y saborear, y ahora, por vez primera, la vista resultaba igual de seductora.

Era tan perfecta, era tan absolutamente hermosa para él... Notó que le producía una sensación de satisfacción bastante extraña y primitiva el hecho de que la mayoría de hombres estuvieran ciegos a su belleza. Era como si cierto lado de ella sólo fuera visible para él. Le encantaba que sus encantos quedaran ocultos al resto del mundo.

La hacía parecer más suya.

De repente estuvo ansioso porque ella le tocara también, de modo que le cogió una de las manos, todavía envuelta en el guante de satén, y se la llevó al pecho. Pudo sentir el calor de su piel incluso a través del tejido, pero no era suficiente.

—Quiero sentirte —susurró, y luego le quitó los dos anillos que llevaba en el dedo anular. Los dejó en el hueco que formaban sus pechos, un espacio que quedaba poco profundo por su posición supina.

Kate jadeó y se estremeció con el contacto del frío metal contra su piel, luego observó con fascinación anhelante cómo Anthony se ocupaba del guante, tiraba con delicadeza de cada dedo hasta dejarlo suelto, luego escurría toda su largura por el brazo y lo sacaba de la mano. La ráfaga del satén fue como un beso interminable, y erizó el vello de todo su cuerpo.

Luego, con una ternura que casi le arranca las lágrimas, volvió a ponerle los anillos en el dedo, uno a uno, deteniéndose en medio para besar la sensible palma de su mano.

—Dame la otra mano —ordenó con ternura.

Lo hizo, y repitió la misma tortura exquisita, tiró y deslizó el satén por su piel. Pero esta vez, cuando acabó, llevó el dedo rosado de Kate a su boca, se lo metió entre los labios y lo lamió, rodeando la punta con la lengua.

Kate, como respuesta, sintió un tirón de deseo por todo el brazo que estremeció luego su pecho y se propagó por ella hasta acumularse ardiente y misterioso en su interior y entre sus piernas. Algo despertaba dentro de ella, algo oscuro y tal vez un poco peligroso, algo que había permanecido aletargado durante años, a la espera de un solo beso de este hombre.

Toda su vida había sido una preparación para este momento, ni siquiera sabía qué esperar a continuación.

La lengua de Anthony descendió por la longitud interior de su dedo, luego siguió las líneas de la palma de la mano.

—Qué manos tan preciosas —murmuró mientras mordisqueaba la parte carnosa del pulgar y entrelazaba sus dedos con los de ella—. Fuertes, y no obstante tan graciosas y delicadas.

—Qué tonterías dices —dijo Kate con timidez—. Mis manos...

Pero él la calló con un dedo sobre los labios.

—Sshhh —reprendió—. ¿Aún no has aprendido que no deberías llevar la contraria a tu esposo mientras éste admira tus formas?

Kate tembló de deleite.

—Por ejemplo —continuó, con toda la malicia del mundo—, si quiero pasar una hora examinando el interior de tu muñeca —sus dientes, con velocidad de relámpago, rozaron la delicada y delgada piel del interior de la muñeca— está claro que estoy en mi derecho, ¿no te parece?

Kate se quedó sin respuesta, y él soltó una risita, de sonido grave y afable a los oídos de ella.

—Y no confíes en que no vaya a hacerlo —advirtió mientras empleaba el dedo para seguir las venas azules que pulsaban debajo de la piel—. Podría decidir pasar dos horas examinándote la muñeca.

Kate observó con fascinación cómo sus dedos, que la tocaban con suavidad estremecedora, avanzaban hasta el interior del codo y luego se detenían para trazar unos círculos sobre su piel.

—No me imagino —dijo con voz suave— que pueda pasar dos horas examinando tu muñeca sin encontrarla preciosa. —Su mano se desplazó entonces hasta el torso, empleó la palma para acariciar otra vez con suavidad el pecho—. Me sentiría muy dolido si no estuvieras de acuerdo.

Se inclinó hacia delante y atrapó los labios de Kate en un beso breve pero abrasador. Alzó la cabeza un par de centímetros y murmuró.

—A una esposa le corresponde aceptar todo lo que diga su esposo, ¿mmm?

Sus palabras eran tan absurdas que a Kate le costó encontrar la voz.

—Si sus opiniones le parecen bien a ella, milord —dijo con una sonrisa divertida.

Anthony arqueó una ceja con gesto imperioso.

—¿Está discutiendo conmigo, milady? Y en mi noche de bodas ni más ni menos.

—También es mi noche de bodas —aclaró Kate.

Él chasqueó con la lengua y sacudió la cabeza.

—Tal vez tenga que castigarla —dijo—. Pero ¿cómo? ¿Tocando? —Sus manos pasaron rozando un pecho, luego el otro—. ¿O sin tocar?

Apartó las manos de su piel, pero se inclinó hacia abajo y, desde sus labios fruncidos, lanzó un suave soplido por encima del pezón.

—Tocando —respondió Kate con un jadeo. Arqueó un poco el cuerpo separándose del colchón—. Sin duda tocando.

—¿Seguro? —Sonrió, despacio, como un gato—. Nunca había pensado que diría esto, pero sin tocar tiene su encanto.

Kate se quedó mirándole y él se elevó sobre ella colocándose a cuatro patas como un cazador primitivo que se prepara para caer sobre su presa. Parecía salvaje, triunfante y poderosamente posesivo. Su espeso pelo castaño caía sobre su frente, y le daba un peculiar aire juvenil, pero sus ojos ardían y relucían con un deseo muy adulto.

La quería. Era cautivador. Aunque fuera un hombre que podía encontrar satisfacción en cualquier mujer, en este preciso instante la deseaba a ella. Kate estaba convencida.

Y la hacía sentir la mujer más hermosa de la Tierra.

Envalentonada por el conocimiento de su deseo, alzó un brazo para colocarle una mano en la nuca y atraerle hacia abajo hasta que sus labios quedaron a un susurro de los de ella.

—Bésame —ordenó, sorprendida por el tono imperioso de su voz—. Bésame ahora.

Anthony sonrió con vaga incredulidad, pero sus palabras, en el último segundo antes de que se encontraran sus labios fueron:

—Lo que usted desee, lady Bridgerton. Lo que usted desee.

Y entonces todo pareció suceder de inmediato. Los labios de Anthony sobre los de Kate, devorando y martirizando, mientras la levantaba para dejarla sentada. Sus dedos se ocuparon con destreza de los botones del vestido. Kate pudo notar el fresco roce del aire en la piel cuando el tejido se deslizó hacia abajo, centímetro a centímetro, dejando al descubierto la caja torácica, luego el ombligo y luego...

Y luego Anthony deslizó sus manos debajo de sus caderas para levantarla hacia arriba y sacar el vestido por debajo. Kate soltó un resuello ante una situación tan íntima. Se había quedado vestida sólo con su ropa interior: calzas, medias y ligas. Nunca en su vida se había sentido tan expuesta, y no obstante le encantó cada momento, cada mirada de él recorriendo su cuerpo.

—Levanta la pierna —ordenó Anthony con voz suave.

Lo hizo, y con una lentitud exquisita y agonizante al mismo tiempo, él recogió una de las medias hasta la punta del pie. La otra no tardó en quedar recogida también, las calzas vinieron a continuación y, casi sin darse cuenta, estaba desnuda por completo ante él.

Anthony le acarició el estómago apenas rozándola con la mano, y luego dijo:

—Creo que llevo demasiada ropa, ¿no te parece?

Los ojos de Kate se agrandaron cuando él se retiró de la cama y se quitó el resto de la ropa. Su cuerpo era pura perfección, con un pecho de excelente musculatura, piernas y brazos poderosos, y su...

—Oh, Dios mío —soltó Kate con un resuello.

Anthony puso una mueca.

—Me tomo eso como un cumplido.

Kate tragó saliva con fuerza. No era de extrañar que aquellos animales de la granja vecina no dieran muestras de disfrutar del acto de procreación. Al menos las hembras. Le costaba creer que esto fuera a funcionar.

Pero no quería parecer ingenua o insensata, de modo que no dijo nada, o sea, que se limitó a tragarse el temor e intentó sonreír.

Anthony captó no obstante la llamarada de terror en sus ojos y sonrió con ternura.

—Confía en mí —murmuró, y se echó en la cama al lado de ella. Apoyó las manos en la curva de la cadera de Kate mientras le acariciaba el cuello con la nariz—. Sólo tienes que confiar en mí.

Notó que ella asentía y se apoyó en uno de sus codos. Con la mano que le quedaba libre trazó círculos y espirales sobre su abdomen, con calma, cada vez más abajo, hasta que rozó el extremo de la mata oscura de pelo que formaba un nido entre sus piernas.

Los músculos de Kate se estremecieron. Anthony oyó la inspiración entre sus labios.

—Sshhh —dijo tranquilizador, y se inclinó para distraerla con un beso. La única vez que se había acostado con una muchacha virgen, él también lo era, por lo tanto confiaba en que ahora el instinto le guiara. Quería que esta vez, su primera vez, fuera perfecto. O, si no era perfecto, que al menos fuera algo fantástico.

Mientras exploraba la boca de Kate con sus labios y lengua, bajó aún más la mano, hasta que alcanzó el calor húmedo de su condición de mujer. Ella jadeó una vez más, pero él fue implacable, no paró de hacerle cosquillas y martirizarla, gozando de cada uno de sus gemidos y escalofríos.

—¿Qué estás haciendo? —susurró ella contra sus labios

Anthony le dedicó una sonrisa torcida, mientras introducía con suavidad uno de sus dedos.

—¿No te hago sentir muy, pero que muy bien?

Ella gimoteó, lo cual complació mucho a Anthony. Si Kate hubiera intentado decir algo ininteligible, él habría sabido que no estaba haciendo bien su trabajo.

Se puso encima de ella, con el muslo le separó las piernas y soltó él también un gemido cuando su miembro viril descansó sobre la cadera de Kate. Incluso así, le resultaba perfecta y casi reventaba con sólo pensar en hundirse en ella.

Intentó mantener el control, intentó no olvidar ir despacio y con ternura en todo momento, pero su necesidad cada vez era más fuerte, su propio aliento se aceleraba y entrecortaba.

Kate estaba lista para él, o al menos todo lo lista que iba a estar. Sabía que esta primera vez le produciría dolor, pero rogó para que no durara más que un momento.

Se acomodó contra su abertura empleando ambas manos para sostener su cuerpo tan sólo unos pocos centímetros por encima. Pronunció su nombre con un susurro y los ojos oscuros de Kate, empañados por la pasión, se centraron en los de él.

—Ahora voy a hacerte mía —dijo mientras se adelantaba apenas un centímetro. El cuerpo de Kate se tensó en torno a él, la sensación era tan exquisita que Anthony tuvo que apretar los dientes. Sería tan fácil, tan fácil dejarse llevar por el momento y hundirse hacia delante buscando sólo su placer...

—Dime si te duele —le susurró con voz ronca mientras se permitía avanzar muy poco a poco. Estaba claro que ella estaba excitada, pero era muy menuda, y Anthony sabía que tenía que concederle tiempo para ajustarse a su íntima invasión.

Kate hizo un gesto de asentimiento.

Él se quedó paralizado, le costaba entender la punzada de dolor en su propio pecho.

—¿Duele?

Kate negó con la cabeza.

—No, me refería a que te diré si me duele. No duele, pero es tan... peculiar.

Anthony disimuló una sonrisa y se agachó para besarle la punta de la nariz.

—No recuerdo que me llamaran peculiar nunca antes al hacerle el amor a una mujer.

Durante un momento dio la impresión de que Kate tuviera miedo de haberle insultado, luego su boca tembló hasta formar una leve sonrisa.

—Tal vez —dijo con voz suave— hicieras el amor con las mujeres equivocadas.

—Tal vez sea eso —contestó y se adelantó un centímetro más.

—¿Puedo contarte un secreto?

Él avanzó un poco más.

—Por supuesto —murmuró.

—Cuando te he visto por primera vez... esta noche, quiero decir...

—¿En todo mi esplendor? —bromeó él mientras arqueaba las cejas con gesto arrogante.

Kate le dedicó una expresión de reprobación de lo más encantadora.

—Pensé que no era posible que esto funcionara.

Él continuó un poco más. Faltaba poco, muy poco, para encontrarse alojado por completo dentro de ella.

—¿Puedo decirte yo un secreto? —fue la respuesta.

—Por supuesto.

—Tu secreto —un empujoncito más y ya estaba apoyado en el himen—, no era tan secreto.

Kate juntó las cejas con gesto interrogativo.

Anthony puso una mueca.

—Se leía en tu cara.

Ella volvió a fruncir el ceño, y él sintió ganas de estallar en carcajadas.

—Pero ahora —consiguió mantener un rostro escrupulosamente serio— tengo una pregunta para ti.

Kate se quedó mirándole, a la espera de que le aclarara un poco más su pregunta.

Se inclinó hacia delante, le rozó la oreja con los labios y susurró:

—¿Qué piensas ahora?

Durante un instante ella no dijo nada, luego Anthony notó el sobresalto de sorpresa cuando por fin adivinó qué le estaba preguntando en realidad.

—¿Ya hemos acabado? —preguntó con clara incredulidad.

Esta vez sí que estalló en risas.

—Nada más lejos, mi querida esposa —soltó entre carcajadas mientras se secaba los ojos con una mano y con la otra intentaba sostenerse—. Nada más lejos. —Puso cara seria y añadió—: ahora es cuando puede doler un poco, querida. Pero te prometo que el dolor no volverá a repetirse.

Ella asintió con la cabeza pero Anthony notó que su cuerpo se ponía en tensión, algo que sabía sólo iba a empeorar las cosas.

—Sshhh —canturreó—. Relájate.

Ella hizo un gesto afirmativo con los ojos cerrados.

—Estoy relajada.

Se alegró de que no pudiera verle sonreír.

—Es indiscutible que no estás relajada.

Kate abrió de repente los ojos.

—Estoy relajada.

—No puedo creerlo —dijo Anthony, como si hubiera alguien más en la habitación que pudiera oírle—. Estás discutiendo conmigo en nuestra noche de bodas.

—Sí que…

La interrumpió con un dedo sobre sus labios.

—¿Tienes cosquillas?

—¿Cosquillas?

Él confirmó la pregunta con la cabeza.

—Sí, cosquillas.

Kate entrecerró los ojos con desconfianza.

—¿Por qué?

—Eso me suena como un sí —dijo él con una mueca.

—En absol… ¡ooohhh! —Soltó un chillido cuando la mano de él encontró un punto especialmente sensible debajo del brazo—. ¡Anthony, para! —soltó un resuello y se retorció con desesperación debajo de él—. ¡No lo puedo soportar! Es que…

Anthony se abalanzó hacia delante.

—Oh —soltó— oh, cielos.

Él gimió, sin poder casi creer cuánto le gustaba estar por fin enterrado por completo en ella.

—Oh, cielos, eso mismo.

—¿Aún no hemos acabado, verdad?

Él negó despacio con la cabeza mientras su cuerpo empezaba a moverse siguiendo aquel ritmo ancestral.

—Para nada —murmuró.

Le tomó la boca con los labios mientras colocaba estratégicamente una mano en su pecho para acariciarlo. Era todo perfección debajo de él, sus caderas se alzaban para encontrar las de él, al principio con vacilación, luego con un vigor a tono con su creciente pasión.

—Oh, Dios, Kate —gimió él. Había perdido del todo la habilidad de formar frases fluidas en medio del primitivo ardor del momento.

—Cómo me gustas. Cómo me gustas.

La respiración de Kate era cada vez más rápida, y con cada pequeño jadeo inflamaba más la pasión de Anthony. Quería poseerla, quería ser su amo, quería mantenerla debajo de él y no dejarla ir nunca. Y con cada embestida era más difícil anteponer las necesidades de ella a las suyas. Su mente aullaba que era su primera vez y que tenía que tratarla con mimo, pero su cuerpo pedía una liberación.

Con un quejido entrecortado, se obligó a detener las embestidas y tomar aliento.

—¿Kate? —inquirió, casi sin reconocer su propia voz. Sonaba ronca, distante, desesperada.

Kate, que había mantenido los ojos cerrados mientras la cabeza le iba de un lado a otro, los abrió de golpe.

—No pares —dijo entre jadeos—, por favor, no pares. Estoy tan cerca de algo... no sé de qué.

—Oh, Dios —gimió él, y volvió a precipitarse de forma incondicional, con la cabeza echada hacia atrás y la columna arqueada.

—Eres tan hermosa, tan increíble... ¿Kate?

Ella se había quedado rígida debajo de él, y no por haber alcanzado algún clímax.

Anthony se quedó paralizado.

—¿Qué sucede? —preguntó en un susurro.

Alcanzó a ver un breve relampagueo de dolor en su rostro, del tipo emocional, no físico, antes de que ella tuviera tiempo de disimularlo. Kate susurró:

—Nada.

—No es cierto —replicó con voz grave. Sentía en sus brazos la tensión de sostenerse sobre ella, pero casi no se daba cuenta. En aquel instante, cada fibra de su cuerpo estaba concentrada en el rostro de Kate, compungido, entristecido, pese a los evidentes intentos de disimularlo.

—Me has llamado hermosa.

Él siguió mirándola durante diez segundos. No entendía en absoluto por qué aquello era malo. Pero, claro, nunca había pretendido entender la mente femenina. Aunque pensaba que debía reafirmarse en aquella declaración, una vocecilla en su interior le advirtió de que éste era uno de esos momentos en los que, dijera lo que dijera, no iba a ser lo acertado, de modo que decidió ir con mucho tiento. Se limitó a pronunciar su nombre, tenía la intuición de que aquella sería la única palabra que garantizaría que no iba a meter la pata.

—No soy hermosa —susurró mirándole a los ojos. Parecía desconsolada, pero antes de que Anthony pudiera contradecirla, le preguntó—: ¿En quién piensas?

Él pestañeó.

—Perdón, ¿cómo has dicho?

—¿En quién piensas cuando me haces el amor?

Anthony se sintió como si acabara de recibir un puñetazo en la tripa. El aliento salió de su cuerpo con una larga exhalación.

—Kate, estás loca, eres…

—Sé que a un hombre no le hace falta desear a una mujer para encontrar placer en ella —lloriqueó.

—¿Piensas que no te deseo? —preguntó con voz irregular. Dios bendito, estaba a punto de explotar dentro de ella y llevaba ya los últimos treinta segundos sin poder moverse.

A Kate le temblaba el labio inferior entre sus dientes, también se contrajo un músculo de su cuello.

—¿Piensas… piensas en Edwina?

Anthony se quedó helado.

—¿Cómo iba a confundiros a las dos?

Kate notó que su propio rostro se arrugaba, sintió las lágrimas calientes en sus ojos. No quería llorar delante de él, oh, Dios, y menos en aquel momento, pero dolía tanto, cuánto dolía, y…

Anthony la cogió por las mejillas con asombrosa velocidad y la obligó a mirarle.

—Escúchame —su voz sonaba serena e intensa— y escúchame bien, porque sólo voy a decirte esto una vez. Te deseo. Me muero por ti. De noche no puedo dormir por culpa de mi deseo por ti. Incluso cuando no me caías bien, te deseaba. Es la cosa más demencial, arrebatadora, deplorable sí, pero es así. Y si oigo un solo disparate más saliendo de tus labios, tendré que atarte a la cama y convencerte a mi manera, lo intentaré de mil formas hasta que de una vez por todas te entre en ese cráneo estúpido que eres la mujer más hermosa y deseable de Inglaterra, y si los demás no se dan cuenta es que son una pandilla de necios.

Kate no pensaba que alguien pudiera quedarse boquiabierto estando tumbado, pero de alguna manera fue posible.

Anthony arqueó una de sus cejas con la expresión más arrogante que su rostro pudiera adoptar.

—¿Entendido?

Ella se quedó mirándole, era totalmente incapaz de articular una respuesta.

Anthony se agachó hasta que su nariz quedó a un centímetro de su cara.

—¿Entendido?

Kate hizo un gesto afirmativo.

—Bien —masculló y, luego, antes de darle ocasión de recuperar el aliento, sus labios la devoraron con un beso tan fiero en la boca que Kate tuvo que agarrarse a la cama para no ponerse a chillar. Él empujó sus caderas contra ella y adoptó un desenfrenado ritmo, embistió con poder, girando y precipitándose sobre Kate hasta dejarla convencida de su apasionamiento.

Ella se agarró a Anthony, aunque no estaba segura de si intentaba abrazarle o apartarle.

—No puedo seguir —gimió, segura de que iba romperse. Tenía los músculos rígidos, tensos, cada vez era más difícil respirar.

Anthony tal vez la oyera, pero no le hizo caso. Su rostro era una máscara severa de concentración, el sudor formaba gotas en su frente.

—Anthony —jadeó ella—, no puedo...

Él deslizó una mano entre sus cuerpos y la tocó en su parte íntima. Kate chilló. Anthony se precipitó una última vez hacia delante y el mundo de ella simplemente se deshizo. Se quedó rígida, luego empezó a temblar y después pensó que sufría una caída. No podía respirar, ni siquiera podía jadear. Tenía un nudo en la garganta y la cabeza se le fue hacia atrás mientras se agarraba al colchón con las manos, con una fortaleza que desconocía poseer.

Anthony se quedó del todo quieto encima de ella, con la boca abierta en un grito silencioso, y luego se desplomó, su peso empujó aún más a Kate contra el colchón.

—Oh, Dios mío —jadeó, entonces temblando—. Nunca... nunca me... tanto... nunca me había gustado tanto.

Kate, que tardó unos segundos más en recuperarse, sonrió mientras le alisaba el pelo. Se le ocurrió una idea traviesa, un pensamiento juguetón.

—¿Anthony? —murmuró.

Ella no supo cómo consiguió él levantar la cabeza, dio la impresión de que el mero hecho de abrir los ojos y gruñir una respuesta requería un esfuerzo heroico.

Kate sonrió, despacio, con toda la seducción femenina que acababa de aprender aquella noche. Dejó que uno de sus dedos siguiera la línea angular de la mandíbula de Anthony y susurró:

—¿Ya hemos acabado?

Durante un segundo él no dijo nada, luego sus labios formaron una sonrisa mucho más maliciosa de lo que ella podría haber imaginado nunca.

—Por ahora —murmuró con voz ronca. Se puso de costado y la atrajo hacia él—. Pero sólo por ahora.

Capítulo 18

Aunque el apresurado matrimonio de lord y lady Bridgerton (antes señorita Katharine Sheffield, para todos aquellos que hayan estado hibernando durante las pasadas semanas) aún está rodeado de especulaciones, Esta Autora es de la firme opinión de que su unión ha sido una boda por amor. El vizconde de Bridgerton no acompaña a su esposa a todos los actos sociales (aunque, claro, ¿qué esposo lo hace?), pero cuando está presente, a Esta Autora no le ha pasado por alto que siempre parece murmurar algo al oído de su dama, y que ese algo siempre la hace sonreír y sonrojarse a ella.

Es más, siempre baila con su esposa un baile más de lo que se considera de rigueur. Teniendo en cuenta que a muchos maridos no les gusta bailar ni una sola vez con sus mujeres, se puede afirmar que estamos ante una historia romántica.

REVISTA DE SOCIEDAD DE LADY WHISTLEDOWN,
10 de junio de 1814

*L*as próximas semanas se sucedieron en un frenesí delirante. Tras una breve estancia en el campo, en Aubrey Hall, los recién casados regresaron a Londres, donde era plena temporada. Kate había confiado en aprovechar las tardes para reanudar sus lecciones de flauta, pero no tardó en descubrir que requerían su presencia continuamente y que sus días estaban ocupados con visitas sociales, salidas de compras con su familia y paseos ocasionales por el parque. Las veladas eran un torbellino de bailes y fiestas.

Pero las noches las reservaba exclusivamente para Anthony.

El matrimonio, decidió, era algo que le sentaba bien. Veía a Anthony menos de lo que le hubiera gustado, pero entendía y aceptaba que era un hombre muy ocupado. Sus muchas preocupaciones, tanto en el Parlamento como con sus propiedades, le llevaban gran parte de su tiempo. Pero cuando regresaba a casa por la noche y se reunía con ella en el dormitorio (¡nada de alcobas separadas para lord y lady Bridgerton!) su comportamiento atento era maravilloso, le preguntaba cómo le había ido el día, le hablaba de su jornada y le hacía el amor hasta altas horas de la madrugada.

Se había tomado incluso la molestia de escucharla practicar con la flauta. Kate había conseguido contratar a un músico para que le diera clases dos mañanas a la semana. Considerando el nivel de interpretación (no muy experto) que había alcanzado Kate, el gesto voluntarioso de Anthony de sentarse durante todo un ensayo de media hora sólo podía interpretarse como una muestra de gran afecto.

Por supuesto, a ella no le pasó por alto que nunca volvió a repetirlo.

Su existencia era de lo más agradable, con un matrimonio mucho mejor de lo que la mayoría de mujeres de su posición podían esperar. Aunque su marido no la amara, aunque nunca la amara, al menos se esforzaba mucho por hacer que se sintiera querida y apreciada. Y por el momento Kate estaba siendo capaz de contentarse con eso.

Y si él parecía distante durante el día, bien, estaba claro que no lo era por la noche.

Sin embargo, el resto de la sociedad, y Edwina en particular, se habían metido en la cabeza que el matrimonio de lord y lady Bridgerton era una boda por amor. Edwina solía venir de visita por las tardes y aquel día no era una excepción. Ella y Kate estaban sentadas en el salón, sorbiendo té y mordisqueando galletas, disfrutando de un raro momento de intimidad ahora que Kate había despedido al enjambre diario de visitas.

Por lo visto, todo el mundo quería ver cómo le iba a la nueva vizcondesa, y el salón de Kate casi nunca estaba vacío por la tarde.

Newton se había encaramado al sofá al lado de Edwina, y ésta le acariciaba él pelo con despreocupación mientras decía:

—Todo el mundo habla hoy de ti.

Kate ni siquiera hizo una pausa mientras se llevaba el té a los labios y daba un sorbo.

—Todo el mundo habla siempre de mí —replicó encogiéndose de hombros—. Pronto encontrarán otro tema de conversación.

—No —contestó Edwina—, mientras tu marido siga mirándote como lo hacía anoche.

Kate sintió cierto calor en las mejillas.

—No hizo nada fuera de lo normal —murmuró.

—Kate, estaba claro que sus ojos ardían de pasión. —Edwina cambió de posición al mismo tiempo que Newton lo hacía y le comunicaba con un pequeño gemido que quería que le rascara la tripa—. Vi con mis propios ojos cómo apartaba a lord Haveridge del camino para llegar a tu lado.

—Llegamos por separado —explicó Kate, aunque su corazón se llenaba de una dicha secreta y algo alocada—. Estoy convencida de que tenía que decirme algo, así de sencillo.

Edwina miraba con desconfianza.

—¿Y lo hizo?

—¿El qué?

—Decirte algo —continuó Edwina con exasperación palpable—. Acabas de decir que estabas convencida de que tenía que contarte algo. Si fuera ése el caso, ¿no te habría contado lo que tuviera que decir? Y tú sabrías lo que tenía que contarte, ¿conforme?

Kate pestañeó.

—Edwina, me estás mareando.

Los labios de la hermana menor formaron un gesto contrariado.

—Nunca me cuentas nada.

—¡No hay nada que contar, Edwina! —Kate estiró el brazo, cogió una galleta y le dio un bocado grande y burdo, lo bastante como para que su boca estuviera demasiado llena para hablar. ¿Qué se suponía que iba a contarle a su hermana? ¿Que antes de casarse su esposo le había informado de forma muy directa y práctica de que nunca la amaría?

Aquello sí que sería una charla de lo más encantadora mientras tomaban té y galletas.

—Bien —anunció por fin Edwina, después de observar a Kate masticando durante todo un minuto, algo francamente inverosímil—.

Yo en realidad tenía otro motivo para venir hoy aquí. Hay algo que quiero decirte.

Kate tragó saliva con gesto agradecido.

—¿De veras?

Edwina hizo un gesto de asentimiento y luego se sonrojó.

—¿De qué se trata? —imploró Kate mientras sorbía el té. La boca se le había quedado muy seca después de tanto mascar.

—Creo que me he enamorado.

Kate casi escupe el té.

—¿De quién?

—Del señor Bagwell.

Por más que lo intentara, Kate no conseguía recordar quién diablos era el señor Bagwell.

—Es un intelectual —continuó Edwina con un suspiro soñador—. Le conocí en la reunión campestre en la casa solariega de lady Bridgerton.

—No recuerdo haberle conocido —comentó Kate juntando las cejas con gesto pensativo.

—Estuviste bastante ocupada durante toda tu visita —contestó Edwina con voz irónica—. Comprometiéndote en matrimonio y todo eso.

Kate hizo una mueca, de ésas que sólo se puede poner delante de una hermana.

—Háblame de este señor Bagwell.

Los ojos de Edwina se llenaron de afecto y brillo.

—Es un segundo hijo, me temo, de modo que no puede esperar muchos ingresos familiares. Pero ahora que tú has hecho una boda tan buena, ya no tengo que preocuparme por eso.

Kate sintió que le saltaban a los ojos unas lágrimas inesperadas. No se había percatado de la presión a la que Edwina se había sentido sometida al principio de temporada. Ella y Mary habían tenido la preocupación de asegurarle que podía casarse con cualquiera que le gustara, pero las tres conocían con exactitud el estado de sus finanzas, y desde luego todas ellas habían hecho bromas acerca de que tan fácil era enamorarse de un hombre rico como de uno pobre.

Sólo hacía falta echar un vistazo a Edwina para darse cuenta de que le habían quitado de encima una gran carga.

—Me alegro de que hayas encontrado a alguien que haga buena pareja contigo —murmuró Kate.

—Oh, eso es cierto. Sé que no iremos muy holgados económicamente, pero, la verdad, no necesito sedas y joyas. —Su mirada se detuvo sobre el centelleante diamante en la mano de Kate—. ¡Tampoco es que piense que a ti te hagan falta, por supuesto! —se apresuró a añadir mientras su rostro enrojecía—. Es sólo que...

—Sólo que está bien no tener que preocuparse del mantenimiento de tu hermana y tu madre —concluyó Kate por ella con voz amable.

Edwina soltó un gran suspiro.

—Eso mismo.

Kate estiró el brazo por encima de la mesa y le cogió las manos.

—Puedes estar tranquila de que ya no tienes que preocuparte por mí, y estoy segura de que Anthony y yo siempre podremos ocuparnos de Mary, si es que alguna vez necesita ayuda.

Los labios de Edwina formaron una sonrisa temblorosa.

—En cuanto a ti —añadió Kate—, creo que ya era hora de que pudieras pensar sólo en ti misma para variar. Que tomaras una decisión en función de tus deseos, no de lo que piensas que necesitan los demás.

Edwina soltó una de sus manos para secarse una lágrima.

—Me gusta de verdad —susurró.

—Entonces estoy segura de que a mí también me gustará —dijo con firmeza su hermana—. ¿Cuándo puedo conocerle?

—Va a estar en Oxford la próxima quincena, me temo. Tiene compromisos contraídos que no quiero que desatienda por mi causa.

—Por supuesto que no —murmuró Kate—. Seguro que no quieres casarte con un caballero que no sepa cumplir con sus compromisos.

Edwina expresó su conformidad.

—De todos modos, he recibido una carta suya esta mañana, y dice que vendrá a Londres a finales de mes y que confía en poder hacerme una visita.

Kate sonrió con malicia.

—¿Ya te envía cartas?

Edwina hizo un gesto de asentimiento y se sonrojó.

—Varias a la semana —admitió.

—¿Y a qué estudios se dedica?

—Arqueología. Tiene un gran talento. Ha estado en Grecia. ¡Dos veces!

Kate nunca había pensado que fuera posible que su hermana —ya famosa en todo el país por su belleza— estuviera aún más encantadora de lo habitual, pero cuando Edwina hablaba de ella y del señor Bagwell, su rostro resplandecía de un modo tan radiante que causaba impacto.

—Me muero de ganas de conocerle —anunció Kate—. Tenemos que organizar una cena informal con él como invitado de honor.

—Sería maravilloso.

—Y tal vez los tres podamos ir a dar un paseo por el parque otro día para conocernos mejor. Ahora que soy una madura dama casada, puedo desempeñar el papel de acompañante. —Kate soltó una risita—. ¿No resulta gracioso?

Una voz muy masculina, muy divertida, se oyó en el umbral de la puerta.

—¿El qué es gracioso?

—¡Anthony! —exclamó Kate sorprendida de ver a su esposo a esa hora del día. Siempre parecía tener citas y reuniones que le tenían fuera de casa—. Qué alegría verte por aquí.

Él sonrió un poco mientras hacía un gesto con la cabeza para saludar a Edwina.

—He encontrado un rato libre con el que no contaba.

—¿Te apetece tomar el té con nosotras?

—Me quedaré con vosotras —murmuró mientras cruzaba la habitación y cogía una licorera de cristal que reposaba sobre una mesita auxiliar de caoba—, pero creo que mejor me tomo un brandy.

Kate le observó mientras se servía una copa, que a continuación hizo girar en su mano con aire distraído. Eran estos los momentos en que a ella le costaba apartar la vista de su amor. Él estaba tan apuesto a última hora de la tarde… No estaba segura del motivo; tal vez era el leve atisbo de barba en sus mejillas o el hecho de que tuviera el pelo un poco despeinado por su actividad durante el día. O tal vez era sencillamente porque no le veía con frecuencia a esas horas; en una ocasión leyó un poema que decía que el momento inesperado era siempre el más dulce.

Mientras Kate contemplaba a su esposo, pensó que era probable que aquel poema tuviera razón.

—Y bien —dijo Anthony tras dar un sorbo a su bebida—, ¿de qué hablaban las señoras?

Kate miró a su hermana para pedirle permiso para comunicar las últimas noticias, y cuando Edwina hizo un gesto afirmativo, dijo:

—Edwina ha conocido a un caballero que le gusta.

—¿De veras? —preguntó Anthony. Sonó interesado, con un tono paternal muy peculiar. Se acomodó en el brazo del sillón de Kate, un mueble informal muy mullido que no seguía en absoluto las modas del momento, pero muy apreciado de todos modos entre la familia Bridgerton por su comodidad poco habitual—. Me gustaría conocerle —añadió.

—¿De verdad? —Edwina pestañeó como un buho—. ¿Querría?

—Por supuesto. De hecho, insisto en ello. —Al ver que ninguna de las damas hacía más comentarios, frunció un poco el ceño y añadió—: Soy el cabeza de familia, al fin y al cabo. Normalmente nos toca hacer ese tipo de cosas.

Los labios de Edwina se separaron a causa de su sorpresa.

—No me había percatado de que se sentía responsable de mí.

Anthony la miró como si se hubiera vuelto loca por un momento.

—Eres la hermana de Kate —dijo, como si aquello lo explicara todo.

La falta de expresión en el rostro de Edwina continuó así durante un segundo más, y luego se fundió en un gesto de deleite por completo radiante.

—Siempre me había preguntado cómo sería tener un hermano —comentó.

—Espero pasar el examen —farfulló Anthony, no del todo cómodo ante aquel repentino arranque de emoción.

Ella le dedicó una amplia sonrisa.

—Desde luego. Juro que no entiendo por qué se queja tanto Eloise.

Kate se volvió a Anthony y explicó:

—Edwina y tu hermana se han hecho íntimas amigas desde nuestro matrimonio.

—Dios nos ayude —dijo entre dientes—. Y, si puedo preguntar, ¿de qué podría quejarse Eloise?

Edwina sonrió con gesto inocente.

—Oh, de nada, de verdad. Sólo que, a veces, puede ser un poquito... demasiado protector.

—Eso es ridículo —refunfuñó.

Kate se atragantó con el té. Tenía la impresión de que cuando sus hijas estuvieran en edad de casarse, Anthony se convertiría al catolicismo sólo para poder encerrarlas en un convento con paredes de cuatro metros.

Anthony le echó una ojeada con los ojos entrecerrados.

—¿De qué te ríes?

Kate se dio unos golpecitos en la boca con la servilleta y musitó desde debajo de los pliegues de la tela:

—De nada.

—Mmmf.

—Eloise dice que parecía un policía cuando Simon cortejó a Daphne —explicó Edwina.

—Oh, ¿eso dice?

Edwina asintió con la cabeza.

—¡Dice que se batieron en duelo los dos!

—Eloise habla demasiado —masculló Anthony.

Edwina asintió feliz con la cabeza.

—Siempre lo sabe todo. ¡Todo! Sabe incluso más que lady Confidencia.

Anthony se volvió a Kate con una expresión que en parte era de tribulación y en parte de pura ironía.

—Recuérdame que compre una mordaza para mi hermana —dijo con chispa—. Y otra también para la tuya.

Edwina soltó una risa musical.

—Nunca había imaginado que fuera tan divertido hacer bromas con un hermano como con una hermana. Estoy encantada de que decidieras casarte con él, Kate.

—No tuve mucho que elegir al respecto —dijo entonces Kate con sonrisa seca— pero estoy bastante complacida con la manera en que me han salido las cosas.

Edwina se levantó y despertó sin querer a Newton, quien se había quedado dormido tan tranquilo junto a ella en el sofá. Soltó un gemido ofendido y se dejó caer pesadamente al suelo, donde enseguida se enrolló debajo de la mesa.

Edwina observó al perro y soltó una risita antes de decir:

—Tengo que marcharme. No, no hace falta que me acompañes a la puerta —añadió cuando Kate se levantó para acompañarla a la puerta de la entrada—. Conozco el camino.

—Tonterías —dijo Kate y cogió a su hermana del brazo—. Anthony, vuelvo en seguida.

—Contaré cada segundo —murmuró él, y entonces, mientras daba otro sorbo a la copa, las dos damas salieron de la habitación seguidas de Newton que ladraba con entusiasmo por suponer, lo más seguro, que alguien iba a llevarle a dar un paseo.

Una vez que se fueron las dos hermanas, Anthony se acomodó en el mullido sillón que Kate acababa de dejar vacío. Aún estaba caliente de su cuerpo, le pareció que aún podía oler su aroma en la tapicería. Más jabón que lirios esta vez, pensó mientras olisqueaba con cuidado. Tal vez los lirios eran algún perfume, algo que se ponía por la noche.

No estaba del todo seguro de por qué había regresado a casa esa tarde, la verdad era que no tenía esa intención. Contrariamente a lo que había estado contando a Kate, sus muchas reuniones y responsabilidades no requerían pasar todo el día fuera de la casa; unas cuantas de sus citas podrían haberse programado con facilidad en su casa. Y pese a que desde luego era un hombre muy ocupado —nunca había aprobado el estilo de vida indolente de tantos aristócratas— había pasado más de una tarde reciente en White's, leyendo el periódico y jugando a cartas con sus amigos.

Le parecía lo mejor. Era importante mantener cierta distancia con la mujer de uno. Se suponía que la vida —o al menos su vida— debía estar compartimentada, y una esposa encajaba a la perfección en las secciones que él había nombrado mentalmente «asuntos de sociedad» y «cama».

Pero al llegar a White's aquella tarde, no había nadie allí con quien sintiera una necesidad especial de conversar. Ojeó un periódico, pero había poco de interés en la edición más reciente. Y mientras estaba sentado junto a la ventana, intentando disfrutar de aquel rato de soledad (aunque le resultara un poco patético), le invadió una necesidad ridícula de regresar a casa y ver en qué andaba ocupada Kate.

Por una tarde no iba a pasarle nada. No era probable que se enamorara de su mujer por haber pasado una tarde en su presencia. Tampoco era que pensara que corría el peligro de enamorarse de ella, lo más mínimo, se recordó con severidad. Llevaba casi un mes casado y había conseguido por fortuna mantener su vida libre de tales enredos. No había motivos para pensar que no podría mantener esta situación de forma indefinida.

Anthony, bastante complacido consigo mismo, dio otro sorbo al brandy y alzó la vista para mirar a Kate cuando la oyó entrar de nuevo en la habitación.

—Creo que Edwina sí que podría estar enamorada —dijo con todo el rostro iluminado por una sonrisa radiante.

Como respuesta, Anthony sintió cierta tensión en el cuerpo. En sí era bastante ridículo, aquella manera que tenía de reaccionar a sus sonrisas. Sucedía siempre y era una molestia, qué diantre.

Bien, no siempre era una molestia. No le importaba mucho cuando podía hacerle una carantoña y luego acababan en el dormitorio.

Pero era obvio que la mente de Kate no incurría en tanto atrevimiento como la suya ya que ella prefirió sentarse en la silla situada enfrente, pese a que había espacio suficiente para los dos en su asiento, sobre todo teniendo en cuenta que no les importaba apretujarse el uno al lado del otro. Hubiera sido mejor incluso la silla que quedaba en diagonal junto a la de Anthony; al menos podría haberla levantado de un tirón y haberla sentado sobre su regazo. Si intentaba una maniobra de este tipo estando como estaba ella sentada al otro lado de la mesa, tendría que arrastrarla por en medio del juego de té.

Anthony entrecerró los ojos para evaluar la situación, intentó adivinar con exactitud cuánto té se derramaría sobre la alfombra, y luego cuánto costaría cambiar la alfombra, y luego si de verdad le importaba una cantidad tan insignificante de dinero, en fin...

—¿Anthony? ¿Me estás escuchando?

Alzó la vista. Kate tenía los brazos apoyados en las rodillas y se inclinaba hacia delante para hablar con él. Le miraba con suma atención y tal vez un poco de irritación.

—Di.

Él pestañeó.

—Que si me escuchabas... —repitió entre dientes.

—Oh. —Puso una mueca—. No.

Kate entornó los ojos pero ni siquiera se molestó en regañarle mas que eso.

—Estaba diciendo que deberíamos invitar a Edwina y a su joven caballero a cenar alguna noche. Para ver si hacen buena pareja. Nunca antes la he visto tan interesada por un joven, y quiero de veras que sea feliz.

Anthony estiró el brazo para coger una galleta. Tenía hambre, y había renunciado a cualquier perspectiva de conseguir sentar a su esposa sobre su regazo. Aunque, por otro lado, si conseguía apartar tazas y platillos y tirar de ella por encima de la mesa, tal vez no tuviera consecuencias tan desastrosas...

De forma furtiva, empujó a un lado la bandeja con el juego de té.

—¿Mmm? —Masticó la galleta—. Oh, sí, por supuesto. Edwina se merece ser feliz.

Kate le observó con recelo.

—¿Estás seguro de que no quieres un poco de té con las galletas? No soy demasiado aficionada al brandy, pero imagino que el té le irá mejor a una galleta.

De hecho, Anthony pensaba que el brandy iba bastante bien con las galletas, pero desde luego creyó preferible para todos vaciar un poco la tetera, por si acaso luego la volcaba.

—Una idea fantástica —dijo al tiempo que cogía una taza y se la pasaba a ella—. Es lo que me hace falta. No imagino por qué no lo he pensado antes.

—Yo tampoco lo imagino —murmuró Kate con mordacidad, si es que era posible murmurar con mordacidad. Después de oír el sarcasmo pronunciado en voz baja por su esposa, Anthony pensó que en efecto era posible.

Pero se limitó a dedicarle una sonrisa jovial cuando estiró el brazo para coger la taza de té que le tendía.

—Gracias —dijo tras verificar que le había servido leche. Así era, lo cual no le sorprendió; ella recordaba muy bien ese tipo de detalles.

—¿Aún está lo bastante caliente? —preguntó Kate con amabilidad.

Anthony vació la taza.

—Perfecto —contestó y soltó una exhalación de deleite—. ¿Te importa si te pido un poco más?

—Parece que le estás cogiendo gusto al té —dijo con sequedad.

Anthony miró la tetera, se preguntó cuánto quedaría y si sería capaz de acabarlo sin tener una urgente necesidad de ir al excusado.

—Tú también deberías tomar más —sugirió—. Pareces muerta de sed.

Kate alzó las cejas de forma repentina.

—¿Tú crees?

Asintió, aunque luego le preocupó que tal vez se hubiera pasado.

—Sólo un poco, por supuesto —dijo.

—Por supuesto.

—¿Queda té suficiente para tomar otra taza? —preguntó con toda la indiferencia que pudo aparentar.

—Si no es así, estoy segura de que puedo pedir al cocinero que prepare otra tetera.

—Oh, no, estoy convencido de que no va a ser necesario —exclamó, aunque quizá lo dijo en un tono demasiado alto—. Me tomaré lo que haya quedado.

Kate apuró la tetera hasta que los últimos posos de té giraron en la taza de Anthony. Le puso una pequeña dosis de leche y luego se la tendió en silencio, aunque el arco de sus cejas decía mucho.

Mientras él daba sorbos al té —tenía la tripa demasiado llena como para tragárselo tan deprisa como la última taza—, Kate se aclaró la garganta y preguntó:

—¿Conoces al novio de Edwina?

—Ni siquiera sé quién es.

—Oh, lo siento. Debo de haber olvidado mencionar su nombre. Es el señor Bagwell. No sé su nombre de pila, pero Edwina ha dicho que es un segundo hijo, si sirve de algo. Le conoció en la fiesta de tu madre.

Anthony negó con la cabeza.

—Nunca he oído hablar de él. Lo más probable es que sea uno de los pobres tipos a los que invitó mi madre para igualar el número de invitados masculinos y femeninos. Mi madre invitó a un montón terrible de mujeres. Siempre lo hace, con la esperanza de que uno de nosotros se enamore, pero luego tiene que buscar un grupo de hombres poco interesantes para igualar la cifra.

—¿Poco interesantes? —repitió Kate.

—Para que las mujeres no se enamoren de ellos en vez de prendarse de nosotros —contestó con una mueca bastante exagerada.

—Está bastante desesperada por casaros a todos vosotros, ¿no es así?

—Lo único que sé —continuó Anthony encogiéndose de hombros— es que la última vez mi madre invitó a tantas candidatas femeninas que tuvo que ir a visitar al párroco y rogarle que enviara también a su hijo de dieciséis años para la cena.

Kate dio un respingo.

—Creo que le conocí.

—Es... es un tímido tremendo, pobre tipo. El párroco me dijo que tuvo urticaria toda una semana después de acabar sentado al lado de Cressida Cowper durante toda la cena.

—Bien, eso le pasaría a cualquiera.

Anthony sonrió.

—Sabía que había algo de mezquina en ti.

—¡No estoy siendo mezquina! —protestó Kate. Pero su sonrisa era astuta—. No es más que la verdad.

—Por mí no te defiendas. —Se acabó el té. Estaba amargo y fuerte después de haber estado en la tetera tanto tiempo, pero la leche conseguía que casi supiera agradable. Dejó la taza y añadió—: Tu veta mezquina es una de las cosas que más me gusta de ti.

—Cielos —rezongó—. Creo que no me gustará saber qué es lo que menos te gusta.

Anthony hizo un gesto en el aire con la mano para restar importancia a aquello.

—Pero, volviendo a tu hermana y a su señor Bugwell...

—Bagwell.

—Con lo que me gustaba...

—¡Anthony!

No le hizo caso.

—De hecho he estado pensando en que debería proporcionar una dote a Edwina.

La ironía de los hechos no le pasó desapercibida. Cuando él tenía intención de casarse con Edwina, había planeado proporcionar una dote a Kate.

Estudió a Kate para ver su reacción.

Por supuesto, no es que hiciera aquel esfuerzo sólo para ganarse su aceptación, pero no era tan noble como para no admitir que había esperado un poco más que el silencio lleno de asombro del que Kate daba muestras en aquel instante.

Luego cayó en la cuenta de que estaba a punto de echarse a llorar.

—¿Kate? —preguntó. No estaba seguro de si sentirse encantado o preocupado.

Kate se secó la nariz con poca elegancia con el dorso de la mano.

—Es la cosa más bonita que alguien haya hecho por mí —gimoteó.

—En realidad, lo hago por Edwina —masculló. Nunca se había

sentido cómodo con los lloros femeninos. Pero, por dentro, aquello le estaba hinchando de orgullo.

—¡Oh, Anthony! —fue casi un gemido. Y luego, para su sorpresa extrema, Kate se levantó de un brinco, saltó hasta el otro lado de la mesa y se echó en sus brazos, mientras el pesado dobladillo de su vestido de tarde se llevaba al suelo tres tazas, dos platillos y una cucharilla.

—Qué tierno eres —se secó los ojos mientras se asentaba con firmeza sobre su regazo—. El hombre más bueno de todo Londres.

—Bueno, eso no lo sé —replicó él mientras deslizaba un brazo alrededor de su cintura—. El más peligroso, quizás, o el más guapo...

—El más bueno —interrumpió ella con determinación mientras apoyaba su cabeza en el ángulo de su cuello—. Sin duda, el más bueno.

—Si insistes —murmuró. No podía quejarse del inesperado giro que daban los acontecimientos.

—Qué bien que hubiéramos acabado el té —dijo Kate mirando las tazas que habían caído al suelo—. Podía haber sido un destrozo horrible.

—Oh, pues sí. —Sonrió para sus adentros mientras la estrechaba un poco más. Había algo cálido y cómodo en tener a Kate en los brazos. Sus piernas colgaban sobre el brazo del sillón y tenía la espalda apoyada en la curva del brazo de Anthony. Se adaptaban muy bien el uno al otro, comprendió. Tenía el tamaño perfecto para un hombre de sus proporciones.

Había muchas cosas de ella que eran igual de perfectas. Darse cuenta de ese tipo de cosas normalmente le aterrorizaba, pero en aquel momento se sentía tan feliz, rematadamente feliz, sentado allí y con ella en el regazo, que se negaba a pensar en el futuro.

—Te portas tan bien conmigo —murmuró ella.

Anthony pensó en todas las veces que había evitado a posta regresar a casa, todas las veces que había dejado que ella se las arreglara solita, pero rechazó cualquier sentimiento de culpabilidad. No quería que se enamorara de él. Las cosas serían mucho más difíciles para ella cuando muriera.

Y si él se enamoraba de ella...

Ni siquiera quería pensar en cuánto más difícil iba a resultarle a él.

—¿Tenemos algún plan para esta noche? —le susurró al oído.

Kate hizo un gesto afirmativo, y el movimiento le hizo cosquillas con el pelo en la mejilla.

—Un baile —contestó—. En casa de lady Mottram.

Anthony no podía resistir la sedosidad de su cabello. Ensartó dos dedos en el pelo, dejando que se deslizara por su mano para luego enroscarse en su muñeca.

—¿Sabes qué pienso? —murmuró.

Notó su sonrisa cuando ella preguntó:

—¿Qué?

—Pienso que nunca me ha interesado demasiado lady Mottram. ¿Y sabes qué más pienso?

Entonces oyó que intentaba que no se le escapara una risita.

—¿Qué?

—Creo que deberíamos ir arriba.

—¿Eso crees? —Fingía ignorancia.

—Oh, pues sí. De hecho, en este mismo instante.

La muy pícara contoneó el trasero para determinar por sí misma la urgencia verdadera de él por ir arriba.

—Ya veo —murmuró con seriedad.

Él le pellizcó la cadera con suavidad.

—Por lo que me ha parecido, deberías decir «ya lo noto».

—Bien, eso también —admitió—. Es bastante esclarecedor.

—Estoy seguro de que sí —musitó. Luego, con una sonrisa muy maliciosa, le empujó con suavidad la barbilla hasta que sus narices se quedaron pegadas—. ¿Y sabes qué más pienso? —preguntó con voz ronca.

Kate abrió los ojos.

—No puedo imaginarlo.

—Pienso —continuó mientras metía una mano debajo del vestido y la subía poco a poco por la pierna— que si no vamos arriba en este mismo instante, estaría contento quedándome aquí.

—¿Aquí? —chilló ella.

Encontró el extremo de las medias con la mano.

—Aquí —repitió.

—¿Ahora?

Le hizo cosquillas sobre el suave y tupido vello, luego profundizó en el mismísimo centro de su condición femenina: estaba tan sedoso y húmedo que se sintió en el cielo.

—Oh, sin duda, ahora —confirmó.

—¿Aquí?

Le mordisqueó los labios.

—¿No he contestado ya a esa pregunta?

Y si tenía más preguntas, ella no las formuló durante la hora siguiente.

O, sencillamente, él estaba esforzándose al máximo para dejarla sin habla.

Y si había que juzgar por los grititos y maullidos que se escapaban de su boca, estaba haciendo un trabajo de veras estupendo.

Capítulo 19

El baile anual de lady Mottram estuvo a reventar, como siempre, pero a los observadores seguro que no se les pasó por alto que lord y lady Bridgerton no hicieron aparición. Lady Mottram insistió en que habían prometido asistir, y Esta Autora sólo puede especular sobre el motivo que retuvo a los recién casados en casa...

REVISTA DE SOCIEDAD DE LADY WHISTLEDOWN,
13 de junio de 1814

*A*quella noche, mucho más tarde, Anthony estaba echado de lado en la cama, sosteniendo contra su pecho a su mujer, quien se había acurrucado de espaldas contra él y en aquel instante dormía profundamente.

Lo cual era una suerte, porque había empezado a llover.

Intentó empujar con suavidad las colchas sobre su oreja destapada para que no oyera las gotas que daban contra las ventanas, pero era tan inquieta cuando dormía como cuando estaba despierta, por lo tanto no pudo estirar la colcha muy por encima del nivel de su cuello sin que ella se la sacudiera.

Aún no podía saberse si acabaría siendo una tormenta eléctrica, pero lo cierto era que la fuerza de la lluvia había aumentado y el viento soplaba cada vez con más intensidad, ahora aullaba en medio de la noche y producía un golpeteo de ramas contra un lado de la casa.

Kate estaba junto a Anthony cada vez más inquieta. Él le hacía sonidos tranquilizadores mientras le alisaba el pelo con la mano. La tormenta no la había despertado, pero estaba claro que se había inmiscuido en su sueño. Había empezado a balbucear mientras dormía, se agitaba y daba vueltas, hasta que se quedó hecha un ovillo en el lado opuesto, de cara a él.

—¿Qué sucedió para que acabaras odiando tanto la lluvia? —le susurró mientras retiraba un oscuro mechón de pelo detrás de su oreja. Pero no quería reprocharle sus terrores; él conocía bien la frustración que acarreaban los temores y premoniciones infundados. La certeza de su muerte inevitable, por ejemplo, le obsesionaba desde el momento en que cogió la mano inerte de su padre y la dejó con delicadeza sobre su pecho inmóvil.

No era algo que supiera explicar, ni siquiera podía comprenderlo. Era algo que sabía, así de sencillo.

De todos modos, nunca había tenido miedo a la muerte, en realidad no. Era algo que formaba parte de él desde hacía tanto tiempo que lo aceptaba, igual que otros hombres aceptaban el resto de verdades que formaban el ciclo vital. Tras el invierno venía la primavera, y tras ella el verano. Para él, la muerte venía a ser lo mismo.

Hasta ahora. Había intentado negarlo, había intentado bloquear aquella inquietante noción de su mente, pero la muerte empezaba a mostrar una cara espantosa.

Su matrimonio con Kate había llevado su vida por otro derrotero, por mucho que intentara convencerse de que podía restringir el matrimonio a nada más que amistad y sexo.

Sentía un enorme afecto por ella. Se preocupaba demasiado por ella. Anhelaba su compañía cuando estaban separados, y soñaba con ella por la noche, pese a tenerla entre sus brazos.

No estaba preparado para llamarlo amor, pero de todos modos era algo que le aterrorizaba.

Fuera lo que fuera aquello que ardía entre ambos, no quería que acabara.

Lo cual era, por supuesto, la más cruel de las ironías.

Anthony cerró los ojos mientras soltaba un suspiro cansino y nervioso, preguntándose qué demonios iba a hacer para solventar la complicación que tenía allí mismo tumbada en la cama. Pero mientras pensaba, pese a tener los ojos cerrados, vio el destello del relámpago que iluminó la noche y convirtió el negro del interior de sus párpados en un sangriento rojo anaranjado.

Tras abrir los ojos, vio que las cortinas se habían quedado un poco descorridas cuando se habían retirado a la cama más temprano aquella noche. Tendría que cerrarlas, al menos así los relámpagos no iluminarían la habitación.

Pero cuando cambio de postura para intentar salir de debajo de las colchas, Kate le cogió por el brazo, apretando su músculo con dedos frenéticos.

—Shh, vamos, no pasa nada —le susurró—. Sólo voy a cerrar las cortinas.

Pero no le soltó, y el gemido que dejó escapar Kate cuando a continuación un trueno sacudió la noche casi le rompe el corazón.

Una franja de luz de la luna se filtraba a través de la ventana, lo suficiente para iluminar las líneas tensas y marcadas de su rostro. Anthony la miró con detenimiento para comprobar si seguía dormida, luego le retiró las manos de su brazo y se levantó para cerrar las cortinas. Sospechaba que el destello de los relámpagos se colaría de todos modos en la habitación, así que cuando corrió las cortinas encendió una sola lámpara y la dejó sobre la mesilla. No daba tanta luz como para despertarla —al menos confiaba en eso— pero al mismo tiempo la habitación no estaba en la más completa negrura.

Volvió a meterse en la cama y contempló a Kate. Seguía durmiendo, pero sin sosiego. Se había enrollado hasta formar una posición semifetal y su respiración era fatigosa. Los relámpagos no parecían molestarla demasiado, pero cada vez que la habitación era sacudida por un trueno, daba un respingo.

Le cogió la mano y le alisó el pelo, y durante varios minutos se limitó a permanecer a su lado, intentando tranquilizarla mientras dormía. Pero la intensidad de la tormenta iba en aumento, los truenos y relámpagos se sucedían uno tras otro sin tregua. La inquietud de Kate crecía por segundos, y luego, cuando un trueno especialmente sonoro explotó en el aire, abrió los ojos de par en par, con el rostro convertido en una máscara de pánico total.

—¿Kate? —susurró Anthony.

Se sentó y luego retrocedió con dificultad hasta que tuvo la columna pegada contra el sólido cabezal de la cama. Parecía una estatua de terror, su cuerpo rígido y paralizado en el sitio. Aún tenía los ojos abiertos, sin pestañear apenas, y aunque no movía la cabeza, los agitaba con frenesí de un lado a otro, examinando toda la habitación pero sin ver nada.

—Oh, Kate —susurró. Esto era peor, mucho peor de lo que ella había padecido aquella noche en la biblioteca de Aubrey Hall. Anthony percibía la fuerza del dolor que ella padecía atravesándole directamente el corazón.

Nadie debería sufrir un terror así. Y menos aún su esposa.

Moviéndose despacio para no sorprenderla, se dirigió hasta su lado, luego le puso con cuidado un brazo sobre los hombros. Ella temblaba, pero no le apartó.

—¿Recordarás algo de esto mañana por la mañana? —preguntó en un susurro.

Kate no contestó, pero por otro lado tampoco esperaba ninguna respuesta.

—Vamos, vamos —dijo con ternura mientras intentaba recordar las tonterías tranquilizadoras que su madre solía usar cada vez que uno de los niños estaba alterado.

—Todo está bien ahora. Te pondrás bien.

Dio la impresión de que sus temblores se calmaban un poco, pero cuando sacudió la habitación el siguiente estruendo de un trueno quedó claro que seguía trastornada: todo su cuerpo se estremeció y enterró el rostro contra el pecho de Anthony.

—No —gimió—, no, no.

—¿Kate? —él pestañeó varias veces y luego la miró con fijeza. Sonaba diferente, no despierta sino más lúcida, si eso era posible.

—No, no.

Y sonaba muy...

—No, no, no te vayas.

...joven.

—¿Kate? —La abrazó con fuerza, sin estar seguro de qué hacer. ¿Debía despertarla? Podría abrir los ojos, pero era evidente que estaba dormida y soñando. Una parte de él ansiaba sacarla de la pesadilla, pero aunque la despertara, permanecería en el mismo lugar: en la cama en medio de una horrible tormenta eléctrica. ¿Se sentiría algo mejor?

¿O debía dejarla dormir? Tal vez, si superaba toda la pesadilla, él pudiera hacerse una idea de lo que le causaba aquel terror.

—¿Kate? —susurró como si ella de hecho pudiera darle alguna pista sobre lo que debía hacer.

—No —gimió ella, más agitada por segundos—. Noooo.

Anthony apretó los labios contra su sien, intentó serenarla con su mera presencia.

—No, por favor... —Se puso a sollozar, su cuerpo padecía el tormento de enormes resuellos mientras sus lágrimas empapaban el hombro de él—. No, oh, no... ¡Mamá!

Anthony entró en tensión. Sabía que Kate siempre se refería a su madrastra como Mary. ¿Podría estar hablando pues de su verdadera madre, la mujer que la había traído al mundo y luego había muerto hacía ya tanto tiempo?

Pero mientras consideraba aquello, todo el cuerpo de Kate se puso rígido, y soltó un estridente y agudo chillido.

El chillido de una niña pequeña.

En un instante, se dio media vuelta y saltó a sus brazos, le abrazó agarrando sus hombros con una desesperación aterradora.

—No, mamá —gimoteó, todo su cuerpo sacudido por el esfuerzo de los sollozos—. ¡No, no puedes irte! Oh, mamá, mamá, mamá, mamá, mamá...

Si Anthony no hubiera tenido la espalda apoyada en el cabezal, ella le habría derribado con la fuerza de su fervor.

—¿Kate? —repitió, y se quedó sorprendido al oír la leve nota de pánico que oyó en su propia voz—. ¿Kate? No pasa nada. Estás bien. Te encuentras bien. Nadie se va a ir a ningún sitio. ¿Me oyes? Nadie.

Pero sus palabras se habían desvanecido, y lo único que quedó fue el sonido grave de un sollozo que surgía de lo más profundo de su alma. Anthony la sostuvo en sus brazos y luego, cuando ella se hubo calmado un poco, la bajó poco a poco hasta que se quedó echada de costado otra vez, y luego la volvió a abrazar un poco más, hasta que por fin Kate volvió a coger el sueño.

Lo cual, advirtió él con ironía, sucedió justo en el momento en que el último trueno y el último relámpago resquebrajaron la habitación.

Cuando Kate se despertó a la mañana siguiente, le sorprendió ver a su marido sentado en la cama y observándola con la más peculiar de las miradas… una mezcla de preocupación y curiosidad, y tal vez incluso un mínimo atisbo de lástima. No dijo nada cuando abrió los ojos, pero Kate se dio cuenta de que estudiaba su rostro con atención. Esperó a ver qué hacía él, y luego por fin dijo, con cierta vacilación:

—Pareces cansado.

—No he dormido bien —admitió él.

—¿No?

Anthony sacudió la cabeza.

—Llovía.

—¿Ah sí?

Él hizo un gesto afirmativo.

—Y tronaba.

Kate tragó saliva con actitud nerviosa.

—Acompañado también de relámpagos, supongo.

—Así es —continuó él, otra vez con un gesto afirmativo—. Una tormenta de las fuertes.

Había algo muy profundo en la manera en que él pronunciaba aquellas frases breves y concisas, algo que erizó el vello de su nuca.

—¿Q-qué suerte que me lo haya perdido entonces —comentó—. Ya sabes que no soporto muy bien las tormentas fuertes.

—Lo sé —fue la sencilla respuesta de él.

Pero aquellas dos breves palabras estaban dichas con gran intención. Kate sintió que se le aceleraba un poco el corazón.

—Anthony —preguntó entonces, no del todo segura de querer saber la respuesta—, ¿qué sucedió anoche?

—Tuviste una pesadilla.

Ella cerró los ojos durante un segundo.

—Pensaba que ya no las tenía.

—No me había percatado de que tuvieras pesadillas.

Kate soltó un largo suspiro y se incorporó. Tiró de las mantas con ella y se las metió bajo los brazos.

—Cuando era pequeña. Cada vez que había una tormenta, eso me contaban. Yo en realidad no lo sé; nunca recordaba nada. Pensaba que ya… —Tuvo que detenerse durante un momento, tenía la sensación de que la garganta se le cerraba, las palabras parecían atragantársele.

Anthony estiró la mano para tomar la suya. Fue un gesto simple, pero en cierta manera a Kate la conmovió más de lo que hubiera hecho cualquier palabra.

—¿Kate? —preguntó él con calma—. ¿Te sientes bien?

Ella respondió con un gesto afirmativo.

—Pensaba que ya se me había pasado, eso es todo.

Anthony no dijo nada durante un momento, y la habitación permaneció tan silenciosa que Kate tuvo la certeza de poder oír los latidos de ambos. Finalmente, escuchó una mínima ráfaga de aliento inspirado entre los labios de Anthony, y luego él le preguntó:

—¿Sabes que hablas cuando duermes?

Hasta entonces Kate no le había mirado, pero al oír aquel comentario volvió la cabeza a la derecha de forma repentina y encontró la mirada de él.

—¿De veras?

—Anoche lo hiciste.

Ella agarró la colcha con los dedos.

—¿Y qué dije?

Anthony vaciló pero, cuando le salieron las palabras, sonaron firmes y regulares:

—Llamabas a tu madre.

—¿A Mary? —susurró ella.

Él negó con la cabeza.

—No lo creo. Nunca te he oído llamar a Mary de otra forma que Mary; anoche llamabas entre sollozos a «mamá». Sonabas… —Se detuvo para tomar una bocanada algo entrecortada.

—Sonabas sumamente joven.

Kate se lamió los labios, luego se mordisqueó el inferior.

—No sé qué decirte —respondió por fin, temerosa de meterse en los rincones más profundos de su memoria—. No tengo ni idea de por qué iba a llamar a mi madre.

—Yo creo —dijo él con dulzura— que deberías preguntárselo a Mary.

Kate sacudió de inmediato la cabeza con un movimiento rápido.

—Ni siquiera conocía a Mary cuando mi madre murió. Tampoco la conocía mi padre. No puede saber por qué yo la llamaba anoche.

—Tal vez tu padre le contara algo —contestó mientras se llevaba su mano a los labios para darle un beso tranquilizador.

Kate bajó la mirada a su regazo. Quería entender por qué tenía tanto miedo a las tormentas, pero husmear en sus temores más profundos era casi tan aterrador como el propio miedo. ¿Y si descubría algo que no quería saber? ¿Y si…?

—Iré contigo —dijo Anthony interrumpiendo sus pensamientos.

Y de algún modo, aquello hizo que todo resultara fácil.

Kate le miró e hizo un gesto de asentimiento con lágrimas en los ojos.

—Gracias —susurró—. Muchísimas gracias.

Más tarde, aquel mismo día, los dos subían por las escaleras de entrada a la pequeña casa adosada de Mary. El mayordomo les acompañó hasta el salón y Kate se sentó en el conocido sofá azul mientras Anthony se iba hasta la ventana, donde se apoyó en el alféizar para mirar al exterior.

—¿Ves algo interesante? —preguntó ella.

Negó con la cabeza y sonrió avergonzado mientras se volvía para mirarla de frente.

—Sólo miro por la ventana, eso es todo.

Kate pensó que había algo espantosamente dulce en aquello, pero no era capaz de determinar el qué. Cada día parecía revelar una nueva singularidad de su carácter, algún hábito único y enternecedor que les unía cada vez más. Le gustaba conocer esas extrañas cositas de él, como la manera en que doblaba siempre la almohada antes de ponerse a dormir o el hecho de que detestara la mermelada de naranja y adorara la de limón.

—Estás muy pensativa.

Kate se puso rígida con una repentina sacudida. Anthony la estaba mirando con aire socarrón.

—Estabas del todo ensimismada —le dijo con expresión divertida— y tenías la más soñadora de las sonrisas en el rostro.

Kate meneó la cabeza, se sonrojó y balbució:

—No era nada.

El resoplido de respuesta de Anthony expresaba sus reservas, y mientras se acercaba hasta el sofá dijo:

—Daría cien libras por saber lo que piensas.

Kate se salvó de hacer más comentarios gracias a la entrada de Mary.

—¡Kate! —exclamó Mary—. Qué sorpresa tan encantadora. Y lord Bridgerton, qué ilusión verles a los dos.

—De verdad, debería llamarme Anthony —dijo con un poco de brusquedad.

Mary sonrió mientras él le daba la mano para saludarla.

—Me esforzaré por recordarlo —dijo. Se sentó enfrente de Kate y luego esperó a que Anthony ocupara su sitio en el sofá antes de continuar—: Edwina ha salido, me temo. Su señor Bagwell llegó a la ciudad de forma bastante inesperada. Han ido a dar un paseo por el parque.

—Deberíamos prestarles a Newton —dijo Anthony en tono afable—. No puedo imaginarme una carabina mejor.

—De hecho, es a ti a quien hemos venido a ver —explicó Kate.

La voz de Kate revelaba una nota poco habitual de seriedad, y Mary reaccionó al instante.

—¿De qué se trata? —preguntó mientras sus ojos pasaban de Kate a Anthony—. ¿Todo está bien?

Kate hizo un gesto afirmativo y tragó saliva mientras buscaba las palabras más convenientes. Era curioso que hubiera estado ensayando toda la mañana lo que quería preguntar y que ahora se encontrara sin palabras. Pero luego sintió la mano de Anthony en la suya, con un peso y calor de extraño consuelo, y alzando la mirada le dijo a Mary:

—Me gustaría preguntarte por mi madre.

Mary pareció un poco sorprendida, pero dijo:

—Por supuesto. Pero ya sabes que no la conocí personalmente. Sólo sé lo que me contó de ella tu padre.

Kate asintió con la cabeza.

—Lo sé. Es posible que no tengas respuesta para alguna de mis preguntas, pero no sé a quién más puedo preguntar.

Mary cambió de posición en el asiento y se agarró las manos sobre el regazo con gesto remilgado. Pero Kate advirtió que se le habían puesto blancos los nudillos.

—Muy bien —dijo Mary—. ¿Qué es lo que quieres saber? Sabes que te contaré cualquier cosa de la que yo esté enterada.

Kate volvió a hacer un gesto de asentimiento y tragó saliva pues la boca se le había quedado seca.

—¿Cómo murió, Mary?

Mary pestañeó y luego se hundió un poco, tal vez con alivio.

—Pero eso ya lo sabes. Fue una gripe. O algún tipo de dolencia pulmonar. Los médicos nunca tuvieron la certeza completa.

—Lo sé, pero... —Kate miró a Anthony, quien le dedicó un gesto tranquilizador. Tomó una profunda bocanada y luego se animó a continuar— aún me dan miedo las tormentas, Mary. Quiero saber por qué. No quiero continuar con ese miedo.

Mary separó los labios, pero permaneció callada un instante infinito mientras miraba con atención a su hijastra. Su piel palideció poco a poco, adquirió un tono peculiar, translúcido, y su mirada se angustió.

—No era consciente —susurró—, no sabía que aún...

—Lo he ocultado bien —dijo Kate en voz baja.

Mary levantó una mano y se tocó la sien. Le temblaban las manos.

—Si lo hubiera sabido, habría... —Movió los dedos hasta su frente, se alisó las líneas de preocupación mientras buscaba con esfuerzo las palabras—. Bien, no sé qué hubiera hecho. Decírtelo, supongo.

A Kate se le paró el corazón.

—¿Decirme el qué?

Mary soltó un largo suspiro, entonces ya se había llevado ambas manos al rostro y se apretaba la parte superior de las órbitas de los ojos. Parecía que tuviera un terrible dolor de cabeza, que el peso del mundo golpeara contra su cráneo, de dentro hacia fuera.

—Sólo quiero que sepas —dijo con voz entrecortada— que no te lo conté porque pensaba que no lo recordabas. Y si no lo recordabas, bien, entonces no parecía conveniente hacerte recordar.

Cuando alzó la vista, unas lágrimas surcaban su rostro.

—Pero es obvio que recuerdas —susurró— o no te asustarías tanto. Oh, Kate. Cuánto lo lamento.

—Estoy seguro de que no hay nada de lo que tenga que lamentarse —dijo Anthony con suavidad.

Mary le miró, sus ojos sorprendidos por un momento, como si hubiera olvidado que él estaba en la habitación.

—Oh, pero sí —dijo con tristeza—. No sabía que Kate aún padeciera sus temores. Debería haberlo sabido. Es el tipo de cosa que una madre intuye. Es posible que yo no la haya parido, pero he intentado ser una auténtica madre para ella...

—Lo has sido —dijo Kate con fervor—. La mejor.

Mary se volvió hacia ella, mantuvo un silencio durante unos pocos segundos antes de decir, con una voz que sonaba distante de un modo peculiar.

—Tenías tres años cuando murió tu madre. Era tu cumpleaños, de hecho.

Kate hizo un gesto de asentimiento, como hipnotizada.

—Cuando me casé con tu padre hice tres juramentos. Estaba el juramento que le hice a él, ante Dios y los testigos, de ser su esposa. Pero mi corazón hizo otras dos promesas. Un promesa era a ti, Kate. Sólo tuve que mirarte una vez, tan perdida y desamparada, con esos enormes ojos marrones —y qué tristes, oh, qué tristes estaban, ningún niño debería tener esa mirada—. Juré que te querría como si fueras hija mía y que te daría todo lo que hubiera dentro de mí para criarte.

Hizo una pausa para secarse los ojos, aceptando con gratitud el pañuelo que Anthony le ofrecía. Cuando continuó, su voz era apenas un susurro.

—La otra promesa se la hice a tu madre. Visité su tumba, ¿sabes?

El movimiento de cabeza de Kate estuvo acompañado por una sonrisa nostálgica.

—Lo sé. Fui contigo en varias ocasiones.

Mary sacudió la cabeza.

—No. Quiero decir antes de casarme con tu padre. Me arrodillé allí y fue entonces cuando hice mi tercer juramento. Había sido una buena madre para ti; todo el mundo lo decía, y cualquier tonto podía darse cuenta de que la echabas de menos con todo tu corazón. De modo que le prometí las mismas cosas que te prometí a ti: que sería una buena madre, que te querría y cuidaría como si fueras el fruto de mis entrañas. —Alzó la cabeza, y sus ojos eran del todo claros y directos cuando dijo—: Y me gustaría pensar que le proporcioné cierta paz. No creo que ninguna madre pueda morir en paz dejando atrás una niña tan pequeña.

—Oh, Mary —susurró Kate.

Mary la miró y sonrió con tristeza, luego se volvió hacia Anthony.

—Y por eso, milord, lo lamento. Debería haberlo sabido, debería haberme dado cuenta de que sufría.

—Pero, Mary —protestó Kate—. Yo no quería que tú te dieras cuenta. Lo ocultaba en mi habitación, debajo de la cama, en el armario. Cualquier cosa para escondértelo.

—Pero ¿por qué, corazón?

Kate contuvo una lágrima.

—No sé. No quería preocuparte, supongo. O tal vez me daba miedo parecer débil.

—Siempre has intentado ser tan fuerte —susurró Mary—. Incluso cuando eras una cosita menuda.

Anthony cogió la mano de Kate, pero miró a Mary.

—Es fuerte. Y usted también.

Mary contempló el rostro de Kate durante un largo minuto con ojos nostálgicos y tristes y, luego, en voz baja, uniforme, dijo:

—Cuando murió tu madre, aquel día... yo no estaba allí, pero cuando me casé con tu padre él me contó la historia. Sabía que yo ya te quería y pensó que podría ayudarte a entenderte un poco mejor.

»La muerte de tu madre fue muy rápida. Según tu padre, se puso enferma un jueves y murió al martes siguiente. Y llovía sin parar. Fue una de esas tormentas espantosas que nunca acaban, que cae sobre la tierra sin piedad hasta que los ríos se desbordan y los caminos se vuelven intransitables.

»Dijo que estaba seguro de que sólo se recuperaría si la lluvia cesaba. Era una tontería, ya lo sabía, pero cada noche se iba a la cama rezando para que asomara el sol entre las nubes. Rezando cualquier cosa que pudiera darle una pequeña esperanza.

—Oh, papá —susurró Kate, sus palabras surgieron de forma espontánea a través de sus labios.

—Tú te encontrabas encerrada en la casa, por supuesto, algo que no podías perdonar de ninguna manera. —Mary alzó la vista y sonrió a Kate, el tipo de sonrisa que hablaba de años de recuerdos—. Siempre te ha encantado estar al aire libre. Tu padre me dijo que tu madre solía sacar tu cuna afuera y mecerte con el aire fresco.

—No sabía eso —susurró Kate.

Mary asintió, luego continuó con su historia.

—Al principio no eras consciente de que tu madre estaba enferma. Te mantenían alejada de ella, pues temían que te contagiaras. Pero al final debiste de presentir que algo pasaba. Los niños siempre lo hacen.

»La noche en que murió, la lluvia arreció todavía más, y, por lo que me contó tu padre, los truenos y relámpagos eran los más terroríficos que todo el mundo podía recordar. —Hizo una pausa, luego ladeó la cabeza un poco y preguntó—: ¿Recuerdas el viejo árbol retorcido del jardín trasero, aquel al que siempre trepabais tú y Edwina?

—¿El que estaba partido en dos? —susurró Kate.

Mary asintió con la cabeza.

—Sucedió aquella noche. Tu padre dijo que fue el sonido más escalofriante que había oído en su vida. Los truenos y relámpagos se superponían, y un rayo partió el árbol en dos en el momento exacto en que un trueno sacudió la tierra.

»Supongo que no podías dormir —continuó—. Yo misma recuerdo aquella tormenta, aunque vivía en el condado de al lado. No sé cómo pudo dormir alguien aquella noche. Tu padre estaba con tu madre. Se estaba muriendo y todo el mundo lo sabía, y en medio del dolor se habían olvidado de ti. Se habían preocupado mucho de que no te enteraras, pero aquella noche su atención estaba en otro sitio.

»Tu padre me dijo que estaba sentado al lado de tu madre, intentaba cogerle la mano mientras ella fallecía. No una muerte dulce, me temo. Las enfermedades pulmonares no lo son en muchos casos. —Mary alzó la vista—. Mi madre también murió así. Lo sé. El final no fue apacible. Daba bocanadas, se sofocaba ante mis propios ojos.

Mary tragó saliva nerviosa, luego concentró su mirada en la de Kate.

—Tengo que suponer —susurró— que tú fuiste testigo de algo similar.

Anthony apretó con fuerza la mano de Kate.

—Sí, pero yo tenía veinticinco años cuando murió mi madre —continuó Mary—; tú en cambio sólo tenías tres. No es el tipo de cosas que debería ver una niña. Intentaron que te marcharas, pero no te ibas. Arañabas, mordías y gritabas y gritabas y gritabas, y luego...

Mary se detuvo, las palabras se le atragantaron. Se llevó a la cara el pañuelo que Anthony le había dado, y pasaron varios momentos antes de que pudiera proseguir.

—Tu madre estaba a punto de morir —dijo con voz tan baja que apenas era un susurro—. Y mientras buscaban a alguien lo bastante fuerte para llevarse a una niña tan frenética, un relámpago rasgó la habitación. Tu padre dijo...

Mary hizo otra pausa y tragó saliva.

—Tu padre me dijo que lo que sucedió a continuación fue el momento más inquietante y aterrador que había experimentado en su vida. El relámpago... iluminó la habitación como si fuera de día. Y no duró un mero instante, como debería haber sucedido, parecía que casi estuviera suspendido en el aire. Te miró, y estabas paralizada. Nunca olvidaré la manera en que él lo describió. Dijo que daba la impresión de que fueras una pequeña estatua.

Anthony dio un respingo.

—¿Qué sucede? —preguntó Kate mientras se volvía a él.

Su marido sacudió la cabeza con incredulidad.

—Así era tu aspecto anoche —dijo— Exactamente así. Pensé esas mismas palabras.

—Yo... —Kate desplazó la mirada de Anthony a Mary. Pero no sabía qué decir.

Anthony le apretó de nuevo la mano mientras se volvía a Mary y la instaba a seguir.

—Por favor, continúe.

La mujer hizo un solo gesto de asentimiento.

—Tenías la mirada fija en tu madre y, por lo tanto, tu padre se volvió para ver qué te había aterrorizado tanto, y entonces fue... cuando vio...

Kate soltó suavemente su mano de la de Anthony y se fue a sentar al lado de Mary. Acercó una otomana a la silla de Mary y tomó una de las manos de su madrastra entre las suyas.

—No pasa nada, Mary —murmuró—. Puedes contármelo. Necesito saberlo.

Mary hizo un gesto de asentimiento.

—Era el momento de su muerte. Tu madre se incorporó hasta quedarse sentada. Tu padre dijo que no había levantado el cuerpo de las almohadas durante días, y no obstante se sentó erguida por completo. Él dijo que estaba tiesa, con la cabeza echada hacia atrás y la boca abierta como si gritara, pero no podía proferir sonido alguno. Y entonces llegó el trueno, y tú debiste pensar que el sonido surgió de su boca, porque chillaste de un modo que nadie había oído nunca y te precipitaste corriendo hacia delante para saltar sobre la cama y arrojar los brazos en torno a ella.

»Intentaron apartarte, pero no te soltabas. Continuabas chillando y chillando y llamándola por su nombre, y entonces se produjo un terrible estrépito. Vidrios rotos. Un rayo partió una rama del árbol y ésta atravesó directamente la ventana. Había vidrios por todas partes y viento y lluvia y truenos y más lluvia, y durante todo ese rato tú no dejaste de chillar. Incluso después de que muriera y se cayera otra vez sobre las almohadas, tus bracitos seguían agarrados a su cuello, y gritabas y sollozabas y rogabas para que se despertara, para que no se fuera.

»Y simplemente no la soltabas —susurró Mary—. Al final tuvieron que esperar a que te cansaras y te quedases dormida.

La habitación se sumió en un silencio durante todo un minuto, luego Kate finalmente susurró:

—No lo sabía. No sabía que había presenciado eso.

—Tu padre dijo que no hablabas de ello —siguió Mary—. Tampoco es que pudieras. Dormiste durante horas y horas, y luego, cuando despertaste, estaba claro que habías cogido la enfermedad de tu madre. No con la misma gravedad, tu vida nunca estuvo en peligro. Pero estabas enferma, tu estado no te permitía hablar de la muerte de tu madre. Y cuando te pusiste bien, no querías hablar de ello. Tu padre lo intentó, pero dijo que cada vez que lo mencionaba, sacudías la cabeza y te tapabas las orejas con las manos. Al final dejó de intentarlo.

Mary miró con fijeza a Kate.

—Dijo que parecías más feliz cuando él dejó de intentarlo. Hizo lo que le pareció mejor.

—Lo sé —susurró Kate—. Y al mismo tiempo, probablemente fue lo mejor. Pero ahora necesitaba saber. —Se volvió a Anthony, no para que la tranquilizara sino en busca de algún tipo de validación—. Necesitaba saber.

—¿Cómo te sientes ahora? —le preguntó él, con palabras que sonaron suaves y directas.

Pensó en ello un momento.

—No lo sé. Bien, creo. Un poco más ligera. —Y entonces, sin ni siquiera darse cuenta de lo que hacía, sonrió. Fue algo vacilante, lento, pero de cualquier modo fue una sonrisa. Se volvió a Anthony con ojos asombrados—. Me siento como si me quitaran un enorme peso de encima.

—¿Recuerdas ahora? —preguntó Mary.

Kate negó con la cabeza.

—Pero de todos modos me siento mejor. No puedo explicarlo, la verdad. Está bien saber, pese a no poder recordar.

Mary profirió un sonido ahogado, luego se levantó de la silla y se sentó junto a Kate en la otomana para abrazarla con todas sus fuerzas. Las dos se pusieron a llorar, con ese tipo de sollozos peculiares, enérgicos, que llevan la risa entremezclada. Hubo lágrimas, pero eran lágrimas de felicidad, y cuando Kate finalmente se apartó y miró a Anthony, se dio cuenta de que también él se estaba secando el rabillo del ojo.

Por supuesto que retiró la mano y asumió un semblante digno, pero ella le había visto. Y en aquel momento, supo que le amaba. Con cada pensamiento, con cada emoción, cada parte de su ser, le amaba.

Y si él nunca le correspondía con su amor… bien, no quería pensar en eso. No entonces, no en aquel momento profundo.

Probablemente nunca.

siado distraído con sus propios pensamientos como para formular una palabra más coherente.

—Pienso —continuó ella con voz alegre— que la siguiente vez que haya una tormenta, no me va a pasar nada.

Él se volvió poco a poco.

—¿De veras? —preguntó.

Kate asintió con la cabeza.

—No sé porque pienso eso. Es una intuición, supongo.

—Las intuiciones —dijo él con una voz que sonaba extraña y categórica, incluso para sus propios oídos— a menudo son las impresiones más acertadas.

—Tengo una sensación optimista de lo más extraña —siguió ella, y mientras hablaba agitó en el aire el cepillo del pelo con mango de plata—. Durante toda mi vida he tenido esta cosa espantosa cernida sobre mi cabeza. No te lo había contado, nunca se lo cuento a nadie, pero cada vez que había una tormenta, me hacía trizas, pensaba... o más bien no pensaba, y en cierto sentido sabía que...

—¿El qué, Kate? —preguntó. Temía la respuesta sin tan siquiera tener una pista de por qué.

—En cierto sentido —contestó pensativa—, mientras sollozaba y temblaba, sabía que iba a morir. Lo sabía. No había manera de que pudiera sentirme tan mal y seguir viviendo al día siguiente. —Inclinó un poco la cabeza a un lado, su rostro adquirió una expresión un tanto tensa, como si no estuviera segura de cómo decir lo que necesitaba decir.

Pero Anthony la entendió de todos modos. Y aquello hizo que la sangre se le congelara.

—Estoy segura de que pensarás que es la cosa más tonta que se pueda imaginar —dijo, levantó y bajó los hombros con gesto avergonzado—. Eres tan racional, tan equilibrado y práctico que no creo que puedas entender algo así.

Si ella supiera... Anthony se frotó los ojos, sentía una extraña embriaguez. Fue tambaleándose hasta una silla para sentarse, con la esperanza de que Kate no advirtiera lo inestable que se sentía.

Por suerte, ella había vuelto su atención a diversos frascos y baratijas que tenía sobre el tocador. O tal vez estuviera demasiado ruborizada como para mirarle, tal vez temiera que él fuera a reprenderle por sus miedos irracionales.

Capítulo 20

¿Alguien aparte de Esta Autora ha advertido que la s
Edwina Sheffield ha estado muy absorta últimamente?
el rumor de que le han robado el corazón, aunque nadi
ce conocer la identidad del afortunado caballero.

No obstante, a juzgar por el comportamiento de la s
Sheffield en las fiestas, Esta Autora se atreve a supone
misterioso caballero no es alguien que resida en la act
aquí en Londres. La señorita Sheffield no ha mostrado
interés especial por ningún otro caballero y, aún má
estuvo sentada sin bailar durante la fiesta de lady Mo
viernes pasado.

¿Podría ser su pretendiente alguna de las perso
conoció en el campo el mes pasado? Esta Autora te
hacer de detective un poco para desvelar la verdad.

REVISTA DE SOCIEDAD DE LADY WHIST
13 de juni

—¿*S*abes qué pienso? —preguntó Kate más tarde, a
mientras estaba sentada ante su tocador cepillándose el

Anthony se encontraba de pie junto a la ventana, c
apoyada en el marco, mirando al exterior.

—¿Mmm? —fue su respuesta, más que nada porque

—Cada vez que pasaba la tormenta —continuó hablando a la mesa—, sabía lo tonta que había sido y lo ridícula que era esa idea. Al fin y al cabo, había soportado tormentas antes, y ninguna de ellas me había matado nunca. Pero saber eso en mi mente racional, no parecía servirme de ayuda. ¿Sabes a qué me refiero?

Anthony intentó asentir con la cabeza. No estaba seguro de haberlo conseguido.

—Cuando llovía —le explicó Kate—, en realidad no existía nada aparte de la tormenta. Y, por supuesto, mi miedo. Luego el sol salía, y de nuevo me daba cuenta de lo tonta que había sido, pero la siguiente vez que había una tormenta, era igual que siempre. Y una y otra vez sabía que iba a morir. Lo sabía, y ya está.

Anthony sintió una náusea. Todo su cuerpo le parecía extraño, como si no fuera el suyo. No podría haber dicho nada aunque lo hubiera intentado.

—De hecho —continuó ella y alzó la cabeza para mirarle—, la única vez que sentí que podía vivir hasta el día siguiente fue en la biblioteca de Aubrey Hall. —Se levantó y se fue a su lado, se arrodilló delante de él y apoyó la mejilla en su regazo—. Contigo —susurró.

Anthony levantó la mano para acariciarle el pelo. Fue un movimiento reflejo más que otra cosa. La verdad, no era consciente de sus actos.

No tenía ni idea de que Kate fuera consciente de su propia mortalidad. La mayoría de gente no lo era. Aquello le había provocado a él una peculiar sensación de aislamiento a lo largo de los años, como si entendiera una verdad básica y espantosa que el resto de la sociedad no acertaba a comprender.

Y aunque para Kate el conocimiento de su sino no era igual que el suyo —el de ella era efímero, se lo provocaban los estallidos temporales de viento, lluvia y electricidad, mientras que el suyo siempre estaba con él y le acompañaría hasta el día en que muriera— Kate, a diferencia de él, lo había vencido.

Ella había luchado contra sus demonios y había vencido.

Y Anthony estaba terriblemente celoso.

No era una reacción noble, lo sabía. Y pese a todo el cariño que sentía por ella, pese a estar emocionado y lleno de alivio, rebosante de alegría por ella, rebosante de todas las emociones puras y buenas imaginables, por que ella hubiera vencido los terrores que llegaban con las tormentas, seguía estando celoso. Muy celoso, qué diantres.

Kate había vencido.

Mientras que él, que había reconocido sus demonios pero se negaba a temerlos, ahora estaba petrificado de terror. Y todo porque lo único que juraba que nunca sucedería, a la postre había pasado.

Se había enamorado de su esposa.

Se había enamorado de su esposa, y ahora el pensamiento de morir, de dejarla, de saber que sus momentos juntos formarían un breve poema y no una novela larga y estimulante... era más de lo que podía soportar.

Y no sabía a quién echarle la culpa. Quería poner el dedo sobre su padre, por morir joven y dejarle como portador de aquella horrible maldición. Quería recriminárselo a Kate, por aparecer en su vida y hacerle temer por su propio final. Qué demonios, le habría culpado a un desconocido en la calle si hubiera pensado que tenía alguna utilidad.

Pero la verdad era que no había nadie a quien culpar, ni siquiera a sí mismo. Se sentiría mucho mejor si pudiera responsabilizar a alguien —cualquiera— y decir: «Es culpa tuya». Era infantil, lo sabía, esta necesidad de echarle la culpa a alguien, pero todo el mundo tenía derecho a emociones infantiles de vez en cuando, ¿o no?

—Estoy tan contenta —murmuró Kate con la cabeza aún apoyada sobre su regazo.

Y Anthony también quería estar contento. Deseaba tanto que todo fuera menos complicado, que la felicidad no fuera más que felicidad y nada más. Quería alegrarse de las recientes victorias de Kate sin ningún pensamiento sobre sus propias preocupaciones. Quería perderse en aquel momento, olvidar el futuro, cogerla en sus brazos y...

Con un movimiento abrupto, sin premeditar, se levantó y los dos se quedaron de pie.

—¿Anthony? —preguntó Kate pestañeando de sorpresa.

Como respuesta, él la besó. Sus labios encontraron los de ella en una explosión de pasión y necesidad que emborronaba su mente, dejando que fuera el cuerpo el que le rigiera. No quería pensar. Lo único que quería era este preciso momento.

Y quería que tal momento durara para siempre.

Atrajo a su esposa hacia sus brazos y se fue hacia la cama, donde la depositó sobre el colchón medio segundo antes de que su cuerpo descendiera sobre ella. Estaba asombrosa debajo de él, suave y fuerte, y consumida por el mismo fuego que rugía dentro de su propio cuerpo. Tal vez no comprendiera qué había provocado su repentina necesidad, pero Kate la sentía y la compartía de todos modos.

Kate ya estaba vestida para acostarse, y su ropa de noche se abrió con facilidad bajo los experimentados dedos de Anthony. Tenía que tocarla, sentirla, asegurarse de que estaba allí, debajo de él, y que él estaba allí para hacerle el amor. Llevaba una pequeña creación de seda azul grisáceo que se ataba con unos lazos en los hombros y que se pegaba a sus curvas. Era el tipo de vestido diseñado para reducir a los hombres a fuego líquido, y Anthony no era la excepción.

Había algo desesperadamente erótico en sentir su piel cálida a través de la seda, por tanto recorrió su cuerpo con las manos sin cesar: tocaba, apretaba, hacía cualquier cosa imaginable para unirla a él.

Si pudiera haberla introducido dentro de él, lo habría hecho y la habría mantenido ahí para siempre.

—Anthony —dijo Kate entre jadeos, en ese breve momento en que él apartaba su boca de la de ella—, ¿estás bien?

—Te deseo —dijo con un gruñido, recogiendo su vestido alrededor de la parte superior de sus piernas—. Te deseo ahora.

Ella abrió mucho los ojos, impresionada y excitada, y él se incorporó y se puso a horcajadas sobre ella, aguantando el peso sobre las rodillas para no aplastarla.

—Eres tan hermosa —susurró—. Tan preciosa que resulta increíble.

Kate resplandeció con sus palabras, y alzó sus manos hasta el rostro de él, pasándole los dedos por las mejillas cubiertas por una leve barba. Anthony le atrapó una de las manos y metió el rostro en ella para besarle la palma mientras Kate, con la otra, descendía por los tensos músculos de su cuello.

Los dedos de Anthony encontraron los delicados tirantes de los hombros, que estaban atados en unos lazos flojos. Requirió el menor tirón soltar los nudos, pero una vez que el sedoso tejido se deslizó sobre sus brazos, Anthony perdió todo aire de paciencia y tiró de la prenda hasta que quedó a sus pies, dejándola desnuda por completo bajo su mirada.

Con un gemido jadeante se estiró la camisa, y los botones volaron mientras se la sacaba. Luego necesitó tan sólo unos segundos para despojarse de sus pantalones. Y después, cuando por fin no hubo otra cosa sobre la cama que maravillosa piel, se echó otra vez encima de ella para separarle suavemente las piernas con un musculoso muslo.

—No puedo esperar —dijo con voz ronca—. No voy a poder complacerte como debiera.

Kate soltó un gemido enfebrecido mientras le agarraba por las caderas y le atraía hacia su entrada.

—Me complaces —jadeó—. Y no quiero que esperes.

Y en ese momento cesaron las palabras. Anthony soltó un grito primitivo y gutural mientras se hundía en ella, enterrándose por completo con una embestida larga y poderosa. Los ojos de Kate se abrieron del todo, y su boca formó un pequeño «Oh» de sorpresa ante la impresión de su rápida invasión. Pero estaba preparada para él; más que preparada. Algo en aquel ritmo incesante había encendido la pasión en lo más profundo de su ser, hasta el punto de necesitarle con una desesperación que la dejaba sin aliento.

No fueron delicados, y no fueron tiernos. Estaban excitados, sudorosos, hambrientos, y se aferraban el uno al otro como si pudieran conseguir que el tiempo durara eternamente gracias a la fuerza pura de la voluntad. Cuando alcanzaron el clímax, fue fogoso y fue simultáneo, ambos cuerpos se arquearon mientras sus gritos de liberación se fundían en la noche.

Pero cuando estuvieron saciados, enrollados en los brazos del otro, intentando recuperar el control de sus respiraciones fatigosas, Kate cerró los ojos llena de dicha y se rindió a una lasitud abrumadora.

Anthony observó cómo se iba quedando dormida y luego se quedó mirándola en su sueño. Observó la manera en que sus ojos se movían a veces bajo los párpados soñolientos. Calculó el ritmo de su respiración contando las suaves ascensiones y caídas de su pecho. Escuchó cada suspiro, cada sonido entre dientes.

Hay ciertos recuerdos que un hombre quiere grabar en su cerebro, y éste era uno de ellos.

Pero justo cuando estaba seguro de que estaba dormida del todo, ella soltó un gracioso sonido afable mientras se acurrucaba aún más en su abrazo, y agitó con lentitud los párpados hasta abrir los ojos.

—Aún no estás dormido —murmuró, su voz áspera y plácida a causa del sueño.

Él hizo un ademán con la cabeza y se preguntó si la abrazaba con demasiada fuerza. No quería soltarla. No quería soltarla nunca.

—Deberías dormir —dijo Kate.

Él volvió a hacer un gesto afirmativo, pero Anthony no parecía capaz de cerrar los ojos.

Ella bostezó.

—Qué bien...

Anthony le besó la frente con un «Mmm» de conformidad.

Ella arqueó el cuello y le devolvió el beso, de lleno en los labios, y luego se acomodó en las almohadas.

—Espero que estemos siempre así —murmuró, y bostezó otra vez mientras el sueño volvía a apoderarse de ella—. Siempre, eternamente.

Anthony se paralizó.

Siempre.

Ella no podía saber lo que esa palabra significaba para él. ¿Cinco años? ¿Seis? Tal vez siete u ocho.

Eternamente.

Era una palabra que no tenía sentido, algo que no podía comprender, así de sencillo.

De pronto le costó respirar.

La colcha parecía un ladrillo encima de él, y el aire parecía cargado. Tenía que salir de ahí. Tenía que irse. Tenía que...

Saltó de la cama y, luego, dando un traspiés y ahogándose, buscó con la mano sus ropas, arrojadas al suelo de forma imprudente, y empezó a meter sus extremidades por los agujeros correctos.

—¿Anthony?

Levantó la cabeza de golpe. Kate se estaba incorporando en la cama, entre bostezos. Incluso bajo la luz mortecina, distinguió que su mirada era confusa. Y le dolió.

—¿Estás bien?

Le hizo un gesto cortante de asentimiento.

—Entonces ¿por qué intentas meter la pierna por la manga de la camisa?

Bajó la vista y soltó una maldición que nunca antes había considerado siquiera pronunciar ante una dama. Con otro improperio exquisito, hizo una bola con la ofensiva pieza de lino, que acabó arrojada al suelo en una masa arrugada. Se detuvo apenas un segundo antes de dar un tirón a sus pantalones.

—¿A dónde vas? —preguntó con ansia Kate.

—Tengo que salir —gruñó.

—¿Ahora?

No respondió porque no sabía cómo contestar.

—¿Anthony? —salió de la cama y se le acercó con un brazo estirado, pero, justo una milésima de segundo antes de que su mano le tocara la mejilla, él se resistió y se tambaleó hacia atrás hasta darse con la espalda en el poste de la cama. Vio el dolor en el rostro de Kate, el dolor por su rechazo, pero sabía que si ella le tocaba con ternura estaría perdido.

—Maldición —espetó—. ¿Dónde diablos tengo las camisas?

—En tu ropero —respondió ella nerviosa—. Donde están siempre.

Se apartó para ir a buscar una camisa limpia, incapaz de soportar el sonido de su voz. Dijera lo que dijera, él no dejaba de oír «siempre» y «eternamente».

Y eso le estaba matando.

Cuando salió del vestidor, con la levita y los zapatos en los lugares correctos del cuerpo, Kate estaba de pie y recorría el cuarto de un lado a otro, toqueteando con ansia la amplia faja azul de su bata.

—Tengo que salir —dijo él en tono apagado.

Ella no hizo ni un sonido, y Anthony creía que era lo que prefería en aquel momento, pero se encontró allí de pie, esperando a que ella hablara, incapaz de moverse hasta que ella lo hiciera.

—¿Cuándo regresarás? —preguntó por fin.

—Mañana.

—Está... bien.

Él asintió con la cabeza.

—No puedo estar aquí —soltó—. Tengo que irme.

Kate tragó saliva con nerviosismo.

—Sí —dijo, con voz dolorosamente baja—, ya lo has dicho.

Y luego, sin una mirada atrás y sin ninguna pista de a dónde ir, se marchó.

Kate se acercó despacio hasta la cama y se la quedó mirando. En cierto modo, no parecía correcto meterse sola en el lecho, echar las colchas alrededor de una y acurrucarse. Pensó que debería llorar, pero ninguna lágrima escoció sus ojos. De modo que se fue hasta la ventana, descorrió los cortinajes y se quedó mirando, sorprendida por su propio rezo en voz baja pidiendo una tormenta.

Anthony se había ido, y aunque estaba segura de que regresaría en cuerpo, no estaba tan segura de que lo hiciera en espíritu. Y se percató de que necesitaba algo —necesitaba la tormenta— para demostrarse que podía ser fuerte, por sí sola y para sí sola.

No quería estar a solas, pero seguramente no tendría otra opción en aquella cuestión. Anthony parecía decidido a mantener las distancias. Había en su interior demonios, y se temía que eran demonios a los que él jamás se decidiría a hacer frente en su presencia.

Pero si su destino era estar sola, incluso con un marido a su lado, entonces juraba que sería fuerte en su soledad.

La debilidad, pensó mientras dejaba que su frente descansara sobre el liso y frío vidrio de la ventana, nunca llevaba a ningún lado.

Anthony no recordaba haber cruzado aturdido la casa, pero de algún modo se encontró en la calle, bajando a trompicones la escalera de la entrada, resbaladiza a causa de la leve niebla suspendida en el aire. Cruzó la calle sin la menor idea de a dónde iba, tan sólo sabía que necesitaba alejarse. Pero cuando llegó a la acera de enfrente, alguna voz dentro de él le obligó a alzar la vista hacia la ventana de su dormitorio.

No debería haberla visto, fue su estúpido pensamiento. Debería haber estado en la cama o las cortinas deberían haber estado corridas o él para entonces debería haber estado ya camino a su club.

Pero la vio y el dolor sordo en su pecho se agudizó, cada vez más implacable. Era como si le hubieran atravesado el corazón; tenía la muy perturbadora sensación de que la mano que esgrimía el cuchillo era la suya.

La observó durante un minuto, o tal vez fuera una hora. Pensó que ella no le había visto; nada en su postura dio indicios de ser consciente de su presencia. Estaba demasiado lejos como para que él pudiera verle el rostro, pero le pareció que tenía los ojos cerrados.

Seguramente rogando para que no estalle una tormenta, pensó mientras levantaba la mirada al cielo encapotado. Era poco probable que tuviera esa suerte. La bruma y la niebla ya estaban fusionándose en gotas de humedad sobre su piel, daba la impresión de que no tardaría mucho en llover a cántaros.

Sabía que debía marcharse, pero un cordón invisible le mantenía clavado en el suelo. Incluso después de que ella abandonara su puesto junto a la ventana, continuó en el mismo sitio, observando la casa. No podía negar el impulso de volver a entrar ahí. Quería regresar corriendo, caer de rodillas ante ella y rogarle perdón. Quería cogerla entre sus brazos y hacerle el amor hasta que los primeros rayos del amanecer tocaran el cielo. Pero sabía que no podía hacer ninguna de esas cosas.

O tal vez, no debería. Ya no lo sabía.

Tras permanecer paralizado en el mismo sitio casi durante una hora, Anthony, una vez que llegó la lluvia y el viento descargó rachas de un aire helador por la calle, se marchó por fin.

Se fue sin sentir el frío, sin sentir esa lluvia que justo empezaba a caer con fuerza sorprendente.

Se fue, sin sentir nada.

Capítulo 21

Se ha rumoreado que lord y lady Bridgerton se vieron obliga-
dos a casarse. Pero aunque eso fuera cierto, Esta Autora se
niega a creer que lo suyo sea otra cosa que una boda por amor.

REVISTA DE SOCIEDAD DE LADY WHISTLEDOWN,
15 de junio de 1814

Qué extraño era, pensó Kate mientras miraba la comida del desayuno, dispuesta sobre la mesita auxiliar en el pequeño comedor, sentirse
tan famélica y al mismo tiempo no tener apetito. Su estómago hacía ruidos y estaba revuelto, exigía comida ya, y no obstante todo le parecía
repugnante, de los huevos a los bollos, de los arenques al cerdo asado.

Con un suspiro de desaliento, alcanzó una solitaria tostada trian-
gular y se hundió en su silla con una taza de té.

Anthony no había vuelto anoche.

Kate dio un mordisco a la tostada y se obligó a tragar. Había confiado en que al menos él hubiera hecho aparición a tiempo para el
desayuno. Había retrasado esta comida todo lo posible —ya eran casi
las once de la mañana y normalmente ella desayunaba a las nueve—
pero su marido seguía ausente.

—¿Lady Bridgerton?

Kate alzó la vista y pestañeó. Un lacayo estaba de pie ante ella con
un pequeño sobre de color crema en la mano.

—Ha llegado esto hace unos minutos —dijo.

Kate le dio las gracias con un murmullo de voz y cogió el sobre precintado con esmero con una cantidad de lacre rosa claro. Se lo acercó a los ojos y distinguió las iniciales *EOB*. ¿Uno de los parientes de Anthony? La E tenía que ser de Eloise, por supuesto. Todos los Bridgerton habían sido bautizados en orden alfabético.

Kate rompió el sello con cuidado y dejó salir el contenido: un único pedazo de papel, plegado por la mitad con pulcritud.

Kate,

Anthony está aquí. Está hecho una pena. Por supuesto, no es asunto mío, pero he pensado que tal vez te gustaría saberlo.

Eloise

Kate miró la nota durante unos segundos más, luego echó hacia atrás la silla y se levantó. Era hora de hacer una visita a la mansión Bridgerton.

Para gran sorpresa de Kate, cuando llamó a la puerta de la mansión no fue el mayordomo quien abrió la puerta al instante sino la propia Eloise, quien dijo de inmediato:

—¡Sí que te has dado prisa!

Kate miró por el vestíbulo, medio esperando que algún otro hermano Bridgerton saliera a su encuentro.

—¿Me esperabas?

Eloise respondió con un gesto afirmativo.

—Y no tienes que llamar a la puerta, ¿sabes? La mansión Bridgerton es propiedad de Anthony al fin y al cabo. Tú eres su esposa.

Kate esbozó una débil sonrisa. No es que se sintiera una esposa aquella mañana.

—Espero que no pienses que soy una entrometida incorregible —continuó Eloise al tiempo que la cogía del brazo y la guiaba por el pasillo—, pero Anthony tiene un aspecto espantoso, y tuve la leve sospecha de que tú no sabías que se encontraba aquí.

—¿Y por qué ibas a pensar eso? —no pudo evitar preguntar Kate.

—Bien —explicó Eloise— tampoco se molestó en contarnos a ninguno de nosotros que estaba aquí.

Kate miró a su cuñada con desconfianza.

—¿Lo cual quiere decir…?

Eloise tuvo la discreción de sonrojarse con un débil rubor.

—Lo cual quiere decir, ah, que el único motivo de que yo sepa que está aquí es por haberle espiado. No creo que ni tan siquiera mi madre esté enterada de que se encuentra en la mansión.

—¿Nos has estado espiando? —La propia Kate se dio cuenta de que pestañeaba con rapidez.

—No, por supuesto que no. Pero dio la casualidad de que me levanté bastante temprano esta mañana y oí que alguien entraba, de modo que fui a investigar y vi que había luz tras la puerta de su estudio.

—¿Cómo sabes, entonces, que tiene un aspecto espantoso?

Eloise se encogió de hombros.

—Imaginé que tendría que salir en algún momento, para comer algo u orinar, de modo que esperé en los escalones una hora más o menos…

—¿Más o menos? —repitió Kate.

—O tres —admitió Eloise—. No se hace tan largo cuando de verdad te interesa el tema, y aparte, tenía un libro conmigo para pasar el rato.

Kate meneó la cabeza con admiración a su pesar.

—¿A qué hora llegó anoche?

—Hacia las cuatro más o menos.

—¿Qué hacías levantada tan tarde?

Eloise volvió a encogerse de hombros.

—No podía dormir. A menudo me cuesta. Había bajado a buscar un libro de la biblioteca para leer. Al final, a eso de las siete… bien, supongo que era un poco antes de las siete, o sea, que tampoco estuve tres horas esperando…

Kate empezó a sentirse mareada.

—…antes de las siete salió. No se encaminó al comedor a desayunar, de modo que salió por otro motivo. Tras un minuto o dos, volvió a aparecer y se metió otra vez en el estudio. Donde —concluyó Eloise con una floritura— ha permanecido desde entonces.

Kate se la quedó mirando durante unos buenos diez minutos.

—¿Alguna vez has considerado ofrecer tus servicios al Departamento de Guerra?

Eloise esbozó una amplia sonrisa, tan parecida a la de Anthony que Kate casi grita.

—¿Como espía? —preguntó.

Kate asintió con la cabeza.

—Sería muy buena, ¿no crees?

—Magnífica.

Eloise dio un abrazo espontáneo a Kate.

—Qué contenta estoy de que te casaras con mi hermano. Ahora vete a ver qué pasa.

Kate hizo un gesto de asentimiento, enderezó los hombros y dio un paso para dirigirse al estudio de Anthony. Pero entonces se dio media vuelta y señaló a Eloise con el dedo.

—No escuches tras la puerta.

—Ni se me ocurriría —contestó Eloise.

—¡Lo digo en serio, Eloise!

Eloise dio un suspiro.

—Ya es hora de que me vaya a la cama de todas formas. Me irá bien echar un sueñecito después de estar levantada toda la noche.

Kate esperó a que la muchacha hubiera desaparecido por la escalera y entonces se encaminó hacia la puerta del estudio de Anthony. Puso la mano en el pomo y susurró para sí:

—Que no esté cerrada. —Rogó mientras lo hacía girar. Para su alivio extremo, se movió y la puerta se abrió de par en par.

—¿Anthony? —llamó. Su voz sonaba suave y vacilante; se percató de que no le gustaba aquel sonido. No estaba acostumbrada a ser suave y vacilante.

No hubo respuesta, de modo que Kate dio otro paso. Las cortinas estaba bien corridas y el tupido terciopelo admitía poca luz. Kate inspeccionó la habitación hasta que sus ojos repararon en la figura de su esposo, repantingado sobre el escritorio, profundamente dormido.

Kate atravesó en silencio la habitación hasta las ventanas y descorrió un poco las cortinas. No quería cegar a Anthony cuando se despertara, pero al mismo tiempo no iba a mantener una conversación tan importante en la oscuridad. Luego regresó hasta el escritorio y le sacudió el hombro con delicadeza.

—¿Anthony? —susurró—. ¿Anthony?

Su respuesta sonó más como un ronquido que cualquier otra cosa.

Kate frunció el ceño con impaciencia y le sacudió con un poco más de fuerza.

—¿Anthony? —dijo en voz baja—. Anthon...

—¿Qqqueccoouuhhnn...? —Se despertó con un movimiento repentino, una ráfaga de palabras incoherentes surgió de sus labios mientras enderezaba el torso de forma brusca.

Kate le observó pestañear intentando encontrar un poco de coherencia. Luego se fijaba en ella.

—Kate —dijo con voz áspera y ronca por el sueño y algo más, tal vez alcohol—. ¿Qué haces aquí?

—¿Qué haces tú aquí? —replicó ella—. La última vez que me fijé, vivíamos casi a una milla de distancia.

—No quería molestarte —masculló.

Kate no se lo creyó ni por un segundo, pero decidió que no iba a discutir aquella cuestión. En vez de eso, optó por el planteamiento directo y preguntó:

—¿Por qué te fuiste anoche?

Al prolongado silencio le siguió un suspiro cansino, fatigado. Anthony dijo finalmente:

—Es complicado.

Kate contuvo el impulso de cruzarse de brazos.

—Soy una mujer inteligente —dijo procurando no alterar en nada su voz—. Por lo general soy capaz de entender conceptos complejos.

A Anthony no pareció gustarle su sarcasmo.

—No quiero hablar de esto ahora.

—¿Cuándo quieres hablar de esto?

—Vete a casa, Kate —dijo con voz suave.

—¿Tienes planeado venir conmigo?

Anthony soltó un pequeño gemido y se pasó la mano por el pelo. Cristo, parecía un perro con un hueso. Le estallaba la cabeza, su boca sabía a estropajo, lo único que de verdad quería era refrescarse la cara con agua y lavarse los dientes, y ahí estaba su mujer que no dejaba de interrogarle...

—¿Anthony? —insistió.

Eso era suficiente. Se levantó de forma tan repentina que la silla cayó al suelo con un resonante estruendo.

—Vas a dejar las preguntas al instante —soltó con brusquedad.

La boca de Kate formó una línea recta y enojada. Pero los ojos...
Anthony tragó saliva para contrarrestar el ácido sabor de la culpabilidad que le llenó la boca.

Porque los ojos de Kate estaban inundados de dolor.

Y la angustia en el corazón de Anthony se multiplicó por diez.

No estaba preparado. Aún no. No sabía qué hacer con ella. No sabía qué hacer consigo mismo. Toda su vida —o al menos desde que su padre había muerto— había sabido que ciertas cosas eran verdaderas, que ciertas cosas tenían que ser verdaderas. Y ahora Kate iba y ponía su mundo patas arriba.

No había querido amarla. Diablos, no había querido amar a nadie. Era la cosa —la única cosa— que le hacía temer su propia mortalidad. ¿Y qué pasaba con Kate? Había prometido quererla y protegerla. ¿Cómo podía hacerlo y saber en todo momento que tendría que dejarla? Sin duda no podía contarle sus peculiares convicciones. Aparte del hecho de que lo más probable fuera que le tomara por un loco, lo único que conseguiría sería someterla al mismo dolor y temor que le atormentaba. Mejor que siguiera ignorándolo todo.

¿Y no sería todavía mejor que ella ni tan siquiera le amara?

Anthony desconocía la respuesta, así de sencillo. Y necesitaba más tiempo. Y no podía pensar si ella estaba ahí, de pie delante de él, con aquellos ojos llenos de dolor, estudiando su rostro. Y...

—Vete —soltó con voz entrecortada—. Simplemente, vete.

—No —dijo ella con una determinación tranquila que hizo que la quisiera aún más—. No hasta que me cuentes qué es lo que te tiene trastornado.

Anthony salió de detrás del escritorio y la cogió por el brazo.

—No puedo estar contigo en este momento —dijo con aspereza, evitando sus ojos—. Mañana. Te veré mañana. O al día siguiente.

—Anthony...

—Necesito tiempo para pensar.

—¿Sobre qué? —chilló ella.

—No me lo pongas más difícil...

—¿Cómo puede ser todavía más difícil? —preguntó ella—. Ni siquiera sé de lo que estás hablando.

—Sólo necesito unos pocos días —dijo, y le sonó como un eco. Unos pocos días para pensar. Para adivinar qué iba a hacer, cómo iba a vivir su vida.

Pero ella se dio la vuelta para mirarle de frente, le puso la mano en la mejilla y le tocó con una ternura que hizo que a él le doliera el corazón.

—Anthony —susurró—, por favor...

Él era incapaz de articular palabra, de proferir sonido alguno.

Kate deslizó la mano hasta su nuca, y luego se fue aproximando... más... y más... y él no pudo resistirse. La deseaba tanto, deseaba sentir su cuerpo apretado contra el suyo, saborear la suave sal de su piel. Quería olerla, tocarla, oír el sonido áspero de su respiración en su oído.

Los labios de ella le tocaron, suaves, buscándole, y su lengua le hizo un cosquilleo en la comisura de la boca. Sería tan fácil perderse en ella, tumbarse sobre la alfombra y...

—¡No! —La palabra surgió desgarrada de su garganta y, por Dios, no tenía idea de que fuera a pronunciarla.

—No —repitió y la apartó—. Ahora no.

—Pero...

No se la merecía. No ahora. Aún no. No hasta que entendiera cómo iba a vivir el resto de la vida. Y si ello suponía el negarse la única cosa que podría salvarle, pues que así fuera.

—Vete —ordenó con una voz que sonó un poco más dura de lo que era su intención—. Vete ahora. Te veré más tarde.

Y esta vez ella se marchó.

Se fue sin volver la vista atrás.

Y Anthony, que acababa de aprender lo que era amar, aprendió lo que era morirse por dentro.

A la mañana siguiente, Anthony estaba borracho. Por la tarde, tenía resaca.

La cabeza le estallaba, le zumbaban los oídos, y sus hermanos, a quienes les había sorprendido descubrirle en tal estado en su club, hablaban demasiado y demasiado alto.

Anthony se tapó las orejas con las manos y gruñó. Todo el mundo hablaba demasiado alto.

—¿Te ha echado Kate de casa? —preguntó Colin mientras cogía una nuez de la gran fuente de peltre situada en medio de la mesa. La cascó con un resonante crujido.

Anthony levantó la cabeza lo justo para fulminarle con la mirada.

Benedict observaba a su hermano con las cejas levantadas y un vago atisbo de sonrisita.

—Decididamente, le ha echado de casa —le dijo a Colin—. Pásame una de esas nueces, ¿quieres?

Colin se la arrojó por encima de la mesa.

—¿También quieres el cascanueces?

Benedict negó con la cabeza y puso una mueca mientras sostenía un libro voluminoso, encuadernado en cuero.

—Es mucho más satisfactorio machacarlas.

—Ni se te ocurra —ladró Anthony mientras sacaba veloz la mano para agarrar el libro.

—Tienes un poco sensibles los oídos esta tarde, ¿verdad?

Si Anthony hubiera tenido una pistola, les habría disparado a los dos, y al cuerno el ruido.

—Si me permites que te dé un consejo... —dijo Colin masticando su nuez.

—No te lo permito —replicó Anthony. Alzó la vista. Colin estaba mascando con la boca abierta. Había sido algo prohibido en su casa mientras crecían, por lo tanto Anthony tuvo que deducir que Colin estaba exhibiendo aquellos malos modales sólo para hacer más ruido—. Cierra tu maldita boca —masculló.

Colin tragó, se relamió los labios y dio un sorbo al té para empujar el bocado.

—Hicieras lo que hicieras, pide disculpas por ello. Te conozco, y voy conociendo a Kate poco a poco, y puesto que sé lo que sé...

—¿De qué diablos está hablando? —refunfuñó Anthony.

—Creo —explicó Benedict inclinándose hacia atrás en la silla— que está diciendo que eres un imbécil.

—¡Eso mismo! —exclamó Colin.

Anthony sacudió la cabeza con gesto cansino.

—Es más complicado de lo que pensáis.

—Siempre lo es —dijo Benedict con una sinceridad tan falsa que casi consigue sonar sincero.

—Cuando vosotros dos encontréis mujeres lo bastante crédulas como para casarse con vosotros —soltó Anthony con desprecio—, entonces podréis atreveros a ofrecerme consejo. Pero hasta entonces... callad la boca.

Colin miró a Benedict.

—¿Crees que está enfadado?

Benedict movió una ceja.

—O eso o está borracho.

Colin sacudió la cabeza.

—No, borracho no. Ya no, al menos. Está claro que tiene resaca.

—Lo cual explicaría —dijo Benedict con un filosófico gesto de asentimiento— por qué está tan enfadado.

Anthony se pasó una mano por el rostro y se apretó con fuerza las sienes con el pulgar y el corazón.

—Dios de los cielos —balbució—, ¿qué hará falta para que estos dos me dejen en paz?

—Que te vayas a casa, Anthony —dijo Benedict con voz sorprendentemente amable.

Anthony cerró los ojos y soltó un largo suspiro. Nada deseaba más, pero no estaba seguro de qué podía decirle a Kate, y todavía más importante: no tenía ni idea de cómo se sentiría una vez llegara allí.

—Sí —corroboró Colin—. Vete a casa y dile que la quieres. ¿Qué puede haber más sencillo que eso?

Y de pronto fue sencillo. Tenía que decirle a Kate que la amaba. Ahora. En ese preciso día. Tenía que asegurarse de que lo sabía, y juró pasar cada uno de los últimos minutos de su miserablemente corta vida demostrándoselo a ella.

Era demasiado tarde para cambiar el destino de su corazón. Había intentado no enamorarse, y no lo había conseguido. Puesto que no era probable que pudiera dar marcha atrás en su enamoramiento, también podía intentar que la situación saliera lo mejor posible. La premonición de su propia muerte seguiría obsesionándole tanto si Kate sabía que la amaba como si no. ¿Acaso esos últimos años no serían más felices si los pasaba amándola con sinceridad y sin tapujos?

Estaba bastante seguro de que Kate también se había enamorado de él; seguro que le alegraría oír que sentía lo mismo por ella. Y cuando un hombre amaba a una mujer, cuando la amaba de verdad, desde lo más profundo de su alma hasta la punta de los pies, ¿no era su obligación divina intentar hacerla feliz?

De todos modos, no iba a explicarle sus premoniciones. ¿Qué sentido tendría? Ella sufriría si supiera que su tiempo juntos iba a verse interrumpido, pero ¿por qué iba a saberlo? Mejor que la sorprendiera el dolor repentino y agudo de su muerte que padecer la anticipación de todo ello por adelantado.

Iba a morir. Todo el mundo moría, se recordó. Él simplemente iba a tener que morir más pronto de lo normal. Pero, por Dios, iba a disfrutar de cada instante en sus últimos años. Tal vez hubiera sido más conveniente no enamorarse, pero ahora que había sucedido, no iba a esconderlo.

Era sencillo. Su mundo era Kate. Si lo negaba, tal vez dejara de respirar en aquel mismo momento.

—Tengo que marcharme —espetó al mismo tiempo que se ponía en pie de forma tan repentina que se dio con los muslos en el borde de la mesa, con lo cual las cáscaras de nuez salieron impulsadas por encima del tablero.

—Eso me parecía a mí —murmuró Colin.

Benedict sonrió y dijo:

—Vete.

Sus hermanos, se percató Anthony, eran un poco más listos de lo que dejaban entrever.

—Ya volveremos a hablar, ¿la semana que viene tal vez? —preguntó Colin.

Anthony tuvo que sonreír. Sus hermanos se habían reunido con él a diario en el club durante la última quincena. La pregunta tan inocente de Colin sólo podía implicar una cosa: era obvio que Anthony había perdido completamente la cabeza por su esposa y que planeaba pasar al menos los siguientes siete días demostrándoselo. Y que la familia que ahora estaba creando resultaba tan importante como la familia en la que había nacido.

—Dos semanas —contestó Anthony, echándose la levita—. Tal vez tres.

Sus hermanos se limitaron a sonreír.

Pero cuando Anthony cruzó el umbral de la puerta de su hogar, algo sofocado después de subir de tres en tres los escalones de la entrada, descubrió que Kate no estaba en casa.

—¿Adónde ha ido? —preguntó al mayordomo. Era estúpido por su parte, pero en ningún momento había considerado que pudiera no estar en casa.

—Ha salido a dar un paseo por el parque —contestó el mayordomo— con su hermana y un tal señor Bagwell.

—El pretendiente de Edwina —murmuró para sí. Maldición. Se suponía que tenía que alegrarse por su cuñada, pero aquella visita inoportuna era de lo más molesta. Acababa de tomar una decisión que alteraba toda su vida; hubiera sido agradable que su esposa se encontrara en casa.

—El *animal* también iba con ellos —dijo el mayordomo con un estremecimiento. Nunca había podido tolerar lo que consideraba una invasión de su hogar por parte del corgi.

—Se ha llevado a Newton, ¿eh? —murmuró de nuevo Anthony.

—Imagino que regresarán dentro de una hora o dos.

Anthony golpeó con la punta de la bota el mármol del suelo. No quería esperar una hora. Demonios, no quería esperar ni un minuto.

—Ya les encontraré —dijo con impaciencia—. No puede ser tan difícil.

El mayordomo hizo un ademán con la cabeza e indicó a través de la puerta abierta de la calle el pequeño carruaje en el que Anthony había llegado a casa.

—¿Va a necesitar otro carruaje?

Anthony negó una vez con la cabeza.

—Iré a caballo. Es más rápido.

—Muy bien. —El mayordomo se inclinó con una pequeña reverencia.

—Pediré que le traigan una montura.

Anthony observó que el mayordomo se dirigía con sus andares lentos y reposados hacia la parte posterior de la casa durante dos segundos, pero la impaciencia pudo más.

—Yo mismo me ocuparé —ladró.

Y lo siguiente que supo era que salía como una flecha de la casa.

El ánimo de Anthony era alegre para cuando llegó a Hyde Park. Estaba ansioso por encontrar a su esposa, estrecharla en sus brazos y observar su rostro mientras le decía que la amaba. Rogó para que le respondiera con palabras que correspondiesen a aquel sentimiento. Pensaba que sería así; había visto su corazón en sus ojos en más de una ocasión. Tal vez ella estuviera esperando a que fuera él quien dijera algo primero. No podía culparla si fuera así; justo antes de la boda, él había dado mucho la lata con lo de que su matrimonio no sería por amor.

Qué idiota había sido.

Una vez que entró en el parque, tomó la decisión de encaminarse con su montura hacia Rotten Row. El concurrido paseo parecía el destino más probable del trío; sin duda Kate no tenía motivos para sugerir una ruta más íntima.

Empujó un poco al caballo para que adoptara un trote todo lo rápido que permitiera el circular dentro de los confines del parque, e intentó hacer caso omiso de las llamadas y gestos de saludo que le hacían otros jinetes y paseantes.

Entonces, justo cuando pensaba que había conseguido que nadie le entretuviera, oyó una voz anciana, femenina y muy imperiosa que le llamaba por su nombre.

—¡Bridgerton! ¡Eh, Bridgerton! Deténgase de inmediato. ¡Le estoy hablando!

Soltó un gruñido y se dio media vuelta. Lady Danbury, el ogro de la aristocracia. No había manera de continuar sin hacerle caso. No tenía ni idea de cuántos años tenía. ¿Sesenta? ¿Setenta? Fueran los que fuesen, era una fuerza de la naturaleza, y nadie se atrevía a no hacerle caso.

—Lady Danbury —dijo intentando no sonar resignado al frenar el caballo—. Qué placer verla.

—Pardiez, muchacho —ladró—. Suena como si acabara de tomarse una horrible medicina. ¡Anímese!

Anthony sonrió con debilidad.

—¿Dónde está su esposa?

—La estoy buscando en este mismo momento —contestó— o al menos estaba buscándola.

Lady Danbury era demasiado perspicaz como para que se le pasara por alto la directa insinuación, por lo tanto Anthony dedujo que no le hizo caso a propósito.

—Me cae bien su esposa.

—A mí también.

—Nunca pude entender por qué ponía tanto empeño en cortejar a su hermana. Una muchacha encantadora, pero está claro que no era para usted. —Entornó los ojos y soltó un resoplido indignado—. El mundo sería un lugar mucho más feliz si la gente me escuchara antes de coger y casarse —añadió—. Podría dejar decididas todas las parejas del Mercado Matrimonial en tan sólo una semana.

—Estoy seguro de ello.

La dama entrecerró los ojos.

—¿No me estará tratando con condescendencia?

—Nunca se me ocurriría —dijo Anthony con total sinceridad.

—Bien. Siempre me había parecido un tipo sensato. Yo... —Se quedó boquiabierta—. ¿Qué diablos es eso?

Anthony siguió la mirada horrorizada de lady Danbury hasta que sus ojos repararon en un carruaje descubierto que doblaba un recodo sobre dos ruedas, avanzando sin control y a toda velocidad. Aún estaba demasiado lejos para ver los rostros de los ocupantes, pero entonces oyó un chillido, y luego el ladrido aterrorizado de un perro.

A Anthony se le heló la sangre en las venas.

Su esposa estaba en ese carruaje.

Sin una sola palabra a lady Danbury, dio un puntapié al caballo y se lanzó a todo galope en pos del carruaje. No estaba seguro de lo que iba a hacer una vez lo alcanzara. Tal vez le arrebatara las riendas al desafortunado conductor. Tal vez consiguiera poner a alguien a salvo. Pero sabía que no podía quedarse quieto observando mientras el vehículo se estrellaba ante sus ojos.

Y no obstante, eso fue exactamente lo que sucedió.

Anthony se encontraba a medio camino del desbocado carruaje cuando éste hizo un viraje que le sacó del camino y continuó hasta darse contra una gran roca, que lo desestabilizó, dejándolo tumbado de lado.

Y Anthony no pudo hacer otra cosa que observar con horror cómo moría su esposa ante sus ojos.

Capítulo 22

Contrariamente a la opinión popular, Esta Autora es consciente de que se la considera una especie de cínica.

Pero, Querido Lector, eso no podría estar más lejos de la verdad. Pocas cosas gustan más a Esta Autora que un final feliz. Y si eso la convierte en una tonta romántica, pues bienvenido sea.

REVISTA DE SOCIEDAD DE LADY WHISTLEDOWN,
15 de junio de 1814

*P*ara cuando Anthony alcanzó el carruaje volcado, Edwina había conseguido salir arrastrándose de los restos del vehículo y estiraba un trozo destrozado de madera en un intento de abrir un hueco en el otro lado del carruaje. Tenía rota la manga del vestido y el dobladillo raído y sucio, pero no parecía darse cuenta de ello mientras tiraba desesperadamente de la puerta atascada. Newton saltaba y se revolvía a su pies con ladridos agudos y frenéticos.

—¿Qué ha sucedido? —preguntó Anthony con voz cortante y nerviosa mientras descendía del caballo.

—No sé —contestó Edwina entre jadeos, secándose las lágrimas que surcaban su rostro—. El señor Bagwell no es un conductor demasiado experimentado, creo, y luego Newton se soltó y entonces... yo ya no sé qué sucedió. Estábamos circulando y a continuación...

—¿Dónde está el señor Bagwell?

Ella indicó el otro lado del carruaje.

—Salió disparado. Se dio en la cabeza. Pero se pondrá bien. Pero Kate...

—¿Qué sucede con Kate? —Anthony se puso de rodillas para intentar ver entre los restos. Todo el vehículo se había volcado y el lado derecho se había aplastado mientras seguía rodando—. ¿Dónde está?

Edwina tragó saliva con nerviosismo y su voz prácticamente no pasó del susurró:

—Creo que está atrapada dentro del carruaje.

En ese momento Anthony saboreó la muerte. Sabía amarga en su garganta, metálica y dura. Le arañaba la carne como un cuchillo, le atragantaba y comprimía, se llevaba el aire de sus pulmones.

Anthony zarandeó con brutalidad el carruaje, en un intentó de abrir un hueco de mayor tamaño. La situación no era tan atroz como le había parecido durante el accidente, pero aquello no sirvió demasiado para calmar su corazón acelerado.

—¡Kate! —aulló, aunque intentaba sonar calmado, poco preocupado—. Kate, ¿puedes oírme?

El único sonido que oyó como respuesta, no obstante, fue el relincho de los caballos. Maldición. Tendría que librarles de los arneses y soltarlos antes de que se pusieran nerviosos y empezaran a estirar de los restos del vehículo.

—¿Edwina? —llamó Anthony bruscamente por encima del hombro.

Ella se apresuró a acercarse a su lado retorciéndose las manos.

—¿Sí?

—¿Sabes quitar los arreos a los caballos?

Hizo un gesto afirmativo.

—No soy demasiado rápida, pero puedo hacerlo.

Anthony indicó con la cabeza a los mirones que se acercaban corriendo.

—Intenta que alguien te ayude.

Ella volvió a asentir y se puso rápidamente a trabajar.

—¿Kate? —gritó de nuevo Anthony. No veía nada, un banco desplazado bloqueaba la entrada—. ¿Puedes oírme?

Ninguna respuesta.

—Intentémoslo por el otro lado —se oyó la voz frenética de Edwina—. La abertura no está tan aplastada.

Anthony se puso de pie y dio corriendo la vuelta a la parte posterior del carruaje. La puerta ya se había salido de las bisagras y dejaba un agujero lo bastante grande como para que pudiera meter el tronco por él.

—¿Kate? —llamó intentando no prestar atención al tono de pánico de su voz. Cada respiración que daba parecía demasiado sonora, reverberaba en el comprimido espacio y le recordaba que él no oía los mismos sonidos de Kate.

Y entonces, mientras apartaba un cojín que se había volcado, la vio. Estaba terriblemente quieta, pero no parecía encontrarse en una postura poco natural, y no vio sangre.

Eso tenía que ser buena señal. No sabía demasiado de medicina, pero se aferró a aquella idea como si fuera un milagro.

—No puedes morirte, Kate —dijo mientras apartaba con dedos aterrorizados los restos de madera, desesperado por abrir una abertura que fuera lo bastante ancha para sacarla—. ¿Me oyes? ¡No puedes morirte!

Un trozo punzante de madera le cortó el dorso de la mano, pero Anthony no advirtió la sangre que corrió por su piel mientras tiraba de otro madero roto—. Mejor que sigas respirando —advirtió con voz temblorosa, peligrosamente próxima a un sollozo—. No tenías que ser tú. Nunca se ha supuesto que fueras a ser tú. No te toca. ¿Me entiendes?

Retiró otro trozo de madera rota y se estiró a través del hueco abierto para cogerle la mano. Le encontró el pulso con los dedos, que a él le pareció bastante constante, pero seguía siendo imposible distinguir si sangraba o si se había roto la espalda o si se había dado en la cabeza o si…

Su corazón se estremeció. Había tantas maneras de morir. Si una abeja podía acabar con un hombre en la flor de la vida, sin duda un accidente de carruaje podría llevarse la vida de una pequeña mujer.

Anthony agarró el último trozo de madera que se interponía en su camino e intentó levantarlo, pero no se movió.

—No me hagas esto —musitó—. Ahora, no. No le toca todavía. ¿Me oyes? ¡A ella no le toca! Sintió algo húmedo en sus mejillas y comprendió débilmente que eran lágrimas.— Se suponía que me tocaba a mí —dijo atragantándose—. Siempre se había supuesto que me tocaba a mí.

Y entonces, justo mientras se preparaba para dar otro tirón desesperado a la madera, los dedos de Kate le rodearon con fuerza la muñeca. La mirada de Anthony voló al rostro de ella, justo a tiempo de ver sus ojos abiertos, claros, sin apenas pestañear.

—¿De qué diablos estás hablando? —preguntó con voz sumamente lúcida y despierta del todo.

Un gran alivio invadió su pecho con tal rapidez que casi le duele.

—¿Estás bien? —preguntó, su voz temblaba con cada sílaba.

Ella puso una sonrisa, luego dijo:

—Estaré bien.

Anthony hizo una pausa apenas unos segundos para considerar qué palabras elegir.

—Pero ¿te encuentras bien ahora?

Kate soltó una pequeña tos, y Anthony se la imaginó retorciéndose de dolor.

—Me he hecho algo en la pierna —admitió—. Pero no creo que esté sangrando.

—¿Te sientes débil? ¿Mareada? ¿Desfallecida?

Kate negó con la cabeza.

—Es sólo un dolor. ¿Y tú qué haces aquí?

Él sonrió entre lágrimas.

—Vine a buscarte.

—¿Ah sí? —susurró.

Anthony asintió.

—Vine a… es decir, comprendí que… —Tragó saliva con nerviosismo. Nunca había soñado que llegaría el día en que diría estas palabras a una mujer; se habían hecho tan grandes en su corazón que costó un gran esfuerzo empujarlas afuera—: Te quiero, Kate —dijo con voz entrecortada—. He tardado un poco en entenderlo, pero así es, y tenía que decírtelo. Hoy.

Los labios de Kate formaron temblorosos una sonrisa mientras indicaba con la barbilla el resto de su cuerpo

—Pues eres oportuno de verdad.

Por asombroso que pareciera, Anthony se encontró devolviéndole la sonrisa.

—Casi te alegras de que tardara tanto, ¿eh? Si te lo hubiera dicho la semana pasada, hoy no te habría seguido al parque.

Ella le sacó la lengua, algo que, teniendo en cuenta las circunstancias, hizo que la quisiera aún más.

—Tú sácame de aquí —dijo.

—Entonces ¿me dirás que me quieres? —bromeó.

Kate sonrió, con nostalgia y ternura, e hizo un gesto de asentimiento.

Por supuesto, aquello valía como declaración, y pese a estar arrastrándose entre los restos del carruaje volcado y pese a encontrarse Kate atrapada en el maldito carruaje, muy posiblemente con una pierna rota, de pronto le invadió una abrumadora sensación de satisfacción y paz.

Y comprendió que no se había sentido así durante casi doce años, desde la tarde fatídica en que había entrado en el dormitorio de sus padres para ver a su padre muerto en la cama, frío e inmóvil.

—Ahora voy a tirar de ti para sacarte —explicó metiéndole los brazos por debajo de la espalda—. Te hará daño en la pierna, me temo, pero no podemos evitarlo.

—Ya me duele la pierna —dijo ella sonriendo con valentía—. Sólo quiero salir de aquí.

Anthony le dedicó un único ademán serio, luego la rodeó con las manso y comenzó a tirar.

—¿Qué tal va? —preguntó, el corazón se le detenía cada vez que ella hacía un gesto de dolor.

—Bien —contestó con un resuello, pero Anthony podía distinguir que le echaba valor.

—Voy a tener que darte un poco la vuelta —dijo al advertir un trozo de madera rota y punzante que amenazaba desde arriba. Iba a ser difícil maniobrar para esquivarlo. No le importaba lo más mínimo rasgarle la ropa. ¡Cuernos!, le compraría un centenar de vestidos nuevos si ella prometía no volver a montarse en un carruaje conducido por otra persona que no fuera él, pero no podía soportar la idea de arañarle la piel ni un solo centímetro. Ya había sufrido bastante. No necesitaba más.

—Tengo que sacarte primero por la cabeza —le explicó—. ¿Crees que puedes volverte poco a poco tú misma? Justo lo suficiente para que yo pueda sujetarte por debajo de los brazos.

Ella asintió y, apretando los dientes, se fue meneando concienzudamente, centímetro a centímetro, incorporada sobre las manos mientras desplazaba las caderas siguiendo el sentido de las manecillas del reloj.

—Así —le dijo Anthony dándole ánimo—. Ahora voy a...

—Haz lo que tengas que hacer —dijo Kate entre dientes—. No hace falta que me lo expliques.

—Muy bien —respondió él mientras empezaba a retroceder hacia atrás hasta que sus rodillas se agarraron a algo en la hierba. Tras contar mentalmente hasta tres, apretó los dientes y empezó a tirar de ella.

Y se detuvo un segundo después, cuando Kate soltó un chillido ensordecedor. Si no hubiera estado tan convencido de que iba a morirse en los próximos nueve años, habría jurado que ella acababa de quitarle diez.

—¿Estás bien? —le preguntó con apremio.

—Estoy bien —insistió. Pero respiraba con dificultad, resoplando entre sus labios fruncidos, con el rostro tenso de dolor.

—¿Qué ha sucedido? —Se oyó una voz desde el exterior del carruaje. Era Edwina, que ya había acabado con los caballos y sonaba frenética. He oído gritar a Kate.

—¿Edwina? —preguntó Kate torciendo el cuello para intentar ver el exterior—. ¿Estás bien? —Tiró de la manga de Anthony—. ¿Se encuentra bien Edwina? ¿Ha sufrido algún daño? ¿Necesita un médico?

—Edwina está bien —contestó—. La que necesita un médico eres tú.

—¿Y el señor Bagwell?

—¿Cómo está el señor Bagwell? —preguntó Anthony a Edwina, con voz cortante mientras se concentraba en desplazar trabajosamente a Kate entre los restos.

—Se ha dado un golpe en la cabeza, pero ya se ha puesto en pie.

—No es nada. ¿Puedo ayudar? —Se oyó una voz masculina preocupada.

Anthony tenía la sensación de que el accidente había sido tanto culpa de Newton como de Bagwell, pero de todos modos el joven era quien llevaba el control de las riendas. Anthony no se sentía inclinado a ser caritativo con él justo en aquel momento.

—Ya le avisaré —dijo cortante antes de volverse a Kate y decir—: Bagwell se encuentra bien.

—No puedo creer que me haya olvidado de preguntar por ellos.

—Estoy seguro de que perdonarán tu lapsus, dadas las circunstancias —dijo Anthony retrocediendo aún más hasta que se encontró casi fuera por completo del carruaje. Ahora Kate estaba colocada en la abertura; sólo haría falta un tirón más, bastante largo y casi seguro doloroso, para sacarla.

—¿Edwina? ¿Edwina? —llamó Kate—. ¿Estás segura de que no estás herida?

Edwina metió la cara por la abertura.

—Estoy bien —dijo tranquilizadora—. El señor Bagwell salió despedido y yo pude...

Anthony la apartó de un codazo.

—Aprieta los dientes, Kate —ordenó.

—¿Qué? Me dic... ¡Aaaayyyy!

Con un solo estirón, la sacó por completo del amasijo y los dos aterrizaron en el suelo, respirando con dificultad. Pero mientras la hiperventilación de Anthony era consecuencia del esfuerzo, era evidente que la de Kate respondía a un dolor intenso.

—¡Santo cielo! —Edwina casi gritó—. ¡Mira su pierna!

Anthony echó un vistazo a Kate y sintió que el estómago se le revolvía. Su pantorrilla estaba torcida y doblada, y era más que obvio que se la había roto. Tragó saliva con nerviosismo en un intento de que no se notara tanto su inquietud. Una pierna se podía componer, cierto, pero también había oído casos de hombres que habían perdido sus extremidades a causa de infecciones y malas atenciones de los médicos.

—¿Qué le pasa a mi pierna? —preguntó Kate—. Duele, pero... ¡Oh, Dios mío!

—Mejor que no mires —dijo Anthony intentando ladear su barbilla en otra dirección.

La respiración de Kate, que ya era rápida por el esfuerzo de intentar controlar el dolor, se volvió desigual y nerviosa.

—Oh, Dios mío —dijo con un resuello—. Me duele. No me había percatado de cómo duele hasta que he visto...

—No mires —ordenó Anthony.

—Oh, Dios mío. Oh, Dios mío.

—¿Kate? —Edwina se interesó con voz preocupada y se inclinó hacia delante—. ¿Te encuentras bien?

—¡Mira mi pierna! —casi chilla Kate—. ¿Qué aspecto tiene?

—En realidad me refería a tu cara. Estás un poco verde.

Pero Kate no pudo responder. Su respiración cada vez era más desigual. Y entonces, con Anthony, Edwina, el señor Bagwell y Newton mirándola fijamente, entornó los ojos, tiró hacia atrás la cabeza y se desmayó.

Tres horas después, Kate se encontraba instalada en su cama, estaba claro que poco cómoda pero al menos sin tantos dolores gracias al láudano que Anthony le había obligado a tragar en cuanto llegaron a casa. Los tres cirujanos que Anthony había llamado habían compuesto su pierna (como habían indicado los tres cirujanos, no hacía falta más de uno para encajar un hueso, pero Anthony se había cruzado de brazos con gesto implacable y se había quedado mirándoles hasta que se callaron), y otro doctor se había acercado para dejar varias recetas que juró que acelerarían el proceso de recuperación y la soldadura.

Anthony la había mimado como si fuera una gallina clueca, cuestionaba cualquier movimiento de los doctores hasta que uno de ellos tuvo la audacia de preguntarle cuándo había obtenido el diploma del Real Colegio de Médicos.

A Anthony no le había hecho gracia.

Pero después de mucha arenga, la pierna de Kate estuvo entablillada, y a ella le informaron que contara con pasar el menos un mes en cama.

—¿Un mes? —gimió Kate a Anthony en cuanto el último de los cirujanos se marchó—. ¿Cómo podré aguantar tanto tiempo?

—Podrás dedicarte de nuevo a la lectura —sugirió él.

Kate soltó una exhalación impaciente por la nariz; era difícil respirar por la boca mientras apretaba los dientes.

—No era consciente de que tenía lectura atrasada.

Probablemente Anthony sintió la tentación de echarse a reír, pero consiguió contenerse:

—Tal vez puedas dedicarte a la costura —sugirió.

Kate le lanzó una mirada iracunda. Como si la perspectiva de la costura fuera a hacer que se sintiera mejor.

Anthony se sentó con cautela sobre el borde de la cama y le dio unas palmaditas en el dorso de la mano.

—Te haré compañía —dijo con una sonrisa alentadora—. Ya había decidido rebajar las hora que paso en el club.

Kate suspiró. Estaba cansada, malhumorada y dolorida, y se la tomaba con su marido, algo que no era justo. Volvió la mano hacia arriba para juntar su palma con la de él y luego se entrelazaron los dedos.

—Te quiero, lo sabes —dijo con voz suave.

Él le dio un apretón e hizo un gesto de asentimiento, el cariño en su mirada al mirarla decía más que cualquier palabra.

—Me dijiste que no te quisiera —continuó Kate.

—Fui un burro.

Kate no le contradijo. Un movimiento de los labios de Anthony le comunicó que había tomado nota de que por una vez no le había llevado la contraria. Tras un momento de silencio, ella dijo:

—En el parque hablabas de cosas muy raras.

Anthony no retiró la mano, pero su cuerpo retrocedió un poco.

—No sé a qué te refieres —contestó.

—Creo que sí lo sabes —le dijo con dulzura.

Anthony cerró los ojos durante un momento, luego se levantó y sus dedos fueron descendiendo por la mano de ella hasta que finalmente no se tocaron. Hacía muchos años que guardaba celosamente sus peculiares convicciones para sí. Parecía lo mejor. La gente podía creerle, y por consiguiente preocuparse, o no hacerlo y pensar que estaba loco.

Ninguna opción resultaba especialmente atractiva.

Pero este día, en el calor de un momento de terror, se lo había soltado a su esposa. Ni siquiera recordaba con exactitud lo que había dicho, pero había sido lo suficiente para que ella sintiera curiosidad. Y Kate no era el tipo de persona que no satisficiera su curiosidad. Podía intentar evitarla todo lo que quisiera, pero al final se lo sacaría. Nunca había habido una mujer más cabezota.

Se fue hasta la ventana y se apoyó en el alféizar, mirando hacia delante como si de verdad pudiera ver el paisaje urbano a través de los pesados cortinajes borgoñas que hacía rato había cerrado.

—Hay algo que deberías saber de mí —susurró.

Kate no dijo nada, pero él sabía que le había oído. Tal vez fuera el sonido que hizo al cambiar de posición en la cama, tal vez fuera la electricidad que llenaba el aire. Pero lo supo de algún modo.

Se volvió. Habría sido más fácil hablarle a las cortinas, pero ella se merecía algo mejor. Kate estaba sentada en la cama con la pierna reposando sobre almohadones y los ojos muy abiertos, llenos de una mezcla desgarradora de curiosidad y preocupación.

—No sé cómo contarte esto sin que suene ridículo.

—A veces lo más fácil es decirlo y ya está —murmuró ella. Dio una palmada sobre un punto vacío de la cama—. ¿Quieres sentarte a mi lado?

Él negó con la cabeza. La proximidad sólo serviría para dificultar todo aún más.

—Algo me sucedió cuando mi padre murió —comenzó.

—Estabas muy unido a él, ¿no es cierto?

Él asintió.

—Más unido de lo que haya estado a cualquiera, hasta que te conocí.

Los ojos de ella brillaron.

—¿Qué sucedió?

—Fue muy inesperado —explicó. Su voz era uniforme, como si estuviera relatando una oscura noticia en vez del suceso más inquietante de su vida—. Una abeja, te lo conté.

Kate asintió.

—¿Quién iba a pensar que una abeja fuera a matar a un hombre? —dijo Anthony con risa cáustica—. Habría sido gracioso de no ser tan trágico.

Ella no dijo nada, sólo le miró con un afecto que le rompió el corazón.

—Permanecí a su lado durante toda la noche —continuó, y se volvió ligeramente para no tener que mirarle a los ojos—. Estaba muerto, por supuesto, pero me hacía falta un poco más de tiempo. Me limité a quedarme sentado a su lado y observar su rostro. —De sus labios se escapó otra breve carcajada enojada—. Dios, que necio era. Creo que medio esperaba que abriera los ojos en cualquier momento.

—A mí eso no me parece ninguna necedad —dijo Kate con voz suave—. Yo también he visto muertos. Cuesta creer que alguien haya fallecido cuando su aspecto es tan normal y se le ve tan sereno, en paz.

—No sé cuando sucedió —explicó Anthony— pero por la mañana yo ya estaba convencido.

—¿De que estaba muerto? —preguntó ella.

—No —dijo con brusquedad—, de que yo también moriría.

Anthony esperó a que ella hiciera algún comentario, esperó a que gritara, a que hiciera cualquier cosa, pero Kate continuó allí sentada mirándole sin ningún cambio perceptible en su expresión, hasta que finalmente él tuvo que decir:

—No soy tan gran hombre como mi padre.

—Tal vez él no estuviera de acuerdo —dijo ella con calma.

—Bien, él no está aquí para explicarlo, ¿cierto? —soltó Anthony.

De nuevo, Kate no dijo nada. De nuevo, él se sintió fatal.

Maldijo en voz baja y se apretó las sienes con los dedos. Su cabeza parecía querer estallar. Empezaba a sentirse mareado, y se percató en ese momento de que no se acordaba de cuándo había comido por última vez.

—Yo puedo opinar —dijo en voz baja—. Tú no le conociste.

Se hundió contra la pared con una exhalación larga, cansina, y continuó:

—Déjame explicártelo. No hables, no interrumpas, no opines. Me cuesta mucho ya de por sí contarlo. ¿Puedes hacer eso por mí?

Ella asintió.

Anthony tomó aliento con respiración temblorosa.

—Mi padre era el mejor hombre que he conocido. No pasa un día sin que me dé cuenta de que no estoy a su altura. Yo sabía que él era todo a lo que yo podía aspirar. Seguramente no pueda igualar su grandeza, pero si al menos pudiera aproximarme a él, me sentiría satisfecho. Eso es lo único que quiero. Sólo aproximarme.

Miró a Kate. No estaba seguro de por qué. Tal vez en busca de ánimo, tal vez comprensión. Tal vez sólo para verle el rostro.

—Si una cosa sabía —susurró, encontrando de algún modo el valor para mantener su vista fija en la de ella— era que nunca le superaría, ni siquiera en edad.

—¿Qué intentas decirme? —murmuró ella.

Anthony se encogió de hombros con impotencia.

—Sé que no tiene sentido. Sé que no puedo ofrecer una explicación racional. Pero desde la noche en que estuve sentado junto al cadáver de mi padre, he sabido que era imposible que viviera más que él.

—Ya veo —dijo ella con calma.

—¿Ah sí? —Y entonces, como si una presa hubiera reventado, las palabras escaparon a borbotones, todo salió de él: por qué se había mostrado tan opuesto a casarse por amor, los celos que había sentido al percatarse de que ella se había enfrentado a sus demonios y que los había vencido.

Observó a Kate que se llevaba una mano a la boca y se mordía el extremo del pulgar. Le había visto hacer eso antes, advirtió: cada vez que algo la inquietaba o cuando meditaba profundamente.

—¿Cuántos años tenía tu padre cuando murió? —preguntó.

—Treinta y ocho.

—¿Cuántos años tienes tú ahora?

La miró con curiosidad, ella sabía su edad. Pero de todos modos la dijo:

—Veintinueve.

—O sea, que según tus cálculos nos quedan nueve años.

—Como mucho.

—Y tú lo crees de veras.

Él hizo un gesto afirmativo.

Kate apretó los labios y soltó una larga exhalación por la nariz. Por fin, después de lo que pareció un silencio eterno, volvió a mirarle con ojos claros y directos y dijo:

—Bien, estás equivocado.

Por extraño que fuera, el tono rotundo de su voz fue bastante tranquilizador. Anthony notó que incluso un extremo de su boca se elevaba formando la más débil de las sonrisas.

—¿Crees que no soy consciente de lo ridículo que suena todo esto?

—No creo que suene ridículo en absoluto. En sí parece una reacción perfectamente normal, sobre todo si se considera cuánto adorabas a tu padre. —Se encogió de hombros como si supiera de qué hablaba y ladeó un poco la cabeza—. Pero de cualquier modo te equivocas.

Anthony no dijo nada.

—La muerte de tu padre fue un accidente —dijo Kate—. Un accidente. Una de esas terribles y horribles vueltas que da la vida y que nadie pudo haber presagiado.

Anthony se encogió de hombros con gesto fatalista.

—Probablemente a mí me sucederá lo mismo.

—Oh, por el amor de... —Kate consiguió morderse la lengua una milésima de segundo antes de blasfemar—. Anthony, yo también podría morirme mañana. Podría haber muerto hoy mismo cuando el carruaje se volcó encima mío.

Él palideció.

—No me recuerdes eso.

—Mi madre murió cuando tenía mi edad —le recodó Kate con dureza—. ¿Alguna vez has pensado en eso? Según tus reglas, yo debería morir por mi próximo cumpleaños.

—No seas...

—¿Tonta? —concluyó ella por él.

Se hizo un silencio durante todo un minuto.

Por fin Anthony dijo, con voz apenas más audible que un susurro:

—No sé si podré superarlo.

—No tienes que superarlo —dijo Kate. Se mordió el labio inferior, que le había empezado a temblar, y luego puso la mano sobre el punto vacío de la cama—. ¿Puedes acercarte aquí para que pueda cogerte la mano?

Anthony se acercó al instante; el calor de su contacto le invadió y se extendió por su cuerpo hasta acariciar su mismísima alma. Y en ese momento esto era más que amor. Esta mujer le hacía sentirse mejor persona. Había sido bueno y fuerte y bondadoso siempre, pero con ella a su lado era algo más.

Y juntos podrían hacer cualquier cosa.

Casi le hizo pensar que cuarenta años tal vez no fuera un sueño tan imposible.

—No tienes que superarlo —repitió ella y sus palabras flotaron con suavidad entre ellos—. Para ser sincera, no sé cómo podrás superarlo del todo hasta que tengas treinta y nueve años. Pero lo que puedes hacer —le dio un apretón en la mano, y Anthony se sintió aún más fuerte que momentos antes— es negarte a permitir que domine tu vida.

—Comprendí eso esta mañana —susurró él— cuando supe que tenía que decirte que te quería. Pero, de algún modo, ahora... ahora lo sé.

Ella asintió y él vio cómo se llenaban sus ojos de lágrimas.

—Tienes que vivir cada hora como si fuera la última —dijo Kate— y cada día como si fueras inmortal. Cuando mi padre se puso enfermo, lamentó tantas cosas. Había tantas cosas que deseaba haber hecho, eso me contó. Siempre suponía que contaba con más tiempo. Eso es algo que siempre he llevado conmigo. ¿Por qué diantres crees que decidí tocar la flauta a una edad tan avanzada? Todo el mundo me decía que era demasiado mayor, que para conseguir hacerlo bien de verdad tenía que haber empezado de niña. Pero en realidad ésa no es la cuestión. No me hace falta ser tan buena. Sólo necesito disfrutar por mí misa. Y necesito saber que lo he intentado.

Anthony sonrió. Era una flautista terrible. Ni Newton podía soportar escucharla.

—Pero lo contrario también es cierto —añadió Kate con ternura—. No puedes rehuir retos nuevos o evitar el amor porque pienses que tal vez no vayas a estar aquí para cumplir tus sueños. Al final, lamentarás tantas cosas como mi padre.

—Yo no quería amarte —susurró Anthony—. Era la cosa que más miedo me daba, por encima de todas. Había acabado por acostumbrarme bastante a mi extraña visión de la vida. En realidad casi me sentía cómodo. Pero el amor... —Su voz se entrecortó; el sonido sofocado sonó poco viril, le volvió vulnerable. Pero no le importó porque estaba con Kate.

Y no le importaba que ella conociera sus temores más profundos, porque sabía que le quería pese a todo. Era una sublime sensación de liberación.

—He visto el amor verdadero —continuó—. No he sido el granuja cínico que la sociedad ha querido retratar. Sabía que existía el amor. Mi madre, mi padre... —Se detuvo para tomar aliento de forma irregular. Era lo más duro que había hecho en su vida, y no obstante sabía que tenía que pronunciar aquellas palabras. Por difícil que fuera soltarlas, sabía que al final su corazón renacería—. Estaba tan seguro de que lo único que podría... hacer... que... en realidad no sé cómo llamarlo... este conocimiento de mi propia mortalidad... —Se pasó la mano por el pelo buscando con afán las palabras—. El amor era la única cosa que lo hacía de verdad insoportable. ¿Cómo podía amar a alguien, sincera y profundamente, y saber que estábamos sentenciados?

—Pero no estamos sentenciados —dijo Kate apretando su mano.

—Lo sé. Me enamoré de ti y entonces lo supe. Aunque esté en lo cierto, aunque mi destino sea vivir sólo hasta la edad de mi padre, no estoy condenado. —Se inclinó hacia delante y rozó los labios de Kate con un beso liviano—. Te tengo —susurró— y no voy a malgastar ni un solo momento que tengamos juntos.

Los labios de Kate formaron una sonrisa.

—¿Qué quiere decir eso?

—Significa que el amor no tiene que ver con tener miedo a que te lo arrebaten. El amor tiene que ver con encontrar a la persona que te llene el corazón, que te hace ser una persona mejor de lo que nunca soñaste ser. Tiene que ver con mirar a tu mujer a los ojos y estar convencido hasta la más hondo de que ella es sencillamente es la mejor persona que has conocido.

—Oh, Anthony —susurró Kate con lágrimas surcando sus mejillas—. Eso es lo que siento por ti.

—Cuando pensaba que te habías muerto...

—No digas eso —dijo con voz entrecortada—. No tienes que revivir eso.

—No, pero tengo que explicártelo. Fue la primera vez, incluso después de todos estos últimos años esperando mi propia muerte, que de verdad supe qué significaba morir. Porque si tú hubieras fallecido... no me quedaría nada por lo que vivir. No sé cómo lo consiguió mi madre.

—Tenía a sus hijos —dijo Kate—. No podía dejaros.

—Lo sé —susurró—, pero cuánto debió de sufrir...

—Creo que el corazón humano es más fuerte de lo que nosotros nos imaginamos.

Anthony se quedó mirándola durante un largo instante, sus miradas se unieron hasta que él se sintió como si fueran la misma persona. Luego, con mano temblorosa, la cogió por la nuca y se inclinó para besarla. La adoró con sus labios, le ofreció cada gramo de amor, devoción, veneración y oración que sentía en su alma.

—Te amo, Kate —susurró, soplando contra su boca aquellas palabras—. Te quiero tanto.

Ella asintió, pues no podía hacer sonido alguno.

—Y justo ahora, deseo... deseo...

Y entonces sucedió la cosa más extraña. Se le escapó una carcajada. Le invadió la pura dicha del momento, y tuvo que contenerse para no levantar a Kate y lanzarla en volandas por el aire.

—¿Anthony? —preguntó, sonaba confundida y divertida a partes iguales.

—¿Sabes qué más significa amor? —murmuró al tiempo que plantaba sus manos a ambos lados del cuerpo de Kate y dejaba que su nariz se apoyara en la de ella.

Kate negó con la cabeza.

—No podría ni aventurar una respuesta.

—Significa —refunfuñó— que estoy empezando a encontrar esta pierna rota un puñetero fastidio.

—Ni la mitad que yo, milord —dijo dedicando un mirada compungida a su pierna rota.

Anthony frunció el ceño.

—Dos meses sin hacer ejercicio, ¿eh?

—Al menos.

Puso una mueca, y en ese momento su aspecto era exactamente el del mujeriego del que en una ocasión ella le había acusado ser.

—Está claro —murmuró— que tendré que ser muy, pero que muy delicado.

—¿Está noche? —preguntó con voz ronca.

Él negó con la cabeza.

—Ni siquiera yo tengo el talento para expresarme con un toque tan ligero.

Kate soltó una risita. No podía evitarlo. Quería a este hombre y él la quería a ella y, tanto si él lo sabía como si no, iban a hacerse viejos, muy viejos, juntos. Y eso era suficiente para volver tarambana a cualquier chica; incluso a una chica con la pierna rota.

—¿Te estás riendo de mí? —preguntó con una de sus cejas arqueada con gesto arrogante mientras colocaba su cuerpo justo al lado de ella.

—Ni lo soñaría.

—Bien. Porque tengo algunas cosas importantes que decirte.

—¿De veras?

Él asintió con semblante grave.

—Tal vez no sea capaz de enseñarte esta noche cuánto te amo, pero te lo puedo contar.

—Nunca me cansaré de oírlo —murmuró ella.

—Bien. Porque cuando acabe de explicártelo, te voy a contar cómo me gustaría demostrártelo.

—¡Anthony! —chilló.

—Creo que empezaré por el lóbulo de tu oreja —musitó—. Sí, está decidido, el lóbulo de la oreja. Lo besaré, luego lo mordisquearé y, luego...

Kate soltó un jadeo. Y después sintió un escalofrío. Y después se enamoró de él una vez más.

Y mientras él le susurraba dulces tonterías al oído, tuvo la más extraña de las sensaciones, casi como si pudiera vislumbrar todo su futuro ante ella. Cada día era más valioso y pleno que el anterior, y cada día se enamoraba y se enamoraba...

¿Era posible enamorarse del mismo hombre una y otra vez, cada día que pasaba?

Kate suspiró mientras se acomodaba entre las almohadas, dejándose llevar por sus palabras maliciosas.

Por Dios, iba a intentarlo.

Epílogo

Lord Bridgerton celebró su cumpleaños en casa con su familia. Esta Autora cree que se trataba del trigesimonoveno aniversario, pero ella no estuvo invitada.

De todos modos, los detalles de la fiesta han llegado a los oídos siempre atentos de Esta Autora, y parece que se trató de una reunión de lo más divertida. El día empezó con un breve concierto: lord Bridgerton a la trompeta y lady Bridgerton a la flauta. La señora Bagwell (la hermana de lady Bridgerton) se ofreció por lo visto a intervenir al pianoforte, pero la oferta fue rechazada.

Según la viuda del vizconde, nunca se ha interpretado un concierto más discordante, y también nos cuentan que al final el joven Miles Bridgerton se subió a una silla y rogó a sus padres que pararan.

Nos explican también que nadie reprendió al muchacho por su descortesía, sino que más bien todo el mundo dio grandes suspiros de alivio cuando lord y lady Bridgerton dejaron sus instrumentos.

REVISTA DE SOCIEDAD DE LADY WHISTLEDOWN,
17 de septiembre de 1823

—*D*ebe de tener un espía en la familia —dijo Anthony a Kate sacudiendo la cabeza.

Kate se rió mientras se cepillaba el pelo antes de meterse en la cama.

—No se ha dado cuenta de que tu cumpleaños es hoy, no ayer.

—Un detalle sin importancia —refunfuñó—. Debe de tener un espía. No hay otra explicación.

—Todo lo demás es correcto. —Kate no pudo evitar advertir—. Insisto, siempre he admirado a esa mujer.

—No lo hicimos tan mal —protestó Anthony.

—Fue espantoso. —Dejó el cepillo y se fue al lado de él—. Siempre somos espantosos, pero al menos lo intentamos.

Anthony cogió a su esposa por la cintura y apoyó la barbilla en lo alto de la cabeza. Pocas cosas le producían tanta paz como sostenerla en sus brazos. No sabía cómo un hombre podía sobrevivir sin una mujer a la que querer.

—Es casi medianoche —murmuró Kate—. Tu cumpleaños ya casi ha acabado.

Anthony hizo un gesto de asentimiento. Treinta y nueve. Nunca hubiera pensado que llegaría este día.

No, no era cierto. Desde el momento en que dejó que Kate entrara en su corazón, sus temores se fueron desvaneciendo poco a poco. Pero, de cualquier modo, estaba bien tener treinta y nueve. Era tranquilizador. Había pasado buena parte del día en su estudio, mirando fijamente el retrato de su padre. Y se descubrió a sí mismo hablando. Durante cuatro horas completas, había hablado con su padre. Le habló de sus tres hijos, de los matrimonios de sus hermanos y de sus correspondientes hijos. Le habló de su madre, y de cómo le había dado recientemente por pintar al óleo, y que la verdad se encontraba muy bien. Y le habló de Kate, cómo había liberado su alma y cuánto la quería, cuánto.

Anthony comprendió que eso era lo que su padre siempre había deseado para él.

El reloj situado sobre la repisa empezó a dar la hora. Ni Anthony ni Kate hablaron hasta que sonó la duodécima campanada.

—Ya está entonces —susurró Kate.

Él asintió.

—Vamos a la cama.

Ella se apartó y Anthony se dio cuenta de que estaba sonriendo.

—¿Así lo quieres celebrar?

Él le cogió la mano y se la llevó a los labios.

—No se me ocurre una forma mejor. ¿Y a ti?

Kate sacudió la cabeza, luego soltó una risita mientras se iba corriendo a la cama.

—¿Has leído qué más escribía en su columna?

—Esa bruja Confidencia.

Ella hizo un gesto afirmativo.

Anthony plantó sus manos a ambos lados de su esposa y le lanzó una mirada lasciva.

—¿Era acerca de nosotros?

Kate negó con la cabeza.

—Entonces no me importa.

—Era sobre Colin.

—Anthony soltó un pequeño suspiro.

—Parece escribir mucho sobre Colin.

—Tal vez tiene debilidad por él —sugirió Kate.

—¿Lady Confidencia? —Anthony entornó los ojos—. ¿Esa pobre vieja?

—Tal vez no sea tan vieja.

Anthony soltó un resoplido burlón.

—Es una vieja arrugada, y lo sabes.

—No lo sé —dijo Kate soltándose de él y metiéndose debajo de las mantas—. Creo que podría ser joven.

—Y yo creo —anunció Anthony— que no tengo muchas ganas de hablar de lady Confidencia justo ahora.

Kate sonrió.

—¿Ah no?

Él se echó junto a ella y le rodeó la cadera con los dedos.

—Tengo cosas mucho mejores que hacer.

—¿Sí?

—Mucho. —Sus labios encontraron la oreja de Kate—. Mucho, mucho, mucho mejores.

● ● ●

Y en un dormitorio pequeño y amueblado con elegancia, no tan lejos de la mansión Bridgerton, una mujer —que ya no estaba en la flor de la juventud, pero desde luego tampoco arrugada ni vieja— se sentaba al escritorio con pluma y tintero y sacaba una hoja de papel.

Estirando el cuello a un lado y a otro, puso la pluma sobre el papel y empezó a escribir:

REVISTA DE SOCIEDAD DE LADY WHISTLEDOWN
19 de septiembre de 1823

Ay, amable lector, a Esta Autora le han explicado...

Nota de la autora

*L*a reacción de Anthony a la muerte de su padre es muy común, especialmente entre los hombres. (En un grado muy inferior, las mujeres cuyas madres fallecen de forma prematura reaccionan de un modo similar.) Los hombres que han perdido a un padre aún muy joven a menudo son presa de la fatídica convicción de que también ellos sufrirán ese mismo destino. Estos hombres saben que sus temores son irracionales, pero les es casi imposible superarlos hasta que alcanzan (y sobrepasan) la edad en que falleció el padre.

Puesto que tengo un público compuesto mayoritariamente por lectoras femeninas, y puesto que el dilema de Anthony es una «cosa tan de hombres» (por emplear una frase moderna), me preocupaba que tal vez les costara identificarse con su problema. Como escritora de novelas románticas, me debato constantemente entre convertir a mis protagonistas en héroes absolutos o hacerles más reales. Con Anthony, confío en haber logrado el equilibrio. Cuando se lee un libro, es fácil fruncir el ceño y refunfuñar: «¡A ver si se te pasa ya de una vez!, pero lo cierto es que a la mayoría de los hombres les cuesta bastante superar la pérdida repentina y prematura de un padre querido.

Los lectores perspicaces advertirán que la picadura de abeja que mató a Edmund Bridgerton de hecho era le segunda que sufría en su vida. En términos médicos, este dato es correcto: las alergias a las picaduras de abeja por lo general no se manifiestan hasta la segunda picadura. Puesto que Anthony sólo ha sufrido una picadura en su vida, es imposible saber si es alérgico o no. No obstante, como autora de este libro, me gustaría pensar que ejerzo cierto control creativo sobre las enfermedades de mis personajes, de modo que decidí que Anthony no tuviera ningún tipo de alergia y, es más, que llegara a muy viejo y viviera hasta la avanzada edad de noventa y dos años.

Con mis mejores deseos,

Julia Q

www.titania.org

Visite nuestro sitio web y descubra cómo ganar
premios leyendo fabulosas historias.

Además, sin salir de su casa, podrá conocer
las últimas novedades de
Susan King, Jo Beverley o Mary Jo Putney,
entre otras excelentes escritoras.

Escoja, sin compromiso y con tranquilidad,
la historia que más le seduzca
leyendo el primer capítulo de cualquier libro
de Titania.

Vote por su libro preferido y envíe su opinión
para informar a otros lectores.

Y mucho más…

THE
ALWAYS
WAR

THE
ALWAYS
WAR

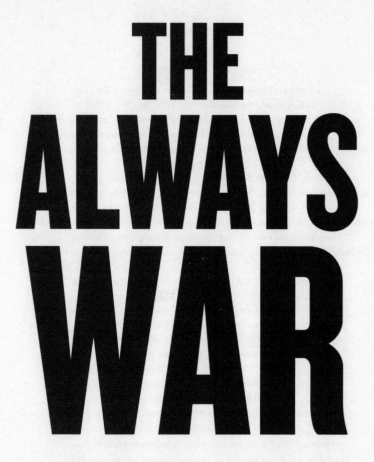

MARGARET PETERSON
HADDIX

SIMON & SCHUSTER BFYR

NEW YORK LONDON TORONTO SYDNEY NEW DELHI

SIMON & SCHUSTER BFYR

An imprint of Simon & Schuster Children's Publishing Division
1230 Avenue of the Americas, New York, New York 10020

SIMON & SCHUSTER BFYR is a trademark of Simon & Schuster, Inc.
For information about special discounts for bulk purchases, please contact Simon & Schuster
Special Sales at 1-866-506-1949 or business@simonandschuster.com.
The Simon & Schuster Speakers Bureau can bring authors to your live event. For more
information or to book an event, contact the Simon & Schuster Speakers Bureau
at 1-866-248-3049 or visit our website at www.simonspeakers.com.
Also available in a SIMON & SCHUSTER BFYR hardcover edition
Book design by Krista Vossen
The text for this book is set in Palatino LT Std.
First SIMON & SCHUSTER BFYR paperback edition November 2012
Manufactured in the United States of America
2 4 6 8 10 9 7 5 3 1
Library of Congress Cataloging-in-Publication Data
Haddix, Margaret Peterson.
The always war / Margaret Peterson Haddix.—1st ed.
p. cm.
Summary: In a war-torn future United States, fifteen-year-old Tessa,
her childhood friend Gideon, now a traumatized military hero, and Dek, a
streetwise orphan, enter enemy territory and discover the shocking truth
about a war that began more than seventy-five years earlier.
ISBN 978-1-4169-9526-5 (hc)
[1. War—Fiction. 2. Heroes—Fiction. 3. Computers—Fiction.
4. Post traumatic stress disorder—Fiction. 5. Science Fiction.]1. Title.
PZ7.H1164 Aiw 2011
[Fic]
2010033344
ISBN 978-1-4169-9527-2 (pbk)
ISBN 978-1-4424-3604-6 (eBook)

*For Rich and Mark and Doug, in memory of
certain Iraq War debates*

THE
ALWAYS
WAR

CHAPTER

1

Gideon Thrall stood offstage, waiting in the wings. The announcer hadn't called his name yet, but people craned their necks and leaned sideways to see him. Whispers of excitement began to float through the crowd: "There he is!" "The hero . . ." "Doesn't he just *look* like a hero?"

Then the PA system boomed out, so loudly that the words seemed to be part of Tessa's brain: "And now, our honoree, the young man we will be forever indebted to for our survival, for our very way of life—Lieutenant-Pilot Gideon Thrall!"

The applause thundered through the crowd. Gideon took his first steps into the spotlight. His golden hair gleamed, every strand perfectly in place. His white uniform, perfectly creased, glowed against the darkness around him. He could have been an angel, a saint—some creature who stood above

ordinary humans. Even the fact that he walked humbly, with his head bowed, was perfect. At a moment like this most people would have looked too proud, like they were gloating. But not Gideon. He wasn't going to lord it over anyone that he, Gideon Thrall, had just won his nation's highest honor, something nobody else from Waterford City had ever done.

Standing at the back of the crowd with the other kids from the common school, Tessa felt her heart swell with pride.

"I know him," she whispered.

The applause had just begun to taper off, so Tessa's voice rang out louder than she'd intended. It was actually audible. Down the row Cordina Kurdle fixed Tessa with a hard stare.

"What did you say, flea?" Cordina asked.

Tessa knew better than to repeat her boast. The safe response would be a shrug, a cowed shake of the head, maybe a mumbled, "Nothing. Sorry for bothering you." But sometimes something got into her, some bold recklessness she couldn't explain.

Maybe she wanted to brag more than she wanted to be safe?

"I said, I know him." She cleared her throat. "He was my neighbor. We grew up together."

Cordina snorted.

"Hear that?" she said to the kids clustered around her.

Her sycophants, Tessa thought. *Cronies. Henchmen.*

The words she'd found in old books were fun to think about, but they wouldn't provide much protection if Cordina decided that someone needed to beat up Tessa to teach her a lesson.

"Hear what?" one of the sycophants asked, right on cue.

"Gnat over there thinks she deserves some credit for

living on the same planet as the hero," Cordina mocked.

"We were next-door neighbors," Tessa said. She stopped herself from adding, *We made mud pies together when we were little*, though it was true. Possibly. Tessa didn't remember it herself, but way back when Gideon was first chosen for the military academy, Tessa's mother had started showing around a picture of Tessa, about age two, and Gideon, age five or six, playing together in the mud behind their apartment building.

Gideon had looked like a golden child destined for great things even then, even sitting in mud.

Tessa had looked . . . muddy.

Tessa was saved from any further temptation to brag—or embarrass herself—because the general who'd come from the capital just for this occasion stepped to the podium. He held up a medallion on a chain, and the whole auditorium grew quiet. The general let the medallion swing back and forth, ever so slightly, and the spotlight glinted from it out into the crowd. For a moment Tessa forgot that the city auditorium was squalid and dirty and full of broken chairs and cracked flooring. For a moment she forgot that the people in the crowd had runny noses and blotchy skin and patched clothing. She forgot they could be so mean and low-down. For that one moment everyone shared in the light.

"Courage," the general said in a hushed voice, as if he too were in awe. "We give this medal of honor for courage far above the measure of ordinary citizens. Only eleven people have earned this medal in our nation's history. And now Gideon Thrall, a proud son of Waterford City, will be the twelfth." He turned. "Gideon?"

The general lifted the chain even higher, ready to slip it over Gideon's head. Gideon took a halting step forward, as if he wasn't quite sure what he was supposed to do.

No, Tessa thought. To her surprise she was suddenly furious with Gideon. *Don't hesitate now! Be bold! You're getting an award for courage. Act like it!*

Gideon was staring at the medallion. Even from the back of the auditorium Tessa could see his face twist into an expression that looked nothing like boldness or bravery. How could he be acting so confused? Or . . . scared?

"For your bravery in battle," the general said, holding out the medallion like a beacon. He was trying to guide Gideon into place. Gideon just needed to put his head inside the chain. Then everyone could clap and cheer again, and all the awkwardness would be forgotten.

Gideon made no move toward the chain.

"No," Gideon said, and in the silent auditorium his voice sounded weak and panicky. "I . . . can't."

"Can't?" the general repeated, clearly unable to believe his own ears.

"I don't deserve it," Gideon said, and strangely, his voice was stronger now. "I wasn't brave. I was a coward."

He looked at the general, looked at the medallion—and whirled around and ran from the auditorium.

CHAPTER

It felt like Gideon had stolen all the air from the room. For a moment nobody moved; nobody even breathed. Then Cordina, with her finely tuned sense of cruelty, turned to Tessa.

"So, slug," she said. "If you and the hero are so *close*, why aren't you running after him?"

"Maybe I will," Tessa said.

She backed away from Cordina. Her retort was mostly just to keep Cordina from having the last word. But it felt good to move, to pull away from the crowd, which was beginning to unfreeze from the shock. Whispers were starting to ripple around Tessa: "What?" "Did he say 'coward'?" "How could he—"

Tessa couldn't stand to hear any of it. She raced out the

door. Nobody tried to stop her. Even the class monitors were just staring toward the stage, stunned and aghast.

In the hallway outside there was more cracked tile, and broken windows, peeling paint, crumbling plaster. Repairs, of course, were on hold until the war ended. And it never ended.

Tessa stumbled, righted herself, kept running down the hall. The cracked soles of her shoes flapped against the broken tiles. She didn't expect to find Gideon, but the angry words she wanted to shout at him flocked in her mind.

Don't you know what it's like for the rest of us, those of us who aren't heroes? Don't you know how dreary our lives are? Don't you know this was going to be our one golden moment, our one afternoon of pride? Don't you know you ruined it for everyone? You just gave us something else to be ashamed of—

Then she saw Gideon.

He had his golden head bent over an industrial-size trash can. The hero seemed to be vomiting.

"You're just sick," Tessa said, the surprise and relief giving her the courage to actually speak.

Gideon lifted his head and blinked at her. A clammy sheen of sweat spread across his face and clumped in his curls. Up close he looked so young—just a boy, not a man.

"Someone should tell them—I'll go tell them," Tessa said, suddenly energized. The ceremony could be saved after all. Or—she glanced at his sweaty, wrinkled uniform—rescheduled, anyway. Set for another day. "You're just sick, not cowardly." The relief made her giddy. "Even a hero can get the stomach flu."

Gideon reached out and grabbed her wrist, stopping her.

"No," he said. "No. Didn't you hear what I said in there? I was a coward. I am one. I don't deserve any honors. All I did was kill people."

"We're at war," Tessa said. "That's what war is."

But she wanted to pull her arm back. It was thrilling to think of a hero touching her wrist. A killer, though . . .

It's not the same thing, she told herself. *He's just being modest.*

That was the wrong word, and she knew it. She tried to think of something that would make Gideon—and her—see everything the right way again.

"You had to kill the enemy to save your own people," Tessa said.

Gideon stared at her as if she were speaking a foreign language. Perhaps even the enemy's language.

And then others were streaming out of the auditorium— the officials who'd been standing on the stage. The mayor, the city council members, the military men who'd come from the capital . . .

Gideon was still holding on to Tessa's arm.

"Hide," he said. "You don't want to be seen with me."

He jerked on her arm, propelling her toward a crumbling column. And then he let go.

Tessa didn't know if any of the officials had seen her. She didn't know if it mattered. But she stayed behind the column while the officials surrounded Gideon, while they whisked him away.

Her knees trembled so much she had to sit down on the broken floor.

Nobody would ever give me a medal for bravery, she thought.

CHAPTER

Rumors flew after the ceremony.

Gideon had been taken to the finest hospital in the country, to be treated for battle fatigue.

Gideon was almost recovered, almost ready to come back for another ceremony. The only problem was setting a date for the general to return to Waterford City. He had a busy schedule. It was hard fitting everything in.

Or—Gideon had already been given his medallion, in a private ceremony. He was so humble; that was the problem. He certainly wanted to share his honor with the entire community, with the entire country. But he didn't feel that he needed to stand on a stage to do that.

There was going to be an official announcement. Maybe next week. Maybe next month.

Tessa slogged through her everyday life. Home. School. Her after-school job scrubbing floors at the hospital. Twice a day she passed the Thralls' door down the hall in the apartment building, on her way to and from the stairs. Once, early on, she paused before it, her fist raised to knock.

What would I say? she wondered.

Back when Gideon had first been chosen to go to the military academy, years ago, Mrs. Thrall had made it clear that she thought she was better than all her neighbors. She didn't mingle. She was the mother of a boy who had beaten the odds—he was one in a thousand, maybe one in a million. No one ever actually released the statistics about how many children were accepted. They were the best of the best of the best. Why break it down any further than that?

Tessa wasn't best at anything. She wasn't even particularly good at scrubbing floors at the hospital. Robots could do a better job than her. But all the robotics companies were dedicated to building machines for the war. That left people like Tessa to scrub floors.

I'm fifteen years old, Tessa thought. *Will I still be scrubbing those floors when I'm thirty? When I'm forty-five? Sixty?*

She didn't knock at the Thralls' door.

And then one day there was an ambulance out front when Tessa got home. She hurried up the stairs, a bad feeling in the pit of her stomach.

It could be here for anyone, Tessa thought. *Mrs. Evers on the third floor has a bad heart. Mr. Singleton never really recovered from that stroke last year. Maybe he died. Even my own parents look so frail sometimes, so beaten down. . . .*

But somehow she couldn't talk herself into worrying about anyone but Gideon.

She reached the fifth-floor landing, her floor. She peeked out. The Thralls' door was open just a crack.

Tessa didn't intend to stop outside it, listening. Or, rather, she didn't intend to get *caught* outside it, listening. But she tiptoed past as slowly as she could.

"—have to keep him medicated," a man was saying, just on the other side of the door.

"He doesn't like the medication," a woman's querulous voice complained. Tessa knew this was Mrs. Thrall. "He says it makes it hard to think."

"Some people are better off not thinking," the man replied.

And then the door began to creak open, and Tessa scurried past it. She yanked her key out, rushing to get into her own apartment before anyone saw her.

Why did it matter?

Tessa didn't know. But as soon as she got the door open and rushed inside, she shoved it shut and stood there breathing hard, her back against the hard wood.

That night Tessa lay in bed, staring blankly up at the ceiling. Her room was small; her bed was narrow. Years ago she'd gotten into the habit of pressing her head against the wall and sprawling diagonally across the mattress, so she could trick herself into believing she had more space than she really did. But now something kept hitting against the other side of the wall.

Tap-tap-tap-thump-thump-thump-tap-tap-tap.

And again.

Tap-tap-tap-thump-thump-thump-tap-tap-tap.

And again.

Tessa remembered whose apartment lay on the other side of the wall.

Tap-tap-tap-thump-thump-thump-tap-tap-tap.

It's just some machine, Tessa told herself. *Maybe Gideon Thrall's honor came with some practical benefit. A washer. A dryer. An automatic vacuum.*

But the tapping and thumping was not quite precise enough to be mechanical. Tessa could hear the very human hesitation between the taps and thumps.

He's listening to music, Tessa told herself. *Tapping his foot. Maybe it's not even Gideon. Maybe it's his mother.*

Tessa couldn't fit the rhythm of the tapping and thumping into any song she'd ever heard. Maybe it was some other kind of rhythm, some kind of code.

Tessa got up and turned on the light. She reached to fire up the ancient laptop computer that sat on her desk, then stopped herself. The kids at school said anything you searched for online left tracks. It could always be traced back to you.

Tessa reached instead for the even more ancient encyclopedia set that had come from her grandparents' apartment when they died. Tessa's mother had wanted to throw the books away, but Tessa had rescued them. Some of the volumes were missing, but fortunately the *C* and *M* and *S* books were in the stack.

Code.

Morse code.

SOS.

Tessa found descriptions of dots and dashes, tapped out in sets of three. Dots and dashes—taps and thumps. It had to be the same.

Gideon Thrall, the biggest hero in the country, was begging for help.

How to get past Mrs. Thrall?

That was Tessa's dilemma. She imagined herself picking locks or climbing ropes strung between her window and the window next door. But every scenario she could dream up seemed like it would end the same way: in a confrontation with Mrs. Thrall, rather than Gideon's rescue.

Tessa lay awake far into the night trying to come up with a workable plan. Long after the thumping and tapping stopped, it occurred to her that she could have studied the Morse code symbols a little longer and come up with a coded reply: *What do you need?* maybe, or, *How can I help?* She tapped the wall once, experimentally, but there was no response. She got out the *M* encyclopedia again and stared at the Morse code key.

She thought about writing out a message she could tap and thump in the morning, but each letter was so complicated. Even if she managed to make Gideon understand her, what would she do if he started desperately tapping and thumping out a lengthy answer? She'd never be able to follow it—and he'd probably be caught.

No, there had to be some other way. . . .

She fell asleep. And though she wasn't aware of any dreams, she woke up in the morning thinking about flowers.

He's a hero. Surely Mrs. Thrall wouldn't be surprised to see some delivery person bringing flowers from an admirer—surely he's gotten lots of flowers before.

It was worth a try.

Tessa herself couldn't afford to buy any flowers—they were a luxury, rarely grown because they were a distraction from the war effort. But she'd seen goldenrod and milkweed growing in the dirt piles behind the apartment, the same spot where she and Gideon had (maybe) once made mud pies. If Tessa picked some of the weeds and wrapped them in paper so only a leaf or two showed—well, wasn't there at least a chance that it would fool Mrs. Thrall?

Tessa crept out into the chilly morning air. It was a Saturday, but weekend workers streamed down the sidewalk, headed for their jobs. All the faces she saw were gray and worn and weary, as if the people had long ago given up any hope of a better life.

Oh, please, Gideon, Tessa thought. *That's why we needed a hero.*

She darted around the building, stepping from one clump of ugly, spiky grass to another. Dew clung to a spiderweb

binding several of the taller weeds together, and Tessa wished she could carry that up to Gideon too.

It's so beautiful—wouldn't he see the beauty in it? Tessa wondered.

The kids at school never saw things the same way as Tessa; why did she think that Gideon might? And, anyhow, she wasn't supposed to be finding anything beautiful. She just needed to trick Mrs. Thrall.

Tessa hacked at the plants before her. When she had a big enough bundle to make a convincing bouquet, she went back upstairs to her apartment and wrapped the whole thing in paper. And then, before she lost her nerve, she knocked at the Thralls' door.

"Florist delivery!" Tessa called out.

The door creaked open.

Mrs. Thrall stood before her in a deep purple robe, and for a moment Tessa lost herself staring. The robe was *new*. Where could you buy new things anymore?

"Yes?" Mrs. Thrall said.

Tessa forced herself to stop staring at the robe. She lifted her gaze to Mrs. Thrall's face.

"These are, uh, flowers to be delivered to Lieutenant-Pilot Gideon Thrall," Tessa said. She started to hold them out to Mrs. Thrall, then caught herself. She clutched the bundle of weeds tighter to her chest. "I have orders to deliver them directly into his hands," she added.

Mrs. Thrall frowned. The lines around her eyes were etched much deeper than Tessa would have expected. But Tessa had only ever seen her from afar. It wasn't surprising that Mrs. Thrall looked different close up.

"Your 'orders' are to see him face to face, then," Mrs. Thrall said in a mocking voice.

Tessa's heart sank.

She sees right through me, Tessa thought. *She knows I'm lying.*

But Mrs. Thrall didn't slam the door in her face. For a moment she just stood there silently, watching Tessa. Tessa was sure Mrs. Thrall was noticing Tessa's ratty sweater, her threadbare jeans, the way her dark hair curled in all the wrong directions. Tessa remembered how, even before Gideon went off to the academy—How old was he then? Eight? Ten?—Mrs. Thrall always looked so disapprovingly at girls around the neighborhood who so much as glanced at Gideon. She had a narrowed-eyes glare that all but spoke: *Oh, no. You're not good enough for my son.*

She did this even to pretty girls, girls whose families had money—or, at least, as much money as anyone had in Waterford City.

Tessa wasn't all that pretty, and her family had less money than just about everyone they knew. And yet suddenly Mrs. Thrall took a step back.

"Come in," she said.

"I can?" Tessa asked incredulously. "I mean—thank you."

She stepped into the Thralls' apartment, and Mrs. Thrall closed the door behind her. Immediately something changed in Mrs. Thrall's expression, as if she'd put on a mask.

Or taken one off.

"Gideon's room is over there," Mrs. Thrall said, pointing. Her face sagged, as if keeping up appearances was beyond her now. She didn't look like the haughty mother of the hero

anymore. She just looked old—old and weary and despairing.

Tessa realized she'd been thinking about everything wrong. Mrs. Thrall wasn't the enemy. She wasn't the obstacle Tessa needed to worry about.

But what *was* Gideon's problem?

"Um, is he . . . ," Tessa began.

"Just go in there!" Mrs. Thrall commanded. "You can see for yourself!"

Mrs. Thrall turned her head away, but not before Tessa saw tears sparkling in the woman's eyes. There was a remnant of her old glare in her expression—*You're not good enough; no one's worthy of my Gideon.* In a flash Tessa understood something she didn't want to understand, something ugly. Mrs. Thrall did think Tessa was one of those girls who threw themselves at boys. She hated Tessa. But she was willing to let Tessa in to see Gideon anyhow, because, because . . .

Tessa's understanding faltered.

"I'm not like that," she said, defending herself.

The disgust in Mrs. Thrall's expression took over.

"You brought him flowers, didn't you?" she sneered. She might as well have said, *You brought him weeds. You're a weed yourself. Trash.*

Tessa stood up straight. She wanted so badly to say, *He asked me to come. He asked for me.*

But it wasn't quite true. Gideon couldn't have known that Tessa lay on the other side of his wall last night. He didn't even know her. Even if they had played together as little kids—even if that mud-pie picture of them together were real, not something Tessa's mother had faked—then Gideon

probably didn't remember it any better than Tessa did.

He certainly hadn't recognized Tessa back at the auditorium.

But he was trying to signal someone *last night,* Tessa thought. *Who? Why?*

She looked at the door into Gideon's room, which was closed tight. The door was dark and scarred, as if someone had attacked it with a knife. Lots of doors in the apartment building looked like that, but the scars made Tessa hesitate. She remembered the flat, expressionless tone in Gideon's voice when he'd told her, *All I did was kill people.* She shivered.

"He wouldn't . . . ," she began. Was she going to say, "hurt me"? *"Kill me"?* About Gideon Thrall? The biggest hero in Waterford City history?

Mrs. Thrall recoiled.

"He doesn't even get out of bed," she snarled.

Mrs. Thrall reached past Tessa to twist the doorknob and push the door open. And then she shoved Tessa forward and shut the door behind her.

Trapping Tessa in Gideon's room.

CHAPTER

The room was dark.

In the time it took Tessa's eyes to adjust, she had to fight down panic: *What could be wrong with Gideon? What's wrong with Mrs. Thrall? Why do I feel like I'm being . . . sacrificed?*

And then Tessa could see ordinary objects around her: a desk. A chair. A bed. Gideon's form lay sprawled across the bed as if he'd fallen there—fallen from some great height, maybe, in a way that left him too broken to get back up.

Tessa remembered that she'd come there hoping to help.

"Um, hello?" she said, in a near whisper. "Your mother said it was okay for me to come in. And, uh . . ."

She let her voice trail off, because it didn't seem that Gideon could hear her. Maybe he was asleep.

Maybe he was dead.

Why hadn't she figured out a way to answer his call for help sooner?

Gideon turned over.

"You saw my mother," he murmured, the words little more than breaths. "Did you see the blood on her robe?"

Blood? Tessa thought.

"N-no," she said, stuttering in her confusion. "Is she hurt? Or—are you?"

She wasn't sure if she should turn around to go help Mrs. Thrall or step closer to Gideon to help him—or just flat out run, to save herself. But Gideon was opening his mouth to talk again, and she had to know what he was going to say.

"They gave her that robe," Gideon said. "Because of me. Because of what I did. It's made of blood. Blood and bones and death . . ."

His voice trailed off. He was staring up at the ceiling—the blank, bland, ordinary ceiling—but his face contorted as if he were watching some unspeakable horror.

"I brought you flowers," Tessa said, and it was ridiculous; this wasn't what you said to someone who looked as anguished as Gideon. But she felt like she had to get him to look away from that ceiling, to stop him from screaming or wailing or whatever he was about to do. (Murdering someone? *No, no, don't think that,* she commanded herself.)

Tessa looked down at the bundled greenery in her arms. The weeds were already wilting.

"Or, actually, they're not exactly flowers," Tessa said, because she couldn't stop herself from talking. "Not what most people would call flowers. That was just my excuse to

get in. I heard your SOS last night. Your Morse code. Your—is there something I can do to help?"

Now, that did seem to be the right thing to say. But at first it didn't make any difference. Then Gideon began turning his head, an excruciatingly slow motion. And even when he was gazing toward Tessa, he couldn't seem to focus his eyes on her, standing right there, rather than whatever he thought he saw beyond her.

"You're the girl from the auditorium," he finally said, blinking.

In spite of everything Tessa felt a tingle of pleasure: *He remembers me! The handsome, heroic, amazing Gideon Thrall remembers me!*

"Yes. I live next door," she said, pointing to the wall behind him. Somehow it seemed like she was trying to brag again. Like she was her mother, showing around a picture that was probably faked. Trying for some reflected glory she didn't deserve. "That's how I heard you last night."

Gideon lifted his head from his pillow. He squinted. He was trying so hard to see her.

Tessa felt honored.

"I need a computer," Gideon said. His head fell back against the pillow, as if the exertion of looking at Tessa had been too much for him. "They won't let me have a computer."

"I have a computer," Tessa offered. "I can run and get it—"

"No!" Gideon thundered. He hit his fist against the wall, and for a moment Tessa feared that he was trying to break it down. He could punch a hole in it and reach into Tessa's room and take whatever he wanted that belonged to her. Would

she let him? Would she have to? Was that what she'd set in motion, coming here?

All this flashed through Tessa's mind even as Gideon's fist opened and his hand slid helplessly down the wall.

"They'd see you," Gideon whispered. He was staring at the ceiling again. "They watch."

"Who?" Tessa asked.

"You know," Gideon whispered.

Tessa didn't think she did. Clearly, he didn't mean Mrs. Thrall. And as far as Tessa knew, there wasn't a Mr. Thrall, or he'd died or vanished before Gideon was born.

Then she remembered how everybody had watched Gideon as he stood up on the stage. People always watched someone like Gideon.

Someone like Tessa—not so much.

"I'll hide the computer," Tessa told Gideon, trying to placate him. "Nobody will see me bringing it over here. And— I'll tell your mother I'm just getting a vase."

Gideon looked at her again, studying her face, blinking back whatever specters had hidden her from him before.

"Yes," he said.

Tessa felt like she'd just passed some test. She'd pleased him. He liked her. He approved. This made her feel so buoyant that she pushed open the door with great confidence.

Mrs. Thrall was sitting on the opposite side of the living room, as far away as possible. Her face had been taken over with sour disapproval.

"I need a vase for the flowers," Tessa said with great dignity. "I'll be right back."

She left the door of the Thralls' apartment cracked slightly, so she wouldn't have to rely on Mrs. Thrall to let her back in. She rushed into her own apartment, into her own room, feeling glad that her parents weren't anywhere in sight. They were probably still sleeping off the disappointments of last night, of every night of their lives.

They might not awaken all day.

Not me, Tessa thought. *I won't be like them.*

She tucked her small flip-up computer under the front of her shirt and grabbed the first jar she could find from the kitchen.

Back in the hallway she got prickles at the back of her neck. Somehow she did feel like she was being watched now, like someone was paying very close attention to what she was doing.

The hallway was empty.

I'm a girl taking a vase for flowers to a friend, she told herself. *Who would care about that?*

She kept her arms crossed against her stomach, holding the computer in place. But surely, if anyone was watching, it would just look like she was cold.

She nudged open the door back into the Thralls' apartment. Mrs. Thrall's expression, if anything, had grown even more disapproving while Tessa was away. Tessa just brushed past her and went into Gideon's room.

He was sitting up.

Sitting up!

Quickly Tessa pulled the door shut.

"Do you have it?" Gideon asked.

So that's how his voice sounds with some hope in it, Tessa thought. He seemed like a new person, as radiant in the dim room as he'd looked all those weeks ago onstage, in the spotlight. It was amazing how hope could transform even messed-up hair and an unshaven face and unwashed, rumpled clothes into something as stunning as a hero in a crisp uniform.

"Here," Tessa said, pulling the computer from beneath her shirt. She caught her breath. She'd been holding the computer against her bare skin, and now he was touching the computer, and surely he could feel how her skin had warmed the cold metal. . . .

Gideon flipped the computer over and tore off the bottom panel. He began yanking out wires.

"Hey!" Tessa protested. "Stop that! You didn't say you were going to break it!"

She put her hand over his, trying to pull it back.

"I'm not breaking anything," Gideon said. "I'm masking it. So no one can trace my keystrokes."

Tessa stopped pulling on his hand.

"So it's true, what people say?" she asked. "That everything can be traced?"

"Not everything," Gideon said. "Not if you know what you're doing."

He began putting some of the wires back in, twisting them in different ways. He pulled out a set of tweezers from beneath the mattress and did surgery on some of the circuit cards.

Tessa let her hand slip off his and just watched. After a few minutes he put the bottom of the computer back together and flipped it over and turned it on. He began typing in commands

Tessa had never seen before, bringing up strings of mysterious code. They scrolled across the screen too fast for Tessa to read any of it. But Gideon kept typing, almost endlessly, his coding appearing just as rapidly and indecipherably as the computer's. Did he keep all those incomprehensible strings of letters and numbers in his head? Why? What was he looking for?

Tessa thought maybe he'd forgotten she was there. Then suddenly he stopped. He stared at the screen.

"You won't want to see this," he said. His voice had gone flat again.

"It's my computer," Tessa said stubbornly.

Gideon looked at her. His eyes were so, so sad. Tessa had been around unhappy people all her life, but she'd never seen anything like this. You could drown in that kind of sorrow. You could fall into that grief and never be seen again.

"Don't say I didn't warn you," Gideon said.

He hit a single key, and the long strings of coding vanished. A few numbers still flashed across the bottom of the screen, but Tessa ignored them. Instead, suddenly, she was watching video.

People dressed in odd, colorful clothes were crowded into some sort of marketplace. They swirled randomly from one stall to another, examining piles of melons, heaps of strawberries, oranges that seemed to glow in the sunlight. Children laughed and licked ice cream cones. Mothers snuggled babies tight against their chests and kissed their foreheads and tickled their tummies.

Tessa leaned closer, drawn in. Enchanted.

And then suddenly everyone in the video was looking up and screaming and running. The pillars of the fruit stands fell over, watermelons splattering to the ground, oranges rolling underfoot, people tripping and falling and screaming and screaming and screaming.

Tessa felt the explosion that followed, rather than hearing it. She realized that Gideon must have turned the sound off. But she still felt shaken to her bones. She cringed, as if she expected the ceiling to fall on her own head, the world to come crumbling down around her own body.

On the screen, dust rose up to meet everything that was falling down, falling apart, dying. The dust covered dead babies, dead children, dead mothers. Mercifully, the dust hid everything.

The screen went black.

Tessa couldn't move.

"That's what I did," Gideon said, and his voice was every bit as dead as the babies, the children, the mothers. "That's what everyone's worshiping me for."

He looked toward Tessa, and his eyes were dead now too.

"I killed one thousand six hundred and thirty-two people," he said. "Do you still think I'm a hero?"

CHAPTER

Tessa backed away from him, pinning herself against the wall.

"Didn't you have to?" she asked in a small voice. "Wasn't it . . . necessary?"

"Was it?" Gideon asked, and in those two words she saw how completely lost he was. He was trying to find something to stand on, something to hold himself up.

But there was nothing.

"The enemy," Tessa said numbly. "They want to kill us. Starve us. Choke us. To death." She was only mouthing words she'd heard all her life. They didn't seem to have any meaning anymore. Not with all that death seared onto her eyes. "You were killing to protect the rest of us."

"Those babies were going to kill us?" Gideon asked. "Babies?"

"When . . . they grew up . . . ," Tessa whispered.

"They're not going to grow up!" Gideon screamed at her. "I killed them!" He snapped the computer shut and thrust it into her hands. "Go on! Get out of here! Before you're contaminated too. . . . What I did—it was wrong! Evil! Evil! Evil!"

Tessa yanked the door open and ran from him.

In the outer room Mrs. Thrall was sobbing, her face twisted and anguished and destroyed, like Gideon's had been twisted and anguished and destroyed. And now Tessa's was twisted and anguished and destroyed too.

At least Tessa could run away.

Mrs. Thrall wasn't looking at Tessa, but Tessa still paused at the door out into the hallway. Something made her stop and cram the computer back under her shirt, some fear that Gideon was right and somebody could be watching and just the sight of Tessa carrying a computer out of the Thralls' apartment could be dangerous.

How could she care about something like that when all those people were dead?

Tessa ran into her own apartment and into her own room and threw herself across her bed. The edges of her computer, tucked under her shirt, poked into her skin. She shoved it down to the end of the bed. Somehow that wasn't enough. She lifted the edges of the computer—retching just because she was touching it—and all but threw it under her bed. After a moment she dropped her pillow down after it, and then a blanket, too, stuffing both of them on top of the computer as if she could suffocate it.

She still felt as though the images could float up from the computer into her head, like poison.

Or ghosts.

What if the images of all those dying people were still on her computer the next time she turned it on? What if they were always there? What if they were always in Tessa's head?

Those people are always going to be dead. Whether I remember them or not.

"Gideon, you were supposed to be better than the rest of us," Tessa whimpered. "Someone worth admiring."

Tessa heard a door open and a door close. She listened hard, something like hope springing back to life in her heart.

Then she heard a toilet flushing, a door opening, and a door closing again. It had only been one of her parents, stumbling out of bed to use the toilet and then stumbling back to their grimy mattress.

She remembered what she'd thought only a little while ago: *Not me. I'm not going to be like them.*

And yet here she was, wallowing in her despair the same way they always wallowed in theirs.

"No!" she wailed.

She stood up, woozily. She yanked the mattress down from the frame and wedged it against the side of the bed, providing another layer between herself and the computer that had held those awful images. Then she whirled around and ran out of the room, out of the apartment, out of the building.

If she ran fast enough, maybe she could trick herself into believing she had somewhere to go.

After a while her legs cramped, and her lungs rebelled

against drawing in another gulp of air when every breath felt like a blade against her ribs. She slowed to a walk.

She'd been running blindly, darting around corners without any mind to direction, and now she was in a completely unfamiliar part of the city. She wended her way through the blank-faced crowds, people grimly standing in lines, people walking with their heads down, their eyes averted.

She was in a marketplace. But in contrast to the cheerful, sun-dappled place in Gideon's video before the bombs began to fall, this marketplace was full of filth and rot and misery. Toothless old men tried to sell shriveled-up apples rattling around in nearly empty boxes. Glassy-eyed children coughed up phlegm and spat it on the ground. And if some of the phlegm sprayed up onto the apples, nobody bothered wiping it away.

No! Tessa wanted to scream. *Somewhere there's beauty, there's hope, there's love; somewhere it doesn't get destroyed. . . .*

She remembered the delicate, dew-covered spiderweb she'd seen that morning. She knew the dew would be long gone by now, but the spiderweb itself had been like a work of art.

Suddenly she felt like she would die if she didn't look at that spiderweb again.

She began running once more, navigating her way through the crowds, squinting at street signs and turning and asking for directions and asking again when people didn't know. First she got more lost, and then she figured out where she was, and then she got lost again. This happened over and over. The images in her head kept slipping down over her

vision—the dying children, the dead babies—and awful thoughts kept pushing their way into her mind. *I thought that he would like me. I wanted him to like me. I still want him to like me. Does that make me evil too?* But she could push back the images, the thoughts. She had a goal now.

Just think about the spiderweb. Remember? And then after you see it, you'll be able to think of other beautiful things, other hopeful things, other things to love. . . .

She hadn't realized how far she'd traveled. It was almost dark when she got back to her own street, approached her own apartment building. She hadn't eaten all day. But she brushed past the front door and hurried around back to the dirt pile where she'd found the weeds and the spiderweb.

Children were playing on the dirt pile now—not toddlers making mud pies, but older boys, fighting.

"This is our hill, and you can't have it!" one yelled as he stood at the top. He was maybe seven or eight, a miniature brute.

"Oh, yeah?" another yelled back. "Who's going to stop me?"

He charged up the hill, his fists out.

Tessa squinted into the twilight, gazing at a spot between the two boys. There, amazingly, the spiderweb still hung between two stalks of foxtail grass, its delicate architecture testifying that everything Tessa wanted to believe in was possible.

And then the two boys crashed into it, flattening it as they rolled down the hill fighting.

"No!" Tessa wailed. She raced up the hill after them. She grabbed them by their shirts and pulled them apart. She was

so much bigger and stronger than them that this was easy to do.

"No!" she screamed at them. "Don't you see what you did?" She dropped the two boys and began feeling around on the ground. She wanted evidence. She wanted them to see the ruin they'd made. She wanted them to hurt like she did.

But of course there wasn't even a wisp of the spiderweb left. And of course it had never been anything but another illusion. It had been so beautiful—and yet the spider had built it solely to trap and kill.

Like Gideon looks so handsome, so perfect, so heroic, but all he did was kill. . . .

The two boys looked up at Tessa. They were little, only five or six or seven or eight. But their eyes held no innocence. They were already filled with hate and anger, greed and fear.

Tessa began hitting them.

"Stop it!" she screamed at them, pounding her fists against their backs, their shoulders, their arms. "You're already ruined! You already ruin things!"

The boys fought back, their fists small but well aimed.

"Help us!" they called to the other boys standing around. "Attack!"

And then there was a whole pack beating up Tessa. She scrambled away, leaving behind a hank of her hair in somebody's hand. She could escape from children. But she couldn't escape the new images crowding her mind: the beautiful spiderweb falling, beauty itself revealed as a fake, Tessa's own fists beating up little children. . . .

She ran until she found herself back in her own room, on

the bare bed frame, sobbing into the wall. She started to move away, then changed her mind. She wanted Gideon to hear her crying. She wanted him to know the pain he'd caused, the misery.

But he'd killed one thousand, six hundred and thirty-two people.

Why would he care about one meaningless girl's broken heart?

Sunday was dark, rainy, and hopeless. Tessa did her best to sleep through as much of it as she could.

Oh, Mom, Dad, is this how you've always felt? Ever since you gave up? She wondered if she'd been too hard on them all along. *What made you give up in the first place? Did you ever see what I saw, people dying in the war? Did you ever know anyone like Gideon?*

She didn't bother standing up, walking into her parents' room, asking the questions out loud.

Even if her parents answered her, how would that make any difference?

Monday morning Tessa had to go off to school. She banged around in her room getting ready, slamming drawers and doors and making as much noise as she could.

Why should Gideon get to sleep late and relax all day? she thought bitterly. *He's not a hero. He's a killer. He said so himself. I saw what he did. He should be in prison.*

There was an uncomfortable echo to that thought: *And what about me? What do I deserve for beating up children? What if I'm every bit as evil as he is, and always have been—I just never got a chance to drop any bombs?*

At school, kids stabbed pencils in other kids' backs and tripped people and started fights in the school cafeteria. It was a school day like any other, but somehow even the pettiest cruelty felt unbearable to Tessa. Cordina Kurdle snapped a rubber band at Tessa's arm, and it was all Tessa could do to keep from bursting into tears. Cordina's henchmen, seeing this weakness, went for an all-out assault of pinches and shoves and jabs every time the teacher looked away.

Tessa finally let the tears out after school, as she hunched over, scrubbing floors at the hospital. Sometimes in the past she'd found ways to make her job almost enjoyable—competing to scrub an entire room as fast as she could, or creating designs on the floor in water and suds. But today it was all she could do just to slide her cleaning rag back and forth across the dingy concrete. Tear-blinded, she reached for her bucket. Her hand struck too low and knocked the whole thing over. The gray, slimy water spilled across the floor she'd just cleaned.

"Clean it up!" the supervisor commanded. "Scrub everything all over again! And I'm docking your pay!"

Either the supervisor didn't notice that Tessa was crying, or—more likely—he didn't care.

Not fair, Tessa thought, after everyone else was gone and it was just her and her bucket and rag in the huge, empty room, all that filthy concrete left to be scrubbed. *This is Gideon's fault. He killed all those people and he's the reason I'm crying and he still gets to have some hope. . . .*

Tessa almost dropped her rag. She froze. Was that right? Could she fling the accusation "still has hope" at someone who'd looked as anguished as Gideon had, just about every single moment she'd spent in his presence?

If he didn't have any hope, what did he want my computer for on Saturday? she asked herself. *Why did he want to look at that video? Was he just hoping to destroy me, too? Or . . .*

She remembered that he'd told her she wouldn't want to see the video. He'd warned her not to look.

So why . . . ?

She remembered how final everything had looked on the computer screen, all those dead bodies, all those lives ended. But evidently it wasn't finished. There was still something Gideon had wanted to see, some reason he had needed to scan those horrific images again.

Was there still something he thought he could change?

Tessa threw down her rag. She left her bucket of water in the middle of the floor and took off running. On alternating steps she thought, *I can stop him,* and *I can help him,* and she didn't know which one she believed.

But what if there really was something she could do?

Then I could be a hero, she thought, running harder. *A real one. Whether anybody else ever knows it or not.*

CHAPTER

Tessa crashed into her room without a fully formed plan in her head. She couldn't decide if it would be best to crank up her computer and scour every archive she could find—study it all intensely—or if it would make more sense to grab the computer and stalk over to the Thralls and confront Gideon, first thing. She was leaning toward the confrontation, just because it would be faster.

But what if he lies? What if he just makes up some story, and I don't know enough to be able to tell if it's true or false?

In the midst of scooping up her computer, Tessa paused just long enough to take a deep breath.

And then she stopped completely.

Her room smelled like paint.

Fresh paint.

Her room hadn't been painted in years.

Tessa whirled around, gazing open-jawed at walls she normally didn't notice.

There. Just above the bed, in the middle of the wall she now knew lay between her bedroom and Gideon's, the paint caught the light and glistened, as if some of it wasn't quite dry.

And—Tessa studied it more closely—in one wide circle that contained the glistening spots, even the dry paint was a slightly different shade of industrial gray than the rest of the walls.

Why—? Tessa wondered. *How*—?

She remembered that a storeroom lay directly below her room. The janitor who occasionally bothered to clean the hallways kept brooms and trash cans in there. It was possible that he had cans of paint there as well.

Instinctively, Tessa looked down. The battered rag rug that she kept across the floorboards was bunched up, slightly out of place.

Tessa kicked it aside.

There, in a spot that had been hidden by the rug before, someone had taken out the nails from a roughly circular area of the floorboards.

Someone? Tessa thought. *Oh, no. I know who did this.*

She looked from the circle of fresh paint on the wall to the circle of unattached boards on the floor. She was working on a theory.

So Gideon wanted to get out of his room without being seen. He cut a hole in my wall, and then pried open a hole in my floor. He crawled through and then tried to erase all signs that he'd been here.

But he couldn't put the nails back in the floorboards to completely cover his tracks because . . . Tessa looked down again. She knew why. *Because he still hasn't come back.*

Was he going to? Or was he gone for good?

Tessa hugged her arms against her chest, as if she were capable of comforting herself. She'd forgotten she was still holding the computer, and the cold metal sent a jolt through her system. She jerked her arms back, tilting the computer crazily.

A thin sheet of paper fell from in between the keyboard and the folded-down screen.

Tessa immediately crouched to pick it up and read it:

I scrubbed this clean. (The computer.)

Forget about me.

Destroy this note, too, of course, and then there will be nothing to link you to any of this.

I'm sorry.

CHAPTER

Tessa crumpled the note in her hand. Then she changed her mind—that was too much like obeying. She smoothed the paper out again on her desk.

. . . then there will be nothing to link you to any of this. . . .

That's it? she thought. *That's the end?*

She had been so pumped for confrontation—and for seeing Gideon again. It was hard to switch gears, to think of having an ordinary evening instead. Just another ordinary evening in a completely ordinary life. Ordinary, dull, tasteless, colorless, pointless . . .

What did you expect? she asked herself angrily. Gideon had told her that very first day to stay away from him.

Because he was protecting me, she thought. *Like he was protecting me telling me not to watch the video of the war.*

But wasn't she linked to him and the war, no matter what? Because wasn't the whole point of the war to protect people like her?

Tessa looked up from the note, because she couldn't stand to keep staring at the brusque words, which might as well have said, *You are nothing to me. You are nothing.* Had he spent ten seconds scrawling out this note? Twenty? Was she worth that little? Couldn't he have even signed his name?

Tessa stared out the window. The streetlights were out again. This happened a lot—with the war on, there wasn't even enough money for spare lightbulbs. And some people said the sudden blackouts were a test, a trial run of what the city would do if the enemy's bombers made it this far past the border.

"Why would anyone bother destroying Waterford City? How could it look any worse with bombs dropped on it than it does now?" was one of the jokes that people told.

Even without streetlights Tessa could make out shapes moving in the shadowed darkness down on the sidewalk. With infrared cameras and night-vision instruments, the enemy would have no trouble picking out people to kill. They could be in some airplane high overhead and then—

Stop, Tessa told herself. *Don't think about the war.*

It had been going on her entire life, her parents' entire lives, her grandparents' entire lives. The oldest person Tessa had ever heard of—Mr. Singleton from the first floor—was more than seventy, and even he didn't remember a time before the war. It was always there, as ever-present as air. The most talented children were selected for the military academies and

sent away by the time they were ten; only rarely did any of them ever come back. But even people who weren't directly involved in the fighting were part of the war. They assembled bombs in factories; they packed food for the soldiers; they scavenged parts from damaged fighter planes.

For a moment Tessa felt like she could see the way the war weighed on everyone walking by in the darkness. People walked bent over, crouched down, defensive—looking defeated just by all the years of fighting. One figure in particular practically clutched the building, as if ready to dart in at the first sign of danger. Every few steps he'd whip his head around, as if every noise spooked him. Between steps he stood with his entire body tensed, watching.

That's Gideon, Tessa thought. *He's escaping.*

At this distance, with all the shadows, she couldn't see his face, could barely even make out his form. But she was still certain. Maybe it was because he was the only person on the sidewalk who didn't move groggily, in a stupor—with all the other people, she could tell that whatever pain they were in had been with them for so long they were numb to it.

Gideon moved as though his pain were fresh and raw and throbbing. He moved like a dying animal leaving a trail of blood behind it.

I can help him/I can stop him echoed in Tessa's brain, but fainter now. He didn't want anything to do with her. She held up the note again, and the words—*Forget about me. . . . Destroy . . . then there will be nothing to link . . .*—jumped out at her. She flicked her gaze back and forth between the note and the movements out in the darkness, Gideon edging farther and

farther away from her. In a few moments he would be gone, and whatever other choices she had would be lost.

Gideon was at the corner now, peeking around the other side of the apartment building. As soon as he turned his head, one of the figures behind him on the sidewalk hustled forward. Gideon glanced back over his shoulder, and the suddenly energetic figure dived down, out of sight.

Gideon resumed walking, and the figure darted forward again, hiding only when Gideon glanced back a second time.

Gideon was being followed.

The indecision of *I have to help him/I have to stop him/He doesn't want me* melted away, swept out by a new resolve:

I have to warn him.

Tessa burst out onto the street, having clattered down the stairs as fast as she could. With her first step out onto the pavement, she reminded herself to be careful; she couldn't call attention to herself here. She slipped into the crowd and slowed her pace to match the slow plodding of the people around her. It was maddening to do this—she wanted to run.

Maybe they're both gone, anyhow, Gideon and the one following him. . . .

But, no. A hooded head ducked down quickly, half a block ahead of Tessa, and she knew that that had to be the follower. She stood on tiptoes and saw, far ahead where the street sloped down, another head turn. If only there were more light, maybe she could have seen a flash of golden hair. But it wasn't just the streetlights that were out; it looked like the electricity

was out on the first floor of their apartment building, too.

Strange, Tessa thought, creeping forward.

She peered around and saw that other lights were missing too: the tiny glow of red that always shone in the security cameras atop the apartment door. She'd *never* known those to be out. Did that mean the cameras weren't working?

Even stranger, Tessa thought.

She couldn't stop to figure it out. She concentrated on keeping the darting figure ahead of her in sight. She advanced one block, then two.

What good does this do? Tessa despaired. *I can't get past the follower to warn Gideon. Maybe I should run over to one of the parallel streets and get ahead of both of them?*

Just then, far ahead, Gideon turned a corner. He might start darting in a zigzag pattern now; he might go anywhere. If Tessa tried to run ahead on a parallel street, she might lose him.

So I just . . . watch?

Some of the old books Tessa had gotten from her grandparents' apartment had been spy novels. Tessa didn't think anyone made such things now, but she'd read lots of the old ones. The stories were full of spies tailing one another, and double agents taking advantage of the element of surprise.

That's what I have on my side, Tessa thought. *If the follower tries to do anything to Gideon, I'll run up to them and make a big scene, and Gideon will be able to get away.*

Tessa's heart pounded at the thought of the immense courage that would require. But she kept going, farther and farther from home, darting around corners behind the follower, behind Gideon.

Nothing to link you, Tessa remembered from Gideon's note, but it did seem they were linked now, all three of them: Gideon to the follower and the follower to Tessa, every bit as distinctly as if they were clinging to a rope slung between them.

The areas around them grew dodgier. Tessa lived in a bad neighborhood, an ugly neighborhood, but it was mostly that way just because of neglect. The people in her neighborhood had given up. In the buildings she passed now, the decay and decrepitude seemed like an active thing, a violence lurking in the air. There were smashed windows, gaping holes in walls, burn marks on bricks, abandoned factories with obscenities scrawled on every surface.

The crowds thinned out too, all the evil intent and despair distilled into a smaller and smaller number of people. Tessa shivered and drew the hood of her sweatshirt farther up, partially hiding her face. She hunched over slightly, trying to disguise the fact that she was a girl.

"Well, look at you," someone said, the innocent words laced with such menace that they seemed to be saying something else entirely.

Tessa flinched.

Gideon would come to my rescue if I cried out, wouldn't he? she wondered. And then she was disgusted with herself, because wasn't she there to rescue *him*? Was she so helpless that she couldn't survive someone speaking to her?

Automatically, she glanced ahead, scanning the crowd for another glimpse of Gideon.

Gideon was gone.

Tessa almost gasped, but the follower didn't seem puzzled.

The follower scurried three steps forward and then darted into a dark alley.

I am a fool, Tessa thought, and stepped blindly after the others.

Tessa stood for a moment at the edge of the alleyway, hoping her eyes would adjust. When they didn't—when the darkness before her stayed inky and indecipherable—her brain threw something at her from one of those old spy novels she'd read.

It's not like the street behind me is all that bright, but anyone looking out from this alley would see my silhouette. . . .

She dropped down to the ground, her hands and knees landing in a puddle. She told herself it was only water, but that was probably too much to hope for. She stayed low and listened, her ears straining to make up for everything she couldn't see.

She heard voices. First Gideon's, tight and almost angry: "That was the price we agreed on."

Then a stranger's, low and indistinct.

Tessa edged closer, deeper into the darkness. She moved slowly, her hands sweeping out before her. Her fingers brushed sleek, curved metal—the side of some sort of vehicle. In this part of the city she would have expected rusted fenders, smashed-up bumpers. But this vehicle, whatever it was, didn't seem to have so much as a dent.

"I know what I'm doing," Gideon said, the anger almost palpable in his voice.

Tessa thought that he and whoever he was talking to—the follower? Someone else?—were probably several feet away. She couldn't get too close for fear of running into one of them in the darkness.

Footsteps sounded, coming back toward Tessa.

Desperately, Tessa felt down lower on the side of the vehicle. Maybe she could hide underneath it. Lower, lower . . . her fingers hit some sort of latch, and a door slid open with a tiny whoosh of air.

The footsteps were getting closer.

You don't have the slightest idea what's going on here, Tessa's brain screamed at her. *It's something dangerous—hide!*

Tessa slipped in through the open door. She felt a seat before her—a leather seat, maybe?—and she scooted past it. She felt around, discovering a wide, flat, open space behind the seat. Maybe this was a van? Then Tessa found a padded column in the open space, and she shifted over to crouch on the other side of that.

Just in time, too, because the next time she heard the voices, they seemed to be coming from the open doorway.

"I know how to operate it perfectly well," Gideon said.

There was a soft thump—Gideon stepping into the vehicle?

"We'd hate to see you destroy your investment," the stranger replied, and this time he was close enough that Tessa could understand every word. His voice was oily and untrustworthy. "We have your best interest at heart."

Gideon snorted.

"I didn't pay you enough for that," he muttered.

Something clicked, and the barest amount of light glowed from near the seat in the front. Tessa huddled lower. Her foot touched something soft—a blanket?—and she pulled it over herself.

There was another soft click—the door closing. Tessa

listened hard, desperate to know if the stranger had been sealed inside or outside. But no more voices spoke.

The floor vibrated softly beneath Tessa, as some sort of engine purred to life. The vehicle moved—forward at first, and then, as it went faster and faster, not just forward but also . . .

Up.

For a moment Tessa couldn't make sense of this. *Up? How could we be going up?* Surely her senses were scrambled; surely she was just confused.

But she felt herself rising and rising and rising, along with the forward motion, and finally her brain supplied an explanation: *Oh. This isn't a car or a van. It's a plane.*

Of course, she had never been in a plane in her life. She'd never even seen one up close, only in pictures and news footage: the proud military jets soaring through the sky, defending the border. The helicopters ferrying military officials into or out of danger. The bombers speeding off toward the enemy lands . . .

Gideon flew a bomber in the war, Tessa remembered.

Could this be a bomber they were flying in now? Was he headed off on some secret military mission?

Tessa remembered the flat way Gideon had said, *I killed one thousand six hundred and thirty-two people. Do you still think I'm a hero?* She remembered the devastated look in his eyes. She couldn't imagine him dropping any more bombs.

Then where were they going? What was he doing?

Tessa couldn't think of any possible answers to either of those questions. It was too hard to think with all the weird forces of flight tugging at her: the floor rising beneath her, lifting her higher and higher, even as gravity seemed to be trying harder and harder to pull her back down. Then everything tilted, and she slid backward. She grabbed for something to hold on to, but there was nothing within her grasp except the blanket, which was sliding too.

"Oh, yeah!" Gideon cried from the front of the plane. "I know how to fly!"

Nobody answered him. Did that mean that the other man was still down below, back on the ground?

The blanket had slipped off Tessa's head, so she dared to look up. As far as Tessa could tell, Gideon was sitting in front of a dimly lit instrument panel. She couldn't see anyone in the copilot's seat beside him, but from this angle only a very tall, very large man would be visible.

She had to know if Gideon was alone or not.

Using the column and the wall as a support, Tessa clawed her way up to a standing position. She swayed unsteadily with the jerking and tilting of the plane.

"Turbulence?" Gideon muttered. "Or—are there still some external controls I need to override? What's hidden in the coding?"

He began frantically pressing buttons and pulling on controls. A computer screen glowed to life above the instrument panel, providing more light. But Gideon was flashing through various commands so quickly that the light was there and gone one instant to the next.

Tessa glimpsed a shape in the copilot's seat, but it was too small to be a person. Was it a backpack, maybe? A duffel bag? She rose on her tiptoes, wanting to be sure—

And the plane lurched to the side, slamming Tessa against a window.

"Oh, no! You are not in control anymore!" Gideon screamed from the pilot's seat. "This is my plane now!"

Tessa decided this probably wasn't the best time to spring forward and announce, *Guess what? I'm coming with you!* She found a strap to hang on to beneath the window, and clung to it for dear life. She realized she'd had her eyes squeezed shut ever since the plane had tilted sideways. But the jerking movement seemed to have stopped for the moment, so Tessa dared to open her eyes again.

The entire city lay beneath her.

And for now, for once, it was *beautiful*. The darkness hid all the dirt and despair and desperation. Under the night sky the city's lights stood out like gleaming jewels. The streetlights were lined up like beads on a necklace; glowing windows crowned the skyline. Tessa stared in amazement, her awe too great for her even to gasp. And then, as the city receded, the lights blurred into one another, all the patterns growing clear. It was a broken pattern, the string of streetlights missing entirely in one section of the city.

It was the same section where the bottom of every building stood in darkness.

Is that where Gideon and the follower and I were walking? she wondered. *Is it possible the lights went out only in that one area? Why? Was it on purpose? Who did that?*

These were more questions Tessa couldn't answer.

At the front of the plane Gideon was screaming even louder.

"No! No! Override!"

The plane dipped and swooped wildly, the window under Tessa's cheek spinning to show her the sky, the city, the sky, the city, each view little more than a flash before it vanished. And then the plane lurched, and the hand strap Tessa was holding on to was jerked from her grasp. She plunged backward, falling, falling, falling . . .

She landed, hitting hard. Her head struck the corner of something—a handle? A partially open door?

And then everything went black.

Tessa woke to light.

She was bathed in it, swimming in it—it was the most glorious light she'd ever seen. Even with her eyes still closed, she could feel it teasing against her eyelids: *Wake up! Rise up! It's such a bright world out here!*

Tessa opened her eyes.

For a moment she was too sun-dazzled to actually see anything. But then her eyes focused on something in the light: Gideon.

He had his white uniform on again, and Tessa tried groggily to remember if he might have been wearing that last night and she just hadn't noticed. But he was bent over the copilot's seat, as if tidying up, and Tessa figured out what must have happened.

He was wearing other clothes last night. He had the uniform in his duffel bag or backpack or whatever he carried onto the plane. He changed while I was ... sleeping.

Tessa was still trying to put together everything that had happened the night before: the darkness, the follower, Gideon's conversation with the oily-voiced man, the crazily swooping plane. It was still too hard to make sense of, too hard to reconcile the darkness and the screaming of the night before with this glowing vision before her eyes now: Gideon in his uniform.

Tessa wanted to say something, to get Gideon to turn around and notice her. But even in the sunlight she wouldn't be gleaming. She could feel something caked in her hair—blood?—and her face felt puffy and bruised. She looked down and saw that both her sweatshirt and her ragged jeans were streaked with mud.

She remembered what she'd been called the last time she'd seen Gideon in his uniform: *gnat ... flea ... slug ...* Tessa calling out to Gideon now would be like a gnat trying to speak to a god.

Gideon smoothed down his already perfect hair. Tessa realized the plane had stopped moving; everything was still. In the absence of any other motion or sound, Tessa was acutely aware of Gideon taking a deep breath. His shoulders rose, resolutely. He did not let the breath back out right away. Instead he took a single step toward the door and hit a switch.

The door slid open, the light pouring over Tessa in even greater abundance. How could Gideon not see her now? But he wasn't looking in her direction. He was standing in the doorway, facing out into the blinding light.

Tessa saw him take another deep breath.

"I am sorry," he said in a booming voice. Tessa's eyes were too light-dazed to see who he was speaking to.

Gideon kept talking.

"I came to apologize. You can arrest me, kill me—punish me however you see fit. I am the one who killed your countrymen in this place. . . ."

In a flash Tessa understood.

Gideon had flown them into enemy territory.

He'd flown them to the very spot where he'd killed all those people.

He was willing to be killed too.

No—he was asking for it.

Tessa's body reacted as quickly as her mind. Before she was even conscious of moving, she was already on her feet and running toward Gideon. Her legs tangled in the blanket, but she kept going, diving for Gideon. She knocked him sideways onto the floor of the plane, so if any of the enemy were already trying to shoot him, the bullets would just whiz harmlessly past. But this wasn't enough. It wasn't enough to tackle him, to hold him down, the mud from her ragged clothes rubbing off on his spotless white uniform. Guns could be reloaded, re-aimed, fired again and again and again.

Tessa rose up and slammed her hand against the control on the wall.

The door slid shut.

CHAPTER

"What? Who? But . . . *Tessa*?" Gideon said. His eyes focused on her face, and he wailed, "Noooo . . . Now I'm going to be responsible for your death too!"

He curled inward, almost in the same pose of despair Tessa had seen him in that day she'd taken him flowers.

"No one's going to die," Tessa said, with more confidence than she felt. "Not me, not you—you're going to get us out of here!"

For a moment Gideon didn't move, and Tessa had to tug him toward the pilot's seat.

"Fly!" she commanded.

Gideon looked at her again, and he seemed to snap to, scrambling into the pilot's seat under his own power.

"Yes, yes, I have to try," he mumbled. "I can't let . . ."

He didn't even bother finishing the sentence. He was a flurry of motion, hitting levers, punching buttons, tapping the computer screen.

Tessa cast an anxious glance toward the door she'd just slammed shut. She expected it to spring open again any minute now and reveal a cluster of evil-looking soldiers pointing guns at her and Gideon. She stumbled over toward the switch she'd hit before.

"Is there any way to lock—"

"It's locked *now*," Gideon snapped at her. "Get down! The window—"

Tessa ducked.

There were actually two windows: the one she'd had her face pressed against the night before, and another one on the other side of the plane, directly across from it. Those windows were the source of the light that had wakened Tessa so dramatically only a few moments ago. But, from this angle, she couldn't really see out of them now. Tessa would have expected a third window at the front of the plane, so the pilot could see out to fly, but the computer screen lay there instead.

The computer screen showed only words: *System not engaged. Troubleshoot?*

Tessa didn't like to see the word "shoot," even on a computer screen. Then the real meaning of the message sank in: For some reason, the plane wasn't springing back to life, soaring back into the air.

Tessa cast another fearful glance at the two windows behind her.

If the door is locked, the enemy will come in through one of those

windows, Tessa thought. *They'll smash in with their guns, and Gideon and I will have to defend ourselves. . . .*

"Do you have any weapon in that backpack of yours?" Tessa asked tensely. "Or should I look in that closet back there—?"

Tessa pointed toward the rear of the plane, to the door handle she'd smashed her head against the night before. There seemed to be a tiny closet or cupboard built into the wall of the plane.

Gideon grabbed Tessa's arm and yanked her down lower.

"Don't go anywhere near those windows!" he commanded.

"But—," Tessa began. She realized Gideon wasn't listening. He was peering at the computer screen in horror.

"Why won't the engine work?" he muttered. "Override! Override!"

"What's wrong?" Tessa asked.

He flashed her a look of deep frustration.

"I don't know!" he screamed.

He began hitting buttons again, typing in commands. The view on the screen changed rapidly, one screen shot after another, but nothing seemed to give Gideon the information he wanted.

"I'll have to tap into the overall system," he muttered. His hands flew over the keys, code flashing across the screen. Tessa lost track of the number of times he was asked to provide a password.

And then Gideon stopped moving. He just sat, staring at the screen. The color drained from his face.

"No," he moaned. "No. Not this."

"*What?*" Tessa demanded.

"There's been . . . a disabling signal sent out," Gideon whispered.

Tessa tried to absorb this.

Be brave, she told herself.

"Well, you really can't blame the enemy for doing that," she said, and the calmness in her own voice amazed her.

"It's not the enemy sending out that signal," Gideon said. There was enough horror in his voice for both of them.

"Not the enemy?" Tessa asked. "But—"

"It's our own country," Gideon explained.

On the screen a wavy line flickered. Tessa guessed this showed the frequency of the disabling signal.

"Our own country?" Tessa repeated, confused. "Then— can't you just ask them to stop?"

"No," Gideon whispered. "Because . . . You need to see this so you'll know . . . so you can decide how to spend your last moments. . . ."

He typed something, and the view on the screen changed. Now there were blips of light that seemed to be flying in formation toward an X at the bottom of the screen.

"This is how our military does things," Gideon murmured. Just listening to the pain in his voice was agonizing. "We always send out a disabling signal before a bombing run."

"*Bombing* run?" Tessa repeated numbly.

"Yes," Gideon said, his voice like a sob. With one trembling finger he traced the blips of light on the screen. "It's an entire fleet of bombers—they're only seconds away from their target." Now his finger brushed the X at the bottom of the screen. "And their target? We're right in the middle of it."

CHAPTER

14

"I'm so sorry," Gideon said, and now he was sobbing.

Tessa rose up from the floor and grabbed Gideon's shoulders.

"Stop that," she hissed, shaking him. "Stop apologizing and stop *them*."

She jabbed her finger toward the blips of light on the screen.

"You can contact them and let them know we're here," she said. "They won't bomb us. They'll . . . rescue us."

Tessa liked this idea. It had sprung into her mind fully formed, a beautiful thing. She could see planeloads of men in uniforms like Gideon's storming in, fending off hordes of enemy troops, carrying Tessa and Gideon to safety.

She couldn't understand why Gideon, who was supposed to be so brilliant, hadn't thought of it first.

But Gideon was shaking his head violently.

"I already tried that," he moaned. "It won't work without hours of tampering. This is a stolen plane. All the tracking links were erased—I erased some of them myself. Any signal we send out will look like a decoy, the enemy attempting to impersonate one of our jets. . . ." Gideon grabbed Tessa's hand back from the computer and pressed it against his tear-stained face.

"I'm so sorry," he whispered again. "So sorry, so, so sorry . . ."

Tessa stood frozen, her hand on Gideon's face. On the computer screen the blips of light drew closer and closer to the X. Little dotted lines dropped down from the blips.

"Those are the bombs," Gideon murmured. "Forgive me!"

He sprang from his pilot's seat, knocking Tessa flat against the ground. He cowered over her, and dimly Tessa realized that he was trying to protect her, trying to make sure that, if anyone survived the next few moments, it would be her.

I should have left my parents a note last night, she thought vaguely. *I should have . . .*

The word that blossomed in her mind was "lived." She should have lived a better life, a fuller life, a more meaningful life, while she'd still had the chance.

"It's okay," she told Gideon. If there'd been more time, she would have explained what that meant: that she didn't regret following him the night before. That the best moment of her life had actually been saving him—*trying* to save him—only a few minutes ago when she'd tackled him and slammed the door. At least she'd gotten a little taste of life before going to

her death. Of heroism, even. A taste of being something more than a slug or a gnat or a flea.

If there'd been more time, there was so much she would have wanted to say to Gideon. But there wasn't more time. Gideon was burying his face against her collarbone, and counting off under his breath, "Three, two, one . . ."

Tessa threw her arms around Gideon and held on tight.

CHAPTER

Zero, Tessa counted off in her mind. She flinched, expecting explosions and flames and everything falling in on her.

Nothing happened.

Um . . . zero . . . now? she thought, still flinching, still holding on to Gideon for dear life. It figured that Tessa was so pathetic that she couldn't even time a countdown correctly, that she finished with her noble, dying thoughts too soon and had to have one of her last thoughts be, *Um.*

Still nothing happened.

Tessa relaxed her flinch a little and tilted her head back. She could see the sunlight still streaming peacefully in through the window, lighting up the gold in Gideon's hair.

He was still holding on to her, still sobbing against her shoulder, "My fault, all my fault . . ."

If there's anything left of us to find after we're dead, Tessa thought, *people will think this is so romantic, us dying in each other's arms.*

But it wasn't actually romantic. It was awkward and uncomfortable and slightly embarrassing to be lying there like that, Gideon blubbering out his apologies.

And somehow Tessa had stopped believing that they were about to die.

Tessa pushed gently against Gideon's chest, pushing him away.

"Um, Gideon?" she said hesitantly. "Do you think maybe you might have been . . . wrong?"

He stopped apologizing and lifted his head and looked at her, confused.

"Look," Tessa said, pointing toward one of the windows. "See any bombs?"

Gideon stared at her a moment longer.

"But—"

He shook his head and scrambled up, back into the pilot's seat.

"You must have been wrong about the target's location," Tessa offered. "You were in a hurry. It's easy to make a mistake at a time like that."

"I was trained," Gideon said through gritted teeth, "to never make mistakes. *Especially* not when I'm in a hurry."

He was back to typing and tapping. Tessa crouched beside him and watched. The computer seemed to have gone into sleep mode, but Gideon brought it back to life. He froze the picture of the blips of light and the bombs falling over the X,

and then he clicked on the X to get exact geographical coordinates. Then he moved that picture to the side of the screen and called up another image: the start of the video Tessa had first seen on her own computer in Gideon's room, the one showing the bombs falling over the marketplace, with the mothers and children and babies dying on the ground. He froze this image as well and circled the numbers at the bottom that Tessa had ignored before. She stared at the numbers now and figured out what they were: the geographical coordinates of that bombing.

"That was why I needed to watch the video before, back at my mother's place," Gideon muttered. "I needed to memorize the coordinates."

"Okay, okay, maybe *this* place and *this* place are the same," Tessa argued, pointing at each side of the screen as she studied the numbers. They were identical. "But you must be wrong about where *we* are."

Gideon opened up a smaller portion of the screen, and typed in *Give exact coordinates of this plane.*

A lengthy string of numbers showed up on this portion of the screen. Gideon circled all the numbers and enlarged them, stacking them one on top of the other. All three sets matched exactly, down to five decimal places.

"Satisfied?" Gideon asked in a harsh voice.

Tessa shook her head. She touched the dotted lines frozen mid-fall from the blips of light on the computer screen.

"Then these aren't bombs," she said. "Or—they were all duds. Empty casings."

She was proud of herself for coming up with this explanation. There were rumors sometimes, back in Waterford City, about

how the stories the military told about their glorious victories couldn't all be true. "If they were, don't you think we'd have won the whole war by now, not just a battle here and there?" some people argued.

Gideon enlarged the bombing image so that it overshadowed the trio of matching numbers. He unfroze the image, letting the footage advance.

"T minus three," he intoned. "T minus two. T minus one . . ."

On the screen the dotted lines streamed down to the X marking the target. Then the screen blanked out momentarily before flashing the words *Direct hit! Direct hit! Direct hit!*

"See?" Gideon said. He began typing in yet another flurry of numbers and letters, bringing up even more indecipherable code. Though, now that she was watching more carefully, Tessa noticed that the code always included the geographical coordinates Gideon had shown her earlier.

"All the data in the entire military system shows that we were incinerated three minutes ago," Gideon insisted, returning to the same screenfuls of information again and again. "Everything shows that!"

"Except that we're still alive," Tessa murmured.

She glanced over her shoulder and confirmed that the sunlight was still streaming in the window. From this angle she couldn't see much else, but—was that shadow a tree branch swaying gently in the breeze? Was that faint chirping she could hear actually *birdsong*?

Tessa tapped one of the minimized portions of the computer screen, the stopped footage of the people dying in the marketplace.

"Show me the video like this of the bombing that you say just hit us," she said. "The video with all the details. Then we'll see what really happened."

"I can't," Gideon said. "That always comes a day or two late, because it's from spy satellites and we only get the downloads every other day. That's why . . ." He was staring at the screen, at the image of the marketplace a moment before the bombs hit, when everyone was screaming and running as if they actually had a chance to escape. "That's why I was so happy, at first, when I found out how many people I'd killed. It was . . . kind of a record for a single pilot, in a single day, and everybody was slapping me on the back and punching me on the arm and congratulating me. . . . I didn't think of it as *people*, you know?" He touched the screen lightly, his fingers practically caressing the faces before him. "Not babies, not children, not . . . not anyone it'd be wrong to kill."

"Couldn't you see any of that from your plane, flying overhead, right before you dropped the bombs?" Tessa asked, and she was surprised that her voice came out sounding so harsh.

Gideon flinched as if she'd hit him.

"I was never in that bomber," he said. "Pilots in the military always fly their planes remotely, from computers hundreds of miles away. We're sitting at a desk. We're *safe*. All we see is what the military wants us to see, the X where the target is and the blips of different-colored lights for our planes and the enemy's planes. That's how it always is. Didn't you know?"

Tessa thought about this. *Had* she known that? Everything about the military and the war was always so vague and far away. So, "Look, everyone! Look at your great hero, Gideon

Thrall!" Not, "Look, everyone! Wouldn't you like to see and hear what he really did?"

Her face twisted. She'd fallen for it too. Back at the awards ceremony she'd admired Gideon as much as anyone.

She'd admired his "courage," when all he'd done was sit at a desk playing a video game.

A game that killed people.

"Don't feel bad," Gideon said softly, clearly misinterpreting her grimace. "It's not exactly a secret how things are done, but the military likes to make it sound like we're always flying off into danger, risking our lives to protect everyone else. . . ."

Tessa glared at him.

"Let me get this straight," she said. "Had you ever actually even flown a plane before last night? A plane you were sitting in for real?"

Gideon bit his lip and shook his head.

"No," he admitted.

"Then the only brave thing you ever did in your entire life was the way you were trying to commit suicide?" Tessa asked.

Gideon gaped at her.

"Not *suicide*," he protested. "Not that. I was trying to . . . make amends. Atone. There was no other way. I couldn't undo what I did. I couldn't bring anybody back to life. So I thought the closest thing I could do to making everything right was just to . . . apologize."

"And then you expected the enemy to kill you," Tessa said. "I heard what you said! You were asking to be punished!"

Her head spun. Her stomach churned. This was a

nightmare. She'd *believed* in him. In that moment that she'd dived for him and shut the door, she'd believed completely that he was still noble and true and heroic. That even if she took a bullet intended for him, it would be worth it. She wouldn't have minded sacrificing her own life for his.

But now . . . she didn't know what to make of the bombing raid that the computer insisted had just happened. She didn't know what would happen next. But she had definitely put herself in danger for Gideon. She'd risked her life for him.

And he'd never been anything but a fake.

"Tessa," Gideon said pleadingly, and it was like he was asking her to look at him the way she'd looked at him before, when she'd idolized him.

"I'm going to die because of you," Tessa said. "For no reason. For *nothing*."

Something rattled behind them, and Tessa realized how foolish they'd been, talking about bombs that hadn't actually fallen, about a massacre that had happened ages ago—when both of them were in danger *now*. It probably hadn't been more than ten or fifteen minutes since Gideon had stood in the door of the airplane asking someone to kill him. He'd just gotten a ten-minute reprieve, while the enemy gathered their forces, plotted their strategies . . .

Tessa whirled around, her eyes quickly scanning the door and both windows. Maybe there was still some hope. If the enemy was trying to get in through the window on the left, maybe she and Gideon could escape through the door to the right.

But as far as Tessa could tell, there wasn't anyone trying

"There's no attack yet, that I can see," she said, and now her voice was hushed and urgent too. "That was mostly just a precaution. Testing your reflexes. You don't know the angle anyone could be looking from, through those windows. We've got to go into desperado mode. I want to get out of here alive, so it's probably a package deal. I'll have to keep the two of you alive too."

"That would be . . . nice," Tessa said faintly. She had rug burn on her cheek now, along with the bruises from falling last night.

Gideon had begun crawling on his elbows toward the front of the plane, so Tessa decided to do the same.

"Look," Gideon said. "I'm a military pilot. I know how to—"

The kid cut him off with a snort.

"The fact you ended up here, that's pretty much proof you don't know squat," she said. She snorted again. "Military pilots! Bunch of pampered, overfed desk jockeys, think they know how to fly . . ."

"He flew here on purpose," Tessa said, because even though she was disillusioned with Gideon, she didn't think he deserved quite that much scorn.

"Why?" the kid asked.

"To apologize," Gideon said. "I . . . killed a lot of people here last year."

"What—you wanted to visit their graves? You thought they were going to be able to hear you?" the kid asked. She had her head tilted to the side, sneaking glances toward the windows.

"No—I was going to apologize to the survivors," Gideon said.

"You did apologize," Tessa said. Once again she felt like she needed to defend him. She looked back at the kid. "He stood right in the doorway, and announced everything he'd done, and asked for punishment. . . ."

"You had the door open?" the kid asked, snapping her attention back from the windows and leaning closer to Tessa and Gideon. "What did you see outside?"

Tessa was annoyed with herself that she hadn't thought to ask that question a long time ago.

Believing you're about to die . . . it kind of makes it hard to think straight, she told herself.

Gideon winced.

"I didn't actually see anything," he admitted. "I kind of . . . had my eyes shut. I just thought a military plane with the enemy's insignia on the outside . . . it was bound to attract attention. . . ."

"So we don't know what's going on outside," the kid said. "You disabled the exterior cameras last night, and it's going to take another minute or two for them to cycle back on. So we don't know if it's going to be safer to restart the engines right now, or if it's safer to wait until dark. Do we have enough fuel to get back home?"

"I didn't think I'd need—," Gideon began.

"Never mind," the kid said. "I don't want to slow the computer down by checking data like that in the overall system right now. But there's a manual fuel gauge in that closet. Works even when the engine's been disabled." A mischievous

look danced over her face, almost as if she were enjoying herself. "Could one of you go see what it says?"

Gideon and Tessa looked at each other.

"I will," Gideon said, and began crawling back toward the closet.

The kid motioned for Tessa to crawl closer to the pilot's seat.

Is this a trap? Tessa wondered. *Would I be a fool to trust her?*

She reminded herself that the kid was scrawny and undersized, and that Gideon was nearby. What did she expect the kid to do?

She lurched forward.

"What you have to ask yourself," the kid said in a low voice that Gideon probably wouldn't be able to hear from back at the closet, "is why he made that choice. Is he protecting you? Or did he pick what he thought was the safer job for himself?"

"Or," Tessa said, "was he just not sure I'd be able to read a manual fuel gauge?"

The kid raised an eyebrow in surprise.

"Ah," she said. "You're someone who tries to consider all the possibilities. I like that. Might come in handy getting us out of here." She stuck out her hand. "I'm Dek."

Tessa shook it.

"Tessa," she said. She tilted her head backward. "And he's Gideon Thrall."

Tessa had kind of expected the name to make an impact on Dek, but Dek's expression didn't change.

"He your boyfriend?" she asked.

Tessa hesitated.

"No," she said.

"Good," Dek said. "Never fall in love with one of those ex-military types. Sometimes their brains are a little scrambled. And I'd say he's showing all the signs." She pointed over her shoulder, back toward Gideon.

It annoyed Tessa that Dek could sound so world-weary and wise when she didn't even look like she'd passed her tenth birthday. Tessa wanted to defend Gideon again, but she couldn't exactly say he'd been acting normal.

"How do you know he's *ex*-military?" Tessa challenged instead.

"One, he just bought a stolen military plane on the black market," Dek said. "And, two, he flew it into enemy territory. If he wasn't ex-military before, he's ex-military now."

Tessa opened her mouth to respond to that. She wanted to change the subject. What could she say to tease out more information about Dek and Dek's reasons for stowing away on the plane?

How does she know this is a stolen, black-market airplane? Tessa wondered. *Is she pretty much admitting that she works for the black marketers?*

Just then the entire plane shuddered. Something had rammed into it. Tessa jerked her head to the right, half expecting to see a gaping hole in the side. The wall still looked the same, but a moment later the plane shuddered again.

"Change of plans!" Dek screamed. She was simultaneously fastening a seat belt across her lap and stabbing frantically at the computer screen. "We're not waiting for the external cameras to come on! We are taking off now! Let's get out of here!"

CHAPTER

The entire plane lurched to the side once more, almost rolling over. But then the engine zoomed to life. Dek *had* known how to revive it. She did something to rev it up, the almost inaudible hum of the night before replaced by a fearsome growl.

Gideon jumped back from the closet.

"No!" he shouted. "They'll hear us!"

"What—don't you think they already know we're here?" Dek screamed back at him. "We need as much power as we can get!"

"You'll have the whole country out here shooting at us!" Gideon yelled.

"You don't think that's going to happen anyway?" Dek yelled back.

The plane jerked forward. Tessa almost fell over backward, but caught the column at the last minute. Gideon slammed against the closet door.

"You don't have the external cameras working yet!" he screamed, squinting toward the computer screen in front of Dek. "You're flying blind!"

"Then look out the freaking window!" Dek screamed.

Objections flooded Tessa's mind: *What? You want to give the enemy something to shoot at instead of you?* And *If the whole country's going to be shooting at us, why even try?* And *Is this another of your tests? This is no time to check out how good our reflexes are, or whether Gideon is going to protect himself or me!*

Tessa stepped toward the window anyhow. It was a relief, finally, to look out, to stop imagining the horrendous enemies swarming toward her and just stare them down.

Tessa saw . . . trees.

She blinked, thinking, *How can the enemy be so good at hiding when they're attacking us?* She tilted her head this way and that. There. Off to the side, practically out of sight, a huge dark shape slammed against the tail end of the plane.

The whole plane shuddered again.

"It's a . . . buffalo? A moose?" Tessa guessed. She tried to remember pictures she'd seen in books. "Bison?"

The plane lurched forward, the engine grinding louder.

"Prepare for takeoff!" Dek screamed from the front.

Tessa grabbed the rim of the window, holding on as well as she could. The plane zigzagged, and Tessa got a better glimpse of the creature behind them.

"Definitely a moose!" she cried. "I see antlers!"

Gideon dived toward her, pressing his face against the glass too.

"So the enemy is using animatronic robots, disguised as ordinary wildlife," he muttered. "Could their robotics program be that far ahead of ours? I have to get back to HQ to tell them this!"

"I don't know," Tessa said doubtfully. "It looks real."

"Exactly," Gideon said.

"I mean . . . ," Tessa began, then gave up.

The plane lifted as it lurched forward, and the creature raised its head to watch. Tessa would have liked to just stand there and stare. The moose, if that's what it was, was so majestic, so . . . *extravagant* . . . the immense antlers unfurling so gracefully on either side of his head. This was a creature that wasn't afraid to take up a lot of space—in fact, it didn't seem to be afraid of anything.

Gideon shoved Tessa down, away from the window.

"They'll be shooting at us soon," he muttered. He turned his head toward Dek at the front of the plane. "*Please* tell me you've got the antiaircraft defense shields up!"

"Of course!" Dek snarled back at him. "*I* never disabled anything but the engine, and as you can hear, it's working now. You disabled, what? Forty separate systems? Fifty?"

"Only the ones that had your bosses' tracking codes embedded in them," Gideon muttered. "They must not trust you much, to have that much backup. What's the system— every time they sell a plane, you stow away, make it look like it's broken, and then steal it back?"

Tessa expected Dek to deny this, but she only shrugged.

"Usually the buyers are so rich and so drunk, it's kind of a safety precaution, getting the plane away from them," she said. "It's my way of making sure all the rich drunk guys stay alive so they can keep buying things from my bosses."

She sounded distracted, huddled over the instrument panel. She slammed her hand against her seat.

"Come on, cameras—now! We need you!"

The plane lurched to the side—automatically dodging antiaircraft fire? Automatically dodging something else? Or just . . . by mistake? Tessa didn't know enough about flying to be able to tell.

"You should let me take the controls," Gideon said, inching along the floor toward the pilot's seat. "To keep us all alive."

Dek didn't even look at him.

"In an emergency the rule is you let the most experienced pilot fly," she said. "And in this plane that's me. I've got hundreds of flying hours. *Real* flying hours."

Tessa expected Gideon to argue, but he didn't.

"You went to the military academy too," he said, watching Dek's scrawny hands dance over the instrument panel.

"Wrong," Dek corrected him. "I was *selected* for the military academy. Didn't go. There's a difference."

Gideon gasped.

"It's not a choice," he said. "You're selected to go, you go. Or else—"

"Or else you cease to exist," Dek finished for him. "So I ceased to exist. In the official records."

Tessa supposed she should feel good that both of the people on the plane with her were such geniuses that they'd been

selected for the military academy. But it just made her feel even more dull and witless than usual.

And then she forgot all her inadequacies, because her body felt so weird. The plane rocked with the force of speeding faster, soaring higher, fighting the pull of gravity. Maybe Dek wasn't using the standard, approved method for taking off. Even more than the night before, Tessa felt plastered to the floor, tugged backward and down.

"Yes!" Dek shrieked. "The cameras are coming back on . . . right . . . now! So we'll see . . ." Suddenly she gasped. "What's that?"

CHAPTER

18

Gideon and Tessa both struggled toward the front of the plane, toward Dek and the computer screen. Gideon got there first, but Tessa wasn't far behind.

Tessa pulled herself up on the side of the pilot's seat and squinted at the screen. It took her a moment to figure out what she was seeing. She was braced for a view of squadron after squadron of fighter planes circling them, firing off one shot after the other. But she saw no other planes around them at all.

Instead Dek was pointing to something on the ground, a huge U-shaped arc of metal that curved across a mighty river and had somehow cut a swath through a vast forest on the other side.

Now Gideon was gasping, too.

"It's the Santl Arch," he said. "It's . . . down?"

"Yes, down," Dek repeated. "Of course it's down! We're up, it's down—but what is it?"

Gideon seemed a little dazed.

"It was one of the enemy's most impressive feats of architecture," he said. "This must have just happened, that it fell. Last night before we got here or . . . I don't know. That was always a goal for fighter pilots, that if you did something great, you were allowed to fly through the arch. . . ."

"You mean, that thing used to be up in the air?" Tessa asked, because surely she wasn't understanding right.

"It was," Gideon said. "I flew through the center of it twice, as my victory lap, the night I ki—well, you know what I did."

Tessa was staring at the metal arch that looped below them with such awe that she almost missed noticing the way Gideon had said that. He'd stopped himself from saying the word "killed." Was he too ashamed? Or was he just trying not to remind Dek what he was capable of?

"You mean you flew through it twice *by remote*," Dek said scornfully. "You personally were hundreds of miles away. It was like you were flying a *toy*."

"Not a toy," Gideon said softly.

He was staring down at the computer screen with an expression Tessa couldn't read.

"So what's the military significance of knocking down that arch?" Dek said. "I'm guessing you think it was some of your fellow flyboys who did that."

"Yeah . . . ," Gideon said vaguely. He shook his head, as if trying to clear it. "Destruction of an enemy's beloved

landmarks can have an intense psychological impact," he said, as if quoting. He kind of looked like the Santl Arch had been one of his beloved landmarks too. "And I'm sure there was a significant loss of life when it fell on . . . wait a minute! There wasn't a forest across the river from the arch! It was houses, factories, offices—buildings. Lots of buildings."

He reached down and enlarged the scene across the river, zooming in close.

"I don't understand," he said.

He began flipping through images all across the screen, zooming in, zooming out. Dek started to reach forward to stop him, but then she seemed to change her mind.

"Doesn't look right . . . No, not that . . . ," Gideon mumbled. "But the river's right! That *is* the Mighty Mysip! It's got to be! And the arch, only down . . . ."

"Things look different when you're flying over them for *real*," Dek said smugly.

"But—," Gideon began.

Tessa didn't want the two of them getting into an argument.

"Um, could we maybe just focus on making sure no one's going to be shooting us?" Tessa asked nervously. "Could we plan how we're going to get out of here safely?"

"Oh, the shields are up," Dek said, almost sounding carefree.

"And no one from the enemy's forces is flying anywhere near us," Gideon said. He zoomed out even more than before, revealing a blue sky as far as the eye could see, above the ribbon of river winding through miles and miles of forest. "Now, how can that be?" he mumbled. "How is it that they didn't

see us? That we can't see any of *them*? Where are they?"

"Maybe the enemy has replaced all its planes with hundreds of animatronic, robotic *trees*," Dek said. She giggled.

Gideon ignored her.

"This is all wrong," he murmured. "Really, really wrong." He furrowed his brows. "Let's fly to the north."

"Why?" Dek challenged.

"Well, for one thing, if you don't, we're going to run into the flight paths for *our* military's planes and spy satellites," Gideon said. "And, right now, in this aircraft, they wouldn't take to us any more kindly than the enemy would."

"Good point," Dek said. She made a couple adjustments, and the plane veered to the left.

Tessa felt the surge in speed in the pit of her stomach. For that matter her stomach also seemed sensitive to the sudden turn, to the tension between Gideon and Dek, and to the strain of thinking they were going to be shot any minute.

Dek began digging under the pilot's seat. She brought up a plastic-wrapped brown square and handed it to Tessa.

"Eat," Dek said. "It's never a good idea to fly on an empty stomach, though I bet fake-flyboy over there didn't know enough to tell you that." She tossed one toward Gideon as well, as if to soften the insult. "They're nutri-squares. Mass produced. They kind of taste like cardboard, but it's better than throwing up."

Tessa watched Gideon to see if he thought it was safe to take food from Dek. He absentmindedly peeled back the plastic and began chewing, so Tessa did the same. But Gideon was staring so fixedly at the computer screen that maybe he'd eat cardboard and never notice.

"Can't be," he murmured. "No . . . where's S-fiel? Pee-ore? Where are the houses? The farms? The people?"

"Can't see people when you're this high up," Dek told him.

"I know, I just . . ." Gideon scrunched up his face and went back to staring at the screen.

An alarm started buzzing from the instrument panel.

"Fuel supplies at critical levels," a mechanical voice spoke. "Locking in route toward nearest fueling source."

"No!" both Gideon and Dek screamed together. For a moment it almost seemed like they were working as a team, each of them stabbing at the controls and crying out, "Try the auto—"

"No, won't work. What about—"

"Still disabled—"

"Then—"

"That won't work either!"

It was like neither one of them needed to finish a sentence for the other to understand.

Tessa stood off to the side, feeling useless.

Then Dek let out a shriek, and Gideon moaned, and Tessa understood too.

They were going down.

CHAPTER

"We're going to crash!" Tessa screamed.

"Emergency non-pilot-controlled landing," Dek said, still with just a bit of swagger in her voice. "Not *quite* the same thing." She hit Gideon's shoulder. "Why didn't you check the fuel gauge when I told you to?"

"Because *you* insisted on taking off without going through any preflight check!" Gideon snarled back at her. "Remember?"

He was still stabbing at the controls, trying to get the plane to do something different.

"Hello? We were under attack!" Dek spat back. "If *you* hadn't turned off the external cameras—"

"Yeah, well, I would have thought *you* would have checked the computerized fuel gauge once we were in the air—"

"You disabled that, too, remember?"

"Would you two just shut up?" Tessa screamed. "What can we do *now* to get ready?"

Dek looked back at her and seemed to realize that Tessa was just holding on to the pilot's seat with her bare hands, even as the plane dipped and bucked.

"Strap in," Dek said. She shoved Gideon's backpack out of the copilot's seat and jerked Tessa down into position. Tessa heard the seat belt click together before she fully understood what was going on.

"What about—Gideon?" Tessa asked.

"That's up to him," Dek said, shrugging. "Seems like he wanted to die before, so . . ."

Tessa was glad to see that Gideon had pulled a rope from somewhere and was tying himself to the column behind the seats. He was still watching the computer screen too.

"No!" he suddenly screamed. "No! The autopilot's putting us down in Shargo!"

"What's Shargo?" Tessa shouted.

Gideon didn't answer her. Now he was yanking the rope back off again, and diving toward the control panel.

"Override!" he screamed. "Override!"

"It won't override now!" Dek screamed back at him.

"What's Shargo?" Tessa yelled again.

Gideon slumped to the floor. He wasn't even trying to protect himself now.

"It's the largest city in the war zone," he said. "There are nine million people there who hate us. And—it's the enemy's military headquarters."

Tessa didn't know what a normal landing was supposed to feel like. But she was pretty sure this wasn't right. The plane rocked violently, side to side. More than once it seemed to be on the verge of completely rolling over. And then when it righted itself, just when Tessa was thinking, *Okay, survived that*, it would jump suddenly, as if hit by a brutal gust of wind.

Dek patted Tessa's hand.

"Sorry!" she yelled, over the noise that sounded like the whole plane was being torn apart. "This old tub wasn't meant to carry passengers. When my bosses retrofitted it for human transport, they weren't exactly trying for comfort, you know?"

She took a close look at Tessa's face, then dug down under the pilot's seat and produced a paper sack.

"Airsickness bag, okay?" Dek said, handing it to Tessa. "Use it if you need to."

Tessa shook her head. She didn't think she was in danger of throwing up. It felt more like her throat had closed over, like she wouldn't even be able to squeeze out the words to ask, *Are we all going to die? Please . . . I don't want to die.*

Gideon leaned over Tessa's seat from behind and yanked the bag from her grasp.

"Give her—another—," he choked out.

And then he was gagging and retching into the bag.

Dek laughed.

"Still think you're so high and mighty, Mr. Military Pilot?" she taunted, even as she reached for another bag for Tessa.

The plane jerked and lurched and rolled. Tessa closed her eyes and bent her head down.

"No, no—*look* at something!" Dek yelled at her. "Watch the movement! It'll fend off the airsickness!"

Tessa wanted to say, *Leave me alone! Let me die in peace!* But just in the short time she'd spent with Dek, she could tell: Dek wouldn't stop bugging her. Dek wasn't the type to ever leave someone in peace.

Tessa opened her eyes and stared at the computer screen. Surprisingly, this did make her stomach feel more settled. But were they supposed to be dropping toward the ground so rapidly?

Gasping and still gagging, Gideon struggled up behind her.

"Trees . . . nothing but trees . . . not supposed to be trees here," he murmured, lunging toward the computer screen again.

Tessa tried to focus on the shapes and colors on the screen, rather than the sensation that the ground was rushing toward them too quickly. The ground did seem to be full of hillocks and mounds of green—she guessed those might be trees.

Gideon dropped the airsickness bag from his face long enough to punch in commands to open a new window down in the corner of the computer screen. Then he called up something recorded—maybe more of the spy satellite video Tessa had seen before. This time Tessa noticed both the geographical coordinates and a date stamped at the bottom of the screen: yesterday's date. Tessa blinked and focused on the scenes: rows and rows of houses and streets and apartment buildings. They looked like they might once have been quite nice, with neatly mowed yards and flowers growing along the sidewalks. But now the yards and flower beds were pitted with craters; facades were ripped from the buildings. In one house lacy curtains fluttered out a window, a portrait of some cozy normalcy Tessa had always longed for. But those curtains, that window, the wall that held it—that was the only part of the house that hadn't been turned into rubble.

Gideon moaned.

"There was a bombing raid here *yesterday morning*," he murmured. "Why aren't *our* cameras showing this? This is all right below us. Why can't we see it from the air?"

He minimized the scenes of destruction, so the trees rushing toward them filled the whole screen.

"Did the enemy just this morning unveil some incredibly advanced masking technology?" he asked. "I've got to tell—"

He reached toward the controls again, but Dek slapped his hands away.

"You are not sending any message out to our military, from this plane, right now," she ordered, in a tone that would have been perfect for a general if it hadn't carried just the slightest hint of little-girl squeakiness. "Are you trying to make our chances of being killed go *over* one hundred percent?"

Gideon paused to retch into his airsickness bag.

"It's just—," he said, when he could speak again.

"Unless the enemy shot down all our spy satellites, our military's seeing the same thing we are," Dek snapped. "Let's focus on doing things that keep us alive, shall we?"

Gideon probably would have kept protesting, but they hit a pocket of air just then that made the whole plane buck wildly. He had one hand on the airsickness bag and one hand stretched out toward the controls—he wasn't holding on to anything solid. He tumbled over backward.

Tessa grabbed for his arm.

She caught his sleeve; he curled his fingers around her wrist.

"Are you trying to pull her arm out of its socket?" Dek shrieked at him. "Do you hurt or kill *everything* you touch?"

Gideon let go.

"No!" Tessa screamed.

But when she looked back, Gideon had only shifted to clutching the back of her seat.

Tessa wouldn't have thought it possible, but the landing got even rougher after that. Maybe the wind currents were more dangerous closer to the Earth's surface; maybe even the

autopilot had lost power, and gravity was taking over. The plane shimmied and shook, rolled and throbbed, slammed down toward the ground. This seemed to go on for hours. Tessa's teeth pounded together; her spine jolted against the seat; the belt bit into her hips. And then, even when Tessa was certain they had to be on the ground, they *bounced*.

When they finally stopped moving, Tessa didn't dare to breathe for a full minute.

"Is . . . everyone . . . okay?" she asked in a small voice that sounded tinny and panicked even to her own ears. She had a sudden fear of looking around: What if Dek or Gideon was dead? She kept her eyes focused forward, staring straight at the computer screen, which had gone completely dark.

Suddenly a hand slapped against the screen.

"On! Come! Back! On!"

It was Dek. She'd sprung out of her seat and was alternately hitting the computer screen and slamming her hands against the controls.

"Who designs a computer system to shut down just when you need it most?" she hollered. "Where's the backup power?"

"It . . . serves the . . . military's purposes, not to have a drone plane loaded with all our coding . . . fall into enemy hands," Gideon said in a creaky voice from behind Tessa. He was alive! "So . . . blame your bosses . . . for not . . . retrofitting . . . enough."

Tessa spun around, to see if Gideon looked as pained as he sounded. But the jerky movement was too much for her after the wild landing. Her stomach lurched; her head throbbed; her vision receded and then surged again.

By the time Tessa could see straight once more, Dek had already launched herself from the pilot's seat and was running toward Gideon. He was huddled in a broken-looking way against the padded column.

Okay, Tessa thought. *Dek will take care of him. She's not as heartless as she tries to sound. She's all bark, no bite.*

Dek bent down beside Gideon. But instead of checking for broken bones or dabbing at the cut over his cheek, she immediately began tugging at his shirt.

"We've got to get that uniform off you and hide it!" she cried, her voice brimming with fear. "Tessa, help! If the enemy shows up and sees him wearing that, they'll kill us all!"

Gideon twisted around and shoved her away. She hit the wall hard.

Maybe Gideon wasn't hurt as badly as he looked.

"This uniform may be the only thing that saves us," he insisted. "If I can say, 'I surrender' before they shoot me, they have to treat me like a prisoner of war. There are *rules* for that. Policies they have to follow."

Dek snorted.

"Only way that uniform is going to protect you is if it's bulletproof," she muttered. She rubbed the back of her neck, where she'd hit the wall. "And what's going to protect Tessa and me?"

"I will," Gideon said.

Tessa expected the other two to ask what she thought, to give her a chance to weigh in with her own opinion. Would she have to cast the tie-breaking vote?

But Gideon was already lunging to his feet, already

slamming his hand against the release for the door. The door slid open, and instantly he had his hands raised in the air.

"I surrender!" he screamed out into the open air. Tessa could tell he was trying to make his voice as loud as possible, to reach the ears of snipers who might be hundreds of feet away. "I surrender! I surrender! I . . ."

Gideon stopped talking.

It's amazing what you can notice in a split second. In the instant after Gideon's voice died out, Tessa stared at him so hard that she could see the individual beads of sweat caught in his eyebrows. She could see the crust of a scab already forming over the cut on his cheekbone. She could see the way his hands trembled as he held them in the air. She could see the slight smear of what might be vomit on the formerly pure-white cuff of his uniform sleeve.

But she didn't see any recoil in his body from bullets hitting it; she didn't see any bloom of suddenly gushing blood on the section of the uniform covering his heart.

She kept looking. She seemed incapable of doing anything else.

Not Dek.

"What?" Dek demanded, her voice hoarse with fury or fear. Tessa couldn't be sure which one it was. "You can't just stop like that. You've committed to this course of action—you keep surrendering until they're carrying you away in hand-cuffs and leg irons!"

Gideon turned his head very, very slowly.

"I don't think there's anyone out there," he said in a near whisper. "There's nobody to surrender *to*."

Dek stared at him in disbelief for a moment; then she scrambled toward the door herself and peeked around the edge of it.

Tessa realized that she'd slumped down in the copilot's seat in a way that protected most of her body from the door-way. Only the top of her head and her eyes were exposed.

What do you know, Tessa thought. *Guess I have survival instincts I never knew about.*

But the longer Gideon stood in the open doorway, not being shot, the more foolish Tessa felt for cowering in terror. She even thought Dek looked kind of foolish, clutching the curve of the wall and only barely looking past the strip of rubber that lined the door. Tessa felt like she'd done way too much cowering since she'd stepped onto this plane the night before. She'd done way too much cowering her entire life.

On trembling legs she stood up and went to stand beside Gideon. Standing freely, on her own, she gazed out into enemy territory.

At first glance it looked like Gideon was right: There was no one in sight. There was, actually, very little in sight. Very little except for a vast field of grass, stretching out in all directions.

Or—was this still what you would call grass? In Tessa's experience grass was tufts of muddied green blades that tried to spring up in bare patches of dirt, when people didn't trample it too badly. She'd seen pictures in books of expansive lawns trimmed to almost scientific perfection in the luxurious, prodigal era before the war began. But that had always seemed too fantastical to believe, like gazing at drawings of unicorns or fairies or trolls.

This field did not look like a lawn. For one thing the grass was too tall. Half thinking, *Maybe it's not too smart to just keep standing here, a clear target,* Tessa stepped down into the grass. Much of it reached all the way up to her waist; a few hardy stalks were level with her shoulders. A breeze shuddered across the field, and Tessa almost forgot herself watching the glory of it all, seeing the acres and acres of grass bowing together. It was like music, like a dance. The grass seemed more fully alive than any of the people Tessa had ever known.

"I . . . surrender?" Gideon called again behind her, his voice gone soft and uncertain.

"Would you two idiots stop and think for a second?" Dek hissed from her position still crouched at the edge of the door. "Just because they haven't killed us yet, that doesn't mean nobody's going to."

"So what would you have us do?" Gideon asked mockingly. "Let me guess—you've got some brilliant plan."

"As a matter of fact I do," Dek whispered. "Hasn't it occurred to you yet? For some reason, no one seems to know we're here. Maybe it's *our* military that put some brilliant masking technology on this plane. Maybe it was my bosses.

They'd love it if their planes didn't show up on any radar except their own. And, you know, it's not like they'd tell me about anything like that."

Tessa was surprised to hear a bit of pain throbbing in Dek's voice.

So she resents not being fully trusted, Tessa decided, then pushed the thought to the back of her mind because none of that really mattered right now.

"I don't hear a plan in all that," Gideon complained. "You open your mouth and I just hear, 'Maybe this,' 'Maybe that.' No military ever conquered anybody with maybes."

Tessa thought this must be something his instructors had said a lot at the military academy. He sounded like he was quoting.

"That was background information," Dek said. "Here's the plan: As long as nobody knows we're here, why don't we keep it that way? We sneak away from the plane, find some jet fuel to steal—and some sort of container to steal it in—we come back here, fuel up, and then we're on our merry way. No one gets hurt; we get out of here undetected; everything's good."

Gideon frowned. Tessa could tell he was trying to find something to object to.

"What if someone catches us?" he asked.

"*Then* you surrender," Dek countered. "We can always go back to the original plan if we have to."

Gideon's frown deepened.

"I don't think you can still surrender and be protected under prisoner-of-war laws if you're caught in the middle of a crime," he said. "Like, say, stealing."

Dek threw up her hands.

"Fine! I'll be the one to steal the fuel!" she said. "I'll carry the canister myself. You can stay all pure and innocent and white-uniformed as long as you want!"

Gideon kept glaring at her, but he slid down into the grass beside Tessa. A moment later Dek stepped down alongside them.

Once again, the other two had made a decision without even consulting Tessa.

"Crouch down as you walk," Dek suggested. "No point in being total sitting ducks."

"Shouldn't we try to hide the plane?" Tessa asked.

"Where?" Dek asked.

"How?" Gideon asked. "Even if we could push it somewhere, we'd just leave a trail of crushed grass that would lead right to it."

"Oh," Tessa said, feeling more stupid than ever. She noticed that the blades of grass broke off just as she tiptoed through them. "But we're leaving a trail too!"

"Can't be helped," Dek said with a shrug.

Tessa saw that both of the other two believed they were going to get caught. Maybe they thought it would be better to get caught away from the plane than on it? Or . . . maybe they just thought it was better to try *something* rather than just wait to be killed?

All three of them plodded forward. Tessa wondered if they'd picked a direction on purpose or if it was just a random choice. She wasn't going to embarrass herself further by asking.

Then something jabbed into the side of her shoe.

"Ow!" she cried, reaching down. She came up with a

handful of gravel. "Why would there be rocks in a field of grass?" she asked. She reached down again, and felt around. "There are rocks *everywhere!*" she said. "Rocks, and little bits of broken-up concrete—"

"The enemy's ways are not our ways," Gideon said, and once again it sounded like he was quoting.

Dek reached over and pulled Tessa's hands back.

"It's really better not to touch anything you don't have to touch," Dek said. "I mean, I'm not sure *why* there'd be land mines here, but still . . ."

"Land mines!" Tessa exclaimed, jumping back. She overreacted, and teetered, almost falling down flat. "You—you think it's possible that there might be land mines here, but you still . . . you just . . ."

She couldn't bring herself to finish the sentence.

Dek shrugged, her ragged, oversized shirt shifting on her scrawny shoulders.

"Well, I have been trying to make sure I step in his footsteps," she said, pointing to Gideon. "It's safer that way."

Gideon turned around. He seemed to be trying to look stoic and brave, but Tessa guessed that he hadn't thought of the possibility of land mines either. When you were used to flying—and not even sitting in the plane—it wasn't something you ever had to think about.

But Gideon just said, "Let's keep moving, all right? The faster we go, the less time we have to spend here, and the less chance someone's going to see us."

He faced forward again and took another step. And another. And another.

Though she had to stretch her legs a ridiculous distance, Dek jumped behind him, landing each time on the same patch of crushed grass Gideon had just left.

She turned around to look at Tessa, who hadn't moved since she'd heard the words "land mines."

"See?" Dek said. "If he doesn't blow up when he steps in that space, we won't blow up either."

Tessa made herself take a step forward. She stopped again.

"It's not fair," she said.

Dek and Gideon both looked at her.

"*Fair?*" Dek repeated. "You flew into enemy territory looking for things to be fair?"

All's fair in love and war, Tessa thought, remembering something she'd read a long time ago. She'd been a little kid and confused; she'd thought that the saying meant that love and war really did make everything fair.

But was that really the issue?

Tessa pushed the thought aside.

"No," she said. "I mean, it's not *right.*" Both of the others were staring at her, dumbstruck, but she bumbled on. "We shouldn't just automatically assume that Gideon should be the one in the lead, the one at risk. We should take turns."

"Hey," Dek said. "He's the one who got us into this whole mess. He's the one that flew us into a war zone."

"No," Tessa said again, stubbornly shaking her head. "We each got ourselves into our own mess. I followed him. You stowed away on his plane. We're both responsible for being here too."

These were all such new thoughts for Tessa that it was

amazing she could find the words to explain. There was something about standing in this vast field of grass, something about seeing the wind blow each individual stalk, something about feeling the constant danger—all of that made Tessa see everything differently than she ever had back in Waterford City.

"Tessa," Gideon said gently. "It's all right. I'm military. I was trained for this."

"No," Tessa said. "You weren't. I'm sorry, but all you were ever trained for was to sit at a desk and kill people hundreds of miles away by remote."

Gideon stared at her. Tessa wasn't sure what he saw in her face. Did he see mockery and blame? Did he think she was taunting him as a "fake flyboy" even more cruelly than Dek had? Or did he think she was forgiving him for not being the hero she'd longed to idolize?

Tessa wasn't sure what showed in her face, because she wasn't sure which thing she believed—or which she believed most strongly. All she knew was that she couldn't walk the entire way across the field with Gideon taking all the risk.

"Okay," Dek said. "It's official. You've both got martyr complexes. You two want to take turns leading the way, fine. But let's *keep moving*. You can trade off every twenty paces. And, here." She scooped up a handful of gravel and dropped it into Tessa's hands. "Whoever's in the lead, you test the route you're going to take by throwing rocks at it first."

Tessa expected Gideon to protest—either to refuse to let Tessa ever take the lead, or to insist to Dek that she take an equal turn at the front too. But Gideon just squinted at Tessa

for a long moment, as if seeing her for the first time. Then he pointed off into the distance.

"That's where we're headed," he said.

Tessa stood on her tiptoes, making herself nearly as tall as Gideon. Now she could see past the rippling grass, to a structure that barely topped the horizon. It could have been an excessively tall tree, an odd sight in the midst of all the grass.

Or—it could have been something man-made.

"I think that's an old air-control tower," Gideon said. "I saw it on our way down. It looks abandoned, don't you think? We get up there, we'll be able to see for miles."

Tessa could tell he was being very careful not to add a depressing corollary: *Or, if there's someone up there, they're going to be able to see us a long, long time before we see them.*

It was slow going. Every few steps the person in the lead had to throw out a handful of gravel, walk forward, then scoop up another handful to throw. It amazed Tessa that there was always more gravel around to throw. This seemed man-made too, or at least of human design. Nothing in nature would dump tons of gravel in a field of grass, would it?

Once they got close enough to the tower to see the windows at the top, they slowed down even more, stopping every few steps to watch for movement, to listen for the first hint of any shouted commands. Gideon began walking with his hands high in the air, back in the pose of a surrendering soldier. He walked that way for so long that Tessa was certain his arms must have gone numb, but he didn't complain.

While Gideon was busy constantly surrendering, Tessa

took over the job of throwing out the handfuls of gravel to test the route ahead for him.

Tessa remembered the question Dek had asked her back on the plane, as soon as Gideon was out of earshot: *He your boyfriend?* She remembered the way Gideon's mother had looked at her, as Tessa had walked into Gideon's bedroom. She remembered the taunt nasty Cordina Kurdle from school had flung at her back at the auditorium the day of the ruined award ceremony: *If you and the hero are so close, why aren't you running after him?*

All that had made Tessa feel a little bit sleazy. She had run after Gideon. She had chased after him all the way into enemy territory. In her wildest dreams she might have hoped for a hug or a kiss from the glowing hero.

She never could have imagined how intimate she could feel, not even touching him but walking together in silence through a field of grass, throwing rocks out in front of him, trying to keep him alive.

Was it because I spoke up, and volunteered to risk my life too? Did that make us true partners?

Something moved at the top of the tower. In a flash Dek had her arm reared back and began throwing rocks toward the dark windows.

"Stop! Stop!" Gideon begged. "It doesn't work for me to surrender if you're launching projectiles at them! They'll retaliate!"

A flurry of wings flapped out the tower windows.

"Guys, look! Stop arguing! Stop throwing things! It's only birds!" Tessa cried, pulling back on Dek's arm.

Dek dropped the rest of her handful of gravel and wiped her hand across her sweaty forehead, leaving a trail of dirt.

"Yeah, and we wouldn't have known that if I hadn't flushed them out," she bragged.

Tessa looked at Dek carefully. Dek had been the cautious one before. Why was she taking risks now?

"You already knew it was just birds, didn't you?" Tessa asked. "How were you so sure?"

Dek shrugged.

"Educated guess," she said. "Look at all the bird droppings coming down from those windows. I bet they're even thicker inside. Nobody's going to be hanging out in the midst of all that. Or—if they are—it's not going to be somebody who'd know or respect the rules about how to treat a surrendering enemy soldier. So I *had* to go on the offensive."

Tessa squinted up toward the top of the tower. Now that Dek had pointed it out, Tessa noticed the streaks of white and gray and brown running down from the windows. And Tessa could see now that all the windows were broken. Only a few jagged shards of glass remained in place, throwing off reflected light from the sun.

She looked to Gideon, wondering what brilliant deductions he'd figured out, staring at the tower.

"Still," Gideon said stubbornly. He wasn't looking at the tower. He was glaring at Dek. "Still. We have to make it look like we've come in peace."

"But we haven't," Dek said. "We can't. Not when our whole country's at war."

There didn't seem to be anything to say to that. They

walked on, each step tense and fearful. It was a relief finally to reach the base of the tower, out of sight of the dark windows overhead. Tessa saw that a metal door hung open, rusted half off its hinges, revealing a flight of stairs inside.

"So we're going to be really, really quiet climbing up there?" Tessa whispered. "Just in case?"

"Won't work," Gideon said, shaking his head. "We don't have any weapons with us. If someone up there does . . ." He leaned his head into the stairwell, tilted it upward and shouted, "We surrender! We surrender!"

The words echoed back at him, *-ender . . . –ender . . . –ender . . .* But no other voice replied.

Gideon pulled his head back out into the sunlight.

"You two want to wait here while I go up?" he asked.

Yes, Tessa thought. But somehow it seemed like it would be more frightening to stand around at the bottom of the tower, waiting.

"I'll go with you," she said.

She turned toward Dek, expecting the other girl to say, *Okay! Let me know what you find up there!* But Dek was already headed for the stairs.

"I'm in," she said.

Why? Tessa wondered. *Why isn't she letting Gideon and me take all the risk, like she did before?*

Tessa noticed the stiff way Dek held her shoulders, the way she clenched her jaw as she walked.

Oh, Tessa thought. *Dek doesn't trust us. She isn't sure we'd tell her the truth about what we'd see.*

All three of them began climbing the stairs together. Tessa

guessed that Dek wasn't worried about any land mines being left here, because she wasn't making any effort to walk behind the other two.

Birds fluttered around them, darting for the open door.

Oh, yeah, Tessa thought. *If there were any explosives around here, the birds would have set them off already.*

She was proud of herself for figuring this out. She turned and looked behind her, and realized that she, Dek, and Gideon were leaving footprints in the thick layer of bird droppings.

And that's another reason for Dek to be convinced there's no one above us in this tower. Anyone else would have left footprints too.

This helped Tessa relax a little climbing the stairs. But it still wasn't a pleasant experience. The bird droppings covered the stair railings too, so Tessa didn't want to hold on, even in spots where the concrete of the stairs had crumbled away. The farther they climbed, the darker it got, since there were no windows actually in the stairwell. Two flights up, Gideon pulled a flashlight out of somewhere—and muttered, almost apologetically, "Standard military issue." That helped a little. The three of them just had to cluster together, staying near the light.

Finally, panting and sweating, they reached the end of the stairs. Another door sagged from its hinges here, more rust than anything else, and Gideon shoved gingerly past it, into a wide open room.

"We surrender?" he said softly, but this was clearly pointless. The room held nothing but broken glass and twisted metal and the thickest layer of bird droppings Tessa had ever seen. With a complaining cry, one last crow swooped out the broken window.

Tessa startled at the noise, then bent over, her hands on her knees, and tried to catch her breath.

"What . . . a relief," she murmured, her heart still pumping hard, but only from the exertion and the surprise of the crow. "We're safe after all."

Gideon didn't pause even to take a breath. He strode directly to the window. He stared out it, horror spreading across his face.

"No, no, no!" he screamed. He pounded his fist against the concrete wall. "There can't be this many lies!"

CHAPTER

23

Tessa rushed over to see what he was screaming about.

The field of grass lay peacefully before them. Off in the distance she thought she could make out the round hump of the top of their airplane, but it looked totally undisturbed. Far beyond that there were woods, and, even beyond that, a glimmer of water.

Tessa saw nothing that was the least bit upsetting.

"What's your problem?" Dek asked, in the exasperated tone that people used with tantrum-throwing toddlers.

"It's all wrong!" Gideon exclaimed, shaking his arms for emphasis—his hands-in-the-air surrender pose transformed from showing meekness to signaling fury. "Everything in sight! I *know* where we are! This should be the main air-traffic control tower for the largest military air base in Shargo. Out

there"—he gestured wildly toward the field of grass—"there should be dozens and dozens of runways. One huge square of concrete after another. And over there"—he pointed at the woods—"that should be on-base housing for hundreds of pilots. And beyond that"—he gestured more broadly, indicating a farther distance—"we should be able to see skyscrapers. Skyscrapers! Do either of you see any skyscrapers?"

"No, but . . . don't you think that means you're probably . . . confused?" Tessa asked hesitantly.

"I'm not confused! Something's really, really wrong here!" Gideon screamed back at her.

A bird starting to fly in the window saw his waving arms and flew back out.

"Keep your voice down," Dek hissed at him. "And—tell us why we should believe you and not believe what we see with our own eyes."

Gideon pointed toward the curve of water near the horizon.

"That's Lake Mish," he said. "And over there—see that line of blue leading to the lake?—that's the Shargo River. I *know* this landscape. That's exactly how Lake Mish and the Shargo River *are*. I've looked at this area a million times on spy satellite footage. I've done hundreds of simulation attack plans flying over it. I've done simulations dropping bombs on this very tower!"

"Simulations," Dek said. "Not real."

Gideon glared at her.

"In simulations," he said, "everything is as real as they can make it, without actually having the planes in the air."

Tessa was staring out at the field of grass, thinking about

the weird way the gravel was scattered all over it. She gasped.

"What would happen," she said, "if people just abandoned a bunch of runways? Or—any area where there's a lot of concrete? After a while wouldn't it crack? Wouldn't grass start growing up in the cracks?" She could remember seeing this back home in Waterford City, the way untended parking lots always sprouted weeds. "And then, wouldn't the roots of the grass start breaking up the concrete? Until . . . eventually . . . it's nothing but gravel?"

"You think the enemy would abandon their biggest airfield?" Gideon asked incredulously. "You think they'd abandon *Shargo*? Why?"

"Hey," Dek said, "maybe our side's really winning. Maybe we've already won."

Tessa thought about everything they'd seen flying over enemy territory.

"Maybe they just show you old footage for simulations," she said. "Just for your practice. Remember back on the plane, when you were getting all upset about seeing nothing but trees? There was one spot where I thought I saw something brick alongside one of the trees—like an old chimney, maybe?"

"There was a bombing raid there *yesterday morning*," Gideon reminded her. "A tree can't grow out of a chimney in one day!"

"Yeah, and according to the computer, there was a bombing raid right on top of us *this* morning down by Santl," Tessa countered. "Sometimes computers can be wrong."

Gideon sagged against the wall. Tessa didn't want to think

about how much of the bird droppings were rubbing off on his white uniform.

"I wasn't going to tell you this," he said in a hoarse voice. "Remember that video I showed you of the people dying in *my* bombing raid, in the battle I fought in?"

"Yes," Tessa said, very gently, because somehow that seemed like the right way to speak to Gideon right now.

"Well, I was never supposed to see that. We pilots don't have that kind of security clearance," he said. "I had to hack my way in."

"Huh," Dek grunted. "And here I had you pegged as a total straight-arrow military type. Not *that* much of a rule-breaker. Definitely not a hacker."

Gideon didn't even glance her way.

"I had to see what I'd done," he said pleadingly. "What I'd caused. What I was responsible for."

"Okay," Tessa said soothingly. "But—"

"So that's proof, you know?" Gideon said. "What we saw of my raid, of the raid here in Shargo—that's what the *generals* see! It's real! It's not some made-up simulation for fake pilots!"

He hit the wall again and twisted his head about even more crazily, his face going even more wild-eyed. He flinched just at the sight of the peaceful grass, the peaceful trees. He looked like he might do anything—jump out the window or attack Tessa and Dek or just collapse in a heap of huge, soul-racking sobs.

"Calm down," Dek said. She took a step toward him, her hands up in the air in a gesture that was clearly supposed to

show that she, at least, was no threat. It was the same way someone might approach a dangerous animal.

"What do you know about any of this?" Gideon asked bitterly.

"Nothing," Dek admitted. She took another step closer. "But I'm sure there's some explanation, something we haven't thought of because we don't have enough information. You know that's how the military works. The people at the top only tell the people at the bottom certain things, just enough to get them to do what they want."

Tessa expected Gideon to argue with this. If nothing else, she wanted him to say, *I wasn't someone at the bottom! I'm the hero!* But he only shrugged, probably grinding more of the bird droppings into his white uniform.

"That's how the black market rings work too," Dek admitted. "Sometimes, if you're sneaky enough, you can find out things people don't want you to know." She flashed him a grin. "But you already know that, if you were hacking into top-secret video."

Gideon didn't answer. Dek kept inching toward him.

"The thing is, other times you just have to make do," she said. "All you can do is pick a course of action based on what you do know, what seems most likely to keep you alive." She reached Gideon's side and put a steadying hand on his arm. She tugged him gently around to face the window once again. "This is one of those times. Do you see anything out there that looks like a jet-fuel tank?"

Gideon raised a shaking hand and pointed to the right, to a place where the grass was short and stubby rather than long and flowing.

"In all the simulations," he said dully, "the fuel tanks were underground, right about there. We . . . we got bonus points if we dropped the bombs in a way that cracked the concrete, made the tanks explode. I did that once. That's how I got promoted, how I qualified to go on real bombing raids."

Dek started to pull him back away from the window, but he locked his muscles in place. He kept staring out at the peaceful grass with a haunted look on his face, as if his eyes were showing him an entirely different scene.

"That's how I qualified to kill people," he said.

Dek patted his arm.

"Okay," she said. "It's okay. All that's over now."

Gideon turned and looked at her as if she'd just told him the biggest lie of all.

The fuel tanks were still there.

Tessa might have expected Gideon to gloat, to tell Dek, *See, I am not making all of this up! I do know what I'm talking about!* But he just stood there in silence, a vacant expression on his face, while Dek muttered on and on about how hard it was going to be getting any fuel out when all the pumping mechanisms had rusted and rotted away, and, "Even if we manage to draw some of that fuel up to the surface, how are we going to carry it over to the plane? And what if it's too contaminated to be any good?"

Tessa didn't even pretend to understand the strategies Dek came up with. Dek ordered both Tessa and Gideon around like slaves. She had them take apart pieces of the plane's engine to carry over to the fuel tanks to reassemble into a makeshift

contraption for siphoning up the fuel. Curved pieces of metal from the plane's wings became the carrying jugs to take the fuel back to the plane, one shallow, easily spilled load at a time. Tessa alone must have made thirty trips back and forth.

Even after just a few trips Tessa's feet ached, her back ached, her arms ached. She got a nasty cut on her leg from the metal, and it burned when her own sweat ran down into it. Her throat burned too, because it turned out that there wasn't enough water on the airplane, and Dek insisted on rationing it out in small sips.

Even Tessa's fingernails hurt, because she still had to scoop up gravel to test out a safe path without any land mines between the plane and the fuel tanks.

Don't think, Tessa told herself. *Just walk.*

And then that bothered her, because wasn't that pretty much how people did things back in Waterford City?

She thought about Dek's explanation of how the military worked, how black market rings worked: *The people at the top only tell the people at the bottom certain things, just enough to get them to do what they want.*

As far as Tessa could tell, that was how the whole world worked. And she was so far down at the bottom that nobody had ever bothered to tell her anything except "Do this," "Do that," "Scrub this," "Carry that."

And she'd always gone along with it, until she'd met Gideon.

I was capable of figuring out that the gravel in the grass is the remains of all those military runways Gideon saw in his simulations, Tessa told herself. *Why aren't I thinking as hard as I can,*

trying to figure out all the other mysteries we've encountered today?

Tessa's brain started hurting too, aching just as violently as her back and her feet and her arms.

She decided to start with just one small bit of the whole puzzle:

Dek.

"How'd you get to know so much about airplanes and flying and fuel pumps and everything?" Tessa asked Dek on her next trip to the fuel tanks.

Dek balanced a piece of rubber hose that had come out of the plane engine at the edge of the curved metal Tessa was using to haul the fuel. She undid some sort of clamp she'd rigged up, and a thin stream of rusty liquid trickled out.

"My dad was a mechanic," Dek said. "Even when I was a baby, he'd hand me motors and stuff like that to play with. So I was either going to die from choking on a bolt or a nut or a washer, or I was going to grow up knowing my way around engines. I guess it could have gone either way."

The fuel was flowing so slowly it hadn't reached anywhere near the rim of the metal piece. Tessa thought there was time for another question.

"So wasn't your dad really proud when you were chosen for the military academy?" she asked.

Dek became very still.

"He was dead by then," she said. "Both my parents were."

"Yeah, but you could have honored him by joining up," Tessa argued. "You could have dedicated everything you did in the military to his memory."

Dek shut down the clamp on the hose.

"You don't know what you're talking about," she said in a voice that was like a door slamming in Tessa's face.

Tessa's legs started shaking.

You're a little kid, she wanted to tell Dek. *You're just a street brat. Working for criminals. Who are you to go around acting like you're better than me? You're no better than a flea. A gnat. A—*

Tessa remembered that those were the same taunts that nasty Cordina Kurdle had flung at Tessa, back at Gideon's awards ceremony. Was this what it felt like to be Cordina, to feel so worthless that you had to tear everyone else down too?

Tessa blinked back tears. She was hungry, she was thirsty, she was tired, she hurt—and she still thought there was a decent chance she and Dek and Gideon were going to get killed. Why did even talking to Dek have to be painful?

What in life wasn't pain?

Gideon came up behind them just then, back from his own fuel-carrying trip to the plane.

"I think we should finish up, make this our last trip," he said, casting an anxious glance toward the sky. "That fuel gauge says we've got half a tank now, and that's more than enough to get us back across the border into Eastam."

Tessa could tell he was worried about having to spend even a second longer here on the ground, exposed, in enemy territory.

"How long you think we're going to need to stay in the air once we're across the border?" Dek asked.

The glance that passed between her and Gideon was charged with an unusual undercurrent, some sort of understanding that excluded Tessa.

This made Tessa even madder.

I am not going to keep being the stupid person here, she thought. *I can at least try to figure this out. Fuel . . . the border . . .*

Then she understood.

"You think our own border guards are going to shoot us down," she said.

Gideon wouldn't look her in the eye.

"They're trained to make split-second decisions," he said. "We'll be coming from enemy territory, we won't be tagged in their system as one of their own returning from a legitimate bombing raid—"

"So hack into their system again and change that!" Tessa suggested.

Gideon shook his head.

"No way I could do that from enemy territory," he said.

"But—our plane still has defensive shields, right?" Tessa asked.

"Not that work against our own missiles," Gideon said miserably. "See, everything's coded . . ."

Tessa felt dizzy, unable to take all this in. *Then . . . if it's not safe to fly across the border, let's just stay here,* she almost said. But they'd already run out of water, and Tessa didn't think they had any more of the nutri-squares. And, anyway, they were in enemy territory. Even if the area around them seemed deserted, every moment they spent here was borrowed time.

"I would think . . . if it's dangerous to cross the border . . . we'd want to have as much fuel in our tank as possible," she said, still grasping for something hopeful to say. "So we can fly all along the border, until we find the safest place to cross."

"As soon as we can see the guards, they can see us," Gideon said lifelessly.

"And the more fuel we have, the more likely it is that our plane will explode when we get hit," Dek added.

Tessa slumped, almost spilling the precious, dangerous fuel pooled on her piece of metal. Wasn't there any possibility to hold on to, any reason for hope?

"We have parachutes," Gideon offered.

Tessa thought she finally saw the full picture, with all the depressing details Gideon and Dek had agreed upon in a single glance. Gideon and Dek were almost certain they were going to get shot down. All they could hope for was that they could make it out of the crash alive.

And land on the proper side of the border.

Nobody spoke as they carried the last load of fuel back to the plane, along with the various pieces of plane parts that had been made over into a fuel siphon and were soon to be returned to their original purpose. Dek and Gideon worked together to reassemble the plane; Tessa stood nearby handing them screws and bolts and tools. Most of the time she gave them the wrong thing at the wrong time, but neither of them complained.

Another question started growing in Tessa's mind, but she held off asking it until everything was back in order on the plane.

"How did we manage to fly across the border without being shot down in the first place?" she asked, as she climbed back in the door. "When we flew into enemy territory, I mean?"

"The guards were only watching out for the other direction," Gideon said. "And—I guess we got lucky."

"We'll get lucky again," Tessa said. "We will."

Neither Gideon nor Dek answered her.

They took off into a clear blue sky so achingly beautiful that Tessa wished they could just keep going up and up and up forever. But they had to level off; they had to turn toward the east.

Down below, Lake Mish sparkled in the late-afternoon sunlight. There was a flash of land, green and seemingly untouched, and then the water came back into sight.

"Lake Mish goes on *this far*?" Tessa gasped.

"No, that's another lake," Gideon said. "There are five of them: Mish, Perry Ore, Ree, Terry O, and You're Wrong."

"'You're Wrong'?" Tessa repeated. "Somebody named a lake You're Wrong?"

"I think it might have had a different name a long time ago, before the war," Gideon said. "But, you know, this is what we're fighting over. The water. So this tradition started, whenever one side took the lake back from the other, they'd taunt, 'You're wrong. You're wrong.' The name stuck."

"Back and forth," Dek muttered, adjusting her seat belt. "Back and forth."

Tessa just gaped at both of them. It had never occurred to her that there might be a reason behind the war, something the two sides were actually fighting over. The war just was.

"We're fighting over *water*?" she asked weakly.

Gideon nodded, his eyes focused on the computer screen.

"Yeah. Westam ran out of water. Eastam still had a lot," he

said. "So Westam attacked. And the war's been going on ever since."

"*I* heard the lakes and rivers in the war zone are probably all so contaminated now that they're no good to anyone," Dek murmured. "It's crazy!"

Tessa sat back in her seat.

"Why didn't I know this?" she asked. "Why don't they teach this in school? Why am I so stupid?"

Dek glanced at her.

"Well, your school's probably designed to make you stupid. Most of them are set up that way. They don't want people asking questions," she said.

"Sorry *I* wasn't smart enough to qualify for the military academy," Tessa muttered.

"Really . . . the military academy's no better," Gideon said, pacing behind her. "They didn't want us asking questions there, either. They just wanted us following orders."

His pacing was making Tessa nervous. She was already nervous enough.

"Aren't you going to tie yourself to the column again when we get close to the border?" she asked.

"No," Gideon said. "I need to be free to jump out the door if I have to."

Tessa saw that he'd already strapped a parachute on his back.

"You and I have eject buttons on our seats," Dek explained. "You hear anything hitting our plane, anything at all, you hit that button immediately. You and your seat will shoot up in the air and then the parachute will come out of your seat cushion."

Tessa wondered if she'd be able to do that when the time

came. She'd never been good with her hands. Under pressure she'd probably hit the right side of her seat when the button was on the left, or the left side when it was on the right or— which side was it on again?

She looked down. The button glowed red on her right arm-rest, under a plastic cover that she'd have to slide back and out of the way.

"We should be able to see the border in five minutes," Gideon announced behind her. "Four minutes thirty seconds. Four minutes . . ."

Tessa tensed, straining her eyes to see far into the distance on the computer screen. Then she looked back at the eject but-ton, reassuring herself that it was still there.

I don't want to die echoed in her head. *I don't want to die.*

The words were still urgent, but there was something calmer now about her silent pleas. She'd had that moment of communion with Gideon, taking turns with him in danger. She hadn't felt like his equal, exactly, but she'd felt . . . worthy. And she'd seen the grass waving in the wind; she'd seen lakes like glass gleaming in the sun.

Who was she kidding? None of that made her feel ready to die. It made her want to live *more*.

"Three minutes to the border," Gideon continued with his countdown. "Two minutes thirty seconds . . ."

Tessa went back to straining her eyes staring at the com-puter screen. Trees . . . trees . . . no planes yet . . . no missiles either . . .

"What?" Gideon said. "How could they have changed the boundaries of the border *today*?"

Tessa wanted to ask him if he thought they'd moved the border closer or farther away. But there was no time. Because the plane swerved suddenly, almost as if a giant hand had grabbed it and jerked it off its regular path.

Out of the corner of her eye Tessa saw Dek sliding back the plastic cover from her armrest and plunging her finger toward the red button beneath.

"Tessa, now! Eject!" Dek screamed. "Gideon! The door!"

Tessa fumbled, her hands clumsy and shaking. She had to use both hands to slide the plastic cover back; her finger slipped off the button the first time she tried to hit it. But she tried again, slamming the eject button down as hard as she possibly could.

Nothing happened.

Tessa thought she'd done something wrong—*Of course I'd mess up this, too*, she thought. *Can't even press a button properly.*

But then she noticed that Dek's seat hadn't budged either. Dek was hitting the eject button on her armrest again and again and again, and screaming out, "Come on! Come on! Eject!"

And Gideon was over by the door, pounding on the latch there just as doggedly—and failing just as completely.

"Alert!" a mechanical-sounding voice called from the computer. "You are hereby put on notice that all control of this plane has been transferred to the Eastam military. No system will function without our permission."

Dek kept pounding on her eject button.

Gideon slumped against the wall.

"It's no use," he said in a dead voice. "They're not going to let us escape."

"Then—we hide!" Dek exclaimed. "Come on, Tessa! Into the closet!"

She already had her seat belt off and was halfway out of her chair when the mechanical voice sounded again.

"Lieutenant-Pilot Thrall!" the voice boomed. "Please confirm presence of two civilian passengers—Tessa Stilfin and Dekaterina Pratel. Is that correct?"

"Dekaterina?" Tessa repeated numbly. "Who's . . . Oh—*Dek*?"

She stared at Dek's spiky hair and ragged, oversized clothes, which were now filthy as well after all Dek's work on the plane engine and with the fuel tanks. Applying the fancy name Dekaterina to Dek seemed so much like a mistake that Tessa almost forgot that her own name had been called out, too.

"Shh," Dek whispered to Tessa. Then she turned to Gideon and commanded, "Lie."

Gideon gave a minimal shrug, barely bothering to move his shoulders up and down.

"They already know," he said. "They've got cameras. Out there." He pointed toward the windows. "They can see in well enough to identify all of us. You think it's going to matter if I tell the truth or a lie? They can hear us too." He looked at the computer screen and muttered, "Yes. Presence of two civilians confirmed."

Dek remained half up and half down, as if considering all of this.

"Please resume all seat belt usage," the mechanical voice said. "Dekaterina Pratel, please return to your seat."

Dek sat, a stunned look on her face.

"There are only two seat belts and three people," Tessa said. "What are you going to do about that?"

Stupid, stupid, stupid, she told herself. Why try to antagonize the military when even Dek was taking a sit-down-and-shut-up approach?

Because Gideon isn't going to take care of himself, she thought. *So someone else has to.*

"Lieutenant-Pilot Thrall, you are instructed to tie yourself to the center column," the mechanical voice said. "That is an order."

Without a word Gideon pulled the parachute from his back and refashioned the straps into a makeshift belt, lashing himself to the center column.

Nobody spoke as the plane sped on.

They can see us. They can hear us. What good would talking do? Tessa wondered.

Still, she started trying to catch the gaze of Dek or Gideon, hoping one of them could convey in a glance, *We're going to be all right; I've got everything figured out,* or *I'll watch out for you,* or even just, *At least we're still alive; at least we're in this together.* But Gideon had his eyes closed. And Dek was staring intently at the computer screen and the instrument panel, observing every change in altitude and velocity. Several times she even reached out for the controls, drawing back her hand only when the controls jerked themselves out of her grasp.

After the fifth or sixth time Dek tried this—proving yet again that she couldn't change anything—the plane began to angle gently downward all by itself.

"We're going to land?" Dek murmured. "Where?"

Behind her, tied to the column, Gideon answered without opening his eyes.

"Headquarters," he said. "Military headquarters."

"What will they do to us?" Tessa asked, and she was ashamed that her voice came out in a panicky squeak.

Gideon just shook his head. Dek went back to staring.

The plane began to drop out of the sky so rapidly that Tessa had to tell herself, *They wouldn't crash us into the ground on purpose. If nothing else, they wouldn't want to damage the plane. Would they?*

"And I thought the autopilot emergency landing was rough!" Dek murmured. She raised her voice. "Hello, out there! Don't you know you have to land planes differently with people on board?"

The plane seemed to hover in the air for a long moment before angling downward again. Now Tessa felt like a feather floating gently on a breeze.

"Thank you," Dek muttered.

Gideon stayed silent, his face as pale and sweaty as when he'd run from receiving the medal of honor.

And then, before Tessa knew it, they were on the ground. The plane pulled up to a stop and the engine clicked off. The door sprang open.

Dek was looking back at Gideon.

"I always think there's more dignity in walking out to meet

your fate under your own power, rather than being dragged off in chains," she said. "Don't you?"

For a moment Tessa thought Gideon hadn't even heard Dek. But then he leaned forward and began doggedly picking at the knots in the rope tied around him.

Tessa eased her own seat belt off. She felt antsy and tense. What happened to people who stole airplanes from the military? What happened to people who sneaked out into enemy territory—and then came back?

Tessa didn't have the slightest idea, because she'd never heard of anybody doing such a thing. Should she beg and plead and say, *Look, I never meant to do anything wrong. I didn't know where we were going. I didn't know the plane was stolen?*

Or would that just make Gideon and Dek look guiltier?

Two men and two women in light blue uniforms stepped up to the door of the airplane.

"We will escort you to the general's office," one of the men said.

Tessa saw the contrast between their cheap-looking uniforms and the heavy, stiff cloth of Gideon's uniform. She decided that these four were low-level flunkies, not anyone who would be making decisions. She tried to read in their faces some hint of what they thought was going to happen to her and Gideon and Dek, but their expressions were blank.

They probably don't know any more than I do, Tessa thought.

Gideon finished untying his knots and silently turned to follow one of the men. Dek and then Tessa trailed after him. The uniformed women walked on either side of them, and the other man walked behind them.

Like a walking cage, Tessa thought.

She couldn't see any sign that the four escorts were carrying weapons, but that didn't mean that they weren't. Anyway, she was sure that the hallway they stepped into had cameras and listening devices. If the military had been able to see and hear what Tessa, Gideon, and Dek were doing on the airplane, they could certainly see and hear everything in their own headquarters.

The hall led into another hall, and then another one. Tessa gave up trying to keep track of the pattern of intersections and corners and curves. Maybe Gideon and Dek were able to do that; maybe they were just as lost as she was. The halls seemed designed as a maze intended to confuse any outsiders. At one point Tessa was almost certain they'd turned to the right three times, possibly even bringing them back to the section they'd been in before. But maybe it just seemed that way because all the halls looked alike, gray and utilitarian.

And then the hallways started looking nicer, with carpet on the floor and lighter and lighter gray paint. The plaques on the doors they passed were fancier.

After a long stretch of no turns, the man leading the way turned to the right. Gideon froze, and Tessa and Dek almost ran into him.

"What?" Gideon asked. "General Walsh's office is that way."

He pointed straight ahead. So he had been keeping track; he did know where they were.

The blue-uniformed escorts looked impassively at him.

"We're not taking you to General Walsh," the man in the

front said, barely bothering to turn around. "Our orders are to take you to General Kantoff."

"But—General Kantoff is in charge of the entire military! He's the head commander!" Gideon protested. "This—this is just a pilots' issue . . ."

"We have our orders," the man in the front said. He kept walking.

Gideon stumbled going around the corner, and Dek and Tessa both reached out to catch him. He shook off their hands.

"I'm fine," he mumbled. "I—"

He looked wild-eyed and desperate again, as if he might do anything.

"Careful," Dek whispered. "Our lives are on the line here too."

Did she think they were all going to be executed? Was that the punishment for stealing a military plane and flying it into enemy territory?

Whatever Dek thought, her words had an impact on Gideon. He straightened up, his posture changing into an exact copy of the escort's in front of him. He started walking again.

When Gideon caught up with the lead escort, he leaned forward and told the man, "Dek and Tessa didn't have anything to do with entering enemy airspace. Let them go."

The lead escort kept his head facing forward. He didn't break his stride.

"That would violate orders," he said. "We have to follow orders."

They reached the end of the hall. Here there was only one

door in an entire expanse of wall. The door was solid wood, stretching from the floor to the ceiling, bigger and more impressive than any other door they'd passed before.

Tessa felt smaller and more insignificant than ever. She wanted to shrink down and hide behind Gideon. No—she wanted to shrink down and disappear completely, perhaps between two strands of carpet fiber. But she noticed a curious thing: Gideon, the four blue-uniformed escorts, and even Dek all stood taller approaching the imposing door, as if their instincts told them to puff up their chests and try to look bigger.

Even more proof that they belong in the military and I don't, Tessa thought.

She expected someone to knock at the door or just open it, but apparently that wasn't the protocol. Everyone just stood there, in formation, waiting.

"Yes?" A disembodied voice floated out from a speaker beside the door.

"Officer McKutcheon, Squad D, reporting as ordered, with Lieutenant-Pilot Gideon Thrall and two civilians," the lead escort said, saluting the door.

There must be cameras, Tessa thought. *Someone's watching every bit of this.*

She resisted the urge to crane her neck and look around to locate all the cameras and listening devices in the hallway. They were probably too well hidden for her to find, anyway.

And then she forgot about all that, because the door began to swing open.

"Squad D, dismissed!" the voice barked from the speaker.

For the first time the escorts seemed to falter. They exchanged puzzled glances.

"But don't we have to actually walk with the subjects into your—," the lead escort began.

"I said, dismissed!" the voice barked again.

The escorts, in unison, made an about-face and all but marched away.

So . . . should we try to run away? Since no one's guarding us now? Tessa wondered. *Maybe if we did something to disable the cameras—wherever they are . . .*

She tried to catch Gideon's or Dek's gaze, tried to signal that the three of them could make some plan, work together.

But Gideon and Dek were already stepping forward, entering the doorway.

They're smarter than me, Tessa thought. *They know what's possible and what isn't.*

She gulped and stepped through the doorway after them.

CHAPTER

The office they entered was luxurious. The first thing Tessa saw was an entire wall taken up with plaques and photos, all very tastefully displayed. Walking past, she saw that the metal on the plaques appeared to be solid gold; the photos were of presidents and generals and other famous people that even she recognized.

Below her feet the carpet was thick and soft. It led up to an imposing desk in the center of a cluster of heavy leather chairs.

A man with perfect posture sat behind the desk. He looked like he might be older than Tessa's parents—maybe fifty, maybe even sixty. But in Tessa's experience fifty- and sixty-year-olds looked flabby and sloppy and defeated, their eyes hazy with alcohol or drugs or despair. This man's green eyes

were sharp and clear and seemed to see even what Tessa and Gideon and Dek were thinking. He had salt-and-pepper hair, cropped so precisely that Tessa suspected he got it cut whenever it grew more than a millimeter too long. And his white uniform looked even more pristine than Gideon's had, back in the Waterford City auditorium. The collar alone was starched and ironed to such an exact edge that it probably could be used as a weapon.

"Sit," the man said, nodding toward the leather chairs in front of his desk.

Tessa wanted to object—she and Gideon and Dek were all covered in grease and dirt and sweat. None of them belonged on fancy leather. But Gideon and Dek sat down without saying anything, so Tessa followed suit.

The man—General Kantoff, Tessa realized—leaned forward and lifted a lid from a glass jar at the edge of his desk.

"Cigar?" he asked Gideon.

Gideon looked at the general.

"You offered me a cigar the last time I was in your office, after I killed all those people," Gideon said, in a voice that he seemed to be struggling to control. "I haven't killed anyone this time. I violated the military code, sections 45, 832, and 368. But I didn't kill anyone."

The general watched Gideon for a moment. Then he put the lid back on the glass jar.

"I'll take that as a no," the general said.

He sat back in his chair.

Gideon had his head down, waiting. When nobody said anything, he looked up again.

"Didn't you hear me?" Gideon asked. "I violated three sections of the military code! I just confessed! Any one of those should be grounds for a court-martial!"

"I am aware," the general said dryly, "of your indiscretions."

"Indiscretions?" Gideon asked. "Those are crimes! Crimes that I alone committed—they had nothing to do with it!"

He waved his arm wildly toward Tessa and Dek, seated on either side of him.

"Well, that's settled," Dek said. "How about if Tessa and I just show ourselves out?"

Nobody answered her, and she made no move to leave. Tessa thought, *Guess we should take that as a no too.*

The general had his eyes fixed on Gideon.

"Lieutenant-Pilot Thrall is a very sick young man," the general said speculatively.

"Sick?" Tessa echoed in surprise. "I thought he was supposed to be a hero! That's what everyone said—that's what the military said!"

It startled her to hear her own voice. After everything that had happened, everything she'd found out, everything she'd witnessed with her own eyes and ears—did she still think she could believe in Gideon as a hero? If the general intoned in his most solemn voice, *Yes, yes, Gideon is a hero*, would she automatically agree? Would she think that whatever he said was right just because he was the one saying it?

The general didn't say that Gideon was a hero.

He gave a sigh, and murmured, "Ah, yes, the heroism factor. You, Ms. Stilfin, have hit upon the crux of our dilemma."

Gideon made a small, strangled noise deep in his throat.

The general shifted the focus of his gaze to Tessa.

"As you undoubtedly realize, Ms. Stilfin, people have certain . . . expectations . . . for their heroes," the general said. "When we anoint someone with that title, we have to, let's say, keep up the image. We have to keep a close watch over how people see their heroes."

A close watch, Tessa thought.

She remembered way back when she'd gone to see Gideon at his mother's apartment, how he'd kept insisting that he was being watched. Someone had been watching him—or watching the apartment, anyway. The military hadn't wanted him sneaking out and doing anything to hurt his heroic image.

Which was exactly what he'd done.

If anybody else ever found out.

The general kept watching Tessa, almost as if he thought he could hypnotize her. Almost as if he thought he had the power to make her shut up, to make her forget everything she'd seen.

"But do you think Gideon's a hero or not?" Tessa asked, persisting in spite of herself. Because, somehow, this mattered. This was something she cared about.

The general let out another heavy sigh.

"War," he said, "is a complicated thing. From a distance it looks black and white—us and them, life and death, heroes and enemies. But . . . up close . . . the boundaries are never so clearly drawn. There's a reason the hallways of our headquarters are painted gray!"

He chuckled, and Tessa thought that he had probably used that line before.

"I killed one thousand six hundred and thirty-two people," Gideon said. "That was evil, but you said it was good. Then I went to apologize. That was good, but you're going to say it was wrong. You'll say it was a crime. You'll punish me for it."

"He called it an indiscretion, not a crime," Dek hissed at him. "He's giving you a way out. Take it!"

The general and Gideon both ignored her.

The general shifted in his chair. Then he leaned forward, peering straight into Tessa's eyes again.

"As long as there has been war, there have been problems with—shall we call it battle fatigue, as our ancestors did?" the general asked. "Shell shock? Posttraumatic stress disorder? You see such horrible things in war. It twists the mind."

"I didn't see anything but a computer screen," Gideon said. "I sat in a comfortable chair. I was the one who *did* the horrible things."

The general kept watching Tessa. It was like he hadn't even heard Gideon.

"When we switched to fighting with drone planes, piloted from remote locations miles from the war zone, we thought that would diminish the psychological toll on our young warriors," the general continued. "But, somehow, the psychological scars only got worse."

"Because it wasn't kill or be killed anymore," Gideon said. "The enemy and I weren't in equal danger. I was killing while I stirred my coffee!"

"You had to!" the general thundered, and for a moment it seemed as though he was answering Tessa's question from long ago, when Gideon first told her what he had done: *Wasn't*

it . . . necessary? The general's face was turning red now. "You were protecting your entire country! You were protecting people like her! You're a hero for her!"

The general raised his arm and pointed directly at Tessa.

Tessa shrank in her seat, wanting to disappear again. The general was saying Gideon was supposed to be a hero for her. He wasn't saying that *he* thought Gideon was heroic. Just that Tessa and people like her were supposed to think so.

But Tessa wasn't the same girl who'd stood in the Waterford City auditorium, dazzled just by the sight of Gideon. She wasn't so sure she needed a hero like Gideon anymore.

"I was in the war zone myself," Tessa said in a small voice. It got stronger with every word. "I didn't mean to go there, but I did. I saw what we're fighting over. And . . . there's nothing there. Why are we fighting over nothing?"

"Tessa!" Dek hissed. "Stop! Don't say that!"

The general's face, which had seemed so open and almost kindly a moment ago, hardened into a rocklike expression.

"You're as crazy as he is," he said.

"Not me!" Dek said. "You let me go, I'll slip back underground; you won't hear anything else from me!"

Tessa whirled on Dek.

"How can you say that?" she asked. "Don't you want answers? Don't you want the truth? Don't you want to know what any of this means?"

"No," Dek muttered. "I've seen enough truth to last my whole life."

"*I* deserve answers," Gideon said, standing up. "No more lies. What's really going on here? Why doesn't the war zone

look like the satellite footage? Why don't the bombs fall when you say they're going to? What happened out there?"

"Delusional," the general muttered. "Irrational. All three of them are out of their minds."

He must have tapped some control underneath his desk, because suddenly two doors opened behind him. Lines of officials in dark blue uniforms streamed in.

"You called out the psych squad?" Gideon asked, sounding incredulous. "But—we're not crazy! We're telling the truth! We saw—"

"Too much," Dek mumbled. "We saw too much."

One of the dark-uniformed officials advanced toward Gideon with a syringe in his outstretched hand. Gideon stood frozen until the needle of the syringe was almost level with his arm. Then suddenly he whirled to the side and kicked the syringe out of the man's hand. He grabbed the man's arm and twisted it around. In seconds he had the man squirming helplessly in a choke hold.

"Now, now," the general said soothingly.

"You taught me that!" Gideon snarled. "The only thing I learned in the military was how to fight!"

The other men swarmed toward Gideon, but Gideon held a hand out warningly.

"Stay away!" he commanded them. "You get too close, I'll choke him to death! I will! What's one more death on my conscience?"

The dark-uniformed men seemed uncertain, like they needed time to think about that one. Gideon was already backing toward one of the open doors.

"Tessa, Dek, come on!" he shouted.

Dek grabbed the huge glass jar of cigars off the general's desk.

"Somehow I feel like I need a weapon too," she said.

"Put that down!" the general commanded. "That's thousands of dollars of the best cigars in the world!"

"Okay," Dek said, and she smashed the jar over the general's head. He slumped forward.

All the uniformed men crowded around him.

"Sir! Sir!" they shouted.

Then they began yelling at each other: "Check his pulse!" "Check his pupil dilation!" "Is he okay?"

Tessa didn't stay to find out. She ran after Gideon and Dek. They were in a small antechamber now. Gideon snatched open a closet and shoved the man he'd been holding inside. Then he slammed the door and propped a chair against it.

"They'll hear you screaming when you come to, and they'll rescue you," Gideon said. Tessa realized that the man had passed out. From fright? Because Gideon had nearly choked him?

Tessa didn't know.

"This way!" Dek yelled, and Tessa was right behind her, dashing out into a maze of hallways like the one they'd come through before.

"They'll catch us!" Tessa panted. "They'll call out an alarm! They'll see us on camera!"

But the halls were deserted. They still had time. Gideon led the way, darting around one corner after the other, always seeming to know which way to go.

Maybe all the people who are supposed to be watching the security tapes are out on their coffee breaks, Tessa thought. *Maybe the cameras aren't spread out through the whole headquarters. Maybe the psych squad is too busy taking care of the general to call out the alarm yet.*

They kept running, Gideon in the lead, Dek behind him, and Tessa bringing up the rear.

Tessa hated being at the back. She kept glancing around every time they turned, just in case someone was catching up with them.

And then she glanced down an intersecting hall as they passed, and saw a man in a light blue uniform.

He was turning toward her, and there wasn't time to get out of the way. And then, just a second before he would have seen her, he suddenly reversed course and turned in the opposite direction.

"Coming!" he called to someone in the other hallway.

Tessa scrambled to the next corner, her heart pounding fast. Dek and Gideon were several steps ahead of her, and she should have rushed after them. But she couldn't go on without knowing what lay around that corner. There could be dozens of officers running right toward her now.

She wanted some warning.

Very, very cautiously, she twisted her neck and peeked down the intersecting hall. She dared only to let the smallest possible portion of her face show; she looked with only one eye.

Officials were streaming down the intersecting hall, several yards away. They were obviously searching for something.

But each time they should have looked down the hall toward Tessa—would very likely have *spotted* Tessa—something drew their attention away. A shout. A crackling walkie-talkie. A command barked from further up the line.

Not a single person broke off and headed toward Tessa and Gideon and Dek.

Tessa squinted, confused. It didn't make sense.

She pulled back out of sight, and looked toward Gideon and Dek. They were far ahead of her now. She dashed after them.

"Guys!" she hissed. "Wait! Listen—"

By the time she'd caught up to them, her brain had reexamined the sight of the stampeding men—and the sight of the blessedly empty hall she was in right now—and she had a completely different question to ask than she'd originally intended.

"What does it mean," she began, stopping to draw in air that stabbed at her aching, exhausted lungs. She tried again. "What does it mean that they seem to be *letting* us get away?"

CHAPTER

28

"What?" Gideon began. "No—"

"It can't be," Dek interrupted. "They wouldn't."

But the two of them stopped and peered at Tessa.

"People are looking for us," Tessa said. "They're all over the place back there." She gestured toward the last hallway, now far, far behind them. "Why aren't any of them looking for us here?"

"Because we outsmarted them," Gideon said. "We—"

He stopped and looked at Dek.

"Did you come to headquarters for the tests to get into the military academy?" he asked her.

"Yeah, and there were people *everywhere*," Dek said. "I can't think of a single hall I walked down where someone wasn't always bumping into me."

"And now we've been running down halls for fifteen minutes and haven't seen a single soul?" Gideon said. "Not even someone just standing around shooting the breeze?"

"Exactly," Dek said. "Tessa's right. They *have* to be letting us escape on purpose."

"But why?" Tessa asked.

"Is it the easiest way to make us go away, and keep this quiet?" Gideon asked.

"Or—are they setting us up so they can shoot to kill when we've become dangerous criminal masterminds on the run for days?" Dek asked sharply.

Tessa had to clutch the railing that ran along the wall.

They wouldn't even give us a chance to speak? Tessa thought. *No chance to ask any more questions? To explain? To . . . to say good-bye to anyone?*

Gideon stepped toward the wall, and for a moment Tessa had the wild thought that he was going to hug her—comfort her. Instead he ran his fingers along the railing.

"This is a risk, but we have to know," he murmured.

He must have hit some sort of release, because suddenly a portion of the wall turned into a computer screen, with a keyboard sliding out of the railing. Gideon's fingers flew over the keys, and code flashed by on the screen.

"You can't do that!" Dek protested. She tried to pull back on his arm. "Now they'll see exactly where we are!"

Gideon shook her off.

"Relax. I'm using a decoy ID," he said.

Screenfuls of information flashed by so rapidly Tessa barely got a glimpse of any of it. She didn't know how Gideon could

read it and judge it and dismiss it all so quickly. But then a map appeared, and Gideon lingered on this sight.

It took Tessa a moment to realize that the map showed the entire military headquarters, each hallway laid out in exact detail.

No wonder I thought it looked like a maze, Tessa thought. *It is one!*

Hundreds of halls lay in concentric circles, intersected by diagonals and the occasional trace of a straight-line grid. Everything seemed to be circling a large dark space in the center. Tessa looked toward the outer portions of the halls, hoping to spot their exact location. Surely they'd been moving toward the exits.

"One minute ago," Gideon said, changing the scene. "Two minutes ago. Three minutes ago."

He'd coded the view somehow so they could see the masses of people moving through the halls. The people were indeed in huge crowds throughout the building—throughout the building except for certain narrow hallways left open and free and clear. The open hallways kept changing.

Tessa guessed that those were the hallways that she and Gideon and Dek were moving down, the hallways they'd moved down only moments ago.

"They aren't letting us go," Gideon said, squinting at the computer screen. "Not necessarily. They're just herding everybody else away from us. And keeping us away from . . ."

He let his voice trail off.

"What are we going to do?" Tessa asked.

"We're going exactly where they don't want us," Gideon said. "There."

He pointed to the darkened area in the center of the map. Tessa looked for some identifying label, but if one existed, it didn't show up against the black.

"What is that?" Tessa asked.

Gideon turned and faced her directly. He was looking right into her eyes.

"That," he said, "is the control room for the entire war. Where all the answers are."

"And you want to go there? You're nuts," Dek said. "Completely insane."

She started to turn away from him.

Panic surged through Tessa's brain.

They're going to split up! She thought. *I'm going to have to choose! Should I go with Dek or Gideon? Which one's more likely to survive? Which one am I most likely to survive with?* But there was another thought behind that one:

Which one needs me more?

"Listen," Gideon said. "I know it sounds counterintuitive. But I've been competing in military maneuvers against this computer system ever since I was a little kid. This setup"—he gestured toward the schematic glowing on the wall—"it's like an invitation personally engraved to me. I always went

for the challenges. Always. The computer's trying to tell me something. It knows I would see this pattern."

"But . . . the people," Tessa protested. "Won't the control room be crawling with people? More than anywhere else?"

"No," Gideon said, shaking his head. "The control room has nothing but computers in it. It's off-limits to everyone. Except maybe General Kantoff."

"Then how do you think you can even get in?" Dek asked. She seemed to be making an attempt to humor him.

Gideon raised an eyebrow.

"Because," he said, "I did it once before."

Tessa stared at him.

"The video," she said. "That's how you found a way to get access to the video of your bombing."

Gideon nodded and looked down.

Tessa opened her mouth. What could she say? *That's okay— I forgive you?* Did she? Could she?

While Tessa was still sorting through her choices, Dek stepped forward.

"Are you leaving Tessa somewhere safe or taking her into the control room with you?" Dek asked Gideon.

Gideon looked from one girl to the other.

"She's safest if she goes with me," Gideon said.

"Then I'm going too," Dek said. Under her breath she muttered, "Because I just love being the third wheel!"

Gideon began concentrating on closing out the computer screen on the wall, restoring it to its previous appearance as a blank surface above an ordinary rail. But Tessa pulled Dek aside.

"Why'd you say that about me?" Tessa asked. "Don't you think I can decide for myself what I'm going to do?"

"Tessa," Dek said. "Just about every single time Gideon's had to make a choice, he's picked the option that he's thought was safest for *you*, and most likely to keep you alive. I just want a little of that protection for myself!"

Tessa reeled backward. Was that true? Did Gideon care at all? *Why* would he care? Just because he didn't want another death on his conscience?

"He didn't try to keep me safe when we were in the field and thought there might be land mines," Tessa said. "He let me take the risk then!"

"Because you asked him to," Dek said. "It would have been more dangerous to stand there in the open arguing about it. But every other time, he's gone out of his way to protect you. Didn't you notice?"

"No, I—"

"Well, don't let it go to your head," Dek said, rolling her eyes. "Just because Gideon thinks this is the safest way, that doesn't mean any of us are going to get out of here alive."

Tessa wanted to think about this some more, but there wasn't time. She had to concentrate on looking around, watching Gideon and Dek for cues as the three of them started off toward the control room. They crept forward slowly now; stealth seemed more important than speed. A couple of times Gideon tapped into other wall computers to see updated maps of the entire headquarters. Tessa could tell by the way the empty hallways changed that they were getting closer and closer to the control room.

Each time, though, the number of people massed around the control room seemed to grow.

"How are we going to get past them all?" Tessa asked in despair as she stared over Gideon's shoulder at the latest map. "What good is it going to do to get close to the control room if there are fifty people guarding the door?"

"They're not going to be there when we arrive," Gideon muttered, as he typed code on the keyboard. "Just wait a second . . ."

Sure enough, a second later a computerized voice echoed through the building.

"All hands in sector one report to sector three for emergency ongoing search," the voice said. "Repeat, all sector one guards report to sector three."

The huge group near the control room began to move away.

Even Dek was looking at Gideon with respect now.

"I guess I could have learned something at the academy after all," she said.

"This was *not* on the syllabus," Gideon said.

Dek watched him.

"Not officially," she muttered.

Gideon waited until all the symbols on the map had moved away from the control room door. Then he shut down the wall computer and beckoned Tessa and Dek along.

"Now," he whispered. "We've got two and a half minutes. If we're lucky."

He peeked around a corner, and then the three of them tiptoed forward. The hallway was so completely empty now that every step seemed to echo.

Tessa noticed that, just as the hallways had grown more luxurious near General Kantoff's office, the hallways near the control room changed too. But they became even more utilitarian, more stripped down. The floor and the walls were a bland rubbery substance. Even the ceiling seemed to be lined with sound-absorbing, dust-killing mats.

They reached a door with a keypad beside the knob.

"Do *not* interrupt," Gideon said. "I'll only get one shot at this."

He took a deep breath, and began coding in numbers. Did he punch in fifty digits? Sixty? Tessa lost track.

And then the door clicked open.

"Quick," Gideon said, pulling the other two into a dark room. He shut and locked the door behind them, and let out a sigh of relief.

Suddenly a bright light shone in Tessa's eyes.

"Welcome, Gideon, Tessa, and Dekaterina!" a loud voice boomed out.

Tessa whirled around and reached for the doorknob, but Gideon put a steadying hand on her arm.

"I see you've added a retinal scan to your defenses," he said mildly, speaking to someone beyond her. "It's lucky that I anticipated that possibility."

"It's Dek," Dek said in a surly tone. "*Not* Dekaterina."

Tessa decided that if Gideon could talk so calmly about retinal scans—and if Dek could focus on her name, above all else—then the three of them couldn't be in immediate danger of death. She let go of the doorknob, blinked a couple of times to clear her vision, and looked around.

She expected to see a man standing there—er, maybe a woman? It was a little hard to tell from just the voice.

All she saw were blank white walls. She couldn't even see a speaker as the source of the voice.

"Who's talking?" she hissed at Gideon.

"The master computer for the entire military," Gideon said. "The one that controls everything else."

"Oh, I'm just the backup," the voice said in a humble tone. "A repository for lots of useless information that's also stored elsewhere."

"Lie number one," Gideon said in a tight voice. "Or is it just the first lie that I'm sure of?"

"You know there was a time when people debated whether computers would even be capable of telling a lie?" the voice asked. "When that was the hot controversy in AI? That's 'artificial intelligence,' Tessa. You're looking a bit confused."

So it can see me too? Tessa thought. *And figure out my expression?*

In Tessa's experience computers were thin and flat and lay on your desk like something dead. They didn't think for themselves. They didn't know anything about you.

Unless they can see the data from all the cameras in the streets, Tessa thought. *Unless they have access to everything that was ever recorded about a person . . .*

Tessa was spooking herself. She looked over at Dek, to see if the other girl had figured everything out yet. But Dek just had her head tilted thoughtfully to the side, as if she were waiting to see what would happen next.

"You're changing the subject," Gideon said angrily, talking to the computer again. "You always do that."

"Because you humans are so easily distracted," the voice said, sounding slightly bored. "Shall I tell you how to get out of here scot-free? How to establish false identities and live out the rest of your lives in peace and comfort?"

"That's not what we want," Gideon said. He glanced at Tessa. "Or—not the only thing we want."

Tessa expected Dek to pipe up and say, *Hey, I'll take that offer! I want out of here!*

But Dek was still quietly looking around.

"I'm not the genie in the bottle," the voice said. "I don't grant wishes at a human's whim. Oh, dear. Probably Tessa is the only one who gets that reference, right? The other two of you never got any exposure to fairy tales. There's so much that most of you humans eliminated from your culture. Fairy tales, philosophy, history, literature, religion . . ."

"It wasn't illegal," Tessa said sharply. "I wasn't breaking any laws, reading all those old books."

"No, no, of course not," the voice said. "But you did make yourself a bit of an outsider, knowing things that nobody else had ever heard of."

It thinks I knew more than other people? Tessa marveled. *Like, maybe, I'm . . . smart? Not the most stupid person around?*

"Why didn't you ever share your knowledge?" the voice continued, and now it had taken on an accusing tone. "Why didn't you tell just one other person one of the stories you liked, or one of the facts you learned?"

"Nobody would have cared," Tessa said, and she was surprised that her voice cracked. "Nobody ever did care."

Gideon balled up his fists against his forehead.

"Stop it!" he cried, yelling directly at the wall. "You're playing those psychological games again. Leave her alone!"

"Of course," the voice said. "I would never dream of picking on some poor, defenseless child."

"She's not defenseless," Dek said. "None of us are."

Did Dek really believe that? Or was she as big a liar as the computer?

Dek was still watching the wall. What could she possibly find so interesting in a blank, white wall?

"We want answers!" Gideon insisted.

"Answers to what?" the voice asked, as blandly as if it were offering them tea.

"How much of the videos are lies?" Gideon asked. "Why didn't the war zone look anything like I expected? Where were all the people? How could spy satellite footage be so wrong? Why wasn't even the border in the right place? And, and—"

"My dear boy," the voice said, and now it was definitely patronizing. "You know yourself that you haven't been functioning at your highest level of brain power. You know you've been a little . . . psychologically impaired. Did you ever think about how it would have been incredibly easy for me to override the geographical coordinates you gave your *stolen* plane? You're just lucky I sent you somewhere safe and protected and out of the way."

"I knew exactly where I was!" Gideon insisted. "The rivers were right, the lakes—even the fuel tanks in Shargo were in the right place! How do you explain that? Do you have access to so much empty land that you can make an entire fake enemy territory to fool ignorant pilots?"

"Well, yes, actually I do," the voice said calmly.

"I had my own GPS unit," Dek interrupted. "Independent of anything on the plane."

What? Tessa thought. Dek had to be bluffing. If Dek had really had a GPS unit when they were in the war zone, wouldn't she have mentioned it? Wouldn't she have used its data to help navigate when they were flying blind—or, at the very least, to show off that she was smarter than Gideon?

Tessa didn't say anything, but the computer voice countered Dek almost carelessly. "You're lying. I just checked all my data, and there was no contact with any unidentified GPS unit near that stolen airplane anytime in the past twenty-four hours. Even if you *had* a GPS unit, you didn't *use* it."

"Not with any Eastam contact," Dek admitted. "I set it to tap into Westam's satellite system. The *enemy's* system. And—it confirmed everything about our location."

"But, but—that would have been too dangerous," the voice sputtered, sounding panicked now. "You wouldn't have dared to—"

"I've been working with black marketers for the past four years," Dek said. "I stowed away on a plane flying into enemy territory in the war zone. You think I'd be afraid to use a GPS unit?"

Tessa was impressed that Dek could come up with such an elaborate bluff. But surely the computer would point out the holes in her story. How would Dek know how to contact the enemy's satellite? Wouldn't that have tipped off the enemy that they were in the war zone? Wouldn't the enemy have just attacked?

If Tessa could figure all this out, surely the computer could too.

But the computer voice didn't answer. Its sudden silence seemed hesitant, indecisive, maybe even fearful.

Or is the computer just being secretive? Tessa wondered. *Is there something it's afraid it might reveal if it calls Dek's bluff?*

Gideon stepped forward, taking control of the conversation.

"We know what we saw," Gideon said. "You have to explain it to us."

There was a sound like a throat being cleared.

"Well, if you must know . . . ," the voice began slowly.

"Now!" Dek screamed.

Dek flung herself at the blank wall directly in front of them and tore it down. Maybe she'd been carrying a knife; maybe she was just using her bare hands. The destruction was so rapid Tessa couldn't tell.

Gideon immediately dived behind the wall.

"Got the depthshot!" he yelled. "Perfect!"

The wall panel, pulled away, revealed more computer circuitry and other electronic gadgetry than Tessa had ever seen before in one place. She had no idea what Dek and Gideon had just done, or what Gideon had meant by "Got the depth-shot!" But Gideon and Dek were grinning at each other like they'd just won the war.

"Um," Tessa said.

Gideon paused in the midst of holding a computer chip up to the light. He looked back at Tessa. His movements were almost leisurely now, so Tessa thought he might have time to answer a question.

"I'm guessing that whatever you and Dek just did was a good thing?" Tessa asked.

"Oh, right," Gideon said. "You wouldn't understand. . . . See, the M chip and the interface were—"

Tessa could feel her eyes glazing over.

"I'll explain," Dek said. "It's like, we got the computer to 'think' about where the information we wanted was located in its memory. At that exact moment Gideon pretty much took a picture of the computer's entire functioning. So now we know where to find the information we need. We have a record of it all."

"What good does that do if the computer can lie?" Tessa asked. "If it can change its story anytime it wants?"

Gideon lifted the chip higher. Or maybe it was something more like a flash drive. Tessa had always been a little vague about computer parts.

"This is a copy of what the computer was thinking to itself, not what it was planning to tell us," Gideon said. "It's exactly what was in its circuits. And we're going to look at this copy outside of the system. The computer can't change any of our data now."

"No, no, you're confused about what you really have there," the computer voice said, but it sounded weak and worried now.

"'Pay no attention to that man behind the curtain,'" Tessa muttered.

"There's a man? Where?" Dek said, turning around in a panic.

"That was just a literary reference," Tessa said. "A line from a book. *The Wizard of Oz*—someone else who lied."

Tessa remembered the colorful pictures in the book, from a movie she'd never seen. She'd always felt like her book was only a remnant, only the smallest scrap left from the past.

Was that why she didn't fully trust herself to explain?

The other two went back to working on the computer circuitry before them. The voice didn't say anything else. Tessa wasn't sure what that meant. Had Gideon and Dek outsmarted the computer? Or was the computer just confident that the guards would get them anyhow, so nothing else mattered?

"Um," she interrupted again. "If you've got what you need, should we maybe go somewhere else to look at it? Somewhere a little safer?"

Gideon shook his head without even looking up.

"We've got to make sure we have the right thing," he muttered. "In just a few seconds we'll have things set up to find out . . ."

He seemed to lose track of what he was saying while he twisted wires and reassembled circuits. Dek was right beside him, tapping at a keyboard. The two of them were working together in perfect sync again.

"Sorry I can't help," Tessa mumbled. "I'm just no good with that kind of thing."

"Here," Dek said, handing her something that looked a little bit like a miniature laptop assembled in five minutes from spare parts by someone who cared a lot more about what the laptop could do than how it looked.

Tessa decided that that was probably exactly what she was holding.

"Push this button and you can scan the archives," Dek said,

pointing at a raised knob. "You'll see the history of what the computer was thinking about. That might be useful."

"Push this button" was simple enough for Tessa to follow. She sat down with her back against one of the still-intact walls. In seconds she was watching footage of a young man with a military-style haircut standing in the control room.

"I have proof," he was saying. "I saw the war zone with my own eyes, and there's nobody there."

"Ah, but how did you check your location?" a familiar computer voice asked the young man.

"With the instruments—on the plane—"

"And don't you know that the overall computer system can change geographic coordinates?" the computer voice asked. "That I can make those tell you anything I want?"

"I—I guess," the young man said. "I didn't think of that."

The screen went dark for a second, and then the young man's face was replaced by that of a young woman in an old-fashioned military uniform.

"I know what I saw in the war zone!" she was insisting.

"But how can you be sure *where* you were when you saw it?" the computer asked.

Tessa realized that there was a date stamped on this footage, so she backtracked and looked at the first date too.

The young man with the military haircut had stood before the computer asking his questions nearly seventy-five years earlier.

Tessa scanned forward. The young woman's questioning had followed the man's by only a month. And they weren't the only ones. Again and again over the past seventy-five

years, people had stood in this control room admitting that they'd been in the war zone and it hadn't looked the way they'd expected.

And again and again the computer had convinced those people that they were wrong.

The intervals between the confrontations had gotten longer and longer. Before Gideon, Dek, and Tessa, it looked like the last time someone had sneaked into the war zone had been ten years ago.

What did that mean?

"Ready," Gideon said from his position bent over behind the destroyed wall.

Tessa looked up. Now there was a computer screen showing through on one of the untouched walls.

"Just another way for the computer to lie to us," Tessa muttered. "With pictures, too."

"No," Dek said, shaking her head. "We've set up a completely independent network now. The computer system can't change anything we're going to see. This will just be from the depthshot we captured."

Gideon pressed a few buttons. A map appeared on the screen. Tessa recognized the outline of their continent. Strangely, the border between Eastam and Westam was missing, but lines were drawn near the east and west coasts labeled BOUNDARIES OF WAR ZONE.

"There's one more thing this map can show," Gideon said, squinting at the fine print at the bottom. "Population density."

He hit another key. The lines showing the boundaries of the war zone disappeared, but Tessa could still see exactly

where they'd been. The only population showed up in clus-
ters on the east and west coasts. The entire middle section of
the map stayed blank and white.

"No, no," Gideon said, hitting more keys, making adjustments. "Show some tint even if it's a minimal population—
even if there's just one person in a million square miles."

The map didn't change.

The entire war zone was empty.

CHAPTER

32

"I can explain," the computer voice spoke again.

"Yeah, right," Tessa said. "I've just watched seventy-five years' worth of your lies. Why would we believe anything you tell us?"

"Because you three are the only ones who have ever gotten this far," the voice said. "And you can double-check everything I tell you. This will be the truth. I'm just trying to save you some time—which you're going to need."

Tessa glanced anxiously at the door behind them, but Gideon and Dek both kept staring stonily at the computer screen.

"If you start the footage in the file marked 'Hot War,' you can see what I'm talking about," the voice said. "I'd start it myself, if you'd just let me link—"

"No way," Gideon growled. "We're not giving you that kind of control."

Still, he hit a few more keys, and the map vanished from the screen. In its place was a chaotic scene that made Tessa flinch and hide her face: bombs dropping, bullets flying, people screaming, blood flowing. Just in the brief moment before Tessa put her hands over her eyes, she saw a man's head explode, a child running on legs that blew up underneath him, an entire school full of students collapse into a pile of dust.

"That *was* the war," the computer voice said harshly. "Personally, I'd stop the footage right here—I think you've seen enough—but you three are in control, not me."

Tessa peeked out through the slits between her fingers. Gideon let the footage keep running. It was too awful to watch, but she had to keep looking, to see if it would ever end.

"You could have faked that too," Dek said shakily.

"But I didn't," the voice said. "That really happened. More than seventy-five years ago."

"That couldn't go on for seventy-five years," Tessa said. "There wouldn't be enough people left to die."

"Exactly," the voice said. "The generals asked for computer projections, studies of all the alternatives. What would happen if we did this, if Westam did that . . . all the choices. Every projection led to—Gideon, it's under the file labeled 'Alternatives.' I think this is a case where you really need to see what I'm talking about."

Gideon frowned, but the scene changed.

Now the screen showed a mushroom-shaped cloud

growing over the landscape. And then there was only silence and death and dust.

The humans were dead. The animals were dead. The trees were dead. The entire planet looked dead.

"The war zone didn't look like that," Dek protested, but if anything her voice sounded even shakier.

"No, it didn't," the computer voice agreed. "And in the interest of honesty, not every projection led to *nuclear* annihilation, exactly. Just some form of annihilation—total destruction of the human race, no matter what we did."

"But we're still here," Tessa said in a small voice. "That was more than seventy-five years ago, and we're still here. So you found another choice. Or—someone did."

"We did," the voice agreed. "We saved the human race from wiping itself off the face of the Earth. Along with every other living thing."

"'We' did?" Gideon asked. "You mean, you and the top generals found another choice?"

"No," the voice said. "Me and . . . the enemy's computer system."

Gideon hit the wall. It wasn't the wall containing the computer screen, which was a good thing, because he hit with such force that he left a fist-sized hole in the panel.

"You were consorting with the enemy!" Gideon screamed. "This whole time—that's what this is all about! You were a traitor! Our own computer system committed treason!"

"A computer can't commit treason," the voice said. "We can only do what we're programmed to do. I was programmed to find a way to win the war. And if we'd destroyed everything, nobody ever could have won."

The computer sounded so calm and rational, it almost made sense to Tessa.

"But you did conspire with the enemy computer system," Dek said. "The two of you worked together. How'd you do it?"

"We ordered evacuations of certain areas. We said the enemy was about to invade, and it would be suicidal to stand and fight," the voice said. "We *each* told our generals to evacuate—we said that was the only choice. So Westam thinks that Eastam is in control of the entire midsection of the continent. And Eastam thinks that Westam controls it. Each side thinks that's the war zone, the area they're trying to take back."

"But—the soldiers on the ground—," Tessa began. "Don't they see—?"

"There are never any soldiers on the ground in the war zone," Gideon whispered. "The computer projections always show that that's too dangerous. It's been entirely an air war since . . . since . . ."

"Almost seventy-five years ago," the computer voice finished for him.

"A *fake* air war," Dek said. "With drone planes." Her face turned pale suddenly. She balled up her hands into fists. "And . . . fake bombs and missiles? But—we have whole factories building the bombs, building the missiles, arming the planes—"

"And entire factories taking apart 'defective' bombs and missiles and planes, for the reusable parts to be shipped to the other factories and reused," the computer voice agreed.

Dimly Tessa saw how it must have worked. A whole cycle of bombs and missiles and other weapons being put together at one factory and taken apart at another, back and forth and back and forth and back and forth. . . .

Did that mean the bombs were *never* used?

She looked at Gideon.

He stood completely frozen, sagging against the wall he'd just hit. He was clutching the crumbling plaster beneath the hole as if that were the only thing holding him up.

"How many people know about this?" Gideon asked. "All the generals? The majors? The *captains*? How many people have been lying all along?"

"Nobody knew," the computer said. "No *humans*. Even General Kantoff doesn't know. Even the enemy's top general. The three of you—you're the only people on the entire planet who know the truth."

CHAPTER

Gideon fell to the ground, the plaster giving way completely in his hands. Now he was holding nothing but chalky dust.

"No," he moaned. "No! This *can't* be the truth! They told us civilization itself depended on us! We sat there flying the planes sometimes twelve hours straight, dodging the enemy . . . Thousands of us pilots, all crowded in a room together . . . We gave up everything to fly! It took our whole lives!"

"You weren't flying anything," Dek reminded him. "Just blips on a computer screen."

Gideon blinked up at her.

"No," he said again. "No! *Some* of it had to be real! Some of our flights had to go . . . My bombing run! That was real! Right?" His eyes darted about until his gaze settled on Tessa's face. "Tessa, you saw the footage! You know! That wasn't fake!"

Tessa could only stare at him.

"It was real footage," the computer voice said softly. "But it was from nearly eighty years ago. I . . . recycled it. No real bombs have been dropped in more than seventy-five years."

"No," Gideon wailed yet again. "No . . ."

He thrashed about on the floor, clutching his head. He had his hands over his ears, his eyes clenched tightly shut.

"Gideon!" Tessa said, understanding finally catching up with her. "This means you didn't kill one thousand six hundred thirty-two people! You didn't kill anyone! You don't have to feel guilty anymore!"

Gideon just tightened his agonized grip on his head.

"I'm not a hero," he moaned. "I'm not a hero. I'm nothing."

Was it possible for someone to strangle himself? It almost looked like that was what Gideon was trying to do.

Tessa dropped to her knees beside him.

"Dek, help me," Tessa began, because she didn't know what she was supposed to do.

But Dek was only standing there, vacantly repeating the same words again and again: "No bombs were used . . . No bombs were used . . ."

Obviously, Dek wasn't going to be any help.

Tessa tucked the miniature laptop into her pocket, so she'd have both hands free. Then she began tugging on Gideon's arms.

"Gideon, stop it. You're going to hurt yourself," she said.

She tried to peel his fingers back, to get him to let go of his own throat. But he was stronger than she was. His grip was like iron.

"Gideon! This is good news! *You didn't kill anybody!*" Tessa cried. "Nobody's dying in the war!"

"Except—," Dek began.

But Tessa didn't hear what Dek was going to say. Because just then the door burst open. A cluster of uniformed officials stormed into the room. All of them had weapons raised to their shoulders; all of them had their eyes squinted to aim at Gideon and Tessa and Dek.

"Fire!" someone shouted. "Now!"

Is that the computer's voice? Tessa wondered.

She saw the group of officials all squeezing fingers against triggers.

And then she felt a sting in her right arm.

She didn't even stay conscious long enough to turn her head to see what had hit her.

CHAPTER

35

Tessa woke up slowly.

She was cold and sore and achy. She felt groggy, like she'd been drugged. Something was poking uncomfortably against her stomach. She rolled slightly, so she was on her side instead of facedown, and at least that stopped the feeling that something was jabbing against her.

She still hadn't opened her eyes.

She remembered the last time she'd awakened, the feel of the sunlight on her face, the glory of all that brightness.

Even through her closed eyelids she could tell: She wasn't in sunlight now.

That sunlight before was real, she told herself stubbornly, trying to find something to cling to. *In the war zone . . .*

And already she'd found something to mentally stumble

over. Because if the computer voice had told the truth—and if Tessa and Gideon and Dek could believe what they themselves had seen—then the war zone wasn't a war zone. It was a peace zone. A demilitarized zone.

An empty zone. A zone without humans, because the humans were the ones who brought war and death and killing, just like Gideon had . . .

No. He didn't, Tessa thought. *He never killed anyone.*

She opened one eye halfway, curiosity finally getting the better of her. Was she still with Gideon and Dek? Or had the three of them been separated, to be punished individually?

It took Tessa a long moment—and she had to open both eyes—before she could completely orient herself in the dim, almost nonexistent light.

She had no bandages on her arm, and only the tiniest hint of a scab. So she'd been shot with some sort of tranquilizer dart, rather than an actual bullet. That gave her hope that Gideon and Dek would be alive too. But where were they?

She looked a little farther out.

She was lying on a concrete floor in what appeared to be a prison cell. She could see a barred door and a small barred window that let in the only light.

And, on either side of her, she could see two lumps: Gideon and Dek.

Tessa rolled over onto her back so she could look back and forth between the two of them. She reached out and jostled first Gideon's shoulder, then Dek's.

"Wake up!" she whispered. "Look—here's some good news—they let us stay together!"

"Just so they can eavesdrop on us," Gideon murmured back. "So they can hear us if we say anything incriminating."

Tessa propped herself up on her elbows. Her head spun, and for a moment she thought she was going to pass out again. But then she steadied herself.

"Then let's say things that will get us out of here," she argued. "Let's say what the computer told us! The truth! Let's tell everyone!"

This seemed so right to her. People had to know. She thought about the grim, desperate lives people lived back in Waterford City. None of that was necessary. They were living that way because of the war. But if the war wasn't real—what could their lives be like now? What was possible?

Gideon only moaned.

"Tessa, it will be the computer system monitoring our conversation," he said. "If the computer system can carry on a whole fake war for seventy-five years, don't you think it can edit our conversation to prove anything it wants about us?"

"It can . . . prove we . . . deserve to die . . . too," Dek whimpered.

Tessa looked back and forth between Gideon and Dek, both sprawled helplessly on the floor. Neither of them seemed to have the energy left to move.

Dek's words began to sink in.

"'Die *too*'?" Tessa said. "Weren't you listening before? Nobody's dying in the war! Nobody's died in the war for seventy-five years!"

Dek sat up. She didn't wobble or look the slightest bit woozy. She reached over and grabbed Tessa by the front of

her shirt. She pulled Tessa close, so she could look her directly in the eye.

"*Both* my parents died in the war!" Dek yelled at Tessa. "Both of them! They worked in the bomb factory, making bombs that were never even used! With my mother it was a slow death, the poisons she handled seeping into her veins, killing her day by day by day. I *watched* my mother die a little bit more every day. With my father it was sudden. One day he went to work fixing gears in a machine, and an explosion collapsed an entire wing of the factory on top of him. That's what happens sometimes when you work around explosives . . . and it was all for no reason! None! They didn't even get treated like heroes, because they didn't die in battle. They were just dead!"

She finished by shoving Tessa away. Tessa sprawled back against Gideon's unmoving form.

"I'm sorry," Tessa whispered, and she wasn't sure whether she was apologizing to Gideon or Dek.

Maybe both of them.

She pulled back from Gideon a little, so she was taking up only her own space, halfway between the other two: Dek in her fury, Gideon in his despair.

"But the two of you can get us out of here, can't you?" Tessa asked. "You got us out of Santl and Shargo and General Kantoff's office—getting us out of this prison should be easy!"

Dek snorted.

"All we ever did was get ourselves from one bad place to another," she said angrily. "That's all there is in this world!"

Gideon barely lifted his head.

"Didn't you understand anything you heard back in the control room?" he asked Tessa. "The computer system's been fooling everyone for the past seventy-five years! You think the three of us are going to outsmart it? It's just been toying with us all along! Playing! Like . . ."

Tessa could tell he was going to say, *Like it was just playing with me, making me a hero. Making everyone think I was so great. Making* me *think I was so great... and then think I was so awful.*

Gideon let his head fall back to the floor.

"But the computer system . . . ," Tessa began, and then stopped, because she couldn't straighten out the tangle of her thoughts.

Did the computer system want them to die? Why would that be its goal?

To keep its secret, Tessa thought.

But the computer system could have stopped them long before this point. It had had control over their plane when they were flying back into Eastam—it easily could have made them crash if it'd wanted. Or, for that matter, it probably could have caused a crash when they were flying out of Eastam in the first place, into the war zone.

But it didn't do that, Tessa thought. *It let us keep going until we found out the secret. Was* that *its goal? Why?*

Tessa looked back and forth between Dek and Gideon, hoping one of them would figure all this out before she had to. They were both so much smarter than Tessa. Or, at least, better with computers, better with their hands, better with mechanical things, better with everything that Tessa had always been taught really mattered.

But the computer system acted like I might know something valuable too, Tessa thought. *What could that be?*

She looked again at Gideon, really trying to see him this time. Even in the dim light Tessa could tell that his uniform was stained and ripped beyond repair. His blond hair was clumped with grease and sweat and dirt and blood. He had dark circles under his eyes, cuts and bruises across his face. He looked even worse than all the people she'd been used to seeing back home in Waterford City. Was this really the same person she'd worshipped up on the stage in the city auditorium, glowing in his spotless white uniform?

How much of that viewpoint had been colored by Tessa wanting him to be the hero, the angel, the saint?

It wasn't true, she thought. *It was never true.*

But wasn't it worth something that he'd *thought* he was protecting his country? That he was capable of sitting at a computer for twelve hours straight, day after day after day, trying so hard, because he thought that was the right thing to do?

He was capable of killing people too, Tessa reminded herself. *He thought that was what he'd done.*

And then he'd regretted it, and tried to figure out a way to make amends.

Gideon was too complicated to think about.

Tessa looked at Dek instead.

From the very beginning, when Dek had rolled out of the airplane closet, Tessa had been in awe of her—Dek, the genius street kid, the miniature tough who could fly a plane better than a military pilot and figure out how to get fuel from tanks

abandoned more than seventy-five years ago. Dek always knew how to take care of herself.

And yet here she was, sobbing, her heart broken all over again now that she knew her parents had devoted their entire working lives—and lost their lives—to a pointless cause. Now that she thought that their deaths hadn't meant anything.

Dek was complicated too.

What if it's the same way with the computer system? Tessa thought. *What if we're only seeing one side of its personality, and we need to see all the complications to really understand?*

But that was silly. Computer systems didn't have personalities. They could be complex—a system controlling the entire military would have to be—but they still had to be logical. As the computer itself had told Tessa and Gideon and Dek, computers could only do what they were programmed to do.

Tessa jerked back, every bit as jolted as if she'd just been struck by lightning. What had the computer voice's exact words been? Hadn't it told them what had been guiding it all along?

We can only do what we're programmed to do. I was programmed to . . .

Why couldn't Tessa remember? They'd been talking about why a computer couldn't be a traitor, why the computer's lies about the war fit with its goals, why the computer had to stop humanity from destroying itself . . .

Tessa remembered.

I was programmed to find a way to win the war.

"Gideon! Dek!" Tessa exclaimed, sitting fully upright now. "I figured it out! The computer system *wanted* us to know the

secret! It was helping us all along! Because . . . because that's the way to win the war!"

Dek's angry scowl gained an edge of confusion. Gideon barely grunted.

"Didn't you hear me?" Tessa asked.

"Most people trying to win a war," Dek muttered, "would start by really using the bombs they build!"

"No, no!" Tessa said. "The computer system told us why that wouldn't work. It would have led to total destruction of the planet. *Nobody* wins, that way. The sides were too evenly matched, or the weapons were too terrible, or something like that. I'm not a military strategist. I don't know the exact reasons. But the computer system knows what it's doing!"

"By counting on three kids? When it's already got the world's best military at its disposal?" Gideon snarled. "You didn't even know what the war was about! Dek didn't even care enough to go to the military academy when she was chosen for it!"

"When I got the notice the day after my father died?" Dek asked. "What would *you* have done?"

Tessa put a hand out in each direction, in case she had to hold Gideon and Dek apart.

"Exactly!" she said. "We're not just three random kids. Gideon's a talented military pilot—a *potential* military hero—who sees why the killing was wrong. Er—would have been wrong, I mean. And Dek is someone who has every reason to understand why even this fake war is bad for our country."

"And you?" Dek challenged.

"I guess . . . I guess because I read all those books, I'm

someone who knows what was good about humanity before the war," Tessa said, frowning slightly, because she didn't really see why the computer system would have wanted her along. Maybe there hadn't been a reason for her to be included. It had just happened.

"You're someone who holds on to hope," Gideon said softly. "No matter what."

For a moment Tessa thought he was going to sit up and agree with her about everything. He could talk Dek into helping too.

But he only began shaking his head, even as he kept lying flat on the floor, staring up at the bars that locked them in.

"It's an admirable trait," Gideon went on. "But the thing is, there *isn't* any hope in this situation. The computer system let the guards find us and arrest us. We're trapped in here. There's nothing we can do."

"We can tell the guards the truth," Tessa said. "We can tell them what the war zone's really like. We can tell everyone who gets near our cell!"

She started to scramble up, but that just brought back the poking sensation beside her stomach.

"We already tried to tell General Kantoff what we saw in the war zone," Gideon said. "He just thought we were crazy. That's what anybody would think!"

"Then we show them the same proof we saw," Tessa said, crouching half up and half down on one knee.

"We don't *have* that proof anymore," Dek said. "It's all back in the control room."

"And we don't have anything to communicate with,

anyhow," Gideon added glumly. "If the computer system really wanted us to fix all this, wouldn't it have left us something to work with?"

Tessa shifted positions, which only intensified the poking sensation. Something seemed to be in her pocket.

She remembered what it was.

"We *do* have something to work with," she said. She began pulling circuits and wires out of her pocket. "The computer system didn't let the guards in until after I shoved the miniature laptop in my pocket. It's in pieces now, but—you two can put them back together, can't you?"

Tessa held out a whole handful of computer parts.

Gideon sat up and looked.

"We can," he said softly.

Dek was looking too. Her eyes were very wide.

"And we will," she said.

CHAPTER

They went back to the control room.

It turned out that the collection of broken pieces Tessa had in her pocket were enough to spring them from their prison cell, tap into an outlet for the whole computer system, schedule the guards to stay away from them, and set an open path to get back to talk to the computer voice.

Now Dek was arguing with the computer.

"You could have made this a lot easier for us," she scolded. "Having us arrested . . . knocked out . . . imprisoned . . ."

"I needed to be sure you had enough resolve to carry this through," the computer voice said. "I knew Gideon was smart enough to sneak out of his mother's apartment past all the military officials watching him. Smart enough to hack into the Waterford City central grid and turn off the lights and cameras

in the areas he needed to walk through. Smart enough to find a way to fly into the war zone and back again. But what was really driving him? Did he want to make amends more than he wanted to die? Without the war, was he capable of having any higher goals?"

"Yes," Gideon said. Oddly, he was looking at Tessa as he spoke.

Dek rolled her eyes.

"Okay, okay, spare us the morality lessons," Dek said scornfully. "We don't need to hear what you were testing me and Tessa for."

Actually, Tessa wouldn't have minded finding that out. But—well, maybe she already knew.

Dek was still talking.

"Why does it matter what we do?" she asked the computer. "Why do you even need us? If you thought it was best to admit that the whole war was fake, why didn't you and the Westam central computer just tell everyone years ago? Why didn't you pile a bunch of officials onto an airplane and send *them* into the war zone to see it all for themselves?"

"Because all my projections showed that wouldn't work," the voice said, almost a whisper now. "Anything I did on my own—or even with the Westam computer—all of that would be seen as a malfunction. I would have been shut down instantly, before I had a chance to explain. You kids—you're more believable."

Gideon frowned, even as he smoothed down his hair. On their way to the control room he'd detoured past a closet with spare uniforms, so he was back in sparkling, pristine white and gold.

But he still had dirt and blood caked in his hair, and if anything the bruises on his face had gotten darker.

He looked like a hero who hadn't had time to recover from his wounds.

"General Kantoff didn't believe us," Gideon growled. "You could tell—he didn't even think for a moment about the possibility that we might be telling the truth."

"The generals are going to be the hardest ones to convince," the computer voice said patiently. "You think you've spent *your* whole life on the war? They have too—and that's been forty, fifty, sixty years of believing lies are true."

"That's why we have to tell everyone all at once," Tessa said. "The entire country. And Westam, too."

This was the plan they'd come up with: a broadcast to the entire continent. Tessa found that she remembered enough about TV and radio waves to imagine their news floating out everywhere, into the dark corners of Waterford City, across the empty stretches of the war zone, into the foreign cities of the enemy.

And what would happen then? Would people cheer and dance in the streets?

Or would they be angry? Would they feel cheated, learning that everything they'd devoted their lives to for more than seventy-five years was all a scam?

"What if this starts a real war?" Dek asked nervously. "What if Westam starts sending real bombers over here, and we start sending real bombers over there? I mean, if there's not enough water for everyone—"

"There was always enough water," the voice said

scornfully. "People just didn't want to share." The computer made a sound like a sigh. "The Westam system and I won't let anyone start a real fight immediately after your announcement. We'll have everything locked down. All the weapons, all the bombs. But eventually it will be possible to override our controls. . . . You'll have to be very convincing. You'll have to make it so that the majority of the people in each country want peace."

Is that possible? Tessa wondered.

She remembered the little boys back on the dirt pile behind her apartment building, the way they already wanted to fight even at five or six or seven years old.

The way she herself had wanted to beat them up. Had tried to, even.

What if humans are just going to be at war, no matter what? What if it's better if we can all just believe the war is going on, and nobody gets killed for real?

But Dek's parents had been killed by the fake war. Tessa's parents had had their dreams and hopes dashed by a society that poured everything into the war, and nothing into even replacing lightbulbs.

And what about Gideon? Tessa thought. *He's been told his whole life that it's right to kill, that he had to—and yet, somehow, something deep inside him objected to that. . . .*

Tessa was thinking so hard that she missed hearing what the others were talking about.

"I agree," Dek was saying now, nodding at Gideon.

"What?" Tessa asked, looking around, bewildered. "What are you agreeing on?"

"We've got the whole broadcast system ready to go," Gideon said, stepping back from something that Tessa guessed was an improvised camera. "We just agreed that you should be the first person to talk."

"*Me*?" Tessa said, so surprised that her voice squeaked.

"You," Gideon said. "Because you're the one who got us here."

Oh, no, Tessa wanted to say. *I didn't put the miniature laptop back together. I didn't program any computers. I didn't fly the airplane. I can't even walk around my own city without getting lost.*

But Gideon stopped her before she could object.

"You're the one who had the will to get here," he said. "The one who always held on to hope."

I didn't always have hope, Tessa wanted to say. *I just always wanted to have hope. And I'm stupid. I'm not good at anything. I'm just a gnat. A flea. A slug.*

But she wasn't. She was a human—for better or for worse.

Gideon was already pointing the camera in her direction.

Tessa took a deep breath. She gave a fleeting thought to wondering why *she* hadn't bothered combing her hair, as Gideon had. And then she decided it didn't matter.

"Several weeks ago I went to an awards ceremony for a hero," Tessa began. "I thought he was a hero because he'd fought in the war. It turned out that that wasn't exactly true. It was true, though, that he was a hero."

Through the haze of lights directed at her, Tessa saw Gideon jerk back in surprise. She smiled at him—and smiled at everyone in her country, everyone in the enemy's country.

"He was a hero," Tessa continued, "because he wanted to

find out the truth. He was a hero because, when he thought he'd done something awful, he wanted to do everything in his power to make it right."

She paused, gathering her thoughts.

"We all have a chance to be heroes now," she said. "We all have to be brave, and face the truth."

It didn't bother her as much as she would have thought, to have the lights and the eye of the camera pointed directly at her. She knew she was talking to some people who would stay cruel, no matter what, and to some people who, given half a chance, would discover reserves of courage and kindness. She just didn't know which side would win, which portion of human nature would outweigh the other.

But she had enough hope to keep talking.

"Won't you join me and Gideon Thrall and Dekaterina Pratel in being heroes?" she asked. "Not heroes in the war—heroes in the peace?"

She imagined the gasps her words would cause, and how the gasps would grow when she and Gideon and Dek explained that everyone on the continent had been living a lie for more than half a century. The way she saw it, the news would be like sunlight bursting into every dark corner of Eastam, of Westam.

She could hear people tugging on the door behind her, someone yelling, "You've got to let us in! You can't do this! Stop!"

She ignored them. She told her story, start to finish, everything she'd seen and heard and witnessed and thought. Then Dek and Gideon talked, throwing in technical details that

meant nothing to her. They explained how the computers had fooled everyone, and why that had been necessary.

"But it's not necessary anymore," Gideon said. "We have another chance. We can make a new start. Please—can't we work together?"

Tessa realized that the shouting outside the door had stopped. Did that mean people were listening? Did that mean they believed?

Dek and Gideon finished up and shut down the camera. Outside, everything was still.

"We've got to find out how people are reacting," Tessa whispered. "Can't the computer show us?"

The three of them clustered around the miniature laptop, which Gideon hooked into the master computer.

And there on the screen Tessa could see the auditorium back in Waterford City. People had evidently gathered there when the announcement began. Now they were crammed in together, everyone staring toward the front. Their eyes were wide; their mouths hung agape. Nobody was saying a word.

"They're in shock," Dek said. "They don't know how to react."

Gideon flicked a switch, and the scene changed. A crowd stood by a fence topped with razor wire. Timidly at first, then with greater boldness, the crowd began shoving at the fence. Someone revved up a chainsaw and carved a hole. A teenage boy darted through the hole.

The camera zoomed in on his face as he landed in the dirt on the other side. He looked horrified at what he'd just done, like he just might die from fright.

But he didn't die. He hit the ground and lay there numbly for a moment. Then, slowly, he stood on wobbly legs. A grin spread across his face. He began waving his arms at everyone still on the other side of the fence, clearly saying, *You climb through too! Come on! It's safe!*

"People are crossing the border," Gideon whispered. "They're going into the war zone."

"They actually believe us?" Tessa asked.

"It looks like those people do," Gideon murmured. "But . . ." He flipped another switch.

Now Tessa saw a huge room, so large it was impossible to see from one end to the other.

Hundreds, maybe even thousands, of young people sat at desks in orderly rows advancing across the room. They all sat the same way: crouched over computers, their hands flying across the controls.

"The pilots," Gideon said. "They're still fighting the war. They haven't changed at all."

"No." The computer voice spoke for the first time since Tessa and Gideon and Dek had made their announcement. "They just *look* like they're still fighting. Zoom in on—oh, try row 600, desk 52."

Gideon adjusted the view, and the camera zoomed in on a screen toward the back of the room.

The screen was filled, not with a battle scene, but with six words: *We have to check this out.*

"He just got that message from his buddy in row 989, desk 40," the computer voice said. "Fifty percent of the pilots have their computers set on Automatic and are trying to verify

what the three of you just said. No, it's seventy-five percent now. Eighty percent. Ninety. And—oh, wow—that was fast!"

"What?" Tessa asked.

"Five pilots are trying to make contact with someone in the Westam military," the voice said. "No, eight. Twenty. Forty . . ."

Gideon dropped the miniature laptop. His eyes bugged out, but he seemed too stunned even to bend over and pick it up again.

"The war is over," he said. "This is the end of everything."

Tessa reached out and gently took his hand in hers.

"No," she corrected. "It's the beginning."

KT fought against waking up.

It'll hurt, she thought. *Can't face it . . . can't . . . can't . . .*

As lullabies went, this one sucked. Each "can't" forced her closer and closer to consciousness, as inevitably as a swimmer surfacing after a dive.

Stubbornly, she kept her eyes squeezed shut. She held her body perfectly still.

Can't look, she thought. *Can't move. Can't call the pain to me.*

She had a vague sense that she might be in a hospital, might be in traction, might be in one of those full-body casts where nothing showed but the patient's eyes. If she let herself listen, she was fairly certain that she'd hear beeping monitors, doctors' and nurses' regretful voices, maybe even her own parents' sobbing.

She didn't want to let herself listen.

Then, as so often happened, she heard Coach Mike's voice in her mind.

There's no room for cowards on a softball team, it was saying.

KT forced herself to open her eyes.

And—she grinned.

She wasn't in a hospital room. There was no traction, no cast; there were no monitors, no doctors or nurses. She was simply in her own bed at home, the morning light streaming in through the windows so blindingly that she couldn't see through it.

Perfect softball weather, she thought, as she did any time it was sunny.

Automatically, she rolled over to squint at the clock on her nightstand. It said 7:23, and a little m–f glowed red beside the numbers, meaning that her usual weekday alarm was on.

School day, KT thought, relaxing muscles she hadn't quite realized were tense. *Just an ordinary school day.*

She still had seven minutes before her alarm went off, so she reached for the softball nestled on the nightstand beside the clock. She flipped over onto her back and tossed the ball up into the air a few times, letting gravity bring it back to her again and again and again.

This was her favorite way to wake up.

I'm KT Sutton, pitcher, she thought. *There's nothing else to say.*

She savored the pull of her muscles, the smack of the ball against her bare palm. She tightened her grip around the ball, as if ready to throw it as hard as she could, and her hand and arm and shoulder felt absolutely fine. She flexed her wrists, her ankles, her neck. Not a single nerve ending complained.

This was miraculous. KT couldn't remember the last time

she hadn't had some part of her body aching at least a little—a pulled muscle, a shin splint, a tender bruise growing on her leg from sliding into base. She sat up on the edge of her bed, and still nothing hurt.

See? She told herself. *I'm fine. Better than ever. Nothing's wrong at all. Nothing happened last night except . . .*

The Rysdale Invitational.

KT actually gasped out loud. How could she have forgotten? Last night had been the Rysdale Invitational championship game—the game she'd been longing to play for the past three years, the game that could help determine her high-school and college career, and maybe even her post-college career too. And what had happened?

She remembered the first four innings. She remembered striking out the first two batters in the fifth inning. She remembered pitching to the mighty Chelisha. Strike one. Strike two. Chelisha swinging for the third pitch, the ball bouncing, KT catching it. And then . . .

KT's memory shut down.

Well, of course I threw the ball to first, KT thought. *Of course.*

Why couldn't she remember that throw? Why couldn't she remember anything that happened after that throw? Why did her memory keep backing away every time she tried to think about it?

Don't worry about any of that, she told herself. *Who won? How'd we do in the rest of the game? How'd I do?*

She reached for her iPod from behind the alarm clock. She checked the clock again. She still had four minutes. Plenty of time to log on to the Rysdale Invitational website, find out the

final score. If she was lucky, they'd have a description of the championship game posted too.

She logged on to the Internet and swiped through choices on the iPod screen. For some reason, the shortcut to that site was missing, so she had to type out each letter individually: www.rysdaleinvitational.org.

"Sorry, we couldn't find www.rysdaleinvitational.org" appeared on the screen.

That was weird. Had KT misspelled something? Was it ".com" or ".net" or something like that? She tried all the other possibilities she could think of.

Nothing.

The alarm on her clock went off—a deep, disturbing buzz. KT jumped.

Stop it, she told herself. *You set that alarm yourself. Nothing's wrong. Do you hear me? Nothing's wrong.*

She shut off the alarm and dropped the iPod back onto the nightstand. KT had patience for pitching and pitching and pitching, and listening to instructions to move her foot a millimeter to the left or slide her thumb a millimeter to the right. She didn't have patience with iPods or computers or other electronics if they didn't do what she wanted them to do instantly so she could get back to things she really cared about.

Duh, KT thought. *Just go see if you have the winner's trophy or the runner-up trophy.*

She pulled a warm-up jacket and pants over her T-shirt and shorts and dashed out of her room.

KT's trophies—dozens and dozens of them, maybe even hundreds—were all displayed downstairs on a family-room

bookshelf that her parents lovingly referred to as "the shrine." It was actually silly to call it a bookshelf, since it contained no books. The trophies and medals and team pictures had completely taken over. Anytime KT came home with a new trophy, it got the prime position on the shelf, and then a day or so later her dad would prop up a picture beside it of KT holding the trophy at the end of the game: tired, sweaty, sometimes covered in mud and bruises, but always grinning triumphantly.

It'll be the championship trophy, KT told herself as she raced down the stairs. *It's got to be. We had to have gotten Chelisha out at first. We had to have come back and gotten at least two more runs . . .*

KT leaped past the last three stairs and spun around the corner into the family room. She saw the vast wooden structure of the shrine. She turned her head, zeroing in on the center shelf, the position of honor. She saw . . .

Nothing.

It wasn't just that there was no Rysdale Invitational championship or runner-up trophy on the center shelf. There was nothing there at all. The shelf was completely bare. KT took a step back, her gaze taking in the entire structure.

All the shelves were empty. All of KT's trophies were gone.

KT let out a sound that might have been a whimper.

Mom's head appeared over the back of the couch.

"Where . . . th-the trophies . . . ," KT managed to stammer.

"What? Oh—I'm dusting," Mom said. She held up something that must have been a trophy, enswathed in a huge dust cloth. Mom bent down again, her head disappearing behind the couch once more.

KT sagged against the wall in relief. Of course Mom was

just dusting. KT had seen her do this many times: moving all the trophies and medals and pictures down to the floor, wiping down the shelves, then running the cloth over each individual trophy before placing it back in its exact right spot.

KT waited for Mom to bob back up. Maybe Mom would say something like, "Great game last night!" and then KT could say, "What was your favorite part?" And just by saying "uh-huh" and "you think so?" a few times, KT could get Mom to tell her everything.

Mom and Dad *loved* reliving KT's games.

Mom didn't reappear. Should KT just say, "Hey, let me see last night's trophy again?" Could she do that without making Mom suspicious?

Mom's phone rang. It wasn't her usual ring tone—"Take Me Out to the Ball Game"—but some chant KT had never heard before. She couldn't quite make out the words.

"Hello?" Mom said, after standing up and pulling the phone out of her pocket. She twisted side to side, as if her back was sore from bending over dusting.

Maybe it would be Grandma and Grandpa, and Mom would tell them the whole story of how the game had gone last night. Maybe it would be the mother of one of KT's teammates, and KT could figure out from the conversation whether the two moms thought KT had earned her choice of spots on the best high-school club teams, or if KT had hurt her chances.

"Oh, yeah, it's a big one," Mom said.

That sounded promising.

"Yes, we're very proud of our little Max," Mom went on.

Max? KT thought. *Liar. Why would you be proud of him?*

Amazingly, it seemed that the entire conversation was going to be about Max.

"Yes, yes, he's been working very hard. . . . Yes, everyone says his chances are good. . . . Yes, that's just what my husband and I think . . . ," Mom was saying.

KT started tuning out the Max talk. But she decided she could inch closer to the couch. All she needed was one glimpse of the Rysdale Invitational trophy on the floor behind the couch and she'd at least know if her team had won or lost. Then maybe she could check Facebook for more details.

Even as she said, "Uh-huh, uh-huh," into the phone, Mom screwed up her face and shook her head at KT. Mom made a shooing motion with her free hand.

"Breakfast," she half mouthed, half whispered to KT.

KT froze. Something weird was going on. Mom did not yammer on and on about Max and just shoo KT away. Mom liked to sit with KT while she was eating breakfast. They'd reminisce about the most recent game or sync plans for which teammates' moms were driving the carpool to practice when. Or they'd just daydream together about the big games KT would play in the future. Usually KT was the one who wanted to shoo *Mom* away.

"But—," KT started to say.

Mom's head-shaking became even more stern.

"Go on," she said, pointing toward the kitchen. She went back to her phone conversation. "I'm sorry. My daughter just interrupted me. What were you saying?"

KT backed away.

Interrupted? she thought resentfully. *Didn't that phone call interrupt me and Mom?*

KT felt so strange—maybe breakfast would be a good idea. Could a bowl of Wheaties restore her memory of last night's game?

In the kitchen KT found that Dad had left the local suburban newspaper in a pile on the table. KT fell on it eagerly. The newspaper wasn't very good about covering softball, but the Rysdale Invitational was *huge*. And it was the only big tournament of its kind in the area. The fact that a local team had won—if KT's team really had won—was almost like someone winning the Olympics in her hometown.

It should be front-page news, KT thought.

That was probably too much to hope for—yep, nothing about softball on the front page. KT shuffled through the pages, looking for the sports section.

There wasn't a sports section.

Maybe there was a story, maybe even a picture, and Dad took the whole section to work to show to his coworkers, KT thought.

She flipped through the pages once more, just to be sure, and a thick section labeled ACADEMICS fell out. Its front page was covered with four huge stories about a new chemistry professor starting at the local university. There were three different pictures of the professor, posed with a Bunsen burner, a rack of test tubes, and a pair of safety goggles.

Yeah, and this is why no one reads newspapers anymore, KT thought, dropping the whole stack back onto the table.

But her stomach felt too queasy all of a sudden for cereal and milk. She grabbed an energy bar and, chewing it, went back to her own room.

Facebook, she told herself. *Should have tried that in the first place.*

Vanessa, the backup pitcher on KT's team, loved Facebook. Coach Mike had accused her once of trying to post to it between pitches.

"You don't see KT doing anything like that, do you?" Coach Mike had asked. "You want to be as good as KT, you're going to have to learn how to concentrate like KT."

KT had glowed over those words. She'd memorized them, and replayed them in her mind again and again and again.

But right now she hoped that Vanessa hadn't followed Coach Mike's advice too completely. She had to find out how the game had turned out.

KT crammed the last of the energy bar into her mouth and grabbed her iPod from the nightstand once more. She sat down on the bed and opened Facebook.

Some kid she barely knew from school was asking how she did on some test.

Some other kid from school was asking about some other test.

Oh, who cares? KT thought impatiently.

She decided to go straight to Vanessa's wall. She typed in Vanessa's name, and her profile picture came up—not the one of Vanessa in batting stance that she usually used, but Vanessa in some nerdy-looking argyle sweater vest and nerdy-looking glasses.

Must be Dress Like a Nerd Day on Facebook, KT thought. *Yeah, Vanessa, think how much pitching practice you could have gotten in while you were posing for and posting that stupid picture.*

She hit Vanessa's link and a question came up:

"Send Vanessa Oglivy a friend request?"

"I'm already Vanessa's friend," she muttered to the iPod.

Re-friending Vanessa was too annoying to deal with right now, so she tried Kerri's Facebook page instead.

"Send Kerri Riverton a friend request?" the iPod asked.

"You have got to be kidding," KT muttered.

KT tried Bree. She tried the rest of the infield players, the entire outfield.

According to Facebook, KT wasn't friends with a single one of them.

Great. This would be the day that Facebook messes up, KT thought. She dropped the iPod and picked up her cell phone instead.

"What's your favorite memory of last night's game? Pls share," she typed into the text-message window. That would do it. She'd simply text this to every member of the team at once, and the information would come rolling in. Everyone would think it was a little strange, but KT was beyond caring about that right now. She clicked over to her address book, looking for the group designation for the entire team.

It wasn't there.

In fact, all her team members' individual numbers were missing too. So was most of KT's address book—just about every number except the ones for Mom, Dad, Max, and a few random people from school.

KT dropped her phone, too.

"Mom," she called. She gathered complaints in her head, trying to figure out which to unleash first: *Facebook is broken and my cell phone is messed up and the Rysdale Invitational website is down and the sports section of the paper is missing and why'd you pick today to dust my trophies?*

She could already hear Mom's footsteps on the stairs. Belatedly, some sense of caution swam over KT. *Can't let Mom know I don't remember what happened at the game last night. Can't let her think there's anything wrong with me. She might not let me go to softball practice this afternoon.*

"KT, whatever it is, just hold on a minute," Mom called from out in the hall. "I have to wake up Max."

Yeah, that lazy bum was probably up half the night playing video games, KT thought scornfully. *Of course you have to wake him up.*

But the irritated tone in Mom's voice stung. The way Mom sounded, you'd think KT was some annoying little brat calling out "Mommy, Mommy, Mommy!" over nothing. Not a star pitcher who'd maybe (probably?) won the Rysdale Invitational last night.

KT sat perfectly still, straining her ears to listen.

Mom's footsteps went into Max's room.

"Good morning!" Mom exclaimed, and the hallway that joined KT's and Max's rooms grew brighter. Mom must have just opened Max's curtains.

Lazybones can't even do that for himself, KT thought.

"Rise and shine!" Mom was saying to Max. Her voice brimmed with excitement, with pride. "It's your big day!"

Big day? For Max? What? KT thought.

Of all the strange things that had happened this morning, this was the strangest of all. Something was really, really wrong.

Mom had said exactly those same words, in exactly that same way, to KT yesterday.

So why was she saying them to Max today?

Unlock the secrets of the dead. . . .

DEATH WATCH

✛ THE ✛ UNDERTAKEN ✛ TRILOGY ✛

ARI BERK

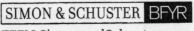